『十四五』国家重点图书出版规划项目
国家社会科学基金重大项目『中国近代日记文献叙录、整理与研究』（项目编号：18ZDA259）阶段性研究成果
华中科技大学人文社会科学重大原创性成果培育项目『清代日记中的情感世界与社会生活』（2022WKFZZX018）成果

中国近现代稀见史料丛刊【第十辑】

张剑 徐雁平 彭国忠 主编

陈曾寿日记（上）

（清）陈曾寿 著

尧育飞 整理

本辑执行主编 张剑

凤凰出版社

图书在版编目（CIP）数据

陈曾寿日记 / (清) 陈曾寿著 ; 尧育飞整理. -- 南京 : 凤凰出版社, 2023.6
(中国近现代稀见史料丛刊. 第十辑)
ISBN 978-7-5506-3966-9

Ⅰ. ①陈… Ⅱ. ①陈… ②尧… Ⅲ. ①日记－作品集－中国－清后期 Ⅳ. ①I265.2

中国国家版本馆CIP数据核字(2023)第110750号

书　　名	陈曾寿日记
著　　者	(清)陈曾寿 著　尧育飞 整理
责任编辑	陈晓清
装帧设计	姜　嵩
责任监制	程明娇
出版发行	凤凰出版社(原江苏古籍出版社) 发行部电话025-83223462
出版社地址	江苏省南京市中央路165号,邮编:210009
照　　排	南京凯建文化发展有限公司
印　　刷	江苏凤凰通达印刷有限公司 江苏省南京市六合区冶山镇,邮编:211523
开　　本	880毫米×1230毫米　1/32
印　　张	27
字　　数	702千字
版　　次	2023年6月第1版
印　　次	2023年6月第1次印刷
标准书号	ISBN 978-7-5506-3966-9
定　　价	198.00元(全二册)

(本书凡印装错误可向承印厂调换,电话:025-57572508)

袁行霈先生题辞

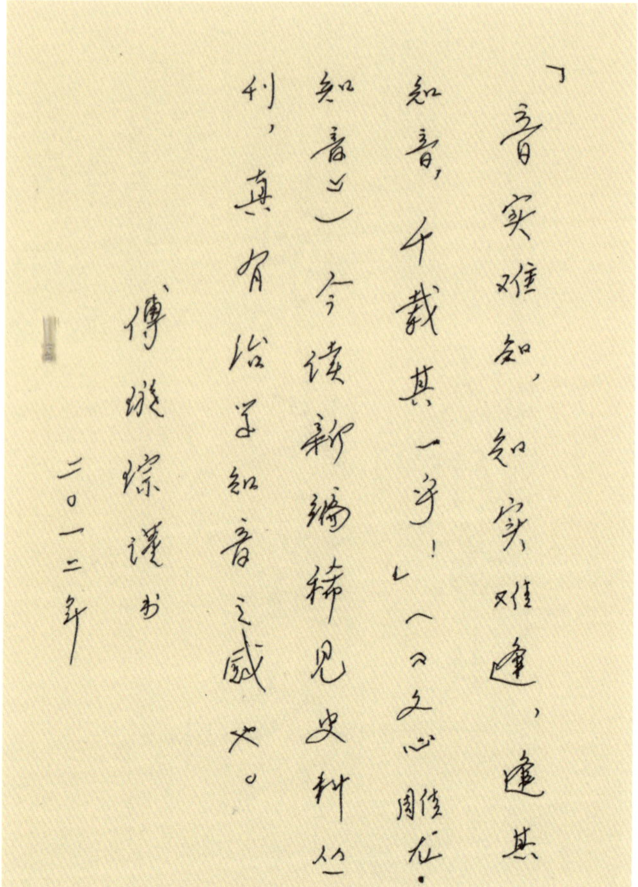
「音实难知，知实难逢，逢其知音，千载其一乎！」（《文心雕龙·知音》）今读新编稀见史料丛刊，真有治学知音之感也。

傅璇琮谨书

二〇一二年

傅璇琮先生题辞

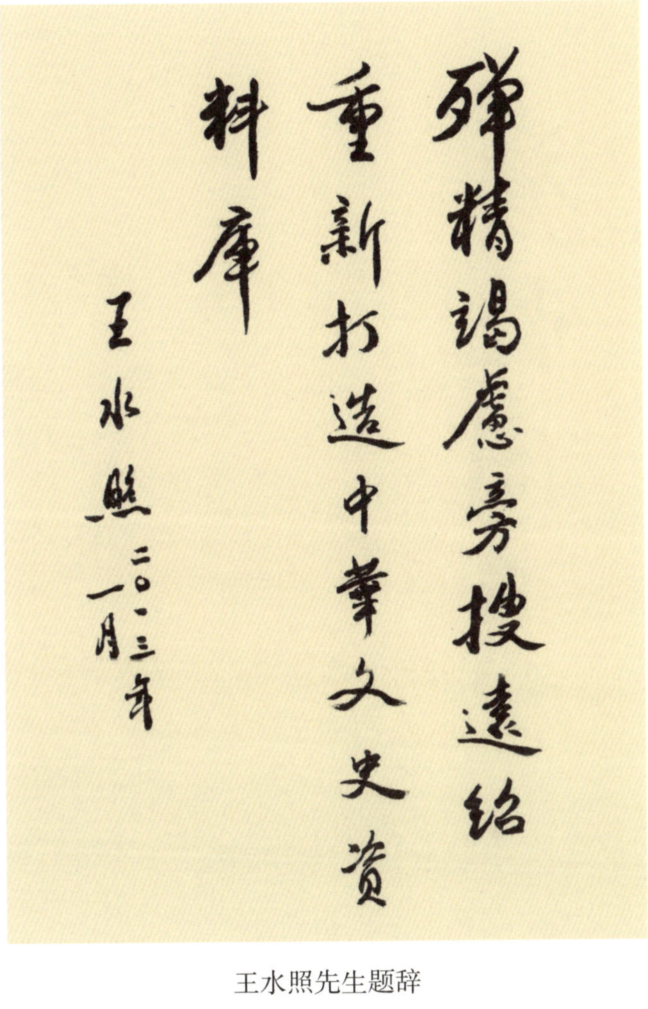

王水照先生题辞

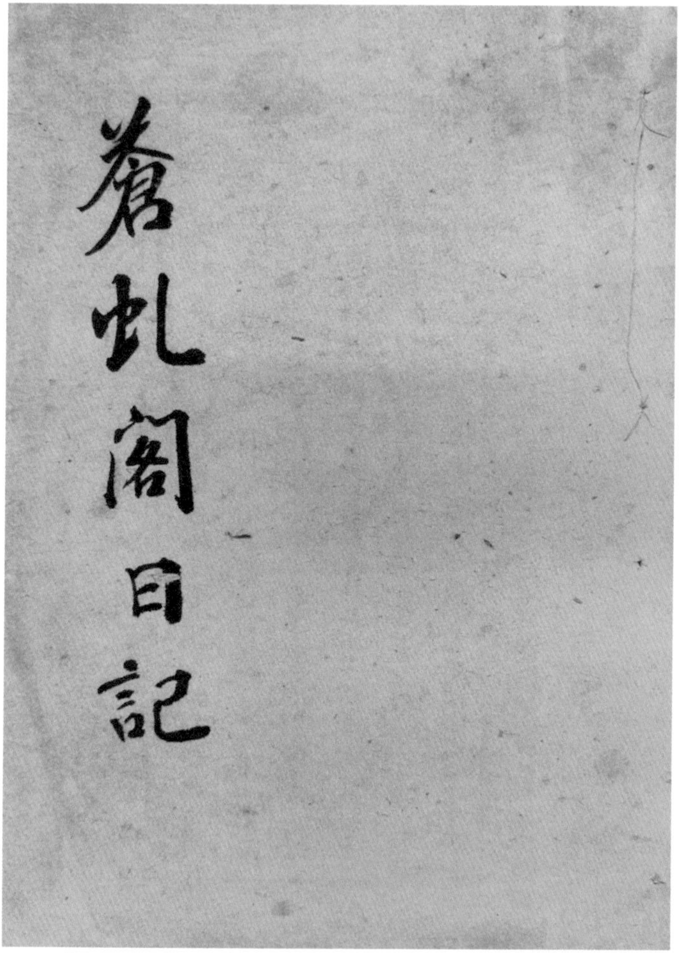

《苍虬阁日记》封面

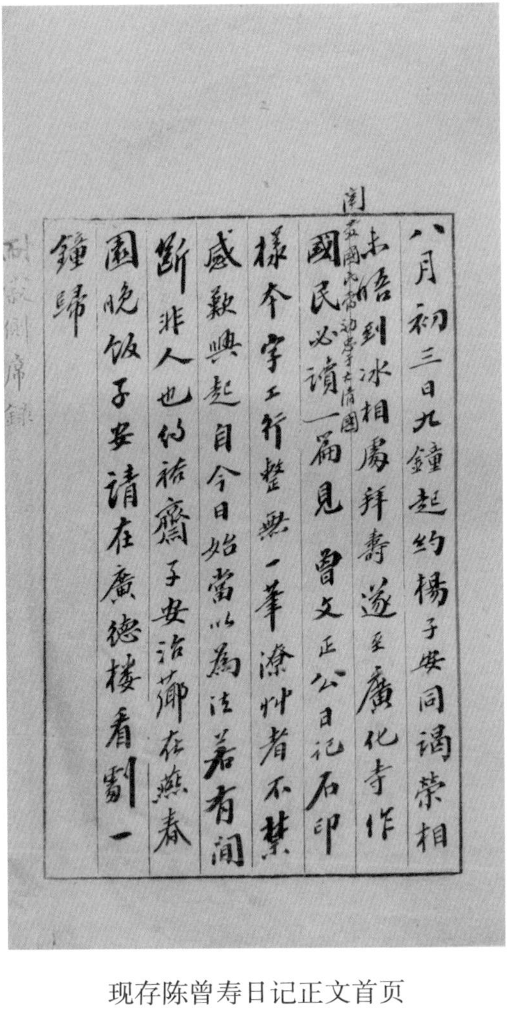

现存陈曾寿日记正文首页

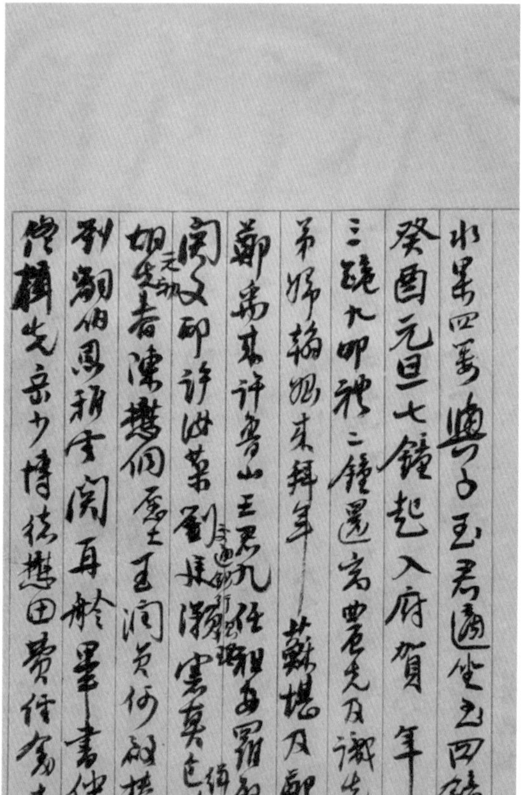

陈曾寿1933年元旦日记

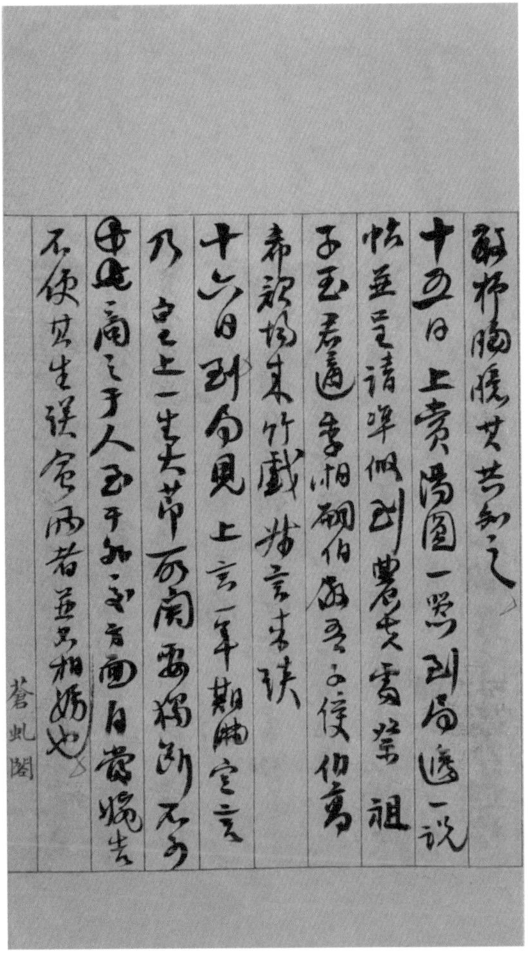

陈曾寿1933年正月十六日日记

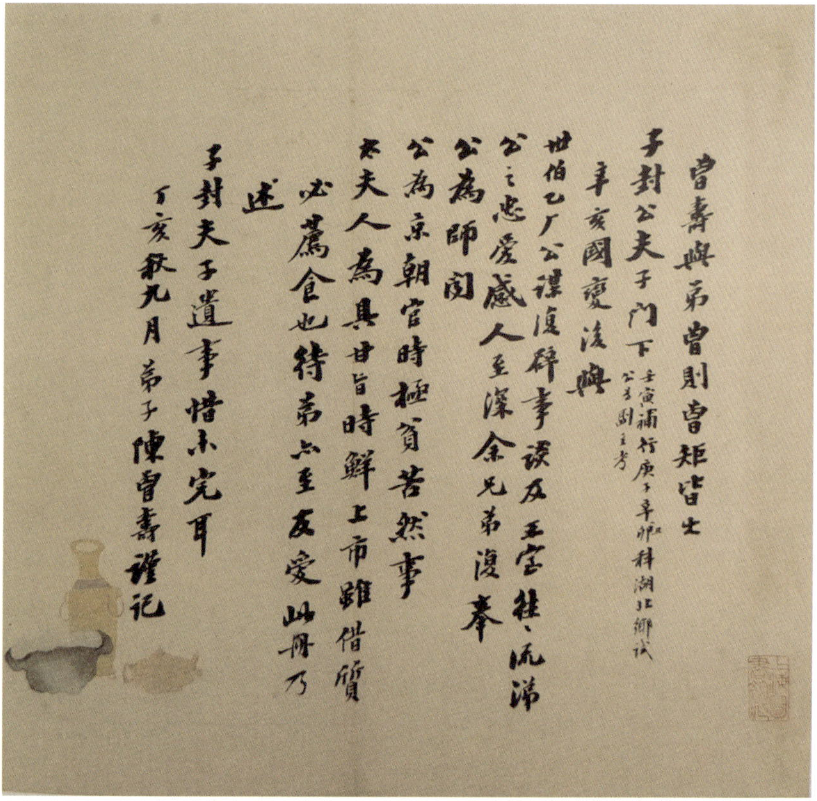
曾壽與弟曾則曾矩皆出
子封公夫子門下（壬寅補行庚子辛丑科湖北鄉試公爲副主考）
辛亥國變後與
世伯乙厂公謀復辟事談及王室輒流涕
公之忠愛感人至深余兄弟復奉
公爲師閲
公爲京朝官時極貧苦然事
太夫人爲具甘旨時鮮上市雖借質
必薦食也待弟亦至友愛此冊乃
述
子封夫子遺事惜未完耳
丁亥秋九月弟子陳曾壽謹記

上海图书馆藏沈曾植撰《沈子封提学家传残稿》所附陈曾寿跋

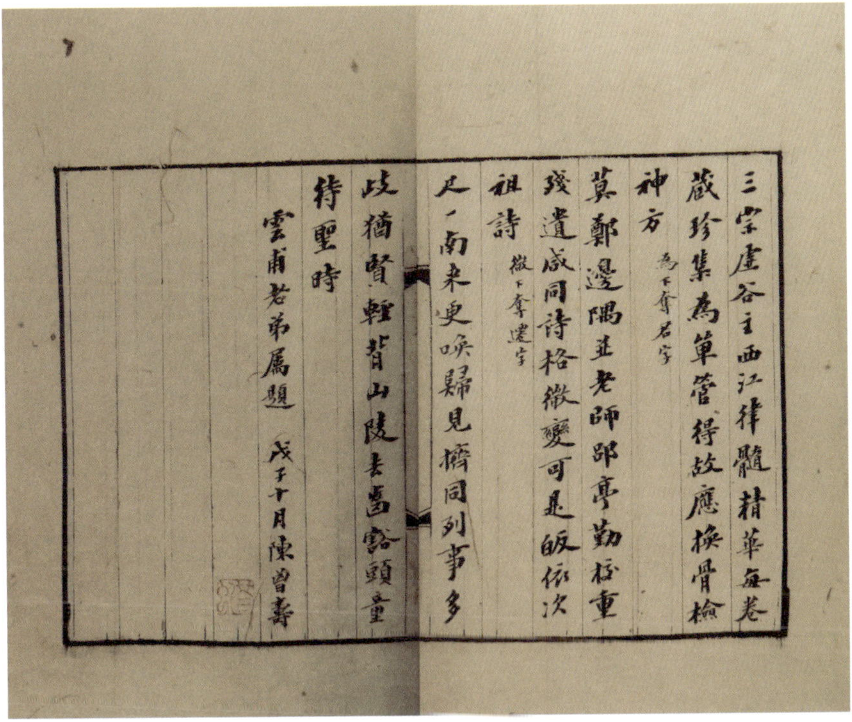
三宗虛谷主西江，律髓精華每卷藏。珍集為單管得，故應換骨檢神方。為下奪君字
莫鄭邊隅並老師，郘亭勤拾重殘遺。咸同詩格徵變，可是皈依次祖詩。徵下奪遷字
足〻南來更喚歸，見擠同列事多歧。猶賢輕背山陵去，國銜頭量待聖時。
雲甫若弟屬題　戊子十月陳曾壽

上海图书馆藏《增广笺注简斋诗集三十卷无住词一卷》所附陈曾寿跋

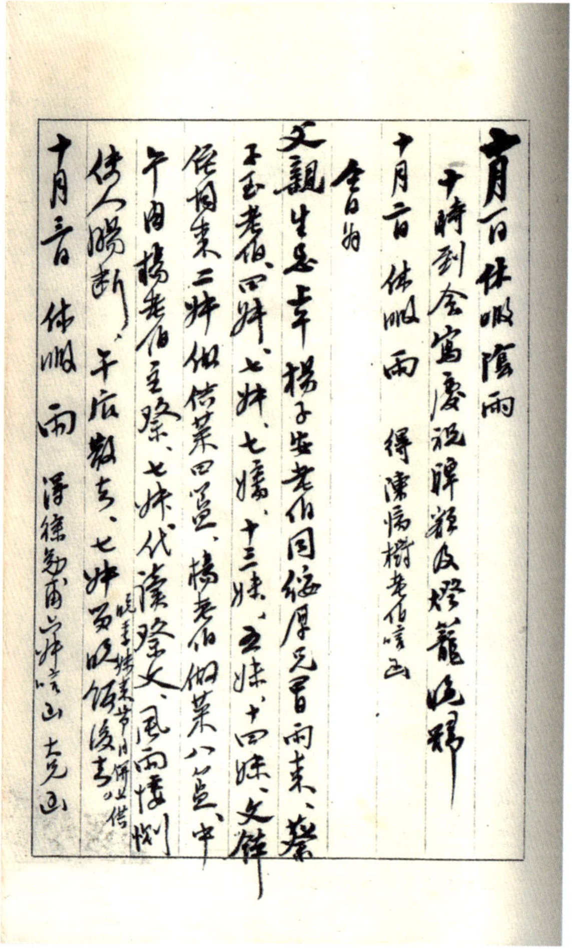

十月一日 休暇 陰雨
十時到會寫慶祝牌額及燈籠晚歸
十月二日 休暇 雨 得濂卿樹老伯信函
文親生忌辰 楊子安老伯同組厚兄冒雨來、蔡
子玉老伯、四姊、七姊、七嫂、十三妹、五妹、十四妹、文鮮
俊同來，二姊備供菜四簋、楊老伯備菜八簋、中
午由楊老伯主祭、七妹代讀祭文、風雨淒惻
使人腸斷。午后散去、七姊留晚飯後去
十月三日 休暇 雨 得徐勉甫六姊信函 大兄函

陈邦直《味冷斋日记》书影

1947年8月11日陈曾寿七十寿辰家人合影，摄于北京交道口大头条胡同33号。

第一排左起：陈文豫、陈文驤、陈文岚、陈文骅、陈文骐、陈文朝、陈文喈、陈文乔、陈文娟、陈文欣、陈文桂、陈文芷、刘德宽。第二排左起：陈曾杰、陈曾杰夫人赵曼、陈曾畴夫人李少君、陈曾畴、陈曾寿、陈曾任、陈曾任夫人李韵仙、陈曾任妹妹陈淑箴、妹夫张蜀梅。第二排左起：周以芬、陈邦壼、爱新觉罗·毓倩文、雷蕴芬、谢学瑜、刘广球、陈文藻、陈邦藩、陈文静、陈邦瑾、金令德、陈文尧、乔运慧。第四排左起：刘维堃、陈邦钧、陈邦焕、陈邦荣、陈文祖、陈邦炜、陈邦翰、陈文钵

舟泊陈庄小影，远处为雷峰塔（约摄于1921年秋）。

左起：宋阿毛、陈曾榖、陈曾榖妻朱孙艾、陈曾寿母周保珊、陈曾杰妻赵曼、陈邦淮、陈曾寿妻洪蕴芬、陈邦直

《中国近现代稀见史料丛刊》总序

在世界所有的文明中，中华文明也许可说是“唯一从古代存留至今的文明”（罗素《中国问题》）。她绵延不绝、永葆生机的秘诀何在？袁行霈先生做过很好的总结：“和平、和谐、包容、开明、革新、开放，就是回顾中华文明史所得到的主要启示。凡是大体上处于这种状况的时候，文明就繁荣发展，而当与之背离的时候，文明就会减慢发展的速度甚至停滞不前。”（《中华文明的历史启示》，《北京大学学报》2007年第1期）

但我们也要清醒看到，数千年的中华文明带给我们的并不全是积极遗产，其长时段积累而成的生活方式与价值观具有强大的稳定性，使她在应对挑战时所做的必要革新与转变，相比他者往往显得迟缓和沉重。即使是面对佛教这种柔性的文化进入，也是历经数百年之久才使之彻底完成中国化，成为中华文明的一部分；更不用说遭逢“数千年来未有之变局”“数千年未有之强敌”（李鸿章《筹议海防折》），“数千年未有之巨劫奇变”（陈寅恪《王观堂先生挽词序》）的中国近现代。晚清至今虽历一百六十余年，但是，足以应对当今世界全方位挑战的新型中华文明还没能最终形成，变动和融合仍在进行。1998年6月17日，美国三位前总统（布什、卡特、福特）和二十四位前国务卿、前财政部长、前国防部长、前国家安全顾问致信国会称：“中国注定要在21世纪中成为一个伟大的经济和政治强国。”（徐中约《中国近代史》上册第六版英文版序，香港中文大学2002年版）即便如此，我们也不能盲目乐观，认为中华文明已经转型成功，相反，中华文明今天面对的挑战更为复杂和严峻。新型的中华文明到底会怎样呈现，又怎样具体表现或作用于政治、经济、文化等层面，人们还在不断探索。这个问题，我们这一代恐怕无法给出答案。但我们坚信，在历史上曾经灿烂辉煌的中华文明必将凤凰浴火，涅槃重生。这既是数千年已经存在的中华文明发展史告诉我们的经验事实，也是所有为中国文化所化之人应有的信念和责任。

不过，对于近现代这一涉及当代中国合法性的重要历史阶段，我们了解得还过于粗线条。她所遗存下来的史料范围广阔，内容复杂，且有数量庞大且富有价值的稀见史料未被发掘和利用，这不仅会影响到我们对这段历史的全面了解和规律性认识，也会影响到今天中国新型文明和现代化建设对其的科学借鉴。有一则印度谚语如是说："骑在树枝上锯树枝的时候，千万不要锯自己骑着的那一根。"那么，就让我们用自己的专业知识与能力，为承载和养育我们的中华文明做一点有益的事情——这是我们编纂这套《中国近现代稀见史料丛刊》的初衷。

书名中的"近现代"，主要指 1840—1949 年这一时段，但上限并非以一标志性的事件一刀切割，可以适当向前延展，然与所指较为宽泛的包含整个清朝的"近代中国""晚期中华帝国"又有所区分。将近现代连为一体，并有意淡化起始的界限，是想表达一种历史的整体观。我们观看社会发展变革的波澜，当然要回看波澜如何生，风从何处来；也要看波澜如何扩散，或为涟漪，或为浪涛。个人的生活记录，与大历史相比，更多地显现出生活的连续。变局中的个体，经历的可能是渐变。《丛刊》期望通过整合多种稀见史料，以个体陈述的方式，从生活、文化、风习、人情等多个层面，重现具有连续性的近现代中国社会。

书名中的"稀见"，只是相对而言。因为随着时代与科技的进步，越来越多的珍本秘籍经影印或数字化方式处理后，真身虽仍"稀见"，化身却成为"可见"。但是，高昂的定价、难辨的字迹、未经标点的文本，仍使其处于专业研究的小众阅读状态。况且尚有大量未被影印或数字化的文献，或流传较少，或未被整合，也造成阅读和利用的不便。因此，《丛刊》侧重选择未被纳入电子数据库的文献，尤欢迎整理那些辨识困难、断句费力、裒合不易或是其他具有难度和挑战性的文献，也欢迎整理那些确有价值但被人们习见思维与眼光所遮蔽的文献，在我们看来，这些文献都可属于“稀见”。

书名中的“史料”，不局限于严格意义上的历史学范畴，举凡日记、书信、奏牍、笔记、诗文集、诗话、词话乃至序跋汇编等，只要是某方面能够反映时代政治、经济、文化特色以及人物生平、思想、性情的文献，都在考虑之列。我们的目的，是想以切实的工作，促进处于秘藏、边缘、零散等状态的史料转化为新型的文献，通过一辑、二辑、三辑……这样的累积性整理，自然地呈现出一种规模与气象，与其他已经整理出版的文献相互关联，形成一个丰茂的文献群，从而揭示在宏大的中国近现代叙事背后，还有很多未被打量过的局部、日常与细节；在主流周边或更远处，还有富于变化的细小溪流；甚至在主流中，还有漩涡，在边缘，还有静止之水。近现代中国是大变革、大痛苦的时代，身处变局中的个体接物处事的伸屈、所思所想的起落，借纸墨得以留存，这是一个时代的个人记录。此中有文学、文化、生活；也时有动乱、战争、革命。我们整理史料，是提供一种俯首细看的方式，或者一种贴近近现代社会和文化的文本。当然，对这些个人印记明显的史料，也要客观地看待其价值，需要与其他史料联系和比照阅读，减少因个人视角、立场或叙述体裁带来的偏差。

知识皆有其价值和魅力，知识分子也应具有价值关怀和理想追求。清人舒位诗云“名士十年无赖贼”（《金谷园故址》），我们警惕袖手空谈，傲慢指点江山；鲁迅先生诗云“我以我血荐轩辕”（《自题小像》），我们愿意埋头苦干，逐步趋近理想。我们没有奢望这套《丛刊》产生宏大的效果，只是盼望所做的一切，能融合于前贤时彦所做的贡献之中，共同为中华文明的成功转型，适当“缩短和减轻分娩的痛苦”（马克思《资本论》第一卷第一版序言）。

《丛刊》的编纂，得到了诸多前辈、时贤和出版社的大力扶植。袁行霈先生、傅璇琮先生、王水照先生题辞勖勉，周勋初先生来信鼓励，凤凰出版社姜小青总编辑赋予信任，刘跃进先生还慷慨同意将其列入“中华文学史史料学会”重大规划项目，学界其他友好也多有不同形式的帮助……这些，都增添了我们做好这套《丛刊》的信心。必须一提的是，《丛刊》原拟主编四人（张剑、张晖、徐雁平、彭国忠），每位主编负责一辑，周而复始，滚动发展，原计划由张晖负责第四辑，但他尚未正式投入工作即于 2013 年 3 月 15 日赍志而殁，令人抱恨终天，我们将以兢兢业业的工作表达对他的怀念。

《丛刊》的基本整理方式为简体横排和标点（鼓励必要的校释），以期更广泛地传播知识、更好地服务社会。希望我们的工作，得到更多朋友的理解和支持。

2013 年 4 月 15 日

目　录

前　言

陈曾寿(1878—1949),字仁先,自号耐寂、复志、焦庵,湖北蕲水(今浠水)巴河人。因家藏元代吴镇所绘《苍虬图》,故名其阁为“苍虬阁”,所作诗汇为《苍虬阁集》,故又以“苍虬”之号为世所称。陈曾寿曾祖陈沆(1785—1826)为嘉庆二十四年(1819)状元,有《诗比兴笺》《简学斋诗存》行世。祖陈廷经(1804—1877)为道光二十四年(1844)进士,累官翰林院编修、山东等道监察御史、内阁侍读学士等。父陈恩浦(1859—1922),科考颇蹭蹬,辛亥鼎革后,心恋旧朝。母周保珊(1853—1924),为漕运总督周恒祺(1824—1894)之女,精书法。生长于簪缨之家的陈曾寿早岁颇有大志,少年时曾自诩为状元之才。举进士后,陈曾寿累官刑部主事、学部主事、广东道监察御史等。辛亥革命以后,曾短暂在清华大学任教,而常居杭州西湖,鬻画为生。后又迁居上海,赖授徒、鬻诗文及卖字画为生。1917 年,曾参与张勋复辟事。1924 年以后,陈曾寿多居京津两地,为溥仪服务。1930 年后,因陈宝琛之荐,为溥仪皇后婉容老师。1932 年,“满洲国”成立,陈曾寿追随溥仪至长春,被任命为“内廷局”局长。后因事辞职,居北京。1947 年至上海,1949 年逝世,葬于上海漕河泾永年公墓。长子陈邦荣(1898—1969),又名陈微尘,是天津名中医。次子陈邦直(1910—1956),字英三,有日记存世。关于陈曾寿生平,陈曾则《苍虬兄家传》、陈祖壬《蕲水陈公墓志铭》所叙颇简要,本书附录已收。又谢永芳《陈曾寿年谱》(《词学》第三十六辑,2016),纪事颇详,惜未利用陈曾寿日记,然颇可参看。

陈曾寿著述甚丰,所著有《苍虬阁诗集》《苍虬阁诗续集》《旧月簃词》等，所编有《旧月簃词选》等，成就为世所称。其诗歌特点，钱仲联、钱学增编《清诗三百首》引诸家之说，参以己意，有简明而公允的评价：

> 陈三立序《苍虬阁诗存》，谓"比世有仁先，遂使余与太夷之诗，或皆不免为伧父"。陈祖壬序，谓其诗"出入玉溪、冬郎、山谷、后山诸家，以上窥探陶、杜。志深味隐，怨而不怒"。陈衍谓其兼"韩之豪、李之婉、王之道、黄之严"。盖自成其为苍虬之诗，而不同于并世墨守宋人一派的诗人。集中咏松、菊以及游览山水之作，最称杰出。南湖诸作，足与俞明震争胜。辛亥革命以后所作，则多遗老之音。①

诗歌之外，陈曾寿的词作在近代文坛也颇有影响。陈邦炎《陈曾寿及其旧月簃词》论陈曾寿词创作历程及艺术成就颇详。文中曾引诸家评述，如叶恭绰云"门庑甚大，写情寓感，骨彩骞腾，并世殆罕俦匹，所谓文外独绝也"，最终认为，陈曾寿词"自有其特出的意趣、独造的境界，其所开拓的词的审美领域，有并世及前代词家所未到者"②。

尽管陈曾寿诗词成就很高，在文学史上的地位却长期隐而不彰。一方面，是由于陈曾寿所创作的传统文学作品在近代文学史上并未有妥善的位置；另一方面，则由于陈曾寿曾经参与过伪满洲国的活动，身份较为敏感，不易引发较多学者的关注。因此，在很长一段时期，陈曾寿的著述并未得到有效整理。2009 年，上海古籍出版社印行张寅彭、王培军两位学者点校的《苍虬阁诗集》，汇编苍虬阁诗词及相关评论资料，予学界以很大方便。关于陈曾寿的研究，此后也日益

① 钱仲联、钱学增注释《清诗三百首》，东方出版中心，2020 年，第 498 页。

② 陈邦炎《陈曾寿及其旧月簃词》，载叶嘉莹、陈邦炎著《清名家词论集》，台北："中央研究院"中国文哲研究所，1996 年，第 312 页。

增多，如曾庆雨《陈曾寿诗歌研究》（华东师范大学 2017 年博士论文，2020 年由花木兰文化事业有限公司出版），更将研究推向新的高度。文献整理有助于学术进步，类多如此。

惜乎学界此前多不知陈曾寿有规模较大的日记存世，因此也极少利用这份珍贵的文献。今藏湖北省图书馆的陈曾寿日记共 25 册，原稿次序颇为错乱，经湖北省图书馆工作人员细心整理，面貌始大致清晰。2021 年，国家图书馆出版社影印了陈曾寿的这部分日记，收入《湖北省图书馆藏稿本日记四种》中。现存陈曾寿日记记载的时段，自宣统元年（1909）八月初三日至民国三十六年（1947）二月初十日，然中间颇有缺佚。各册名称不一，有作《苍虬阁日记》者，有作《猛醒庵日记》者。关于各册的基本情况及记事起止，张剑在《湖北省图书馆藏稿本日记四种》一书《前言》中叙述甚详，且辨析第六册后半部分为陈曾寿女婿周君适（1903—1989）日记，兹不赘述。

陈曾寿这部分日记何时流入湖北省图书馆，迄未得详。惟陈邦直《味冷斋日记》1949 年 10 月 25 日载："晚赴南洋路取回父亲日记八册，约德甫来家小饮。夜读日记。"又 1950 年 1 月 31 日日记云："四叔以父亲辛未、壬申年日记一册交付保存。夜读父亲日记，益感悲怆无已。"知陈曾寿日记生前由其随身携至上海寓所，且早已在兄弟及子婿间传阅。而其 1930 年日记册中甚至夹杂周君适日记，可见翁婿还曾共用日记册。其弟陈曾榖（1888—？，"四叔"）交给陈邦直的辛未、壬申年日记，今未见。由此可推断，陈曾寿日记在其身后颇有散佚。据日记中夹杂陈邦荣行医地址等信息，并陈邦直后裔所言，略知陈曾寿日记似由陈邦直家属转交其兄陈邦荣保管。后 1950—1980 年间，由陈邦荣捐赠给湖北图书馆。

陈曾寿记日记，源于偶见曾国藩日记，慨然有效慕之心，因此自订日记。其 1909 年 9 月 16 日日记云："见《曾文正公日记》石印样本，字工整，无一笔潦草者，不禁感叹兴起。自今日始，当以为法，若有间断，非人也。"或在陈曾寿立志订日记的影响下，陈氏家族形成了一个日记写作群体。今可考者，其弟陈曾矩（1884—1943）、陈曾任（1888—1960），其子陈邦直，其婿周君适等均有日记存世。这些日记虽多有残缺，然片言只语，对研究陈氏家族及近代中国社会，也不无裨益。因而收入本书，这便是附录部分的《局外局中人记》《味冷斋日记》等。

关于陈曾寿日记的价值，张剑在《湖北省图书馆藏稿本日记四种》一书《前言》中约分为三，认为“一是从中可以知悉诸多名人信息及性情特点，对于研究晚清民国人物具有较大价值”；“二是从中可了解陈曾寿的文学观点及文学创作情况”；“三是从中可挖掘研究溥仪、婉容和伪满洲国的有用信息”。较为清楚地说明了陈曾寿日记的价值。可补充说明者，则是日记还揭示了陈曾寿的画家面目。陈曾寿一生所绘画作极多，早年曾印行《苍虬画集》，以为鬻画张本。今观其日记，明确记载所绘画作已超三千幅。仅以雷峰塔为主题的画作，在1924年雷峰塔倒塌后的较短时间内，即绘制超过60幅。关于陈曾寿绘事概况，笔者另有《陈曾寿绘事年表》（待刊），读者将来可参看。日记不惟记载陈曾寿作画事，还详载其绘画见解。如日记第三册云“吾学画时，所见天下之物皆山水也。所见之山水皆笔也。用笔有锋有腰有根有侧面，用腰始厚，用根始苍老，用侧面始尽其妙（近人画但用笔尖，难乎言笔矣）”，又言“凡诗文书画，一时有一时之风气，囿于风气者固不足论，卑视近代而高语汉魏，亦门外汉耳”。凡此论说，在近代画论中，足以占据一席之地。而陈曾寿的绘画造诣在当时也颇受认可。1931年3月，他曾与宝熙（1871—1942）一道受溥仪之命，鉴定故宫书画89件，以便送日本展览。相关鉴定笔记，陈曾寿载于日记，这对研究故宫重要书画如米芾《天马赋》、管道昇《碧琅庵图》等，有相当的参考价值。

另外，陈曾寿日记对研究近代围棋、武术等也有较高价值。陈曾寿之弟陈曾则（1882—1958）为近代武术大师，从著名拳师孙禄堂（1860—1933）、杨澄甫（1883—1936）受形意拳、八卦掌、太极拳等，后在上海成立致柔拳社，以授徒为生，从学者不下数千人。陈曾则虽有《太极拳术剑术答问》《八卦掌图》等武学著作行世，但其人日常生活及练武情形等，此前少有文献披露，而陈曾寿日记偶或一载，令人大开眼界。如1947年3月2日日记载：

> 寥志约为蝴蝶会，每人作菜二簋、点心一味。贻先、询先、七弟妇、邦织侄女、邦勤侄女、邦檀侄女、邦楠侄女、邦纠侄女、祖定侄倩孙剑云（孙禄堂之女）、濮秩丞（七十八岁，甚健）及其女濮玉、病树、珸山、小坡、熊思孝、刘承亨、陈玉奇、章国□、杨人镜外孙、芗孙之子绍曾，共开一席。……杨绥后歌《捉放》。珸山拉胡琴牌子，濮玉琵琶独奏。章君凡阿林独奏。剑云舞纯阳剑。濮玉练太极拳。寥志弟与邦勤侄女对剑，复与玉奇对八卦合手。玉奇转八卦掌。

日记所载陈曾则（寥志）召集的蝴蝶会，令人想见民国时期上海滩的文武盛会。其中所涉武学大师孙禄堂之女孙剑云、太极拳宗师陈玉奇（1926—2001）等切磋演练情况，则是近代武术研究的可贵资料。此外，陈曾寿日记还记载了太极拳的招式等。凡此，值得相关研究者留意。

至于围棋方面，陈曾寿日记所涉也颇多。如1913年1月25日日记载："胡蕲老约观弈并晚饭，有林贻书及其弟四子□□，年甫十五，又有顾姓者年二十，与之对弈，顾胜，均后起之秀。尚有尹耀卿、姜鸣皋、王□□三人，皆上海棋会中之翘楚。吴乐山、喜孙、赵玉甫均作古人，回忆京华棋会之胜，不禁凄然。今日之老辈仅贻书一人。贻书为保全旧日名誉，不轻与人对局矣。"由此可知，陈曾寿在光绪年间，曾在京师组织棋会，声势颇大。许宝蘅（1875—1961）《巢云簃日记》民国二年四月初六日所记可证其事："昔年仁先在京时，亦常作棋会，其时有定镇平、姜鸣皋、张耀山、赵玉甫、汪云峰、沈喜孙诸人，继有潘朗东、段君良，现张、赵、喜孙均已物故，都下以弈名者，推汪云峰第一。君良为芝泉上将之子，受业于云峰，可以方驾。”①辛亥鼎革以后，陈曾寿虽未再组织棋会，但陈曾寿对围棋的关注并未终止。例如，日记载有1934年吴清源（1914—2014）在长春下棋的情况。这年7月12日日记载：“苏堪约陪吴清源、木谷在交通银行晚饮，予与木谷围棋一局，受五子，负八子半。裕斋与清源对局，亦受五子。”可补《吴清源回忆录》之阙。此外，陈曾寿家人及亲友中，喜欢下围棋者颇多，日记多有记载，且每及胜负情况。凡此，对资料稍显匮乏的中国近代围棋研究而言，无疑具有很高的价值。

总的来说，日记详细记载了陈曾寿以世家子弟经历辛亥鼎革，以遗民身份自守的人生历程。其间，陈曾寿追随溥仪，终身不渝，志节上颇有足称处，而一些行动则难免要为今人所批评。不过，陈曾寿在诗词、绘画等领域的成就，又使他在中国近代文艺领域占据了不可忽视的重要地位。此外，陈曾寿的师友亲旧如张之洞、陈三立、沈曾植、梁鼎芬、陈宝琛、袁思亮、傅增湘、溥心畬、赵朴初等人，又是近代史上的重要人物。因此，《陈曾寿日记》的文史价值就不能被相关研究者忽视了。

本书所据底本及相关整理情况，见《整理说明》及《后记》。需要指出的是，陈曾寿日记中多抄录他人诗作，有些并未注明作者。读者阅之，须稍加留意。又书后附录资料若干种，读者欲深研陈曾寿日记，这部分资料也不当忽视。希望本书的出版，有助于推动陈曾寿及中国近代文史相关领域的研究。

---

① 许宝蘅著，许恪儒整理《许宝蘅日记》，中华书局，2010年，第2册，第440页。

整理说明

一、正文所据底本为湖北省图书馆馆藏陈曾寿日记稿本(见《湖北省图书馆藏稿本日记四种》第四十四至第四十八册)。

二、日记原年月日后附加公元纪年,以圆括号标示。

三、本书除特殊人名、地名等专有名词保持底本文字外,一律使用通用规范字。苏州码子等特殊字符,一律转写为今通行字符。

四、日记中同一人名、字号、称呼变化甚多,如许宝蘅,即有“季湘”“季芗”“季香”等多种写法,整理时一仍其旧。日记中人名夹注部分径入正文,间加括号。旁注以宋体小五号字体标识,置于相应位置。眉注以圆括号标识,附于相应日记的段尾,或以脚注标出,加“天头”二字,以示区别。涉及地名同音情况时则尽量统一,以便省览。

五、模糊及难以识别处用“▨”符号表示,空缺者用“□”符号替代,原有敬讳符号如“○”等予以保留。明显误字,则在“【】”中标出正确文字。

六、稿本日记有校改痕迹,整理时以改正者为是。明显错讹处径改,部分诗文则注明原稿文字。此外,还简要注明《苍虬阁诗集》(简称“诗集本”)与日记所载诗词文的差异,以便读者了解陈曾寿作品的修改历程。

七、日记年中、年末所附资料,在相应位置照录。夹页文字,也在原稿相应位置插入。少数几张夹页日文报刊及随意涂写的杂页等内容不录。

八、附录周君适、陈曾任、陈邦直等人日记及《陈曾寿家族传记资料》一束，另附整理者所编《陈曾寿家族成员简介》，以便读者对陈氏家族有更多了解。

九、日记所涉“满洲国”“我国”“康德”“执政”“国务院”“圣”“上”“后”“臣”“辛亥国变”等词语，均为特殊时期的历史书写，显示陈曾寿的历史局限性。本着尊重文献原貌的原则，今一仍其旧，亦不加引号。祈读者明察。

第一册(宣统元年八月至宣统三年二月)

苍虬阁日记

八月初三日(1909年9月16日) 九钟起,约杨子安同谒荣相,未晤。到冰相处拜寿,遂至广化寺,作《国民必读》一篇。(旁语:阐发国民当效忠于大清国。)见《曾文正公日记》石印样本,字工整,无一笔潦草者,不禁感叹兴起,自今日始,当以为法,若有间断,非人也。约裕斋、子安、治芗在燕春园晚饭。子安请在广德楼看剧,一钟归。

初四日(9月17日) 晴。随侍祖母、父亲到机织卫看房子,拟移居也。到署,与恩咏春面订租房之事。二钟半归。到许季香处小坐。裕斋随至,约在万福居晚饭。同治芗访谭鑫培,商办鄂省赈戏事。谭甫病愈,当稍迟再办。十一钟归。作《国民必读》一篇,阐发国民当服孔子之教。

初五日(9月18日) 阴。九钟起,到署。至徐莹甫家小坐,五钟归。裕斋来,围棋三局。饭后,至许季香处久谈,谈及[①]李莼客日记甚多,载庚辰事甚详。闻吴絅斋云,大阿哥来京,端王福晋系蒙王之妹,去岁随同蒙王入京[②],请于摄政王,求见大阿哥一面,王许之。兹大阿哥同澜公由东陵入京,福晋已逝矣。十一钟归。作《国民必读》一则,论为学必先立志。

初六日(9月19日) 九钟起。饭后,随侍祖母及父亲游万生

---

① 此处原删除"日记以"三字。

② 此处原删除"随入"。

园。天微阴，傍晚归。夜至季香处久谈。

初七日(9月20日)　晴。九钟起，至署。至冰相处视疾。在广化寺约特科同年小酌，到者为袁树五、袁励准、胡绥之、张彦云、端仲纲五人，傍晚始散。

初八日(9月21日)　九钟起，到署。访徐裕斋于法政学堂。过徐莹甫处小坐。同子安、治芗出城，子安至日医原田处视病后，一同至寓，夜始去。微雨。

初九日(9月22日)　十钟起，到署。回拜萧伯诚、范云乡。发蒋则先先生函。

初十日(9月23日)　到署。冰相电召议《国民必读》事，夜归。

十一日(9月24日)　到署。冰相复召，夜归。至季香处谈。

十二日(9月25日)　到署。冰相复召，夜十二钟归。

十三日(9月26日)　同子安坐马车到诸位老师处贺节。冰相复召，傍晚归。

十四日(9月27日)　冰相召，命拟遗折。病未加重，英、日医士诊过，均云无妨，特以久病焦急耳。与治芗拟稿，至夜深始成，归寓已将曙矣。

十五日(9月28日)　至治芗处、季香处小坐。晚，裕斋来，因留小酌，赏月，围棋数局。

十六日(9月29日)　饭后到署。至子安处久坐，傍晚归。晚饭后，至季香处久坐。

十七日(9月30日)　彦云约谈，晚归。顺道过莹甫处，有南归之志，意兴太觉萧索。

十八日(10月1日)　到署，晚归。夜同治芗到季香处坐。

十九日(10月2日)　饭后至署。到子安处小坐，闻冰相病重，遂往视疾，询悉服东医药[①]，以致呕泻交作，元气亏耗，甚觉危险。晚

---

① 此处原删除“月馀”。

至正阳,侍家大人饮。夜归后,冰相电属拟《请因病开缺折子》。治芗适在寓,乃商同拟一稿。

廿日(10月3日) 侍家大人游湖,傍晚归。

二十一日(10月4日) 季香为其夫人开吊,往吊,并代陪客。午后,偕治芗、子安视冰相疾,已至大渐,而神明不衰,遗嘱甚详,并催办遗折。遂同治芗、子安赶办遗折成后,听诵折中紧要数语而逝。四鼓归。

二十二日(10月5日) 晨往许家送殡,吊冰相,晚归。

二十三日(10月6日) 晨,冰相大殓,代陪宾客一日。裕斋来夜谈。

二十四日(10月7日) 谒荣相,商办《国民必读》事。荣相谈及平生俭约之事,多有作不到处,可敬可愧。顺道至机织卫贺治芗移居。

二十五日(10月8日) 晨,乔茂老来谈。至署,道孙约去商作哀启事,夜归。

二十六日(10月9日) 至署。

二十七日(10月10日) 子玉约到便宜坊小饮。裕斋来谈。夜作《讲义》一篇,论人君好贤恶恶之道。

二十八日(10月11日) 至署。晚过治芗处,与裕斋、子安围棋数局,神智甚昏。

廿九日(10月12日) 侍大母、家大人游陈列所。晚,至季香处谈。

三十日(10月13日) 往张文襄宅陪客,并商哀启事。夜归。

九月初一日(10月14日) 赴署,傍晚归。治芗来,偕同视季香,夜午始散。

初二日(10月15日) 赴署,集同人商编《国民必读目录》及在广化寺值班日期。莹甫约观棋,思及喜孙,不乐而归。感成七律一首。

初三日(10 月 16 日) 叹拟一折稿,未入署。午睡多时,裕斋来围棋,竟不成一字。

初四日(10 月 17 日) 裕斋仍来围棋,至夜始拟折稿。

初五日(10 月 18 日) 入署,谒荣相。视沈雨人侍郎,未值。晤仲长,谈片刻,奇冷,遂归。

初六日(10 月 19 日) 入署。夜至西车栈接节厂先生。

初七日(10 月 20 日) 到广化寺,过张文襄宅晤节厂先生,久谈。裕斋晚同回寓围棋。

初八日(10 月 21 日) 早,至圆通观谒节厂先生。入署,朴丈来,谈尽心知性之事,意欲提挈使出苦海,而迷堕已深,颇难为力也。宝臣自汉来,裕斋及仲清、季香皆来,聚谈极乐。

初九日(10 月 22 日) 节师约同陈伯潜阁学至广化寺作登高之会,遂备小酌,日夕始散。忆及去年今日冰相约在六郎庄登高,风境不可复得,不能不惘惘。夜往贺治芗生日。

初十日(10 月 23 日) 入署,节厂先生与江少泉太史约晚饭。治芗、子安来夜谈,一钟始去。

十一日(10 月 24 日) 与子安补祝徐莹甫四十生日,约汪云峰、赵玉甫、史献夫、潘朗□[①]围棋一日。

十二日(10 月 25 日) 入署。写家信一封。子安、裕斋、仲清、季香来谈。

十三日(10 月 26 日) 同宝臣至土地庙买菊,有数种尚佳。入署。至张文襄公宅,特科同年公祭。晚归,作《讲义》一篇,言宣王中兴本于孝友,暗指戊戌十年以来之事。

十四日(10 月 27 日) 广化寺班期,与乔茂老、饶叔苏久谈。叔苏勇猛精进,弗如远甚,不胜愧对。

---

① 原空一字。

十五日(10月28日) 学部公祭文襄。

十六日(10月29日) 入署,早归休息。

十七日(10月30日) 往文襄宅陪[①]吊。

十八日(10月31日) 季香请六国饭店。往文襄宅陪吊。

十九日(11月1日) 在家休息。子安、治芗、仲清、季香来送行,夜分始去。

二十日(11月2日) 晨,送大母、父亲及内子、三弟妇等归鄂。预记应办之事数端:拜度支部堂官,回拜李柳溪,覆石钦、莘田函,拜陈弢厂学士。入署。夜视季香。季香向何寺代人僦宅,为犬豕伤也。闻王宏甫五十生期,即往拜寿,并过谭金培供奉处。谭以积年恩赏银两作为湖北赈捐,虽不过数十金,亦可谓有心者也。

二十一日(11月3日) 晨往送张文襄灵柩返里。行至崇文门,为宝侍郎跟马所践,幸只伤足背,勉行二里许,遂坐车返寓。至夜大痛,不能伸缩,四鼓始得寐。

二十二日(11月4日) 痛减,但行步不得力。彦云、李佩蕙同年来视。发鄂信。接父亲彰德来函。

二十三日(11月5日) 足较昨稍健。作《国民必读》一篇。

二十四日(11月6日) 晨,往谒纪香骢师。午间,仲清、季香、朴丈来谈。足渐复原,梢不得力。接父亲出驻马店来函。

(眉:夜办之事:请裕斋为五少奶奶开调理方子,时时服药。会赵伯葳、沈雨老、黎玉老。)

廿五日(11月7日) 晨访陈石遗、仪曾、治芗。裕赴定镇平大理棋会。治芗同出城,夜谈甚久。

廿六日(11月8日) 同季芗、宝臣看万生园菊,有数种绝佳。并贺袁树五同年放浙江提学使。

廿七日(11月9日) 王司直请至广雅书局议刊《广雅遗集》。

---

① 此处删除“宅”字。

廿八日(11月10日) 拜陈弢厂学士。到广化寺,入署。夜,在治芗处下榻。

廿九日(11月11日) 入署。夜请纪香骢先生便饭。

三十日(11月12日) 入署。傍晚,到林季鸿家看菊,以“天女散花”一种为最佳,馀如水精如意、秋水明霞、天半朱霞、绛帻鸡人、紫绶金章、羚羊挂角,均佳。

十月初一日(11月13日) 入署。

初二日(11月14日) 广雅书局开局,刊《广雅遗书》也。

初三日(11月15日) 回拜黄□□[①]坊、黎玉丈。入署。晚,裕斋请至燕春园。夜编课本,三钟寝。

初四日(11月16日) 发家信。入署。覆宋敦甫、刘莘田信。

初五日(11月17日)

初六日(11月18日)

初七日(11月19日) 入署。夜编课,二钟寝。

初八日(11月20日) 入署。夜编课本,三钟寝。致函黄伯雨。

初九日(11月21日) 同和居棋会。彦云约饮,遂至治芗处下榻,四鼓始寝。

初十日(11月22日) 请蒋则老。午寝。夜作《讲义》,三钟寝。

十一日(11月23日) 往谒荣相,未见。入署。夜至季香处。

十二日(11月24日) 徐幼星来谈。入署。石遗约饮。发家信,编课本,三钟寝。

十三日(11月25日) 接家信。入署。编课本,三钟寝。

十四日(11月26日) 入署。夜访方先生(旁:剑华)、刘朴丈,谈左文襄逸事,甚有心得。编课本,三钟寝。

十五日(11月27日) 入署。编课本,三钟寝。

---

① 原空两字。

十六日(11月28日) 星期。在家围棋。刘幼沄约在德昌吃饭。往视陶斋师,师时罢职,由津归也。编课本,三钟眠。

十七日(11月29日) 入署。编课本,三钟眠。

十八日(11月30日) 入署。编课本,三钟眠。接家信。

十九日(12月1日) 到广化寺值班。吊孙寿州相国夫子,萧条可悲,有客三四人而已。夜在治芗家下榻。

二十日(12月2日) 入署。得家信。编课本,二钟眠。

庚戌正月元旦(1910年2月10日) 开笔,敬录母亲大人诗句:"坐看红日迟迟[1]下,车载千钧努力时。"去年六月乞假,归鄂十日,回京后所作也。书以自励。

初二日(2月11日) 至刘朴丈、杨子安、治芗处拜年。至署团拜。同治芗至彦云处小坐,彦云呼其子前[2],属问以经解数事,皆能答。其子甫十二岁也。此在我生之初不为罕见,今则学堂盛兴,教科书行而经传乃废,始觉可贵矣。归后阅《国学粹编》数册,见黄仲涛学士题李猛厂丈《明湖秋泛图》七古一首甚佳,尚非浪得虚名也。昨梦刘莘田出诗一卷,皆咏梅花者,清寒入骨,思作一诗纪之,未成。

初三日(2月12日) 与农先围棋三局。乔茂老来谈。傍晚,朴丈来,约同访季湘,宝臣续到,夜分始归。阅黄诗一卷。

初四日(2月13日) 莹甫约在振采处早饭。晚赴白振民、陈石遗之约。觉先五弟得一子。

初五日(2月14日) 得莘田函。

初六日(2月15日) 同宝臣、元孙诸弟游火神庙。

初七日(2月16日) 到署。同裕斋围棋二局,皆负。晚至朴丈处小坐。

---

① 旁注一"徐"字。

② "前"原作"至"。

初八日(2月17日) 到西城拜年,子安处晚饭。

(眉:夜写回信。陈篆帅,杨俊卿,萧□曾,曹提学,万经厂,郭□□,徐戟门。)

初九日(2月18日) 得家信、徐戟门信、宋敦甫信。[①] 密丹阶[②]先生来,谈及召对两宫之事,令人震栗,真胆大如斗也。

初十日(2月19日) 同贻先游火神庙。晚请幼丹先生、丹阶先生便饭,并请治芗、季湘、裕斋作陪。

十一日(2月20日) 权谨堂约晚饭。

十二日(2月21日) 治芗约万福居早饭,归与裕斋围棋二局。夜至升平园剃头。同治芗至广德楼观剧。二日未作正事,神智不清,以后力戒。

十三日(2月22日) 往谒端午帅、泽公,未遇。至张文襄家行礼,荣相家小坐。复往贺子安生日。夜半乃归。

十四日(2月23日) 五侄女发热数日,恐患惊厥甚剧。小毛头亦患脐风。

十五日(2月24日) 五侄女病更加甚,裕斋开二陈汤灌之。

十六日(2月25日) 五侄女忽能哭食,有转机。小毛头殇。连日心胆俱碎,觉人世皆苦境也。

十七日(2月26日) 密丹阶先生来谈。往宝宅贺师母生日。作《广化寺》诗一首。

十八日(2月27日) 在万福居请同习诸人。

十九日(2月28日) 趋署行开印礼。贺裕斋生日。作《寄赠刘

---

① 此处圈去"杨子安"三字。

② 密丹阶,即密昌墀(1853—1919),字丹阶,晚年号孑公。湖北汉阳人,光绪十八年(1892)进士。光绪二十五年(1899)奉旨进京,朝见慈禧太后及光绪帝,在仪鸾殿陈时政得失,并调和两宫,侃侃而谈,声震殿壁,两宫为之动容。后著《仪鸾对》详述其事。日记所言当指此事。

莘田》一首。

(眉:聚奎堂换照事急办。)

二十日(3月1日) 往朴丈处小坐,裕斋来。

廿一日(3月2日) 到署。访饶竹荪。贺士可生日。

廿二日(3月3日) 到署(旁:访刘、密二公)。石遗请晚饭,晤江、赵、胡三御史。慎先及子玉由鄂来家中,均平安。

廿三日(3月4日) 到署。赠乔茂老诗一首。

廿四日(3月5日) 丹阶先生来,谈竟日。傍晚入署。

廿五日(3月6日)

廿六日(3月7日) 入署。过子安家晚饭。夜至丹桂茶园看谭金培演剧。

廿七日(3月8日) 入署。裕斋约同治芗到燕春园。数日心气不甚定,不知何故。

廿八日(3月9日) 访朴丈,未值。过乔茂老。入署。晚,同治芗、裕斋至丹桂观剧。发梁先生一函。

廿九日(3月10日) 发家信,蒋贻先①一函。入署。

二月初一日(3月11日) 入署。阅陈后山诗文数卷。

初二日(3月12日) 往谒孔祥霖老师,未值。陈翼如由鄂来。

初三日(3月13日) 入署。晚间翼如上广和居。

初四日(3月14日) 入署。至子安家夜谈。

初五日(3月15日) 送翼如南旋。夜,至丹桂看剧。

初六日(3月16日) 夜晚,至丹桂看剧。

初七日(3月17日) 入署。阅师范学堂卷。

初八日(3月18日) 入署。阅师范学堂卷。晚,赴沈梦六世兄之约。

---

① “蒋贻先”原作“莘田”。

初九日(3月19日)　至东城拜客。夜赴沈羹梅福全馆之约。连日作张文襄公挽诗甚苦,四首存二。

初十日(3月20日)　入署。夜,治芗来,作竟夕之谈。

十一日(3月21日)　密丹阶先生来,谈竟日。接莘兄函。

十二日(3月22日)　王司直约谈。入署。至湖广馆,会议路事。

十三日(3月23日)　入署。晚赴李润田之约,代作《讲义》一篇。

十四日(3月24日)　访刘、密二公。密言路若侥幸争回,后患方长,今日人心太险,诪张为幻。多有见之言。回拜姚平吾先生,未遇。入署。晚过朴丈小谈。接蒋则老函、梁节厂师函。

(眉:应办之事:写谢炭敬函,写左笏老、梁节厂师函。写家信。为松厂说女子师范教习事,为子玉说名词馆事。向图书局取《近思录补注》。)

十五日(3月25日)　与方剑华先生、朴丈拍照。访刘、密二公。与王司直入署。密公、治芗、裕斋来夜谈。发家信、梁节师函。

十六日(3月26日)　入署。看杜集。

十七日(3月27日)　阅杜集。汪子健约在杏花春饮酒,小醉。

(眉:抄师二宗夫子文稿。)

十八日(3月28日)　午帅所办陶氏学堂开学,请参观。回拜汤钜□。傍晚,往祝[①]子安太夫人生日,夜一钟归。

(眉:抄选寄梦厂诗稿。)

十九日(3月29日)　入署。往治芗家夜谈。同武自鄂来。接家信。

二十日(3月30日)　午帅约陪英儒李提摩太、丁韪良。晚请李猛厂丈万福居。

廿一日(3月31日)　入署。端仲刚请看杨小楼演《落马湖》。治芗约同李猛厂丈饮南味斋。夜阅《四书反身录》二册。

---

① “往祝”原作“至”。

(眉:录《反身录》数则:

心小则心存,心存则不乱。临大事而不乱,方足以任大事。临生死而不乱,方足以了生死。

生之必有死,犹昼之必有夜。圣愚同然,古今一揆。只平日心事无歉,便是了死善着。

一生战战兢兢,此心常存不放。到头检点平生,超然无累而逝,方是好结果、好散场。盖善始乃能善终,善生乃能善死。

四者之累,咸起于意[①],所谓意虑微起,天地悬隔是也。意若不起,三累自绝,不识不知,顺帝之则。

此章真夫子一生年谱也。圣人一生所重,惟在于学,所学惟在于心,他非所与焉。盖内重则外自轻,所性不存故也。[②])

廿二日(4月1日) 入署,过子安处。谒荣相,值午卧,未见。阅《曾文正日记》数册。(旁:校《近思录补注》十页。)夜十二钟时,闻子安夫人逝世,往吊,天明始归。

廿三日(4月2日) 谒荣相。在子安家代为料理丧事。夜半归,校《近思录补注》十页。

廿四日(4月3日) 星期。在家休息,校《近思录补注》十页。

廿五日(4月4日) 入署。过子安家。校《近思录补注》十页。

廿六日(4月5日) 入署。过莹甫小谈。裕斋、治芗来,夜半始去。校《近思录》三页。

廿七日(4月6日) 清明。同治芗、裕斋、同武、元孙及觉先、农

---

① "咸起于意",《四书反身录》作"咸本于意"。

② 李颙《四书反身录》论《论语·为政》"吾十有五"章云:"此章真夫子一生年谱也。自叙进学次第,绝口不及官阀履历、事业删述,可见圣人一生所重、惟在于学,所学惟在于心,他非所与焉。盖内重则外自轻,所性不存故也。由斯以观,吾人亦可以知所从事矣。事业系乎所遇,量而后入。著述生于明备之后,无烦再赘,夫何容心焉。"

先弟游万生园。晚过子安处。校《近思录补注》五页。

廿八日(4月7日) 入署。校《近思录补注》十页。阅杜集。

廿九日(4月8日) 入署。校《近思录补注》十页。作《清明出游》诗。

三十日(4月9日) 作《清明出游》诗。同治芗至丹桂看剧。

三月初一日(4月10日) 星期。往贺汪巩厂四十生日。校《近思录补注》十页。

初二日(4月11日) 过子安处。入署。仲谦约晚饭。校《近思录补注》十页。

初三日(4月12日) 过子安处。入署。谒唐尚书,语多而不中肯,要非干事之才。中朝乏人如此,可痛可怕。校《近思录补注》十页。阅杜诗。

(眉:发鄂函。)

初四日(4月13日) 入署。同裕斋过子安处,晚归。校《近思录补注》十页。阅《李文忠遗集》。

初五日(4月14日) 校《近思录补注》十页。入署。同裕斋往观慈仁寺双松,数百年物,夭矫可爱,归作诗一首记之。渭渔三兄自鄂来。

初六日(4月15日) 校《近思录补注》十页。入署。治芗来夜谈。

初七日(4月16日) 入署。校《近思录补注》十页。黄兰生约万福居。

初八日(4月17日) 大风,未出门。校《近思录补注》十页。

初九日(4月18日) 九钟起,谒荣相。入署。同治芗往图书局中,海棠、榆叶梅,海棠半开,榆叶梅极盛,徘徊久之。

初十日(4月19日) 八钟起,同渭兄、松厂往观慈仁寺松,为僧所沮,遂至畿辅先哲祠,海棠尚未开,并至法源寺看丁香,亦未开。入署。往贺陶帅五十初度。子安来谈,傍晚去。校《近思录补注》十页。阅《李文忠集》一册。代人作讲义,略构思而不能入。写家信一封。

十一日(4月20日) 十钟起。校《近思录补注》十页。入署。接梁师函。

十二日(4月21日) 校《近思录补注》十页。入署。

十三日(4月22日) 校《近思录补注》十页。入署。石钦兄自鄂来。代人作讲义一首。

十四日(4月23日) 九钟起。校《近思录补注》十页。入署。夜同石钦走访方剑华先生、朴丈。

十五日(4月24日) 往子安、伍仲文二处吊唁。同石钦、慎先、渭兄等游畿辅先哲祠,看海棠花开极盛,遇桐城马通伯先生。复至法源寺看丁香。裕斋、王季香来,陈弢厂阁学来,谈甚久。校《近思录补注》十页。

十六日(4月25日) 同石钦至莹甫处,久坐。入署。过治芗处。校《近思录补注》十页。

十七日(4月26日) 入署。晚至丹桂,看谭鑫培演《李陵碑》。

十八日(4月27日) 入署。校《近思录补注》十页。

十九日(4月28日) 入署。校《近思录补注》十页。

二十日(4月29日) 入署。晚赴陶帅之约。校《近思录补注》十页。接絜先来函,明日可到。

二十一日(4月30日) 校《近思录补注》十页。入署[①]。看范季远丈并蕲水诸君。李三先生及治芗来谈。絜先到。

二十二日(5月1日) 校《近思录补注》二十页,全书校毕。四钟,起送慎先。过甄录场,在莹甫、子安处久坐。三钟接场,慎先适出,乃同归。

二十三日(5月2日) 入署。请同县诸君饮同丰堂。

---

① “入署”二字勾出。

二十四日(5月3日) 子安来谈,未刻始去。晚,同松厂请李三先生及季远丈。

二十五日(5月4日) 入署。

二十六日(5月5日) 入署。

二十七日(5月6日) 入署。同石钦、渭兄、絜弟到崇效寺看牡丹,并至慈仁寺看松。

二十八日(5月7日) 入署。

二十九日(5月8日) (旁:星期)诣治芗处,小坐。贺荣师母生日。代则先先生请署中诸人饮会贤堂(同裕斋到广化寺看牡丹,访张君立)。

四月初一日(5月9日) 六钟起,同松厂、渭兄、絜弟诸人游园。有藤三株,为生平所未见者。

初二日(5月10日) 入署。傍晚归,与强志围棋一局。

初三日(5月11日)

初四日(5月12日)

初五日(5月13日)

初六日(5月14日) 入署。同石兄至朴丈处久谈。

初七日(5月15日) 星期。在家休息一日。

初八日(5月16日) 到县馆视大兄。傍晚入署。至裕斋、治芗处,与莹甫饯别,有彦云、猛厂丈、季香、子安,剧谈甚乐,一钟归。①

初九日(5月17日) 四钟起,送石兄、三兄、絜弟入场,傍晚接场。十二钟时,至县馆视大兄,场中尚未甚吃亏,可喜。

初十日(5月18日) 入署。过裕斋处小谈。衔侄自鄂来。

十一日(5月19日) 入署。

---

① 本月初一日至初八日,陈曾寿日记日期隔一行开始,疑其日记为预先填好日期再行填写。

十二日（5月20日） 入署。晚过季香处久谈。

十三日（5月21日） 四钟起，送场。午后入署。晚至彦云处小坐。

十四日（5月22日） 星期。五钟起，送六弟归鄂授室。到汉阳馆、宜昌馆回拜。晚至丹桂，看鑫培演《换子》[①]。在万福居吃梦。

十五日（5月23日） 早入署。过子安处，久坐。

十六日（5月24日） 访徐三先生，未晤。晚，同石钦走访竹荪。

六月初一日（7月7日） 九钟起，入署。阅云南高等学堂毕业卷十馀本。同裕斋至子安处，傍晚归。治芗来谈。夜阅《示儿篇》及《强甫先生遗稿》。

初二日（7月8日） 九钟起，访马通伯先生，宗旨甚合，近世难得之老辈也。入署。同裕斋至彦云处，治芗亦来，傍晚归。季芗来夜谈。

初三日（7月9日） 未入署。写家信一函、蒋则先先生一函。阅苏诗，无所得。

初四日（7月10日） 星期。同石钦、裕斋游万生园，荷花大开。治芗请食汉川蒸菜，遂留坐一日，夜分始归。

初五日（7月11日） 因事未入署。裕斋来。

初六日（7月12日） 八钟起。入署，阅卷殊草率，后当覆阅之。二钟归。阅《汉书》“何并、李陵、傅介子传”，叙事之法，略有会处。

初七日（7月13日） 八钟起。接家信。入署。至治芗处小坐。谒荣师，未值。访沈仲长，亦未值。阅《汉书》“陈汤、苏武、两龚传”。《苏武传》叙及十九年，只平叙，若入后世文[②]家，当作“于时已十九年矣”云云。《两龚传》末极佳，然不善学，易入俗。

---

① 即谭鑫培名作《法场换子》。

② “后世文”原作“桐城”。

初八日(7月14日) 未入署。裕斋来。阅《汉书》"霍光、金日磾、张安世、魏相传"。晚，同石钦访朴丈，久谈。

初九日(7月15日) 入署。阅《广阳杂记》、《汉书》"龚遂、赵广汉、尹翁归、韩延寿传"。

初十日(7月16日) 七钟起。昨夜梦见一旧壁上书强甫诗句，字多剥落，因题一句云"雄强志事满寒烟"，痛哭而醒。入署。至子安处小坐。晚，请王季香兄弟、竹荪及畏斋大哥、少衡、叔泉等饮万福居。写家信。

十一日(7月17日) 星期。朴丈约同石钦、季香饮致美斋。接蒋则先函。

十二日(7月18日) 入署。同治芗回寓。季芗晚约饮。子安简放赣州府遗缺。接梁师函。

十三日(7月19日) 看学院胡同房屋，租定月四十金。同治芗回寓。

十四日(7月20日) 入署。至任家看徐莹甫，莹甫自杭回京也。晚，拔贡覆试榜发，龙师及周鲁芬均有名，甚喜。发家信。

十五日(7月21日) 入署。阅游美学生卷。石遗约饮。

十六日(7月22日) 入署。阅卷。莹甫、子安来谈。农先同松厂自鄂来京。

十七日(7月23日) 入署。晚，同裕斋吃六国饭店。

十八日(7月24日) 星期。

十九日(7月25日) 星期。晚，裕斋约六国饭店。谒沈厂师。

二十日(7月26日) 入署。同子安访徐二先生。

二十一日(7月27日) 入署。宝臣移寓调查局内，往视之，因过马通伯先生，久谈。夜，治芗来。

二十二日(7月28日) 大雨。宣武门巳刻始开，不能行车。晚至朴丈处。

二十三日(7月29日) 十二叔忌辰。入署，谒荣相。

二十四日(7月30日) 覆石鸿俨函。寄家信。得蒋则老函。

二十五日(7月31日) 星期。裕斋来。张道孙约饮广和居。致蒋则老、刘莘田函。得寥志函。

二十六日(8月1日) 入署。

二十七日(8月2日) 同石钦至宝臣处久坐,荣甫亦来。晚,朴丈来。

二十八日(8月3日) 拜宝师生日。闻人言东三省胡匪头目杜力子年甚少,人多归之。又有富商纪凤台,魁梧丈夫,有妇人数十,各处商埠皆有生意,以一妇人主之。入俄籍三十年,不改本国服制。凡与俄人借债,非纪作保不信。

二十九日(8月4日) 入署。

七月初一日(8月5日) 张君立约饮。有李三爷者,精拳勇,望之甚瘦茶,论拳法甚[①]深妙。明日当走访问所业也。

初二日(8月6日) 入署。

初三日(8月7日) 星期。赴饭局二处。

初四日(8月8日) 入署。阅法政学堂卷。

初五日(8月9日) 入署。至宝臣处。往祝徐太夫人生日。

初六日(8月10日) 入署。至朴丈处。

初七日(8月11日) 入署。

初八日(8月12日)

初九日(8月13日)

初十日(8月14日)

十一日(8月15日)

十二日(8月16日)

十三日(8月17日)

---

① 此处圈去一"精"字。

十四日(8月18日)

十五日(8月19日) 祖母七秩晋一生辰，贺客十馀人，夜始散。

十六日(8月20日) 宝师召饮。

十七日(8月21日)

十八日(8月22日) 荣相召饮。

十九日(8月23日)

廿日(8月24日)

廿一日(8月25日)

廿二日(8月26日)

廿三日(8月27日)

廿四日(8月28日) 料理移居事。

廿五日(8月29日) 料理移居事。季香约饮广和居。

廿六日(8月30日) 移居屯绢胡同。贻先夫妇回鄂。

廿七日(8月31日)

廿八日(9月1日)

廿九日(9月2日)

三十日(9月3日)

八月初一日(9月4日) 入署。刘朴丈来。

初二日(9月5日) 入署。

初三①日(9月6日) 同子安、裕斋、士可、治芗往祭文襄公(是日为文襄生忌)。

初四日(9月7日) 送石钦归里，饮厚德福。

初五日(9月8日) 入署。

初六日(9月9日) 入署。

初七日(9月10日) 往许家拜生。入署。子安拉往中和园

---

① 此处“三”原误为“四”。

观剧。

初八日(9月11日) 同治芗谒沈厂师。

初九日(9月12日) 入署。

初十日(9月13日) 访朴丈,即同往万生园看素心兰。

十一日(9月14日) 入署。

十二日(9月15日) 入署。访由厂,方坐一室料理蟋蟀饮食,一一出视,赞不绝口。晚,咏春借彦云厨子请酒。

十三日(9月16日) 入署。同元孙至土地庙买菊百盆、木芙蓉三株。

十四日(9月17日) 至荣相、张总宪、宝传印三老师处贺节。

十五日(9月18日) 治芗、裕斋、松厂各携果肴来赏月,欢甚。夜深始散。

十六日(9月19日)

十七日(9月20日) 入署。

十八日(9月21日) 入署。四弟、七弟来京。

十九日(9月22日) 入署。

二十日(9月23日) 入署。彦云约夜谈、便饭。

二十一日(9月24日) 入署。

二十二日(9月25日) 侍洪太岳母及诸弟游万生园,秋色甚佳。至荣相家贺二世兄娶妇之喜。

廿三日(9月26日) 入署。子玉约饮醉琼林。

廿四日(9月27日) 同周松生至广升园听老谭演《打棍出箱》。晚请松生及龙季骢先生吃饭。

廿五日(9月28日) 入署。同二弟、七弟至庆升听老谭演《桑园寄子》,绝佳。

廿六日(9月29日) 入署。至庆升园听老谭演《辕门斩子》。胡绥之请在聚贤堂吃饭。

廿七日(9月30日) 同治芗与子安饯行,陪客为石遗、伯葵、莹甫、彦云、宝臣、叔咸、季香，并拍一照。

廿八日(10月1日) 入署。至许宅送龙师行。[1]

廿九日(10月2日) 天未明即起，送洪太岳母南旋。至刘朴丈处。

九月初一日(10月3日) 清理书籍。入署。

初二日(10月4日) 入署。

初三日(10月5日) 同松厂、裕斋至土地庙买菊花百盆，慈仁寺观松，畿辅先哲祠同人公饯子安，观所藏字画，《杨椒山自书年谱》及《谏草》最佳。傍晚入署。夜，至春仙观崔云芝演《玉堂春》。

初四日(10月6日) 入署。至徐二先生处小坐。

初五日(10月7日) 与治芗、裕斋、元孙、好义同游万生园，拍一照。

初六日(10月8日) 入署。

初七日(10月9日) 接家信。贺张君立嫁女之喜。

初八日(10月10日) 入署。

初九日(10月11日) 同诸弟及治芗、裕斋、松厂、元孙、同武坐汽车至黄村，往游西山之灵光寺。

初十日(10月12日) 入署。

十一日(10月13日) 入署。

十二日(10月14日) 入署。

十三日(10月15日) 同洵先至朴丈处坐。同朴丈游下斜街花圃。广和居早饭。入署。

十四日(10月16日) 星期。至端午帅处，同上锡庆楼便酌后，与家人期游万生园。

十五日(10月17日) 入署。同诸弟看杨小楼《冀州城》。

---

① 此处删除“夜与”二字。

十六日(10 月 18 日) 同治芗、恩咏春请王次荃学使及乔茂老、林朗溪诸人。连日不静,神气皆昏浊。

辛亥元旦(1911 年 1 月 30 日) 瑞雪过尺,丰年之兆。同觉先往裕斋、治芗家拜年,雪深几不能行,饮酒、吃点心而归。治芗、裕斋旋来。晚间忽动归思,心跳不止,始知古人"我心则降之"解"降"字可作去声读也。向裕斋假二十元,更假仆人十馀元作川资,未明即行。车站稽查严[1]君聘之,鄂人也,曾晤一面,径托其设法买快车三等票,慨然允诺。上车后,晤刘屺怀。三等车中多豪奴,习气甚坏,周旋其间,殊以为苦。继思此乃求与之共载而恐不得者,遂亦处之裕如矣。五更时,寒气甚劲,行时只携斗篷一件,不能御寒。自北京至广水二千馀里,皆大雪,不见尺地。过广水,则车雪化矣。思作七古一首赋途中雪景,未果。初三日三钟到汉口。雨后路湿,坐人力车至花楼,遂步行,汗出如浆,借可解夜间所受之寒。搭小轮过江,过市逢途人,皆暗以喜[2]色迎之。到家,见尊幼皆安吉,欢喜无量。重闱不意还家,尤为欣慰,惟见怀、庆两侄痴小依依,为之怆然。四弟去腊随刘朴丈至江皖查赈,未得一见,甚念之。(旁:宝臣及三兄来)谈至夜分。在祖母房中。(旁:安敬□□)

初四日(2 月 2 日) 早饭冬笋炒菜苔,大盘,味全美。元孙弟来。往滋美堂省十二叔之灵。四弟妇之柩亦厝于对面屋中,独立斯须而去。途中感赋七律一首。过孝子巷,往吊黄小[3]鲁丈,不觉流涕。至洪家,太岳母暨叔岳母均安健,慰甚。元孙新成室,夫妇双双出拜,感喜交并,留食晚饭。

初五日(2 月 3 日) 父亲命开陈酒一小坛赐饮。絅斋送点心二

---

① "严"原作"阎"。

② "喜"原作"愉"。

③ "小"原作"少"。

种、肴四盘，甚美。敦甫来谈。

初六日(2月4日) 老郭请食头鱼一尾，重十三斤，鲜美绝伦。饭后，至三兄处小坐。晚，至洪家晚饭。

人日(2月5日) 立春。专足至洪山购红梅十馀枝。老郭请食春饼。傍晚，上后山眺远。卓斋来。父亲命开廿年陈酒一坛，家中聚饮，祖母饮两小杯，父亲饮约一斤，母亲饮约半斤，寥志、强志、农先各六七碗，二弟妇、三弟妇亦尽一壶。予饮约三碗，已有醺然之意。婶母未饮，遂留一壶以俟明日。此乐永不能忘也。酒罢，强志与农先皆不认醉，遂以围棋验被酒之浅深，强志连负二局。

初八日(2月6日) 婶母赐食炖肉、馒首。洪元孙来，敦甫来。

初九日(2月7日) 卓斋送食物。张肖疏来。

初十日(2月8日) 元孙请晚饭，酒肴均美。叔岳母出子东叔岳所藏字画数十件，命拣所爱者以作纪念，得张文敏字一幅。酒间忽得京电促返，催租败兴，莫此为甚。

十一日(2月9日) 往谒傅□□年伯，起居甚俭朴。至张肖疏处小坐。敦甫请午饭，晤田伏侯同年。至洪家辞别。

十二日(2月10日) 八钟过江上车，农先同行。过武胜关，风雪中有持兰花求售者，买得一束十馀箭，值四十钱，为作五古一首。

十三日(2月11日) 五钟到京。觉先在车栈等候。裕斋、治芗来谈，夜分始去。

十四日(2月12日) 往裕斋处看近作《岁暮书感》诗，因谈诗甚久。饭后，谒沈厂师，未见。

十五日(2月13日) 治芗约食早饭。傍晚，同裕斋往贺袁伯揆之太夫人生日，因留押四门摊八十合，负七十馀元。

十六日(2月14日) 到署。

十七日(2月15日) 往贺宝师母生日。到广化寺，晤李君□□，有清气，貌颇似僧。

十八日(2月16日) 到署。访许季香，借钱还赌债。谒荣师。

十九日(2月17日) 到署。行开印礼。约刘贻孙同至木器铺买棹椅。往贺裕斋生日。王君直唱《汾河湾》甚好。

二十日(2月18日) 寥志夫妇自鄂来京。夜,治芗来谈。

廿一日(2月19日) 至广化寺图书馆清理书籍,询先同去,踏十刹海冰里许。端仲刚约至□□馆小饮。治芗来谈。

廿二日(2月20日) 到署。裕斋来谈,围棋二局。

廿三日(2月21日) 乔茂老、张彦云来。到署。

廿四日(2月22日) 宝臣兄及龙师来。得家信。晚,至庆升听老谭《卖马》。

廿五日(2月23日) 到署。晚,至庆升听老谭《举鼎观画》。

廿六日(2月24日) 到图书馆清理书籍。到署。

廿七日(2月25日) 戏题何子贞书一首。晚,至庆升听老谭《桑园寄子》。

廿八日(2月26日) 刘幼沄来谈。晚,至庆升听老谭演《珠帘寨》,“取李克用”,神情妙绝,音调亦跌宕多姿。

廿九日(2月27日) 到署。

三十日(2月28日) 到署。晚,同治芗访田小莼同年。过英秀堂,谈甚畅。

二月初一日(3月1日) 到署。

初二日(3月2日) 图书馆值日。陈石遗约饮。回拜刘幼云、王斯林、赵渭予。

初三日(3月3日) 到署。

初四日(3月4日) 乔茂老、宝师约饮。

初五日(3月5日) 孙师郑约饮,自请客。

初六日(3月6日) 到署。阅卷。

初七日(3月7日) 到署。同治芗、裕斋过李猛厂丈,剧谈甚乐。小石请饮玉楼春。过英秀堂,抄《连营寨》弹词。

初八日(3月8日)　因丁祭,未入署。治芗、裕斋晚来谈。

初九日(3月9日)　至署。阅卷。

初十日(3月10日)　往谒陶公。拜刘幼云。至署。雨雪甚寒。访马通伯先生。

十一日(3月11日)　至署。晚,同同事至六国饭店西餐。蒋则先自青岛寄银元四十,属代请署中同事也。

十二日(3月12日)　星期,未出门。裕斋来谈诗,围棋二局。

十三日(3月13日)　微雪。发信汉川。

第二册(民国元年八月至二年七月)

八月十一日(1912 年 9 月 21 日) 同农先访陶理堂,询问作洋车生意如何。陶言利息甚好,惟承领者难于得人耳。至新衙门,晤纲之一面。宏济当铺当珠钏四十元,买办意大利蕃罗酒一打。夜间治芗同笏老来,约往酒楼小饮,余生日也。《用去岁生日诗韵》二首。

十二日(9 月 22 日) 同治芗、子安至朴丈家陪媒,夜十钟始散。

十三日(9 月 23 日) 作《刘幼云〈潜楼读书图〉诗歌》五古一首。笏丈约至半醉居小饮。

十四日(9 月 24 日) 至杨闻川先生处,为升儿改方,便道过子安处。在梅厂处小坐。得觉先函。

中秋(9 月 25 日) 同治芗、慎先、絜先至老师处拜节。在左丈家小坐,出示吊乃木大将[①]诗,极佳。夏老师同秦幼衡(旁:鸭绿桥永安里八十一号)来。

十六日(9 月 26 日) 朴丈为其长子伯桓授室,往贺,夜始归。

十七日(9 月 27 日) 同治芗过李道士,饮花雕陈酒,道士旋偕伯严先生枉过。

十八日(9 月 28 日) 至杨闻川先生处改方。访子安,未值。俞恪士来。晚,同治芗、元孙、农先往酌雅楼小饮,晤罗荇农(住杨树浦百十号)。得觉先信,覆信一封。

裴伯谦言七古不可太长,似为国朝人发。其言未经人道,甚

---

① 乃木大将,即乃木希典(1849—1912),日本江户人,甲午战争期间在旅顺制造惨绝人寰的大屠杀。1912 年,明治天皇大葬,乃木希典切腹自杀以殉葬。

有见。

十九日(9月29日) 散原赠诗一首。

二十日(9月30日) 持画至筠厂处托售,见其新购两峰[①]乌丝栏纸画竹,精妙绝伦。同治芗访左笏丈,约同饮言茂源,每人尽三壶,治芗亦饮大半壶。笏丈酒后妙论风生,语语从至性中出。昔侍师师宗师有此境,次则强甫先生,今遇笏丈,犹见老辈风趣也。张密之来申。

廿一日(10月1日) (少)朴丈来。访俞恪士,谈诗甚久。晚,与诸弟请密之饮言茂源,强之[②]在寓下榻,以去年此日同宿彰德旅店,聊作纪念也。

廿二日(10月2日) 至杨闻川先生处改方。

廿三日(10月3日) 夜间留密之小饮。

廿四日(10月4日) 同楚生兄、密之、治芗、慎先、絜先游哈同花园。恪士在道士处约往谈。

廿五日(10月5日) 得觉先函。同密之访道人,为其亡妹作传,道士慨允。同治芗访散原,未晤。

廿六日(10月6日) 同治芗至子安、左丈处。左丈《和生日》诗极佳,香山、放翁胜境。散原先生来,以天寒留小饮,遂尽一壶,复同过道人家。夜送密之、治芗、寥志上江永船。

廿七日(10月7日) 得觉先函。过道人处小坐。

和左笏丈《中秋·水调歌头》一阕次原韵

把酒对明月,同是镜中年。由来夜夜偷悔,还自占遥天。不忏多生流转,恰又十分才满。何苦证团圞,空外少依倚,几处傍关山。　谁家笛,清泪湿,望娟娟,紫云旧曲,凄绝会忆朝元。

---

① 两峰即罗聘(1733—1799),字遯夫,号两峰,"扬州八怪"之一。

② "强之"原作"旋强密之"。

难道晓珠能定,便自一生无恨。长对水晶盘,残[①]梦惊乌鹊,绕树未曾安。

(眉:笏丈原作“明月复明月,今夕是何年”。)

廿八日(10月8日) 接敦甫信,即覆。读韩慕庐时文数篇,悱然盛世之音,为之心醉。督子弟辈温经竟日。看《白云词》。

廿九日(10月9日) 得梁师曲阜来函。同道人访秦幼衡不遇,遂访恪士,坐甚久。

九月初一日(10月10日) 奉大母、母亲率贻、诩两弟游六三园,看寄养菊花,蓓蕾甚多,生意盎然。张彦云同杨业侯来。借李筠厂冬心、两峰《竹》两幅悬壁,相对竟日。作五古一首。

初二日(10月11日) 至交通银行访彦云。子安来。傍晚,过道人家小坐。发治芗及慎先函。

初三日(10月12日) 往视菊花,再迟半月可以送来矣。临两峰《竹》一幅。

初四日(10月13日) 致同武函。至笏丈处。笏丈见余所和中秋词,又成《唐多令》二阕,三次《生日七律二首》韵。老人多情,不可及。傍晚,过道人小坐。

初五日(10月14日) 作画二张。杨云谷、陈散原、曾重伯、李筠厂来。慎先来函。

初六日(10月15日) 作画数幅。致慎先函。夜过筠厂,看大涤子画双马、钱箨石兰竹甚佳。

初七日(10月16日) 得梁师曲阜来函。晚过道人小坐。道人述徐太保在青岛,一日与德人宴会,其某军官被酒,忽问曰:“一个中国叫你们总统弄成这个样子。”徐答曰:“袁总统有不得已之苦衷。”某曰:“总统似乎不能讲不得已的话,就是中堂,也不能说不得已。中国

---

① “残”原作“寒”。

几千年的君主国，现在忽要共和。甚么是共和？直是盗贼之共和，禽兽之共和。是孟子所谓率兽而食人也。”

初八日(10月17日) 闻张道孙为大清银行经理人，顷已来申，寓龙升旅馆，往访未值。作画数幅。

重九日(10月18日) 花匠送菊十盆来，殆天公为我作重九者。访道孙，询悉大清银行存款尚未绝希望。闻宋员九以时症死，年幼暴卒，殊可悯也。季湘电约治芗入都，殆新得铨叙局长，需人帮忙。生今之世，既不能不作糊口计，则宜速入都也。治芗长才，亦不宜走入废弃一流，当作函劝之。

初十日(10月19日) 往看寄养菊花，有“汉宫春晓”一种，可喜之至。左笏丈来小饮。俞恪士在道士家，约去小坐。

十一日(10月20日) 至杨闻川先生处改方。过子安、朴丈处。

十二日(10月21日) 作画二张。得慎先函，知器具卖去多种。稍有进款，慰甚。

十三日(10月22日) 同农先访道孙，未遇。视道人病。

十四日(10月23日) 至杨闻川先生处。视道人病。得慎先函。作画二张。

十五日(10月24日) 访散原先生，读其近作数十首，有二句云：“生逢尧舜为何世，微觉夷齐更有山。”又《赠梁节厂先生》云：“灵药岂能回独念，春风一往有余哀。”语皆沉至。同散原视道人病。读《屈原传》。

十六日(10月25日) 往笏丈处谈竟日。谈及作诗，笏丈言行气、押韵二事。虎一欠伸，浑身毛皆竖起，非毛之故，乃其气也。和阗之产玉石，其下[1]一大磴，玉石乃参天而起，自能载之，非如安挂者，以石臼凿空其中而置木也。升儿又泻数次，乃饮食不小心之故，以后当自己留心，委人者皆靠不住。得石兄函并《和咏怀诗》八首，极佳。

---

[1] “其下”原作“先有”。

十七日(10月26日) 得慎先、觉先函,覆一函。得季湘函。

十八日(10月27日) 同询先往静安寺周家花园看菊,地极幽僻,残荷在塘,饶有野趣,惜菊无佳种。过李道人,适筠厂生日。连日忧思纷繁①,昼间昏昏,夜无好寐。

(眉:赵竹、吴竹,仇《杜注》,二倪,余管,罗叶,沈又)

十九日(10月28日) 杨篠六先生约饮式式轩,晤李平臣,寓新长春四十号。周朴丈席间瞻顾之间犹带朝贵气度,触及曩年湖广馆团拜演剧之时,衣冠如云,两省之中必有一二出类拔萃人物,矫矫不群,一座声色,及今思之,不胜承平雍容之感矣。

二十日(10月29日) 得治芗函并近诗,思力精锐,能写难言之景。得仲清函。覆石钦函。作诗四首。

廿一日(10月30日) 贺散原先生六十生日。晚过道人久谈。

廿二日(10月31日) 同家人至六三园看菊。治芗来。得慎先函。

廿三日(11月1日) 同治芗访问子安,未遇。往笏丈处。同胡蕲老、周朴丈徐园看菊,有一种似"赤金如意",绝佳。晚至酌雅楼小饮。

廿四日(11月2日) 左笏丈来。覆敦甫、季湘、仲清、茗雪函。致松厂函。

廿五日(11月3日) 同子安、治芗谒沈师,未遇。过胡蕲老家。子安约酌雅楼小饮。得慎先函。

廿六日(11月4日) 李道人、散原先生、恪士先生枉过。

廿七日(11月5日) 得慎先函。同治芗、子安、息卿公请沈老师,补祝六十生日。过道人家,其侄女逝世,往唁。

廿八日(11月6日) 过道人家。

廿九日(11月7日) 慎先、觉先自鄂归。

---

① "繁"原作"来"。

卅日(11 月 8 日) 同治芗诣梁师、左丈处。

十月初一日(11 月 9 日) 雨雪。过李道人,索泼兰地酒解寒。座间姚(良楷)先生谈谅山之战极详,骂李秉衡为外强中干,快甚。晚,同治芗、子安上广东馆吃边炉。

初二日(11 月 10 日) 梁师约陈散原、梅厂、李子申诸老饮于王雪澄家,述谒孔林及崇陵事。

初三日(11 月 11 日) 同治芗、子安谒沈师。在酌雅楼饯治芗。晚,送治芗上新铭船。

初四日(11 月 12 日) 侍[①]父亲回拜胡蕲老。

初五日(11 月 13 日) 同慎先请母亲饮酌雅楼。晤絅之。

初六日(11 月 14 日) 同李子申看访萧云章,未晤。

初七日(11 月 15 日) 梁师约在张园小亭中公祭端忠愍公,是日为忠愍周年也。到者有缪筱山先生、杨惺吾先生、沈子培先生、沈老师、陈伯严先生、李道人、李子申、左子异诸人。

初八日(11 月 16 日) 访俞恪士。

初九日(11 月 17 日) 约梁师、道人、散原先生、李子申先生赏菊,尽醉,甚欢。

初十日(11 月 18 日) 齿痛。恪士先生约同散原、道人饮小同春。

十一日(11 月 19 日) 齿痛甚剧。萧云章来。

十二日(11 月 20 日) 齿痛甚剧。

十三日(11 月 21 日) 同絜先、觉先往周朴丈处访子安,未遇。

十四日(11 月 22 日) 同慎先访谭老板。

十五日(11 月 23 日)

十六日(11 月 24 日) 得松厂函、石钦函。作诗一首(为设祭端

---

① “侍”原作“奉”。

忠敏事)。

十七日(11 月 25 日) 得治芗、道孙函。节师约饮杏花楼,为散原六十寿。同道人过恪士家。

十八日(11 月 26 日) 覆治芗、道孙函。贻书来,顺自鄂带菜薹来,适老郭做冬笋一碗,乃以花雕酒赏之,佐以白菜,自以为享天福矣。

十九日(11 月 27 日) 致福孙表兄函。

二十日(11 月 28 日) 同觉先访笏丈,遂同过周朴丈处晚饭,谈极畅。

二十一日(11 月 29 日) 访散原老人。傍晚,散原复来。

二十二日(11 月 30 日) 散原老人,李道人、李子申先生同来,因留小饮。

二十三日(12 月 1 日) 约梁师、道人、子申、王雪澄同在散原老人家聚谈。散原约饮小有天。

二十四日(12 月 2 日) 同慎先、絜先到慎食卫生馆吃素点心,不甚佳。夜梦送外祖之葬,福孙表兄云须到葬地七日始返,不知何解。

二十五日(12 月 3 日)

二十六日(12 月 4 日) 到子安处。

二十七日(12 月 5 日) 读广雅诗,中亦有乏味者。

二十八日(12 月 6 日) 同道人往周朴丈处。得渭兄函。

二十九日(12 月 7 日) 同慎先往邻苏老人及李子申处。

三十日(12 月 8 日) 清理书籍。

【十一月】

初一日(12 月 9 日) 道人、散原来,遂同过恪士,饮小有天。

初二日(12 月 10 日) 莘田自青岛来。

初三日(12 月 11 日)

初四日(12 月 12 日) 往子安处,并请杨闻川先生治腹泻。

初五日(12 月 13 日) 腹泻甚剧。得季湘、治芗函。

初六日(12 月 14 日) 同莘田往笏丈处坐。

初七日(12 月 15 日) 送莘田归里,在酌雅楼饯别。

初八日(12 月 16 日)

初九日(12 月 17 日) 覆治芗函。得梁师函,述端忠敏事甚详。

初十日(12 月 18 日) 同觉先搭江永船赴汉,二钟开行。

十一日(12 月 19 日) 夜七钟到镇江,十钟开,四钟到南京。

十二日(12 月 20 日) 雨。十钟到芜湖,十二钟开。昨夜梦应试同考者有左笏丈,予卷为“无”字第三号。夜深忽梦少年事,可感也。(十钟到安庆。)

十三日(12 月 21 日) 十二钟到九江,二钟开,夜十一钟到黄石港,上船者五十一人,昏黑中舟前却不定,状甚危险。回忆去年八月廿六日全家逃难上船情形,心胆犹悸。

十四日(12 月 22 日) 八钟到汉口,往源源客栈晤雪樵、仁斋,楼房对面为鹄轩铺子,亦来。饭后,同仁斋访延斋六兄于太和栈。闻洪老姨太(庶伯母)已于二月底去世。三兄来,遂同渡江。

十五日(12 月 23 日) 松厂来,谈画甚乐。忽得甘肃苏兄电,畏兄在北京去世。

十六日(12 月 24 日) 六哥渡江来。得申函,附治芗函,始悉畏兄病状及身后情形,赖治芗照料。覆函(寄申函)致谢。霍生来。晚渡江,途间遇莘田、子玉,遂同行。子玉约饮嘉宾楼。久别乍见,乐甚。同子玉访道孙,未遇。访端仲刚,已北返。夜与莘田同榻。

十七日(12 月 25 日) 晤道孙,换银行收条。同子玉过汉阳看刘剑老,精神如昔,惟步履稍艰,畅谈半夕。剑老云系乱后第一次称心之谈,千载一时,盖不敢说话,亦无人可说也。夜雨。

十八日(12 月 26 日) 回源源栈。冷甚,雨雪。昨梦在学部画稿无数,以昨日换银行收条签押作字样,故有此梦。

十九日(12月27日) 同觉先搭小火轮赴汉川。子玉亦来,约至蔡甸上岸,坐轿三十里,再换小划子到汉川。傍晚抵石钦寓,相见极欢,适饶竹生亦在县,约来谈,二钟寝。

二十日(12月28日) 子玉约早饭。县知事饶松生来,约晚饭。夜谈至一钟始散。

二十一日(12月29日) 石钦办早饭,菜极丰,晚饭亦然。子玉约宵夜,两大碗鸡,两碗白木耳,甚费。夜谈至三钟寝。

二十二日(12月30日) 雪。早晚饭仍办十大碗。夜八钟时,同子玉上小舟赴蔡甸。舟中臭气扑鼻,三人蜷伏舟中,苦不成寐。夜半到。辨色(旁:二十三日),同觉先上关师墓。十二钟到汉口,过源茂公午饭。到源源客栈。接家信二封。君亮娘来。

(眉:郑毛。周大小姐,利二十二元,一百〇八文,一百三十八元八角九分。)

二十四日(1913年1月1日) 访笃友,笃友约同福轩,并约王品三、吴文麓两先生。渭兄渡江来。子玉来。

二十五日(1月2日) 天未明,即同周君亮搭车赴黄陂。九钟到祁家湾,易轿到县。一钟到周家,福孙表兄之小女适于昨夜殇,表嫂见面,涕泪交集,述及去岁遭乱情形,尤觉酸楚。杜老诗"伤心不敢问耆旧,复恐初从乱离说",不意我生遇之。夜饭后,复诣绶卿舅处,患咳嗽,疲极,恐成劳症。过周晴帆师家,未遇。

二十六日(1月3日) 黎明,同周君亮侄上外祖墓。行八十馀里,过[1]木兰山下,残雪未消。傍晚到,墓未立碑,无垣无树,与关师墓气象迥乎不侔。大风,燃烛不熄,轿夫俱称异,谓老太爷有灵也。宿看坟人陈姓家,以母亲所带花簪等事与其姑嫂,欢喜异常,一村小儿皆来求观,驱之不去。其姑母年八十六岁[2],尚在,以钱一千与之。

① "过"原作"墓在"。

② "八十六岁"原作"八十馀"。

作诗一首。

二十七日(1月4日) 黎明，赴白龙寺看福孙。行六十馀里，多山路，不易行。傍晚到，轿夫不能上山，路极险仄，或竟无路，皆大石，滑甚。观音院在峰之极顶，至山下至寺约五里。入门，一犬狺狺。福孙出接，戴一毡帽，稍觉消瘦，话甚多而夹杂重复，多哭声峭厉，不饭不茶，偶食落花生、糖枣。侍者言时时叩头作响。寺甚小，依山为屋，湿气甚盛，雨雪则床榻漏湿。竟夕相对，山风阴寒，爇炉不暖。①

二十八日(1月5日) 天明下山，不胜凄感。独坐轿至神家湾搭车(七十里)，行客中有一人略似畏斋兄，又有一人似刘仆胡子，愈觉惘惘。夜七钟始到汉口，子玉、六哥来。

二十九日(1月6日) 子玉来，交银三百两，以二百付朱木匠。三哥、七哥来约过江去，为九哥纠集百馀人抢谷事。兄弟之间，不幸至此。到三哥寓，复约松厂一谈。傍晚，乘小舟返栈。雪樵请消②夜。致孟纪、敦甫、治芗、季香、鲁芬函。

十二月初一日(1月7日) 子玉来。十一钟上安庆船。子玉、仁斋、觉先送至船，二钟开行。

初二日(1月8日) 黎明，过九江。十二钟开行，八钟过安庆。作诗四首未成。

初三日(1月9日) 二钟过南京，夜八钟过镇江。

初四日(1月10日) 午后三钟到沪。二弟于初三日得一女。

初五日(1月11日) 覆陈竹坡函。致子玉、笃友、仁弟、雪樵函。购咳嗽药寄黄陂。覆石钦函。道人来。

初六日(1月12日) 接梁师梁格庄函。恪士在道人家约谈。

初七日(1月13日) 笏丈、朴丈来，约同道人至散原先生家，即

---

① 此处圈去“其自苦如此”五字。

② “消”原作“宵”。

留早饭。樊山亦来，眉目极秀，谈锋略次张次山。(旁：恪士约饮小有天。)

腊八日(1月14日) 雨。子安来小坐。致渭兄函。作诗二首(与农先围棋一局，胜十八子)。

初九日(1月15日) 雨。林贻书来。与农先围棋一局。余与絜先围棋二局，一胜廿一子，一胜子半。

初十日(1月16日) 得觉先、治芗函。筠厂约饮老章东明，左笏老、散原先生及其侄□□共五人，尽十三壶。与絜先围棋一局，负七子。

十一日(1月17日) 母亲生日。鹏仙来，关世姊、六庶[①]伯母、大嫂、三姐来拜生。

十二日(1月18日) 往沈乙厂先生、周朴丈处。同絜先、农先至文明雅集，晤胡蕲老，饮章东明。

十三日(1月19日) 得觉先、子玉函。

十四日(1月20日) 至散原先生处。夜过道人家。

十五日(1月21日) 风雨。覆觉先函。

十六日(1月22日) 父亲生日。笏丈、朴丈、子安来。同笏丈访邻苏老人。笏丈复迫抹牌，至夜分始散。致君亮函。

十七日(1月23日) 至朴丈处谢步。过鹏仙处(道人、散原先生来谈)。

十八日(1月24日) 访絅之，未遇。

十九日(1月25日) 胡蕲老约观弈并晚饭，有林贻书及其弟四子□□，年甫十五，又有顾姓者年二十，与之对弈，顾胜，均后起之秀。尚有尹耀卿、姜鸣皋、王□□三人，皆上海棋会中之翘楚。吴乐山、喜

---

① “庶”原作“姨”。

孙、赵玉甫均作古人，回忆京华棋会之胜，不禁凄然。① 今日之老辈仅贻书一人。贻书为保全旧日名誉，不轻与人对局矣。至笏丈处谢步。接仁斋函，覆一函。

二十日(1月26日) 访张彦云，未值。恪士来。夜至筠厂处，谈甚久，各道窘困事。

廿一日(1月27日) 得觉先函。谒老师。访郑苏厂。

廿二日(1月28日) 访邻苏老人。筠厂约饮章东明。

廿三日(1月29日) 梁师自梁格庄归，往视，留早饭。同汪鸥客至乙厂先生处，出近作十馀首绝句观之。鸥客贫甚，乙公赠以羊皮袍，谈及其兄穰卿，涕泪交流。其天性笃厚如此，洵难得也。又至笏丈处。

廿四日(1月30日) 至周朴丈处。

廿五日(1月31日) 至恪士处，复同恪士访道人，不遇。

廿六日(2月1日) 苏堪来。访邻苏老人。

廿七日(2月2日) 访张彦云。至华清池洗澡。过道人家，开三十馀年陈花雕，饮三碗，其乐无涯。夜还福。得觉先函。

廿八日(2月3日) 吃年饭。同四弟、七弟至张园访汪鸥客，不遇。至交通银行访彦云，不遇。遂至汇丰吃茶。梁师来。

廿九日(2月4日) 至邻苏老人、李子申处。徐莹甫寄款来书赎《雁塔》《圣教》。访彦云，不遇。立春。大雾。

(眉：廿五号。)

---

① 陈曾寿喜下围棋，曾在京师组织棋会。关于陈曾寿组织都下棋会盛况，参见许宝蘅《巢云簃日记》民国二年四月初六日所记："约黄谨堂、王佑臣、林胥生、林笠士、钱小修与莹甫、茗雪、履平、觉生、孟廉作棋会。佑臣年廿二岁，甚敏锐，将来可望成名。昔年仁先在京时，亦常作棋会，其时有定镇平、姜鸣皋、张耀山、赵玉甫、汪云峰、沈喜孙诸人，继有潘朗东、段君良，现张、赵、喜孙均已物故，都下以弈名者，推汪云峰第一。君良为芝泉上将之子，受业于云峰，可以方驾。"(许恪儒整理《许宝蘅日记》，中华书局，2010年，第2册，第440页。)

三十日(2月5日) 至左笏丈处。得觉先函,又治芗电、觉厂函。覆莹甫、许傅、徐三君及五弟函。散原在道人家约谈。

癸丑元旦(2月6日) 至沈老师、夏老师、梁师、左笏丈、周朴丈、李道人(饮好酒数杯)家拜年。同恪士、冒鹤亭、道人至散原先生家晚饭,谈甚畅。

初二日(2月7日) 关䌹之、汪鸥客来。至杨惺吾先生处。夜间筠厂约食汤圆,道人亦来,谈至夜深始散。得石钦、莘田、李赞臣函,又得君亮两函①,悉绶卿舅于廿六日逝去。去冬赴陂,尚得一面,不胜感悼。

初三日(2月8日) 周朴丈来。微雨。左丈来。至䌹之处。

初四日(2月9日) 余寿老来。同恪士至道人家吃汤圆。侍父亲至蕲老、笏丈、寿老、朴丈处拜年,在朴丈家晚饭。晤范小斋。

初五日(2月10日) 得治芗、老五函。至杨闻川、子安处,未遇。至曹东寅丈处。作诗二首。

初六日(2月11日) 同内子奉母亲至六庶伯母家拜生。

初七日(2月12日) 恪士来。六弟妇生一女,甚险,请洋女医用迷药将小儿取出,是为至幸。苏堪来,未值。彦云来。发觉先函。

初八日(2月13日) 同二弟为治芗取正金银行存款。子申先生来。派老冯回巴取谷钱。发觉先函。致荣中堂函,并和《秋海棠》诗一首。

初九日(2月14日) 至恪士处。

初十日(2月15日) 同散原至海藏楼看梅,未值。同过沈观丈晚饭(旁:左丈亦来)。

十一日(2月16日) 贻书约在小同春早饭,观棋,有冯梦老、胡蕲老。

---

① “函”原作“悉”。

十二日(2月17日) 访汪益卿,未遇。和沈观丈五古一首。

十三日(2月18日) 雨。和沈观丈诗一首。送李道人四首。吊寄祥三首。

十四日(2月19日) 得刘小桂函,松厂病将不起,即覆一函,并致笃友、治芗函。(旁:访梁师未遇。)夜得渭兄函,松厂已故。

十五日(2月20日) 访梁师未遇,遂至沈厂乙[①]先生处久坐。晤朱古薇侍,短小清癯,蔼然可敬。覆絅斋函,致觉先函。(旁:和沈观丈五古一首。)

十六日(2月21日) 至沈观丈处。散原来,未值。

十七日(2月22日) 恪士来。

十八日(2月23日) 同道人访王壬秋先生,貌甚清癯,白髯甚矣,谓"沈子培太荒唐,他也配送盘川,他今年恐难过去,甚无钱也"。又同道人过培老处,评予诗云"韩之骨,柳之神,与山谷同源,同中有异者存焉,异中又有同者存焉"。苏厂约饮小有天,有恪士、八可、朱古微、道人、散原。

十九日(2月24日) 恪士在道人家约谈。

二十日(2月25日) 得石钦函,覆一函。子安约饮小有天。

二十一日(2月26日) 十二婶生日。觉弟来函,惊闻蒋则老作古。夜至筠厂处小坐。

二十二日(2月27日) 奉大母及诸弟游哈同花园,梅花甚多,已将残矣。发笃友、子玉、仁斋函。

二十三日(2月28日) 至交通银行,托彦云汇银至鄂。散原老人来。沈观丈约饮,有樊山、笏老、蕲老。发张道孙及觉先函。觉先来函。

二十四日(3月1日) 奉父亲及诸弟、子安饮小有天。接老冯函。

---

① "沈厂乙"当为"沈乙厂"。

二十五日(3月2日) 至苏堪处。访笏丈,未遇。

二十六日(3月3日) 接荣师函。夜作挽松厂诗六首。

二十七日(3月4日) 沈观丈来。发觉先函。

二十八日(3月5日) 同慎先、贻先小有天早饭。访恪士,同至文明雅集。发石钦函。夜作挽蒋则老诗二首。

二十九日(3月6日) 接觉先函。发觉先函。谒夏老师。父亲回巴,夜送至江永船。致子玉、道孙、渭先函。大风。

卅日(3月7日) 以吴仲圭画松、徽宗山水送沈厂厂①阅,赞叹不置。过笏丈,谈甚畅,遂约同访散原,就酒楼小饮,出门则雪花铺地矣。乃沽酒对酌,至夜始归。接苕雪函,书辞甚哀,为之怅惘。

二月初一日(3月8日) 雪又作,访关絅之、恪士,在道士家约谈。同道人昆仲、散原先生、慎先、絜先、农先往老章东明饮酒,尽十六壶。覆苕雪函。发觉先函。

初二日(3月9日) 吟核来,同慎先、怡先饮小有天。访林贻书。散原有诗来。

初三日(3月10日) 访恪士、沈观丈、吟核,约同饮小有天。

初四日(3月11日) 至周家上学。沈观丈约蕲老、笏老、散原、道人小饮。

初五日(3月12日) 到学。和散原诗一首。

初六日(3月13日) 到学。过道人,夜谈。

初七日(3月14日) 到学。同絜先到文明雅集。觉先来信。阅唐文数篇,瞻雅有独到处,非后世可及。覆石钦函。

石兄如晤:奉手书并赐《和兰诗三首》,至慰饥渴。"余情苟信芳,此乐馀可忘",能达难述之情。"情至有终极,物盛无久长。忆君喜同心,见君触离肠","真绝世窈窕,诵之芳菲菲",其袭予

① "沈厂厂"当为"沈乙厂"。

也。《次韵二首》[①]气疏以达，老笔无枝叶，收语不期陶而自陶。其中小有可商者，"一株兰"之"株"字、"寂凉"二字，不知有所本者，如古人未曾用过，宜易之。"琴"书旁之"琴"，字本无"琴"，则不言"琴"也。此皆无关宏旨，可易则易之也。培老言诗极知甘苦用心，所作得人搔着痒处，自不能不喜，此乃代价换来者，与务外徇人正不可同年而目。前写上诗数首，尚祈详示得失。日来已上学，学生尚不刁皮，借此混日，未始非福。（旁：学堂极清静，可看书，若不忧贫。）此间友朋之乐殊不易得，偶同笏老、道人、散原作言茂源之游，小有生趣。前函中有"中酒小不适"之语，闻之甚为欣然，正乃佳事也。匆覆。

初八日(3月15日) 雨。到学。

初九日(3月16日) 雨。到学。接父亲函、三哥函、道孙函。

初十日(3月17日) 到学。请闻川先生为母亲开咳嗽方。恪士约往文明雅集，观棋。觉先来函。发父亲函、仁斋函。

十一日(3月18日) 到学。作诗一首。

十二日(3月19日) 到学。左丈来谈。

十三日(3月20日) 到学。

十四日(3月21日) 恪士在道人家约谈。同絜先、觉先到文明雅集。筠厂、散原约饮章东明。

十五日(3月22日) 恪士约游西湖，同去者为李道人、俞寿丞。黎明至车栈，八钟开，三钟到。坐轿出涌金门，坐船到刘庄，过三潭印月，遂登岸，游刘庄。园亭甚好，为湖上诸园之最。

十六日(3月23日) 坐船至孤山[②]，未上岸。至楼外楼吃饭。换轿至灵隐，吃小馆，回至高庄。

十七日(3月24日) 道人小疾，同恪士、寿丞游理安寺。沿路

---

① 此处原圈去一"亦"字。

② "孤山"前原圈去"毛家铺"三字。

桂树高二三丈,极多。至寺门,有楠木数株,高十馀丈,与竹并生,不辨是楠是竹。寺中有法雨泉,极清醇。复游九溪十八涧。过龙井,又至灵隐素餐。道人疾愈。

十八日(3月25日) 至理安寺、烟霞洞、虎跑泉。夜乘舟至平湖秋月,待月上岸。数人瞑坐而谈,极有趣。

十九日(3月26日) 回申。

二十日(3月27日) 到学。

二十一日(3月28日) 到学。苕雪来函。

二十二日(3月29日) 到学。

二十三日(3月30日) 于啸仙来(六马路泥城桥西堍重庆里底一千三百十号)。到学。苏戡约小有天晚酌。笃友来函。

二十四日(3月31日) 雨。到学。农先回巴河。

二十五日(4月1日) 到学。雨。访魏梅荪未遇。

二十六日(4月2日) 到学。接石钦函。作诗二首。

二十七日(4月3日) 晴。到学。同沈观丈往祝笏丈新居。

二十八日(4月4日) 过道人处。到学。石钦来函。作诗二首。

二十九日(4月5日) 到学。慎先赴汉。访于啸仙。作诗一首。

三十日(4月6日) 覆石钦函。到学。治芗、觉先来函。

三月初一日(4月7日) 到学。致觉先函。至乙厂先生处。

初二日(4月8日) 雨。到学。

初三日(4月9日) 到学,得农先信。

初四日(4月10日) 到学。施仲鲁来。

初五日(4月11日) 到学。觉先来信。

初六日(4月12日) 得农先南京函。父亲回申。到学。

初七日(4月13日) 到学。至恪士处,其如夫人病危,约去破闷。

初八日(4月14日) 同道人访恪士,未值。至梁师处,因病未见。至苏厂处，樱花十馀株极佳，又有白、紫丁香数株，不胜京国之感。至沈老师处，恪士有信来，约同道人往谈，遂至酌雅楼晚饭，裴伯谦亦来。石钦来函，慎先来函，覆函。

初九日(4 月 15 日) 到学。彦云约至言茂源小饮。

初十日(4 月 16 日) 到学。石钦来函。

十一日(4 月 17 日) 到学。约恪士、散原、道人、筠厂、伯谦在小有天晚饭。

十二日(4 月 18 日) 覆石钦函。到学。代人作寿诗二首。

十三日(4 月 19 日) 得慎先函，覆函。到学。又代寿诗一首。

十四日(4 月 20 日) 到学。致寥志、觉先函。同恪士至海藏楼看樱花，即留晚饭，饮泼兰地甚多。

十五日(4 月 21 日) 到学。

十六日(4 月 22 日) 雨访刘朴老。伯谦约看画，小同春晚饭。

十七日(4 月 23 日) 到学。慎先归。

十八日(4 月 24 日) 到学。

十九日(4 月 25 日) 到学。

二十日(4 月 26 日) 到学。(旁：雨。访刘朴老。)散原、道人、恪士来。

廿一日(4 月 27 日) 到学。小雨。朴老来晚饭。筠厂约看冬心仿宋人画院《缫车图》，甚精。

廿二日(4 月 28 日) 到学。散原约小有天。

廿三日(4 月 29 日) 到学。雨。

廿四日(4 月 30 日) 子安尊人杨壬斋丈去世。

廿五日(5 月 1 日) 到学。见文羽可山水、沈石田、王石谷卷子，极精。

廿六日(5 月 2 日) 到学。石钦来函。

廿七日(5 月 3 日) 到学。至杨闻川处。发子玉、觉先函。

廿八日(5 月 4 日) 至黄女医士处。至子堤、笏丈、沈乙厂先生、梁节师处。过伯谦晚饭。

廿九日(5月5日) 到学。过节师处,见沈石田山水,极精。

四月朔(5月6日) 到学。

初二日(5月7日) 到学。散原先生来。

初三日(5月8日) 到学。覆石钦函。

初四日(5月9日) 到学。过梁师处。

初五日(5月10日) 子安开吊,陪客一日。觉先来函。

初六日(5月11日) 送杨老太爷殡。到学。

初七日(5月12日) 到学。治芗来。

初八日(5月13日) 同治芗到周、左处。

初九日(5月14日) 到学。

初十日(5月15日) 到学。

十一日(5月16日) 到学。同治芗饮同兴楼。

十二日(5月17日) 到学。道人、恪士来。

十三日(5月18日) 到学。

十四日(5月19日) 到学。约恪士、治芗、元孙饮小有天。

十五日(5月20日) 到学。觉先来函。作诗一首。

十六日(5月21日) 到学。治芗约小有天。寄觉先《槟榔》诗。

十七日(5月22日) 笏老请陪媒。至沈师处。至伯谦处看大痴山水。夜过子安。觉先寄鼻烟来。

十八日(5月23日) 雨。到学。

十九日(5月24日) 雨。到学。同治芗到子安处。

二十日(5月25日) 雨。同治芗、子安汇丰吃菜。夜送治芗行(旁:致苕雪、觉先函)。

二十一日(5月26日) 到学。发笃友、石钦、密之、苏厂函。石钦来函。

二十二日(5月27日) 到学。

二十三日(5月28日) 到学。

二十四日(5月29日) 到学。

二十五日(5月30日) 到学。

二十六日(5月31日) 到学。

二十七日(6月1日) 到学。和沈观丈《雨中饮酒》一首。

二十八日(6月2日) 到学。芍棠来。

二十九日(6月3日) 到学。沈师约饮同兴楼。

三十日(6月4日) 大雨。到学。致治芗函。

五月初一日(6月5日) 到杨闻川、左笏老处。夜至道人处。同武到。

初二日(6月6日) 到学。施仲鲁来。

初三日(6月7日) 到学。笏老来谈。

初四日(6月8日) 放学。至夏老师、沈老师处拜节。

初五日(6月9日) 放学。同道人至朴丈处。

初六日(6月10日) 放学。

初七日(6月11日) 到学。

初八日(6月12日) 到学。

初九日(6月13日) 到学。

初十日(6月14日) 到学。左、胡、樊山三公来谈。

十一日(6月15日) 到馆。同子安、仲安饮小有天。

十二日(6月16日) 同恪士、散原、瘦唐、寿丞、同武搭沪宁车至镇江,在勤园小憩,花木甚好,因当日无小火轮,遂住一夜。[①]

十三日(6月17日) 过江,至焦山,住松寥阁。闻寺僧犹记十年前与子东丈同游。

十四日(6月18日) 坐红船至对岸象山,乘轿至北固山,复憩

---

① 此处有一字未写完。

勤园,搭车回申。

十五日(6月19日) 到学。

十六日(6月20日) 到学。同瘦唐、道人访朴丈。

十七日(6月21日) 到学。至仁济医院视梁师疾。

十八日(6月22日) 到学。樊、余、胡诸老来谈。至伯雨处。

二十三日[①](6月27日) 母病尚平静,请杨闻川、左笏丈来诊,脉象甚好,略进米汤、肚肺汤,服参。仲安赴日。

二十四日(6月28日) 恪士来视疾。觉先电来,覆电并致函。

二十五日(6月29日) 梁师、道人、散原来视疾。伯雨来。母病甚平静。

二十六日(6月30日) 觉先、治芗、茗雪来函,覆一函。母如昨,饮食未呕。

二十七日(7月1日) 致石钦函。

二十八日(7月2日)

二十九日(7月3日) 母安。恪士、道人来。

六月初一日(7月4日) 热甚(九十六度)。母安。仲谦来。

初二日(7月5日) 母安。天寒甚。道人来。覆石遗函。

初三日(7月6日) 母觉口干,微热,暂停丽参,专服西洋参,吃白鸭炖汤。天寒甚,时雨。散原来。覆仲安函,致石钦函。

初四日(7月7日) 请杨文川先生诊脉,言脉与病称,须停参数日。散原来。

初五日(7月8日) 母安。接节师函,覆一函。

初六日(7月9日) 请秋田诊脉。

十三日(7月16日)[②] 同恪士、元孙至西湖。母亲命看白云庵

---

① 此前日记空白一页。

② 此前日记空白一页。

隙地也。夜至刘庄。

十四日(7月17日) 至三潭印月看荷。

十五日(7月18日) 看白云庵地。

十六日(7月19日) 午同恪士、元孙回申。

十七日(7月20日) 覆罗叔蕴函。

十八日(7月21日)

十九日(7月22日) 夜间南北两军开战。

二十日(7月23日) 夜复战。

二十一日(7月24日) 至沈观丈处。夜复战。

二十二日(7月25日) 夜复战。

二十三日(7月26日) 停战。

二十四日(7月27日)

廿五日(7月28日) 夜复战。季湘来函。

廿六日(7月29日) 巡警与西人争界起哄,幸解。

廿七日(7月30日) 至梁师、乙老、笏丈处。

廿八日(7月31日) 梁师约看西陵三碑。

廿九日(8月1日) 天气稍凉。

(眉:欠杨子安一百元,欠米六十四元,欠黄同武三十元,欠李梅厂三十元,欠筠厂四十元,当钏一百五十元,当衣一百四十八元,当珠一百二十元,当珠钏八十元,当金簪五十元,当金十五元,欠关三十元。)

七月初一日(8月2日) 至沈观丈家。

初二日(8月3日)

初三日(8月4日)

初四日(8月5日) 贺沈观丈生日。至苏厂处。

初五日(8月6日) 到学。

初六日(8月7日) 到学。

初七日(8 月 8 日) 到学。

初八日(8 月 9 日) 到学。觉先来函,得主事,慰甚。

初九日(8 月 10 日) 到学。致石钦函。

初十日(8 月 11 日) 到学。贺笏老生日。过黄伯雨家。

十一日(8 月 12 日) 到学。致梁函、五弟函。

十二日(8 月 13 日) 携升儿到杨文川先生诊,热甚。

十三日(8 月 14 日) 热甚。到学,未上课。①

---

① 此页后杂记一页写于书尾页上。

第三册(民国十一年九月至十二月)

苍虬秘记

吾学画时,所见天下之物皆山水也。所见之山水皆笔也。用笔有锋、有腰、有根、有侧面,用腰始厚,用根始苍老,用侧面始尽其妙(近人画但用笔尖,难乎言笔矣)。

杜诗"心清闻妙香"极好,此老当时实是心清,实是闻妙香。到此境地不易。杜诗无所不有,得力于佛处,亦非他人所及。山谷终身学禅理,其诗悟入处极多,而无一语真实受用若此者。"闻木樨香",又为他人道去。

何诗孙先生自言学画宗旨,欲合耕烟、麓台两家之长而开辟境地,顾终身无所成就。予谓此仍当求之于子久[①]耳。两家皆师子久,耕烟得其雄健,麓台得其深厚,烟客得其意而未能发挥尽致,耕烟、麓台皆由烟客而上溯子久者也。

鉴赏家之真在行者,亦知其当然而未知其所以然。

凡诗文书画,一时有一时之风气,囿于风气者固不足论,卑视近代而高语汉魏,亦门外汉耳。孔子必法文、武、周公,愈成孔子之大。"礼,时为大",艺亦然。必从近代作家过一番而能树立,始为真正豪杰。其成就之大小仍视乎自己也。此非近日诗文书画家之所知也。

---

① 子久,即黄公望(1269—1354),字子久,号大痴,元代著名画家。

杜之后而有义山,苏之外而有山谷,姜之后而有梦窗,遇空前绝后之大家而欲别树一帜,固不能。其善变者,浸淫其中,而更加缜密,则自有立脚地步。今为画于"四王"之后,而欲出其范围,固不可,惟更细更密一法,此不传之秘也。

米山大笔,皆是细笔。

山谷诗云"随人作计终后人,自成一家始逼真","逼真"二字误解者多,"六经"无"真"字,庄、列始言真,曰古之博大真人,曰返其真。古今画家,面貌各各不同,而各有一"真"在,不得其真,则土木形骸而已,面貌欲同也,"真"欲独也。面貌欲独也,"真"欲同也。

可离,非道也。学仙者修炼,除修炼外,遂无[1]道乎?学佛者念佛,除念佛外,遂无道乎?修炼、念佛皆不能无休息间断,则其休息间断时,与道离矣。有离者必非道,可知也。道也者,不可须臾离也。戒慎乎其所不睹,恐惧乎其所不闻,乃真无离道时矣!不欲须臾与道离,(旁:莫显乎隐,莫慎乎微。)故君子必慎其独也。

画之极淡远、以神韵胜者,亦须有十数次工夫。

营邱[2]画,昔人谓其墨法精微,近始知用墨之妙,有无穷之探讨。

于工处取浑,于枯处取润。

极实极虚,极虚极实。

壬戌九月十七日(1922年11月5日) 同愔仲赴申。愔仲北上贺皇上大婚礼成,余回里营父亲葬地也。勉甫及四弟、五弟、九弟皆

---

① "无"原作"非"。

② "营邱",即李成(919—967),字成熙,先室居长安,后迁山东营邱,人称"李营邱",北宋山水画名家。

来送。午刻到申。朱篠兰翁派马车来接，遂至其寓下榻。陈小帅在寓相候。与愔仲商大婚报效事。饭后，同愔仲访温毅夫同年于大东旅馆。又访王息存、王病山、朱古微三老，坐至日暮，邀同赴小帅大雅楼之约。饭后，余与朱篠翁先归，愔仲同小帅观剧。伯衡、姬传来，谈片时去。篠翁之子读画甚久，天分甚好，气息亦恂谨。

十八日(11月6日) 同愔仲视乙老，精神较前数日稍差，因便血之故。谈论尚能支持，但易触伤感。此老惓惓忠爱之忱，非他人所及。出近画数幅及仿尺木小册观之，乙老谓小册豪【毫】发无遗憾，数幅已过王蓬心，坚欲留之。余有迟疑之色，乙老云："若不与我，恐我不及待。"其词甚悲，遂为补款。汪甘卿、毅夫亦来，皆入都叩贺大婚礼者也。访冯蒿老，小极初愈，小坐片时。访余尧衢、陈小帅。访许松如，为母亲处方。返朱寓早饭。傍晚，同愔仲访太夷，不值。闻其斋中菊花甚好，遂入观之，园丁设茗小坐，主人适归，谈至晚，在长廊菊花下饮泼兰地三杯，始去赴一山会宾楼之约。饭后，同愔仲、毅夫至甘卿旅寓小坐。上车。发信一封。

十九日(11月7日) 早到金陵。宗武同年派车来接，同至其寓下榻，罗列菊花甚多，间有可观者。访散原叟，精神、颜色较前更好，庭中悬挂祝寿诗画(廿一日为散原七十生日)，喜气充盈。世间凡吉凶事，不论大小，动乎此则应于彼，经历多，默念始知之耳。散原留早饭。归宗武寓小息。购雨花石数十枚。宗武、愔仲设席，为散原预祝，宾客为吴剑秋、马良臣、谭芝耘、商枣亭，饮甚酣。谭君述庚子年在荣幕时事甚详。陈小帅、谭皆为荣相所赏者，陈则飞黄腾达，谭竟坎壈以不迁[①]，今以老翰林充统捐事，亦可怜矣。马君报效千金，可敬。夜深始散，毅夫已不胜酒力，愔仲仍清谈娓娓，与毅夫互相谐谑，极饶风趣。余与二君同岁，通籍时皆年少，意气逼上，今相对居然老翁矣。志事不立，时序为流，竟汶汶以没世乎？

---

① 此处圈去"终其身"三字。

廿日(11月8日) 天明,乘马车至江头,搭江顺船,遇张黄楼,穷困无聊,闻其戚某在安庆谋一干脯事,有天津张佑宸(守义)出嗣臧姓,好游,健步日行百六十里,与之谈山川人物之感,颇有可喜者。上方山有一僧名省玄,甚有道行,今不知所往,他日当探寻之。

致愔仲

别后惘惘,至江头,船已将开行矣。属(倪华)发一电与子玉,电费不足,属(倪华)向兄借钱资之,想已发矣。无聊时翻《散原集》,有赠兄诗"从竹荒残馀夕照,老夫起看海云红"之句,不禁为之心动。十年辛苦,只问诸江水耳。[1] 鲜民之生,强为欢笑,愿兄刚肠似铁,肩承天之坠,寿迹心于琐细不急之务,压愁九渊之底,缓须臾之死,为他日万一之报,丧心越礼所不能辞。惟兄知我,聊掬片怀耳。

廿一日(11月9日) 与臧君谈山水之胜。[2]

廿二日(11月10日) 侵晨,到汉口。至子玉处,尚未起也。同子玉至君适处,晤表嫂。至七兄处。饭后,同子玉渡江,晤少珩、三兄,谈河坪地事甚详。至洪家,元孙及四太太皆外出。[3] 又同子玉访惕斋,笃友亦来,谈至夜深始散。

廿三日(11月11日) 同子玉乘汽车至新开马路一游。闻石钦在汉以电话约至惕斋处。惕斋请晚饭,素菜极美,同座为笃友、君适、君简,与石钦同归子玉家,谈至夜深。

廿四日(11月12日) 五钟即起,搭小轮赴巴河,三钟到。至云生家,云生往贺养拙之子周岁未归。闻普静和尚住张王庙甚近,遂走访之,适遇儒顺,亦巧遇也。普静住殿旁两庑楼上,甚仄小,而布置甚可坐。谢子嘉来,言六、十弟姻事已成。九兄来,汉大爹、勉二爹

---

① 此处原作"十年辛苦历历如梦境耳"。

② "山水之胜"原作"游山之事"。

③ "饭后……外出"一句,原在天头处。

皆来。

廿五日(11月13日) 同儒顺至河坪看龟形地,形势极好。拜小秋公、小云公两叔祖墓。傍晚,至九兄处晚饭。同九兄至普静处夜谈,设素馄饨甚佳。子嘉亦来。

廿六日(11月14日) 至普静处,为书横幅,录东坡"羡师此室才方丈,一炷清香尽日留"之诗,又绘小画幅。笔既不合用,纸又恶劣异常,不知是画非画矣。饭后,同九兄坐小舟溯流至黄州关上,入一饭店候船,臭虫极多,不能坐卧。三钟时,江裕船到,开一官舱,睡甚适。

廿七日(11月15日) 十钟到汉口,至子玉家,电话约石钦来,子玉请吃菊花锅。饭后又至愓斋处,设素面,腹饱,勉食之,甚不舒服。

廿八日(11月16日) 腹泻三次。子大来谈。恽铨甫来。尚义侄来。[①]

廿九日(11月17日) 腹泻二次。至君适处小坐。至愓斋处。午后,愓斋、九兄皆至子玉处。饭后,君适、君简来。上瑞汤丸船,九钟开。

卅日(11月18日) 九钟到九江,二钟开。傍晚过安庆。

十月朔(11月19日) 十二钟过南京。发快信三封。傍晚过镇江,夜半闻江声。与君适作词纪之。

凄凉犯

是谁导出千年恨,东流尽付呜咽。三更客枕,欻然悲壮,铮纵金铁。涛头如雪,恍叱咤灵胥毅魄。更哀鸣,泽鸿两岸,都化泪成血。　　旧梦焦岩上,落日僧楼,片霞明灭。晚潮上引殷春雷,撼摇船楄。一念随波竟到海,奔腾未歇。叹飘蓬,曲局过耳,

---

① 此处圈去"晚饭子玉"四字。

鬓欲白。

词不能工,一时感触若此,信笔书之。

初二日(11 月 20 日) 十一钟半,到浦[①]东,雇小舟装行李,附小火轮渡江,至五码头上岸,已十二钟半矣。雇汽车二来,赶至车站,尚未误午车钟点。七钟到杭州,荣儿来接,先到三桥址寓。勉甫来小坐。过湖,四弟、荣儿同行,家中均安(闻乙老病又反覆,可虑之至)。

初三日(11 月 21 日) 在家休息。三弟来。覆何梅生、孙陟甫信。

初四日(11 月 22 日) 作画二小幅。

初五日(11 月 23 日) 絜弟来,告乙老去世,同入城,约勉甫赴申往吊。夜到,见棺一恸,其实心仍麻木,亦假哀耳。晤金甸丞。访䌹之,不值。见关世姊,今日始自皖归也。同勉甫寓东亚旅馆。伯衡来同宿,絜弟拟乙老遗折。

初六日(11 月 24 日) 絜弟持折稿就正王病老,余往访郑苏厂,问何梅生住址,遂访梅生,匆匆谈数语。访朱筱翁。访冯蒿老,视其疾已愈,但消瘦耳。返旅馆,病老已来,小坐而去。同勉甫、絜先过功德林午饭,趁午车归。夜风甚大。

初七日(11 月 25 日) 作画一小幅,风仍不息,寒甚。七弟来。

初八日(11 月 26 日) 约陈子式、夏定侯、斯儆吾、勉甫、肖研、朱□□午饭。午后风稍息,母亲发旧恙,吐十馀口。四弟、三弟来。

初九日(11 月 27 日) 母亲仍吐三四口。入城,访何颂华改方,未晤。发延斋六兄函、二弟函、关世姊函。叔平请午饭。饭后过湖,作画一小幅,临高房山,尚能如意。三弟、四弟、七弟皆来。

初十日(11 月 28 日) 孙陟甫同其表弟张小槎来。作画一幅。

十一日(11 月 29 日) 同两君至法相寺。作画一幅,临梅花盦主。

---

① “浦”字原缺竖笔,当是避家讳。

十二日(11月30日) 作画二幅,临子久一幅,笔意竟极足,亦无聊之乐事也。

十三日(12月1日) 陟甫之子焜方与周君适之三妹缔姻,行纳采礼,肖研、同武为媒,勉甫、五弟来陪,七弟亦来。

十四日(12月2日) 同陟甫、君适、七弟、邦直游云林。巨僴来,五弟来。饭后,同[1]至赤山埠,小步入城,送陟甫行。

十五日(12月3日) 作画一幅,仿照巨然。夜,为三弟改拟乙老遗折,稍构思即有怔忡之意,将成废物矣。

> 奏为天恩未报,臣命难延,伏枕哀鸣,恭折仰祈圣鉴事。窃臣[2]章句小儒,忝列甲科,蒙先太皇太后、先皇帝及我皇上恩遇,由刑曹外任郡守,历擢安徽提学使司提学使,署理布政使司布政使。宣统二年,因病请开缺回里。辛亥国变,忍死须臾,以为乱势无久延之理,天心必有复之时。一息尚存,敢忘在莒?丁巳五月,从前两江总督臣张勋等之后,蒙恩简授学部尚书,臣于此时得瞻天颜,敬承玉音,私庆皇上聪明天亶,同符圣祖,真中兴之令主也。不幸时局旋变,未展寸效,徒贻主忧,愤恨惭惶,耿耿以至今日。常恐臣垂尽馀年,先填沟壑,难待时清。万虑千端,一日九逝,忽忽若失,不知涕泣之何从也。本月恭逢大婚盛典,臣病躯不能趋阙,曾同前直隶总督臣陈夔龙等拜折恭贺,谨具贡品,由前内阁右丞臣胡嗣瑗敬赍入都上呈,想邀圣鉴。臣今年七十有三,素有不寐之症,医者佥谓忧思太过、心血亏耗所致,年来触发益频,不能自克。近又患癃闭、浮肿等症,缠绵床褥,气息日微,自知不起。伏念臣负国罪深,早应陨灭,死何足惜,所不能瞑目者,夙志未偿,愚忠未尽,不及复见我皇上耳。
>
> 方今天灾人祸已至其极,民命倒悬,喁喁望治,伏愿我皇上

---

① 此处圈去“步行”二字。

② 此处删除“以”字。

遵养时晦，缉熙光明，亲老成，远嬖倖，崇正道，拒诐淫，思祖宗付托之重，则举动不敢稍轻；懔万古名教之防，则奇衺在所必斥。不忧天运之不转而畏自弃于天，不忧人心之不向而畏自绝于民。诚尽克己复礼之功，必收天下归仁之效。其要唯在敬法我圣祖仁皇帝而已。我圣祖仁皇帝生知之圣，劬学读书无一日间断，古今中外之故无不考求，允执厥中，不偏不倚，所谓天不变道亦不变，世乱虽亟，终莫能外也。愿皇上详求遗训，精体力行，一动念，一举措，咸以圣祖之心为心，圣祖之学为学，他日景运重新，御朝临民，即以圣祖之政为政，圣祖之治为治。存人道于几希，续世运于将绝。

所欲言如是而已。冤禽衔木，填沧海以无期；碧血难灰，望阙廷而凄恋。呜咽上陈，伏维圣明矜鉴。谨奏。

十六日（12 月 4 日） 何梅生、高颖生自沪来，饭后，同至法相寺。夜听梅生鼓琴，发石钦函。得愔仲函。

十七日（12 月 5 日） 同梅生入城买琴弦，午归，夜谈甚久。三弟来。

十八日（12 月 6 日） 大雪。梅生、颖生过湖，至照胆台访一蜀僧，闻能诗画，不知有可观否。夜请两君素餐。雪霁月出，夜谈甚久，听梅生鼓琴。

十九日（12 月 7 日） 入城，送两君行。过勉甫小坐，傍晚归。观君适摹南园《马》，极工细，得神似。七弟来。发伯衡函。四弟来。

廿日（12 月 8 日） 作《种菊图》未成。得彊村翁函，覆之。致寥志函。

廿一日（12 月 9 日） 临子久《陡壑丛林》一幅。石钦、绩臣来函。三弟、七弟来。

廿二日（12 月 10 日） 昨画一幅设色。覆绩臣函。收到慈护赠乙老书联，为弃世日所书，神气已散，不忍悬之。

母亲因父亲归葬期近，感触欠安。三弟住宿。

廿三日(12月11日) 入城访存周、何唐老。视七伯父之疾。

母亲咳甚，饮食少，疲乏思睡。早吃小米粥，晚稍进稀饭，夜眠尚安。

祖母忽发旧恙，幸片时即安复。同三弟入城。得伯衡函，即覆。

廿四日(12月12日) 同君适、尚铨上九曜山顶。一僧(德明，江西人，金山出家)结茅将一载矣，人尚朴实，以斗米赠之。

母亲晨起较昨稍好，午后仍卧，咳未减。三弟、四弟、九弟来。[①]

廿五日(12月13日) 母亲如昨，食细挂面三口，口苦，食无味，想系食时气郁，未能消化。入城，同勉甫请何君颂华来诊，允于一二日内来。四弟、七弟来。接愔仲函。接梅生、颖生两君函。颖生新交赙赠百元，令人愧感无已。子刻雨，久旱得此，病可稍减矣。

廿六日(12月14日) 母亲病如昨(旁：神气甚清朗，偶有梦语，未更衣)。何君来诊，言系冬温，风温感入肺、胃、心包，处方。关世姊来。

廿七日(12月15日) 母亲病如昨，未更衣，饮藕汤数口，上半夜眠尚好。

廿八日(12月16日) 母亲病如昨，仍未更衣，饮米汤数口，并鸭汤数口，夜眠尚安。入城，请何君改方。视七伯疾。

廿九日(12月17日) 母亲神气较昨清朗。入城，请何君兼视七伯，吐已止。午后，何君来诊脉，言较平，开清营之剂。祖母来，亦请何君诊脉开方调理。得病老函、伯衡函，覆之。母亲饮米汤二次，夜十钟更衣甚畅，渐思饮食。

十一月朔(12月18日) 母亲仍觉口苦津乏，舌根痛，入城请何君改方。有以砚求售者，审视乃赵忠毅公“东方未明”之砚。曩阅《阅微草堂笔记》所载，为之肃然起敬，忠义之气，凛凛千古，余于砚未曾

---

① 此处圈去“二弟住宿”四字。

考校，虽不知其真赝，然不敢放过，遂携归。母亲饮食稍进。

初二日（12月19日） 母亲舌根仍痛，三弟入城请何君改方。午后，全家到南库房祭先君，将于次日奉柩归葬也。母亲又更衣一次，渐觉舒安矣。存周同李君□□、何君□□来访。

九弟先赴申，办报关事。

初三日（12月20日） 到南星站，送先君柩及亡侄邦怀、邦虎柩启行。四弟先往，五弟送至申，余拟初五日趁车至宁上船也。存周、李君、何君及沈叔岩之世兄□□皆来送。车行后，复到城寓，母亲饮食渐好，可于床上稍坐。何君（熽时）、洪君（镕）来访。

初四日（12月21日） 母亲精神渐复，惟仍口苦津乏，舌根疼。入城请何君改方。冲甫来。夜，《题君适画马》七绝一首。（二钟睡后，小偷入室，窃皮袍去。）

脱逸交驰竞天马，欻尔生枯双管下。人间亦有李伯时，世无坡谷谁知者。

宣统十一月朔日得赵忠毅公"东方未明"之砚，喜而不寐，属君适表侄临钱通副《画马》以试砚。

初五日（12月22日） 母亲夜眠尚安。今日为冬至节，而月份牌所书时刻皆不同，不知究系何时节气。荒唐至此，尚得为有国有人乎？饭后入城，至三桥址寓，趁午车，君适同行。茀孙表兄亦将于十三日安葬也。与觉先预约在功德林素菜馆相会，到时觉先、伯衡已到。石钦、绩臣、絅之来，絅之作东。饭后至东亚旅馆小坐，同武来，同上车。

初六日（12月23日） 早到宁，老冯、董升来接，上江安船（过芜湖发一缄）。

初七日（12月24日） 早过安庆，夜过九江。

初八日（12月25日） 午后一钟，抵汉。二弟及惕斋、□斋、□斋、笃友、子玉、铨甫、元孙、鹤生、澈生、泰生、竹君、赞臣、幼全、君亮、雪樵、尚义来接。因初八、初九封关，未能请柩，暂住望平里公司楼上四十四号。治芗来。简斋七兄来、渭渔三兄来。惕斋设备极周挚,可感。夜与治芗谈至鸡鸣始寝。

初九日(12月26日) 发信一封。四弟带老郭先归里。子玉、惕斋请第一楼晚饭。子玉以小极未到。

初十日(12月27日) 戚友在江干公祭,到者七十馀人,祭席三桌:一笃友、子玉、治芗、惕斋诸君;一叶星仲姊丈,一蕲水学生胡祖铨诸君。午后三钟,提单始到,请柩上红船(旁:解船二只,一停先君柩,一停怀、虎两侄柩)。二姊、三嫂、嫒嫒侄女来,派老冯先趁小轮回巴告。(知四弟明日船不能早开,免久待。)

十一日(12月28日) 由汉至巴河仍须报关,十二钟半始签字放行。天气甚好,惟时期太迫蹙,出入报关至费周折。子玉、惕斋费心劳力,辛苦太过,至不安耳。二弟、九弟及尚义侄同行,夜七钟半泊西河铺,因水浅滩多,不敢行也。

十二日(12月29日) 六钟半开船,十钟到巴河,水警列队迎接,炮船皆下半旗,戚友族人到船上行礼。午后始启行,送葬者三百馀人,过街时路祭极多,爆声不绝。日入时安奉到山,寅时下窆,土色极好。与二弟、四弟、六弟、九弟住周姓家。

十三日(12月30日) 二弟、六弟赴杭。① 谨率工人筑墓刻碑。

十四日(12月31日) 筑墓事竣。

十五日(1923年1月1日) 立碑,上祭。同四弟、九弟、尚义回巴河街,住张王庙。得杭寓函。

十六日(1月2日) 九弟、尚义赴汉。为强先十弟定徐氏姻(徐公鸣谦之后坤山之侄女),请谢子嘉、蔡砚香、高洁平、闻宾门作媒,办早面,填庚后,子嘉送至徐家(五十里)。② 访放五二兄,小坐。过少珩兄处,未值。过养拙处,请吃素菜十大碗。过桐伯侄处小坐。

---

① 此处圈去"日入时筑坟将成"七字。

② 此处删除"为人作书甚多,十七日"等九字。

十七日(1月3日) 到新屋小坐。访闻宾门。傍晚,子嘉、砚香送女家庚帖归,备荤素席各一棹,冥冥之中,当可稍慰叔父母之灵也。饭后,邀客至张王庙下榻,夜谈甚畅,所聚皆旧人,故相得也。是日为人书甚多。

十八日(1月4日) 为人作书不暇给。饭后,带老郭至黄州关,趁上水轮船,老郭押行李乘小舟,余乘轿。廿馀年未走长圻墩,一望平芜,夕阳黯黯,不胜今昔之感。招商局管账者为旧仆汪益之子,今五十馀岁矣,谈及苦旱为灾,萝卜一斤至四串数百文,为向来所未有。武昌县有二家争井,两妇人竟致缢死,借水者用秤秤之。真奇闻矣!满耳疮痍,满眼疮痍,民何以堪命哉!

十九日(1月5日) 九钟,上江安船,三钟到汉口。得家信一束,悉母亲眠食均好,尚未下床。

廿日(1月6日) 渡江谢客,日入时始返。惕斋约第一楼晚饭。

廿一日(1月7日) 同任琴父约游武昌徐家沟琴园,备菜三桌,同游者廿馀人。九弟先行。

廿二日(1月8日) 渡江访子大。至黄鹤楼小坐。至府后外祖故宅,视君简六六花园,荒废满目,不堪回首矣。请惕斋三昆仲、笃友、治芗、汪、刘、任晚饭。谈至四钟始寝。

廿三日(1月9日) 松山约早饭。与泰生围棋一局。君亮约晚饭,与泰生围棋一局。四弟先行。与治芗谈至五钟始寝。

廿四日(1月10日) 与泰生围棋一局。泰生、铨甫约翼江楼早饭。至仲虎处谢步。子玉、刘子敬约晚饭。夜二钟,上江革船。惕斋、厚斋、泰生、君亮、子玉送上船,同武、君亮同行。

廿五日(1月11日) 夜过九江。

廿六日(1月12日) 午后过安庆。

廿七日(1月13日) 午过南京,与君适上岸乘火车,四弟恰于镇江上车。夜到杭。

廿八日(1月14日) 入城。

……[1]

(十二月)十五日(1月31日) 临《罗汉》一幅。

十六日(2月1日) 父亲忌日。入城。上供。四妹出嫁。

十七日(2月2日) 作画。

十八日(2月3日) 作画。

十九日(2月4日) 同人集愔仲之五峰草堂,作东坡生日,予画东坡像,摹元人《笠屐图》本,又为愔仲作[2]《李委吹笛图》,盖元丰五年壬戌,东坡年四十七,是日为赤壁之游也。君适作《东坡春夜饮蕲水酒家图》,邦直作《东坡游清泉寺图》,皆壬戌年事。到者为汲侯、愔仲、勉甫、儆吾、同武、肖研、君适、寥志、强志、觉先、询先、邦荣、邦直、愔仲长子孟节及余,共十五人,各携肴蔬,杂陈满案。饭后,又同至安巢(汲侯之别业),小坐而归。愔仲以东坡《红梅诗》"故作小红桃杏色"二句分韵作诗,余拈得"作"字。明日已立春矣,竟不得大雪以解温气,明岁春收殆无望,且恐多时症,为之忧念。

廿日(2月5日) 立春。临《罗汉》一幅。

廿一日(2月6日) 大雪。一冬无大雨雪,交春即雪,于农家毫无好处,天公洵有意降灾矣。临营邱雪景未成。

廿二日(2月7日) 临营邱幅,极费功而未能出味。临《罗汉》一幅。致子安函。

廿三日(2月8日) 临松雪小幅,尚得苍润之致。临《罗汉》一幅。致叔通函。

廿四日(2月9日) 雪。临《罗汉》一幅,画四尺屏一幅,未成。致铁三函、絅之函。

廿五日(2月10日) 画《罗汉》一幅。

---

① 此后空白十几天。

② 此处圈去"东坡生日祭赤壁"六字。

廿六日(2月11日) 画《罗汉》一幅。

廿七日(2月12日) 画《罗汉》一幅。接小石函。

廿八日(2月13日) 入城,至愔仲处小坐。画《罗汉》一幅。

廿九日(2月14日) 画《罗汉》二幅。十二幅成,各系以赞语。

除夕(2月15日) 至城寓。至愔仲处小坐,约勉甫共谈。夜作山水小幅。临吕半隐。①

---

① 吕半隐,即吕潜(1621—1706),明末清初画家,字孔昭、石山,号半隐,四川遂宁人,侨居江苏泰州,崇祯十六年(1643)进士。

第四册（民国十二年一月至五月）

癸亥元旦（1923年2月16日） 晴。母亲乘肩舆入城，余与家人同至城寓，拜祖父及嫡祖母影像、父亲影像。大母不许贺年。行年四十六，今为无父之年矣。愔仲来。夜阅《骈体类抄》。

初二日（2月17日） 早晴暮雨。画三小幅。母亲至书房观作画。三弟来。阅《骈体类抄》，如《解嘲》诸作，意并不多而推阐尽致，天竺之文，一义而演数千言如大海潮，亦同此旨。七伯父来。至夜，雨甚，听之只益闷损，少年时晴雨了不相关，今乃声声入耳，乱我心曲，何耶？

初三日（2月18日） 为何庚生老人作小横幅。同武之夫人生一子，出血气痛，以舆来迓，为拟一方。至城寓，勉甫来谈。过何庚老，以画与之，极欣慰。夜为检一事，翻《渔阳精华录》，此书为初印本，不可多得，惜曩岁不知爱惜，妄录覃溪批语其上，又加以圈点涂抹，如美玉之有瑕，不忍复见。覃溪本不甚知诗，率多妄论，惟间有考据校勘可取，少年不解事，以为善本而重录之，致污佳书，悔不可追。人当少日，大半不知妄作，凡事不可不谨慎也。

初四日（2月19日） 晴。汪颂年来谈。奉太夫人至灵峰寺看梅，三弟、四弟及内子、荃儿、湝儿同往，梅已十分开矣。夜画王景略《货畚图》。

初五日（2月20日） 大母率家人来湖寓。勉甫来下榻。作《华山图》。致梅生函。题《货畚图》七律一首。

初六日（2月21日） 作《华山图》。夜为勉甫画册页五开。

初七日（2月22日） 同愔仲、同武、邓梦仙、勉甫、七弟、君适、邦荣至灵峰寺看梅,小雨。得孙稚筠丈逝世之耗。

初八日(2月23日) 《华山图》成。得梅生覆函。勉甫、君适入城。

初九日(2月24日) 入城,至愔仲处。至城寓。勉甫、儆吾来。

初十日(2月25日) 题《华山图》七古一首。为振捐作山水幅。

华山之高孰可攀,桃花流水皆人间。天生芳臭不并世,待时敛翼归名山。山中师友足磋[①]砺,读书被褐[②]方悠然。大云舒卷可千里,三峰屹立凝苍颜。僭窃当涂逮典午,避秦见老没明贤。草付风云偶际合[③],犹可牵连三十年。千年一得圣人在,河流[④]到海何时还。六朝五季并乱世,持较今日犹非难。五岳峥嵘在天地,渺然人物空云烟。渔洋山人遭圣代,赋诗送远摹高寡。戴生务旃书画好,姓字还藉诗人传。我事丹青只易米,日储月敛惟忧患。聊[⑤]图故事寄[⑥]愧慕。嵯峨[⑦]寤寐常周旋。何时真人统六合,坠驴绝倒希夷仙。

十一日(2月26日) 为施凋梅作山水大幅。为裴性山作极小山水。为王病山先生画扇,摹濂溪像。愔仲来。

十二日(2月27日) 同愔仲赴申,寓朱筱兰先生家。

十三日(2月28日) 至关䌹之处拜先师影像。泮甫处看石涛两册,一山水,一花卉,前画《渊明嗅菊》小像,天趣横出,花卉亦精绝,得味外味。过陈筱帅处午饭。是日为万寿圣节,予以有服不行礼。到者廿人,拍一照。王雪老、王病老、朱古老、左子翼、章 山、吴郁

---

① “磋”原作“磨”。

② “被褐”原作“编茅”。

③ “际合”原作“际会”。

④ “河流”原作“浊流”。

⑤ “聊”原作“为”。

⑥ “寄”原作“深”。

⑦ “嵯峨”原作“山川”。

生、余尧衢、秦炳直、筱帅及其兄少石先生、杨子勤、郑苏厂、庄□□、恽□□、朱筱菊、许汲侯。同至何梅生处听琴一曲。筱帅又约晚饭，为少石先生作寿，席间有叫局者，瑞澂之孙女在焉，报应昭彰[①]，人尚不悟耶？

十四日(3月1日)　同愔仲至病老处早饭，梅生、颖生亦来。梅生鼓琴一曲。苏厂约晚饮酒[②]，并约梅生、颖生。苏厂代人索作《书味盦图》小册。

十五日(3月2日)　颖生来。为筱兰先生题《林文忠手书诗卷》五律一首。题鹿床山水七律一首。余尧衢约作诗钟，到者为止勤、病老、古老、愔仲、少石先生。“时笔”一唱，“神药”二唱。“善药草经标上品，喜神梅谱志中兴。”“通神书爱先和瘦，和药诗怜太傅刚。”“丸药终为陈志累，迎神谁识屈骚哀。”

（眉：少石先生携云林真迹一幅，上有内府十三印。又石谷《太行山色图》，学关仝三十八岁时作，有烟客题字，皆绝品也。云林真本极少，见此幅始知其用笔用墨之妙。）

十六日(3月3日)　同愔仲早车归。接觉王僧服小像，尚有意味。

十七日(3月4日)　潜临云林山水一幅送汲侯，祝其四十九岁生日，尚得云林之意。

十八日(3月5日)　愔仲、汲侯来，同至许庄看梅，为后耀山画《祷天代夫图》，其妾某氏为其病祈心身代，后君愈而其妾竟死矣。人但患不诚耳，未有诚而不动者也。

十九日(3月6日)　作《祷天图》。入城，送存周北上。至城寓，愔仲、勉甫来谈。为吴心穀画扇。

廿日(3月7日)　《祷天图》毕。为愔仲画《花片渡海观音像》，

---

① 此处圈去“若是”二字。

② 原作“傍晚至苏厂处，约晚饮”。

又为春蕃作山水大幅。

廿一日(3月8日) 陈筱帅约烟霞洞看梅,有愔仲、汲侯、剑丞、子式,酒后登南高峰。又临云林一幅(为佩苍作)。

廿二日(3月9日) 同君适、同武、七弟、九弟、邦直至教育会观振捐书画陈列所,市楼小饮。寄怀宾门、子嘉二首。

廿三日(3月10日) 为闻宾门改诗。同君适、同武、七弟、邦直至烟霞洞看梅。

和子嘉除夕寄怀之作

日暮愁回故里车,遗黎流转半虫沙。国恩久负惭门望,生事能添只鬓华。访旧襄阳耆老尽,招魂陇首道途赊。剪灯还续僧床梦,独念平生谢子嘉。

和宾门除夕见怀

馀生念念惭君父,青眼相看愧故人。冥意[1]孤行宁绝俗,见心一语足伤神。已惊撄散流光逝,初喜兰芳绝代纫。屈指清明归上冢,期君破涕遣[2]残春。

廿四日(3月11日) 为许赤城作山水一幅,气息尚纯静,纸甚旧,皴染均顺手。燕护来,携乙师书楹帖属题。乙师于去岁十月初三日去世,此为前一日所书,相去不过数小时,神气不散,绝无衰惫之态,此不独书法功深,可以觇所学矣。泫然记之。约烟霞洞僧便饭。同武、二弟、九弟来。

廿五日(3月12日) 为刘翰怡作素绢横幅山水。

廿六日(3月13日) 至愔仲处,约勉甫来谈。饭后至城寓,天气陡寒。

廿七日(3月14日) 仿高房山一小幅,甚佳。剑丞约钟集。第一唱“高、拜”,予后至,亦作一联“高仰当涂终应倖,拜惊盆子善藏

① “冥意”原作“逢乱”。
② “遣”原作“话”。

符”。“家、夜”二唱：“剧夜幽并骐骥过，识家丰沛大鸡来。”“《乌夜啼》惊仙李句，《渔家傲》喜志和诗。”“三夜梦君伤李杜，两家生子贵刘卢。”“日夜剧谈黄鲁直，自家康济邵尧夫。”剑丞一联以“将夜”候对“成家”，甚工。愔仲一联“高鸟藏弓哀清室，拜鹃臣甫望收京”，亦佳。“重云”三唱：“酒食重违元伯意，衣裳云想谪仙词。”“将列云台虚马援，国行重典启苻坚。”“秦头重压康王兆，衡岳云开吏部诗。”此二句甚难作，通场无佳者。

廿八日(3月15日) 画《崇陵图》及《桃花林故宅》二小幅。

廿九日(3月16日) 画《戒坛》及《屯佰胡同故宅》二小幅。贞长约钟集，“自、通”一唱：“通德寒宵深感旧，自然白日上升仙。”“自将戈怜曹髦拟，通神革变李邕精。”“自蔽曹公秋射猎，通方韩子夜攻书。”“通明殿入东坡梦，自度腔传白石词。”“素、河”二唱：“元素回天唐再造，清河不帝汉将衰。”“绚素商微蛾首美，驰河庄喻炬车痴。”“荦素微嫌生党议，山河流涕望中兴。”“尺素书亡嵇怨命，明河篇献宋多才。”“书、落”三唱：“高阁落成思帝子，大雷书寄感参军。”“菊食落英湘泽怨，茗浇书传豫章诗。”愔仲一联“韩愈落南悲再谪，柳州书后表双忠”，极佳，竟不得元，主司盲矣。“床、饮”四唱：“夜语连床狂鲁直，晨兴自饮傲卢奴。”“管穴蔡床居北海，桓思酒饮爱南徐。”“辄非解饮容坡醉，甫径登床诧武奇。”“敢逃温饮惊钱凤，独拜庞床见卧龙。”

二月初一日(3月17日) 为田伏侯画《写老图》横幅。入城，至黄家诊病。至愔仲处小坐。得觉三函，覆一函。

初二日(3月18日) 为剑丞画《天日师子口图》。三弟、七弟、九弟来。阅《后汉书》。

初三日(3月19日) 临云林《衡山》二幅。得子申函。阅《后汉书》。为张东生作砚铭：“默而能言，润而能坚，盘根错节，居其所而泽迁。”

初四日(3月20日) 画仿赵松雪《桃源图》。勉甫来，同勉甫、君适入城。小宝十岁生日,为我作素菜二器,一糟煨春笋,一炒枸杞,皆予所嗜也。小石来函。

初五日(3月21日) 画仿中立《秋山行旅图》。覆子申函。致五弟函。入城,至黄家诊病。

初六日(3月22日) 画《落花图》。愔仲来,同至高庄,看残梅新柳,小饮,距前又六年矣,忽忽不知老之将至也。晚入城,为黄家诊病。

初七日(3月23日) 《落花图》加染。入城,同勉甫至愔仲处,又同至何颂华处,为母亲改方。至黄家诊病。作《残梅》一首。致蒋苏厂一函。

同愔仲至高庄看残梅

窥墙绰约照浮卮,添入伤春鬓几丝。人世[①]难寻如意事,当前[②]还说少年时。移暄寒影相看旧,褰袂酸香欲散迟。绝代何心怨零落,谁教偏作最繁枝。

初八日(3月24日) 天气极暖。头目昏昏,腹中亦不适。七伯父来。

初九日(3月25日) 何君颂华侵晨至,为母亲诊脉改方。愔仲来,设小饮。何庚老来。勉甫、姬传来作诗钟二唱"双、凤",六唱"镜,门",七唱"颂、华"。作画一小幅。傍晚泛舟,看堤上桃花相照,又至安巢园中看玉兰,春光涎漫极矣。

初十日(3月26日) 得子玉函、周表嫂函。覆一函。

十一日(3月27日) 为任君琴父作《琴园记》,构思不入。奉母亲至顾庄看桃花。挽孙稚筠丈联:"绝钟离以修孔林,遗泽千秋,巍焕宫墙犹在望;见明道而愧师席,春风一月,凄凉门馆忍重来?"得田伏侯同年函、觉先弟函。

---

① "人世"原作"回首"。

② "前"原作"花"。

十二日(3月28日) 入城,为巽女购奁物。梅生来。

十三日(3月29日) 愔仲、勉甫、梅生来。画《观音像》一幅。得陆长劬函。为傅沅叔画扇。

十四日(3月30日) 画山水小幅,又松二幅。得子申函、四弟函、尚铨函、觉三函,覆长劬函、子申函。《后汉书·刘表传》通体多褒辞,独宠后妻、远长子为疵耳,其不依附曹操,未为失也。后之论表者每多不足,何耶?

十五日(3月31日)

十六日(4月1日) 同愔仲请钟集,到者为吴䌹斋、陶叔惠、夏映厂、胡荔裳、钱原斋、七伯父,"薄、形"五唱,"尊、庙"六唱,"高、楚"七唱。石遗、拔可、梅生、亮生亦来,勉甫晚来。夜作"自诚明"一节小讲。

十七日(4月2日) 入城,送梅生行。至愔仲处,晤沅叔。夜摹唐太宗像,颇具英武之气。

十八日(4月3日) 画《松树》《枯木》小幅,仿营邱。

十九日(4月4日) 腹中不适。画《兰花》小幅。

廿日(4月5日) 腹中仍不适。为愔仲画《冬郎像》于端砚上。画《梅花》小幅。夜作文,未成。

廿一日(4月6日) 清明。入城祭祀祖先。

廿二日(4月7日) 作文。

廿三日(4月8日) 李君小和约早饭。

琴园记

吾鄂居天下形胜而独少园林游观之美。乾嘉之际,江夏刘氏以霭园著,多名流题咏,毁于兵燹,废墟仅存而已。余去秋归汉上,金子惕斋数言琴园之胜,继识任君琴父于惕斋许,邀余往游,以事未果。

任君以其字琴父,故以琴名其园。园傍武胜门外沙湖,又号沙湖居士者也。冬十一月,余复至汉,任君又约往游。渡江至沟口,越粤汉铁道未半里许,遂至园。园方广可百亩,重阿曲房,周回掩映,嘉木异卉[1],弥望葱郁。曲引湖水以为溪流,可以觞咏;培土以为丘陵,可以眺望。其中楼阁、台榭、桥亭之属凡数十处,皆有可乐,竟日不能穷。华而不侈,朴而不陋,宏大而兼幽邃之观,奥复而具流逸之气。如置身吴越诸名园中,而兼有胜焉。自余避地于外,偶归汉上,不胜丁令威化鹤之感,所触于耳而接于目前者,商贾之熙攘,士女之征逐,屋舍之鳞比,货物之阗溢,力役之邪许,市声之喧沸而已,间与二三故旧晤语,则世道之日非,军士盗匪之充斥,民生之憔悴,殆无一事足乐者。今乃于天崩地岌、风尘扰攘之会,获一清曝之区,翛然而优游乎物外,以聊淡其幽忧郁结、慼慼靡骋之怀,岂非意外之至幸也!

光绪之季,南皮张文襄公既久督鄂,厉行新政,万端并举,一时幕府宾客号称极盛,又经营数省铁道,以鄂为之枢,而网络天下,北极幽燕,南穷岭海,东尽吴会,西连巴蜀。筹划缔造之勤,可谓至矣。乃造端未竟,患气而绝,四海响应,孽竖既起,迄无宁戚。覆辙相寻,有事则鄂受其兵,无事亦鄂供其财。民救死不暇,百务阻滞,文武道尽,风流歇绝。向使变乱不生,因仍以至今日,则川粤之通已久,沟口商贾、行旅居聚之殷,将驾乎江之北岸。斯园游观之盛,当有为吴越诸名园所不及者,何有于散人残客俯仰流连,致慨今昔而不能自已哉!岂善始者不必善终,人谋之未臧欤?抑利害相倚,治乱相循,劫运不可倖逃,地灵之发舒尚有待欤?[2]

昔李格非为《名园记》谓"名园之盛衰,为洛阳之盛衰,为天下之盛衰",吾鄂既系乎天下之重轻,则以斯园之废兴验天下之治乱,岂不可也。任君气专而容寂,理乱不闻。稠人广坐中,容

① "异卉"原作"奇石"。
② 按:"岂善始"至此,原文以勾画出。

或论他事，辄隐几假寐。或故与诘难，弗与辨，惟语及园居之乐，则眉宇轩然，睥睨指画不倦，庶几不以外物撄其心者。予犹冀夫斯世之乱极而治，吾鄂士民获一日之安，稍资休息，益偿任君所大愿而永其乐也。故乐为之记而俟之。

廿四日(4月9日)　入城，至愔仲、勉甫处。夜作《词选序》，文思潮涌，因恐失眠，只成半篇，遂罢。

廿五日(4月10日)　楼君辛壶来访，论画甚久。楼君出自作小幅求题，气韵甚好，和其原韵一首："幽人自怡悦，媚世异时花。藉柳方稽锻，看云误翟柎。岚光团古寺，帆影落寒沙。林卧栖迟者，应忘暮日斜。"

挽曹君直

校书东观共昏晨[①]，谓是驹骀一辈人。岂意波流沉一世，始知抗激有孤臣。失君交臂吾何暗暗，噀血[②]呼天迹已陈。未了男儿忠孝事，缘闻遗语剧酸辛。

予曩与君直校录[③]内阁书目，晤处甚久，以君为缪某弟子，未深谈也。国变后，君大节不苟，志气弥厉，而缪某美新劝进，为无耻之尤。师不必贤于弟子，呜呼！仅不必贤而已哉？

廿六日(4月11日)　作《词选序》。

廿七日(4月12日)　入城，至愔仲处，请其是正《序》稿。勉甫亦来久谈。夜作"心善服人者"一节小讲。

旧月簃词选序

花间春盏，俄照绿阴；虫畔秋床，骤闻凉雨。荡羁魂于别馆，回幽绪于闲悰。缥缈千生，温凉一念。于斯时也，欲拈韵语，苦

---

① "昏晨"原作"朝昏"。

② "噀血"原作"愤世"。

③ "录"原作"写"。

诗律之拘严;欲叙长言,奈柔情之断续。求其追摄神光,低徊本事[①],微传掩抑之声,曲赴坠抗之节,其惟词乎!

余素工愁,雅好倚声。开卷获心,曼吟自遣。而古今选本,微涉异同。酸咸之品,嗜好攸殊。丹素之分,是非在我。[②] 一也。区派别者,多门户之见;矜位置者,严升降之殊。兹则悦异暖姝,迹混爱薄。二也。义取别裁者,必审矜式之篇;志发幽潜者,每劳罔象之索。[③] 兹则染指不嫌乎异味,适口惟餍乎常羞。三也。网罗期乎备盛,燕雀贵乎均平;则江海只尝其一勺,涓滴或重乎千流。兹则或录多篇,或从盖阙;无事兼收,从吾所好。四也。具兹四异,趣向自殊。盖饷世必谨乎义例,而适己但挹其芳香也。虽然,此不必证之于人,斯有异同之别,即验之于己,亦有先后之殊[④]也。

窈窕之哀,易钟于绮岁;代谢之感,每积于中年。情以境迁,境以时易。故有始欣而终厌,初昧而晚觉。要眇之韵,洗耳始闻;深湛之思,镂心斯见。故有昔遁而今获,历久而弥新。昔者贾生迁谪,拟左徒湘泽之文;杜老栖迟,爱开府江关之句。惟身世之相符,即波澜之莫二。是以[⑤]诵青兕之词,痛先还于塞雁;披玉田[⑥]之集,助呜咽于哀蝉。湘云楚水,目极伤心;蜀鸟吴花,泪零别绪。渔唱三更,惊此身之尚在;婵娟千里,问归去以何年。如我意所欲云,宛精[⑦]魂之犹识。凡在此伦,尤为独赏。必

① “低徊本事”原作“规摹咏叹”。

② “酸咸之品,嗜好攸殊。丹素之分,是非在我”原作“酸咸异嗜,取舍遂分”。

③ “每劳罔象之索”原作“类重僻秘之获”。

④ 陈曾寿《旧月簃词选叙》(《同声月刊》1942 年第 2 卷第 8 期)作“歧”。

⑤ “是以”原作“数”。

⑥ “玉田”,《同声月刊》本作“碧山”。

⑦ “精”原作“惊”。

欲尽人而悦，含意皆伸。芳草相悦，宁同杂佩之从；芙蓉去雕，何与镂金之爱。[①] 譬诸歌薤露于初筵，奏离鸾于燕尔。谓我何求，掩耳却[②]走，固其宜矣。赏奇难共，索解维艰。[③] 若夫奏歌辞庙，责其挥泪宫娥；扶醉寻钿，怪其忘怀国耻。虽儒生之庄论，非艺苑之达言。

夫世无孱主，安有废兴；人尽有心，何贵国士。绎彼哀思，采其馨逸。借酒杯以浇块垒，授琴引以遣幽忧。不亦可乎？又若乐章谐婉，强半枕席之言；片玉宗工，阑入猥亵之语。后人震于其名，阴触所好。遂谓其字字珠玑，篇篇琼玖。择焉不精，斯为大祸。夫角枕锦衾，诗人独旦；捐佩投褋，骚客孤怀。曾不背于国风，何遽沦于桑濮。苟或描摩[④]为工，鄙俚为雅，即[⑤]托闲情，亦属下乘。至其空江烟浪，寄怨梅花；残月晓风，销魂柳岸。斯绝世之风神，固雅裁所不废也。他若南山献颂，取媚平章；省吏炫才[⑥]，失身弥远。谅其迹者，考岁月之后先；匿其瑕者，谓姓名之疑误。强为湔[⑦]涤，翻近支离。夫秋壑淫威，曾何辞于误国；子云[⑧]有二，究何解于美新。南园作记，惟应致惜于放翁；东阁来窥，固可原情于商隐。虽同静女之归荑，终异佳人之作贼。律以下流，宜从末减。人不废言，况兹小道。

---

① “芳草相悦，宁同杂佩之从；芙蓉去雕，何与镂金之爱。”补于天头，《同声月刊》本无。

② “却”，《同声月刊》本作“疾”。

③ “赏奇难共，索解维艰”原作“此又赏奇难共，索解维艰者也”。《同声月刊》本无此两句。

④ “苟或描摩”原作“若乃揣摩”，《同声月刊》本作“苟或描摹”。

⑤ “即”，《同声月刊》本作“虽”。

⑥ “省吏炫才”原作“小鸟依人”。

⑦ “湔”原作“洗”。

⑧ “子云”原作“杨雄”，《同声月刊》本作“杨雄”。

综兹数端,自标微尚[①]。取称褊衷[②],无关宏旨。未得驱除,学钝禅之遮眼;聊寻温熨,同彼美之晤言。一韩远略,不无惆怅之辞;小范先忧,都化相思之泪。芳菲菲其袭予,风缥缥而如诉。日月不居,将忍而与之终古也。[③]

以善服人者一节

且善不善之相去亦岂远哉!自见甚善而日见人之不善,是己已出乎善之外矣。己出乎善之外而欲纳人于善之中,此必不可得之数也。夫谈下不乏尚善之人,亦岂无兼善之志,而究之善日少而不善日多,几疑乎善之不足以服天下也,何哉?[④]

廿八日(4月13日)

廿九日(4月14日) 勉甫来下榻。与君适等醵钱买蚕豆下酒。

三十日(4月15日) 入城。周表嫂来杭,寓同武家。左兰生、钱后者、胡荔裳约在湖广会馆钟集,"中、鼓"一唱,"齐、手"二唱,"神、马"三唱,"古、离"四唱。

鼓吏坐门伤挚啄,中旗推席叹狐狸。中心弹局讥商隐,鼓节采挝误院深。鼓舞海神推吏部,中庸汉相数胡公。挥手蜀僧弹绿绮,到齐从事爱青州。假手郑君矜义战,歌齐季子快雄风。拳手相征钩乙贵,亡齐师误小怜娇。校书马队伤陶令,入画神楼爱晋卿。豆陈马食怜须贾,苞舞神歆感屈原。厅事马旋高李相,罗池神降记韩公。法说马留奸党著,碑摹神谶峭书传。赋传存古追开府,冢近要离重伯鸾。笥发钟离修阙里,注详师古表兰台。录成妮古胪书史,诀授慎离重道宗。

---

① "自标微尚"原作"自标宗旨"。

② "褊衷"原作"襟怀"。

③ 《同声月刊》本落款云"丙子人日,苍虬陈曾寿识"。

④ 此后空白一页。

三月初一日(4月16日) 三弟、七弟回里上冢。写《金刚经》。

初二日(4月17日) 写经。画册页一幅(雨孙款)。

初三日(4月18日) 写经。

初四日(4月19日) 写经。接子申函、金钧侯函。

初五日(4月20日) 写经。接觉三函,覆觉三函。

初六日(4月21日) 写经。代四弟挽其岳母朱太夫人联。

初七日(4月22日) 写《金刚经》。代勉甫挽钱幹臣之太夫人联。

初八日(4月23日) 父亲周年忌日。入城寓,写《心经》。愔仲同年送素祭席,同武、君适送香烛纸钱,皆来。燕护来。致应侯函。

初九日(4月24日) 入城,至各处道谢。李书云为其母夫人求画《八徽图》,送润金二百元。

初十日(4月25日) 晴。愔仲来,同至五峰草堂。接四弟函,字字入骨。为湘涛画山水幅。

十一日(4月26日) 入城,约勉甫同访何君颂华,为母亲改方。代儆吾挽钱幹臣之太夫人联。画雨孙一幅未成。得叔言函,僧帅病虽愈而心房受损,极念之。为雨孙画山水幅。

十二日(4月27日) 勉甫、儆吾来下榻。为觉时画山水横幅。

十三日(4月28日) 同君适摹老莲画《凤至法相》。

十四日(4月29日) 饭后,同勉甫、儆吾入城。剑丞约钟集。

十五日(4月30日) 同君适摹老莲画凤。强志来函。

十六日(5月1日) 同君适游烟霞洞、理安寺、龙井。

十七日(5月2日) 入城。覆潜楼函,致莘田函。四弟归。

十八日(5月3日) 为周梦坡画松扇面。孙生季群自津来。

十九日(5月4日) 为周梦坡画山水扇面。入城,同勉甫至酒楼小饮,约愔仲、四弟、九弟、儆吾。回看许巷西。致陟甫、小石函。

廿日(5月5日) 请冯梦老,勉甫、愔仲、颂年作陪,梦老用《落叶诗》韵赠二首。

和梦老二首

万方忧乐总相关,辛苦常能驻好颜。隔岁重寻湖上榻,脱春最爱雨馀山。独惭季伟供蔬荐,却喜庞公上冢还。何日连墙承杖履,四时风物共跻攀。

秃颜还馀万壑情,闲愁无那静中生。餐霞高宇逢真逸,易米寒林愧李成。履薄宁同荒宴醉,逃虚犹遣悲[①]惊。纷纷濯体迷乱户,洗耳欣闻正始声。

廿一日(5月6日) 入城,至愔仲处小坐。

二十二日(5月7日) 季群、顼波两生上学。阅步兵《达庄论》,爱其蕴畜深厚,非子云《解嘲》等篇所及。阅《述学·老子考异》,以孔子所问礼者为聃,以著《道德》五千言者为太史侼,终嫌臆断。其自序谓:"天谗司命,赤口烧城,笑齿啼颜,尽成皋状,跬步才蹈,荆棘已生。"何至跼蹐至此,无亦性情乖僻,有以召之欤?《吊黄祖文》又谓:"束发依人,几更十主。何尝不赋鹦鹉于广筵,识丰碑于道左?而醉饱过差,同其狷狭。飞辨骋辞,未闻心赏。其于黄祖,盖犹得其恶而遗其善。"容甫当时文誉甚著,郑赞善虎文、朱学士筠、卢学士[②]弨、冯按察廷丞咸叹赏,以为奇才。谢提学墉尝谓人曰:"予以先容甫,以爵也;若以学,则予于容甫当北面矣。"毕秋帆尊为上客,何至如文所云耶?东野诗云:"我马亦四蹄,出门似无地。"荆棘横生,自取烦恼,此殆古今才人易蹈之习,与性情福泽均有所关,不可不引以为戒也。有才而自负其才,其才不值一钱矣。又其《大学平义》攻击宋学,不遗馀力,且欲断为非孔子之言"诚意正心",《中庸》言性道之精纯,为人者何能外耶?程朱表章《学》《庸》,正是独具只眼处,至其以己意解经,此由各人心得不同,既有心得,则有引申发挥,不必尽同乎古,亦自不悖乎古也。专务博雅而不讲践履,亦终为小人之归而已。若容甫者,

---

① 疑脱一字。

② 此处当少一"文"字。

具能读书之才，不过性情乖僻褊狭，尚非言行悬绝者比，然亦为累不少矣。至其通博之趣，文采之美，文苑中不可多得，洵可爱之狂也。

廿三日(5月8日) 为周梦坡画《草堂蘋薦图》，为醒翁画斗方山水。作挽联送余仲虎同年之母王太宜人："述德极哀思，贤母之贤，何止加人一等；教儿明节义，世间何世，邈然希迹三高。"

廿四日(5月9日) 为周梦坡画《无量寿佛》立轴，树佛接细笔，甚费工夫，半日而成，殊苦劳倦，视此为生，甘为人役。

廿五日(5月10日) 入城，回看季□□、王竹人，竹人赠自制花青胭支膏，二绿，三绿[①]，三青，较之市物远胜。愔仲、勉甫来。接松如覆函，潜楼寄来所刻屠梅君先生奏稿数部，深虑通识，真有忧国之忱而不能已于言者，非尚气沽名者比，惟请孝钦显皇后归政后仍阅折奏一事，终觉未安。名不正则言不顺，韩魏公处此当不若是。胡芍棠前辈作叙，起数句言是而措辞似未尽善，近于讦以为直，此气质之未纯也。事君自以忠直为本，尤须有敬慎之意，流涕而言，正襟而道，流露于辞气者，自然不同。

廿六日(5月11日) 致李云书函，致松如函。阅义山、诚斋、简斋、放翁诗。诚斋极有味而仍伤浅，以隽语多也；放翁诗学极深而体格未振；简斋不凡，未能博大；义山七律为老杜后一人，有数首入杜集不可辨，惟收句时露本色，意有馀而挑剔太显之故。庭前忍冬花盛开，清香扑鼻，成七绝一首。为子式画折扇面。

绿荫池馆静蜂衙，晓露浮香透幔纱。独表芳心三月尽，忍冬宜唤忍春花。

廿七日(5月12日) 入城。七伯父生日，愔仲、勉甫来小饮，作诗钟两唱。得陟甫函。三弟、七弟归。

廿八日(5月13日) 写《落花图卷》。

廿九日(5月14日) 大母来住。阅《名臣言行录》。裴晋公竟

---

① 此处疑重复。

厄于微之,乃知赞皇不阅香山诗,恐其移意,为有识也。

卅日(5月15日)

四月初一日(5月16日) 为巽女于归过礼,请同武、儆吾为媒,愔仲、勉甫作陪。①

初二日(5月17日) 入城。

初三日(5月18日) 巽女吉日,天气晴和,宾客廿馀人,申时成礼。

初四日(5月19日) 表嫂设宴请酒。

初五日(5月20日) 诣表嫂晚饭,同七伯父作诗钟。

初六日(5月21日) 送表嫂回鄂。夜同七伯及诸子作诗钟。

初七日(5月22日) 为步洲作山水一幅。

初八日(5月23日)

初九日(5月24日) 至何颂华处,请为母亲改方。

初十日(5月25日)

同尚铨游玉皇山

远望岧峣近郁幡,筝将遥指步虚坛。千章古木回仙仗,一握孤云作玉冠。雾阁只拟天惝恍,风松犹涌海波澜。道人定起安闲极,隐几枯棋兴未残。

十一日(5月26日) 林亮生约钟集。"风、市"一唱,"神、菊"二唱。天气极热不可耐,饭后即散。

风播排幂惊长吉,市酤酣嬉谢晏殊。

风尘康节能偏霸,市雾公超只妄愚。

二联皆不佳,而愔仲取元,盖知第二联系最后交卷也。

传神苏过摹山石,荐菊林逋配水仙。

黄菊苏诗务正色,青神范史志奇灾。

---

① 此处尚有一"大"字,是日日记疑未完。

甘菊恐增胡广寿，喜神犹祝宋高兴。

七伯父一联取双元，系予与愔仲阅卷。

黄神新室祠苗裔，白菊樊南状水晶。

十二日(5月27日) 同愔仲、君适、季群、顷波、尚铨、强志、识先至五峰草堂，饮酒吃饭甚乐。

十三日(5月28日) 画山水扇面。写扇面二。

十四日(5月29日) 为宝书画三尺山水幅，临石谷，甚佳。又作扇面山水。

十五日(5月30日) 为少幼画三尺山水幅。入城，请颂华改方，同勉甫小饮。

十六日(5月31日)

题朱恺仲《采菱第三图》二绝

小摘秋等一镜开，承平归隐亦佳。① 画图难足烟波兴，放棹曾至鸥鹭猜。

一自平湖禁钓鲜，足鱼无复望田田。老饕莫漫耽秋味，留与零星作翠佃。

寿吴宽仲七十初度

楚风晚不竞，焚芰颇轻出。江乡访耆旧，屈指襄阳一。慕僧岂忘世，真气故喷溢。效忠感蹉跎，深谈每从膝。去雕浩然诗，入神海岳笔。相知看不尽，能事讵云毕。大年张柬之，待返虞渊日。

十七日(6月1日) 入城，至愔仲处。午后，愔仲伴过湖来。七伯父来打诗钟。

(“走”“城”二唱)狂走浮讥彭宠叛，围城衍怪鲁达留。(“水”“郎”二唱)学富中郎成独断，道通涑水著潜虚。李吟渌水登天姥，苏咏彭郎嫁小姑。

---

① 疑缺一字。

十八日(6月2日) 同四弟奉母北上(旁:大嫂同行至苏州。)勉甫、君适、季群、顷波、三弟、七弟、九弟、五弟、尚铨、邦荣、邦直、邦澄及内子、巽女至车站送。七钟到申,四弟、伯衡来接,寓东亚旅馆,旋至功德林吃饭。乙老之仆某改充堂官,不胜感触。返旅馆,同武、松如、月坪、伯完来谈。伯衡又约江西龙君携画来,托带至天津出售。黄大少奶奶、二少奶奶来。

十九日(6月3日) 搭九钟快车,二钟至镇江,寓大观楼,饮蔗浆甚甘。三钟,雇红船至焦山,住松寥阁。鹤洲上人来谈,灯下话旧,惘惘。

廿日(6月4日) 奉母游自然庵、玉峰庵、定慧寺、海西庵,海西枇杷正熟,食之甘美。鹤洲求母夫人写"交翠轩"横额,又对一付。自然庵僧守敬亦求书联。予写松二幅,一赠鹤洲,一赠守敬。僧中如鹤洲者甚不易得。松寥阁僧冶泉与游人为看竹之戏,兴甚酣,不暇周旋矣。一钟回船,顺风,瞬息至镇江,在大观楼小憩。发电报至京。六钟趁快车,九钟抵江岸渡江,上京浦车,为时甚促,几不得渡。前年奉父亲入都,扶病强行,千辛万苦,感触前尘,步步凄恻,悲从中来,不可断绝,途中幸获平安,终不能免行险徼倖之罪也。十钟开。

廿一日(6月5日) 风沙极大,热甚。九钟到天津,农先、子玉先在车站接,寓息游别墅。小石、陟甫以电话问,遂同子玉、贻先、农先至小石处,谈至二钟归寝。

廿二日(6月6日) 趁九钟车至京,十二钟到。寥志夫妇及六弟妇来接,予同子玉至五族饭店,子玉所寓屋极凉爽。数日不得安睡,拟稍憩息,乃饭后将欲就枕而裕斋来矣,谈至晚,同到寥志处。夜,仍至饭店下榻。

廿三日(6月7日) 同子玉访乾若、子安,又同子安访治芗,以电话约裕斋、季湘、觉三来谈,四弟、六弟亦来。晚饭后,到牛八宝胡同寓小坐,仍回治芗处,三钟始散。

廿四日(6月8日)　琴侬来[①]，子玉请吃广和居，仲清、季湘、子安、裕斋、治芗、黄同生、兰生、介伯俱到。饭后[②]，至琴侬处小坐。同治芗谒宝老师、陈弢老，又同至裕斋处，同人皆到。夜二钟始散。

廿五日(6月9日)　琴侬来，同至寥志弟处。裕斋、子玉、琴侬、六弟送至车站。同四弟赴津，寓小石家。小石请□□□吃饭。周立之、子申来。

廿六日(6月10日)　同四弟访公禹、宜仲、绍帅、子申、栗斋、陟甫(到浙江会馆祭奠稚筠丈)、吉帅、叔蕴。回小石家，宜仲来。立之约在□□□晚饭。夜，公禹、子申、松壑来谈，作诗钟二唱，三钟始卧。

廿七日(6月11日)　铁三约食早饭。叔蕴来，公禹、陟甫、立之来。傍晚上车，小石、陟甫、子申、伯芝送至站，同车遇湖南陈香圃，作汇兑生意于沪上者，谈甚洽。

廿八日(6月12日)　过徐州，有何姓同车，在陇海路充工程师，年少志趣尚正，后始悉为何熙伯之子。

廿九日(6月13日)　午到家。过愔仲小谈。

五月朔(6月14日)　勉甫来谈。何庚老来。

初二日(6月15日)

初三日(6月16日)　致子申函。

初四日(6月17日)　致慎先函。

端午节(6月18日)　入城寓，祀先。

初六日(6月19日)　愔仲来，七伯来打钟。致牛丈、书农函。

初七日(6月20日)　得李赞臣函。

初八日(6月21日)　陶在东约钟集。“双火”一唱，“光世”二

---

① 此处圈去“同至寥志处”。

② “饭后”原作“又同”。

唱,“草歌”三唱。“双肩生塔奇苏轼,火色登朝贫马周。”“火宅梵言箴懊恼,双声铨语识类当。”“安世立朝称铁汉,致光过直感红巾。”“争光叔夜盖魑魅,避世渊明慕绮黄。”“重光历劫宣和梦,十世中兴赤伏符。”“晨光前路归彭泽,身世斜阳感碧山。”“磨光劝学嘲韩愈,轻世鸣高慕鲁连。”“千里草应锄健者,百年歌已叹奇儿。”

初九日(6月22日) 得子安、蒋苏厂函。覆李赞臣函。

初十日(6月23日) 入城,至愔仲处久谈。

十一日(6月24日) 画山水幅(芸荪款)。

十二日(6月25日) 画山水幅(作舟款)。

十三日(6月26日) 请筱和、伯亏早饭。夜作诗二首。

十四日(6月27日) 闻中正殿灾。

十五日(6月28日) 愔仲来。

十六日(6月29日) 画五尺山水(鼎三款)。

十七日(6月30日) 为味辛画山水幅,乐山扇面。又为员丞画绢。

十八日(7月1日) 同愔仲坐夜车赴上海,寓一品香。

十九日(7月2日) 移居朱筱兰先生家。晤陈筱帅,商请圣安折,由愔仲入都代上。筱帅约吃同兴楼。同愔仲至泰安栈访温毅夫,不遇。访王病老、王奕老,久谈。访古微先生,未值。伯衡来。

廿日(7月3日) 同愔仲至某栈访毅夫。在功德林早饭。访何梅生。毅夫、奕老来谈。访冯梦老。梅生来。陟甫以电话约明早同赴杭。

廿一日(7月4日) 同陟甫及其子□□早车回杭。陟甫下榻舍间。

廿二日(7月5日)

廿三日(7月6日) 入城,晤愔仲、勉甫。

廿四日(7月7日) 画《遗砚图》。勉甫来。

廿五日(7月8日) 画松绢二幅。

廿六日(7月9日) 陟甫回申。

廿七日(7月10日) 画山水扇面,姚虞琴款。

廿八日(7月11日) 画扇面松石。

廿九日(7月12日)

卅日(7月13日) 画佛,柏衡甫款。

第五册(民国十三年三月至十一月)

甲子三月十二日(1924年4月15日) 至愔仲处,胡太夫人于戌时去世。

十三日(4月16日) 至愔仲处。至絅斋处送吴子修年丈殓。(修老临终诗云:"寂寞差幸七十载,蹉跎死已十年迟。平生师友王梁沈,又到相逢痛哭时。")

十四日(4月17日) 画《崇陵补树图》。傍晚,至愔仲处送胡太夫人殓。

十五日(4月18日) 画山水扇面,仿营邱松耳。接君亮函,闻售屋事。入城,覆一电。至愔仲处。夜写联三付。

十六日(4月19日) 画山水扇面,仿子久(绍贤款)。自画《临流牧马》扇面。写扇面三个。夜入城(因藩属前失火,视大母,恐受惊,大母欠安)。

十七日(4月20日) 入城,视大母已愈。勉甫来。至愔仲处。夜为蔼庭画松。

十八日(4月21日) 同散叟至丁家山早饭。同家人及仲远游孤山一带。夜画女扇,仿鹿床《秋树烟月》。挽吴修老一联。

挽修老

自乙厂师云亡,又夺我公,东南文献尽矣;较晞发翁所遇,更堪恸哭,上下魂魄何之。

出游口占,此有所指也

几度春花还一笑,重来风景若为妍。定心不为诸天痛,记取蒲团二十年。

十九日(4 月 22 日) 同散叟至愔仲处。吊吴修老。梦老来。夜写联一付。

廿日(4 月 23 日) 解熊凌霄二百元，一分利，十二月廿日满期。画山水扇面一个(儆吾)。写扇面三个。画石扇面一个。写对一付。儆吾来。冯梦老、余尧衢来。小重满月，家人皆来，大母亦来，即往湖寓，遍插茱萸少一人耳。

阅报纸载《内务府此次为保存古物咨行清室文》，内称所有全国古籍、古物、古迹无论何人所有，自非经内务部核准，概不得售卖移运，以资保存等语，不胜骇异。查优待皇室经费，历年积欠已有数千万之巨①。皇室用无所出，鬻鬻及变卖物产，以资用度，真乃②万不得已之举。有心者方矜护之不暇，何君更却持之，以绝其生路。今政府于优待费既分文无出，复干涉其内政，必使其□□而后快，是有优待之名而行虐待之实也。

言者或谓由保护而监视，由监视而搜取，虽事情歧杂，告者容有③过当之辞，而蛟龙失水，易逢凌侮。

廿一日(4 月 24 日) 散叟约陪梦老在高庄午饭。左兰生约钟集。致寥志函。

廿二日(4 月 25 日) 代人作书二封。陶叔惠约钟集。接母亲谕一函，禀母亲一函。得倪鸿宝砚一方，背刻小像甚工，价十元。

廿三日(4 月 26 日) 画山水扇面(单款)。为燕护画佛像扇面。趁晚车赴禾，到梧桐街朱宅，巷中梧桐数十株，嫩绿迷离，不胜感念，予此来贺石钦，为其子仲远娶妇。寓强甫故宅，泂之亦来，俨然卅年前景象矣。强甫之子静常出强甫所藏师友书札，观之，皆曩日见过者，一一重现目前。检点前尘，真如隔世。夜读至三钟始寝。访燕

---

① “已有数千万之巨”原作“甚巨”。

② “真乃”原作“原系”。

③ “容有”原作“不无”。

护,见乙厂师作画数十幅,乞得一方。

廿四日(4月27日) 饭后,到沈家贺喜。趁午车回杭。

廿五日(4月28日) 检点行李。为蔼庭画山水扇面,并[①]为散叟画纪梦扇面,并写二对一付。

应带之物:房契、册页、茶叶(送惕斋、元孙)、铨信、笔二支、画笔(三支)、印章(五方)、印色盒、墨(一方)、小棉[②]裤、棉裤、换洗短褂裤、袜子(二方)、雨纱马褂、洋布长袿(一件)、烟壶(一个)、砚(一方)、墨盒、诗集。

廿六日(4月29日) 为儆吾画人物扇面,并为觉时画山水扇面,并写临柯丹邱《枯木竹石》,甚佳,与贻先。勉甫、儆吾来。

祭胡太夫人文

呜呼贤母,谓为世规[③]。绵延爱日,遽掩春晖。早更忧患,鬻子闵斯;晚逢丧乱,荼苦如饴。令子觥觥,廊庙之姿。伯霜仲雪,并耀天墀。时穷节见,鲁阳戈挥。贱子获交,惟仲追随。王事靡盬,诸侯历抵。南北奔驰,徒劳无悔,志决天违。仲每归谂[④],甘羞是赍。筐篚累累,曰惟母遗。见乌反哺,知母恩慈。去秋仲痍,适丧莱妻。川鄙乡蓐,辗转涕洟[⑤]。母忧子疾,灵药亲持。登楼抚视,力尽危梯。贱子每来,荷语移时。谓言仲子,愔自提携。知其夙性,刚肠屈奇。孤芳物忌,动触祸机。世禄[⑥]之家,与国安危。皇路榛塞,分得岖崎。痛夺贤妇。强抑悲思。屏当百务,惟啜薄糜。登堂拜母,言犹在耳。堂堂☐帷,劬劳摧

---

① 此处衍一“写”字。
② “棉”原作“绵”,径改。
③ 此句原作“令德昭垂”。
④ 此句原作“仲亦回车”。
⑤ 此句原作“闻耗辗转”。
⑥ “禄”原作“臣”。

伤，寿损期颐。贱子失怙，怅触私悲。

愿与令子，岁寒为期。属行交勖，令名思贱。素食菲薄，跪陈酒卮。追维慈训[①]，永恋遗徽。尚飨！

廿七日(4月30日) 至愔仲处，同勉甫为胡太夫人设祭。同勉甫趁车赴沪，赵蔼庭亦同行。在会宾楼小饮，趁夜车赴宁。

廿八日(5月1日) 晨至南京，上江裕船，宋季久及泰生、关世姊皆在船。

廿九日(5月2日) 过安庆，慧姊来接关世姊，晤谈片刻。肖馀夫妇上船。

卅日(5月3日) 三钟到汉口，君亮、君适、同武、元孙、强志来接。至坤原里同武处，惕斋来。同君亮过江至周家。夜至元孙、鹤生处。

四月初一日(5月4日) 傍晚过江，惕斋约晚饭，无意中晤子安，亦巧遇也。

初二日(5月5日) 至七兄处，晤大嫂、三姊。至惕斋处，过江。鹤生约晚饭，同泽生、君亮、泰生畅谈甚乐。三钟睡。

初三日(5月6日) 渭渔三兄来。子安、鹤孙、泽生、泰生、元孙、同武来。夜谈达旦。写屏四幅。

初四日(5月7日) 君亮三十初度，画山水、罗汉扇面赠之。写联一付(元和款)，又联二付(雪桥款)。傍晚，同子安、同武过江，至惕斋处。夜谈达旦。

初五日(5月8日) 同怡斋九兄、强志、彤伯趁小轮赴巴河。至普静处小坐，在九兄家下榻。

初六日(5月9日) 子嘉、养拙、宾门、叔平来。

初七日(5月10日) 同强志祭祖。先至河坪上先君墓，大雨，

---

① “追惟慈训”原作“攀御慈灵”。

不能久立。去岁以事，率不能归，积思一年乃来此，不过须臾即去。至金盆架上先祖墓，调军山上高祖、曾祖墓。归家，日已暮矣。叔平来代写请帖。夜写联一付。

初八日（5月11日） 过礼。天晴。请叔平管账。写屏联多幅。

初九日（5月12日） 雨。写屏联中堂多幅，画松一幅。

初十日（5月13日） 雨。至宾门、养拙、侍辰处。觉先来。写屏联多幅。

十一日（5月14日） 徐家送嫁奁来。未雨，写屏联多幅，为云生画山水小幅。

十二日（5月15日） 天晴。黎明发轿，傍晚时花轿已到，新人丰容报福，贺客甚多。宾门、养拙、子嘉、云生、汉火、太□□□皆住宿。客多，作叶子戏，以无榻可容也。禀大母、母亲各一函。写屏联多幅。

十三日（5月16日） 请客，共开十五六桌席。写扇面二（仲森、药竹）。作诗钟一唱。（眉："盆落"三唱。）傍晚，乘轿冒雨至黄州关，趁轮赴汉。大雨彻夜，坐以待旦。

十四日（5月17日） 九钟时船到，二钟到汉。过子玉处，惊闻渭渔三兄去世，相别仅数日，遂成永诀，人事真不可料也。至七兄处问三兄病状，始知风温症误服小青龙汤所致。渡江至周家，至三兄处，晤大嫂、三嫂，痛不可言。元孙来，巽女将[①]分娩，彻夜心绪不宁。

十五日（5月18日） 八钟时，巽女生一男，可喜之至。同元孙至滋善堂鉴叔岳母事。入傍始渡溪口。子玉请晚饭，有惕斋、同武、四弟、梦仙。饭后，在惕斋处久谈。至同武处下榻，密之来。天明，始寝。写联五付（东桥、养拙、孝正）。

（眉：收官票廿千。收雪桥二百四十元，收子玉十五元，收七兄四十千，收画钱十八元。寄百四十元，为二房葬费及强志等川资。付周

---

① 此处圈去"发作"二字。

家赏钱十千，黄家赏钱十千，刘妈四千，买对子三千。付船票十四元，付轿钱六千，付筏子及饭钱一千，付洋船由黄到溪一元，茶房一元，车钱一千，纯烟六角。①)

十六日(5月19日) 琴父、梦仙请第一楼早饭。子玉同绥之来。写屏四幅(子玉)、条屏一幅(子②)，又一幅(菊九)，又(绥之)。过武昌，写联一付(旁：六言)，又七言一付。屏四幅。雪桥、子玉、鹤孙、元孙、实之来，作竟夕之谈。为子玉画松木竹石小幅。

十七日(5月20日) 为雪桥画小山水大幅，甚佳。渡江，绥之请一家春西餐，坐宾皆呼伎，见所谓野鸡大王者，口占一词，悼其遇。在惕斋处夜谈，四钟始寝。

十八日(5月21日) 同武、君亮、强志公请伯刚，在第一楼。至惕斋处，写联三付(惕斋、雪桥、晴帆师)、屏条一幅(惕斋)，画松扇面。蕴辉、笃友请晚饭。八钟上江安船，惕斋、同武、元孙、君亮、君适、梦仙、绥之、子玉、伯刚、雪桥上船送行。九钟开。

十九日(5月22日)

廿日(5月23日) 十一钟到南京，趁三钟四十五分车到上海。至石钦处作半夜之谈。发北京、巴河、汉口各一缄。

廿一日(5月24日) 午后到家。至愔仲处，仍憔悴瘦削。信矣！忧之能伤人也。

廿二日(5月25日) 致寥志函。

廿三日(5月26日) 甚觉疲乏。书联二付。致君亮函。

廿四日(5月27日) 季湘来，傍晚去，约夜间再来下榻，作竟夕谈。

廿五日(5月28日) 书联(白涛)，又小对一、横额三。儆吾来，同入城，至愔仲处，送季湘行。

---

① 本段“付船票六元”以后写于次页眉处。

② 原文如此，疑脱一字。

廿六日(5月29日) 不适。写扇面一(彦父)。画扇面三(山水,显父。松,彦父,雨生)。致小妹函、宗武函、石钦函。

廿七日(5月30日) 画山水二幅(麐生,单款)。入城,至愔仲、散叟处,同七弟归。致寥志函。儆吾来。夜画松二幅(单款,翕斋),自觉奇气尚未汩没也。

廿八日(5月31日) 为于馥保作山水扇面。接母亲函、二弟函,禀母亲函,覆二弟、三弟函。

廿九日(6月1日) 画山水扇面(绍贤款)。四弟、七弟来。夜至愔仲处。阅□,上有出洋之意。

五月初一日(6月2日) 为庆侄女讽经,延僧六众。为南库房僧小峰、明蟾写楹三付,画山水扇面二个(绍贤)。梦楚兄、渭兄。

初二日(6月3日) 画山水扇面(愉厂)。写宝太师母兆佳太夫人挽言并唁函。为陈筱帅代草奏折。

奏为圣躬关系宗社人民至重,万不宜轻出宫廷,恭折密禀,仰祈圣鉴。窃臣闻皇上将有游历各国之举,道路辽远,莫由征实,而人言藉藉,且闻臣升允等有疏谏止,是不为无因。伏念□□坐视神州陆沉,生灵涂炭,皇上以天纵之英姿,值古今未有之变,水火□之极□,加以内纷靡息,外侮频□,来日大难,罔测所届,虽深宫晏处,几无一息之安,故宁可以敝屣尊荣,而不甘悠忽岁月,但求其稍抒志意而不惮险阻艰难。此诚不世出之英主出于万不得已之苦心,凡属臣子皆当钦悚之不暇,复何敢以拘虚之见、窥牖之谈,妄思尼乎?顾臣心以为甚危者,盖乘舆一出,则二祖七宗陵庙,一旦失所凭依,仇敌于是快心,忠义因之夺气。万车瓦裂,终古沉沦,虽悔而岂可追也?自辛亥逊政,民国优待条件载在盟府,布告中外,莫敢或渝,虽大魁柄下移,而尊严自在,况我朝深仁厚泽,远轶汉唐,亿兆爱戴之忱,实至今未之有改。近年皇上春秋日富,德业日新,东西列邦,多属耳目,故即有逆人，听其狂吠，终不能轻于摇动，设于此时单车远引，授人以可乘之隙，则局势全变，根据全失，彼耽耽者将何事不可为乎？是恐他人劫夺之不速，而先拱手以畀之也。辛亥之事，值皇上冲龄典学，中年非出亲裁，犹可告无罪天下后世。万一此一线之延竟由皇上轻举绝之，将何以自解？固知睿照所及，万万不忍出此者也。且此行若通知民国政府，属其转告友邦，则必横启猜疑，隐图劫制，果能行与否，毫无把握。若微服而去国，则奸徒环伺者多，易动浮言，跬步□□，又何以为将来归国还宫之地。今日环球大局与往昔迥不相同，若秦缪之于晋文，是为必无之事。

皇上即能舍宗庙陵寝于不顾，平安浮海而去，从此长居异域乎？作何归宿，已有非臣下所忍言者。何况列国多□□□势，届时为迎为拒，尚在不可知之数。或以国际而远嫌疑，或因体制而生龃龉，隆则遭忌，薄则蒙羞，而费用浩繁，十倍中土，倘到匮金，借贷俱穷，更不待言。言念及此，可为寒心。伏愿皇上以暂时抑塞为轻，以祖宗付托为重。惟潜而后可跃，有忍乃有所济，务策万全，勿博孤注。臣闻此信息，忧心如焚，神魂飞越，迫切上陈。祈宥其愚蒙，俯赐采纳，宗社幸甚。

初三日(6月4日)　入城，至愔仲处。致寥志函，子安、元孙、絅之函。偶得“孤云终不散，有竹淡相视”之句。

初四日(6月5日)　画山水扇面(贻孙款)。写联二付。

端午节(6月6日)　因家人入城祭祖，至愔仲处。

初六日(6月7日)　画山水扇面二(仲清、洪灿)。约散叟、汲丈、愔仲、儆吾来小饮，儆吾未到，长谈竟日。为汲丈画山水扇面并书。接三弟函，言母亲初八动身。汲丈馈五十圆。接小妹函。

初七日(6月8日)　写扇面二(仲清、洪灿)。画山水扇面三个(轶群、芍田、凌霄)，并书。

初八日(6月9日)　入城，至愔仲处，约明日同赴申。予接母亲，愔仲就医也。为九少奶奶画山水扇面，并为顷波、季群画拳石扇面,并写书联二付(元甫,单款)。为荣儿画松石扇面。

初九日(6 月 10 日) 画松扇二(元甫、乐山)。午车赴申。母亲及二弟、三弟晚车到申。同石钦、同武在东亚旅馆谈竟夕。

初十日(6 月 11 日) 奉母亲早车归杭(夜为蘅书表侄女画山水扇面)。

十一日(6 月 12 日) 画山水直幅(作舟款)。以小极未入城。

十二日(6 月 13 日) 大母、母亲来。

十三日(6 月 14 日) 六、十夫妇归杭,彤伯亦来。

十四日(6 月 15 日) 在城寓请客,小极初愈。画仲清山水扇面、寿松直幅(为季群画《落花图》)。

十五日(6 月 16 日) 画白桃花扇面(顷波)。画双松大幅,斗方松一幅,又一直幅。致觉三、小石函。

十六日(6 月 17 日) 画山水直幅(幼云款)、松扇三(绥之、百龄、辜文)。写联二付(叔美、克明)、屏四幅(叔美)。入城。夜为蘅书表侄女画松册四幅。

十七日(6 月 18 日) 画涵之松扇并写,与同武合绘《千手千眼观音像》。致愔仲函。

十八日(6 月 19 日) 画叔谦山水直幅、仲甫山水小幅二、仲甫山水扇面。寥志、强志来。

十九日(6 月 20 日) 入城视愔仲。夜画彝芬松幅。致巽女函、尚铨函。

二十日(6 月 21 日) 画山水大幅(仲甫)。致觉三、小石函。

二十一日(6 月 22 日) 母亲及二弟、七弟来。画山水直幅(仲彦),又扇面二(调梅、季仙)。

二十二日(6 月 23 日) 画镜秋松石扇面。入城,至散叟处。同家人及蘅书侄女小饮三义楼。傍晚,散叟来。致子安、公禹、农先函。画慧波山水扇面并写。

廿三日(6 月 24 日) 愔仲、勉甫、汲丈、寥志、强志、觉先来,作竟日谈。画季仙山水扇面并写。

廿四日(6月25日) 画设色桃花一幅,又墨笔一幅,墨彩甚鲜,又白桃花扇面、山水扇面二,皆巽初所求也。朱棣卿先生去世,往吊之,赙以六元。棣老曩时常与先君饮酒,先君见背后,时常念及,情意极厚,深居简出,予亦懒于过从,虽近在咫尺,不相见几一载矣。殓后即出殡,送于南库房,其柩及其妾、子女以小舟载之。烟波黯淡,不胜惘然。夜画山水扇面(竹溪)并书。

廿五日(6月26日) 入城。画山水屏幅(旁:仿子久)。夜为贻先画桃花扇面,又作茄子、扁豆,甚佳。

廿六日(6月27日) 大母来。母亲与寥志移住湖寓。画屏幅,仿黄鹤山樵①。画□六枯木竹石扇面。改慧妹函。

廿七日(6月28日) 书屏幅,仿云林。李小和、陈鲁厚、叶伯龄、勉甫、强志、觉先来小饮。为筱和画松扇面。

廿八日(6月29日) 画屏幅,仿梅道人。写联一付(单款)、"戒馥轩"横额。

廿九日(6月30日) 入城。除服,于几筵前上祭,撤筵,敬易祖先悬幛,上祭,延僧七众讽经。写联二付(子行,单款)。

卅日(7月1日) 为彤伯、中甫两侄绘花卉扇面。汲丈约同寥志、强志、贻先、询先至愔仲处小聚,勉甫亦至。

六月初一日(7月2日) 寥志将于明日北上,入城话别。至李小和处,不遇。写扇面一。

初二日(7月3日) 画山水扇面(宗武),又(单款),又(寿铭)。

初三日(7月4日) 写扇面(宗武)。致宗武函。画双松大幅(□□)。夜过安巢,汲丈约愔仲下榻避暑。

---

① 黄鹤山樵,即元末明初著名画家王蒙(1308—1385),字叔明,号黄鹤山樵。

初四日(7月5日) 至安巢,勉甫亦至。画山水直幅,元达款。夜归。画双松大幅,设色。

初五日(7月6日) 画山水直幅(晓霞)。傍晚至安巢。得宗武函。

初六日(7月7日) 画山水便面(材啸款),并书。闻贻先泄泻,入城视之。同勉甫至安巢下榻。

初七日(7月8日) 画便面三(竹贤,懋勋)。为愔仲画斗方两幅。入夜,苦蚊太多,不能坐卧。

初八日(7月9日) 闻大母欠安,入城拟方。致君亮函、絅之函。

初九日(7月10日) 愔仲、散叟、汲丈来谈。入城视大母,较昨稍健复。夜,城中失慎,与愔仲所居甚近,即送愔仲归家,幸风势不顺,未受惊恐。作画二幅。

初十日(7月11日) 入城,视大母已愈。

十一日(7月12日) 写联二付(厚仆)、直幅一条,画大幅松、便面山水,并写。

十二日(7月13日) 画山水扇面二件,并书(友早、杖叔)。酷暑,流汗不止,午后欲雨未成。

十三日(7月14日) 入城,至愔仲处,画屏幅。

十四日(7月15日) 母亲来住湖庐。画屏幅。

十五日(7月16日) 画屏幅四幅成(〼樛款)。勉甫、强志、贻先、询先来。致莘田函。

十六日(7月17日) 画山水扇面(云觐)甚精。接君亮函。

十七日(7月18日) 入城,画山水扇面(刘致甫)。约怀远、勉甫小饮,酒间吹笛唱昆曲,前山吐月,欲上未上,不胜低徊之致。强志、贻先、询先皆来。

十八日(7月19日) 画山水〼堂(志华)。书联一付。书便面(荣成)。

十九日(7月20日) 画《秋韵》、《渔影》直幅，酷暑作雨，未成。

二十日(7月21日) 画松幅(新之)、松扇(左季)、书扇(俊甫)。热极，填《惜黄花慢》一阕，稍稍忘暑。

惜黄花慢(赋新洗红同彊村作)

托命孤芳，剩[①]十年魂梦，长绕伊行。小廊回处[②]，凤城西畔，几回烛底，仔细秋妆。当时一笑天能妒，便拼断、故国遗香。枉断肠，孤蓬身世，阔远飞扬[③]。　　移根瘦损堪伤，怅嫩枝轻折[④]，更[⑤]惹思量。旧尘在眼，只馀清泪，佳期注脚，偏是斜阳。人间原有相逢事，漫羞晕、憔悴容光。坐[⑥]夜长，背灯添影凄凉[⑦]。

廿一日(7月22日) 入城。致彊老函。访愔仲。画荷花直幅(证佛，五十生日)。热甚。

廿二日(7月23日) 画山水大幅(绍贤)。热甚。

廿三日(7月24日) 入城视大母，微不适，拟方。画山水大幅成。热甚，午后小雨稍解凉。侍母亲至三潭看荷。先叔忌日。

廿四日(7月25日) 热甚。作山水直幅(绍贤)。得彊老函，致彊老函。

廿五日(7月26日) 勉甫来，作竟日之谈。画山水直幅(绍贤)。小雨。

廿六日(7月27日) 山水大幅设色(绍贤)。

廿七日(7月28日) 侍母亲至烟霞洞，内子及觉先、中甫侄、什

---

① “剩”原作“算”。

② “处”原作“合”。

③ “孤蓬身世，阔远飞扬”，诗集本作“寒畦生事，检点苔荒”。

④ 此句诗集本作“更一枝轻折”。

⑤ “更”诗集本作“长”。

⑥ “坐”原作“怨”，诗集本作“正”。

⑦ 此句原作“相看仍自凄凉”。

儿同去。画松扇(仲英)。

廿八日(7月29日) 识先生日,大母及家人皆来。画八大山人小幅。勉甫、愔仲、散原来。

廿九日(7月30日) 澄秋约至烟霞洞,愔仲、勉甫、燕护、觉先、识先同往。为燕护画山水扇面。

卅日(7月31日) 画佛系直幅。询先来。

七月初一日(8月1日) 补褂。强志、贻先、觉先来。

初二日(8月2日) 画佛像扇面、山水扇面、松一幅。写联一付。写扇面二。

初三日(8月3日) 入城,至愔仲处。

初四日(8月4日) 画佛像大幅。

初五日(8月5日) 画山水扇面(□□)。入城,田绍轩约功德林。

初六日(8月6日) 画山水直幅(单款)。致君适函。

初七日(8月7日) 画松扇面四(剑寒、仲英、止安、仰周。写扇面二,剑寒)。

初八日(8月8日) 画松二幅(石耕、□亨)。

初九日(8月9日) 画山水扇面(剑寒)。

初十日(8月10日) 画山水直幅二(石耕)。入城,致觉三函。

十一日(8月11日) 画山水扇面二(晓帆)。

十二日(8月12日) 画山水直幅(□厂)。

十三日(8月13日) 接公雨函。至愔仲处。

十四日(8月14日) 入城祀祖。致公雨函。在散叟处早饭。

十五日(8月15日) 大母生日,伯韬、怀远兄弟来,酒间唱昆曲数折。画佛像扇面(耀东),又松便面二(耀东、吴宣)。

十六日(8月16日) 画松册(旁:单款)六开、便面一,为询先作。

十七日(8月17日) 画山水扇面(湘云款)。约散叟、颂年、勉甫、愔仲、伯韬、怀远小饮,乘小舟月中吹笛数曲,甚乐。

十八日(8月18日) 画山水便面(愔仲款)。

十九日(8月19日) 画山水便面(季让)。

廿日(8月20日) 愔仲约同散原、颂年、勉甫、觉先、询先、识先饮功德林。陆灵堂约晚饭,友皋桥梓唱昆。热甚。公雨回信来。

廿一日(8月21日) 热甚。十二叔忌日,以羊肉饺子上供。画山水便面(〼生)。

廿二日(8月22日) 画性山细笔松幅。入城,至愔仲处。

廿三日(8月23日) 画山水幅(子有)。写七言对一幅(幼云)。

廿四日(8月24日) 画松扇二(槐堂、仲章)。接君适函。

廿五日(8月25日) 画册页一(仿巨然)。入城,为朱老太太暖寿。勉甫约愔仲、询先饮味一家。

廿六日(8月26日) 入城拜寿。同愔仲、勉甫、颂年、兰生、强志、询先在散叟处,午饮酒甚佳,极热。

廿七日(8月27日) 画册页二(仿云林〼赏)。勉甫来下榻。致君亮函。

廿八日(8月28日) 画册页一(仿[①]摩诘)。

廿九日(8月29日) 母亲回湖寓。画册页一(仿赵伯驹)。

八月初一日(8月30日) 画册页一开,仿许道宁。

初二日(8月31日) 画册页一开,抄丹邱。

初三日(9月1日) 入城,至愔仲、儆吾处。夜侍大母,率家人游大世界。

初四日(9月2日) 散原约同愔仲在净慈寺早饭。画册页二开,仿北苑、鹿床。接元孙、养拙函。

初五日(9月3日) 画册页一开,仿麓台。入城。

---

① 此处圈去"赵伯驹"三字。

初六日(9月4日) 画册页一开,未成。勉甫、儆吾、强志来。覆定生函(福煦路六〇八号)。致子玉函、陟甫、元孙函。

初七日(9月5日) 得陟甫函,寄三月脩金来。患难中得此接济,可以两月无忧矣。补成[①]册页一开,仿廉州[②]。

初八日(9月6日) 画册一开,仿烟客。入城,至愔仲处,访张仙桥,又至邓家小坐。

初九日(9月7日) 小石来函,寄☐百元。夜画册页四幅,仿八大山人、渐江、石溪、石涛,甚佳。

初十日(9月8日) 画册页一开,仿石谷。覆陟甫、小石函。寄刘潜楼之太夫人挽对。

十一日(9月9日) 四十七初度。晨入城祀祖,大母及家人均来湖寓。愔仲、汲丈、儆吾、勉甫来。携酒一坛,属老郭治菜小饮。向晚,大雨如注,至十二钟始止,家人及小孩等过湖适值大雨,甚不放心。勉甫、儆吾与觉先、询先、识先五人抹麻雀牌竟夜。画册页一开,仿方方壶[③],极佳,为今年第一幅。又为勉甫作《老杜宿赞公房诗意》一幅,亦古逸,近高南阜。

自题画册

暮雨寒江气若烝,芙蓉湿翠裹层层。不知篷底春山客,何以庭中卧雨僧。

十二日(9月10日) 因昨夜未睡,休息一日。接元孙函、农先函。

十三日(9月11日) 入城,至愔仲处。画册页四关(一园林夜

---

① “补成”原作“画”。

② 廉州,即王鉴(1598—1677),明末清初画家,“四王”之一。江苏太仓人,字元照,因曾任廉州府知府,世称“王廉州”。

③ 方方壶,即方从义(? —1393),江西贵溪人,元代著名道士画家,字无隅,号方壶,擅长水墨云水。

境，一梧桐蕉竹，一蕉石，一雨松）。

十四日(9月12日) 画册页四开（一关台，一松匡，一长桥，一青绿）。接颖生函、君亮函。

十五日(9月13日) 中秋节。入城祀祖。至汲丈处。致养拙、君亮、颖生、元孙函。

十六日(9月14日) 闻大母患吐泻，入城省视。至愔仲处。夜画册页一开（仿子久）。写八言对一付（珊生）。

十七日(9月15日) 入城，视大母渐愈。画册页三开（仿关仝、南田、大涤子），画松二幅（春桥）、山水一幅（槐堂）。

十八日(9月16日) 画册页一开，未成（仿墨井）。入城，视大母已愈。夜画册页一开（仿麓台）。

十九日(9月17日) 补成册页一开。汲丈约同愔仲在俞楼晤谈。致君亮、子玉函。得君亮函、陟甫函、季群函。

廿日(9月18日) 至愔仲处。画册页一开，仿香光。

廿一日(9月19日) 画册页一开，仿南田。为识先画小册八开。

廿二日(9月20日) 画天目山册页一开。入城，至愔仲处。

廿三日(9月21日) 画天目山册页四开。大母来住。

廿四日(9月22日) 画天目山册页三开。致陟甫函。得顷波函。

廿五日(9月23日) 入城，约愔仲过湖，为其《天目观瀑图》补绘第一松。强志、▨▨、询先来。

廿六日(9月24日) 画《西溪秋泛图》。大母入城。画小册一开。

廿七日(9月25日) 绘阿弥陀佛金像，为汲丈作。一钟半时，雷峰塔圮。夜画小册三开。

廿八日(9月26日) 觅得塔砖内所藏《陀罗尼经》残本二卷。画小册三开。为雷峰塔写影，极肖。

八声甘州

镇残山风雨耐千年,何心倦津梁。早霸图衰歇,龙沉凤杳,如此钱塘。一尔①大千震动,弹指失金装。何限②恒沙数,难抵悲凉。　　尉我湖居望眼,侭朝朝暮暮,咫尺神光。忍残年心事,寂寞礼空王。漫等闲,擎天梦③了,任长空、鸦阵占茫茫。从今后,凭谁管领,万古斜阳。

廿九日(9月27日)　画小册一开,仿营邱。入城,至愔仲处。

卅日(9月28日)　画《雷峰塔》四开、雨景一开,用笔开墨皆能尽意。得君亮函,覆一函。为七弟补画第一松于天目小卷子。

九月初一日(9月29日)　写词册并书《旧月簃填词图》。愔仲来谈,选雷峰塔砖二方去,一为"宣比"二字,取其有"宣"字也;一"吴甲吴"。

初二日(9月30日)　画雷峰塔三幅。汲丈来谈。

初三日(10月1日)　画塔二幅。接寥志函。致散叟函。

初四日(10月2日)　连日画雷锋八景,颇有追魂摄魄之观,而己之精神亦为所夺,甚觉疲倦,拟休息二日再执笔矣。入城,至愔仲处。致寥志函。

初五日(10月3日)　邓家接至灵隐寺,为其姑太太诊病,为拟二方,毫无把握,暂辅脾胃而已。寺中方丈惠明颇有名,因往晤之,谈一小时,尚朴实,已不觉染近日讲师习气矣。汲丈来。

初六日(10月4日)　为汲丈画册页四开,一蟫□石,一松,一醉钟馗,一仿赵仲穆马。改寥志函。接左菊生函并《雷峰塔词》。

初七日(10月5日)　写联二付(丁云泉)。画花卉册页七幅、

---

① "尔"原作"晌"。

② "何限"原作"纵极"。

③ "梦"原作"事"。

《化梦图》小横幅、山水小幅（美宜）、《南屏晓钟》小横幅（怡先）、《雷峰塔》小横幅（询先）。致夏映厂函。

初八日(10月6日) 邓家以轿来接复诊。闻勉甫丁外艰。

初九日(10月7日) 约愔仲、儆吾来饮酒，沽好酒一坛，余腹疾未愈，勉饮数杯，愔仲亦戒酒年馀，今日始小饮二三杯，真所谓强为欢笑也。同饮者絜先、怡先、觉先、识先、彤伯，询先未饮。为愔仲画《雷峰塔》小横幅。一年佳节总算未负矣。

初十日(10月8日) 画《雷峰》小横幅及便面（左季），又题左季之[①]尊人鹤侪先生小条七绝一首。得寥志函、蒋苏厂函。覆蒋函。

十一日(10月9日) 画《雷峰》小横幅与寥志。

十二日(10月10日) 画松二幅（厚斋、觉斯）。

十三日(10月11日) 画《灵隐》小册一开，《雷峰》直幅二、小横幅二。（旁：雪景一回峰。）《烟霞洞》一开，《法相寺》一开。

十四日(10月12日) 画《灵隐》小册三开。致季群片。

十五日(10月13日) 强志来。画《灵隐韬光》小册四开，题诗五首又跋四开。

十六日(10月14日) 入城，约愔仲到湖庐小坐。致勉甫函。画雷峰小幅（安巢）。为识先补经数十字。

十七日(10月15日) 画《雷峰》小横幅（美宜），又画《花笺》小幅、《观音像》小横幅（安巢）。夜画观音像于灵隐小册后。[②] 可谓神品，此境地不易到也。

十八日(10月16日) 画诎迂草堂图，未成。汲丈来谈。夜为蒋苏厂作《雷峰》小幅，题诗一首。得苏厂函，覆一函。（眉：第廿四。）

十九日(10月17日) 入城，至愔仲处。三弟归，四十生日。夜为识先作《雷峰》小横，品甚精。（旁“廿五”。）覆石钦函。

---

① “题左季之”原作“为其”。

② 此处圈去“神气”二字。

二十日(10月18日) 画《话迂草堂图》。愔仲来谈。夜画《补经图》(旁:廿六)[①],仿龙眠白描。自写真屏风上画塔,题一绝句。

二十一日(10月19日) 邓家请诊病。作《补经图》词一阕(《八声甘州》)。画山水扇面(□季)。

二十二日(10月20日) 画《雷峰》小横幅三件(旁:廿七、廿八、廿九)(儆庐、寅初、性山)。得散原函。入城,至愔仲处。夜偶作小幅,入神品。

二十三日(10月21日) 覆觉三函、散原函、陟甫函。画《雷峰月景》直幅(槐堂)(旁:卅)。夜补《云林雪景》小册。

二十四日(10月22日) 子大寄其年谱来,将于十月作六十生日,求一画一诗,为作小横幅山水,题七律一首,寄之。夜,自题《云林小册》数行。

二十五日(10月23日) 入城,至愔仲处。夜,为愔仲作[②]《补经》小横幅(旁卅一)。得陟甫函、君亮函、六弟函、虞琴函。覆虞琴函。

二十六日(10月24日) 入城。三弟赴京,四弟起鄂。愔仲来谈。

二十七日(10月25日) 画性山《聚微楼图》小横幅,《雷峰》小横幅(旁:卅二)。汲丈来。

廿八日(10月26日) 画苓西《西湖归隐图》小横幅。阅报纸,知曹逆被逐,为之一块。夜画松卷(纸高仅寸馀)。

廿九日(10月27日) 入城,至愔仲处畅谈。同愔仲至汲丈处。接虞琴函。

十月初一日(10月28日) 画《祷天代夫图》横幅。致三弟、四

---

① 此处圈去"并题一绝"。

② 此处圈去一"雷"字未完,知原拟写"雷峰",可知《补经图》与雷峰塔系列图题材一贯。

弟函。

初二日（10 月 29 日）　入城，至愔仲处。夜画《雷峰》（旁：卅三）小横幅。

初三日（10 月 30 日）　致子安片。接剑丞函，覆一函。

初四日（10 月 31 日）　夜绘《味外味》小册八幅，极妙。

初五日（11 月 1 日）　休息。愔仲来谈，七弟同来。

初六日（11 月 2 日）　画《雷峰》（旁：卅四、卅五、卅六、卅七）小册四幅。

初七日（11 月 3 日）　画汲丈《雷峰》（旁：卅八）小横幅。致吷厂函。得寥志函。

初八日（11 月 4 日）　内子生日，家人皆来，作水饺点心。

初九日（11 月 5 日）　画《雷峰》（旁：卅九、四十）直幅二（毕伯）。夜，为蘅书表侄女作一小幅山水。接四弟函。

初十日（11 月 6 日）　为左季补经图。画《雷峰》（旁：四十一）直幅（洪灿）。至俞楼视汲丈病甚，殊可虑。

十一日（11 月 7 日）　阅报纸，冯逆玉祥以兵逼上出宫，迁醇王府。恨不能生食其肉！推原祸始，袁、段之罪，不容于死也。往视汲丈疾。

十二日（11 月 8 日）　往视汲丈疾，夜请伯群小饮。

十三日（11 月 9 日）　同燕护赴申。七钟到。夜访佐泉不遇，闻其在梦蘋处，遂至梦蘋处。汲丈请其赴杭诊治，而佐泉未允。晤病老、彊老。至范园，晤陟甫。夜至晓岚先生家下榻，愔仲亦寓其家。发电段、张。

十四日（11 月 10 日）　絅之[①]约饮功德林，石钦、燕护、仲远皆至，菜甚佳。回朱宅，陟甫过谈。夜至石钦处。张有回电。

十五日（11 月 11 日）　同愔仲至陟甫处。饭后，又同访病老、彊

---

① “絅之”原作“燕护”。

老、雪老、散叟。到石钦处久谈。

十六日(11 月 12 日) 同燕护回杭。

十七日(11 月 13 日) 视汲丈疾,大肉消脱,发喘,似已不可挽矣。

十八日(11 月 14 日) 画《雷峰》(旁:四十二、四十三)小横幅二(承德,单款)。燕护来谈。闻冯逆为张作霖扣留,为之一块。张若能乘战胜之威,扫除群孽,可以定霸,恐非其人耳。往视汲丈疾,更较昨为剧。

十九日(11 月 15 日) 入城,闻汲丈逝世,到俞楼哭之。归家,又得莘田噩耗,以十月初五日逝,今年六十八岁,生平最与予厚者,缘分遂尽于此。愔仲归。

廿日(11 月 16 日) 绘《雷峰》(旁:四十四),凄凉萧寥之意自不可掩。伯吾约至俞楼,同愔仲谈片刻。请刘经孙便饭。夜十钟,同季群、顼波、询先、识先至俞楼送汲丈大殓。

廿一日(11 月 17 日) 画《雷峰》(旁:四十五、四十六)小横幅二。(学古斋。①)

廿二日(11 月 18 日) 愔仲来。

廿三日(11 月 19 日) ②燕护来下榻。

廿四日(11 月 20 日) 画《雷峰》(旁:四十七)小横幅(文华③)。入城,至愔仲处。致寥志、贻先、济川、刘梅生函。夜画《寒山》小幅,题一绝。

廿五日(11 月 21 日) 画《雷峰》(旁:四十八)小横幅(文华斋经手,楚珩)。为愔仲作《补经图》(四十九)。致君亮函。电促君适夫妇早来。

---

① 原抹去“槐堂,文华”等字。

② 此处抹去“画雷峰小横幅二(文华,学古斋)”。当为记日记时记忆重复所致。

③ “文华”原作“楚珩”。

挽莘田

萧瑟感平生，只系斫地悲歌，泪洒千秋杜陵老；恩勤如手足，莫慰回天孤愿，愧君四海子由心。

挽汲丈

剪灯话雨，联骑游山，肆志强欢娱，只添末劫伤心事；
触目皆冰，瞻焉爰止，幽忧成梦幻，弥感阴霖裹饭情。

廿六日(11月22日)　画《雷峰》直幅(性山)。燕护来。

廿七日(11月23日)　画《息存厂校书图》，祝雪老八十生日。写联二付。得农先函。

廿八日(11月24日)　到俞楼▨惠、友皋处。[①]

廿九日(11月25日)　画《雷峰》(旁：五十)小横幅(文华)，带引首。[②]

卅日(11月26日)　画山水直幅(旁：文敷)，未竟。夜画松幅，霖甫款。得愔仲函，覆一函。苓女十岁，大母及家人均来。兰生、颂年携好酒来饮，谈极畅。[③]

十一月初一日(11月27日)　儆吾来。同内子到俞楼。入城，为寥志觅屋。

初二日(11月28日)　儆吾同□先生来，为翰翰、▨▨诊病，留之小饮。作画未竟。得愔仲、子大函。昨夜梦见汲侯丈以饰巾蒙首，予问其曾到[④]天花宝殿否，答云[⑤]未也。又问生叨利天耶，云[⑥]非也。

---

① 原抹去"▨女十岁生日，其母及家人皆来，做盒子食之。兰生、颂年携好酒来小饮，谈极畅"。

② 此后删除"入城"二字。

③ "兰生、颂年携好酒来饮，谈极畅"一句由天头补入。

④ "曾到"原作"已出"。

⑤⑥ "云"原作"曰"。

又问生兜率天耶,云[1]亦非也,忽失声流涕曰“予仍不失宦耳”。

初三日(11月29日) 画文敷山水幅。[2] 为季群、顷波画《雷峰》(旁:五十一、五十二)小横幅。

初四日(11月30日) 画文敷山水幅成。画双松一幅,卧事南园,双马配也。

初五日(12月1日) 画松幅(云裳)。

初六日(12月2日) 入城,至胡家。吴静山处留早餐,饮酒,谈甚畅。经孙来谈。

和却非上人

沉沉古德见无由,身世悲凉积百忧。盐酱栖迟消岁月,血腥断烂对春秋。冤亲已自观同等,罪恶何妨疾若仇。为譬兴亡销骨恨,真逢寒碧上人俦。

初七日(12月3日) 画山水屏幅,仿子久(云裳),松梅中堂(竹贤)。得强志电,促愔仲游北上。致晓翁函。

初八日(12月4日) 画仿仲生屏幅未成。风雨。致晓翁函。

初九日(12月5日) 送汲丈殡于许氏祠内,风雨交加,倍增凄怆。与询先、识先、顷波、季群步六通寺,樟亭小坐,黄叶满径,樟竹苍然,境地极佳,惟萧索之气太重耳。[3] 闻愔仲于初四日放洋北上,适遇大风,不知受惊否。君适电明日可到。夜画《樟亭图》及《雷峰》(五十三)。

踏莎行·望雷峰凄然有作

云缝铺金,霞边起鹜,十年魂梦凭依处。人天一例损孤标,蜕身何苦诸天去。荒址饥烟,寒山无语。残红一片伤心树。向

---

① “云”原作“曰”。

② 此处删去“儆吾来谈”。

③ “黄叶”以后一段文字有删改,原作“黄叶满径,萧索之气逼人,大樟苍郁,修竹娟静,境地极佳,但觉秋气太重耳”。

来凄黯送黄昏，只今凄黯都无据。

浣溪沙

修到南屏数晚钟，目成朝暮一雷峰，缥黄深浅画难工。千古苍凉天水碧，一生缱绻夕阳红，为谁粉碎到虚空。

初十日(12月6日)　画《雷峰》(旁：五十四)小横幅(觉时)。君适、巽女到。接雪樵、君亮函，覆一函。儆吾来。

十一日(12月7日)　画屏条，仿云林。梦仙、仙樵来。

十二日(12月8日)　接强志函。画屏条，仿叔明。致陟甫、农先函。儆吾、蒋苏厂来。

十三日(12月9日)　母亲稍觉不适。屏条二幅致色。

克能海路树仁坊第二家。

新闻路西摩路口李诵清堂路二二五号。

(眉：乙丑五月)

山水便面(峙青)　四元

《雷峰》直幅　十元

松便面　三元

并书　二元

山水便面(性山)　六元

松扇(文华)　三元

山水便面(学古，一臣)　六元

松扇(一臣)　三元

又　三元

书扇(丹生)　二元

山水便面(儆吾经手，谦斋)

松便面　十元

山水便面(颜□)

山水横幅(德良)　十二元

山水直幅(商山)　十元
山水直幅三条,又便面(秉三)　卅元
觉斯山水便面
松便面　十元
又无恙　三元
佛扇(隐耕居士)　十元
山水便面　六元
山水直幅四尺中堂(鼎元) 廿八日
佛系直幅　卅元
山水便面(左季)　六元
松幅(左季)　八元
山水便面(虞琴)
松便面(榖仍)　三元
又(振玉)　九华堂　三元
山水便面(仲威)　六元
又(渊度)　六元
松幅(沅叔)
又(紫堂)
又(小峰和尚)
松横披　十八元
山水便面(伯辉)　六元

(地脚:共一千六百十九元)
松幅(旧纸)
松一开
竹一开
山水便面(子松) 文华　六元,未收
艺衡山水三尺幅　十二元

山水便面(珊生)　六元
松便面二(矩亭,绥远)　六元
枯木竹石(蛰厂)　十元
雷峰夕照 巨川　十元
又 潮孙　十元
山水 治芗　十元
松幅单款二(文华)　十六元
山水便面　(瑞伯,文华)　六元
又宋□(文华)　三元
黄逢年山水　十元
山水便面(少卿)
花卉便面二(仲昭、仲宪)
山水直幅二(觉时)
山水便面(儆吾)
松便面(颂清)
(字)五行朱丝直幅(慈护)
又德良　三元
又芷舫　三元
《红榈书屋图》(芷舫)　廿元
山水直幅(蛰庵)　十二元
松石(蛰庵)　八元
左季山水便面　六元
《雷峰》横幅二(冯梦老)
《雷峰》便面(勉甫)
恭先山水幅　廿元
敬甫　廿元
可亭　廿元
安巢便面(愔仲)

山水直幅松幅(虞琴经手)　廿元
刘梯青册页八开　二百元①
梯青山水便面　十元
左季山水便面　十元
山水便面(绎求)　六元
佛像便面　十元②
又直幅　十元③
松便面　六元
山水便面　十二元
马　四十元
松三尺中堂　二十元
凌霄山水便面　十元
(地脚:二千八十九元)
枯树便面(勉甫)
山水幅(德量)　二十元
左季山水幅　卅元
矩亭松便面　六元
又山水便面并书　十二元
松鹤(作舟)　卅元
锡之直幅书
双松中堂(苏厂代畅亭)
松便面(寿丞)
中幅松石(厚先)
松幅(伯苓)
又(晓籁)

---

①　此处圈去“先收百四十元”。
②③　此处圈去“未收”二字。

又（邈达） 共廿四元
松便面（志清）
山水便面（文起） 六元
佛像直幅（作舟） 卅元
马 四十元
山水直幅（雷斯墨） 卅二元
松幅（伯屏）
山水便面（伯屏）
松石便面（松谷）
俭卿山水扇面并书 十六元
山水二尺（立群，九华） 二十元
《遇火整暇图》 百元
《雷峰图》、山水、松三幅（仙桥经手） 四十元
松石小幅 五元
八言对 三元
松幅 六元
《观音渡海》便面二 廿四元
佛像直幅（九华堂） 三十元
松幅（吴□） 十二元
山水便面（稼安，酒二坛）
山水便面（左文襄联）衡父
《感应图》 百元
《仿卢鸿草堂图》二幅 百二十元
（地脚：六百七十五元）

《观音渡海图》 廿元
山水屏四幅（铭□） 八十元
松二幅（家亮，源龍）

《育王寺松》直幅
又小册一
舍利殿册一
为勉甫绘小册四开
佛像二幅　六十元
横披八开(经厂)　共一百廿八元
横披四开(培之)　六十四元
山水直条(金珊)　二十元
又直条(经厂)　二十元
又直条(少卿)　二十元
山水便面(经厂)　十二元
山水直条(厚哉)　二十元
松条二幅(襄周,剑周)　三十二元
写直条(厚哉) 散原
山水横披(心佩,九华堂)　廿四元
山水小条　四元
(地脚:三千三百〇五元)
佛像二幅(韵秋,季秋)　六十元
山水册页一开并写一开　十九元
松便面(凌霄)　四元
竹幅(识先)
竹石小幅
《观瀑》小横幅(邦直)
松石小幅(中甫)
仿云林册页八开
竹幅
松石小幅
兰小幅

《真武图》(直幅)

曾寿:
青狐皮风帽 纺绸裤
呢斗篷 线缎夹袄夹裤
绫绸绵套 湖绉小棉袄
绫绸单套
铁线纱套
①绫绸夹马褂
②葛纱短褂

曾则:
火狐皮袍 湖绉接衫
湖绉绵袍 缎风帽
缣丝长褂

曾矩:
灰鼠皮袍 湖绉套裤
蓝呢马褂 夏布套裤
白罗长褂
湘沅纱接衫

曾榖:
狐皮袍
湘沅纱长褂

---

① 此前圈去"蓝实地纱袍"。
② 此前圈去"葛纱长褂"。

铁线纱长褂
绫绸夹背心
淡青罗套裤

曾畴:
珠皮袍 ▨绵袄
摹本缎绵褂
金丝绒夹马褂
铁线纱夹背心
线打汗衫
蓝实地纱长褂

曾言:
小貂皮马褂
蓝呢夹袍
铁线纱套子
黄铁线纱袍
罗片套裤

曾杰:
羊皮袍 湖绉仙绵裤
黄布夹袍
夏布背心
烟盒包
葛纱长褂

曾馀:
羊皮袍 湖绉夹袍
绫绸绵马褂

绸夹衬衫
湖绉绵裤
湖绉绵套裤
纺绸裤子一条
黑摹本缎背心

曾潜：
羊皮背心
云头纱长褂
夏布长褂
洋布长褂
绫绸绵裤
绫绸小夹袄
纺绸裤子

邦荣：
元狐背心
官纱长褂

邦直：
绸夹袍
绫绸袍面

曾任：
狐皮袍

曾耆：
绫绸袍
绫绸套裤

第六册(民国二十年一月至二月)

敬懿皇太妃温恭淑慎，深明大义，早年即逢穆宗毅皇帝终天之恨，事孝钦显皇后克尽厥职。庚子之变，两宫西幸，太妃留居宫禁，坚苦备经。洎朕入承大统，保护朕躬，慈爱备至。自朕播越在外，未能以时定省，稍酬顾复之恩，今闻薨逝，惨痛曷胜。伏念太妃毕生忧患之中，未尝有一日之安愉，此朕所悲慕愧疚不能自已者也。朕于行在设位，素位祭奠。着派载涛、朱益藩、傅忻敬谨办理丧事，聊以慰朕哀慕之忱。钦此。

宣统辛未正月元旦(1931 年 2 月 17 日) 九钟入直，奉谕："播越六年，未堪多难，遥瞻陵庙，丛疚日深，每值元辰及朕万寿日，何忍再令臣工称贺。明年仍着停止行礼，特谕知之。钦此。"同愔仲至陈弢老、袁行帅、李子申、万公雨、夏幼兰处拜年。夜作山水小幅。《和愔仲除夕》一首：

上帝有臣真虮蝨，东方吾道自龙蛇。干宵霁色明残夜，比户春声仍一家。秃笔试书王略帖，凝妆长对汉宫花。峭寒犹勒芳菲在，未要相催羯鼓挝。

初二日(2 月 18 日) 九钟入直。同弢老、愔仲入见行礼。谕："陈曾寿今年气色好得狠，可叫夏瑞符看相。"幼兰、立之来。晚，愔仲约饮。接七弟、九弟函。同家人掷状元筹。得询先、识先信。

初三日(2 月 19 日) 九钟入直。高宗忌日。接君任、伯夔信，伯夔词二阕、君任诗一首、词三阕，皆佳。君任夙不作词，偶作便工，甚矣天资过人也。夜画《罗汉》二幅，再和愔仲一首：

江海愁深亦有涯，年光赴壑等修蛇。烟轻凤烛承新泽，妆就猩棠似内家。忍事刚肠从绕指，漫书醉眼欲生花。残黎惟识王正月，试听街前叠鼓挝。

初四日(2月20日) 九钟入直。涛贝勒、修二爷来。夜画《罗汉》一幅。

初五日(2月21) 十钟入直。勉甫来。画《罗汉》一幅。覆公渚函。子申约饮，精神渐已复原，可喜。

初六日(2月22日) 十钟入直。愔仲、仲烈、幼兰来谈书。

初七日(2月23日) 十钟入直。夜画《罗汉》一幅。

初八日(2月24日) 十钟入直。致袁伯夔函。

伯夔老兄足下：献岁发春，敬颂侍奉多福。去腊由商业储蓄银行汇来百元，不知为何人所寄，兹奉惠书始知之，仍出我兄之赐。以前受惠已多，承垫写碑之款，亦尚未书。推食之爱，有加无已，何以克安耶。新词三阕绵密，有梦窗之长而无近人摹拟之累。

初九日(2月25日) 九钟入直。得洵弟函。画《罗汉》一幅。

初十日(2月26日) 十钟入直。伯晖、仲祁来。画《罗汉》一幅。钧九同年来。

十一日(2月27日) 九钟入直。复君任函。立之、啸麓来津。画罗汉设色补款。得彊村先生函，复一函。

十二日(2月28日) 九钟入直。致询先函。

十三日(3月1日) 万寿节。八钟入直。远来叩祝者共□十□人，免行礼。赐宴，摄影。五钟半，召朱师傅等二十馀人晚餐，侍上，共桌而食。

十四日(3月2日) 九钟入直。杨夔彝、公雨、肖旭约饮。画《罗汉》一幅。

十五日(3月3日) 十钟入直。陟甫来，谈半日。渭云、愔仲约饮，以家祭未赴。画《罗汉》三幅(十八幅完)。

十六日(3月4日) 农先自奉来。九钟入直。

十七日(3月5日)　九钟入直。

十八日(3月6日)　九钟入直。愔仲来。画便面山水。陟甫、季馥来。约愔仲。苏堪、幼兰、子申晚食。[①] 夜谈甚乐,啸麓亦来。

十九日(3月7日)　十钟入直。五钟时,召入园,看画十馀件,将送日本展览。愔仲约饮南园。同公渚合绘山水一幅,又绘松二幅,作奖品。与公渚、适厂夜谈甚乐。得识先函。(公渚入见,言对甚久,言讲学事。)[②]

二十日(3月8日)　九钟入直。愔仲请假一日。上命同宝师整理书画,评定甲乙。

米芾《天马赋》(中,伪)。

《绝句诗》(胜《天马赋》,亦是摹本)。

文征明《仿怀素草书》(中,真)。

果罗洛纳延《南城咏古》(上,真)。

王宠诗帖(大行楷,佳)。

莫是龙杂书(小楷,佳)。

香光《自书诗帖》(八十岁时书,上,真),又四件(中,真)。

汪由敦《牡丹赋》(中,真)。

张照临《宋四家书》,中。

香光临《枯树赋》,中。

米芾《天马赋》又绝句诗,伪。

衡山《仿怀素书》,中。

高房山《渔村烟浦》,伪。

五代人《别院春山图》(佳,绢伪),上。

---

①　此处圈“与公渚”三字。

②　天头:读《小山集》“百分蕉叶醉如泥,偏向断肠声里醒”,其沉刻至此,此后之学小山者不知于此处用意,所以终站不住。无论何派,未有不沉着而能好者也。

陈淳《云白山青图》，伪。
元五家合绘（朱泽民佳，赵仲穆、方方壶逊）。
燕文贵《溪风图》（绢本太旧），真。
赵士雷《湘乡小景》（伪），上上。
孙位《高逸图》，上上。
赵元《剡溪云树》（伪），气韵极佳。
钱穀《溪阁高闲》，纸洁画精。
沈周《千人石夜游图》，太简。
明诸家朱竹（有水质）。
黄鼎《仿李成溪山雪霁》（长卷，中年之作）。
高简《探梅图》（跋好），中。
钱穀《扇暍图》，中。
沈士充《四时山水》（长卷），上。
吴瓘《梅竹真迹》（虞集题较弱），上。
陈自明《花卉》（四段），敷色古艳，惜是染绢，系伪托。
宋人《田畯醉归图》（李东阳以下跋有伪者），上上。
郭忠恕《雪霁江行图》（跋伪），上。
王穀祥《水仙》（文徵明写《水仙赋》于后），上。
卓迪《修褉图》（永乐时人），上。
董邦达仿王蒙，上。
王炳摹黄公望，中。
李公麟《山庄图》（纸本，董跋定为真迹），上上。
祁序《江山放牧图》（绢太损），上。
钱维城《栖霞山舍图》，中。
宋人《牧牛图》（四段，极精），上上。
宋人《春江渔隐图》（元人跋好），画不真。
方士庶山水，上。
管道昇《碧琅庵图》，伪。

陈滔《源东图》,中。
唐岱仿关仝《庐山白云图》,中。
弘旿《降魔图》
《泾清渭浊图》,中。
仲圭《竹谱》,伪。
张南本《华封三祝》,伪。
文衡山《西山图》,中。
沈周《墨竹》,伪。
元人白描花卉,上上。
何浩《万壑松涛》,上。
杨文骢《兰竹》,上。
沈周写生,上。
盛颖《马嵴烟雨图》,中。
李唐《谭道图》,上上。
陈滔《水仙》,上。
董其昌书禅悦,上。
张旭四帖,上上。
宋人《九歌图》,上。
黄鼎《云山图》,上。
弘旿《渭亩同春》。上。
董邦达仿大痴《溪山佳趣》,上。
麓台《西岭云霞图》,上上。
宋人摹郭忠恕四猎骑,伪。
沈周《莲塘小隐》(细笔,上)。
莫惟贤《西湖草堂图》(跋胜于画),上。
永瑢《长江帆影》,上。
钱维城《平定准噶尔图》,上。
《秋田绥顺图》,中。

关仝《大岭晴云图》，上上。

王石谷仿柯九思、曹知白笔意，上。

[①]王宠临唐人书（小楷），上。

祝允明书东坡游记（小楷，长卷），上。

揭傒斯自书诗草，上。

夏珪山水（长卷），瞿稼轩藏题，上上。

周朗《杜秋图》（康里子山长题），上上。

周天球《丛兰竹石》，上。

宋旭《西湖图》，中。

杜琼《九峰云影》，上。

钱选《青山白云图》，上上，极精。

沈周山水（细笔，不甚精），上。

石谷《潇湘雨意》，上。

董诰《春帖子图》（小而精），上。

王铎《花卉》（极精），上。

文衡山《石城草堂图》（极精），上上。

元支《支遁洗马》（极精，神品），上上。

衡山《桃源图》，中。

仇英《观鹅图》（短，伤神），上。

衡山《洛原草堂图》（字好），上。

石谷《辋川雪意》（无神气），中。

二十一日(3月9日)　九钟入直。看书画。约幼兰、立之晚酌，饯公渚也。公渚夜车行。

---

①　天头：刘翰怡之弟山水一幅、字一条，卅六元。言仲远两松，廿元。镇江寄松，十五元。言仲远册页，一百元。印楼、文甫山水，立，小，五十元。

公渚自青岛来,剧谈连夕,因忆君任海上,诗以讯之

谁云丧乱得欢娱,岁晚相逢慰索居。落月梁间非梦里,剪灯花下及春初。牵连惟道山中事,问讯慵传海上书。人世难全应有恨,闭门正字定何如。

公渚和作

劳生聚散杂悲娱,一往谁堪慰独居。南去又经兵动后,北来缕溯我生初。愿回晚景酬深念,不废春王付将书。枨触万端归执手,起看星斗夜如何。

二十二日(3月10日) 九钟入直。画松三幅。

二十三日(3月11日) 九钟入直。看书画,五钟散。画松二幅。金建寅、朱容孺两生上学。

二十四日(3月12日) 九钟入直。看书画。请宝瑞臣老师及王钧九同年晚饭,约苏堪、子申、愔仲作陪。

二十五日(3月13日) 九钟入直。愔仲约晚饮。

二十五日[①] 十钟入直。

寄怀伯夔

世味除衰老,沉醉尚可寻。梦中慈母面,岁晚古人心。一往悲长负,难言剩苦路。庭输早梅候,红萼占春[②]深。

二十六日(3月14日) 九钟入直。画山水一幅,送木斋。

二十七日(3月15日) 九钟入直。写挽言一付。画山水便面一个,又写便面一,画雨松一幅。与勉甫夜谈。

二十八日(3月16日) 九钟入直。画山水便面。言仲远来。贻先来函,言小致侄女出水花后咳嗽未愈。

二十九日(3月17日) 十钟入直。

卅日(3月18日) 十钟入直。治芗同年来。

---

① 此日日期当有误。

② 旁注:春色酒边。

二月初一日(3月19日) 十钟入直。请治芗晚餐。约愔仲、勉甫夜谈至天明。

初二日(3月20日) 十钟入直。治芗作留别诗一首,即和一首。送治芗至车站。

初三日(3月21日) 十钟入直,侍上西餐,同席有佶二爷、日教习二人、苏厂、愔仲。

初四日(3月22日) 十钟入直。季馥请观雪艳琴《蟠丝洞》,极佳。与勉甫夜谈至晓。

初五日(3月23日) 以失眠请假半日,上派张鸿志问疾,惶悚之至。往拜言仲远、任振采。贻先来函。

初六日(3月24日) 十钟入直,讲《老子》《坛经》,佶二爷同听。夜同愔仲、幼兰观剧。

初七日(3月25日) 十钟入直。画山水一幅(文甫)。[1] 愔仲、幼兰、季馥、地山来谈。夜同至广寒观剧。

初八日(3月26日) 十钟入直。过四号,看黄尊古、李穀斋册页。愔仲同年率其女公子婉宜执挚学画,为绘一小幅,略示笔法。绘润贝勒便面山水一角。写联四付、小中堂一幅。振采来。致刘午原函(日本东京麹町丸丸内二丁目一番地)。得刘伯明函。

初九日(3月27日) 十钟入直。画便面山水二(子炎,骏千)。写便面一(骏千)。愔仲夜来。

初十日(3月28日) 九钟半入直。画便面山水(树德斋)。同愔仲、幼兰观剧。文甫来函,告印楼之夫人逝世。

十一日(3月29日) 九钟入直。章式之词社集于啸麓家,山桃乍开,在其小亭略坐。春色些微,见于风沙之底,在北方已为难得,使

---

① 过四号看烟客、南田山水册,极佳。

人忆及西湖,有天上人间之感矣。肖旭约饮南园。至春和观剧。[①]

十二日(3月30日) 十钟入直。

寥志弟四十初度时,曾经仿龚半千册子为寿,后复取归,售以易米,今岁寥志五十矣。见吾新作罗汉屏十八幅,以诗来索前债,乃绘罗汉手卷寿之,并次其韵

德人岁月舒以长,宗风一脉传武当。功成九转神扬扬,信哉仲雪惭伯霜。子提祖印升梵堂,我梦群真写吴装。[②] 子持片偈心端详,我求色相手缥缃。愿子自宝[③]金玉相,我亦远尘深自障。魔剑毒失次第降,吐弃泥潭茹天芳。鸡虫得失纷盈眶,安用尸祝为庚桑。愿同[④]霞佩高颉颃,遗世径入名山藏。径绝会遇双瞳方,松风水月洗肝肠,廿年忧患真淡忘。

十三日(3月31日) 九钟入直。啸麓约至其家看画,择其佳者寄日本展览。同君适去,早饭后,同至李氏园看桃花。园有百亩,树木尚盛,有桃数十株正开,远望如微雪,略有春晓之意。较之南中,浓淡不侔矣。作诗一首:

老树荒陂接隰畇,轩栏徙倚不逢人。半篙初动鳞鳞水,一簇遥看淡淡春。偶近风光羞倦眼,久拼踪迹付流尘。俗缘重后违仙隐,漫效渔郎更问津。

弢老约晚饭,亦请选画为展览之用。石谷仿石田雪意长卷,极佳。华☐☐青绿中堂亦鲜艳有古致。衡山墨笔山水有气韵。石田一幅平平。南孙《罗汉卷》甚精而笔不坚。

---

① 天头:长、当、扬、霜、堂、装、详、缃、相、障、降、芳、眶、桑、颃、藏、方、肠、忘。

② 此联原作"子如摩诘升梵堂,我仰道子摹唐装"。

③ "自宝"原作"勉莹"。

④ "愿同"原作"取君"。

十四日(4月1日) 九钟入直。[①]

重溟鼓柮蹑年尾，风劈箭激开冰奁。落帆易车突百里，峰垤起伏随逶迤。时濒荒滨掠空阔[②]，极目绝岛馀两三。蛟龙僵[③]死飞鸟绝，吞天一色堆黯蓝。海隅苍生几遗孑，犹遵汉腊桃符黏。穿崖出穴豁重镇，楼台高下横烟岚。雄殇十万表一塔，斜阳如血衔孤尖。[④]

十七日(4月4日) 十钟入直。

十八日(4月5日) 十钟入直。啸麓、立之、愔仲、幼兰、修二爷来谈。致印楼函。作《汲古阁图》，作小幅山水，甚好。

十九日(4月6日) 清明。十钟入直。李释戡来。啸麓约词社晚饭。勉甫来。

今闻敬裕[⑤]太妃薨逝，着派溥修速往安慰荣惠太妃，勿过伤感。太妃春秋已高，所幸福体康强，望善自颐养，勿因抑郁致损天和。朕远离在外，不能以时定省，思慕无已。以后用度，当尽力筹措。诸请

---

① 此后缺十五日至十六日两日日记，日记圈去“十五日，九钟入直”“十六日，九钟入直”两行。

② “空阔”，诗集本作“浩渺”。

③ “僵”，诗集本作“冻”。

④ 此诗诗集本作《除夕同君适至旅顺行在所灯下检上海友人所赠诗词感赋》：重溟鼓柮蹑年尾，风劈箭激开冰奁。落帆易车突百里，峰垤起伏随逶迤。时濒荒滨掠空阔，极目绝岛馀两三。蛟龙僵死飞鸟绝，吞天一色堆黯蓝。海隅苍生几遗孑，犹遵汉腊桃符黏。穿崖出穴豁重镇，楼台高下横烟岚。雄殇十万表一塔，斜阳如血衔孤尖。独寻故邸启扃钥，纪纲之仆司森严。相失深惭左右手，间关一面伤迟淹。君臣相对更何语，肺腑纵剖舌若钳。一名所系重山岳，有争触刃真饴甘。坚冰峨峨闭天地，迫塞生气无洪纤。故人诗篇出袖底，使我冻抱回温炎。但恐临济失只眼，范驱曰驭非愚担。宵深爆竹动年事，争忍回睐天东南。

⑤ 整理者按：此即“敬懿太妃”，为同治帝遗孀。本年日记前陈曾寿所录一谕，即指此事，可参看。

安心。朕身体甚好,切勿挂念,他日总有相见之时。

前来大连与愔仲对雪苦吟得若干首,今来复寓旧馆寄怀愔仲

迷海霏霙昔共看,今来无雪更奇寒。担[①]酏榻扫前尘在,岁晚楼空客思单。远去孤臣伤面豆,资行[②]豪纪市盘飧。云波诙诡歧途里,谁识千钧弩发难。

---

① “担”原作“装”。

② “资行”原作“横干”。

第七册(民国二十一年三月至八月)

苍虬日记

三月初九日(4月14日) 阅《涑水纪闻》、全谢山《经史答问》、焦理堂《孟子正义》,赵《序》言孟子夙丧其父,幼被其慈母三迁之教,《疏》言夙丧其父,是父先母没,非必幼孤,不免回护,其误证以后丧逾前丧之言,则其父没在孟子中年时也。张杨园之母教杨园曰:"孔孟亦是两家无父之儿。"可见此讹相传已久矣。镇江陈保之,素不相识,赠七古一首,求绘便面,为绘一松。致孝怀函。

初十日(4月15日) 画山水一幅,伟〼款,以心境不佳,画笔亦荒率。

十一日(4月16日) 吴霭城来,新自长春归,于苏厂颇尽忠告而不能听,遂废然矣,不失为磊落男子。子有来,啸麓来,张伯辉来,仲业、幼兰来,陈仲伟来。戌刻,巽女生一男,平安可喜。致贻弟函。为子有绘小册一开。强志来。啸麓以近诗数首相示,甚饶韵味,言夏蔚如一日遇丁暗公于天津[①]市中,立谈片刻而去,隔一日暗公讣文自津中至矣。白昼见鬼,亦异事也。暗公素聋,据云晤谈时其聋如故也。

(眉:托仲伟带折一件致愔仲,农先、君适函至长春。)

十一日(4月16日) 幼兰、仲业、伯辉、强志来。戌时,巽女生

---

① "天津"原作"北京"。

一丈夫子,平安可喜。[①]

十二日(4月17日) 同强志访吴霭城、铁保帅。写石钦七十寿序屏八幅。侗五爷、徐善伯来,未值。

十三日(4月18日) 写小字二开,同仲业谒陈弢老。得愔仲书,速季湘速去。金惕斋来电,因絅之调汉口烟酒事求荐。啸麓来谈,见苏厂与弢老书,皆丧心之言。

往复迁就,遂成此局。如比肩民,迭食而迭望(以国卖于人,人为主而我为奴,乃云迭食迭望,无耻已极。)惟有推诚相与(人以诈力相劫持,己则奉迎恐后,诡言推诚相与。)共国展布而已(展布在人,但杀吾民耳,何共国之有?)内乱二十年,世人论华人无立国之才略,欲雪此诟,智勇兼出,乃有济耳(愚极懦极,何智何勇,真无耻大言,颜之厚矣)。兹按预定计画,节节做去(全盘送去而已),要使人民有乐生厌乱之望(以日兵杀吾民,何生可乐?)行之期年,或可稍转(如此局面,何云稍转?)幸圣躬甚安,宗望渐属(三省人民皆云恐不是我皇上来,恐是日皇之兄弟来假冒者,不然何以派日兵来杀民耶?)布德兆谋,正其时矣(布日之威,兆日之谋,无耻已极,真丧心矣)。

十四日(4月19日) 访徐善伯,善伯旋来。弢老来。仲业、幼兰来。心摇摇如悬旌,不知何故。致君适函。

> 人间何处避繁冤,独愧沉湘屈子魂。饕餮穷奇难并世,去留生死总孤恩。暂荧鬼火知旋灭,无道强梁岂久存。永惜兰荃蒙雾露,海枯石烂与谁论。
>
> 《繁冤》一首:
>
> 诐诐[②]颜胡厚,伥伥疾已沉。天公饶恶剧,竖子定何心。虽有绕朝策,其如后胜金。王明能受福,凄绝楚骚吟。
>
> 《竖子一首》。

---

① 整理者案:十一日日记重复,疑此为追记时重复,陈曾寿未察。

② “诐诐”原作“詖詖”。

十五日(4月20日) 庶曾祖母何太夫人忌日。铁保帅来。仲业、幼兰来。强志来。致愔仲、君适函,托伯辉带去。绘山水便面(序伦款)。写小字一开。

十六日(4月21日) 勉甫来。便面设色。幼兰来。孝怀来书。季馥来。伯辉、强志、仲业来。季馥、勉甫在寓下榻,谈至三钟睡,心为之开,眠乃不安。

十七日(4月22日) 仲业约同季馥、勉甫、幼兰致美楼午饭,见人家园中海棠一株正开,春已将阑,始见春色些许,亦可怜矣。赠弢老一诗:

象恭容易遂滔天,从古求臣每[①]自贤。鬼吏消阳伤比丘,圣功养正感蒙泉。可堪耄耋安车日,犹是恩勤瘏口年。芳草天涯归未得,聊凭[②]花事减忧煎。

弢老约同仲业、强志晚饭,途中风甚寒,陡觉体重不快,甚矣衰也!与季馥、勉甫谈至三钟半睡,仲业亦流连不欲去。致立之函。写小字一张。

元米炒真野召党二钱、栀木茯神三钱、臭草八分、淡苁蓉三钱

酒浸干地黄二钱、清半夏一钱、建泽泻二钱、砂仁(研末分冲)四分

枳敖八分、拌炒白术钱半、小臭青皮八分(陈皮一钱)、焦苽仁五钱

米泔汁拌炒陈若术一钱、杭白芍药二钱、川连界煎汁拌酸枣仁一钱

十八日(4月23日) 写小字一张。幼兰、邓□□来。小雨,干旱已久,时症甚多,得此或可稍解。季馥乘早车返京,勉甫返校。连日读简斋诗,稍有入处,其诗乃已成道者,脱尽凡骨,无一语不具神通,可为入黄之钥,但其成就不如杜、黄之大,亦坐此耳。其胸襟好,

---

① “每”原作“误”。

② “聊凭”旁作“倦寻”二字。

诗外有事在,故超乎诸家之上。诗[①]与国事相连者,以冬郎为最,次则简斋也。少陵、义山乃是局外人语。[②]

十九日(4月24日) 觉三来谈一日,约同勉甫、强志在致美楼晚饭。写彊村遗折及饰终上谕一道于《彊村校词图》卷后。为黄咏霓画松。

二十日(4月25日) 钧侄十六初度,强志及弟妇皆来,做水饺。晚饭添二肴。勉甫往校,旋返。幼兰来。弢老夜来,谈甚久。接识先、灼先函。致愔仲、农先、君适、肖旭函,托仲业带至长春。婉宜义女来留宿。[③]

二十一日(4月26日) 仲业将赴长春,往送,适弢老亦来,谈片刻去。幼兰来。下午四钟,同勉甫入京,季馥到车站接,同至恩成居晚饭,烧青鱼头尾甚佳。过余叔岩家,谈至十二钟返寓,三钟眠。

二十二日(4月27日) 睡至午始醒,可云美睡矣。大风,未能出门。致函朱艾老,为幼兰借款,未知能办到否?旋得覆,交来六十元,甚为爽快。彤伯、焕侄来。艾老来久谈。同凤韶、季馥、勉甫在春华楼晚饭,三钟睡。

二十三日(4月28日) 昨梦在一室中悬先父母所书屏条,梦中知父母已见背,怆痛无已,连呼娘数十声,思一生亲人惟父母,至于儿子,不记谁某,所有家人皆不能记忆,孑孑一身,闷极,不可解。醒后起坐多时,乃稍定。季湘来谈片刻。同勉甫、焕侄、京芳侄女至南海看海棠,尚未减繁华之状,而姿色黯褪。复至公园,丁香极盛,惘惘而返,有春非我春之感。至香炉营寓中,坐甚久。傍晚,同彤伯至全盛

---

① “诗”原误为“诸”。

② 天头:上海同孚路大中里十一号问匏精舍陈宅。

③ 天头:日本东京丸之内。東京ステーションホテル内,刘午原。整理者按,此句为日文,意思为“东京火车站宾馆”。此条文字释读蒙张天骐博士指教,谨致谢忱。

购鞋一双。季香、立之来谈，二钟半始散。

二十四日(4月29日) 到朱艾老处，谈一时。为季馥画山水便面。至农先宅中晚饭，素菜甚美，为之加餐。治芗、立之、季馥、勉甫、沈羹梅皆来谈，至十二钟，又同返寓谈，至天明始散。

二十五日(4月30日) 梅生来谈。同立之、季馥、勉甫、治芗乘汽车至颐和园。辛亥前曾游两次，一次海棠正好，一次牡丹正开，此番则海棠已过，牡丹方作小萼，且已无几也。立之租小屋三间，下榻其中，夜谭甚乐。阅报纸，朝鲜人尹奉吉①掷炸蛋伤日人白川等多人，可谓智勇兼出，以见天道之好还也。

二十六日(5月1日) 季馥、治芗晨间先返。饭后，荣儿、京芳侄女来。沅叔来。饭后，返大苏州胡同寓。木斋来，彤伯、焕侄来。艾老约晚饭，辞之。② 同季馥、勉甫赴季湘之约，有立之、治芗、赓梅。同季馥至叔岩家。

二十七日(5月2日) 至子献处。立之、治芗、贻书来谈。凤韶约致美斋。同季馥、勉甫乘夜车返津。

二十八日(5月3日) 弢老来谈。同季馥、勉甫、幼兰在致美楼午饭。

梦里相寻醒更留，久要弗畔是幽忧。飘摇实甚能予侮，辛螫无端竟自求。射猎夔奚惟诡遇，便言□□只伊忧。七年酝积成今日，何计能③看覆水收。

二十九日(5月4日) 致愔仲、孝怀、农先、君适函，交升儿带往长春。弢老约晚饭，座有子献，蕨粉包极美。幼兰来谈，三钟睡。

三十日(5月5日) 芷升来。啸麓来。写近诗数首，有“三月正当三十日”两绝句，始知春尽矣。五古五首，遒健可喜。升儿于晨八

---

① “吉”原作“起”。

② 此处圈去“到季湘住处”五字。

③ “能”原作“重”。

钟时赴塘沽乘长平丸,弢老来送行,老辈之谦勤如此,不可及也。子献来久谈。与季馥、勉甫谈至三钟睡。

四月初一日(5月6日) 啸麓来,又和诗二首。今日为先母忌日,絜先率家人来设祭。写《马通伯墓志铭》。三钟睡。

初二日(5月7日) 写《墓志》成。弢老来谈。晚,同幼兰、勉甫、荣儿在致美楼晚饭。致季湘函。愔仲来电问季湘何日行,即复之。写双行便面(鼎臣款)。

初三日(5月8日) 接七弟函。伯夔送百元,代为赎当,盛谊可感。芷升来。觉三来。同季馥、勉甫、强志在致美楼晚饭。季馥以将往沪,惘惘不乐。人为饥驱,已属不幸,若其难堪,更有出饥驱之外者,尤为苦境。同光之际,京中以诗鸣者李爱伯、袁爽秋、樊云门为最盛,袁、樊各以诗集问优劣于爱伯,爱伯为作长古一首,两两校比而偏重云门,盖云门执贽于爱伯,其[①]体格亦相近也。云门有赠爽秋诗云"小扇银钩绝妙词,秦郎刻意织秋丝。逼人咄咄黄双井,更著功业七字诗",用事恰好,故是云门所长,平心论之,爱伯诗境不深而取径甚正,功夫亦到,视樊自有雅郑之别,爽秋取裁甚雅而真处少见藻饰于外而已。同时盛伯希才甚高,惜成就未大。王壬秋才情好,不免优孟衣冠,诗中无我,不可学也。湘中少年之聪明者多为所误。王壬秋、高心夔、邓保之,一时齐名,高才掩其质,邓苦吟学古,五言刻意规摹,常有佳篇,五律则极经意而语意反晦,殆天分不及也。同光大手笔,自以南皮为冠。[②] 差可颉颃者,厥为丰润,体甚敷腴,兼有俊气,近小杜、东坡,惜少杰出之篇可传诵者耳。节厂师七律为极佳者,五古如《哭邓鸿胪》数首,洁净深厚,近人所少,惟全集中无长江大河之观,苦力弱耳。苏堪精悍,乙厂师谓其全集不出一"忮"字,亦中的之论也。

---

① "其"原作"故"。

② 此处圈去"丰润亦其次也"六字。

散原有骚心，其性情独至处非人所能到，近体则间有佳句[①]，全首多不安，未能丝丝入扣，又好用奇字，亦是一病。

初四日(5月9日) 季馥侵晨上车，同勉甫、荣儿往送，无言惘惘而已。弢老来谈。愔仲来电促同季湘于十一日前到，不知何以汲汲若此。数日来甚觉倦乏。

初五日(5月10日) 升儿由长春来信，初一日到长春矣。

初六日(5月11日) 农先来信，以后发电用二五七九号码，可省电费。幼兰来，言东大马路天顺京报房汇款至京最便。强志来，致君任、午原、伯夔函。

长□忽忽送骎骎，愁见纱窗曙色侵。孤念欲穷天地憾，劳生犹炯旦明心。残钉半焰容煊耀。悴竹寒[②]花有照临。欲变危机须果决，谁将感激易沉吟。

忍教[③]水火答壶浆，丰镐遗恩苦未忘。取媚歌觞宁免死，全[④]牺孤注欲何偿。早知带汁充诸葛，复[⑤]见靴刀惊[⑥]寿皇。请剑不成空寂寂，老谋壮事两微茫。[⑦]

初七日(5月12日) 弢老来，为季湘今日可到，特来候之，不知改期初十也。此老忠悫可敬。勉甫夜来下榻。致午原函。[⑧]

初八日(5月13日) 得午原函、立之函，将游华山，预作《临江仙词》并《寄怀》二阕，其清兴亦不可及。弢老言吴霭城之叔自长春来，国务院有百馀人，中国人只十馀而已，无耻媚日，一至如此，亦非

---

① “佳句”原作“一联好者”。

② “寒”原作“零”。

③ “忍教”原作“竟成”。

④ “全”原作“尽”。

⑤ “复”原作“忍”。

⑥ “惊”原作“备”。

⑦ 天头：庚(金)午(火)、戊(土)子(木)、丙(火)寅(木)，亥(木)。

⑧ 天头：壬(水)申(金)，甲(木)辰(金)，丁(火)未，戊(火)

常情可测。农先来信谓调查团见上,颇有念旧之情,允为帮助,不能知其详也。又云雪堂往黑龙江,有所接洽。

初九日(5月14日) 啸麓来。子猷来。强志来。地山姻丈来。晴初来电,与仲业在此专候,十一日前能到否,盼复。陶桓公媵妾数十,家僮千馀,珍奇宝货富于天府。纪瞻原自奉养立宅于乌衣巷,馆宇崇丽。桓公宏济艰难,穆公忠亮雅正,固知人不可拘于一节,当视其远者大者。史称郗愔好聚敛,积钱数千万,然观其开库,任子超取之,岂真好货者哉!勉甫下榻,谈至天微明始睡。

初十日(5月15日) 弢老来。傍晚,季湘自京来,叔涵亦来。同勉甫、强志致美楼晚饭。子猷来谈,至二钟始去。天明睡。连日丽系感风温兼哮疾,请许怀葛鹿枰诊治,今日热始渐退,哮尚未退。与季湘、勉甫谈至天微明始睡。

十一日(5月16日) 兴保外甥孙满月。报纸载日本犬养毅被刺伤重。近来日本元老凋谢,新进横行,外则国力渐涨,而商民穷困,各党伺隙而动,所谓多行无义必有斃者也。彼倚为泰山者亦有所儆乎?弢老约同季湘、子猷、强志晚饭。啸麓、叔涵来,夜谈至曙。

十二日(5月17日) 啸麓约同季湘、勉甫早饭,雨甚大。子猷约同弢老、季湘晚饭,谈至天明始睡。改愔仲、农先、君适函托季湘带去。

啸麓赠别季湘五律一首即次其韵

生意难幽草,违时敢自怜。安危宁待卜,行止岂非天。共话连床夜,依然廿载前。缨冠与闭户,破惑孰为贤。(连夕与季湘谈至天晓,依然辛亥逊政前聚处况味。当时有治芗、刘松庵。二十年来,惟松庵早逝。)

十三日(5月18日) 季湘乘早车赴塘沽,趁长平丸与勉甫送至车站。连日少睡,精神不足,昼间小补之。

十四日(5月19日) 徐善伯来,以乙厂师山水册页一开、文震孟书札、刘松厂《见山图卷》、乙厂师《丁巳书札》属题。率家人至致美楼午饭。

十五日(5 月 20 日) 弢老将入京,诣谈片刻。阅《天崇百篇》及《才调集》,明季如金、陈诸子之文,精义入神,光焰万丈,其时主昏于主[1]而士大夫讲学于下,节义皆由此出,郁而必发,故至兴朝,人才蔚起,成太平之治,所谓贞下起元也。今日乱极而士无讲学者,既无种子,安有发生之望。

十六日(5 月 21 日) 婉宜女请至大食堂晚饭,鲥鱼甚佳。

啸麓诗序

天与人交至矣,而中无诚以干之,可以惊四筵而不可以适独坐,故诗有刻意求工而终差一间未达,不能餍乎人之心,非其天资学力有所不及,盖性情之未至也。啸麓同年与予同举礼部,余官京曹,君则出佐幕府,旋持使节,不恒相见,比旅沽上,踪迹乃密,旬必数过予谈,出所为诗相质。君天资度世,清新俊逸[2],固所独擅。独怪君承门祚之盛,年少高第,出为监司,虽屡屯而挫,不为不遇,顾中多惘惘之情[3],言哀已叹,若深有不得已之故者。与义州李小石及予赠答之诗率工于他作,不自知其所以然;间及国事,能见其大,深中肯要,预决其得失成败,而不空为大言,即有所疾刺,亦发于悲愤之不容已,而不涉于恩怨。因其所发,知其所蕴;迹其所憾,知其所安。盖使君幽忧憔悴,若舍诗无以自见者,未始非性情之深累之也。以君之才,遭遇雍乾盛时,其承旨敏捷,膺擢发舒[4],其成就庸在张文和、汪文端诸公之后?顾厄之使无所一展,萧寥沉寂,与世日远,徒得衰钝如予者以喁于相慰藉。是可悲矣。君诗戊辰以前已刊行,近复积稿盈尺,谬以

---

① “主”当为“上”之讹。

② 此四字原作“清深超逸”。

③ “情”字圈出,旁注“语”。

④ 天头:宠膺天眷,感激发舒。

予为知君深者,属为定之,因逆君之志而感其遇如此。

天与人交至矣,而中无诚以干之,则其志不可知,而言无以立,故诗有刻意求工而终若差一间未达,非其天资学力有所不足,盖性情之未至也。啸麓同年与予同举礼部,予官京曹,君则出佐幕府,旋持使节,不恒相见,比旅沽上,踪迹乃密,出所为诗相质。君天资度世,清深宕逸,固所独擅。独怪君承门祚之盛,少年高第,出为监司,虽履屯而止,不为不遇,顾中多惘惘之情,言哀已叹,若深有不得已之故者。与义州李小石及予赠忆之诗率工于他作,不自知所以然;及乎宗国,则缠绵芳悱,预决其成败得失,而不空为大言,即有所疾刺,亦原于悲愤之不容已,而无所恩怨。因其所发,知其所蕴;迹其所憾,知其所安。盖使君幽忧憔悴,若舍诗无以自见者,皆性情之深,有以累之也。以君之才,遭遇雍乾盛时,其承旨敏捷,宠膺天眷,感激发舒[①],其成就庸在张文和、汪文端诸公之后?顾厄之使不得一展,屏之于萧寥沉寂之域,与世日远,徒得衰钝如予者以嗬于相慰藉。是可悲矣。君诗戊辰以前已刊行,近复积稿盈尺,谬以予为知君深者,属为定之,因逆君之志而感其遇如此。[②]

十七日(5月22日) 写大字一张。子献夜来。强志来。

十八日(5月23日) 徐善伯来。愔仲乘天津丸来。中岛以明电属日本军部保护,以致漏泄,日人不任保护之责,属勿下船,仍回大连为妥,乃告婉宜至塘沽阻之。子献来两次,欲为愔仲设法,可谓热肠者也。

十九日(5月24日) 仲业自长春来,圣躬甚安,后欠安,不肯服

---

① “宠膺天眷,感激发舒”八字,《龙顾山房诗集续集》(郭则沄著,1934年栩楼刻本)陈曾寿序作“膺眷发舒”。

② 《龙顾山房诗集续集》陈曾寿序落款云“壬申夏四月,年愚弟陈曾寿”。

药，上谕曾寿早去。子献又来两次，商愔仲微行办法，其人可佩。得季湘、农先、君适、邦直函。

二十日(5月25日) 同子献赴塘沽，上天津丸，视愔仲，始知已于昨晚乘小轮船来天津矣。至站长沈姓家小憩，饭后归，又同至耀华里，愔仲已来余寓，遂又赶回。啸麓来，仲业来。晚约同愔仲、子献、强志至致美楼小饮，托人在京购芍药数枝，有正红三朵极丽，惜为风日所烁，不久遂萎。

瓶中芍药有正红者三[①]枝艳丽无比

欲作人间第一夸，最难正色似丹砂。丰容宜作平章瑞，奇丽偏归稳重花。窗几有情留晚照，丹青难写是朝霞。一春风雨消阴尽，寂寞休又带眼差[②]。

(韩魏公咏柳絮诗“不是人间稳重花”。)

二十一日(5月26日) 子献约同愔仲、强志在厚德福晚饭。

二十二日(5月27日) 画《李木公肥遯庵图》，极无兴趣，未半即止。强志来。

二十三日(5月28日) 愔仲来，啸麓来，晚约同至致美楼小饮。勉甫、强志来。

再和啸麓咏芍药诗

强殿残春敢日夸，夺胎辛苦费炉沙。嘉宾绝少朝官籍，孤艳难为近侍花。悄悄芳悰怵暮雨，澌澌仙影乱朝霞。金缠佳话从堪数，但惜獾儿一念差。

芍药残后啸麓有诗予亦继作

万红飘尽出严妆，一盏悲春作道场。胜[③]有风神掩姚魏，可

---

① “三”原作“数”。

② “一春风雨消阴尽，寂寞(一任)休又带眼差”原作“初逢绝艳知衰朽，婪尾杯残感岁华”。

③ “胜”原作“别”。

堪蕉萃是姬姜。全蔬花信酬深色,乍满秾思得断肠。嬴我相看自初好,不辞销骨[①]送年芳。

二十四日(5月29日) 啸麓[②]约同愔仲、勉甫、强志饮东兴楼。画松一幅。

二十五日(5月30日) 咏春、潜若来。写联五付。丽保之乳媪患喉症甚剧,丽保亦患痄腮,无乳甚闹,时时须抱之,两夜无睡。荃女患喉痛兼停耳。

二十六日(5月31日) 愔仲、地山姻丈来。善伯来。夜雷雨,连日亢燥不堪,得此雨,神气顿清,可压一切时症。

二十七日(6月1日) 约愔仲致美楼晚饭。

二十八日(6月2日) 写对一付、屏条四幅。强志约同愔仲、仲业致美楼晚饭。

二十九日(6月3日) 写屏条七幅,画小便面。仲业约致美斋早饭。地山约致美楼晚饭。

五月初一日(6月4日) 啸麓、愔仲来,约同至大食堂晚饭。画山水(旁:养轩)便面,写屏条三幅。

初二日(6月5日) 弢老来信,宣和一幅已寄京并示《割额痈诗》。[③]

不才而寿乃生瘿,几死散人与木等。初但一粟渐如樱,隆起盟〼动为梗。爱我谀之谓肉珠,证心黄檗额发炯。珠名则真疣实赘,坐大谁能摘梅杏。养痈不割恐终溃,毒螫内侵且成眚。饰巾待尽年复年,率累医师试锋颖。忍痛须臾古恒有,斫取要异杜预颈。天庭顿豁障碍去,还我本来镜中影。寸肤亦是遗体

---

① "销骨"原作"凄切"。

② "啸麓"原作"弢老"。

③ 天头:西一五六三,治芗。

馀，齿发并收共一皿。（割额▨作）

画山水便面。张仲炤来。子猷、愔仲来夜谈。强志来。闻询先移居上海城内，识先已径赴长春，以电话约治芗来津一晤，回信明早车来。农先来函，言驹井告退，苏厂共留之，郑垂亦求去，不知何故。

竟夹▨红艳色夸，端庄不能守容砂。芳心[①]绝胜客人草，消息先传不碍花。醉倚新妆浓[②]雨露，慰深迟暮炽云霞。廿番风信堂堂去，留殿残春莫念差。（《治芗和红芍药诗》）

初三日（6月6日）　治芗来。愔仲约同朱艾老、张仲炤、子猷、勉甫、强志致美楼早饭，予约在寓晚饭。宣和牡丹自日本寄归，张之壁间，霞生近坐，亦是未为得之清福，惜予又将远行矣。啸麓来夜谈。为强志画山水便面。

题宣和牡丹[③]

明皇酣醉沉香亭，夜雨蜀道愁淋[④]铃。道君绘事更奇绝，五国城中窟冰雪。游戏岂是天子事，后身重光今再至。一枝带露写鞓红，香国胡然见天帝。当年宴坐琼津堂，赭衣弄翰围群芳。宫[⑤]绢染成天水碧，正色不数姚家黄。一朝围城迫烽火，谁捧玉皇红一朵。六宫粉黛载明驼，山色燕支真夺我。宴山亭畔见杏花，故宫望断吟[⑥]龙沙。披图题[⑦]署词皇阁，付与万古长咨嗟。（彊村侍郎选《宋词三百首》以徽宗《燕山亭词》为之冠，见此幅画，曰：此词皇画也，因以名吾阁，倩侍郎书之。）

---

① “心”原作“馨”。

② “浓”原作“承”。

③ 诗集本诗题作“题宣和御笔鞓红牡丹”。

④ “淋”原作“霖”。

⑤ “宫”原作“素”，诗集本作“素”。

⑥ “望断吟”原作“何处悲”，诗集本作“何处悲”。

⑦ “披图题”原作“题诗好”，诗集本作“披图题”。

初四日(6月7日) 约同治芗、愔仲、勉甫、强志北安利晚饭,谈及西湖上友人如刘庄朱芰青、廉庄陆□□(旁:许汲侯观察)、马卓群、俞恪士皆已物故,因思初至上海,友朋极盛,今亦皆凋谢,如李道士梅庵、于晦若侍郎、瞿止玖相国、丁衡甫中丞、冯梦华姻丈、沈乙庵师、王夔臣廉访、余尧衢参议、陈少时方伯、朱晓岚方伯、陈介庵太守、余寿屏中丞、王旭庄太守、左子异方伯、沈爱沧中丞、沈勉士观察,吴仓硕、何诗孙两画师,胡蕲生中丞、朱古微侍郎、吴文鹿观察、曾重伯编修、吴子修学使、曹君直中书。① 现存者惟陈散原先生,今年八十,秦子质军门六十八,陈小帅七十五,王病山侍郎七十二,甘翰臣七十三,数人而已。北京、津旧人已逝如梁文忠师、荣文恪师、张小帆姻丈、左笏卿、周泊园姻丈、樊云门方伯、升吉甫中堂、曾刚甫参议、梁次侯左丞、王静庵忠慤、陈宣仲侍郎、景明久文诚、黎露苑左丞、张忠武、梁崧生尚书、张君立京卿、魏铁三太守、李子中学使、李文石观察、李小石员外、白粟斋观察、查峻丞观察、耆寿民少保、易实甫观察、陈子荔文良、丁伯厚侍读、辜鸿明【铭】左丞、田伏侯观察、杨惺吾大令、蒋则先御史、沈子封师、许仲清太守。②

挽朱古微先生集苏黄句:

文章馀正始,风节贯华皓,人生多苦相,物理忌孤芳。③

五月端午节(6月8日) 强志夫妇及诸侄来上供。愔仲来。治芗返京。画山水屏幅。

初六日(6月9日) 画山水屏幅。愔仲、子献、吴霭城来。

题李木公肥遁图

枭鸾无共④栖,温猛不并世。伥虎势已成,投鼠有深忌。

---

① 天头:胡芍棠副宪,恽禹九观察。

② 天头:徐莹甫编修,张燕孙观察。

③ 天头:小西门尚文里十八号七老爷。

④ "共"原作"并",诗集本作"并"。

事仇[①]难苟同，怀恩敢独异[②]。坐视良[③]不忍，轻去惭古[④]义。茫茫[⑤]天壤宽，我行独无地。却瞻先几者，冥鸿纵[⑥]高寄。[⑦] 遯远而处裕，学易符深邃。[⑧] 洪镛秘近响，沉略敛雄志。[⑨] 愧此图中人[⑩]，看[⑪]天还忍泪。

初七日(6月10日)　画山水屏幅、愔仲山水便面。

初八日(6月11日)　画马。弢老自京来，约同愔仲午饭。勉甫来。啸麓来，赠百元，为素蓉大侄女出嫁，受惠太重，深不安也。孝怀来函。《见山楼图》有梁文忠题句未入集者录之：

铜驼街暝伤心色，李市书摊吾所识。
韵莳婴斋神仙人(乙酉三月同游隆福寺)，三十春风惆怅极。
楼上看山自闭门，佳人叹世掩清尊。
十朋九半君何慕，不若山庐想幼元。

(思巽诗家属题。宣统五年二月二十日集。)

诗成追怀画图者，余旧交也。又赋一绝并寄仁先

松厂临没念先朝(仁先书告，松厂没时，命家人以不冠覆戴其上，又与余同筹资以恤其家)，万里苍虬不可招。此画此楼长

---

① “事仇”原作“下流”。

② “怀恩敢独异”原作“受恩忍独异”，诗集本作“衔恩敢独异”。

③ “良”原作“有”。

④ “古”，诗集本作“大”。

⑤ “茫茫”原作“谁云”。

⑥ “纵”，诗集本作“恣”。

⑦ “冥鸿纵高寄”原作“早戢摩天翅”。

⑧ “学易符深邃”原作“学易探秘邃”“学易得深邃”，诗集本作“学易符深契”。

⑨ “沉略敛雄志”原作“远量藏壮志”。

⑩ “愧此图中人”原作“写图愧斯人”。

⑪ “看”原作“观”。

不坏,霭园梦觉泪如潮。

(思巽仁兄观此诗,知刘之为人,非世间画史也,▨山。)

初九日(6月12日) 以素蓉侄女将适刘氏(五月廿一喜朝),余将赴长春不及待,乃同家人拍一照。愔仲之长女认[①]余为义父,兹来津就医养病,亦同拍照。弢老来。愔仲、子献、午原来。仲业请日人天津正领事桑岛、副领事后藤、司令部翻译官吉田新坂□□□饮于致美楼,属予与愔仲作陪。寥志来函言粤中馆谷不敷用,气候又甚恶,深悔此行。吾人生路日窄,即养妻子亦非易事,真人生多苦相也。强志言灼先用钱不知节省,且好入烟馆,不知何以染此恶习,年甚少而不立志,殊可忧矣。《才调集》中有[②]其设心以为不若是,八股文甚好,此题极不易着笔,为拟一起讲。

且事之不近人情者,鲜[③]不以为若是之甚矣。然其事或出于率意而行犹可不必深论,乃若其意并非愿其若是,而竟出于若是,且几经曲折而后出于若是,则因其迹而原其心,固大有推勘之馀地也。

寥志寄一赋述旅居之阨郁。广东为先曾祖简学公于岁放主考,外祖周福侅公陈臬其地,今寥志为饥驱,率妻子而往,宜其多感触也。阅《天崇百篇》[④],幼时甚喜颂水心之廉悍,今覆阅之,殊为小丈夫气,根柢不深,未足当大雅之目。钱志驺气息极好,惜所选只两篇,有雄直之气者终推金正希,实大声宏文中之极可贵而不易得者,古文中惟昌黎有此诣。

立之和作

净几明窗乐可夸,铜瓶一朵辟宫砂。珠光自重丹青笔,正色

---

① “认”原作“拜”。

② “《才调集》中有”原作“偶见《八铭塾钞》所作”。

③ “鲜”原作“莫”。

④ “《天崇百篇》”原作“《八铭塾钞》”。

原轻富贵花。难得丰容真满月，若[①]教舒气更成霞。仙班最后难为殿，夺紫休停一念差。

锦衣犹忆洛宫妆，艳绝人君梦一场。曾许当筵歌定▨，肯同片瓦桧香姜。共怜全带频移▨，独折瑶笔更断肠。君向丰台寻旧影，有[②]人掩泪惜红芳。

初十日(6月13日) 约愔仲、弢老、子献、潜若、午原晚饭，立之亦来。

十一日(6月14日) 画马。子献约午饭。同愔仲、子献至忠厚里高古樵问卜，其法先报本身生时，案上以小木条列成八卦式，随意拈一条，再合生时布算。愔仲先问，谓尚须劳苦六年，兼有财官，妻妾位有六。愔仲三妻四妾，尚未满其数也，今年九月内即须发动。愔仲为上报午时，起立而言曰："此课决非常人，有国统关系，现时地位以列国拟之，亦一诸侯也。必系承继，其本生父尚在，其承继与常人不同，出继时其所继者必已亡故，自七岁起至今二十年，皆委顿之象，稍有起机，旋即为人所压，虽一鼠过亦须惊避，今年四月运气已转，至九十月有真凶真险，过此即大好，非此一人之好，乃人人之好也。现时利在东北。"可谓神矣！予继问，谓："须在司法地位则好，否则出家，有浩然之气，是烈志男子，然如今极和平，可见有养，现须忍耐，明年二月，发动人家做好饭来享之，结局或仍出家。"子献继问："七月以后转好运，营业与行政官兼进，能在交通尤好，可作总长。"所占皆有所见，亦一异也。吴霭城约晚饭。立之、勉甫来。

(天头：午，☵，五月间。

〣〣，四月已过，微有起色，九、十月大留神。

〇〇，除此年后。

〇〣，廿年得意。

---

① "若"原作"欲"。

② "有"原作"游"。

申,☷,八月前可追守

〣〣,九月内不得忍守,宜行动

ΔΔ㐅〣。

出世执事。

劳心至六十二岁,平安。

巳(刑厅),☶,暂忍。

〣㐅,明年二月时元相开,由此。二年以内皆得动作。

Δ〣。

Δ〣。

五十八,留神。)

十二日(6月15日) 孙子涵约大华饭店午饭,乾若来谈。善伯约一美国人来看《宣和牡丹》。弢老约晚饭,午原来。子献、林朗斋来谈,至一钟去。天微明甫睡,闻大声惊起,乃知三媳房内顶棚灰落一大块,幸未伤人。

十三日(6月16日) 潜老约午饭。润田来谈,谓日政府以军部所为(如安置多人作官),已认为固定之事,不易改动,特于皇上礼貌尚隆耳,承认将近宜在俄用工夫,速其承认,再有三小国承认,则英美不成问题。国基定后,去者当多,宜多搜罗中等人才兼能日语者,日施农林政策,以后本地人民将无立足之地,宜务为抵制,化散为整,没存之产宜收奉票,以收人心云云。不为无见。仲业约致美斋晚饭。勉甫、治芗自京来,立之来,弢老来。天明睡。

十四日(6月17日) 陈仲炯(贞亮)请午饭,潜若来,啸麓、立之来,弢老来。

与啸麓谈鄮山阿育寺之胜,为之神往,有诗,因和一首

劳生□□馀尘土,笑口为君说鄮山。睡起随参香殿上,饭馀无事古松间。寒宵□□茶初熟,精舍兰开僧来还。无用苓参治幽痗,深心回向一开颜。

君适归，与孝怀同来，寓息游别墅。夜往谈二小时。与治芗诸人谈至天明始散。立之、治芗、啸麓各和《郧山诗》一首。刻烛联吟，亦近年来不多得之情况也。

夹页：

道隐言："尽大地人未有死者，七趣之世，如旋大轮，皆炽然而生。求不生者，了不可得。君即不寿，何患不仙？要以所苦，不得无身，则俟君仙后，尚当与予求必死之道。此言魏美调息长生之非也。道隐之所谓炽然而生者，即轮回之说；所谓必死之道，即安身立命于死了烧了之说也。而予之论生死，正是相反：天地生气流行，人以富贵、利达、爱恶、攻取之心，炽然而死之，轮回颠倒，死气所成。魏美之志如食金刚，终竟不销。此不销者不可得死。忠孝至性，与天地无穷，宁向尸居馀气同受轮回乎？道隐视此，与万起万灭之交感一类，断绝其种子，则乾坤或几乎息矣。①

莎隐虫声，苇沉萤点，惊心秋遽如许。湿透寒香，泠泠露下，袭襟疑是过雨。鹭乡曾惯，甚今度、凄魂触绪？依稀留梦，别院回灯，案尘重抚。　　年时艳冶春光，纵酒心情，断烟无据。萧疏至此，都难说似，蹇尽人天言语。素波摇暝，尚萦惹、残霞一缕。那容消受？恨水颦山，镇长伴住。（《庆宫春》，此词最为彊村所赏。）②

父亲大人安禀，昨上禀计呈阅。李木老七月初七六十生日，闻君

① 录自黄宗羲《南雷文定前集》卷七《汪魏美先生墓志铭》。

② 词题后改为《庆宫春·七月返湖庐》。"苇沉萤点，惊心秋遽如许"，《旧月簃词》作"苇低萤点，再来秋遽如许"。

任先生云,欲得大人画松(木公生日将避往他处,如能早寄来,尤好)。傅老伯题句,请大人转达。前大人寄函已送去矣。郭函亦送去。荃妹近况何如,敬请。

(天头:李木公七月七日六十生日。

今朝郡斋冷,忽念山中客。涧底束荆薪,归来煮白石。欲持一瓢饮,远慰风雨夕。落叶满空山,何处寻行迹。)①

浣溪沙

高竹浓蕉隐画廊,绿阴疏处漏湖光。一声笛送凄凉。
暗幌月来敲鬓影,小窗雨过花香。闲时回忆费回肠。

清平乐

笛声清怨,愁锁深院月。上林梢霞影淡,一笑天人初见。　　空山雪闭云遮,温存绝代铅华。待到千红②闹处,故应不见梅花。

忆阿育王寺方丈茶花

四维山色霭庭花,石磴争棋至日斜。最是禅心沾惹处,当窗一树白山茶。

皂雕寒始急,天马老能行。河冰坚渡马,塞雪密藏③雕。落

① 此信为陈曾寿之子所作,原信写于"中医联合诊所信笺"上,信笺旁行所印文字为"主任医士陈微尘,特约医士许怀阁、陈颂秋、刘维杰。天津法租界二十六号路一二四号东亚医院对面,电话二二〇二二号"。信笺背面杂写:"迂拘之见。池鱼。帝王不能造命。小不忍则乱大谋。命寔为之。"

② "千红"原作"百花"。

③ "藏"原作"难"。

日沈雕外，惊蓬到马前。马放降来地，雕盘战后云。雕边认箭寒，云重马上闻。笳塞雪草愁。[1]

残生共堕修罗劫，几世清修到郧山。梵呗松声喧寂外，心光佛影有无间。世缘未了身犹寄，初地曾回意每还。何日打包随挂锡，空中微莞解臞颜。（治芗）

西来空说终南秀，见道何曾况见山。寺古僧栖松桧表，粥香钟托梦魂间。空中经似前身阅，物外情容一梦还。造诵清诗神欲往，入怀冰雪洗尘颜。（立之）

前身君是净名子，入世馀缘许佳山。佛火有情温夜午，香林无恙出兵间。经光灵阁三生托，诗梦清夜一夕还。龙树追攀何日果，微吟先与发凋颜。（啸麓）

十五日（6 月 18 日） 携阿毛由塘沽上“长平丸”，治芗、勉甫、强志送至车站，林朗荪同行。一钟开船，风平浪静，因时疫须验病，每人与一小玻璃盒，贮粪少许，俟到口岸由医官查验，幸无病者，否则原船打回矣。

十六日（6 月 19 日） 九钟抵岸，至南方旅社，以电话同至周〼君，〼君旋来，约至其家盘桓一日。夜九钟，乘南满车，人极拥挤，皆东人也。

十七日（6 月 20 日） 午后一钟，到长春，待接者未至，同朗荪雇汽车至交通银行，晤农先、识先、灼先、邦直、季芗、裕斋，异地相聚，亦绝无少有之事也。肖旭叔言君〼、君九来。赵时敏太守来。楫先来。胡俊卿来。一点半钟睡。写屏一条。

十八日（6 月 21 日） 十钟起，同识先至执政府，入见后，赏台湾西瓜一枚，红瓤，甚甜。见宝老师及君九、揖先。三钟回寓。唐士行来，与裕斋围棋一局，胜半子。与农先围棋一局，输廿子，谈至一钟半

---

① 三页夹页内容至此止。

睡。致强志、邦荣函。购烟土五两,煮之。

十九日(6月22日) 九钟起,入见后,赏甜食二十器。许鲁山来。林朗荪、黄佩章来。闻协和会仍强上任名誉总裁,上言须言明不作政治活动,不必终身入会,始可允,而苏堪径在国务院发表矣。使日代表已派郑垂、丁鉴修,亦未得上之许可而发表。又闻处置逆产案已定,此真所谓一言丧邦者也。今日有通令,各机关不得用毛笔。与季湘谈词及海内人物,每省举一二人,殊不易得。

二十日(6月23日) 饭后入府,后召见。叔言明日返旅顺,夜同季湘往送之。致愔仲、子献、仲业、弢老、君适、邦荣函,将派老孙赴津专送也。写屏四条。

蛮触鸡虫事等闲,重来雪尽见青山。忽然心寄云生处,可羡鸥忘浪激间。才薄自知叨眷过,术疏始觉致身难。百年〼灭[①]须臾事,漫遣旁人录启颜。

二十一日(6月24日) 竟日无事,未出门。与裕斋围棋,胜二局。写大字一张、小字一页。

二十二日(6月25日) 晨入府,回寓午饭。公渚来函,寄词三阕,和余旅顺〼韵一首。夜同季湘、裕斋、农先、识先打麻匠八圈,负十元。

二十三日(6月26日) 后召入见,晤肖旭,将同丁鉴修充国民代表赴日本,国务院中并无公文知会,仓卒就道,亦可怪也。强志、贻先来函。夜同季湘、裕斋、农先、识先打麻匠十圈,胜十八元。内田来,真崎来(参议次长),谒上甚敬。有蔡发平者,系肖旭表兄弟,言充香锥等使命,表示好意,不知确否。邦荣来函。幼兰之夫人逝世,素蓉侄女出嫁,礼成,用五百元。写大字一张、小字一页。

老杜五律,后人无能出其范围者,兹录其句法之变化。

系舟今夜远,清漏往时同。(实二字,半实一字,虚一字。)

---

① 原作"隆赫"。

花娇迎杂树，龙喜出平池。（实一字，半实一字，虚一字，实二字。）落日留王母，微风倚少儿。

每蒙天一笑，复似物皆春。政化平如水，皇明断若神。

斗鸡初赐锦，舞马既登床。

无端盗贼起，忽已岁时迁。巫峡西江外，秦城北斗边。

地下无朝烛，人间有赐金。鼎湖龙去远，银海雁飞深。

借问悬军守，何如厚德昭。[1]

姹女凌波日，神光照夜年。徒闻斩蛟剑，无复爨犀船。

雪崖才变石，风幔不依楼。地偏应有瘴，腊近已含春。胆消豺虎窟，泪入犬羊天。江树城孤远，云台使寂寥。

城欹连粉堞，岸断更青山。

去矣英雄事，荒哉割据心。芦花留客晚，枫树坐猿深。

入天犹石色，穿水忽云根。地与山根裂，江从月窟来。缥缈苍梧帝，推迁孟母邻。天地身何在，风尘病敢辞。

年侵频怅望，兴远一萧疏。

---

① 此两句杜诗原作“借问悬车守，何如俭德临”。

旧低收叶举,新掩卷牙重。步履宜轻过,开筵得屡供。

未有开笼日,空残旧宿枝。纪德名标五,初鸣度必三。碧知湖外草,红见海东云。松柏邙[①]山路,风花白帝城。浮生看物变,为恨与年深。花亚欲移竹,鸟窥新卷帘。野凉侵闭户,江满带维舟。("侵闭""带维",此语妙也。)系舟蛮井络,卜宅楚村墟。

二十四日(6月27日) 愔仲来函,公渚来函,附诗七律一首。与识先围棋一局,胜。命厨役做八宝饭,甚美。写大字一张、小字一张。

二十五日(6月28日) 写大字一张、小字二页。与识先弈,负十子。阅《曾文正日记》"至塔军门家,直入上房,其母八十馀,相对涕泣"云云[②],不觉悲从中来,不自知其涕之何从也。愔仲来电,阻肖旭东行(旁:片电系误码,失原意。)(打麻匠,负廿一元。)

故人兄弟得连床,强半征鸿聚作行。分得开颜忘戚戚,因何失志转伥伥。闲行未觉荒园小,旅食惟知白日长。学道无成世缘减,欲凭何事掩悲凉。

二十六日(6月29日) 写大字一张、小字一页。入府请见,论逆产处分大失人心,请上主持,上极以为是。与萏雪围棋一局,胜。煮烟五两。

二十七日(6月30日) 写大字一张、小字二页。入府,呈高古

---

① 杜诗原作"邛"。

② 曾国藩日记同治七年十二月十九日云:"至塔军门家,直延人上房,具酒相待。其母八十岁,相对涕泣。其弟咸丰四年已死,其次弟本年八月十三日死,其两弟妇寡居,并出拜见。三兄弟皆无子,仅塔军门一女,次弟阿陵布四女。亲房无可承继之人,实为可惨。其妹其女并出拜见,泣求提拔其婿等。"

樵所占课，未请见。与苕雪围棋一局，胜。赵时敏请宾宴楼晚饭，有王铁生，多谈相法。愔仲来函。子献来电，即覆。强志来函，邦荣来函，言大毛姑于归，甚为满意，惟小毛姑以操劳发吐血旧疾，即覆一函。托静园员负带来照相三张，均甚好。升儿以高等法院所定薪奉不公平，悻悻不已，惜非大器。邦荣、邦直性均极褊躁，与我大不相似，亦可怪已。殇儿滟滟小时出语极中肯，颇以远到之期，苗而不秀，是我之罪戾，不能栽之也。啸麓同年来函，言园中桐花正发，久坐其下，见怀，寄赠五古一首，甚佳。夜间饮茶稍多，不成寐，遂和其诗。

原　作

疏桐耻争春，朱阳忍相虐。石阑散清阴，一雨香漠漠。拂云心与期，但念风条弱。花中此阮嵇，意岂忌岩压。失时驻馀馨，得天遂□托。露重擎碧寒，风清坠璚薄。停琴憺秋心，容树空鸟啄。怀人坐此宵，曾峰梦中落。

和　作

香中有至清，桐花最为佳。世人不知赏，但数榆与槐。微之昔独夜，清阴倚高斋。幽然妙香至，万片[①]飘苔阶。因之怀故人，微吟寄诗牌。迢迢商应宫，清若双凤喈。朋友有至契，义等君臣谐。两人一夕感，凄我千春怀。乐天本热士，一蹶甘照埋。微之并高才，枉寻肆挤排。薰莸理何常，一念成歧乖。倘保清净退，岂非贤哲侪。嗟君与我别，情与元白偕。山川虽悠阻，徒能隔形骸。偶感桐花落，身世泪莫揩。芳馨入秀句，相赠逾琼瑰。我今苦离索，作恶旬日皆。妄冀荃察情，幸未橘化淮。何时遂幽讨，与子投林厓。高馆憩曾[②]峰，连床对若鞋。生心水精域，回首空尘霾。丝桐奏良夜，和露吟松钗。

---

① “片”集作“玉”。

② “曾”，诗集作“层”。

夜请季湘书一小对,写茗雪旧作"文章豪横逞意气,草木幽秀舒精华"之句,又写一便面,属茗雪写旧作《感春四首》,是为茗雪生平最佳之作,余极喜之也。又为予书便面一。季湘属予画松小幅,亦极天涯友朋之胜趣矣。

廿八日(7月1日) 晨雷雨,清寒。昨梦住一宅,与先父同住书房内,似先父母将有远行者,临行谓寿言曰:"我去后,汝仍搬至上房住。"时天微明,予遂入,屏门四扇甚宏大,推之而入,经一院落,又有屏门间隔,再推之入,至上房,远见大母出房,问来者何人。予时觉披一红风帽,曰我也。大母言:"现在金世光侯将此房售出,须送我全家至京。"寿问"金姓与我家有何交情",大母言"与我家及汝外祖均有交情",遂寤。不知是何祥也。茗雪和予《葵园诗》。围棋一局,负。

十载同游廿载离,风吹花散忽同枝。联床常忆平生梦,秉烛围看别后诗。但得笑言忘漏尽,不知漂泊在天涯。他年待话如今年,莫说如今是好时。

彭城为予拟方(空沙参三钱,天门冬二钱半,漂于术,不炒,海桐皮钱半,明玉竹二钱,云苓皮三钱,鲜石斛二钱,生粉草一钱)。

二十九日(7月2日) 写大字一张、小字一页。午后,上召入,命看文教部教科书委员章程。见后。与农先围棋一局,负二十馀子。宪有之来。

三十日(7月3日) 昨梦八月十五之夜半,持莲花一枝,送客至三潭印月,行至花港观鱼,将折回矣,一人谓予曰:"曷求一签乎?"予视签所尚距寻丈之远,因托其人代求,其人手将揭签,忽风吹落予手。梦中视签文甚吉,醒后只记三句:"见见心,心见心〇〇(此二字亦不记矣),八月雨大老。"打麻匠,赢九元。

六月朔(7月4日) 写大字一张,小字一页。画山水便面。画马一幅(旁:子康)。

初二日(7月5日) 画马,布景设色。老孙自津来,带敛芬、邦荣各函、烟泡一盒、肉松二罐。写扇面(农先)、屏条一幅。致公渚函。

已给御人虽自御,百年清夜待如何。老侵夜起常无寐,犹幸然煎比愧多。

初三日(7月6日) 写大字三张。弢老来函。强志、贻先、询先、君适来函。啸麓来函,并和葵园七律。与苕雪、农先、识先各围棋一局,皆胜。苕雪之如夫人来,遂移居他所。夜谭之乐少一人矣!

初四日(7月7日) 晚七钟,上命陪安钦呼图克图晚饭,其人相貌甚好[①],问以未来休咎,言八九十月小有波折,然无碍,明岁大好[②],全国三年以内可望渐渐太平。饭后,忽闻檀香气味极浓,上问寿闻否,对曰香味甚重。又问安钦衣服是否染香,答以未染,乃言先已闻得,未敢言,经上问始言,此甚吉祥之事。上言,从前有一夜正料理佛事,忽闻异香。安钦后日行,上命明日往拜之。画松便面,写二便面(玭玥,瑞阶)。写大字二张。

初五日(7月8日) 访安钦活佛。入府。写大字二张,画山水便面。(旁:与苕雪弈,胜。)致弢老函。

(眉:寥志住广州东山寺贝通津路松岗十八号。)

初六日(7月9日) 安钦佛来。写大字二张。安钦佛赠哈达一端,白伞盖咒一方,红花一包。致寥志、询先函。后召入见[③],言前夜亦闻香气极浓厚,方疑皇上处焚香,后乃知并未焚香也。写便面(公受)。公渚来函,寄七律二首,云刘幼老病危,同心老辈更无人矣。可恸!致询先、寥志函。

初七日(7月10日) 公渚来函,幼老于初二日逝世。写大字一张、小字一张。

初八日(7月11日) 入府见上,奏陈刘廷琛病故,上深为轸悼。

---

① “甚好”原作“颇有光彩”。

② 此处天头及右侧文字撕去,仅存“汗无地”三字。

③ 此处勾去“写便面(公受)”五字。

又陈梁师傅(鼎芬)之子极贫苦,上许以赏钱。上于前日患牙痛,昨自开方服之,今日痛已大减,肿消,命寿候脉甚平。君适、子献自津来,带愔仲、仲业、强志、荣儿函、立之诗数首。与茗雪围棋二局,皆负。

初九日(7月12日) 入府,晤孙子涵、子献。与茗雪弈二局,一胜一负。与农先一局,负,识先一局,胜。写大字一张、小字一张。致公渚函。

初十日(7月13日) 写大字一张、小字一张。与茗雪弈二局,皆负。荣儿来函,言家中有断炊之虑。子涵、子献来夜谈。致敛芬内子函。

十一日(7月14日) 入府,后赏日本香瓜一个,味极甜,香气扑人。写大字一张、小字二开。与茗雪二局,一胜一负。厨役送八宝饭一盘,甚佳。

十二日(7月15日) 昨夜怯寒发热,汗出极多,午后热退。茗雪开方,服之。写小字一张。公渚来函。

十三日(7月16日) 昨夜仍时有微汗,更衣不畅,略有复重之意。作挽潜楼诗二首。写小字一张、屏二幅、扇面一。婉宜来函。

迍天复明辟,功罪两可辞。执隘[①]难酬志,当仁更属谁。[②]睽孤伤气类,轩豁出肝脾。[③] 待合张刘传,千秋史有词。

早著人伦鉴,神州误宁馨。多言臣不幸,至死目难瞑。岁月淹床蓐,精诚绕帝庭。滔天方未已,何以慰英灵。

十四日(7月17日) 夜仍有汗,皆温为之也。服药后,下半日未更衣,病已将去,渐思食矣。写大小字各一张。子献夜来,叔言来视疾。

十五日(7月18日) 写大小字各一张。晚同子涵、子献、季湘

---

① “执隘”原作“疏略”。

② “当仁更属谁”原作“愚忠更望谁”。

③ 此联原作“格非陈药石,握手出肝脾”。

打麻将，予与农先合股负三十馀元。

十六日(7月19日) 写大小字各一张。致公渚函。致敛芬、巽女函。夜同季湘、农先、识先、灼先、君适、邦直游纳凉园。子献来。

十七日(7月20日) 写大小字各一张。与茗雪一局，胜。连日读《汉书》。致伯夔函。

伯夔老兄左右：寿于上月来长春，始读①赐书，为寿谋所以自处②之道至矣。敢不谨奉教。寿在此非有甚要之事，未尝入见，亦不③见客。终日惟以读书习字自课④，无异山中僻处也。上以寿不肯居名，义不相强，乃每月自出帑金五百以养之。恩重无可为报，滋益罪过⑤耳。前曾以☐作托君任代⑥求散老平定。⑦迄未见覆，请一询之。久不得散老消息，是否仍住山中，老人何以排遣，起居何似，旧恙未发否？时时在念。兹更寄数首，即祈吾兄转寄为感。(旁：仍希寄下。)幼云先生作古，可恸，其遗折不知何人代拟，若兄肯为之，则至善，前所为彊老折，人人读之，皆以为名奏议，惜不幸言中耳。

道远，无由聚晤，惟千万珍重。

夜梦至一人家，院中坐⑧一丈夫，身⑨不修而貌甚伟，须疏眼大，或谓此即钟进士也。予前揖之，谈笑甚洽。予索笔写其貌赠之，乃大

---

① "读"原作"奉"。
② "为寿谋"原作"所以代为谋"。
③ "不"原作"未"。
④ "课"原作"遗"。
⑤ "罪过"原作"疚"。
⑥ "代"原作"请转"。
⑦ 此处圈去"近作数首"。
⑧ "坐"原作"有"。
⑨ "身"原作"修"。

笑曰"此复不凡"[①]。一小儿自内出，嬉跳而前，亦壮硕，洵进士之子也[②]。留予饮酒，适门前来卖菜佣，携一篮，满盛白菜、萝卜，菜极青翠，若新摘者。又来一卖饼翁[③]，进士称为大哥，欲市其饼而翁若聋，未应之。进士[④]曰:"此是我太过逾了(梦中而言)。"似指称大哥。进士旋有若公事须出门者，役使甚众，以黄缎为旗，甚鲜明。进士谓予"去去即回"，余遂在院中待之，忽醒矣。

十八日(7月21日) 写大小字各一张。入府。夜同季湘、子献、子涵打麻匠八圈，负四元。煮烟五两。

十九日(7月22日) 写大小字各一张。入府见后，见蔡君发平来函，云所接洽之事甚有希望。子涵、子献来。后赏洋点心。与苕雪一局，胜。

寒拾长廊开口笑，璧琳古寺倚松吟。自来忧患不到处，九逝蹉跎馀此心。同难故人[⑤]皆丧逝，积年蓄念费销沉。夜来窗月清如水，照我绳床百感侵。

二十日(7月23日) 写大小字各一张。后赏白薯。强志、询先来函，附寥志五古一首。与苕雪、农先各一局，胜。

二十一日(7月24日) 写大小字各一张。与苕雪二局，一胜一负。

二十二日(7月25日) 写大小字各一张。后召入见。孝怀来函。与识先一局，负。子献来，善伯自津来。公渚来函，述潜楼自挽联云"妄欲以一篑障江河，自愧不度法、不量力，虽九死其敢有悔;但使维三网于天壤，犹堪继绝学、开太平，愿吾辈共任此艰"。此老至死

---

① 此处删去"旋来"。

② 此句圈去"为""儿"二字，原作"洵为进士之儿子也"。

③ 此处圈去"钟"字。

④ "进士"原作"钟"。

⑤ "故人"原作"旧交"。

气未衰也。

忆外甥孙女丽保

索抱依依玉茁芽，令予一日九思家。醉歌行市肩承女，愿作神仙[①]三朵花。

二十三日(7月26日) 写大小字各一张。入府见上。子献、善伯来。

孝怀先生座右，别后未上一缄，因未能知主人于郁某有厌恶之意否，对于同人是否尚有敷衍之意，事虽进行而究竟能达到目的与否，尚不敢必，故未能措辞，想有以谅之也。昨善伯来，奉到手书，据善伯言，新有发展，与函内所云略有异同，主人意极赞同，惟出使一节，现正有一人接洽，一切尚称顺手，恐说话之间，有两歧之处，所望尊处之人来此一见，以免参差。经费即当筹措，此时正窘，稍缓即有回信也。去郁一层，寿与子献虽痛切痛切，主人亦无异词，但欲待时机之至，此层终未能看透究有无敷衍之词否也。[②]

廿四日(7月27日) 写大小字各一张。与识先、君适各一局，胜。入府。子献、子涵、肖旭来，伯平自京来。致敛芬、强志、孝怀、潜若函。与农先合股打麻将，赢十二元。发平自日京来函，进行甚近。子献送蕨粉包一盘，甚佳。邮政不通，以后发信须自大连转。

廿五日(7月28日) 写大小字各一张。夜打麻匠，负二十二元。子献、子涵来。恩雅云来，为画便面山水，甚有唐子畏家法。致愔仲、强志函，托子涵带津。夜醒，百端交集，乃作《幽居》一首，以移此心。

运水搬柴只[③]自供，山中乐事少人逢。偶先睡起鸟声静，独

---

① “神仙”原作“畸人”。

② 此信以墨笔圈出。

③ “只”原作“岂”。

见开时花意浓。云气难消当户幛,龙姿最爱倚廊松。年来真识幽居味,洗尽凡心夜半钟。

廿七日[①]**(7 月 30 日)** 写大字、小字各一张。入府。傍晚,季才来谈。

廿八日(7 月 31 日) 写大小字各一张。入府。宝沈厂师生日往贺。识先生日,同农先、伯辉往俄国馆吃牛肉汤、牛排。子献、子涵来。与苕雪一局,胜。

廿九日(8 月 1 日) 写大小字各一张。子涵返津,同农先、识先往送之。与苕雪一局,负。

七月初一日(8 月 2 日) 写大字一张。愔仲自津来。带来强志、寥志、荣儿函及济泉水、扇面、肉松等事。夜至纳凉园,巽女、荃女带来照片[②]甚好。与苕雪一局,负。

初二日(8 月 3 日) 写大字一张。写旧词屏条,弢老之女公子所属。肖旭约晚饭,坐有十四人。天热异常,苛政也。(与苕雪一局,胜。)

初三日(8 月 4 日) 幼老递遗折。宣统二十四年七月初三日奉谕:前议政大臣刘廷琛,志虑忠纯,学行坚卓,起家词馆,洊陟卿阶,谠

---

① 廿七日至七月初四日,天头载有手书人名甚多,似仿《百家姓》而排列日本人姓,“全谷”疑为“金谷”之误。兹录如下:“武藤,赵;小矶,钱;香枫,孙;芳泽,李;内田,周;斋藤,吴;荒木,郑;真琦,王;秦,冯;永井,陈;渡边,褚;南次郎,卫;全谷,蒋;宇恒,沈;水行,孔;小幡,曹;柳川,严;高木,高;佐藤,左;清☐,江。西园寺,☐。承认,办委。参议府字典,财政医书,国务院书店,府秘书笔店,总务长官权。国联,陆君。蔡法平,吕君。总务☐文☐校。国联,许君;驹开,韩君;板垣,杨君。履行法律法校。练兵,朱君;关内,马君;俄,☐堂;各国☐堂。张学良,子义;本庄,蓉村;南京,孟君;子涵,厚;子献,南。地方团体万君。”

② “片”原作“相”。

论屡陈，规切时政，尤能辨明正谊，洞烛或先。辛亥以来，拳拳①孤忱，志图兴复，不避艰阻，无问始终。方期克章修龄，长资倚畀，兹闻溘逝，轸悼殊深，着赏给陀罗经被，加恩予谥文节，以示②笃念荩臣之至意。钦此。

青岛适派人来，附公渚函询问消息，即以恩旨作函交去，亦甚异也。写大字一张。啸麓之太夫人七十生日，作诗屏一条。日本出度国际联盟大使松冈来见，谓明治天皇之兴在乎善用人，德威廉之败，在乎自用。上言"我自己所用之人如不好，我当负其责任，如非我所用着，则无由负责。如做不好，不但对不起东省之三千万人民，即贵国之八千万人民，亦对不起"云云。松冈出语人，谓得意外之愉快。与苕雪一局，胜。

初四日(8月5日) 写大字一张。画山水便面(上海戏鸿堂笔款)。为潜若画双松、松鼠便面，以潜若属鼠也。同人公请宝师及雪堂，属作陪。子献将赴津。致强志、邦荣、弢老、询先函。与苕雪一局，胜。

初五日(8月6日) 写大字一张。悉叔壬来，谈及龙江岁收无着，恐为将来之大患，非早筹划振济不可。洵为识要之言。闻营口、海城一带，陶赖昭、榆树一带，匪甚炽，日兵所到，匪去，而平民诬死者甚多，民怨益深，愈剿而匪愈多也。张海鹏兵与日兵冲突，斃日兵四人，日兵报复，坑张部一百馀人。夜至纳凉园小坐。

宵来平地变幽深，小几茶瓯傍③绿阴。水作溪声喧近座，灯如星点出疏林。暂招初夜游人屐，已逗秋凉落木心。聊与边城增故事，漫分④绚烂与萧森。

---

① "拳拳"原作"惓惓"。

② 此处圈去"朕"字。

③ "傍"原作"坐"。

④ "漫分"原作"两忘"。

书义山集后

几多惆怅负华年，恩怨纷纭只惘然。侭托门庭夸彩笔，终迷阊阖谈钧天。私书约后忘机否，好梦成时枕手眠。能使柳枝惊问讯，不妨幽忆写黄泉。

初六日(8月7日)　写大字一张。与苕雪一局，胜。蔡法平自日京乘飞机来，携香椎函，商妥具体办法，并云帝号亦同意。叶曼多与其弟来。致周立之函。画山水便面(叔涵)。[①]

与青虬话山游之乐

闻话清游兴趣浓，随身一剑识孤踪。霞边秋色江村柳，雨后晨光岳寺松。良友寄书并茗至，古碑扪字忽云封。归来偃卧城笳里，犹谈僧楼夜半钟。

初七日(8月8日)　写大字三张，模《九成宫》一过。肖旭约晚饭，见蔡法平，似甚稳练，所拟具体办法：一、执政依组织法行使政权；一、改组国务院；一、改组各部[②]官制：甲，改总务厅长之制；乙，国务院人事处须改定，主计处须改归财政部；一、练新兵以靖地方；一、立法院剋期召集议会，定国体。画山水便面(孝怀)。

初八日(8月9日)　写大字一张，画山水便面。入府见后。日本派舞藤为全权大使，此间外交部大桥径请派鲍观承充日本代表大使，苏堪言此事未经同意，大桥言已与本国知会，预备接待，若不派，则本人面子难看云云。郑禹请于上，上不以为可。郑禹言本来是责任内阁，若事事由执政过问，未免太劳。上怒甚，曰："此不如将《组织法》第一条'执政'裁去，则我不过问矣。"赵欣伯又保举孙曜，曜资格太不合，未知究谁属也。

初九日(8月10日)　写大字一张，画山水便面(识先)。日中将贵志弥次郎来，欲办乃木讲社，以近来日本军人受新潮流之害，期有

---

① 天头：武藤来电，于上前表甚深之敬意。

② 此处圈去"总务"二字。

以挽救之也。其政见有五条:一、承认满洲国,不必顾忌国际;一、实行皇帝亲政;一、日人来满作官者率多专横,宜改正之;一、练禁卫军。此次请宣统皇帝出来,甚费周折,而乃一无保障,非郑重之意,殊对不起宣统;一、皇室财产,今所谓逆产者,本为宣统固有,应归还。见本庄,言君为功首,亦罪之魁。本庄言各参谋有所建议,不能不博采众议。贵志言此非博采众议,乃汝自无主见也。今日匪患乃日军迫成,将来不但为满洲国之害,为日之害尤大。此次奉执政之命,前来贵国,因闻贵(中、大)将新任关东军司令官(参谋长)之职,贵大将勋望隆重,贵中将道德高尚,将来到彼,必能谋两国之福利。执政故令某等前来代表,示欢迎之意。

此次关东军司令部之组织在报纸上得见,贵国屡次会议审定名称,为避免嫌疑起见,改去满蒙及统监、总监等等名称,保持我国独立之精神,解除国际及世界上一切之误会疑惑,足见扶助我满洲国家之盛意。执政故令某等再致感谢之忱。

我满洲国之成立,全恃贵国前关东军司令部诸公之援助指导,凡一切军事、政治、人才、经济等等,无不得其助力,以两国共存共荣之关系,前司令部诸公与我国政府俨如一家,于是外间一般议论遂不无种种误会疑惑。现在贵大将、中将前去,极愿仍旧加以援助及指导,以完成我满洲国为独立国家,但是贵国为避免嫌疑起见,于指导援助上或划出界限,使我国幼稚之体失于荣养,则前途发展未免缺望,必须有两全之策。

我国政府组织法设有参议府,原为辅佐执政,咨询大计。机关在前曾有参加贵国人员之约,现拟实行前约,请贵国政府选择道德优尚、政治经验宏富、资望隆重者数人,并由执政就素常深知深信者提出数人,彼此协商选定三四人,由执政依法任命,行使法定职权,以当指导之任。

我国官吏人才不敷,又以两国关系密切,故任用官吏不拘国界。从前凡贵国人员,多由前关东军司令部推荐,以后即由参议或由我国政府采访,但任免均得经过参议同意。

我国家成立已经五个月,一切军事、政治全赖贵国扶助,粗有头绪,而人民之信仰未坚,地方之治安未稳,事业之建设尚无萌芽,政令之施行尚不统一,其弊安在? 在于未能实行法治。我国创立之始,若不厉行法治,则根基不能巩固,此尤有望于贵国之援助也。

我国政府组织法第一章,执政统治满洲国,执政对于人民负责人,执政总督国务院,行行政权。过去五个月情形观之,执政虽有统治权之名,而不能行统治总督之实,则所谓负责任者,亦空言而已。欲求政令之统一,以进于法治国之阶级,必须执政实行《组织法》赋予之大权,而后大小官吏始能各本其权责,以努力于政事,而不至于侵越非违,而人民之信仰、地方之治安、事业之建设必渐著效。

贵我两国今日关系密切,我国政治若不得良好效果,亦为贵国之忧,故亟望援助指导,使我国有独立能力之法基础,以解除国际及世界之一般误会疑惑。想贵大将、中将必有同情也。

一、自奉天事实以至今日,贵国军队剿办土匪数年,牺牲甚巨,我国甚为感谢,又甚抱歉。以贵国极精良之军队为剿土匪而损失,尤甚可惜。我满洲国鉴于以前军阀时代之穷兵黩武,使人民增加负担,极不愿多养军队,但是我国地土甚广,土匪尚未肃清,虽国防所需军队由贵国担任,而镇抚地方,亦非有军队不可。现时国内残馀之旧军力量有限,不足以维持治安。若土匪一日不清,人民一日不得安业,所受痛苦以及损失更大。若为求免人民增加负担而使之受匪类扰害,亦非爱民保民之道。现拟添练新军,专为镇抚地方之用,想贵国必能谅解也。

《事实》

国务院总务长官、总务司、各省总务厅皆直接联为一气,各院部省长官之命令,今非总务同意,不得行,而总务之行文自由,不待长官之命,而部中之其他司科办事,亦各自由行文,此行政院统系秩序之紊乱也。

国务部人事处原为铨衡官吏资格而设，而任免之权则应由执政或各院部长官行之，现在人事处于资格审查并无一定标准，以为可者即任之，以为否者即罢之，于是属官之来去，长官皆不得而知。（满人或知之，日人则全不知。）其任免之大权均为人事处长所操。

各部院机关之官吏有经长官之命令之满人已到院部任事者，或谓总务反对不承认，不予薪给，或竟迫令去职。有非经长官命令之日人而竟任高级之职务。有经执政命令之简任官吏，因日人欲用他人，竟不得就职。

财政部为全国财政总汇机关，收支出入皆其职掌，现在国务设主计处，一切预算支发、会计皆属之，财政部不得过问，遂成一收支机关，实为创格。

国务院需用处，凡有各机关需用物品，皆须由处发给，极琐碎而杂乱，不成政体。

文字为立国要素，现在各机关因日本官吏不通国文，往往以日文行之，而下级机关及人民不能尽识日文，于行政上极不便利，而且使人民发生种种疑虑。

土匪近来日见其多，或号称义勇军，其中不尽为匪，颇有迫胁诱惑者，有因失业，有因不明事实而盲从者，有因见日军而畏怨者，若尽以兵力剿灭，既非人道，尤难绝根，宜用一种招抚之法，以解散其党羽。

蒙古为满洲国土地之一大部分，其王公一派，青年一派，心理不相同。现在主持蒙事者偏于青年一派，不能调和其心理，恐失蒙人之望。

一般官吏皆不能尊重执政威信。

香椎南〼、全谷、铃木孝雄、小泉芳泽。

孤明先夜曙，万象入心寒。未竟百年事，宁[1]能一榻安。乖崖应

---

① “宁”原作“安”。

救①火,新建不忘官。心在形神☐,空悲岳降难。

初十日(8月11日) 写大字一张。领赏银五百元,还农先四十元,寄杭寓八十元。君适受寒发热,画山水屏条。致灼先函。

十一日(8月12日) 写大字一张。画山水屏条。君适热退而泄泻,有成痢之势,请彭城来诊。写便面(☐源)。

十二日(8月13日) 写大字一张,画山水屏条。君适服药渐愈。买烟土七两煮之。伯辉来。稚云来即去。致孝怀信。

十三日(8月14日) 写大字一张。画山水便面二。许蕊香为愔仲作生日,请益兴楼,作陪。农先、伯晖请愔仲晚饭,在五香居,呼伎四人,歌以侑觞。接强志、荣儿函,覆一函,托罗叔炳带往。

十四日(8月15日) 写大字一张。画松便面。入府,贺三格格出嫁(旁:润七)。又至大和旅馆为荣仲荃上公道喜。肖旭请愔仲益兴楼晚饭。修仲业同雪斋、毅斋、惠孝同来,带强志、荣儿、巽女函。孝怀来函怪予不告以真话,近于敷衍云云。

十五日(8月16日) 写大字一张,画松屏一幅(季材)、山水便面(叔壬)。愔仲还席,即借交通银行厨役。恩稚云来。同愔仲、农先访雪、毅、业、同四君,不值。杨伯平回京,托带信一封。闻言仲远作古。伯衡来函。慈护请写培老、彊老所著书签题。

梦断一首

梦断残宵宿雨收,闲怀清泠恰无愁。林通月色微疑曙,院绝虫声自觉愁。不竞温凉吟羽扇,解危腰须忆羊裘。屏除闻见齐喧寂,谁识沧波不系舟。

夜　起②

往来思想任腾腾,已证禅天第一乘。康济自家惟瀹茗,昭明一室且回灯。晨趋却曲门多客,夜入萧寥院似僧。咫尺未殊心

---

① “救”原作“灭”。

② “夜起”原作“往来”。

境异，欲将公案问南能。

十六日（8月17日） 写大字一张。入府请见，以见人太多，圣躬累，命明日再来。仲业、稚云来。稚云为愔仲作《落花图》直幅甚工。苕雪与仲业围棋一局。

十七日（8月18日） 写大字一张。入府，上命与愔湘同见，议一事。覆孝怀函，托仲业带去。

> 孝怀先生左右：奉书敬承。此间有在孙馨远处有年者，言休文极不可靠，故主人变计耳。前此善伯来，主人当面有话，寿亦不过代传。主人之言，无所谓敷衍也。兄经年以求，为此事用[①]多少心血，其费唇舌及银钱之处，何止一次？在兄为自行其心之所安，与寿无与也。此间稍有工作，做一步算一步，成败利钝非所逆睹，岂能于毫[②]无端倪之时，以笔墨尽其委曲乎？兄老于事，当能鉴谅。

郑孝胥与本庄协定关于满洲国之铁路、港路湾、水路、航空路之管理，并铁路之筑造管理，协约十二条，附则一条，附表二件，附属协定一件，将所有水陆空交通之权利完全送出，约首自命为满洲国代表，标明八月七日两方签字，今日始呈上。

十八日（8月19日） 写大字一张。画愔仲所属《饮茶图》，约稚云来补成之。上责郑何不先呈阅，即擅自签字。郑言此皆无关紧要，且板垣言若呈上，而秘书处驳难，反不好，不如先签云云。又云此尚非正式条约，或他日更加一条约，定几年收回。上甚怒，为之减膳，拟以子源继之，先征其意见。

十九日（8月20日） 写大字一张。后召入见。同赵时敏、伯辉、君适打麻匠，负三元。子玉自青岛来，求带家信及惕斋、公渚函。法平、子献信来，言所事已合尖。

---

① “用”原作“费”。

② “毫”原作“尚”。

二十日(8月21日) 写大字一张。苕雪移居葵园中平屋,余绘山水便面赠之,尚沉着有韵。夜同赵时敏、君适打麻将,负十元。《瀛奎律髓》,虚谷持论虽偏于西江,却有心得,初学不可不看。河间多持平论,却少心得,大约虚谷所得十之二三,河间之失亦十之二三。河间所指摘者,于古人之面目多律以院体,未能知其真也。上命愔湘授意于子源,子源力辞。庶侯来函。

二十一日(8月22日) 写大字一张,画山水便面(时敏)。夜,同时敏至王季湘、君适看竹,胜二十七元。上命愔征熙之意见。询先来函。伯夔、君任来函。

二十二日(8月23日) 写大字一张。入见请假,上言郑垂今日来,谓若武藤来,果将权归于满洲人,反是不好,恐各长官不能驾驭[①]云云。上言直不成话,现召集各部长官商定一具体办法,内阁非改换不可。命寿事办完即来,以后要紧事甚多。寿荐斯明忠实知兵,请上除用。上言已有信教他来。寿言协和党事,斯明未必肯就。上遂命速发电教他来。见后,明日交发愿修庙之款。同农先至稚云新居小坐。画竹石便面(君九)。夜,同子玉、季湘、君适、苕雪看竹,负四元。

二十三日(8月24日) 写大字一张。入府,后以觉累,命明日往见。子玉请俄国馆。子献去平回,言将所开各条译成日文,与武藤、香椎、真畸等看过,许可办到,惟于总务官一节,未下断语。上召赵钦伯、张燕卿征求意见。夜,同时敏、子玉、识先、君适看竹,负七元。画山水便面(曼多)。

二十四日(8月25日) 写大字一张。入府见后,命购治胃西药,带玳瑁烟盒孝敬荣惠太妃,并命往见太妃。为子玉画松一幅,写屏一条。许鲁山请晚餐。

二十五日(8月26日) 写大字一张,为季湘画《绛雪填词图》。肖旭请晚饭。许鲁山来送行。季湘约同愔仲、农先拍照。夜,同伯

---

① 此处圈去"也"字。

辉、农先、苕雪、君适看竹，负三元。

二十六日(8月27日) 七钟半赴车站，农先、识先、邦直、苕雪、子玉、蕊香、肖旭、子猷、法平、孙幼臣、伯辉至车站送行。夜八钟到大连，竺君派人来接，下榻其家。

二十七日(8月28日) 同竺君出买磁器、香水、粮食、小儿玩具。致农先函。下午四钟，上长平丸，风大，颠簸殊甚。晤蔡廷幹。

二十八日(8月29日) 十二钟三刻，到塘沽，顺来接，以车将开行，先上车，顺押行止，俟三钟快车行，到家，人均安好。丽保索抱不肯离，颇有大小孩之知识。贻先在津相候，强志来，幼兰来。在幼兰处晤地山姻丈及仲业。

二十九日(8月30日) 往见弢老。强志来。夜与家人看竹。闻陈凤韶逝世。大毛姑及其婿刘舜卿来。致农先函。买平胃西药三种，交刘太监庆珩带往长春。

三十日(8月31日) 张仲钊、周孝怀来。弢老来。勉甫来下榻。写大小字各一张。

八月初一日(9月1日) 写大字一张，小字一张。贻先请蔡仆(俭卿)、徐□□晚饭。丁道军、幼兰亦来。强志来。勉甫去。

初二日(9月2日) 写小字二张。同贻先至交通银行取存款支票。任振采来。周立之来。许叔涵来。季馥来，约在致美楼晚饭。勉甫来。吴霭宸来。

初三日(9月3日) 写小字一张，为伯群写高丽笺，小行楷书，约六百字。弢老请午饭，晤张元伯，词锋甚利。张仲钊父子、王可庄之子□□，唐士行亦在座，甫于昨日由长春来，渠在长春所谋未遂，极无聊赖，不得已而回津，乃自谓来此活动，住栈房，不敢用真姓名，改云姓康，亦可谓无耻矣。叔涵请蜀通(四川馆)晚饭。季馥午间来小坐，又去赏雪，同勉甫回看孝怀。画山水屏，未成，纸太恶劣，是一厄也。

(仲业,阜。俄文,玉带。)

园子保险请款。陆宗舆房价。留津办事处每月经费六百元,静园每月活支五百。涛假谢国恩折。秘书处。宝二哥一信。▨折皇贵妃▨饰金拨一千元。醇王节敬。祁继忠信一封。乾若托信二(一宝,一周)。

初四日(9月4日) 写大小字各一张。同家人往劝业场"天外天"看雪艳琴演《御碑亭》。振采约同贻先饮东兴楼。

第八册(民国二十一年八月至十一月)

八月初五日(1932年9月5日) 写小字一张。农先自长春来,带升儿函。啸麓来。徐阶平请致美斋。夜同季馥、适厂、贻先、农先看雪艳琴演《金山寺》全本,可谓毫发无遗憾,愈唱愈高,技至此观止矣。

初六日(9月6日) 写小字一张、大字一张,画山水便面(象义)。农先晚回京。夜半,内子忽觉手足运动不灵,舌蹇心慌,服高丽参一碗,渐平,天明即请许怀葛来诊,云系疾热所阻,兼以劳顿,尚无他虑,处方服两帖,渐复常。本拟初七同内子、巽女、荃女、素梅侄女入都,遂改期。写快信告知农先。

初七日(9月7日) 写大字、小字各一张。内子服药甚效。季馥、立之来。季馥下榻。画山水便面(伯群)。

初八日(9月8日) 写大字、小字各一张。季馥、立之来。夜,同看杨小楼演《长板坡》,以赵顺平人物而为豫州所用,豫州真人杰也。善伯来。画山水便面(怀葛)。

初九日(9月9日) 写大字、小字各一张。地山姻丈来,送蒸鸭膀为予生日。仲业家亦送菜四器。婉宜女约同梅、荃两女看小楼《安天会》。立之来。约幼兰晚饭。画山水便面(立之)。

初十日(9月10日) 同内子、贻先、巽女、荃女、素梅侄女、小元、肖高、小明、丽保、婉宜义女趁午车赴旧京。农先夫妇、彤伯、焕焕、京芳到站接。桐君在寓相候,自其病后,不见已数月,面瘦神索,信乎忧能伤人也。仲业来,小坐即去。

十一日(9月11日) 今日为予与农弟生日,同年同月同日兄弟不易有,数十年以来,南北间阻,今始在一处过生日也。来客为勉甫、仲业、虞志仲、▨桐君、木斋、蜀梅、彦卿、云辰(牛仁卿之子)、彝斋(仲卿之子)、鸿友、▨伯(墨香之子)、徐榕生、仲业、勉甫。桐送春甲楼酒席。仲业约同勉甫看梅兰芳演《枪挑穆天王》,并往约[①]北伎孙绣芳,至其家,尚未起,呼醒,促其[②]洗脸同去。其人甚明俊,似脾气不和平耳。午间往访弢老、佡贝子。

十二日(9月12日) 往约仲业,同到荣惠太妃府,恭代皇后请安,赏衣料二端。几士来。孝同来。仲业来。勉甫来。桐君来。请郝小章为内子诊脉,云系肾水不能养肝木,不虑中风,但恐肝病发,舌蹇或白崩,云前服怀葛方未合,不宜再改劫也。

黑桑葚(一钱半)、巴戟肉(浸熟,一钱半)、佩兰叶(五分)、抱茯神(二钱)、陈竹茹(少许生姜拌炒,六分)、忍冬藤(一钱半)、乌鲗肉(二钱)。

白莲藕(去节,一两六钱)、柏子仁(三钱)、灵磁石(一钱半)。

三味另煎汤,去渣,匀分两次煎服。

四帖。[③]

为巽女诊脉,云气血不足,其伤风乃大气不能抵御外气,非外感之伤风。许方发汗,大误(旁:将下关开了)。晚,同仲业、桐君、勉甫、贻先、农先至两益轩吃涮羊肉。弢老来,云接午原函电,驹井与板垣开会,以为接近武藤之计,驹井气焰甚盛,苏堪避而不见,乃大肆咆哮。小人之交,固应如是。苏堪请假十日已准,又暂消假,不知何故。又云雳可去,波未平。雳当指垂耳。

---

① “往约”原作“偕”。

② 此处圈去“理发”二字。

③ 天头:全栝蒌▨▨一钱,蜜炙▨▨二十钱,抱茯神一钱,辽五味五粒,苏百合一钱半,蜜炙家苏梗一钱半,炒丹参二钱,冬葵子一钱半,陈麦(微炒)四钱,广橘络(蜜炙)二钱,二味另煎汤,匀冲。

十三日(9月13日) 仲业、桐君来。晚,同贻先、农先饮恩成居,季馥亦来。致君适函。

十四日(9月14日) 治芗来,约同季馥、贻先、农先饮天瑞居。君适来函。周竺君来函。

十五日(9月15日) 幼兰之子仲弢来,为其母丧赊用棺木之债,逼迫太甚,托为设法,乃向艾老处假卅元,弢老处假廿元,付之。同贻先、荃女至季馥家,约同访雪艳琴。夜,上供祖先。同季馥至叔岩处久谈。致君适、升儿函。

十六日(9月16日) 几士来。同内子、巽女、荃女、素梅侄女、贻先、焕焕、京芳、小元、肖高看雪艳琴演《盘丝洞》。(旁:六弟归。)桐君来。陈仲骧约至恩成居小饮。

十五夜不寐

惯听熹微鸟语喧,百年心事几凉温。强知家国疑无赖,能外身名倘有存。蹇习逡巡[①]聊半数,冬郎[②]惨戚为深恩。愁闻消息如云幻,苍狗难期变灭痕。

十七日(9月17日) 同内子、巽女至郝小章家转方。

巽:全栝蒌(捣碎)二钱,诃子肉一钱半,抱茯神二钱,东坡荳蔻(一钱半),紫菀茸六分,荆芥梗(蜜炙)六分,南沙参(蜜炙)三钱,冬葵子(炒)一钱半,金钱橘饼五枚,戈制半夏六分,长流水半瓯,饭上蒸汁匀分两次(兑服)。

黑桑葚三钱,杭白芍(炒)二钱,川杜仲(盐水炒断丝)二钱,当归身(蜜三钱拌炙)三钱,山萸肉二钱,陈竹茹(少许生姜汁拌炒)五分,抱茯神二钱,广橘络一钱半,益智仁二钱,远志肉(甘草水浸炙)一钱。

白莲藕(乙两二钱)、柏子仁(四钱)、灵磁石(一钱)。

三味另煎,去渣,匀分两次煎服。

---

① “蹇习逡巡”原作“凿齿周旋”。

② “冬郎”原作“致尧”。

桐君来。希吕来。夜，同季馥至叔岩家。叔岩调嗓较前痛快，共唱十出《洪洋洞》《战太平》《马鞍山》《骂曹》《寄子》《探母》《八大锤》《奇冤报》《打渔杀家》《摘缨会》，以《奇冤报》为最好。留食羊肉馅饼，甚佳。见珂那板印《傅青主行书》，如天马行空，奇迹也。煮烟五两。君适来函，言苏堪、驹井水火，已有辞职之意，忽又变化，不知何故，且待上与武藤见面后有转移否？

十八日（9月18日） 孙禄堂来。写大字一张。溥心畬约会贤堂晚饭。同季馥、贻先在桐君家夜谈，慧波亦来。

十九日（9月19日） 禄堂约饮春华楼。夜看竹，负三元。弢老来久谈。赤诚来。

二十日（9月20日） 桐君约同季馥、治芗、贻先、农先、周瑞安小饮，既无杂客，肴核复美，慧波唱数出，为近数年未有之聚会也。为桐君画小幅松石，为慧波画《天目观瀑图》。治芗作小楷大幅，其精力亦不可及。

二十一日（9月21日） 心穀约在春华楼午饮。夜，同家人看尚小云《白罗衫》，作工逼真。为咏霓画山水便面。

二十二日（9月22日） 画松幅。季馥来。立之来。识先来函，苏堪请假，即准假，命臧士毅代理，而苏堪次日即销假，可谓无耻之尤矣。武藤见上甚恭，自晨八时起，至四钟始散。上言可为永久纪念，想密商之事尚可为也。

二十三日（9月23日） 闻笃友逝世，穷老可念，挽一联：

如百家之继太冲，道学渊源曾有录；

愧稚存能知仲则，遗诗删订付何人。

挽陈凤韶

剪烛爱清谈，流连最忆南池宅；离尊成永诀，缱绻难忘东道情。

予与凤韶交虽不深，而近年来常在季馥南池子宅中夜话，甚为亲近。四月，予来旧京，临行时，凤韶招饮于致美斋，遂成永诀矣。

为蜀梅写七言对，为焕侄写四言对、秀山直幅。为彤伯画松幅，又山水便面二（伯恒，农先）。

请郝君改方：

黑桑葚二钱，粉丹皮一钱半，杭白芍（炒）一钱半，当归身（蜜四钱拌炙）四钱，建莲心一钱半，金樱子六分，抱茯神（□□三分拌），山萸肉二钱，益智仁三钱，天门冬二钱，川杜仲（盐水炒断丝）。

黑芝麻六钱，柏子仁三钱，灵磁石一钱半。

白蜜四钱，四味合捣如泥，匀分两次入煎。

焦苡米三钱，肥玉竹（蜜炙）一钱半，诃子肉一钱，抱茯神三钱，东坡荳蔻一钱半，怀山药一钱半，辽五味七粒，炒丹参一钱，甘草梢五分，南沙参（蜜炙）三钱。

金钱橘饼三枚，戈制半夏三分。

长流水半瓯，饭上蒸汁，匀分两次兑服。

季湘来函，谓月初驹、垂交恶，郁忽自动辞退，华未示留，第商替者，遂乞假以为犹豫之期。中间发生代理问题之纠葛，渐离奔走其间，而元衡以预定计画须郁对签协定，正式承认，请暂维现状，郁乃复起，自以为战胜小马矣。元衡前日来，昨入觐即行签定，与闻者惟郁之父子，□客儿、小马及伯符夫人五人而已。条件先曾密递华览，仆等仅得闻其大略，未睹只字，大概笼罩一切，毫无磋商之馀地。据渐离所云，改制去郁，不成问题，盖彼方视此要关已过，郁亦刍狗矣。治芗、立之、季馥、希吕来谈，夜深始去。贻先回津提款，并约勉甫、儆吾同来开原。几士携愔湘函来。

二十四日（9 月 24 日） 儆吾、勉甫、贻先来。贻先带提五百元，农先借一百元，馀为后办事之用。荣儿来函。致君适函，催汇赏金。治芗约晚饭，有季馥、立之、沅叔、潜若、勉甫、儆吾、桐君、贻先、农先，菜甚美，惜太多耳。与儆吾谈至三钟睡。

二十五日（9 月 25 日） 弢老约午饭，艾老来，沅叔来，请其作函与大觉寺僧振福,拟捐百元,在其寺地择一地安葬七伯父,未知能成否。沅叔代人求题杜合三山水横幅。为郝小璋画山水直幅,送以诊金,不肯收,乃以画酬其劳也。画山水便面(伯丞)。季馥、勉甫、羹梅、桐君、治公来,许赤诚、鸿友、汪希彭、希颜约同贻先、农先晚饭。寄荣儿函。

廿六日(9月26日) 丽保乳媪之子患黄肿,小璋处方为防己(旁:三钱)。猪苓三钱,槐花六分,云苓二钱,橘皮一钱半,木通一钱半。

升麻六分,威灵仙二钱,木香一钱半,沙参二钱,郁李仁二钱,冬瓜皮八钱,狼牙草二钱,当归。

立之、季馥、治芗来谈。艾老约同贻先、农先晚饮,有弢老、一山、子勤。[①]

廿七日(9月27日) 写屏三张(季翰)。为秀山、岳生画松幅各一幅。为彤伯写小屏一张,求弢老写"纪恩室"横幅,拟悬之上所赏物件室内。托桐君备肴酒,约治芗、季馥、立之、儆吾、勉甫、慧波、周瑞安、贻先、农先小集其寓中,甚乐。得君适函。

二十八日(9月28日) 同立之、桐君、贻先乘汽车赴香山,车价七元,酒十一元,路指一元。寓香云旅社,予与贻先住一大间(旁:二元五角),桐君住一小间(旁:一元六角),甚幽静。立之住[②]其兄缉之家,距离里许,夜饭后去。闻此间公墓甚妥,拟为七伯父营葬地。傍晚,同桐君、贻先乘人力车往,布置甚为周密,工料亦结实,惟费用甚巨,地价六十元,工程至少须百八十元,若由天津运柩来此,恐在三百元以上,此时无此力量。夜同桐君至小市购糖食、水果,购本地所出

---

① 天头:写对一付。

② 此处圈去"前屋,取其可以看山也"。

胡桃二百枚，价一元。开旅费十元。①

二十九日（9月29日） 五钟半起，本欲径赴妙峰山，因往有百二十里，恐轿夫不任此劳，改赴大觉寺。逾山而行，路甚险滑，午前到寺。去年有杏花时，曾同立之、愔仲、啸麓来游。沅叔先至。立之所住屋三椽，正对院中老银杏一株，槎枒奇古，而无一叶，今来则苍翠满身，自顶至地，皆枝叶葱郁，因拍一照。午饭后补睡，疲极，傍晚始起，同桐君至后山徘徊。塔前松柏各一株，皆数百年物，流泉绕阶而流水声潺潺，洗尽尘凡矣。寺僧福振□□来坐，商借地事。夜与桐君闲话因果之事。此行奉后谕，欲在妙峰捐施功德，以万寿山至大觉寺之路雨水太多，汽车不能通行，遂听立之言，改由香山行，不料更为迂远，不如在万寿山雇轿至大觉之便。

当年绚烂极西郊，咫尺宸居雨露饶。② 供帐曹司纷百局，传呼灯火接三霄。何时秋梦惊铜辇，剩有春风到柳条。③ 承直小臣今④白首，聊堪闲客此闲谣。

立之在大觉寺借屋三椽，选古今闲适诗数卷。
门前银杏一株，树身奇古，去岁来看花时尚无一叶，
今则垂垂至地，皆苍翠也。立之留香山未来，散步成咏

当窗树色非前度，绕砌泉声似旧时。一笑僧房那易得，故人期约⑤莫教迟。⑥

---

① 天头：应带之件：腰袄、绵袍袷、马褂，绵被，槟榔，手巾，笔，笺，加士加拉，沅叔函，烟具，茶叶，肉松，济泉水，照相☐，印章，印泥，纸烟。

② 此联原作"当年文母驻幽旄，遍野桑麻雨露饶"。

③ 此联原作"于今社饭馀悲慕，剩有春风到寂寥"。

④ "今"原作"回"。

⑤ "约"，诗集本作"会"。

⑥ 此联原作"旧时周子不来过，个中（夜半）滋味与谁知"，又作"旧时夜色模糊☐，梦☐☐天风☐☐"。

九月初一日(9月30日) 七钟,同桐君、贻先往妙峰山,四里至北安河村,又四里至响福观。舆夫误入歧路,问道遇一太监,始知为福神寺,此监殆即寺中司香者,自国变后,珰寺数千散亡,不可究诘,多有遁于官门,为此寂寞生活,致可感叹。又八里至朝阳院,又八里至瓜打石,又八里至妙尔洼,又八里至涧沟,又八里到妙峰山顶。途中过石学花园,因涧石布置亭桥,颇幽胜。岩间丛树经霜,斑驳可爱。(旁:山查【楂】树结实累累,沿溪左右皆是,红如丹砂。人家多种玫瑰。)妙峰高出泉山之表,岩石壁立,奇秀如鸾凤骞举,北方之山所罕见者。[①] 宜乎灵应独著。[②] 前为灵官殿,左为回香亭,娘娘殿居山之顶,稍下则观音殿、关帝庙、喜神殿。喜神即伶部祖师也。娘娘殿现归广济寺僧主持,焕然一新,殿中塑三像,中为天仙娘娘,作为子孙娘娘,旁殿为王奶奶像,不知所自出。桐君求签二,一问自身,一为此来功德之事,皆吉。客堂小坐,下视众山,有如朝宗。远水二支,蜿蜒入天际,即浑河也。庙祝煮小米粥甚香美。午后二钟下山,到大觉寺已昏黑矣。香资付四元。与桐君谈至更深。

秀绝中天出[③]一峰……[④]

妙峰山圣母灵签第四十一签,上上。

夫妇随身各有因,神祇鉴照甚分明。
虽然妻禄今生受,彼此相和福寿增。
求谋吉利,见贵得喜,婚姻保成。
灾病消除,行人立至,经营有利。
失物即寻。

此签详之,善心有感。神祇鉴之,前世有因。今尔得吉,家

---

① 此处圈去"与众山不同"。
② 此处圈去"先"字。
③ "出"原作"笡",诗集本作"第"。
④ 此诗本日日记后半部分重新改正誊录,此处涂抹较多,兹录誊清稿。

有内助，门阑喜气，不必忧心，逢凶化吉。

风泉声里残蛩语，松栝阴中碎月明。永夜无眠清欲绝，何人与会此时情。《寺夜》

秀绝中天第一峰，凤冠高簇翠芙蓉。潜心迥出孤云表[①]，善眼仙留满月容。石作围屏张绣[②]幄，道排严卫肃髯[③]松。青山独往容闲逸，神倘愁予正直胸。《妙峰山》

初二日(10月1日) 同桐君往看西院玉兰，蓓蕾甚繁，枝上间有作子者，色红，前如鸟咮，后如头颀，上起一圆苞，裂开则含子一枚，如红豆形式，奇异。与桐君各折一枝。早饭后，同寺僧福振、贻先往看塔院隙地，拟为七伯父安葬，形势甚佳，似尚燥实。乘轿至万寿山，中间经过温泉，贻先打电话雇汽车来接。过黑龙潭，有水一泓清绝，人云每逢久旱求雨，则潭中自有铁牌浮出，不知信否？四钟到家，季馥、儆吾、勉甫皆相候。治芗约晚食鱼汤。

初三日(10月2日) 率巽女、肖高、丽保至郝篆璋处，巽女改方。山西郭可阶(象升)，泽州凤台人，经史词章均有门径，人品亦佳，相貌亦好，四十馀。又张友桐(篆琴)，代州人，史学好，明史甚熟，诗文甚清。湖南曾韵乾(星离)[④]，益阳人，小学、经学、骈文甚好。刘武慎之孙允济，号宏度，词章甚好，气味不恶。陈天遗迂拘，经学好。安徽刘文点，骈文尚好，兼通变。奉天金□□纪香涛，孤介。四川张煦(怡荪)看书尚多。湖北黄纪刚、黄□□，汉川人。陕西吴宓(雨生)，渭南人，英文好，反对新文化。江西以陈寅恪为最杰，印度文、藏文、

---

① 此句原作“潜心诚感孤云握”。

② “绣”，诗集本作“锦”。

③ “髯”，诗集本作“虬”。

④ 整理者按：此即曾运乾(1884—1945)，字星笠，晚号枣园，湖南益阳人，曾任东北大学、湖南大学等校教授。在语言学领域颇有建树，著有《切韵五声五十一纽考》等。

埃及文、英、法、德文均精。季馥约在桐君家晚饮,有治芗、勉甫、儆吾、虞表、贻先、农先、慧波。画扇骨一面(欣万)。

初四日(10 月 3 日) 刘樾楼约饮撷英西菜馆,座有杨少楼、胡□□、李介如、□□。羹梅约晚饮,有沅叔、治芗、贻先、农先。季馥来夜谭。得君适函,希召巨甾来。

初五日(10 月 4 日) 农先率焕侄赴长春。致愔仲、季芗、肖旭、竺君、君适、升儿函。访汪巩厂,所言皆世外事,出《朱蓉生先生像》属题,眉目秀挺,见而知为节义之士。

远绍郑、朱之统,近恢黄(梨洲)、全(谢山)之传。授先师之衣钵,展遗像而潸然。(先师关先生乡试出公门下。)

巩厂来,久谈。

初六日(10 月 5 日) 同季馥、贻先在桐君家久谈,约慧波饮恩成居。煮烟五两(谢□□来)。

初七日(10 月 6 日) 沈世兄梦录来,云全家尚着夏衣,无可为力,奈何。贻先生日,蜀梅、治芗、季馥、桐君、羹梅来。夜同季馥、羹梅至桐君家久谈。强志及勉甫自津来。画松便面(□□)。

初八日(10 月 7 日) 季馥、勉甫、强志至桐君家,食素饺子。画山水便面(羹梅)。沈梦楼来信借钱,手中只有十元借之。

初九日(10 月 8 日) 同勉甫、季馥、巩厂、桐君、强志、贻先乘汽车往香山,寓香云旅社,木斋夫妇亦来。稍息,即乘轿至璎珞岩,拍一照。所经过者为双清别墅,水石甚幽,红鱼一队,约数百尾,水为之赤。过半山亭,未入。到梯云山馆,席地饮酒,眼界甚阔。西山晴雪御碑,远望见之,未至其地。见心池为仁宗读书处,依山为屋,甚幽静。有为达赖所建庙,形式甚古,惜改为医院。有牌楼一座,庄严华妙,其下石墩四个,镌刻极①工。至此若则有一境界,倘于清晨或月夜徘徊其下,真非人间世矣。芙蓉馆屋宇一新,花木明艳,院中有蕉

---

① “极”原作“甚”。

数本,竹一丛,北方亦不多见也。过松云别墅小坐,其地为周缉之所营,立之即养疴其中,虽甚僻静,惜太孤寂。沿途松柏茂盛,他山所无,石磴宽平,缭以墙垣,山中如园林也。傍晚返寓,立之备荤素各四味晚饭。

秋光全为一山浓,磊落嵚崟十万松。未远雍乾明圣世,犹馀林壑帝王容。时危强兴成佳会,地胜逢辰起旧慵。断雁离群天万里,何当放眼最高峰。(寥志在广州,农先、识先在长春,询先上海。)

巩厂和作

佳辰得侣兴殊浓,危石同跻看古松。楼堂金碧今多变,诗句峥嵘意未慵。我亦登临舒圣眼,西湖南北两高峰。(有弟在西湖。)

立之和作

百情冷淡见山浓,黛色同攀禁苑松。草木恩深思往日,崖泉格古壮秋容。最难兄弟逢佳节,倘许烟霞策病慵。怪底挥毫清欲绝,知君来自妙高峰。

西来秋色出郊浓,随处青苍郁众松。独往园林寻寂径,聊携儿女对衰容。高雯上诉愁何语,客子哀时意自慵。孱力羡君吟兴健,天风吹袂倚孤峰。(治芗)

初十日(10月9日) 乘汽车回城。画山水屏幅,未成。季馥、勉甫、桐君来。写便面(自用。君任自申来)。

十一日(10月10日) 画山水便面(自用)。往吊笃友(为笃友作行状,极好)。同内子及巽女、梅女、荃女、彤伯至东安市场,吃牛乳卷。季馥、治芗、桐君、勉甫来。

松江画派:董玄宰、赵左(文度)、陈眉公、沈士充(子居)、宋懋晋(明之)、吴振(元振,竹屿)、黄孝初(左常)、卞文瑜(润甫,浮白)。

吴门画派:陈焕(子文,尧峰)、张宏(君度,鹤涧)、顾殷(禹功)、王心一(纯甫,元绪)、邵僧弥、文从简(彦可,枕烟老人)、文柟(曲辕,慨庵)、文与也(南云)、杨补(无补,大农)、姜实节(学在,鹤涧)、沈颢(朗倩,石天)。

新安派:尺木、渐江、二瞻、汪之瑞(无瑞)、郑旼(慕倩)、梅清(远公)、梅唐(耦长)、黄吕(次黄)。

金陵派:半千、樊圻(会公)、邹喆(晋满,仲子)、高岑[①](蔚生)、叶欣(荣木)、施霖(雨威)、盛丹(伯含)、王概(改本)。[②]

十二日(10月11日) 画山水便面(孝虞)。同季馥、勉甫、贻先到叔岩家夜谈,吃羊肉馅饼,极美。

十三日(10月12日) 画小便面二(适厂,巩厂)。同季馥、勉甫、治芗、强志在桐君处久谈,恩成居晚饭。沈羹梅又借十元。

十四日(10月13日) 得识先函。请张老太太、蜀梅妹倩、小妹及家人恩成居晚饭(羹梅、虞表同去)。

归身四钱(白蜜四钱拌炙),萸肉二钱半,补首脂(炒研)一钱半,抱茯神(朱砂拌)三钱,苏百合一钱半,东坡荳蔻八分,黑桑葚四钱,佛手片八分,王门冬二钱、酸枣仁(生熟)各一钱半、肥玉竹(蜜炙)三钱,小甘草六分。

黑芝麻六钱,淡从容二钱,净白蜜六钱,合捣成泥,匀分两次入煎为引。

五帖以后去淡从容,加南木香八分。[③]

十五日(10月14日) 画便面(宜斋,朴安)。写便面三。恩稚云自长春来(旁:住白庙胡同六号,电话一一三六),谈及近状,沉闷如

---

① 此处圈去“岑康”。

② 天头:当归身四钱(白蜜三钱拌炙),远志肉一钱半□□□□佃木通一钱,抱茯神二钱,忍冬藤一钱半,益智仁二钱,黑桑葚二钱,柏子仁二钱,杭白芍(炒)一钱半。黑芝麻六钱,白莲藕(去节)一两二钱。两味合煮汤,去渣,匀分两次煎服。

③ 天头:十幅。

故，至可愤懑。内子、巽女、梅女、荃女、肖高、小元、丽保及老妈二人趁晚车回津，予待农弟信，与贻先留待数日。治芗约晚饭，季馥、巨图、勉甫、羹梅、桐君、强志、贻先同去。

致君适函。（头道沟东三条适九番地益兴隆林守素转。）[1]

十六日（10月15日） 季馥约同勉甫、桐君、贻先在两益轩晚饭。饭后，同勉甫至季馥家下榻，立之、桐君、贻先亦来。四钟半睡，月色佳。

十七日（10月16日） 午后忽起风沙，返香炉营寓。立之约同巩庵、季馥、勉甫、桐君、贻先在春华楼晚饭，饭后至桐君家久[2]谈，多及中兴曾、胡诸公事迹，为之神王。接荣儿函，寄百元来。张仙樵函（索欠安▨款五百馀元）。六、十弟函，言湖寓以汇款迟到，几至断炊，可念。老郭因病思归，索旧欠工资作旅费，情尤可悯，为主人者真负此义仆矣！张密之函，言鄂城有袁芷青者，抄余诗一过，寄诗二首云："森森奇气郁风雪，开卷各披锦绣堆。晞发千秋同绝唱，西湖片席即西台。忠孝坚贞大节全，讵徒三绝迈南田。儒林隐逸堪同传，记取声名动万年。"诗虽不甚工，殊愧对之。孙顷波函，言师恩如山，未敢片时忘，不敢效翻覆之所为，亦为难得。厚先弟函，索周黼丞求书屏条观。王壬秋集书选采女事、织帽女事、回儿事均尔雅入古，《彭刚直墓志铭》有远韵，故是一作手。越缦经学、小学均远过湘绮，词章仍不及也。诗少真气、真性情，《登泰山》五古一首，却具大手笔。

赠立之

一邱一壑养生主，听松听水逍遥游。本来无病维摩诘，生惯单栖许散愁。世上荣名仇晚节，山中风物媚清秋。高寒夜夜月明好，与子相期最上头。

---

① 天头：觉先住西三宫五五号。

② "久"原作"夜"字。

寒宵深语对龛灯,信是前生粥饭僧。山水清缘几两屐①,乾坤长物一枝藤。绯衣②忍事真人杰,獦獠参禅没□能。③ 无④用扶衰资友药,半空⑤鸾啸访孙登。

十八日(10月17日) 昨夜梦同大母、母亲立一广厅前,大水环之,俄水忽降落,现出崇阶高础,螭龙伟巨,皆石所为也。入后重则为七开间,正房规模壮阔,极东一间陈肴馔甚多。因忆⑥及曩岁内子在协德堂请乩,批五律一首⑦云:"一路鲜于福○○○○○○○○○○○七秩富精神○○○○○○○○○○○○莫愁提笔窄○○○○○。"又批"白猿献桃之岁,竹苞松茂,桂殿兰宫,虽天命有定,亦人事所修"云云。语多,不尽记忆,梦中以为,岂将来之应耶?妄念幻想,姑记之。婉宜女来函,附画一张,甚好。(东四六条卅号。)画便面山水,写双行行楷于后。季馥赴津。勉甫、桐君来。

十九日(10月18日) 勉甫来。同桐君、贻先乘午后四钟二十五分车返津。立之亦来津,夜来谈。寥志寄来桂林游记二篇。

二十日(10月19日) 同桐君至大罗天。曾寿⑧敬以上所赐木器及各用具陈于三层楼上一室,悬挂御笔时,误触纸烟卷,一星之火,遗于卧榻,未经觉察,旋命童媪收拾床褥,则已⑨烟气弥漫,急呼人以水灭,焚去被褥各一。桐君之大衣亦毁一角。上天示警而终佑之,应如何敬谨省惕以祷禳乎?夜饭略具肴核,请季馥、立之、桐君小饮,费

---

① 此句原作"方寸奇观八胜地"。
② "绯衣"原作"龙钟"。
③ 此句原作"獦獠无心是大乘"。
④ "无"原作"不"。
⑤ "半空"原作"俾期"。
⑥ "因忆"原作"梦中"。
⑦ "五律一首"原作"语"。
⑧ "曾寿"原作"予"。
⑨ "已"原作"以"。

地山姻丈、幼兰、仲远、强志亦来。写联二（心穀，经荪）。画便面松（悔迟）。

二十一日（10月20日） 大儿妇生日，画便面二，一山水（敷五），一松（美宣），山水小直幅（经荪）。立之约东兴楼晚饭，有芷生、季馥、桐君、贻先。赏金寄到。

二十二日（10月21日） 农先来函。画山水便面（敷五）并书。约桐君、季馥、立之、芷升在华福林晚餐。

二十三日（10月22日） 约幼兰、季馥、桐君晚餐，因季馥斋日，遂备素食。强志、仲远来。画山小幅，写便面一。

二十四日（10月23日） 桐君回京。得农弟函，儆吾事尚未发表，不胜烦闷。致函托弢老说项，书中略谓人臣尽忠之道非一，莫大于以人事君；人臣负恩之事非一，莫甚于忮嫉蔽贤。季馥率其子定远来，定远在营口北☒路矿局[①]，自去岁东省之变，矿事搁置，总公司不接济，情形甚危，故属其回家，今日到后，季馥可放心矣。周孝怀来，谈驹井来津、京，颇运动皇上尊号事，小幡（充德公使）在德运动复辟，已有成局，乃来中国办满洲之事。如果确实，则改国号一节较近，近又云练兵事一时做不到。闻冈村山崎言，为义勇军太多，不敢更授满洲以利器也。

二十五日（10月24日） 立之、季馥来。强志来。画山水幅。画法莫备于宋，至元人而搜抉其义蕴，发挥其精神，实中有松，浓中有淡，而奇趣乃出，四家各有精髓，而子父集其大成。

二十六日（10月25日） 立之约至宁园，殊无可观。啸麓来，未值。画山水幅。立之夜谈甚久。强志来。寥志寄阳朔山水片（旁：十张），甚奇，但是边徼气象。寥志神貌甚旺，可喜。[②]

---

① 此处圈去“道梗”二字。

② 天头：蔡俭卿，英租界德星里五号。徐阶平，义奥交界路义界二十号大中报馆。吴坚（心穀之子），日本帝大工科化学部毕业，工学士。

二十七日（10月26日） 贻先回南，久别相聚月馀，亦老年兄弟之乐事，惜北方不易谋事，不能久住耳。致询先函。画山水幅，三日始成。写对联（荃修，伯夔之弟）。画山水小幅（梓良，伯夔之侄）。写大字一张。仲业来。

二十八日（10月27日） 勉甫送季馥南下，遂来津。在寓下榻。

二十九日（10月28日） 购菊花九盆，尚有佳者。立之来。王占元约看菊吃蟹。

十月初一日（10月29日） 蕊香来。画山水屏幅，未成。夜祀祖先，约幼兰、立之、君任、勉甫晚饭。

初二日（10月30日） 稚云自京来，为绘《纪恩室图》。立之约同君任、幼兰、勉甫、强志在松竹楼晚饭。饭后，复同来寓，谈至三钟去。[1] 振东来。

初三日（10月31日） 访蕊香，未遇。在强志处小坐。慧波来，约立之、君任、强志晚饮，谈至三钟散。

寿散原先生八十生日

每念散原叟，奋飞无羽翰。名山留客久，旷宇见人难。天闭孤光在，尘空老泪干。依趋剩袁子，问道破烟峦。

能为诗人重，藏深世隐持。身真老寂寞，寿不负期颐。一念殊霄壤，分歧邈友知。当无岂无用，九鼎系风丝。

万汇几荣落，春秋独老翁。息机四天下，畜德一山中。孤格无心见，醇怀异趣融。沉冥空辙迹，藏密入鸿蒙。

云窟曾相见，冰霜惨淡辰。倚翁正忧惧，酬我别酸辛。竟枉攀天萝，仍羁报主身。直辞祝难老，幸未愧依仁。

初四日（11月1日） 画山水便面（旁：松）二（作霖）。立之、君任来谈，二钟去。致愔仲、农先、君适、升儿函，托茹香带。

---

① 此处圈去“慧波来”三字。

初五日(11月2日) 钱仲轩来。君任、立之来夜谈,二钟去。

九死平生志,残年尽主恩。风云千劫幻,天地一楼尊。对菊诗魂净,焚香夜气存。寂寥二三子,苦语转朝暾。

息厂题纪恩室诗

特赐千秋少,高陈一室尊。伤心趋走地,没齿海天恩。曾未涓埃报,愁看雾霿昏。沉吟馀敛手,极目怆精魂。

才拙天客养,淹迟寄小楼。独为明主谅,深喜故人留。苦语宵难尽,无心物共休。扫除二壮语,前路若为酬。

楼迥寒胜否,潮回客去时。一观关帝力,万籁挟风悲。歌哭自成此,妍华无尽期。(用后山"主恩不与妍华尽"句意)。所忧妨极目,厌气塞天涯。

初六日(11月3日) 约立之、幼兰、君任、勉甫说饼。

纪恩室诗二首同立之君任作

伤心趋走地,没齿解推恩。羁旅资生具,纤微圣虑烦。自惊殊赉▨[1],转觉小楼尊。[2] 未有涓埃报,应惭示子孙。

才拙天容养,恩偏地转幽。独为明主谅,深喜故人留。多难身经劫,无心物竞休。灯窗馀[3]苦语,前路若为酬。

初七日(11月4日) 立之来言,闻杨均谷之孙为其厨役所杀,刀伤卅馀处,以铁条从大便穿入至心,惨不忍言。厨役亦自尽。不知是何冤孽也?均谷向来主张乖谬,阅正社课卷,痛诋诸葛武侯、王阳明先生为媚事一姓,亦可谓丧心者矣。立之约同君任、勉甫、幼兰至松竹楼吃菊花鱼锅,甚佳,复来寓,谈至二钟去。

初八日(11月5日) 天气陡寒。内子生日,仲业、勉甫、幼兰、立之、君任、强志及钧、炎两侄来。

---

① 此句原作"▨"。

② "转觉"原作"敬庋"。

③ "馀"原作"多""频"。

初九日(11 月 6 日) 同勉甫率素梅侄女晚车赴京,寓香炉营头条十三号。

初十日(11 月 7 日) 桐君来,同至慧波家看菊,后又至桐君家,尚有十馀种可观者。老君眉一朵已含蕾,如海棠果。夜同桐君、慧波、治芗、勉甫、彤伯恩成居处吃饭。

十一日(11 月 8 日) 午后,仲业自津来。(旁:治芗约午饭。)同至广济寺访现明和尚,商妙峰山建塔事,此山已归其徒宗镜管领,宗镜适不在寺,遂约明日二钟再来。同勉甫、治芗、桐君到护国寺[①]看菊,有一家花甚好,惟多日本种,各选数盆购回。治芗、勉甫、羹梅、桐君来夜谈。

十二日(11 月 9 日) 同仲业至广济寺访[②]宗镜,仍外出,可恨。治芗约同勉甫饮恩成居。

十三日(11 月 10 日) 宗镜来道歉,商建塔事。家中制菜,约蜀梅、治芗、勉甫[③]、羹梅。治芗传授蒸鱼法。买得大鳜鱼一尾,用好甜酱擦之,再用米粉、猪油、好酱油、料酒调匀蒸之,风味极佳。瓢儿菜亦肥美。饭后,同至桐君家剧谈。恩稚云亦来(旁:代画竹),小妹来。

十四日(11 月 11 日) 勉甫来,竟日无他客来。四弟来函。

十五日(11 月 12 日) 同素梅侄女早车返津。强志生日,做菜二棹,约幼兰、立之、君直小饮,二钟去。

十六日(11 月 13 日) 孝怀约蜀通午饭,座客为林三父子、张鸣岐、振采、王采臣,林三高兴更甚于前,亦可谓无人心者矣。君任来夜谈,二钟去。

十七日(11 月 14 日) 寄农先函,要免票。画《竹林记梦图》。

---

① 天头:寺去岁为火焚,先母所书大雄殿额径六尺,亦被毁,最为可惜。闻遭火时,妇女及比邱尼甚多,最后一进两廊如故,而后殿无片瓦存者,亦异矣。

② “访”原作“晤”。

③ 此处衍“勉甫”二字。

立之、君任来夜谈，二钟去。

十八日(11月15日) 寄顷波函。立之约在松竹楼晚饭(来寓，谈至二钟半去)。

和立之纪恩室夜话

等闲名节易轻肥，扰扰谁参第一机。薪胆同仇歧路隔，辈流洗眼廿年非。空经丧乱丹心破，未有江湖白发归。寒夜小楼辛苦语[1]，久要残菊尚成围。

十九日(11月16日) 立之来夜谈。约幼兰来晚饭。

廿日(11月17日) 啸麓来。立之、君任来夜谈，二钟去。

国于天地间，□立在纶经。觥觥从龙彦，垂象先朝美。谁欲恣诐说，俗敝国亦圮。一死维大防，妇人乃有此。烈性虽天成，义方知所以。世胄嫔王家，托根异凡鄙。片念通天人，中兴此基始。立朝更生儿，视之颡有泚。[2]

廿一日(11月18日) 写小字二张。

立之、君任来夜谈，二钟去。[3]

廿二日(11月19日) 啸麓来，《和纪恩室》诗五古一首，甚工。立之、君任来谈，二钟去。勉甫自京来。(写小字一张。)

廿三日(11月20日) 仲业[4]生日，约同[5]君任、幼兰、强志在致美斋晚饭。贻先来函。立之、君任二钟去。写小字二张。

廿四日(11月21日) 立之、君任来谈，至二钟去。君适来函。致农先函。写小字二张。画山水屏幅。

---

① 《苍虬阁诗集》作“接膝寒窗灯影畔”。

② 此句天头：萧正，业，萧，萧，萧，萧，萧。

③ 天头：北平地安门外小金丝套七号沈慕楼。

④ “仲业”原作“立之”。

⑤ 此处圈去“立之”二字。

和立之残菊

小桥残菊伴淹留,卧起都忘岁月遒。自笑后时容爱晚,早成相负敢矜秋。青霞郁意回馀绮,冷月招魂淡一钩。鲜道孤芳擅[①]天地,骚怀端合付冥搜。

廿五日(11月22日) 写小字二张。蔡俭卿、高克斋来谈。约幼兰、君任、立之晚饭,二钟去。致伯葵函。画山水屏条。

廿六日(11月23日) 潜若、孝怀、蒯若木来。稚云自京来,将赴长春也。觉三来。君任约同立之在萧功庭家吃桐城菜,饭后来谈,二钟去。致君适函。同勉甫至新园沐浴。

廿七日(11月24日) 约潜若、孝怀、若木午饭。画山水屏条,写小字二张。立之、君任来,二钟去。画山水便面(稼轩),写册页一开(仲仙)。致夏仲弢函。觉先来函,覆一函。贻先来函。

廿八日(11月25日) 访蔡俭卿,未值。约君任、立之说饼,谈至二钟去。写小字二张,画菊便面(君任)。

次韵立之

恩藏一室暖如春,世外幽花入座亲。岂为严寒轻[②]晚节,自来秋色属闲人。移暄注水情何已,扫地焚香意自新。淡极相看了无事,隐胸何物故[③]嶙峋。

虬翁为写菊花便面次韵奉酬病树

小楼夜色若为留,对影能回笔力遒。劲节故知霜在抱,馀妍当与月争秋。云阳遍插羞双鬓,四海平生笑直钩。乞我孤芳怀袖去,他年风雨照冥搜。

---

① “擅”原作“在”。

② “轻”原作“违”。

③ “故”原作“尚”。

君任同学与勉甫老友同在苍虬阁共话几及一月感今怀旧流连不忍他去苍公东行余与陈徐作西山踏雪之游赋此录别

轼辙君承元祐集，羲皇我愧义熙人。山中有弟同佳节，楼上幽花逗小春。忧乐难逢天下士，功名休去佛前身。频来二客真英俊，话别何妨夜达晨。

廿九日(11月26日) 午时，三媳生一女，大小平安可喜，即作书告三儿。费地山姻伯来。仲业[①]约同勉甫、立之、君任、强志、幼兰饮东兴楼。桐君来函，覆一函。致仲弢函。昨梦行舟过焦山下，非复旧日之焦山也。翠壁镵天，云根蟠于水上，玲珑突兀，一庵门深掩，内有诵经声，微月挂大松上，境象幽绝。醒后犹有馀味。画山水屏条。

临江仙·有愧病树以济南趵突泉者携诣苍虬阁会饮倚此纪之

息厂

一洗人间尘土梦，济南水似江南。恨无凤饼与龙团，诗中探苦味，皮里破[②]衰颜。

☐是有家归未得，九衢彰里偷闲，个中滋味似[③]庐山，清风生雨腋，纤手乞双鬟。

木兰花·君任分趵突泉

清泠一勺轻千里，倦客劳尘聊与洗。沉吟秋柳试春茶，桑苧风流难再拟。

小瓯还瀹[④]明窗底，何限林泉潇洒意。不妨风味似江南，但莫石头城下水。

---

① 此处圈去“来”字。

② “破”原作“慰”。

③ “似”原作“想”。

④ “瀹”原作“试”。

卅日(11 月 27 日) 荃女生日。立之、君任来谈,二钟去。

十一月初一日(11 月 28 日) 同仲业访潜若、啸麓。写小字二张。

石州慢·携客所饷趵突泉至纪恩室会饮虬丈息厂各纪以词余亦继声

病 树

石鼎春雷,空外送声。相伴今夕,灵泉一勺无多。万斛客愁轻撇,依稀旧梦,尚认几曲危阑。明珠跳满方塘雪,珍重在山情。为何人芳冽。

休说中书置务,野寺分符。向来痴绝,地老天荒,换了焙春时节,懒龙醒未,底事海水枯耳。为霖大愿从销歇。分泪付幽人。解诗肠千结。

和立之人字韵

敛手忍言天下事,孤怀犹吐眼中人。容回赵璧无秦政,不卖卢龙独子春。失柁浮槎真到海,负恩何计可收身。未须皂荚相料理,珍重寒宵语达晨。

曩于寿州孙氏家①见惜抱翁书札数巨卷,强半与硕士先生论文书,盖师弟之间②相契为最深也。今先生远孙君任出示先生与人书一卷,读之,虽寥寥数言而好学乐善之诚,忾然如见。当惜抱之世③,汉帜方嚣甚,群以攻宋学为能事,惜抱独立不惧,明辨笃行,师友所渐,暗然日章。曾湘乡用其绪馀④,遂勘大难。

---

① “寿州孙氏家”原作“友人处”。

② “师弟之间”原作“先生为惜抱高第弟子”。

③ 此处圈去“天下群趋于”五字。

④ 此处原圈去“发扬光大”“承其绪遂”等字。

学术之关乎世运，岂不大哉！今道丧文敝，间有所谓学者[①]，其琐碎处之妄谬[②]，又为当时为汉学所不及料[③]，盖斯文之丧，未有甚于此时者也。君任学承先矩，斐然抱忧世之志，他日转移风会[④]，吾不能无深望也。

初二日(11月29日) 同勉甫、仲业访高大樵占课。一问僦吾事，谓彼变而我合，彼处正在变动之时，须俟变定之后与我相合，则事可成。主持此事必年少，于谋事之人，惜乎去得太早，若迟去则一气呵成，不至有此周折矣。十一月十五日以前可成，至迟不过十七日。断以前可谓奇灵，记之以觇其后。一代治芗问其如夫人之病，谓不宜服药，其病系痰温，肾部受湿，药力不易达到。振采约同勉甫、君任、仲业晚饮。立之、君任来谈，二钟半去。写小字三张。

初三日(11月30日) 周剑臣约同立之、勉甫、君任午饭。四钟时，同内子、荃女赴京，为内子常觉不适，病根未去，再请郝筱璋一诊，又因妙峰建塔事尚未议定也。荣儿先往，以便在站迎接。治芗来寓相候。

初四日(12月1日) 桐君来。治芗来。写小字二张。内子至郝筱璋处诊脉，据云较前稍好。至桐君处看菊，多已残，老君眉开未足，只能留种为明年之计矣。

当归须三钱，川牛膝六分，甘草梢三钱，干生地一钱半，海枫藤二钱，佛手片一钱，血丹参(米酒浸透)一钱半，杭白芍(炒)三钱，松子仁三钱，忍冬藤一钱半。三帖。

初五日(12月2日) 勉甫自津来。同桐君至白某家看菊，约三百盆，多日本种，花极肥硕，有大如扇者，有数种极佳。写小字三张、

---

① "学者"原作"以读书为蛾术者"。

② 此句原作"所持"。

③ 此处圈去"譬待舟□未知所属"。

④ "风会"原作"世运"。

白折两开。夜阅六一文,内有《为君难》上下二篇,语极切要,为人君者不可不置诸座右也。

初六日(12月3日) 写小字二张。巽女来函,附长春来电促去,言弢老在此相候。即覆电,言望后始能成行,盼弢老来津相晤。桐君约同仲业、勉甫晚饭,待治芗不至。蒸鳜鱼极美,饱餐之。桐君在土地庙买得紫龙分水并蒂一小盆,风致绝佳,又有天女散花一朵,将以赠予也。

纪香骢师之夫人逝世挽言:

恩似解貂深,衣钵吾[1]惭史阁部;砚因传婿重,贤明世仰晏夫人。

香骢先生之子甚[2]不肖,其婿为汪巩庵、刘贻孙。曩岁予应经心书院课时,先生暗中摸索,数取第一。[3] 左忠毅为学使,游一寺,见史阁部睡去,见案上所为文,即解貂覆之,旋取第一,使入拜夫人,曰"他日继吾志事者,此生也"。

初七日(12月4日) 抄《百柱堂骈文》一篇。桐君、仲业、勉甫来晚饭。君任、立之自津来。致贻先、厚先、愓斋函。伯夔为予作《纪恩室诗序》一篇极佳,得立言之体。画《并蒂葡萄花》小幅寄慧波。

伯夔作纪恩室诗序感报一首用君任诗韵

吾生敢望赞皇贤,少主真同数世缘。濡笔纪恩欣有托,赐[4]楼留梦渺无边。笳严除日风飘咽,灯冷元宵雪斗妍。▨峤荒寒天尺五,重温图记只凄然。[5]

---

① "吾"原作"深"。

② "甚"原作"皆"。

③ 此处圈去"故以"二字。

④ "赐"原作"栖"。

⑤ "笳严除日风飘咽"后四句原作:"依山画角风催劲,照海华灯雪斗妍。去岁岁除前日事,回思奇遇转凄然。"

纪恩室诗序

蕲水陈君仁先以书抵其友湘潭袁思亮，曰：

“辛未冬十有二月，曾寿走旅顺行在所，迫岁暮，未有馆舍，上为赁小楼居之。楼之中，卧者，坐者，安笔砚可隐者，为起居之器七；饭者，肴者，汤者，茗饮者，杂置醯酱者，为饮食之器二十有一；烹者，煬者，挹而注者，为厨传之器五；漱者，唾者，盥颒者，为洗沐之器八。凡器皆上所躬省而后赋，旅居日用之需粗给焉。

曾寿泥首谢。上曰：‘急难之情，与卿同之，毋为谢也。’曾寿伏地呜咽流涕不能起。

今年秋，请急还天津，乃于所居楼辟一室，取所拜赐者尊藏之，而颜之曰纪恩，示不敢亵，且俾子孙世世毋忘也。既为诗二章，属而和者若干人。子为我序之！”

思亮曰：“嗟乎！昔者国家承平无事，王公懿亲旅进旅退之大臣，与夫文学侍从奔走给事禁中者，岁时令节，咸得被上方文绮珍玩书画之赐。受之者或以夸诧宗鄙交游为光宠，或且习焉视为故常，即赐者亦以为例固然耳。孰若吾友于流离羁绁之中，仓皇播迁之顷，蒙天覆地育、纤悉周至如家人父子者哉！夫世变不可知，人情[1]大抵不甚相远也。辛亥以还，号以民治为国者，二十有一年矣。武夫据地，以利害形势相结纳，刍豢以赋税，羁縻以名位，一旦有大力者贩鬻之而去，反颜倒戈为敌仇，或并起而相猜，或一党而互讧，纷纷胥胥，盖至今而未有已。当此之时，乃有人焉，名声无所收，权利无所取，违室家，忘饥寒，冒险难，间关宵出，追随故主于冰雪轮蹄间，相呴濡若骨肉，此亦足以绵正气于垂绝，维人纪于不敝矣。匹夫游侠慕义，犹足以摩世厉俗，况乎忧危患难之际，君恩臣节相得章章如是，而有不撼心动魄、怦然兴敬爱之怀者，岂人之情哉！朔风泬寥，隅海一楼，孤臣遗

---

① 此处圈去一“固”字。

黎,诵旄邱之诗,低徊慨慷,相与发为讴吟,有不知泣下沾襟者,果何世耶!"

初八日(12月5日) 内子至郝篆璋处转方,据云已大见好。致巽女函。鸿友、木斋、蜀梅、立之、君任、勉甫、桐君来谈。仲弢来,言其庶母病甚,无医药之费,借与十元。贻书来,约明日晚饭。小妹来,今日为大母忌辰。得询先来[①],云旧恙略发。贻先来函,云小回耋耋又染猩红热症,殊为惦念。桐君送白菊一盆,瓣肥而疏,极可爱。

初九日(12月6日) 仲业、勉甫来。贻书约晚饭,座有治芗、君任、立之、羹梅,打扑克,输三元。同君任往观季馥所眷者宝琴,十六岁,南人,尚无习气。代木斋作正社课题。

霜雁一首

鸳鸯昨夜冷金铺,几阵惊飞下碧虚。满地苍葭衡浦影,一封红叶上林书。乡愁旅思寒云外,衰草平沙落照馀。最寒凄凉留意少,弹琴小范意何如。

初十日(12月7日) 同桐君访连厚山(安定门宽街火药局六条北口前亭子后门二号),将以妙峰建塔托之也。治芗、立之、君任来,添鱼菜,共饭。立之市信远斋糖山查,约共赋之,用[②]《生查子》调。

佳果蘸糖霜,一一赪珠☐。惆怅北征人,露结丹砂颗。
泥人一点酸,伧父嘲无那。梅子点吴盐,风味相同么。

又打诗钟一唱,"官、草"两字六唱。

霸图仲父论官府,史稿温公绝草行。
宅寻袁圣王官谷,祠拜椒山谏草堂。
果略雄才兴草付,羲之妙帖重官奴。
宏愿江陵为草荐,忠心正学裂官麻。(治芗)

---

① 此处当脱一"函"字。
② "用"原作"以"。

鹤唳苻坚疑[1]草木，蛙鸣晋惠辨官私。
薛能衡白粗官署，谢傅才宁小草为。
獾郎相业周官误。(立之)犬子遗文禅草传，
玉溪诗为应官听。(君任)马祖堂曾划草来。

谈至二钟去。仲业来下榻。写小字三张。

十一日(12月8日) 连厚山、桐君来商建塔事。羹梅、立之、君任、勉甫、治芗来打扑克，负三元。

读广雅诗集

吾生犹及范希文，画牍忧时每夜分。晚节艰难诗愈好，遗音哀惋世宁闻。长沙久镇人谁替，元祐重来日已曛。辛苦[2]与人家国事，调停术尽欲何云。

永叔穷工语不刊，达官容易废雕镌。曲江感遇微言绝，绿野灰心五字传。老去感深[3]前席对，梦回愁绝帝京篇。忧伤小雅繁霜后，此卷千秋合让专。

十二日(12月9日) 至蜀梅处小坐，请连厚山在福全馆晚饭。治芗约吃鲴鱼，乡味甚美，不可多得，座有勉甫、立之、君任。饭后回寓，谈至二钟散。

萃锦园看海棠分韵得往字柬溥心畬

壬申三月兆奎作

闭门春已徂，所见固不广。葳蕤数株满，有约成一赏。微雨浥红妆，惜未蠲尘坱。池台半涸废，榆柳争雄长。乳燕独何心，雕梁续来往。今日华朴园，真馀濠濮想。

---

① “苻坚疑”原作“八公惊”。

② “辛苦”原作“不分”。

③ “感深”，刻本作“恩深”。

十三日(12月10日) 立之约春华楼晚饭。心畬来谈,携近画多件,以"独行潭底影、数息树边身"为题,作册页十四张,意境甚佳。有花卉翎毛数页,亦妙。赠斗方二。治芗、羹梅、立之、君任、桐君来谈,三钟散。画便面二(馥斋、菊农)。勉甫下榻。

十四日(12月11日) 桐君来午饭。四钟,同内子、荃女趁车返津,大风极冷,腹泻腰酸,甚感疲乏。公渚来函。蔡俭卿昨日约饮,告以去京。

十五日(12月12日) 夜中泻一次,服济泉水。强志来,将赴京,数语即去。强先来信,言十太太患疟,腹痛昏晕两次,请开方寄去。道远,无由悬▢,姑拟一去温保胎之方。湖寓窘乏,医药不便,至可感也。贻先来函。

和立之人字韵

湘乡奇气贯康屯[①],嗟尔[②]虫鱼皓首人。玩物固应箴上蔡,焚笺谁解悔蕲春。[③] 繁霜凋节何穷恨[④],宿[⑤]雨寒蕉一寸身。莽莽龙蛇万升降,纷纷燕蝠几昏晨。

庚子六月李文忠奉诏入京,二十一日将发,广州将军、巡抚以下往送。裴伯谦入见,是日热甚,公衣蓝绨短衫,着鲁风履,倚小藤椅榻杖而起。公曰:"广东斗大城中,缓急可恃者几人?尔能任事,取信于民,为地方弭患。督抚不若州县能遏内乱,何至召外侮,勉之!"裴曰:"闻公已调直督。"公自负曰:"舍我其谁也!"裴问:"公看京师何如?"公曰:"论各国兵力,危急当在八九

① "贯康屯"原作"郁嶙峋"。

② "嗟尔"原作"愁绝"。

③ 此联原作"读史固应惭上蔡,笺诗谁解悔蕲春"。

④ 此句原作"乾坤急劫无穷事"。

⑤ "宿"原作"风"。

月之交耳。聂黄亭[①]已阵亡，马、宋诸军零落，牵制必不得力，日本调兵最速，英国助之，恐七八月已不保矣。”言至此，以杖触地，含泪曰：“内乱如何得止？”裴问：“万一都城不保，公入京如何办法。”公曰：“必有三大问题：剿拳匪以示威，惩首祸以泄怨，先以此要我，而后索兵费赔款，势所必至也。”裴问：“兵费赔款大约数目？”公曰：“我不能预料，惟有极力磋磨，展缓年分，尚不知作得到否？我能活几年，当一日和尚撞一日钟，钟不鸣了，和尚也死了。”言次，涕出如縻。此段见伯谦[②]日记，为之酸鼻。

江南既平，曾文正督两江，涂朗轩制军方守江宁，文正求贤不拘资格，常命朗帅网络遗逸，收之行箧。凡录用者，朗帅先造门请见，道文正之意，而后具檄，檄下，复造门。次日，便服随朗帅谒文正，坐巡捕房，不入官厅。所办皆善后要政。

次前韵留别立之君任

数经枯菀温凉地，犹是孤行独往人。冻雀岂知归去乐，寒梅曾勤旧年春。

差同志壮浮屠老，未惜扶衰药里身。关闭虫天人墐户，更冲雪浪犯凋晨。

十六日(12月13日) 得公渚函，寄来五十元书润。至隔邻访润博勤，问长春近况。幼兰来。[③]

西域多良马，而巴里坤产尤异，身长七尺弱，高三尺强，腰细

---

① “聂黄亭”当为“聂功亭”之误，即聂士成(1936—1900)，安徽合肥人，淮军将领，庚子事变与八国联军作战阵亡于天津。

② 即裴景福(1854—1926)，字伯谦，安徽霍邱人，光绪十二年(1886)进士，著有《壮陶阁图书画录》《河海昆仑录》《睫暗诗抄》等。

③ 天头：头道沟梅枝町卅八号。

耳耸,双目有棱,蹄圆而踠细,尾丝与蹄齐,中驷一日行五六百里。天山北有蒲类海,汉蒲类国所由称也,广度数百里,四周泥淤汙沮,苇荻蒙翳,人不能至,群龙窟宅其中,时出与马姤。其姤也,绕马身数匝,纳尾于牝,挟之骤起,黑云团之,雷雨益厉,须臾,云覆马堕而孕成矣。产龙驹,殊形诡状,其气上烛房星,如火光。凡龙种,高大逾常马,长颈,有翼,隐被鳞纹,门鬃拂面,鬣长过膝,尾蓬若彗,所食恒不饱。夏月,马场时有烈风雷雨,飞电下掣,群马惊迷,龙驹独纵横蹴踏,雷火缠之,振鬣长鸣,不焦不濡。冬月,雪花去身尺馀即飘散,隐蒲类海中。一日虎至,群马惊散,独与虎斗,断虎一爪。土人于日出时,或大雪,尚偶闻嘶声也。

看见其斗者,蓬松人立,鬃鬣怒张,神威振奋,疑狮疑象,迥非马也。

十七日(12月14日) 啸麓来谈。梅泉来函,寄《纪恩室诗》五律二首,甚沉着。程子大去世。此老少年以才华自命,晚年欲为高古而无其质,遂有生吞活剥之病,自以为无事不在行,而实少所得,然人甚厚,情甚长,贫病不起,可念也。夜,同家人打麻将八圈,写小字二张。

十八日(12月15日) 啸麓约午饭,晤许叔祎(同莘),二十年前在抱冰幕府常见,重逢不胜感怆。写近作《读广雅诗二首》视【示】之。其人编《抱冰年谱》尚未成,亦有心者也。接强先、厚先函。十弟妇疟尚未愈,医药费无着,不胜焦虑。写小字二张。

十九日(12月16日) 立之、君任来函。立之寄诗二首。厚山、桐君来函,属汇三千元付木厂,即订合同。覆立之函,汇七十元至杭寓,以廿元为十弟妇医药费,五十元家用。地山姻丈、仲业、幼兰来晚饭。闻杨诵清之太夫人去世,挽一联。

记申江曾从芳邻拜孟母,贤风何异一家偕族聚;与令子有如手足感皋鱼，泣慕弥深七载鲜民哀。[①]

廿日(12月17日) 弢老回津，带来君适、农先、升儿信各一封，即到弢老处久谈。傍晚，弢老又来久谈。致君适函。与家人作叶子戏。

廿一日(12月18日) 命荣儿赴京交建塔款三千元，由连厚山转交木厂。祖父忌日，强志夫妇及钧、炎侄来上供。啸麓来。蔡俭卿约晚饭，羊肉、紫蟹均好。

廿二日(12月19日) 张仙桥来函。访孝怀，言昨夜同人请一狐仙，熄灯，与人问答，或问时局，或求方药，闻其动作仍未能变成人形也。有人问孙文现在何所，答云已成佛矣。众问何名，则曰净肚佛。众不解，问是否"净土"二字，曰"非也，其肚肠已刳尽，故谓之净肚"，亦可云诙谐矣。弢老约晚饭。勉甫自京来下榻。

读剑南七古，另有一种逸气，遒峭有味，他集中所罕有也，特为拈出。

驰出城宿石佛院

玻璃春作江水清，紫玉箫如雏凤鸣。漏声不闻看灺烛，侠气未减欺飞觥。单车万里信有数，二年三过宁忘情。钗头玉茗妙天下，琼花一树真虚名。酒酣忽作檀公策，间道绝出东关城。清歌未断去已远，回首楼堞空峥嵘。貂裘狐帽醉走马，陌上应有行人惊。径投野寺睡正美，鱼鼓忽报江天明。

(天头：通篇意境幽异，其用笔妙也。)

初到荣州

乱山缺处城楼呀，双旗萧萧晚吹笳。烟深绿桂临绝壑，霜落残濑鸣寒沙。废台已无隐士啸，遗宅上有高人家。铃斋下榻约僧话，松阴枕石放吏衙。杯羹最珍慈竹笋，瓶水自养山姜花。地

---

① 挽联原作"记申江曾从邻居拜孟母，贤风何异一家偕族聚；与令子有如手足见皋鱼，孝慕弥深七载鲜民哀"，有删改。

炉堆兽炽石炭,瓦鼎号蚓煎秋茶。少年远游无百里,一饥能使行天涯。岂惟惯见蓬婆雪,直恐遂泛星河槎。故巢肯作儿女恋,异境会向乡闾夸。一杯径醉帻自堕,灯下发影看鬖髿。

(天头:惜后半平。)

梦游山水奇丽处有古宫观云云台观也

神游忽到云台宫,太华彩翠明秋空。曲廊下瞰白莲沼,小阁正对青萝峰。林间突兀见古碣,云外缥缈闻疏钟。褐衣纱帽瘦如削,遗像恐是希夷翁。穷搜未遍忽惊觉,半窗朝日初曈昽。却思巉然五千仞,可使常堕胡尘中?小臣昧死露肝鬲,愿扈銮驾临峭潼。何当真过此山下,百尺袅袅龙旗风。

(天头:此二句①极好,惜全篇皆平。)

余词少学稼轩者,惟《过徐州》一首近之,录于后:

满江红

芒砀云边荡终古,斜阳明灭。恨此地、一番经过,一番枨结。犹是当年兵与酒,可堪今夜人和月。看荒烟,莽荡古徐州,横南北②。

温峤誓,沧江楫。包胥泪,秦庭血。侭萧然何事,笑人寂寂。佗胄头颅应万里,本初尸骨宜千磔。③ 问何时,单骑去兜鍪,惊奇绝。

廿三日(12月20日) 写大字二张。丽保生日,作汤饼。君任自京来送行,谈至三钟去。强志、仲业来。

廿四日(12月21日) 连厚山、桐君来信,言木厂求再发三十元。(旁:君任谈至三钟去,写秦子质军门寿联。)同君任至弢老处小

---

① 指"曲廊下瞰白莲沼,小阁正对青萝峰",日记原稿此两句旁加圈。

② "横南北",《旧月簃词》作"风云歇"。

③ "佗胄头颅应万里,本初尸骨宜千磔",《旧月簃词》作"伏枥空存千里志,碎壶独感平生烈"。

坐。又至啸麓处，留晚饭，勉甫亦来。出文文山石砚，匣上镌袁子才题识云："乾隆丁未十二月杭州临平渔父网得此砚于鼎湖，王仲瞿居士舟过相值，知为文文山故物，以番钱廿元得之，转以见赠。今仿竹垞咏玉带生故事，为作匣，兼招诗流各赋一章。甲寅六月望日，袁枚记于小仓山房，时年七十有九。"①

苏幕遮·红梅堆絮

雪情酣，春意漏。乍点猩唇，乍点猩唇透。酝酿多时才似豆。勾引相思，勾引相思②又。　玉横陈，香暗逗。好是黄昏，好是黄昏候。竹外有谁凭翠袖。越显丰姿，越显丰姿瘦。

靥双鸦，绒半吐。笑向东风，笑向东风许。月地云阶相尔汝。第一销魂，第一销魂处。　笛三吹，琴再御。最好流光，最好流光去。漠漠香魂留不住。倩影心头，倩影心头炷。

晓钟严，残角③劲。生怕飘零，生怕飘零近。小别俄惊憔悴甚。底事成羞，底事成羞晕。　阁芳樽，尘玉镜。望断天涯，望断天涯信。便折繁枝谁可赠。空忆年时，空忆年时鬓。

多少泪，梦醒是天涯。偏是无人香到枕，五更开遍素馨花。无语日将斜。

---

① 天头：砚之四旁皋羽所铭："文山攀髯之明年，叠山流寓临安，得遗研焉，忆当日与文山象戏，谱至'玉鬒金鼎'一局，石君同在座右。铭曰：'洮河石，碧于血，千年不坏苌弘骨。皋羽。'"

② 两处"相思"原作"春心"。

③ "角"原作"雪"。

第九册（民国二十一年十一月至十二月）

苍虬杂录

红　梅[①]

江城万雪冻木折，天工不悭深色花。侭作朱看非碧乱，偶然水静见枝斜。绛趺梦破垂垂老，翠羽巢倾念念差。强撅丹心缄蜜蒂，为谁孤萼启春华。

故着嫣红上瘦枝，小风晴日弄迟迟。不从月地矜奇夜，自向霜馀得冶思。天女花身无漏果，老夫色相已空时。朱朱白白谁差别，正好香闻鼻观知。

屈指东皇有闹春，知君早已蜕仙尘。馀妍竞[②]作千红秀，先醒难留一染身。小醉未须欺酒面，晚妆犹与点歌唇。万山如梦霞如海，别向罗浮见丽人。

人间久失胭脂色，竹外长疑泪点斑。含采苦经春轧轧，攀枝还堕雪珊珊。广平铁石曾心许，漫共寻常素面看。

强甫[③]书

惠诗愧无以报悱恻。空谷独寐，神梦隐见。万端黯然，与春

---

① 本页钤朱文长方印“陈曾寿”。天头注“寐叟”二字，即指此词乃抄录沈增植词作。

② “竞”原作“犹”。

③ 天头“强甫”二字，指此书信作者为朱克柔（1871—1902，字强甫）。

俱逝。聊拟奉答,咽欤宣欤,尽[1]于此欤?落花无言,以为寂寂欤?鶗鴂催人,以为劳劳欤?学力菲薄,愧无以自支柱。志不可极,哀不可沉。八荒千古,一日九逝。奈何奈何!曩时最服膺"淡泊宁静"四字,今乃益知其艰。前自药,以为不敢使身心稍暇。石兄惠书,谓不可使一日之间无身心俱暇时。爱我挚我,柔非木石,辄倾复其意已。乃者或劳或逸,二法皆能使我蕉萃之感迸溢神骨,如柔七尺,宇宙亿兆,何足复道?有矜怛我者,知痛而已。古人幸而怀沙一时,招魂又一时,伤卑温一境,哭国政又一境。假令殊政合态,并试间集。难已,难已!

生徒不过一室,八方无限生灵。身世不过匹夫,千秋无穷肝胆。谁欤?才与命尊、道与权合乎?谁欤?变而愈诚、人而愈天乎?白云在天,苍波无极。俯仰古今,目光当如日月;纵横陆海,声音当如雷霆。所期各各勉之。江城大好,惜哉文而不毅,武而不雄,此实山川运会为此。中之才,可以隽也,而不可以伟。相四方而怀此都,颇有遐心矣。

昨书未发。顷闻独斟五茄皮酒,罄一小瓶,旁有《左文襄集》,取当肴核,每逢恰心处,举觞自劝,佐以高歌琅琅,遂尽二册。起视庭院,枯梧败竹,比复沉着肴声。风卷雪花,时散时集。此时思嫖姚非常,不怪匹夫雄俊,又怪我友沉酣。何勿来游,与我同哀乐也!

百字令·感秋次谭复堂[2]

生来愁病,况蓦然秋到。高楼梦醒,乱拥毹眠正好,输却个人安稳。絮柳莺忙,嗔花燕老,畴曩无心听。枕函清泪,惜春时已偷揾。

嬴得桂岭霏晴,枫江艳晚,待与春争胜。点缀湖山谁作主?

---

① "尽"原作"近"。

② 天头"关师"二字,表明以下三首词均为其师关棠所作。

莫误鸥盟有定。中秋月醉,累我神形影。孤松知否?尘寰何处先冷。

安公子

和泪新声妙,孤酌频倾倒。弦外哀音,除却清樽,更谁知道。叹浮生一刻,寄闲情已天荒地老。　　浑语收科早,欲哭翻成笑。瞒得人人,难瞒鹦鹉,替伤怀抱。问何堪沦落,共风尘见月圆花好。

浪淘沙

无意送春归,客也凄凄,杜鹃回首百花啼。修到美人速黄土,嫁已嫌迟。　　刚说不生离,此别何期,天台事可入传奇。修到美人莫黄土,免种相思。

此恨杳无期,欲问封姨。干卿底事助离披。修到美人竟黄土,何必蛾眉?　　辛苦葬花时,料损腰支。读书种子半情痴。修到美人可黄土,土亦胭脂。

芳冢夕阳迟,草色萋萋。人间最好是无知。修到美人羡黄土,侬不如伊。　　三尺小封低,终古依依。更无死别与生离。修到美人谢黄土,郎不如伊。

济南行宫海棠[1]

废苑闲廊雨露新,红芳曾飐属车尘。柔条妍似初中酒,小萼秾如乍点唇。千里黄河惊北徙,百年銮辂罢东巡。三齐处处传烽火,犹有猗那[2]媚好春。

访万柳堂

溪堂颓画野人知,老柳萧疏尚挂丝。跋扈毛甡曾烂醉,凄凉才甫已来迟。文章小技犹贤相,亭榭嬉游亦盛时。游遍城南望城北,西涯无主孰题诗。

---

① 天头"广雅"二字。指以下十一题诗(至《中兴》一首)均为张之洞诗作。
② 点校本,"猗那"作"猗傩"。

连镇僧忠亲王战垒

此是名王旧战场，连村青草上颓墙。野狐争冢抛残骨，官马眠坡带创伤。能率六盟念甥舅，独提一旅压淮湘。秺侯只画麒麟阁，请看中原百庙堂。

杜工部祠

少乞残杯道已孤，老官检校亦穷途。荣名敢望李供奉，晚遇难齐高达夫。凭仗诗篇垂宇宙，发挥忠爱在江湖。堂堂仆射三持节，那识流传借腐儒。

余在京师三兄在武昌以诗奉寄

辞乡轼辙罕逢知，对屋机云未有期。兀霁更炊栖庑处，苍凉作赋上楼时。燕台寒水成衣晚，汉口斜阳见雁迟。当代功名同气盛，蹉跎莫待鬓如丝。

德阳道上(时济东方有寇警)

陇上牛羊自寝讹，春深农事尚蹉跎。荒陂麦秀平原郡，浅水芦芽马颊河。团练苍黄村坞闭，客兵骆驿栈车多。一宵犹是承平象，浊酒铜钱且听歌。

谒胡文忠祠

枢轴安危第一功，上游大定举江东。目营四海无畦町，手疏群贤化党同。江汉①重瞻周雅盛，山林始启楚风雄。长沙定乱诚相似，未及高勋又赤忠。

二老当年开口笑，九原今日百身悲。敢云驽钝能为役，差幸心源早得师。圣虑当烦破吴后，雄心不瞑渡河时。安攘未竟公遗憾，徼福英灵倘有知。

九月十八日八旗会馆露台登高赋呈节庵孝通伯严斗垣叔峤诸君子

矶上严城晚吹凉，凌风壮观补重阳。柳仍娜婀秋生色，荷已

---

① 原误作“雅”。

离披水吐光。风动白波寒楚佩,梦回青琐在江乡。寒烟去雁穷怀抱,强为群贤一举觞。

正月初二日同杨叔峤登楼望馀雪

自丑银幡白发人,晴光喜见照城闉。山通佳气犹明雪,江泛柔波已漾春。冠佩渐劳知老至,羽书方急愧年新。悯牛谁诵河东赋,清啸南楼恐不伦。

登采石矶

艰难温峤南征日,慷慨虞公北拒时。衣带一江今涸尽,祠堂诸将竟何之。众宾同洒神洲泪,尊酒重哦夜泊诗。霜鬓当风忘却冷,危栏烟柳夕迟。

入对恭纪

罪已亲闻吐玉音,孤臣惟有涕沾襟。久因郊垒惭旄节,屡被恩波入禁林。问答自书千载遇,高寒天鉴一生心。兴元尊号麾三表,岂待重陈在莒箴。

中　兴

流转江湖鬓已皤,重来阙下抚铜驼。故人第宅招魂祭,胜地林亭掩泪过。前席颇怜非少壮,小忠犹得效蹉跎。神灵今有中兴主,准拟浯溪石再磨。

荷花画绢[①]

缥缈秋江绝世姿,玲珑湘管断肠时。红蘅碧杜长相忆,玉露金风要自持。栏槛有人伤畹晚,衣裳在水写参差。绿波骄尽芙蓉色,朝揽蛾眉讽楚辞。

芙蓉画绢

酒醒见画忽长叹,木末斜阳半在阑。一水蓉华秋后褪,倾城

---

① 天头"关师"二字,指以下诗作(至《几谷雁山图》)均为陈曾寿老师关棠诗词作品。

颜色梦中看。潇潇碧雨遗荷佩，黯黯红灯服桂丸……①

无咎室忆晦若

梅花如玉缀苔枝，曾照晴窗黠易时。南北路分何日合，风云事速独君迟。义山濩落裁诗怨，根矩沦飘得食悲。闻却长杨词赋手，上清魂梦各凄其。

全亭晚坐示刘生(振骞)杨生(寿昌)

闲居万物照心魂，陶器单衾与我存。一月出林添绿净，数花当户及黄昏；读书前辈难同世，问字诸生已在门。须使九流分派别，猛思江海正浑浑。

端月赋兴

闲庭雨过昼添寒，柳竹青葱俯一栏。渐与世疏诗笔放，偶缘春好酒杯宽。石唇苔润初安臼，水面萍分独下竿。惟有佳禽笑多事，中年心意未阑珊。

读　史

世运平波孰控抟，不关情处感无端。纷纭国是成功惧，晚近人才降格看。偶为佳时欢萌妹，每从危日验心肝。史家易失英雄意，摹写当年有未安。

同孺初丈北郭游园归

昔年荒草尚畦塍，人渐安闲众力兴。已见屋庐还旧日，欲寻花药共良朋。原定未服生疏鹤，春色犹妍老大藤。看画尝茶无一事，窗帘风细又飘灯。

读韩致尧诗感题二律

晓来微雨较春寒，诗爱冬郎尽日看。乱世峥嵘词反艳，暮年萧瑟事初完。莺啼幽独垂垂尽，马走烟尘寸寸啴。凤烛百条同一泪，今疑纸上未曾干。

谁识天心久废商，殿前执手暗沾裳。从亡卢植曾河上，和韵

---

① 此诗未抄录完。

吴融竟异乡。花好似忘春已去,尘飞真恐日无光。由来宦者倾人国,错怪唐家白面郎。

山庐夜感

独下疏帘有所思,卅年一梦醒来迟。微闻晚磬风前落,尚忆寒花病里移。山栗已残留鼠迹,海棠初放挂虫丝。人生难得安闲境,记取虚廊月上时。

甘露寺

铁塔烧残已不成,寒鸦古径少人性。凭高望远天方大,伤远思乡岁又更。壁上久无灵运书,山前谁见赞皇名。讲花飘雨僧同昼,坐听风回浪打声。

雪帆方丈出示宗室侍郎遗带时侍郎新逝感悼书此

苏公留带偶然耳,后者文襄今竹坡。事过百年人始贵,我无一无意还多。较量兴趣难悭句,想像神仪各有科。心断兰从霜一霎,闲堂独在夜如何。

半山亭

小亭穿路在城隈,秋翠和花落酒杯。日晚惮冷还曳书,雨馀松色欲连苔。江山信美留吾辈,岁日相望得此回。流水声中换人世,知谁能为半山来。

新建青山拜陆抚部丈墓

枕中魂汨常经处,今晓冲波上此台。肃肃高松非世物,疏疏寒雨助人哀。丈夫一瞑何曾顾,山径馀花有未开。欲去仍留肠已断,衰迟真恐不重来。

半山故宅

题诗武库至豪雄,变法君臣意所同。琴瑟不调原可换,兰莸未别自难终。推公贤愎惟迂叟,叹世因循有晦翁。遗宅荒凉共追吊,纷纷儿女闹村业。

德宗景皇帝诞辰集广州府学宫明伦堂行礼凡四五百人礼成敬告父老兼示学生时宣统元年六月二十六日

先帝英姿照万区，发挥神智想雄图。风云惨淡龙来去，草木凄凉自叫呼。南海衣冠看此日，东京风俗望吾徒。楚亭设乐悲前事，今岁今朝泪已枯。

九月九日苍虬招集广化寺述张文襄去年今日事感赋

年年九日寻常会，谁谓今朝是隔生。赐食御筵恩未远，题糕僧阁事初成。悲风落叶惊秋气，围坐深杯有泪声。天上人间应不阻，暝钟摇树百回情。

题天柱阁（在安庆藩署东园，沈乙厂布政所建）

宇宙能存此阁存，波涛万派阅朝昏。倚天有剑星为落，系日无绳电自奔。顾盼雄姿初洒涕，凄凉大事欲招魂。眼看陵谷心难改，何代何年共叩门。

忆去年之籀园（在钟山下，陈吏部所租）

旧月蹉跎负汝多，东风昨夜泪成波。潭深欲雨生蛟气，林密无风走雉囮。酒了每回论世劫，人归几日长庭莎。当时尚计重来梦，飘尽红蕤吟素娥。

鹤一首

佳人方独往，野鹤更高飞。掩日山峰峻，吹风海水肥。此心无去住，所事见几微。只尺青天近，谁云命可违。

诗征阁

焦山书藏今始见，万卷签函亲手题。他日丰桥倘相较，有人访古过桥西。

灵山寺

清晓烧火岳母祠，紫苔如蔓卧龟碑。天知儿背精忠字，胎教当年有大师。

几谷雁山图

雁湖草满改芜田，世界如尘大小千。只为听经一念错，来烧笋饭是何年。

高阳台·春暮同友寻青溪[①]

疏雨流红,野云吹碧,重来燕子须惊。曲曲笼烟,俊游也自销凝。载愁双桨归何处。怨东风,不解飘零。嫩苔生,断甃颓垣,邀笛曾经。

荒祠一角空斜照,算小姑去后,草黯波平。依约眉痕旧山,知向谁青。奈何声里,春如梦,最六朝残柳无情。更凄清,隔水朱楼,切切调筝。

征　招

薄寒庭院愁如水,和云[②]酿成凄楚。乳燕背斜阳,算春无归处。嫩阴浑欲暮,又迷了冶桃前渡,一碧东园,旧痕空荡,断萍零絮。

离绪罥平芜,微风外,声声晚鹃尤苦。吹梦堕淮西。怕阑珊无据,六朝君莫妒。只禁受恨烟颦雨。待相见,悄掩重帘,共剪灯深语。

和茗楼南河泊之作即用九佳韵[③]

江海无能一病骸,独欣薮泽免尘埋。早凉树鹊声先喜,残睡渔翁眼乍揩。谋野曾无裨谌获,游车姑学邵雍乖。鉴湖倘荷君恩赐,致仕何妨被硬差。

西　山

西山佳气自葱葱,闻见心情百不同。花院无从寻道士,都人何用看衰翁?藁街列第峥嵘起,前殿南军顾盼雄。新旧只今分半坐,庙堂端费斡旋功。

---

① 天头"蒿庵",指以下两首词为冯煦(号蒿庵)词作。

② 原涂去"微云"二字。

③ 天头"广雅"二字,指以下五首诗(至《白日一首示樊山》)为张之洞所作。

登天宁寺楼

过阙当行复暂留，数将新绿到深秋。贪看野色时停骑，坐尽斜阳尚倚楼。霜菊如人支岁晚，西山似梦隔前游。廊僧亦有苍茫感，何况当筵尽胜流。

九日慈圣赐起酥花糕蒸食花糕内馔水角共十四合又北平一口酱菜十篓携与同游诸客共之以广上恩赋诗恭纪

野服携童出禁闉，官壶雨露下丹宸。客中久欲忘佳节，天上何由忆具臣。分惠幸多仓卒客，衰年难乞自由身。北风方劲惊蓬起，试问如何报露尘。

白日一首示樊山

又到山寒木瘦时，黄鸡白日去如驰。诗才已为尘劳尽，霜鬓空教海内知。送远添愁身是客，解忧无效酒停卮。梦争王室烦惊醒，枥马依墙龁断萁。

主子银瓶一盒
林子献干鱼一包、纸二卷
胡晴初酱菜一篓、袜子一包、点心一盒
周立之致郭词伯信一封
六婶母带给焕弟弟鞋子一双(在许老伯箱内)、布包一个
费家信二封
张八爷衣包一个
三哥皮帽子一顶
三表哥衣包一个、信一封、名片一盒(图章一个)
许季湘箱子一口(大礼服)

强老致愔仲函
张八爷函　　被褥枕二、墨盒一个
茶叶、鼻烟壶二个、碟子一个、金果粉一筒

咸饼干二筒、萨吃马一盒、肉松二筒

花生糕一盒、腐乳一坛、蜜橘白梨一包

杏干一坛、烟炮五盒斗一个（签子一个）、笔十支

狐皮一件、羊皮一件、驼绒袍一件、马褂二件、汗褂裤一套

袜子一双、衬衫一件、套裤一双、印章一盒、印泥一盒

阿士阿拉一瓶、戒烟丸一筒、开胃药一盒、南烤一盒（又一筒）、牛羊糕一小包。[①]

廿五日（12月22日） 冬至设祭，强志夫妇及钧、炎两侄来。振来约晚饭。写小字二张。孝怀来。与勉甫谈至三钟睡。[②] 致张仙桥函。致强先函。写杨太夫人挽对。

廿六日（12月23日） 定于廿七乘长平丸赴大连，走别弢老，视幼兰病。致仲弢函。致询先函，闻以旧恙复发，廿日未销假，极悬念也。致诵清啱函。强志来。荣儿同彤伯自京返。弢老同几士、午原来送行。写小字二张。地山姻丈、仲业来。与家人打麻将八圈。大侄女来。强先来。

廿七日（12月24日） 乘长平丸赴大连。勉甫。仲业、强志、彤伯及荃女、素梅侄女、小元、效高均至船送。午后一钟开，风大，颠簸殊甚。润博勤及刘广珩太监同房间，博勤带有烟具，刘监招呼吃烟，屈一膝于灯前对火，俨然享天上之福矣。

题宣和御笔牡丹一绝

灵窟冰天锁两宫，荒寒何处有东风。谁知春色钱塘好，太上筵开照殿红。

---

① 天头：《冬郎诗》一册、《绝妙好词笺》三册、《河海昆仑录》四册、《手抄古文》二册、日记本一册、信纸四本、《聪训斋语》一册、《骈体文抄》二册、《杜诗镜铨》一函、《苍虬诗稿》三册、《词稿》一册、《广雅诗集》二册、片函二盒、大小诗韵各一册、画纸一包。

② 此处抹去“强志来”三字。

淳熙六年三月十五日，上同皇后从太上至聚景园赏大花，三面漫坡，牡丹约千馀业，各有牙牌金字，上张大样碧油绢幕，又别剪好色样一千朵安顿花架，并是水晶玻璃、天青汝窑金瓶。就中沉香桌儿一只，安顿白玉碾花商尊，约高二尺，径二尺三寸。独插"照殿红"十五枝。是日知阁张抡进《壶中天》慢词。

廿八日(12月25日) 风大，船行极迟，僵卧时久，腰痛梦遗。自立冬日始，梦遗之病今已六次，衰病如此，岂复堪世事乎？夜七钟到岸，寓南方旅社。周竺君来谈。致荣儿、巽女、荃女、素梅侄女函。致勉甫、仲业函。

廿九日(12月26日) 夜梦甚不宁，所见皆甚异之境，不近情理，殆心绪不佳，少养心之功也。付旅社账。往竺君家午饭，出纸索画松屏四幅。致强志、荃女函。

满江红

君任来天津，与立之在予小楼中夜话，流连①两月之久，兹将南旋乘车至汉口，过江还沪，予亦将出关，感成此阕。

急景雕年，行色犯，冰霜万里。看随处，青烽白骨，敢悲身世。战雪枯蓬空自振，惊弦断雁难成字。送扁舟，呜咽绕乡关，东流水。　　连夕话，高楼倚，残菊影，秋灯里。便百年，厮守岂非长计。万事只排淹日月，一肩付与愁天地。叹衰迟，负了故人期，心如醉。

廿九日(12月26日) 晨八钟上车，车中见梅花一小盆，鲜艳夺目，购得之。

来作人间第一春，故应惨淡见凋晨。梦投暗记青霞佩，酒晕微款缟袂人。沧海泪干回一笑，冰天镜冷对孤颦。自伤自媚空尘想，未管啁啾翠妇嗔。

不信穷荒有别春，化妆明眼一枝新。残年慵侣中兴梦，雪地冰天

① "流连"原作"儿至"。

见喜神。(《梅花喜神谱》首"麦秀寓光武中兴之兆也"。)

卅日[①] 八钟到长春,农先、识先、君适、升儿、焕侄、尚英及刘嗣伯、王铁生、许声甫、包季庭、儆吾、子玉、缪子寿、沈奎一来接。先至农先处小坐。到交通后楼,晴初、季香来。三钟睡。

十二月初一日(12月27日) 到府见上,谢任内廷局恩。见后,近患胸胀、气促、便血、口渴、不思饮食,病象极可虑。谒宝师,晤君九、云汀、揖先、伯辉。到局,阅公文十馀件。四钟返寓。饭后,至晴初、季湘处小坐。儆吾、茗雪、稚云、农先、识先来谈,尚英来。[②]

浅 语[③]

一、光学五古;二、勿阅本朝人诗(明诗亦不阅);[④]三、勿看典故书。

要 语

一、读书先读《诗经》、《檀弓》、《庄子》、《离骚》、《史记》、佛书。

二、勿近俗人俗事。

三、清风明月,时频在阶下,好花芳草,嘉果秀木,往往流连,心神与之相连。好山水,不待言。

四、论一事一人,心公正,勿有恩怨。诗所以为史也,观其诗知其人,吾于前人集如此,后人于吾诗亦必如此,不可不慎也。

天上龙髯不可攀,无可墨渖拾金鎏。苍虬有句吾能诵,足慰

---

① 原圈去此二字,此数日陈曾寿日期误记。查本年十二月只二十九天,亦无此日期。

② 天头:小西门黄家路二百十九号。

③ 天头"节师"二字,指《浅语》《要语》出自梁鼎芬。

④ 旁注:"案二,箧中不可有,待至诗可成时乃阅之。"

平生是盖棺。《题节师诗札》。①

过回回墓②

峡口巉岩叠石屏，墓门香火阏芳馨。幸逃南海苍蝇吊③，来取西天白马经。蜕化衣冠藏古洞，灵来风雨暗空庭。一抔占断云岚色，手酎清尊倒玉瓶。

一　剑④

新诗绮语未为奇，一剑随身万里时。客子光阴秋雁过，孤臣心事夜乌知。舣舟西极探星宿，飞矢南山走月支。好逐羝羊访苏武，便骑天马下龟兹。

慈仁寺双松⑤

千步廊前车如织，归来中满不能食。无聊欲共草木语，城南双松上胸臆。琳宫百堵无片瓦，远见精光出草棘。伟哉衣冠绮与黄，曾睹秦火三月熄。龙鳞如掌丑愈妍，返照在顶晃黝碧。崇效僧图遭掠卖，长椿《九莲》难踪迹。此寺瓷像亦俄空，佛救不得凭谁力。访旧多为游岱魂，求如汝寿那可得。同游俱是感慨人，藉草相看到曛黑。往年妖乱等一梦，锦库成灰铜仙泣。遗此区区老秃树，岂足增壮帝京色。虽不中用亦复佳，留与后来阮亭、望溪弄笔墨（方望溪、王阮亭屡看封氏园松，画为长卷，方有记，王有跋）。

文襄七古以此为第一，苍凉郁厚，惜后不多作耳。

昆阳汉世祖庙碑⑥

粤若鲸波荡潏之秋，鳌极沸腾之际，则苍灵启圣，元祇协符。

---

① 天头“彊村”二字，指此诗作者为朱祖谋。

②④ 整理者按：此诗作者为裴景福，原诗收在裴景福《睫暗诗钞》卷六。

③ 原诗为“幸逃南海青蝇吊”。

⑤ 天头“广雅”二字，指此诗作者为张之洞。

⑥ 天头“百柱堂”三字，指此文作者为王柏心（其集名《百柱堂集》）。

奋风云而扫妖氛,配日月而昭复旦。宣重光于烈祖,慰傒后于蒸民。海宇不可一日弗安也,宗禋不可一日或坠也。昔者迹肇唐郊,玉钺遥清乎丹浦;威伸殷武,雕戈用克夫鬼方。虽复图箓凝庥,共球绍服。而雍容主鬯,殊非龙战之时;赫濯承基,无事鹰扬之旅。亦有芟夷寻灌,配天者四百年;戡定商奄,殄祀者五十国。会岐阳之车马,吉戊来同;奉高庙之神灵,横庚斯协。虽皆克还旧物,光启中兴。然而寓县未极其分崩,黔黎未深于焚溺。扫除自速,耆定非难,其有乏一成一旅之基,奋百战百胜之略,智勇锡而天人应,创守兼而谟烈隆,恢恢乎惟汉之光武帝乎?

当夫炎祚中微,奸臣盗柄,骋穷凶于浇羿,肆狂噬于猰貐。五威九虎之师,纵横中外;王田国息之制,荼毒闾阎。九土痛心,万方疾首,中原鼎沸,豪杰云兴。平陵黄犊之变生,下江绿林之兵起。帝笃其眷,乃命真人。始则佳气生陵,神光照室。应枢电流虹之瑞,禀隆准日角之奇。韬迹州邦,晦心耕稼。遂乃龙摅白水,虎步高阳。应赤伏以兴师,耀绛衣而问罪。造攻新野,决胜泚西,奄有昆阳,直通宛下。俄而寻邑以百万之众,径压孤城,地道横冲,云梯俯瞰。戈铤之影蔽日,钲鼓之声震天。析骸而炊,守陴皆哭。帝乃奋其武怒,运厥威神,躬驰大敌之场,独决背城之战。雷霆下击,天摧虎豹之军;风雨横驰,地扫鲸鲵之穴。车甲积于水上,屋瓦飞于空中。髑髅为台,肩髀作冢。功逾于漂杵,事捷于摧枯。遂使威斗婴灾,渐台授首。一战之勋,斯为烈矣。

由是率司隶之僚属,复汉官之威仪。持节渡河,除苛布泽,亲徇蓟北,进拔邯郸。于是皇度未清,群雄方竞。三辅之纪纲再紊,四方之威命不行。帝也恢奄甸之模,值乐推之会。燔柴鄗邑,定鼎洛阳。讴歌狱讼之归,不期而自至;寄象狄鞮之使,不召而咸臻。指挥而大业成矣,端拱而皇猷定矣。

昔周诘戎兵,功资方召,汉收策力,任寄韩彭。必驾驭乎群力，乃芟除乎大难。帝则胜惟庙算，战必亲征。俘邓奉于堵阳，摧董宪于昌虑。殄青犊于射犬，降张步于临菑。幸汧源而陇右平，次关中而蜀都震。以及铜马、赤眉之辈，庞萌、苏茂之伦，莫不向七萃以倒戈，望六师而解甲。虽宅中图大，不云天步既康；虽基命肇邦，不敢宸居自逸。此即射十日于蒙汜，缴大风于青邱，景亳之师十一征，楚汉之际七十战。讵得加兹震叠，逾此威棱，此则帝之武也。

扫荒屯者，多未遑夫制作；除祸难者，或不足于治平。帝则念切纳隍，仁深解纲，剑赐骑士，马驾鼓车。并郡国而减吏员，引公卿而延郎将。循良首奖，特崇太傅之封；儒术方隆，庸建褒成之爵。投戈讲艺，息马论道。备法物而行封禅，创明堂而立辟雍。惠章礼乐，追迹乎世宗；综览权纲，同符于宣帝。此则帝之文也。若乃葬圣公以推仁，待盆子以不死，指河坚朱鲔之誓，赐墨答宝融之忧。烧文书而反侧自安，推心腹而降人尽悦。纵遨游于二帝，人识真王；笑故态于狂奴，座客高卧。其宽裕有如此者。

纳邳彤之说而留信都，任寇恂之才而委河内。郅君章以拒关受赏，第五伦以论政见奇。贵戚望风，且避二鲍；舍中行法，不私诸卿。喜伏波之论兵，每与意合；赏河西之章奏，辄问谁参？其明决有如此者。

夫五年成帝，犹受困于平城；四海为家，尚勤兵于辽左。以武定天下者，不忘耀武之心；以兵建大勋者，必冒佳兵之忌。帝则志在息人，治行柔道。每发兵而头须欲白，非警急则军旅不言。绝远驾于龙堆，弭雄心于狼望。虽虎螭之将，上书而抵掌；熊豹之臣，纳说而请缨。而近戒萧墙，远追黄石。玉关既开，深谋拒属国之求；缯剑遥酬，厚礼谢匈奴之使。其远虑有如此者。

察微之士，祸必避乎属镂；盖世之勋，身不容于钟室。是以萧樊婴其缧绁，窦灌受其骈诛。乌兔兴悲，龙蛇饮恨。震主之危,自昔然矣。帝则茅土酬庸,山河永誓。戒两虎之私斗,赐大骊以昭忠。麦饭豆羹,缱绻艰难之爱;功曹亭长,从容阔达之谈。四七际之元功,同书竹帛;廿八将之间气,上应星辰。其大度有如此者。说者谓帝特立亲庙,别祀章陵,追王弗崇,礼文未合。不知有虞受禅,但告神宗。高帝临朝,唯尊太上。汉家自有制度,大统匪顾私亲。儒生守礼,何不达也。又谓帝政归台省,治任严明;矜综核之劳,损恢宏之体。不知继哀平之衰替,遭新莽之纷更。奸伪滋生,制防亏弛,非行移柱改弦之政,曷睹张檠正枉之功。帝特去害马之群,匪驱丛爵;鞭后羊之失,匪察渊鱼。向使尽罢纲维,高言元默,无异解衣而抱火,舍櫂以浮江。然则赏罚异宜,质文殊尚,一偏之论,未足与议也。又谓帝西都轻弃,东土营居;徒捐四塞之雄,但守八关之隘。不知大庭少皞,迹不同墟;蒲阪平阳,基非代袭。丰程继作,并垂百世之孙谋;嚣耿迭居,弗坠五迁之神器。况夫阴阳所会,实天下之土中;朝贡咸遵,较长安而日近者哉!又以帝好崇图识,喜读纬书,语出不经,事同非圣。不知唐帝有观河之典,周成有拜洛之游。轩辕合符于釜山,姒后探书于委宛。赤文绿字,流星降五老之精;玉检金泥,启箓授重瞳之子。神道设教,岂无征欤?且帝有拨乱之鸿功,安民之大德,忧勤之远略,节俭之良图。巍巍乎综神圣以甄陶,合帝王而步骤。易曰"聪明睿知,神武而不杀"者,其帝也夫!其帝也夫!

昆阳为大武之初基,实英猷之始建。精灵如在,庙貌犹新。天下真龙,邻叶公之旧县;中原逐鹿,笑石勒之粗才。某也短布驱车,远愧邓生杖策;壮年作赋,复惭杜笃论都。惜夫翠琬未镌,丰碑弗表。用敢敷扬圣德,纪述神功。经武皇通天之台,尚有文章被赏;比沛上歌风之址,岂无魂魄来游?

苏幕遮·红梅堆絮

雪情酣,春意漏。乍点猩唇,乍点猩唇透。酝酿多时才似豆，勾引相思，勾引相思又。　　玉横陈，香暗逗。好是黄昏，好是黄昏后。竹外有谁凭翠袖，越显丰姿，越显丰姿瘦。

靥双嫣，绒半吐。笑向东风，笑向东风许。月地云阶相尔汝，第一销魂，第一销魂处。　　笛频吹，琴再御。最好流光，最好流光去。漠漠香魂留不住，倩影心头，倩影心头炷。

晓钟严，残角劲。生怕飘零，生怕飘零近。小别俄惊蕉萃甚，底事成羞，底事成羞晕。　　阁芳尊，尘玉镜。望断天涯，望断天涯讯，便折繁枝谁可赠，空忆年时，空忆年时鬓。

①织笠女者，河南人也。其县妇女采台草织笠以为事。女自十二三时，每织，择精好细洁之草别藏之。既多，复择其尤。当嫁之岁，自制一笠。既成昏，用献其夫，而语其勤焉。夫戴以出，市人见者无不夸也。久之，旁县亦闻之。

它日，夫出，有自后呼之者，公子也。问之曰："物以难得为珍，货以有用为贵。今子之笠，妇所织也。冠之不可以却暑，无食不可以为炊。子诚卖之，愿论其价。可乎？"其夫心惜之，而以客为謷言，姑应之曰："吾笠不卖，客幸欲之，若得钱八万，当以与客。不然，无相问也。"公子大喜，遽下钱八万，取笠而去。于是其夫辇钱而归，喜告其妇曰："笠已卖矣，乃得八万。若先靳之十万，可致也。"女问其故，默然内悲而无言。其夫出，遂闭阖户自经而死。

君子以织笠女为识微。夫古之妇也，义可求去。今也不然，一入其门，荣辱随之。至于见卖逼淫而求死兴狱者，有司日有闻也。女之死，可谓达时矣！使龙、比知之，则其君无杀谏之名；屈平知之，则其先无左徒之宠。君子取其败而俱伤也，不若自洁以

① 天头"湘绮"二字，指此文及后一篇均为王闿运所作。即王闿运《今列女传》所收《节义》《辩通》两篇。

全其交。《诗》曰:“反是不思,亦已焉哉!”此之谓也。

直辞女童,满洲人。其父为京营四品官,则未知其为参领欤?佐领欤?咸丰九年冬,选良家女入宫,引见内殿,上亲临视。女童以父官四品例在籍中。

晨入,天寒,上久不出。诸女立阶下,冰冻缩蹙,莫能自主。女童家贫衣薄,不堪其寒,屡欲先出。主者大嗔怪,固留止之,稍相争论。女童大言曰:“吾闻朝廷立事,各有其时。今四方兵寇,京饷不给。城中人衣食日困,恃粥而活。吾等家无见粮,父子不相保。未闻选用将相,召见贤士。今日选妃,明日挑女。吾闻古有无道昏主,今其是邪?”于是上在屏后,微闻之。出则诏问:“谁言者?”诸女恐怖失色,莫能对。女童前跪,称奴适有言。上问曰:“汝何所云?”女童前对:“奴等当引见,驾久不出,诚不胜寒,欲出不得,而总管以朝廷禁令相责。奴诚死罪,忘其躯命。具言朝廷立事,各有其时。今四方兵寇,京饷不给。城中人衣食日困,恃粥而活。奴等家无见粮,父子不相保。未闻选用将相,召见贤士。今日选妃,明日挑女。窃闻古有无道昏主,窃以论皇上,愿伏其罪。”于是上默然良久。曰:“汝不愿选者,今可出矣。”女童叩头退立。上遂罢选。

当女童前后言时,与在旁者莫不惶急,流汗咋舌,不敢卒听。及得温旨遣出,或称[①]战悚不能正步,以此女童名闻京师,君子以为能直辞。《诗》曰:“匪饥匪渴,德音来括。”此之谓也。女童既出,上它日以事降其父一阶,欲令后选时,女可不豫也。君子以为女童以一言而悟主,成文宗之宽明,显名于后世。《诗》曰:“静女其娈,贻我彤管。”女童可以炜彤管矣!

---

① 《湘绮楼诗文集》“称”作“犹”。

第十册(民国二十一年十二月至二十二年三月)

十二月初二日(1932 年 12 月 28 日) 到府见上,谢内廷局局长恩,即到局办事,所管者为祭祀陵庙、医官、女官、私产等事。职事为独立,不与府中各处相涉,上必欲以相委,揣量固辞不得,遂不更辞。四月时曾往高古樵占课,谓他日所就为内廷之事,当时并无此名目,今改定官制,始立此局,岂万事皆前定耶?内廷官缺三,现任命二人:刘庆镗(嗣伯)、恩棣(稚云),陵庙官缺二,现任命一人:赵果祺(时敏),属官缺,现任命四人:王光圻(铁生)、毛永惠(轻侯)、恒润(德甫)、张庆熿(伯华),办事员二人:耿恩顺(秀峰)、许鸿儒(声伯),书记二人:黄佐臣、包桂熙(缉庭),夫役(赵常伟、王国华)。①

见后,近患胸胀气促,不思饮食,病象极可虑。② 谒宝师。晤君九、云汀、揖先、伯辉,四钟返寓。许鲁山来,即答拜。饭后,至愔仲、季湘处小坐。儆吾、苕雪、稚云、农先、识先、尚英来。寄蓉史表侄女四十元。爵稚安来。

初三日(12 月 29 日) 到局,见上,见后。致强志、素梅侄女函。稚云、苕雪来。鲍扶九来。君九来。写小字二张。

初四日(12 月 30 日) 到局。致七弟函,寄廿元,为调理之费。苕雪、稚云、伯辉、农先、识先来。写小字一张。

---

① 天头:未补名缺:荐任五员:陵庙一、内廷一、医官一、药剂一、女官一,委任四员:属官一、药剂一、女官二。

② 天头:赏点心二十盘。

初五日(12月31日) 到局。端仲刚世丈来。文启(季清)、文华同来,所谈者:一为永陵派裕德上祭,本发川资五十元,今用去百五十元;一为清理大路事;一交涉私产事;一永陵有地,从前丈尚未放,现尚可清理,但须先发开办费一千元。拟上陈之事:一规定两陵承办事务处用项及事务大臣薪水及北京办事处经费节赏;一问格格、郑隤凯学费数目;一罗振玉、薪水数目;一溥脩问静园存放物件,遇有警时如何处置。农先,识先,九弟妇,焕侄、翰侄来,稚云、苕雪来,添菜,开饭二桌。致君任函、仲业函。

初六日(1933年1月1日) 鞠躬,拍照二张。稚云、苕雪来谈,至十二钟去。升儿趁晚车由奉山路返津。写小字一张。

初七日(1月2日) 上宴舞藤大使及□□□□□□□□□□□□□□□[①],命府中长官总理、各部总长等作陪。愔仲、季湘、儆吾、伯辉、识先、苕雪、陈征宇、黄默园、何寿芬(殿椿)及其子来。

方虚谷论诗中用事一则甚精,录之:

简斋眼疾诗

天公嗔我眼常白,故着昏花阿堵中。不怪参军骑瞎马,但妨中散送飞鸿。着篱令恶谁能对,损读方奇定有功。九恼从来是佛种,会知那律是圆通。

此诗八句而用七事,谓诗不在用事者,殆胸中无书耳。"盲人骑瞎马,夜半临深池。"此《世说》殷仲堪参军所作危语,仲堪眇一目,适忤之。"只见门外着篱,未见眼中安障。"此方干令以嘲李主簿。范宁武子患目痛,求方于张湛,湛戏谓"此方用,损读书一,减思虑二,专内视三,简外观四,早晚起五,夜早眠六,凡六物,熬以神灰,下以气簁。"今刊本多误作"损续",非也。"白眼""阿堵""送飞鸿"三事非僻,"那律"事出《楞严经》,无目可以证道,其要妙在用虚字以斡实事,不可不细味也。

---

① 原空缺未记。

腊八日(1月3日) 上赐宴,后赏腊八粥一器、点心菜肴四盘。闻昨夜半中日兵冲突,日兵已至关内,升儿适乘车入关,想折回奉天,改由大连行矣。许鲁山来谈。苕雪来。写对联四付、屏一幅。

山谷咏猩猩笔

爱酒醉魂在,能言机事疏。平生几两屐,身后五车书。物色看王会,勋劳在石渠。拔毛能济世,端为识①杨朱。

此诗所以妙者,"平生""身后""几两屐""五车书"自是四个出处,于猩猩笔何干涉,乃善能融化斡排至此。末句用"拔毛事",后之学诗者,不知此机诀,不能入三昧也。

初九日(1月4日) 到局。上稍违和,命诊脉拟方。写屏七幅。

知母(一钱半)、苦枣仁②(三钱)、丹皮(一钱)

川贝(三钱)、鲜生地(一钱半)、茯苓(三钱)

竹茹(三钱)、元参(一钱)、猪苓(一钱半)

杭菊(三钱)、橘络(一钱半)、藕节(五个)

苕雪谓宜加麦冬一钱、郁金一钱、枇杷叶(炙)三钱、制川朴五分。

同愔仲访爵秩安、何寿芬、陈征宇、黄默园。

凉菜四味,约苕雪、愔仲、季湘来。写小字一张。

初十日(1月5日) 到局,见上,陈清理大路及祭永陵川资事。上命诊脉,增减昨方,圣躬已较昨安复矣!蒙古德□□□□□前在津曾骗上之金珠甚多,今来宝师反为之求恩赏,亦可谓谬矣。予言此人应重罚者,上不罚已是格外恩典,岂复可赏乎?开罪于宝师,所不能顾也。写屏四幅、便面一。愔仲约至新京戏园观剧,小坐即归,兴致索然。识先夫妇及翰侄来。苕雪来,托爵秩安带家信至津。画松一幅,送许鲁山七十生日。上命代致荣惠皇贵太妃函。写小字一张。

十一日(1月6日) 先母生忌。到局,宝沈庵师属日人小平写

---

① "识",《山谷集》作"谢"。

② 旁注:"去皮☐"。

信与法制局长三宅,问府中令可管内廷局事否?三宅模棱两可之辞答之。今以其信送局[①],其意若日以后可据以干涉局事也。因请见上,奏陈此事,上曰:"内廷局不归府中令管属,系规定有明文者,宝熙何以近来如此之昏。"因将三宅函留下以斥之,由局覆一函[②],略谓查执政府新官制第三十条,内廷局长陈奏传旨云云,是内廷局职权规定甚明,三宅私函既非正式公文,又属解释错误,未便据为典要,今为内廷局夺去,可谓情见乎辞矣。"不知腐鼠成滋味,猜意鹨雏竟未休。"可为一叹。王式当年本不来往,以主恩太重,牵率至此,诚无暇呕此间气也。升儿来信:途中折回甚拥挤,查检十馀次,黑夜受冻,以致感冒,今在大连候船。旋得天津电,已平安到家矣。同君适至农先处上供,子玉亦至,谈至十一点钟返寓。七弟来函,言此次发病甚剧,廿馀日尚不能行动,疲软殊甚,冬至后一日夜不能睡,幸未吐红,殆平时积劳所致。即覆函,属其安心静养,当再寄百元为家用调理之费,局事可以辞去,明春寄川资来津将息。写小字一张。

十二日(1月7日) 到局。致公渚函。刘嗣伯、王铁生、恩稚云来晚饭。十一钟后,同子玉、苕雪走访季湘,月色甚佳,尚不甚寒冷,季湘已脱袜将睡矣,谈至十二钟半返寓。强志、贻先来函,附寄寥志游山诗数首。素梅侄女、荃女来函。写小字一张。

十三日(1月8日) 星期,未到局。往拜荣仲荃、荣叔章,皆未起。在袁洁三处小坐,其人甚元爽,虽稍陋,亦东省之翘楚也。宪有之来。赵时敏、稚云来。荣仲荃来。苏堪约同农先、君适、愔仲、稚云晚饭。闻公雨在嗣伯家饮酒、唱昆曲,忽然昏厥不语,急同君适往视,

---

① 此一句原作"三宅以模棱两可之辞覆之,内务处遂以其信送局",后更如上所示。

② 此处抹去"与宝师"三字。

已至南满[1]医院矣。[2] 公雨今夏患足软数月，是其气体已亏，今又新有量珠之喜，中年以后，固宜服独宿之丸也。

人命无常，宜早寻一归宿。

十四日(1月9日) 到局。上命往视万绳栻，即同农先、嗣伯、傚吾、君羽至南满医院。公雨病象如昨，尚有知觉。彭丽生、傚吾皆主用麻黄，傚吾则纯用小续命汤大方，丽生有加减，以公雨向信丽生，公议仍服其药。与医院商服中药，居然应允，惟戴冰帽非所宜，未能止之。回府复命，上微觉头晕耳鸣，命诊脉拟方。稚云、傚吾、苕雪、季湘来。汇百元与询先，属其辞去局事，安心养病。写小字一张。

十五日(1月10日) 到局。闻公雨知觉稍复，右手足不能动，其子女来，作一闽语，左手索笔，书不成字，当无性命之忧，恐成偏废。稚云、苕雪、识先来。写小字一张。

十六日(1月11日) 先父生忌。到局见上，陈寄京津款项事。公雨病情如昨，未脱危险，闻其子拒客，遂未往视。至农先处上供。寒甚，如去年除夕至旅顺时。荣儿、巽女来函。询先来函，云吐血已止多日，尚委顿。写小字一张。

十七日(1月12日) 到局，见上请脉。往视公雨，其子仍拒客，云恐带寒气入室。病人带冰帽，尚防受寒气，未之前闻。病状极不佳。夜间上命斯明往诊处方，赏人参，闻服药后泻黑粪甚多，脉稍平，热减，未一时，遂变症，延至晨六时半逝世。公雨故是逸才，可惜之至。雪堂、君九、苕雪、鲁山来谈。写小字一张。

十八日(1月13日) 晨七钟时，君九来访，同往吊公雨。八时到局。上谕：前内阁阁丞万绳栻器宇恢闳，才猷练达，起家牧令，荐剡造膺。国变后，佐军江淮，志存兴复，洊跻峻秩，夷险不渝。比岁转徙相从，尤征忠爱。猝撄末疾，叠经遣医诊视，赏赐参枝，方冀调治就

---

① 此处圈去“铁路”二字。

② 此处圈去“苕雪来”三字。

痊,长资倚任,遽闻溘逝,轸悼殊深。著加恩赏给陀罗经被,予谥果敏,并给治丧银一千元,以示笃念荩臣之至意。钦此。

十九日(1月14日) 晨至南满医院送公雨入殓,寒气劲烈,几不可耐,遂回府。连日闷甚,沽酒二斤,用萝卜炖肉,约稚云、茗雪来晚饭。正饮时,忽苏堪以电话约饮,作东坡生日,遂同稚云、君适往。写小字一张。

古文家似水,非翻空不能见长,果有其本矣,则源泉混混,放为波澜,自与江海争奇;考据家似火,非附丽于物,不能有所表见。极其所至,燎于原矣,卒其所自得者皆灰烬也。以考据为古文,犹之以火为水,两物之不相中也。近见海内所推博雅大儒作为文章,非序事噂沓,即用笔平衍,于剪裁提挈、烹炼顿挫诸法,大都懵然,盖其平素神气沾滞于丛杂琐碎中,翻撷多而思功少。譬如人足不良,终日循墙扶杖以行,一旦失所依傍,便伥伥然卧地而蛇趋,亦势之不得不然者也。刘贡父笑欧九不读书,其文具在,远逊庐陵,亦古今之通病也。

> 籥门先生之抚吾湘,前后十载,德政既不胜书,武节亦非所短,事均有迹可按而知,而其遗爱之尤溥著者,无如剔漕弊、罢大钱两事。其靖未形之乱,不动声色,而措湖湘如盘石之安,可谓明治体而识政要,非近世才臣所能及也。湘中财赋,不及江浙七郡之一。自军兴以来,内固疆圉,外救邻封,未尝请太府之钱,未尝乞邻邦之助,兵无饥噪之事,民无困敝之虞。局外百端揣拟,莫测所由。孰知其廉慎仁恕之德,足立其本,精诚专一之行,足善其用也。

此左文襄赞骆文忠语,包括无遗,洞中肯綮,无一毫溢美之辞,可谓花县之定评也。写小字一张。

廿日(1月15日) [①]星期。同子玉、君适至农先寓,同农先访肖旭,又独访嗣伯,未遇。复回寓,携烟具至农先寓,愔仲、季湘亦来。

---

① 此处圈去"到局"二字。

饭后看竹，负三元。写小字一张。

廿一日(1月16日) 到局，宝师以万寿酒食费[①]未敢向国务院要钱，遂在上前诉其艰难，传谕各长官会议，欲于每月经常费中省出四千元。会议到者为宝师、愔仲、季湘、工藤、揖先、云汀、子献及予。予言内廷局十六缺只补其八，若全补则须增千八百元之俸金，是局中已格外节俭矣，此外实无可再省，惟有陵庙费每月二千五百元可省五百元，徐俟试办三个月再看情形云云。并草一说帖呈上阅之。

昔程明道有言"为政便当知体"，今执政府官制甫经改定，而又裁减，非体也。朝令而夕改则损威信，益上有限而损下甚多，则失人心。废经常有定之款而务临时不可知之用，则本末轻重倒置。设官分职，所以任事，但当问其事之举不举，不可因噎而废食。若夫临时之用或关重要是非，执政一人之私用亦非执政府之私用，乃国家所必需之用，国务院不能置之不理，以正义告之，亦无不供之理。至于临时用途或忧无着，臣下应体皇上爱勤节俭之至意，随时审察，事皆据实，款不虚縻，撙节弥缝，以备时用，不必上烦圣虑也。写小字二张。

廿二日(1月17日) 到局，见上，诊脉。苕雪补公禹所遗秘书缺，出自特达之知，可喜。廿年前同在学部之人，国亡二十年，复在此一处作官，此自古所未有也。叔言、季湘、君九、肖旭、德懋田及宝师皆学部也。儆吾、稚云、苕雪来晚饭，沽绍酒二斤小饮。叔言来谈。写小字一张。

廿三日(1月18日) 到局，见上，诊脉。致强志、荣儿、内子函，劝其来长春，闻津中人心慌乱，已移居强志家也。苕雪、儆吾来。画松幅，写松鲁山寿联。

廿四日(1月19日) 到局，见上、见后。陈愿士自津来，带强志、荣儿、巽女、荃女、素梅侄女、仲远、蓉史表侄女函，糖一包、花生糖一盒、纪恩室照片二张。叔言写小字一张。子玉生日，避去不归。

---

① "酒食费"原作"用款"。

挽功禹联:

复辟或同心,强半山邱更摧健者;饰终邀异数,无惭名实足慰英魂。

又代季湘作:

有万年少之遗风,惟凭翰墨忘忧,青山见我;为张忠武老从事,忍听悲歌击石,朱鸟同归。

代儆吾作:

对酒当歌,苍莽有风云之气;竭忠尽智,志节与日月争光。

廿五日(1月20日) 到局,见上。日前,撤兰小食,苕雪、儆吾、子玉、稚云、虞袁、君适、农先、识先(伯辉以值日未到)及予,共十人,菜甚佳。打麻将十圈,负四十三元。荣重荃来。

廿六日(1月21日) 到局,见上。呈纪恩室照片及伯夔诗序,上甚嘉悦。铁生、稚云、季湘、苕雪来。许鲁山七十生日约饮,未赴。得七弟二函,其恙渐愈,稍为放心。荣儿函言厚先与一女学生结婚,生一女。先母在时,虽曾为定贵州周姓之女,现周府屡催完姻,如此何以对人。此女如志情激烈者,恐致性命之忧,皆予所作之孽也。强志来函,蓉史表侄女来函,言山中苦况,同武毫无音信接济,为之凄恻。

廿七日(1月22日) 同子玉、稚云、君适至关帝庙吊功禹。上赐祭,派许宝蘅恭代。愔仲、季湘、铁生、翁正卿、苕雪来午饭。伯高来。识先夫妇及小翰来。打麻将,负二元。写小字半开。

廿八日(1月23日) 到局。① 敬拟奉安列祖列宗神牌及醇王福晋神牌、堂子、孔子、关帝神位事。小山涨宪兵长约在八千代晚饮。愔仲、季湘来。强志、升儿来函。

廿八日②(1月24日) 到局。见上,奏陈奉安醇王福晋神牌地

---

① 此数字旁有极小字标注:苍虬居士写小字蝇头,细筋入骨,析□枚毫。

② 日期误记,当为“廿九日”。

位太窄，于府中令室分一角，夹以短垣，尤为不安，改岁必须改动。此事本为内廷[1]应办之事，而府中令越俎，不欲局中人参与，以致不妥，不能不申明也。又奏一年之期转眼即到，应如何应付。上言速思妥善之法，总要得体。上问："你看近来军部对待之意何如？"对："武藤意思总较本庄稍好，其初来意未尝不想改良，近为左右所包围，不得尽行其志，将来当可渐入正轨。"上问："近来作诗否？"对："也常作。"问："郑孝胥近来的诗看见否？"对："只看见一两首。郑孝胥近十年以来之诗，皆现干枯。"问："从前如何？"对："其廿岁以后、五六十以前作得极好，其生平所长惟诗，生有诗才。"上言："他近年实在干了。"问："陈三立之诗如何？"对："性情厚，近《离骚》，惟好用奇字，是其短处。"问："昌黎亦用奇字。"对："昌黎人人所传诵之好诗，仍是平正，惟与东野联句好出奇，然皆从'六经'、子史中来，故奇而实，正所谓妥帖极排奡也。[2] 如盛唐之诗，下字皆极平正，凡一句中诗眼必有一直中肯要、不可挪移之字，若可移动，即非其至也。"上言"袁思亮的文好"。对："是。前两广总督袁树勋之子。陈三立之古文较诗好，现可谓中国第一。袁思亮是其弟子，文章亦好。"问："近来作诗者以何人为最好？"对："陈师傅、陈三立、郑孝胥，不过此数人而已。"问："樊增祥是否诗多而不高？"对："才气好，格卑。"上言："民国遂无一能诗者。"因大笑。上言："陈师傅极虚心，虽如此大年，仍是不自满足，故日有长进。"对："陈师傅心虚气敛，晚年诗更细密，较前尤佳。"上言："就是寿征。"寿对："近数十年来，以张之洞的诗为最好，在本朝中可称第一。"问："他的诗是何路径？"对："欧阳修、王安石。晚年处境艰难，又受孝

---

① 此处衍一"事"字。

② 韩愈《荐士》诗云："横空盘硬语，妥帖力排奡。"

钦皇后慈眷最隆，后来到京时多伤心人之言。”[①]上言：“我未尝看过，可找来一看。”对：“张之洞曾论及陈师傅之诗，‘可惜波澜不甚壮阔’。”上言：“他是谨密一路。”奏：“张之洞绝笔一首，遂成谶语。”问：“为何？”对：“有《读香山讽喻诗》一首”，因诵与上闻之，问：“何谓‘君民末世自乖离’？”对：“辛亥为铁路事，以致革命，是君民乖离也。”上言：“铁路国有，是郑孝胥与盛宣怀的主意，就惹出这大乱子来。”对：“四川罢市十二日之久，英领事已与地方官商议可打电回国改约，而郑孝胥覆电言事关外交，岂容反汗，坚执己见，以致铸成大错。”问：“陈三立现在何处，常通信否？”对：“在庐山，亦常通信。”问：“住了几年？”对：“三四年了。”问：“在庐山何处？”对：“在牯岭。”问：“风景若何？”对：“其地为外人所开辟，有数百家人住，一切皆甚完备。庐山风景、古迹在山之阳面，此是阴面。”问：“陈三立甚么人陪他住？”对：“有一儿子伺候。山中无可与谈者，甚为寂苦，今年八十岁了。”上闻之甚惊喜，谓“难得的狠”。对：“陈三立为陈师傅之门生，师生皆八十以上

---

① 天头：问：“辛亥年张之洞若是，如何？”对：“决无革命之事。张之洞若在军机，瑞澂不能做湖广总督，仍是陈夔龙做，陈夔龙甚稳当。武昌之乱，是瑞澂逼出来的。”问：“如何？”对：“拿出革命党人，是自己军人有分，牵连极多。当时若将名册焚毁，以安反侧，即可无事。而瑞澂要按名穷究，以致起事。若当时不跑，张彪尚可打仗，不料登时坐轮船跑到九江了。此事载泽不能辞其责，与瑞澂有亲，力保全之，若当时正法，则各省督抚不敢效尤。”上言：“当时若有五六万可靠之兵，当可平各省之乱。”对：“武昌革命本近儿戏，臣在京城，十九日得信，当夜即坐火车赴汉口。到汉口时，革命军尚未渡江，已有五日之久。一江之隔且无一兵来，若有得力兵队数百人，即可扑灭矣。至于各省，多无实力，不过少数党人及学生打电报起哄，以致弄假成真。”上言：“此次之乱，与捻匪、粤匪不同。”问：“你与张之洞认识有多少年？”对：“曾经保经济特科，故认师生。张之洞管学部时，时常见面。两宫住颐和园时，张之洞作军机大臣，臣常住园之附近学部公所，每议公事，常至夜深。到三四钟时，张之洞就不睡，要上朝了。其勤劳实不可及。为争载洵、载涛管海陆军事不得，遂呕血，病月馀逝世。”

人，真为难得。”[①]上称赞者再。对：“陈三立八十岁，皇上能赐与匾额最好。”上言：“是的，便寄与否?”对：“不甚难寄，总可设法。”上以亲买明本《圆觉经》与看。对：“恐是闵刻。”上言：“不错，何以知之?”对：“明人好圈点批语，曾见闵刻他种，与此相似。”问：“《圆觉经》如何?《金刚经》如何?”对：“《金刚经》为‘四经’‘五经’，《圆觉经》虽精深，不能及也。”上言：“宝熙所写堂子神牌，兼有王爹爹、王妈妈，是错了。王爹爹、王妈妈在坤宁宫，附于关帝之次，叫他改正。我从前未拜过堂子，不知为何神。”对：“大约满洲旧俗，最尊严之神，闻祭时一切人皆不得至前，堂中亦不燃烛，皇帝一人入拜即出，极为严密。后有言附祀邓子龙者，或云与太祖交战[②]时刀斩其首，堕地仍不仆，飞马来追，太祖祝告之，遂免。又云与太祖曾有交情，故附祀之，恐有傅会，不能详也。”奏：“近来府中所差者是人才太少。”问：“你前天所说蔡姓为何名?”对：“是蔡品三。”问：“现在何处?”对：“大约在奉天住。”问：“曾出使否?”对：“曾做过交涉使，未知其通日语否。此人若办俄国交涉，可以备用。臣局中刘庆镗甚老练有条理。”问：“从前做何官?”对：“在广东做知县，甚好。”问：“在京做何事?”对：“曾与龚心湛办银行发军饷事。”上言“他日有事时可任之”。

季湘约同农先、识先、子玉、君适、苕雪晚饮黄酒一坛，冻成冰，不可释，仍饮白酒。

除日(1月25日) 到府。敬奉列祖列宗神牌于勤民楼东室安位，及醇王福晋牌于西室安位，孔子、观音、关帝、吕祖神牌于中室安位。又设堂子位王爹爹、王妈妈神位附于关帝之次。到农先处祭祖，

---

① 小字旁注：陈师傅考差时，有人言可多收桃李。陈师傅言，桃李不足重，须要松柏。后得江西主考，遂以“岁寒然后知松柏之后凋也”命题，故近作陈三立寿诗，起句为“平生相许后凋松”，收句为“五十年来彭蠡月，可能重照两龙钟”。

② “交战”原作“对垒”。

吃年饭。约愔仲、季香、子玉、茗雪打麻将,负廿馀元。去年除夕,同君适在旅顺小楼上,于天风海涛之中,闻人家箫鼓声,各作词一阕,又作小幅山水,其景味幽异,平生所未经者,今忽忽一年,所志未能即偿,令人心惊也。后赏饼干四盒、水果四篓。与子玉、君适坐至四钟睡。

癸酉元旦(1933 年 1 月 26 日) 七钟起,入府贺年,行三跪九叩礼,二钟还寓。农先及识先、九弟妇、翰侄来拜年。苏堪及郑垂、郑禹来,许鲁山、王君九、任祖安、罗敏中、关文印、许汝萧、刘廷灏(交通银行总理)、宪真、包桂熙(缉庭)、胡先眷(元初)、陈懋侗(愿土)、王润贞、何启椿(寿芬)、刘嗣伯、恩稚云、关再舲、毕书仲、佟辑先、岳少博、德懋田、费经畬来。书仲及稚云昆仲请晚饭,即借吾寓,有愔仲、季湘、茗雪、时敏、虞袁诸人。夜打麻将,负廿元。

壬申除夕

去年荒海层[1]楼夜,危苦心情黯乡晨。坐送流光一弹指,事违初意或由旬。迎春[2]爆竹除宵禁,破萼唐花过岁新。[3] 煊晦分明今昔异,味知冷暖定谁真。

初二日(1 月 27 日) 午时始起,未入府,许蕊香、增佑臣、汪希颜、肖旭、子献、稚云来。愔仲、季湘约晚饮。

海 棠

晚妆初与点唇时,风味惟应画烛知。绝代何心堆锦绣,毡乡一倍惜胭脂。绿章奏入恩承早,红毳寒侵略睡起迟。欲解名花幽独恨,催开应待老夫诗。

初二日(1 月 28 日) 答拜苏堪、嗣伯、寿芬、愿士、肖旭、子献、幼臣、恒润、时敏、稚云、子绶、少博。到局,见后。茗雪约晚饮酒。得

---

① "层"原作"空"。

② "迎春"原作"迎神""惊城"。

③ 此处圈去"眼底荣"三字。

荣儿函。予近岁夜恒多梦，恐心神不宁之故，所梦亦乱杂无须绪，惟前夕一梦极异，心地炯炯明了[1]，殆非常梦也。见寥志二弟来，仅一首，无身，为言可引予去见先母，又言惜母所居地仍未出人天境内，若有不豫色者然，乃随其行。过一处，先大母在焉，旁一童子（梦中甚熟，醒后不记），大母颜甚愉。予进食，笑颔之，又行数里至一处，各屋皆有人住，最后一室放大床一，吾母坐其上。予惊痛且喜，以居然得见母也。母言予有钱用，你不必顾及。时予心中亦以为此境尚未摆脱人天，默诵《金刚经》，母已知之，责之曰："你念经就念经，何必问好不好。"遂惊而醒，不知是何祥也。

初四日(1月29日) 到府。上命代作《义犬记》。约时敏、儆吾、伯辉、识[2]竹戏。

义犬记

戊午之岁，钱锡霖献[3]黑色警犬一头，中有名法克[4]者尤灵敏解人意，随所指使，状猛而性驯，伺察忽微，曲尽防护之务。甲子岁，予移居天津。辛亥，渡海至旅顺。去岁来新京，转徙颠沛，未尝不随。今年正月四日毙，盖豢之十有六年矣。此十六年以来，所更非一，阅人世凉燠向背之情亦多矣。犬之性虽殊人乎，然未尝以主之境有迁易而异其恋护之诚，是亦有可念者。予惟古人帷盖之义，命人瘗之，且志以义犬云。

寿郭调伯同年六十

祭酒诗传[5]同老寿（王益吾弟子）；簪汐[6]社集领词流[7]（天津

① 原作"心地亦清炯了了"。
② 疑脱一"先"字。
③ "钱锡霖献"原作"有人进"。
④ "法克"原作"福字"。
⑤ 旁注：注籍葵园。
⑥ "簪汐"原作月泉，"流"原作"仙"。
⑦ "流"原作"山"。

词社)。

初五日(1月30日) 入府。写《义犬记》。同子玉访王伯高,未遇。夜同时敏、子玉、茗雪、识先竹戏。升儿来函。致蓉史表侄女函,寄卅元。

初六日(1月31日) 到局。访荣叔章,久谈,其人深刻而却肯直抒胸臆,其才可用。儆吾、斋伯、时敏作竹戏,胜二元。

初七日(2月1日) 到局。见上,陈私产事。苏厂约饮,以人日也。与稚云同作《梅花草堂图》,为愔仲。作竹戏。

初八日(2月2日) 到局。写屏四幅、联一付(祖介石),画山水直幅(肖旭)。儆吾、伯辉、农先、识先来竹戏。夜受凉发热,至晨大汗而解。

初九日(2月3日) 请假休息。写《老子传》以自遣。夜竹戏,儆吾留宿。

初十日(2月4日) 到局。稚云画予小像,作僧服,赤足,着草履。其枯冷之趣颇近似,因补松三株,古寺半掩,题曰"门外汉图"。荣儿来信,桐君于初三日逝,可伤之至,此人虽为梨园,而气味隽永,清谈娓娓,不随世态变迁,十馀年来,甚为契合,去岁予三至京师,共有两月之久,几无一日不相见。为后在妙峰山建塔,托其经理,事甫开办而失此臂助,至可惜也。时敏、嗣伯、伯高来,与子玉、君适竹戏。予同稚云至农先处小坐。(汇洋五十元至杭。)

十一日(2月5日) 星期。张藻臣晨来。午饭后,竹戏。嗣伯、时敏来寓约饮,有愔仲、季湘、稚云、儆吾、茗雪诸君。询先来函。大雪。

十二日(2月6日) 到局,入见两宫。农先、识先约同子玉、君适、时敏、儆吾、伯辉、斋白晚饮。访有之,未遇,其夫人接待。郭调伯来。

十三日(2月7日) 万寿圣节。九钟入府,十钟拍照,向上行三鞠躬礼。十二钟,武藤小绮等来冷食。武藤大呼"万岁"者三,祝寿酒一杯，闻之心动。归后呕吐，甚困乏。嗣伯、铁生、时敏、稚云来。农先、识先来竹戏。彭笠僧来开方服药。

十四日(2月8日)　请假休息。嗣伯、铁生、时敏、农先、识先来竹戏。强志来函，附立之诗二首。

一、去岁一年期满以决去留宣言乃皇上第一次发言，今一年将满，若不践实前言，则为人所轻视，以后更无发言之地。

一、开国一年期满纪念宣言，与此事不能不并为一谈。开国纪念宣言，乃诰诫臣工以后振兴之事，此乃皇上一人去留之事。

一、满洲执政，日人惟有拥戴皇上，决无容去之理，此时言去，日方不能不牵就，或有改良之希望。

一、谨拟宣言以备采择。此事拟稿自有专责，臣不便越俎，惟求断自宸衷，勿为敷衍牵就之辞所动。万世瞻仰，在此一举。

予于去岁徇代表三千万民众之请，辞不获已，权领执政，当时约言，以将来国体之决定及才力之胜否为去留，经众承认，始来承乏，今将一年矣，赖友邦辅导，百务粗举，金融渐固，匪患渐平。去岁□月，日本帝国首先承认，派驻大使，共存共荣，悬为帜志。友邦之惠我者至矣，然内自省察，漫散丛脞，实无以副斯民之望，予甚惧焉。予之勉出，凡以救民，实惠不滋，尸位为愧，所望百尔在位，同心共济，务去隔阂，各尽厥职，速选宪法委员，俾宪法成立，国体决定，予将谢兹艰巨，以践前言，所至愿也。或有以予此举疑为以退为进，此尤谬误，不谅予怀。辛亥逊政，尊号犹存，祖宗所贻，非敢私废。加称尊号，于予初无所增；权领执政，于予初无所损。一以救民为先，毫无虚荣可恋，此可质诸天地鬼神者也。敢抒胸臆，其共知之。

十五日(2月9日)　上赏汤圆一器。到局，递一说帖，并呈请准假。到农先处祭祖。子玉、君适、季湘、嗣伯、儆吾、子绶、伯高、希颜来竹戏。叔言来谈。

十六日(2月10日)　到局，见上，言“一年期满宣言”乃皇上一生大节所关，要独断，不可商之于人。至于外交方面，自当婉告，不使其生误会,两者并不相妨也。

十七日(2月11日) 到局,递手折。臣阅报纸,日本宪兵报告翊卫军人有抢劫民间、枪伤事主情事,揣其原因,不出二端,应请皇上速派大员查究,以免外人干涉之渐。

一、团长郭文林虽在日本士官学校毕业,恐尚缺经验,部下不遵约束;

一、恐有人觊觎团长地位,从中造谣,二者关系甚重,必须查究,以期水落石出。

到梅枝町,嗣伯、时敏、铁生、子玉、君适皆来竹戏。儆吾、伯辉设饮,菜肴甚佳。

十八日(2月12日) 到局。四钟趁车赴大连,嗣伯、时敏、稚云、铁生、包□□、恒德甫、子玉、农先、识先到车站送行。

十九日(2月13日) 八钟到大连,至周竺君家,饭后,同至市间购物。夜间,又同往购物。

二十日(2月14日) 八钟上"长平丸",毕书仲同行,风平浪静,为从来所未有。

二十一日(2月15日) 九钟到天津。到家,均平安可喜,惟内子尚未复原。十二叔母生忌,强志来,仲业来,幼兰来。

二十二日(2月16日) 仲业来,约在致美斋晚饭,请邓雪岑为内子诊脉。强志及三弟归,均均、炎炎来,摇摊四十合。

二十三日(2月17日) 约仲业、雪岑、立之晚饭。强志来,公渚寄紫毫笔十枝。

二十四日(2月18日) 弢老来,久谈。访孝怀,闻郑垂以急病死。孙子涵来久谈,述段祺瑞去南始末甚详。

二十五日(2月19日) 强先来函。至弢老处。立之来。[①]

二十六日(2月20日) 弢老约晚饭。致公渚、贻先、强先、厚

---

① 天头:王店镇姜家弄曝书亭,十一叔。

先、心畬函。立之来谈。

二十七日(2月21日) 至啸麓处。立之来，约同仲业、幼兰在致美斋晚饭。升儿自大连来电，谓落海获救，阖家惊骇。

二十八日(2月22日) 黎明起，在祖宗前谢保佑之恩，又在佛楼叩谢天地，往天后宫叩谢。覆电升儿，大难获救，赖天地祖宗保，望善养身体，融定心气。仲业亦去一电，问安否。立之约到孝怀处谈。

廿九日(2月23日) 无覆电来，又发一电问君适。

二月初一日(2月24日) 立之、味云约午饭。君适覆电，谓升儿已安到无恙，心始安宁。弢老来久谈，以近诗属删。夜间，“天潮丸”茶房送升儿信来，言因船到大连时已昏黑，已上岸矣，因照顾行李，又回至岸边。有搬运夫二人掷接重物，被挤落水，岸上警察掷绳救之，衣为水浸，甚重，不能上，幸水上警察小尾通命一人跳下水抱之，始得上岸，旋即到船上暖室换衣，招呼甚为周到，可感之至。

初二日(2月25日) 访孙子涵，不遇。访曹润田，谈甚久。立之、幼兰、仲业来。致升儿函。荣儿赴京。

初三日(2月26日) 请弢老晚饭，约润田、孝怀、立之、仲业作陪。弢老强志来。弢老近两年诗稿读过交还。① 荣儿来信，覆一函。

初四日(2月27日) 勉甫自京来。

初五日(2月28日) 觉先自鄂来，四年不见矣。作菜三味，约仲业、幼兰、勉甫晚饮。

初六日(3月1日) 强志来，闻日军攻入赤峰、凌源。

初七日(3月2日) 季馥来。振采来。与家人竹戏。致询先函、农先函。稚云来函。

初八日(3月3日) 致芷升处，晤季馥，留食水饺。长媳生一女(酉时)。立之来，约季馥、芷升晚饭。与仲业、强志、觉先、勉甫竹戏。

---

① “读过交还”原作“属删定”。

题甲子元旦立春图

此甲子岁同人小集义州李小石斋中所作也。十年以来,风流歇绝,不胜应刘俱逝之感。作画者为李子申(孺)、万公雨(绳栻)、白栗斋(廷夔)及予四人。不知何时流落市间,今为端甫老兄所得①,属予补题。②

初九日(3月4日) 立之、弢老来。孝怀约晚饮。季馥约至春和看雪艳琴《杏园和番》。闻日军已入承德。稚云之夫人来,欲与内子等结伴赴长春也。

初十日(3月5日) 写小字二张。振采来约晚饮。同家人看雪艳琴《玉堂春》,闻京中甚慌乱,恐败兵哗溃也。

十一日(3月6日) 仲业约饮明湖春。与适厂、仲业、觉先竹戏。

十二日(3月7日) 君适自长春来,带农先、升儿寒。同觉先自浙江义园祭七伯父。立之约饮厚德福,与仲业、适先、觉先竹戏。恩稚云同君适来津。君任来函。

十三日(3月8日) 写小字二张,画山水便面。约稚云、立之、仲业、幼兰、强志、君适晚饮。致升儿函。致愔仲、季湘、嗣伯函。

十四日(3月9日) 写小字二张,画松便面。弢老约晚饮。立之来。竺君来函。

历科状元策同立之赋之

国家养士恩潭潭,临轩诏问尤尊严。焚香夜求忠孝一,大廷策对天人三。胪传归去驰御道,插花拥马倾城瞻。虽云三年此故事,风行海澨歆穷檐。持世长物只论语,众流截断群阴潜。空山腐儒风雨夜,掩卷寤寐唐虞酣。鼓荡群动纳至静,已乱定复劳兵戡。君臣竟周礼至重,气象如日升东岩。范公忧乐从蓝衫,何

---

① 此处勾去“今诸君已作古,析津,无复忆曩日文酒之胜矣”。

② “补题”旁注“记其事”三字。

况天子门生衔。一生吃着语至陋，蒿梁砥柱视所担。君不见，流芳百世文文山，又不见，万年遗臭留梦炎。

十五日(3月10日) 写小字二张。蔡俭卿约晚饮。立之来。

十六日(3月11日) 写小字一张，画《仕女图》未成。愔仲来电，盼即回，即覆电云即归。

十七日(3月12日) 作《仕女弹箜篌图》，设色。立之来。弢老来。孝怀来。子涵来。勉甫回京，心畬寄绘白石像一幅。

十八日(3月13日) 写小字二张。立之约饮致美楼。[1]

拟代书件。

《易经》《韩诗》《辛词》《周词》《柳词》《绝妙绝辞笺》《苍虬诗稿》《袁文笺正》《杜诗》《散原诗》《山谷词》《姚选近体诗》《简斋诗》。

十九日(3月14日) 写小字二张。[2]

廿日(3月15日) 勉甫同季馥自京来。画便面二。

廿一日(3月16日) 弢老来。治肴请仲业、芷升、季馥、幼兰小饮。为几士画便面《山鬼》。

廿二日(3月17日) 弢老约午饮，用鱼翅，意太厚矣。仲业约在厚德福晚饮。三媳十一钟上船，予同勉甫二钟上船。仲业、季馥、立之、强志皆送至船。

廿三日(3月18日) 七钟开至大沽待潮，四钟十一开行。风平浪静，夜有雾。

廿四日(3月19日) 下午四钟到大连，寓南方旅社。同勉甫访竺君，傍晚返寓。小尾通来，以所画松一幅、书一幅送之，谢其拯救升儿之回船也。旋来水上警察数人[矢野勋、安武、加藤、小岛、植野、杨

---

① 此页天头：牡丹、雪斋《兰》、子申《菊》、南园对、苍虬阁。

② 此后删除“廿日。写小字一张。廿一日。写小字一张”等数行，当为陈曾寿事后发现误记。此后直至二十六日，日期均误，后陈氏自行更正。

庆河、王德民、□铭、丛子馨、随云尌[1](异麟、爰髯)],每人求写屏或中堂一幅,累甚。竺君来,未得交谈一语而去。

廿五日(3月20日) 晨八钟趁车赴长春,夜八钟半到。嗣伯、铁生、恒德甫、包济庭、肖旭、法平、识先、升儿至站接,愔仲、季湘亦至站,因车迟到,遂在交通后楼相候。子玉来。

廿六日(3月21日) 九钟,到局见上,呈溥修文件,到各处小坐。往唁苏堪,未晤。伯辉、儆吾来。同勉甫至季湘处。

曾季恒之逝,文正言幛联甚多,无十分称意者,自作二联。唐鹤九一联,文正称为极佳,其联云:“秀才肩半壁东南,方期一战成功,挽回劫运;当世号满门忠义,岂料三河洒泪,又陨台星。”文正欲改“成功”二字为“功成”,“洒泪”二字为“痛定”,所改者实较妥协,此可悟入也。

傅以渐(顺,丙戌,鲁)、吕宫(丁亥,苏)、刘子壮(己丑,鄂)、邹忠倚(壬辰,苏)、史大成(乙未,浙)、孙承恩(戊戌,苏)、徐元文(己亥,苏)、马世俊(辛丑,苏)、严我斯(康,甲辰,浙)、缪彤(丁未,苏)、蔡启僔(庚戌,浙)、韩菼(癸丑,苏)、彭定求(丙辰,苏)、归允肃(己未,苏)、蔡升元(壬戌,浙)、陆肯堂(乙丑,苏)、沈廷文(戊辰,浙)、戴有祺(辛未,苏)、胡任舆(甲戌,苏)、李蟠(丁丑,苏)、汪绎(庚辰,苏)、王式丹(癸未,苏)、王云锦(丙戌,苏)、赵熊诏(己丑,苏)、王世琛(苏)、王敬铭(癸巳,苏)、徐陶璋(乙未,苏)、汪应铨(戊戌,苏)、邓钟岳(辛丑,鲁)、于振(雍,癸卯,苏)、陈德华(甲辰,直)、彭启丰(丁未,苏)、周澍(庚戌,浙)、陈倓(癸丑,苏)、金德瑛(乾,丙辰,浙)、于敏中(丁巳,苏)、庄有恭(己未,粤)、金甡(壬戌,浙)、钱维城(乙丑,苏)、梁国治(戊辰,浙)、吴鸿(辛未,浙)、秦大士(壬申,苏)、庄培因(甲戌,苏)、蔡以台(丁丑,浙)/毕沅(庚辰,苏)、王杰(辛巳,陕)、秦大成(癸未,苏)、张书勋(丙戌,苏)、陈初哲(己丑,苏)、黄轩(辛卯,皖)、金榜(壬辰,

① 旁注:高等视察。

皖)、吴锡龄(乙未,皖)、戴衢亨(戊戌,江西)、汪如洋(庚子,浙)、钱棨(辛丑,苏)、茹棻(甲辰,浙)、史致光(丁未,浙)、胡长龄(己酉,苏)、石韫玉(庚戌,苏)、潘世恩(癸丑,苏)、王以衔(乙卯,浙)、赵文楷(嘉,丙辰,皖)、姚文田(己未,浙)、顾皋(辛酉,苏)、吴廷琛(壬戌,苏)、彭浚(乙丑,湘)、吴信中(戊辰,苏)、洪莹(己巳,皖)、蒋立镛(辛未,鄂)、龙汝言(甲戌,皖)、吴其濬(丁丑,豫)、陈沆[1](乙卯,鄂)、陈继昌(庚辰,桂)、戴兰芬(道,壬午,皖)、林召棠(癸丑,粤)、朱昌颐(丙戌,浙)、李振钧(己丑,皖)、吴钟骏(壬辰,苏)、汪鸣相(癸巳,江西)、刘绎(乙未,江西)、林鸿年(丙申,闽)、钮福保(戊戌,浙)、李承霖(庚子,苏)、龙启瑞(辛丑,桂)、孙毓溎(甲辰,鲁)、萧锦忠(乙巳,湘)、张之万(丁未,直)、陆增祥(庚戌,苏)、张鋆(咸,壬子,浙)、孙如仅(癸丑,鲁)、翁同龢(丙辰,苏)、孙家鼐(己未,皖)、钟骏声(庚申,浙)、徐郙(同,壬戌,苏)、翁曾源(癸巳,苏)、崇绮(乙丑,蒙)、洪钧(戊辰,苏)、梁耀枢(辛未,粤)、陆润庠(甲戌,苏)、曹鸿勋(光,丙子,鲁)、王仁堪(丁丑,闽)、黄思永(庚申,苏)、陈冕(癸未,直)、赵以炯(丙戌,黔)、张建勋(己丑,桂)、吴鲁(庚寅,闽)、刘福姚(壬辰,桂)、张謇(甲午,苏)、骆成骧(乙未,蜀)、夏同龢(戊戌,贵)、王寿彭(癸卯,鲁)、刘春霖(甲辰,直)。

苏四十九人,浙二十人,安徽九人,山东六人,江西三人,湖北三人,福建三人,直隶四人,贵二人,广西四人,湖南二人,陕西一人,四川一人,广东三人,蒙古一人,河南一人。

有谥者十三人。[2]

廿七日(3月22日) 到局。嗣伯、铁生来竹戏。费地山姻丈及静女来。张藻宸来。

廿八日(3月23日) 到局。写小字二张。季湘来夜谈。往视

---

① "沆"字原脱。

② 天头:共一百十二人。

苏堪。

廿九日(3月24日) 到局,见上。谢介石约晚饮。儆吾、伯辉来下榻,畅谈。写小字三张。致季馥函、君适函。

卅日(3月25日) 到局,见上。商云汀约晚饭。致荣儿函。

三月初一日(3月26日) 星期。季湘、愔仲、茗雪约同勉甫到俄国菜馆。伯辉来下榻。致农先函。写小字三张。闻稚云今日到。

初二日(3月27日) 到局。写小字三张。同嗣伯、铁生往视稚云,惊闻外甥孙兴保殇去,巽女甚钟爱此子,何堪经此摧折。致函劝之。

故人裴伯谦有吏才,在粤屡知大县,岑春煊必欲杀之,既求其过不得,遂锻炼谪戍。伯谦途中日记成《河海昆仑录》一书,议论多可取者。诗亦绝佳,平生最以七律自负,其得意警句如《咏明妃》云:"倾城便是明妃罪,远嫁原非圣主心。黄粱富贵邯郸梦,白草牛羊敕勒歌。"《读杜集》云:"乱离稷契终无补,心事匡刘古与俦。"皆可诵。《过灞陵调同成陈一山军门》云:"卧榻岂容他人寝,龙城一箭天骄慓。君将旗鼓树中原,我亦威风赤县尹。萧条双骑度边城,死灰每傍将星明。灞陵醉尉尔英狠,猿臂明年守北平。"("死灰"用韩安国事。)《送达兰尊师(西域人)》:"宝笈云签好护持,星冠羽佩下丹墀。甲神秘殿传金箓,壬女琼浆进玉卮。春雨孽龙归钵后,天花魔母授经时。圣皇不重青词选,特放还山作大师。"

达兰喇嘛,蒙古人,久住贺兰山中,曾从蒙古王入觐,在肃州与伯谦晤,示以《睫暗诗抄》,极好之。[①] 一日来谈,问贺兰山中如何?清果师应声曰:"远壑霜钟敲夜月,空林水碓捣寒云。"问山中有何功课,

---

① 天头:《天山》:春风难扫千年雪,秋月能开万岭烟。《过回回墓》:峡口巉岩叠石屏,墓门香火閟芳馨。幸逃南海青蝇吊,来取西天白马经。蜕化衣冠藏古洞,灵来风雨暗空庭。一抔占断云岚色,手酹清尊倒玉瓶。

曰："敲残清磬冰轮涌，焚尽沉檀贝叶香。"问作何功德，曰："春雨孽龙归钵后，天花魔母授经时。"问是何究竟，曰："点水长空原有雁，印泥残雪本无鸿。"所引皆伯谦句，亦异才也。①

初三日(3月28日) 到局。为儆吾写《正气歌》横幅，又为季湘临钟太傅一纸。张藻宸约晚饭。强志来，附诗一首。写小字二张。

策名已定义何辞，荣辱安危两不知。一往孤怀谁与喻，未空残梦事犹疑。非关袖手忧能灭，讵有同舟志转歧。从此天涯劳怅望，故乡风味动羁思。

儆吾为余开方。

茯苓(四钱)、人参(一钱)、广皮(一钱)、枳实(二钱)、半夏(三钱)、生冬术(二钱)、桂枝(一钱五分)、甘草(一钱)、生姜五片。

万君穆，东京市杉并区天绍町二五二武田秀三转交。

初四日(3月29日) 到局。写屏五幅。儆吾来下榻。稚云赠旧京绍兴酒一瓶，与勉甫、儆吾、识先四人共饮之，甚有糟香，惜无肴耳。荣儿来函，述兴宝殇去情形，使人不乐。此儿初生时，状貌甚好，后延一乳媪，貌似甚恶劣，小儿之像，遂亦渐改，虽甚胖而神气不足，早已私虑之，从前看此种小儿多不育也。

愔仲、叔言、伯葵、羹梅、式之、季馥、季湘、苏堪、公渚、心畬、啸麓、芷升、苕雪、沈庵、君任、仲业、立之、伯絅、治芗、梅生。拟属写《词选》人物。

初五日(3月30日) 到局。约愔仲、季湘、嗣伯来晚饮。竺君来函，言十一二日赴津。荣儿来电，言眷属十一日到大连，乘天津丸，竺君所住樱町之屋恰可让出也，惟木器须借万公雨所存者。与君九商议发一电，问君穆看可允否？(木器存君九家。)

初六日(3月31日) 到局。识先为儆吾饯行，约在寓午饭。饭

---

① 页脚：秋风芳草悲芳冢，春雨桃花照黑河。《发泾州》：天围漠野青草暗，日照边墙白不明。

后,复到局,向叔言借二百元,叔言旋来面交,可谓神速矣。汇百廿元与竺君,以百元还去岁所假之款,以廿元作租宅电灯押款。命李顺明日赴大连,住竺君处,指导一切,以免人地生疏之苦。付车费用费廿元。致竺君函。季湘约同勉甫晚饮,车不得入巷,下车步行泥淤,碍难举足。荣儿来函,附厚山函,言开工情形,甚吉祥可喜。仲业来函。僦吾返杭带来书目。

《读杜心解》十二册。

《四书》六册,《杜诗镜铨》八册。

《左传》四册,《冬郎诗》二册(又一册)。

《礼记》,《李义山诗》二册(李文石丈批本)。

《史记》四册,又二册。

《后汉书》,《简斋诗》六册。

《老子翼》四册,《易经》(关师所批本)二册。

《离骚》四册,《骈体类钞》八册。

《诗比兴笺》二册,《临证指南》七册。

《宋词选》(彊村手抄本)一册,散原《庐山诗》一册。

《清真词》(彊村手校本)一册,《瀛奎律髓》十二册。

《山谷诗》(同上)①一册,《苍虬诗》六册。

《柳屯田词》(同上)一册,《散原文稿》六册。

《小晏词》(同上)一册,《陆宣公集》六册。

《白石词》(同上)一册,《子史精华》十册。

《稼轩词》(同上)二册,《五七合体诗抄》二册。

《梦窗词》一册,《胡文忠集》。

《绝妙好词笺》(苏生二先兄手校本)四册,《钝翁说铃》一册。

《彊村词》一册,《聪训斋语》一册。

《宋稗类抄》八册,《皇宋十朝纲要》六册。

---

① 旁注:彊村手抄。

《河海昆仑录》四册,《诗经》四册。

《鉴撮》(畏斋大先兄手批本)四册,《定庵集》三册。

《昌黎诗》(定厂、默深两先生批本)二册,《牧斋集》三册。

《北江集》二册,《大微堂集》三册。

《佩文诗韵》一册,《鹤林词》[①]一册。

《佩文词韵》一册,《雪山词》一册。

《诗韵合璧》五册,《四金人词》(拙轩、遯庵、菊轩、庄靖)一册。

《国朝六家诗》五本(缺一),《尊前集》一册。

《张夕庵年谱》一册,《磻溪词》一册。

《金匮要略》二册,《莲社词》一册。

《半塘词》一册,《文简公词》一册。

《袁文笺正》四册,《笑笑词》一册。

(《稼轩类稿》《臞轩集》《浮山集》《芸庵类稿》《云庄集》《青山集》《汗浜集》,共一册)

《小山词》一册,《华阳长短句》一册,《汉泉乐府》一册。

《东坡乐府》二册,(《稼轩补遗》《石湖词》)一册。[②]

(《小山词》《南阳词》《华阳长短句》《客亭乐府》《句轩词》)共一册,(《沧浪词》《应斋词》《北湖诗咏》《勤斋词》《方是闻居士词》《顺斋乐府》《龙云光先生乐府》《圭塘长短句》)共一册。

带来书画:

宣和牡丹。

南园联。

乙庵联二。

---

① 旁注:彊村手抄。

② 天头:《东堂词》二册,(《东泽绮语债》《白云小稿》《招山小集》《钓月词》)共一册。

子申菊。

邻苏书苍虬阁横幅。

心畬《白石像》。

稚云《门外汉图》。

《美人弹箜篌图》。

初七日(4月1日) 到局,见上。约地山姻丈、张梦嘉、愔仲、季香、子玉晚饭。

初八日(4月2日) 星期。苏堪及炎佐来。升儿、三媳携小春孙女来。今日为先父忌日上供也。

夜同子玉、君穆、识先打麻将,负四元。

初九日(4月3日) 到局,具呈请假五日赴大连接眷。乘下午四时车,勉甫、识先、升儿、嗣伯、铁生、稚云、辑庭皆到站送。见一翩翩年少,类贵公子,戴宝石帽花,着官靴,长袍青褂,众皆属目,不知何许人也。及登车一过视,乃知为肃邸之十四格格改男装,新自热河督师归也。纵谈经过情形,痛骂费君之无理,于稠人广众之中,毫无顾忌。此次热河军队有骚扰行动,赖其阻止,地方极为感激,曾派代表多人至新京求留在热河充当省长,可见其实有恩惠于民,亦可谓奇女子矣。

初十日(4月4日) 七钟到大连。至竺君家,同竺君料理住处电灯、水道、煤气各事。夜饮山东老酒,甚醇。

十一日(4月5日) 午后至码头。二钟,"天津丸"到,遥见荃女、素梅侄女及小元、效高上船,见内子,尚不甚累,巽女亦尚高兴,为之心安。乘汽车至文化台九五新宅,来者内子、觉先弟、君适、巽女、荃女、素梅侄女、小元、效高、万保、丽保、女仆四人、男仆二人,又小儿三人,共十九人。蒯若木供给两日饭食[①]。同觉先、君适访若木。

十二日(4月6日) 同君适、觉先访竺君,又至南方旅社。午

① "供给两日饭食"原作"送饭食一桌"。

后，四山云起，对面不复辨物，旋雨，继以大风，家人航海恰先一日，诚至幸矣。李木公为作《纪恩室叙》，文思甚曲。君任来函，附为立之作《息庵记》，文笔俊爽而有馀味，亦近世古文家之不可多得者也。立之亦有函，诗词甚多，深于情者也。溥心畬函索写近诗长卷，赠山水小卷，虽近马夏一派，为予所不甚喜，而笔力极健，不愧金刚杵，一种俊秀之气，决非常人所能到。此君若肯自爱羽毛，不为率易之笔，则子昂、子固可以平视，天资真绝特也！强志、荣儿皆有函。夜与家人竹戏。彊村先生所选《沧海遗音词集》二册寄来，《曼陀罗寱词》（沈乙庵师）、《香草亭词》（祥符裴维侒韵珊）、《郢云词》（咸阳李岳瑞孟符）、《凌波词》（吴曹元忠君直）、《遯庵乐府》（钱塘张尔田孟劬）、《观堂长短句》（海宁王国维静安）、《海绡词》（新会陈洵述叔）、《回风堂词》（慈溪冯幵君木）及予之《旧月簃词》，凡九人。王昌鲁来。

十三日（4月7日） 写楷书对八言一付、屏一幅（梦征），七言对一付、屏一幅。致强先函。君适赴长春，带致勉甫函。天晴，空气甚好。夜同家人竹戏。写小字一张。灼先来。请假二星期。[①]

义犬记（恭代）

戊午之岁，钱锡霖献黑色警犬一头名法克者，灵敏解人意，随所指使，状猛而性驯，伺察微忽，曲尽警卫之务。甲子岁，予移居天津。辛未，渡海至旅顺。去岁来新京，颠沛转徙，未尝不随。今年正月四日毙，盖豢之十有六年矣。此十六年以来，所更非一，阅人世凉燠向背之情亦多矣。犬之性虽殊人乎，然未尝以主之境有迁易而异其恋护之诚，是亦有可念者。予惟古人帷盖之义，命人瘗之，且志以义犬云。

纪恩室记

辛未岁冬十二月，上自天津狩于旅顺，越旬日，臣陈曾寿奉后以从。岁除，达行在所。上召对，劳苦久之，曰："吾为汝馆，往

① 天头：邓雪岑住北平西城北帽胡同八号。

即休焉。”既退而就舍,则起居食息凡日用百为之器供张毕具,守者告曰:“是皆上命货诸市,奏御而后行者也。”曾寿感激流涕,志之不敢忘。明年秋,谒告还天津,于所居楼除一室,室之所陈,自榻案、几席、匕箸、杯碗、盘匜、壶盎、巾帨之属,无非前所拜赐者,颜之曰“纪恩室”。客有过者,疑而请曰:“子之纪恩,隆上赐也而室焉,是名毋乃亵与?”曾寿曰:“不然。夫当承平之时,天子优礼大臣,崇奖勋旧,于是有御书珍器之赐,受之者或登于堂,或陈藏于庙,岁时展仰,则入而拜焉,礼也。今兹仓皇播越,外无四方之贡,居无供顿之使,而以羁绁微臣行李匮乏,廑圣虑,捐内帑,为之备物,至纤至悉。俾臣之在外如归于其家,骨之肉之,家人而子蓄之。吾其敢侈焉以为宠荣哉。吾日居于兹室,一俯仰之顷,一食饮之微,常懔然若相从于患难,而不忍以一日之佚,少忘在莒之艰。此吾所以为兹室而质而名之之意也。”既以对客,因以图之,赋诗二章。属而和者:闽陈宝琛、黄孝纾,侯官郭则沄,江夏傅岳棻,新城陈祖壬,吴江沈兆奎,建德周学渊、周达,凡八人。论而叙之者:湘潭袁思亮也。遂书其事以来,属合肥李国松为之记。

十年前住南湖时,元宵白梅花下成《木兰花慢》一阕,补录于此

向玉梅花下,正佳节①,月初圆。看交影枝枝,珠明欲泪,庭暖无烟。应怜,一怀凄惋,算相看不负有今年。身在瑶台十二,分明处士窗前。　　萧然,鬓老有情天,杯底问婵娟。甚雪压霜欺,铢衣长着,如此高寒。芳缘,多生未了,着一分淡冶不妨禅。荡②漾湖光欲曙,破愁拼得迟眠。

清绝之境,今年恐不易再得。

又春夜同人饮酒,成《月下笛》一阕,亦补录之。

---

① “向玉梅花下,正佳节”原作“正良宵佳节,玉梅下”。

② “荡”,《旧月簃词》作“滉”。

月下笛

一笑尊前，春光融冶，小桃初发，轻移短棹，水际盈盈攀折。黯长堤芳树渐稀，隔年果换惊戏蝶。相逢引满，惟应沉醉，梦痕休说。

明轩镜里，映鬓影萧疏，乍忘愁结。输他年少，被酒心情都别。任花阴暗移画廊，岸中坐待清漏彻。伣低徊，记取鹅黄淡柳枝上月。

十四日(4月8日) 同家人至浪速町商场买磁器。若木约晚饭。君任为立之作《息庵记》甚佳，录之。

余年廿七，受学于桐城马抱润先生，即闻同门有建德周君立之，负异才，以经济自诡，不屑章句之学，今之振奇人也。越十许年，旅天津，始识君。时马先生已前卒，君年亦且六十矣，意气犹盛，往往广座中与人语曾、胡遗事，以谓天下事讵不可为，得其人举而措之矣。奋袖攘臂，高睨大谈，听者愕眙莫测，或诧为狂。君意不自得。一日置酒所，谓余曰："吾非安于息者也。非所安而息焉，天也。子为我记之。"

在《易》"乾之象"曰"君子以自强不息"，"随之象"则曰"君子以向晦入宴息"。盖自强不息者，君子之心；向晦而息者，君子之迹也。君子治其心，如持盈，如履危桥而俯巨川，稍纵即逸，陷溺随之矣。而敢息乎哉！若夫迹之有待于外者则不然，污隆从其时，张弛异厥用，时有治乱晦明君子之应之也，遂亦不能无进退作息。然当其息于晦也，固有所谓独立不惧、遁世无闷者以持其心。故君子之息也，君子之不息也。

君年少入官，挟其所学，欲大有为于世，曾不数年，未尝得一假手，而遽遘变异，脱死兵间，海隅销迹廿馀年，吟呻一室之中，熟视世之荡伦纪、隳礼法、败廉耻，争欲扰攘沦胥，以序于亡，而曾莫之能救，其不安固宜。因其不安而强起，为之降志辱身，委蛇俯仰，冀倖世之或行吾说。卧沮洳之壖以拯溺者未苏而吾之首尾固已濡矣。君子不为也。此君之所以不安而息焉者也。

然吾闻君之志,方将由曾、胡诸公以上窥古先圣哲之道,探幽烛微,深念遐瞩,于晦明绝续之交,以待拨乱更始,苟有用我之一日,然后徐出吾所素蓄赴求之。所谓举而措之者,则此心又乌得须臾而息耶。

马先生邃于《易》,著弟子籍最久,其必有契于师说,敢举《易》义记君之庵,因以质之。

十五日(4月9日) 前来连时,君九同年属将交车上收票人带转,渠自往取,顷来函,竟未收到,不知何故。致君九函,请其速查,并致九弟及铁生一同查究。同觉先访王昌鲁,托在大连车站查问。又访竺君,托其世兄查问。蒯若木同恩咏春同年来。夜同家人竹戏。

寄答强志

知心四海一,立志万年强。老至惟兄弟,孤根共雪霜。相悲馀惘惘,相慰亦堂堂。寄语愁真宰,书天字一行。

寄答立之

山情粥味两无厌,舒卷惟君德可兼。[①] 横览[②]共悲人落落,高谈犹起我奄奄。意中龙象神如接,膜外鸡虫事已纤。但惜闲身足康济,策勋空守顾香严。

十六日(4月10日) 竺君来小饮,代向义昌钱庄借五十元,立一折并支票,以后可透支至百元为限,以六月为期。同家人竹戏。

十七日(4月11日) 同觉先至市楼场买菜。访竺君。发电铁生,属其明晚到站接也。夜同家人竹戏。写小字一张。

十八日(4月12日) 晨八钟到车站,夜七钟半到。嗣伯、铁生、稚云、德甫、识先、升儿、君适来接。

季湘久不作词,去秋作一词甚佳,为录之:

新霜欺客鬓,记赌酒浇愁,煮茶添润,天涯比人近,托回文锦字,

---

① 此句原作“四海平生一息庵”及“生计清凉共一庵”。

② “横览”原作“平睨”。

替传幽恨。云遮雾隐，奈雁足参差未稳。疏桐飘叶，送到那边秋信。

为问雕梁双燕，别后多时那可还。轻俊拗莲作文，丝丝断，总难画。待更阑灯灺，梦中寻路，又被荒鸡唤醒。拥孤衾欹枕，无眠鸳蛾感损。

十九日(4月13日)　九钟到局。致询先函、农先函、荣儿函。写小字一张。啸麓来函。

二十日(4月14日)　九钟到局。曾祖母杜太夫人忌日。写屏幅二张(亮湘、子峰)。稚云来，子玉来。

读曾文正批牍一卷。《文正集》一部，终身用之不尽，此乃千古奇宝，自有书契以来，无如此书之亲切有味者，竟无一人知其价值者，亦可怪矣。

一、当视天下无不好的人，自己全无是处，不暇更责人，则省去多少烦恼。一视天下无一足与计较之人，亦可减去烦恼，然不可为训。

文宗与曾文正之谕旨，皆以前君臣之际所未有者，宜乎勘定大难。世儒侈言尧舜三代，其实唐虞三代之君臣何亲切到如此，真千载难逢之遇也。贱今贵古，难与论世矣。

即以名臣而论文正，亦超过以前。

今人亦知佩服文正，然吾恐使吾辈果遇文正，将为所弃，且必遭痛骂。吸食鸦片一也，作事无恒二也，不能发愤立志读书三也。立志最难，近来年轻者吾竟未见一人，强志稍可谓之有志，只此一人而已。

廿一日(4月15日)　到局。觉先来电，内子发病不能语，请假赴大连，升儿同行，嗣伯、铁生、稚云、君适送至车站。

廿二日(4月16日)　晨到大连。内子系昨日黎明即发病，大约系起来小便，手足不灵，复侧睡至八钟时，荣儿醒，始知不能语，神识昏沉。请谢石泉诊，服药两帖，至今日神气略好，打睫一次，吐痰两口，小便一次，色黄而多，时须米汤少许。石泉复诊，言脉象较昨好。傍晚又来诊，言脉象较早晨更好，只要脾能运化，肾气渐复，渐渐的见好,即是好象。将前方改三味。

第一方:

脉寸左沉而灵,右寸洪滑,两关滑坚,久病风湿气中,愈后但右臂不仁,大二指时麻,今忽不能言,多眠息鼾,由于心阳太虚,胃纳强,脾化不健,致食滞,挟湿痰,气内阻,且夜眠太晚也,日操劳亦甚。病近风痱,主用续命汤加减立方,必阳复后痰开,则气和能语矣。

炒杏仁三钱、橘红二钱、蜜麻黄三钱、石菖蒲一钱半、桂枝一钱、川芎一钱半、归身二钱、高丽参(白咖,三钱)、炒白芍(三钱)、炮姜(二钱)、制南星(一钱半)、甘草(八分)、姜汁(三滴)、枣三枚、白蔻(二钱)、川朴(一钱半)

第二方:

焦术(三钱)、踶身(一钱半)、川芎(一钱半)、左牡蛎(三钱)、桂枝(去皮,一钱)、白芍(三钱)、杜仲(三钱)、高丽参(白加,三钱)、苁蓉(三钱)、橘红(二钱)、茯神(三钱)、白附子(一钱半)、黄蓍(三钱)、甘草(八分)、石菖蒲(一钱)、苦桔枚(一钱半)、干姜(一钱半)、细辛(二分)、姜汁(数滴)、大枣(三枚)。

进药两次,神气稍佳,仍多迷睡,语欲出而不得,皆属虚象,脾阳不振,仍主宣阳肾脾,照前方加味。今晚服一次,明早再煎。

第三方:

脉转滑匀,浮沉皆得,脾元过虚,运化不灵,故舌强不能言,且痰涎伏结滞络,治以续命汤,加减未效,今宜改用去痰填虚法,以侯氏黑散加减为要。

高丽参(三钱)、菊花炭(三钱)、防风(三钱)、桔梗(二钱)、白芍(二钱)、炮姜炭(一钱)、左牡蛎(三钱)、白礬(七分)、细辛(五分)、白附子(一钱半)、桂枝尖(一钱)、制香附(一钱)、橘红(一钱半)、法夏(三钱)、川贝(二钱)①、制首乌(三钱)、甘草(六分)。

---

① 旁注:姜(三片)、枣(三枚)。

茗雪来诊脉开方，谓须润下，下后则气血可复。

六脉皆弦，右关弦实兼滑，左右滑，痰不和，脾肾本亏，因气滞不运，遂至舌卷，不能语言。舌苔黄厚，大便未通，拟以柔剂益水通腑，或明日与泗兄一商再服。（脉太弦初，风大内煽。）

干地黄（二钱）、火麻仁（三钱）、炒竹茹（二钱）、金括蒌（一钱半）、酸枣仁（三钱）、酒条芩（一钱）、制川朴（七分）、广陈皮（一钱）、炙甘草（六分）。一剂。

第四方：廿三日夜眠甚安，小便两次甚浓，时须米汁，左脉见弦，右滑实，痰气未和，周身觉疼。神识渐清，润降时为切要，以愈翁之方加味最妥。

干地黄（三钱）、火麻仁（二钱）、金瓜蒌（一钱半）、酸枣仁（三钱）、酒条芩（一钱）、川厚朴（一钱）、广陈皮（二钱）、川贝母（二钱）、炒白芍（三钱）、川续断（三钱）、上肉桂（二分）、炙甘草（六分）。

姜汁数滴，竹沥一小罐，服一帖，如大便行则停。

荣儿来函。

第十一册(民国二十二年三月至闰五月)

癸酉三月二十三日(1933年4月17日) 苕雪为内子诊脉，较昨稍平，处三方，备与泗泉以复诊治之法。神识亦较清明。泗泉来诊脉处方，与苕雪昨方相同，取润下。竺君来。同苕雪小饮。致愔仲函，寄回免票。吉林省西北长春厅境，本古郭尔罗斯前旗游牧地，嘉庆五年，始设理事通判于长春堡，并设巡检，以司狱事。道光五年，因所属宽城商贾辐辏，移建通判衙署于此。光绪七年，改为抚民通判，仍加理事衔。于农安城添设分防照磨，专司缉捕。查长春幅员周五百馀里，以南北相距最远者计之，几及三百里，东西亦然。厅城在南面之适中，而东西北三面空阔，其势偏重，境内无山，以山名者皆高阜耳。既无险阻可恃，又仅有驻扎马队二起，并无重兵，一遇盗贼，此拿彼窜，如入无人之境。其形势之散漫如此。该厅居民虽非土著，然休养生息已百馀年。当时所称为荒甸者，今则屋宇栉比，鸡犬相闻，三里一小屯，五里一大屯。省东一带，无如是之稠密也。其生聚之繁庶又如此。厅属户口既盛，良莠难齐，睚眦即肇衅端，奸宄易于匿迹，命盗等案纷至坌集，往往印官勘验，方急南辕，旋更北辙，一月之内，大半忙于奔驰，公事积压耽延。厅民又多好讼，守候追比，累月穷年，官民交困，其讼狱之滋丰又如此。非分建府县不能为理。拟请将通判一缺升为知府，所驻之宽城为吉林赴奉天通衢大道，实省城西北门户，改设府治，名曰长春府，仍仿照本省吉林府之例，自理地面命盗词讼各事；而于宽城正北相距一百二十馀里之农安城，分设县治，名曰农安县，归府统属。西南自八保户起至洼中高等处，东南以红石砬子、靠山屯南面之驲马河为止，计南北相距九十里，东南相距二百数十里，均归农安县管辖。至靠山屯一处，虽已划归农安，而相距尚在百里以外。近来烟户较前为稠，拟请将农安原设分防照磨移设该屯，以资巡缉。惟长春原设训导改升教授，原设巡检改升经历，兼司狱事。并于农安县添设训导、巡检各一员。诏该部议奏。此光绪十四年戊子八月二十八日邸抄，吉林将军希元奏也，以其关于长春沿革，录之。

廿四日(4月18日) 泗泉来诊，处方。竺君约同苕雪、泗泉、觉先吃俄国馆，送苕雪赴晚车。荣儿夫妇率重重、小明、小亮、小喈来，侍病者人多，可以更番矣。致勉甫函、季湘函、嗣伯、稚云、铁生函。左脉有馀，浮之不足，右滑有力，心阳渐和，脾肾之气尚虚，舌苔微黄见短，故尚不能言，仍主补益，兼化滞通塞。

熟地炭(三钱)、炒枣仁(二钱)、桂心(三分)、川芎(一钱半)、当归(三钱)、吴萸子(八分)、续断(三钱)、高丽参(三钱)、川朴(一钱半)、橘红(二钱半)、法夏(三钱)、白豆蔻(一钱半)、炒杭芍(一钱半)、生甘草(五分)、茯蓉(三钱)、炮姜炭(一钱)、姜三片、枣三枚。

苕雪开二方。

地黄饮子方：

熟地(二钱)、淡苁蓉(一钱半)、炒远志(一钱)、巴戟天(一钱)、云苓(三钱)、北五味(五分)、山萸肉(八分)、钗石斛(三钱)、煮透麦冬(一钱半)、桂心(三分)、石菖蒲(七分)。

姜一片，枣三枚，有痰加陈皮一钱、竹沥少许。

养血膏方：

枸杞(二钱)、潞党参(炒，三钱)、炒黄耆(一钱半)、酒当归(一钱)、炒柃术(一钱)、天门冬(一钱半)、麦冬(一钱半)、秦艽(一钱半)。

廿五日(4月19日) 泗泉开方。

左寸和关沉而虚，右沉滑有力，仍是正虚邪实，肝木不荣，风郁未化，肾气不充，语言尚难。右半肢体失用及口微向左引，皆正气不能通和之明征。今仍主益脾补肾，佐以祛风通络之剂，用愈风汤加味。

高丽参(三钱)、直僵蚕(二钱)、炒枣仁(三钱)、苍术(三钱)、金蝎(八分)、蜜麻黄(三分)、桂枝(一钱)、苁蓉(三钱)、陈皮(二钱)、美沃(一钱半)、枸杞(二钱)、川朴(一钱半)、北防风(三钱)、熟地炭(三钱)、白附子(二钱)、砂仁(一钱半)、甘草(一钱)、姜(数滴)、枣(四枚)、竹沥(一罐分冲)。

写小字一张。至蒯若木处小坐。致强志函。录蔡寿祺劾恭亲王始末。

李莼客《郑司农生日集郑庵记》:

溯自苍姬德衰,素王道应;尼山感祷,空桑辟诬。既综述作之原,遂有庚子之拜。然而两楹梦验,传经术分。西河谨其亲承,兰陵宏其私淑。暴秦灰灭,炎汉薪传。盖多抱残守阙之功,未有摧陷霁清之力。慓乎一线,歧出千涂。自周敬王壬戌之年至汉顺帝丁卯之岁,月在鹑尾,日纪摄提,凡历六百有五年,而后大儒出焉。迹其通研六艺,遍注群经,网三代之微言,括两汉之精诂。江河不废,赞叹奚穷?至于异代蚍蜉,俗儒疻痏。自王肃、孙毓、虞翻、李撰,冥行擿埴,私臆测天,方衔危言,旋同沃雪。下至六季乱王梅之学,两宋标道学之名,流及有明,益为大惑。咄彼张、程之奸[1],妄敢议俎豆于宫墙。既干非圣之诛,奚取下愚之觉?事非待辨,道乃益光。若夫订范史之讹文,补本传之撰著,感知本郡,得游学于周秦;追念旧君,谓见容于父母。则作不容者,固为衍字;云群弟者,犹是郢书。[2] 至《周礼注》迄今盛行

① 天头:孚敬、敏政。

② 天头:《戒子书》中云:"不为父母群弟所容。"陈氏鳣据元椠范书无不字正之,是矣。俞氏正燮据《御览》引《别传》,作"为父母郡所容",以郑君为乡佐时,太守杜周甫为除吏录,使就学,故云为父母郡所容,去厮役之吏也。父母郡,即父母之邦。近丁氏晏撰《郑君年谱》,亦言之,范史《杜密传》亦载此事,知元本如此。

而反见遗漏，《孝经注》遭唐已驳而竟得备书。以此为疏，尤同无识，岂有豫章家学，未窥三礼之全；子元万言，核于六艺之论？（《六艺论》叙《孝经》云“元又为之注”。）写官偶脱，自可证以谢承；（《北堂书钞》引《续汉书·郑君传》多与范同，章怀注亦云，谢承书载郑所注与此略同，可知范多本谢，不容两家皆忘《周礼》之注。）石室犹存，不必信彼乐史。（《寰宇记》引《孝经序》，有“念昔先人语”，谓是康成允孙所作，又云“今费县南城山有石室，俗云是康成注《孝经》处”。）况自青浦（王氏昶）记遗书之目，绩溪（胡氏培翚）成考证之篇，山阳谱其年（丁氏晏），遵义著其录（郑氏珍），各殚搜香，无事赘陈。惟其绍述文宣，继武洙泗，列其显证，盖有数端。生在东州，不出齐鲁之境；运际季汉，何异定哀之朝？官虚从乎大夫，年各靳其耋岁。益恩陨难，岂殊泗水之悲？小同有文，庶几述圣之肖？黄巾下拜，则弹琴解匡简之围；元城病留，则微服避桓魋之厄。综其出处，事有同符；缅彼降生，道原一揆。岂非孔垂赤制，郑应蒙孙？隐与汉为始终，实传教于绝续。以故六郊三禘，发视掌之未诠；纬候谶图，演闭房之馀绪。礼堂写定，直接删修，郑志编成，雅同《论语》。宾硕之论，早拟以东家；仲远之称，竟折以十哲。此龙蛇征梦，见告于至人，而河岳降灵，相差以提月。（至圣生日为今八月二十一日。）然则别传所载，幸留《广记》之编，亦犹素书兆祥，仅见赤高之纪也。

呜呼！赵商片石，既砺阜之俱移；承节新碑，又金源之补立。遗书半佚，圣绪几湮；景运聿开，斯文复振。见契宪庙，有质实深淳之褒；重祀孔庭，先刘（向）郑（众）贾（逵）服（虔）而复。硕儒代起，咸奉经神；古谊递宣，遂刊伪学。郑庵侍郎，专精雅诂，癖嗜典坟。世家东吴，与惠江为乡里；擢第北阙，匹孙洪之科名。法仪郑之名堂，踵司农而拜职。爰集同志，肃炷瓣香，碧云抚尘，清风奉手。花竹和气，篴映于一庭；彝鼎古风，匐匒乎四座。秀眉明目，犹见礼容；幅巾布衣，不称官阀。生时萍梗，几逢袁绍之杯;今日椒馨,尚修文举之敬。慈铭少而失学,老愧无闻,每当发箧之陈,辄有望洋之叹。随车挟策,敢自比于尘囊?识字触墙,愿长依夫带草。抽豪作记,附千秋通德之门;盍簪乐群,证此日读书之社。

廿六日(4月20日) 君九同年来,言正金银行汇一百万至天津,不知何事。

泗泉转方:

左转滑仍虚,右虽滑沉之,不似往日沉实,邪气日却,足见实乃邪实,非有积滞也。舌尖已复转动能自如,则肾气已至,犹未充和耳。右臂不仁者,稍能动觉,伏风滞寒,渐有却意,宜主前法加减。

高丽参(三钱)、黄蓍(四钱)、沙苑子(三钱)、威灵仙(一分)、制首乌(三钱)、枸杞(三钱)、淡苁蓉(三钱)、妙白术(三钱)、白附子(二钱)、炒枣仁(二钱)、直僵蚕(二钱)、广橘红(二钱半)、砂仁(二钱)、独活(一钱半)、金蝎(七分)、石菖蒲(一钱半)、当归身(二钱)、甘草(八分)、清半夏(二钱)、姜汁(数滴)、竹沥(一罐)、大枣(五枚)。

君九同年来。若木来。林先生(南方旅社老板)来。孙先生来(南方旅社管事)。

内子今日可自吃鸦片烟,不必用人哺烟,较昨又稍见好。致强志函。

廿七日(4月21日) 工藤忠来,带季湘函、画润二百元。至辽东饭庄访工藤,不值,托其带信数封(愔仲、季湘、岧雪、君适、勉甫)。午后,泗泉来诊,云阴阳仍未平匀。

右偏沉,右浮滑沉,亦有力,仍是阴盛阳微,且浮主风,滑主饮,是风与痰犹未蠲,尚不能舍治风豁痰之药,主补肾脾、驱风痰兼润肠利便。

当归(三钱)、熟地(四钱)、砂仁(二钱)、破故纸(一钱半)、沙苑子(三钱)、山萸(三钱)、党参(五钱)、炒白术(三钱)、库黄蓍(三钱)、广橘红(二钱半)、瓜蒌(二钱)、独活(一钱半)、防风(三钱)、火麻仁(三钱)、上桂心(四分)、皂角子(一钱)、桑枝(二钱半)、甘草(八分)、姜三片、元肉(三钱)、川贝母(二钱半)。

同觉先访君九。愔仲来函。勉甫来函。君适来函。丁士元(文槎)将为日本大使,欲以字画送礼,属予绘山水十幅,润资送四百元,并属代觅能画者,凑三十幅,每幅廿元。予乃请稚云画十幅,君适、升儿各十幅。今日工藤带来之二百元系先送润金半数。自内子病后,用钱如流水,难乎为继,得此收入,稍可补亏。一生走劫财运,抑天之相待极厚,不使之穷死也。

廿八日(4月22日) 局中寄公事稿件画行。嗣伯、时敏、铁生来函,各覆一函。泗泉诊脉,谓较昨稍平。

脉左关沉缓,右滑平沉沉较和,邪气已却,正气待复,肝经颇寒,舌能出口,因肾气不充,语言尚难,仍主前法,温经益脾,化风。

枸杞(三钱)、淡苁蓉(三钱)、桂心(四钱)、白附子(二钱)、广橘红(二钱半)、焦术(二钱)、潞党参(六钱)、金蝎(六分)、大熟地(四钱)、北防风(三钱)、木瓜(二钱)、川续断(三钱)、杜仲(三钱)、川草薢(二钱)、兔丝子(二钱半)、黄蓍(五钱)、上川朴(一钱半)、独活(二钱)、威灵仙(一钱)、炙甘草(一钱八分)。

五味子(二分)、姜(三片)、元肉(二钱半),三剂。

廿九日(4月23日) 昨夜失眠,不解何故。蒯若木约午饭,西式,甚佳。出视安吴画及惜抱书札,惜抱气味尤静穆可爱。画山水一幅。嗣伯自新京来,商办公事数件,致识先、勉甫、季湘函,托带去。君适、识先来函。

卅日(4月24日) 内子精神较昨稍倦,不知何故,昨夜欲大便而未得,稍用力,或系因此累也。

泗泉方:

肝脉稍和,心阳尚虚,右滑平沉沉则虚,舌苔黄润本厚,今渐欲化,口禁不能大张,风气结滞,络气不调,带下重下元本寒。大便欲解不得,脉未实,不可下,仍主前方,填虚,化风,开禁。

高丽参（三钱）、炒白术（三钱）、茯神（三钱）、广橘红（二钱半）、大熟地（四钱）、金当归（三钱）、炒杏仁（二钱半）、法夏（三钱）、库黄耆（四钱）、甘枸杞（三钱）、沙苑蒺藜（三钱）、上桂心（四分）、干姜（二钱）、威灵仙（一钱）、北防风（三钱）、黑脂麻（三钱）、大砂仁（一钱）、羌活（一钱半）、甘草（八分）、川朴（二钱）。

姜二片、枣三枚。

嗣伯午后趁车返新京。君九来。①

四月初一日(4 月 25 日) 先母忌日。内子精神较昨稍好。画山水一幅。李莼客谓顾千里（《思适斋集》有钱竹汀、可庐两先生《对床风雨图赋》），彭集（《小谟觞馆》）中有《钱可庐征君六十寿序》，皆艺苑之鸿制，合之以胡竹邨先生《钱竹汀先生入祀乡贤记》，而嘉定之学发挥尽矣。甘亭此序及胡集中《王石臞先生八十寿序》、龚定庵集中《阮尚书年谱第一序》（即《文达六十寿序》），是三首者，包括群言，错综六艺，可作《儒林传》《经籍志》读。

内子到夜间神气又差，不能吃烟。

初二日(4 月 26 日) 内子神气仍差，托竺君延一日医来视，云："五脏均无大病，但不可劳动，须更衣，要用极和平之药润下。"泗泉来诊时，神气稍复，可自吃烟。②

左虚缓，右滑，大阴邪偏盛，元阳过虚，每至黎明必稍觉神昏、气滞、痰阻险象，逾时复如故，现状神气颇和，烟亦能吸，舌能出至口外，口张亦较大，是颊车之络渐活泼，宜防其风，因虚动痰气上逆，当重用参附填虚，兼以豁痰降逆。

附片（三钱）、高丽参（四钱）、黄耆（四钱）、焦术（三钱）、清夏（三

---

① 天头：爱文义路觉园五十三号，二叔。麦特赫司脱路鸿庆里三十八号陈宅，四叔。同孚路大中里十二号，陈君任。

② 此处涂去“画山水三幅”。

钱)、金蝎(三分)、僵蚕(六分)、枸杞(三钱)、干姜(一钱半)、紫蔻(三钱)、归身(三钱)、酸枣仁(三钱)、桃仁(五分)、细辛(二分)、甘草(六分)、姜汁(数滴)、竹沥(一罐)、大枣(五枚)。

上上,中下,中平。

天生美质,暴弃可惜。

及早回头,枉寻直尺。

事已成,无推托。虽迟迟,不舛错。

放手中流,一篙一桨;迟而不误,退一步想。

初四日(4月28日) 内子昨服日医润下药水少许,今日又用密导,一时后更衣。泗泉来诊,言脉象较和,惟又稍感风耳。

两寸关脉颇和,左见微弦,右寸小紧关滑,大便既行,气虽小弱,尚足支持,惟风邪未尽,又小受外感,头部两太阳分位觉疼,主用前方加驱风之药,以和之。

黄蓍(三钱)、高丽参(三钱)、附片(一钱)、桂枝(七分)、羌活(一钱半)、云苓(三钱)、故纸(一钱)、法夏(三钱)、橘红(二钱半)、干姜(一钱)、枣仁(三钱)、香附(一钱半)、枸杞(三钱)、当归身(三钱)、威灵仙(一钱)、川芎(一钱半)、白芍(三钱)、砂仁(二钱)、炙草(一钱)、姜三片、枣(三枚)、元肉(二钱半)。

昨日画山水三幅,殊为草率,今日画山水两幅。君适及三媳自新京来。

初五日(4月29日) 内子神气较前数日为进。寥志、贻先信来,以后通信寄爱文义路觉园五十三号,慎先;又麦特赫司脱路鸿庆里卅八号,贻先。同觉先、君适至竺君处,又同至弭生公园,樱花开十分之一二,顿觉风光明媚,可稍抒郁塞也。

春尽日用微之诗句率成一首

三月正当三十日,一春之尽不曾元。已看流水融冰谷,才有新荑出柳枝。洛下风光传庾信,江南书札忆邱迟。荒寒自与萧怀秋,烂漫飘零两不期。

初六日(4月30日) 内子精神较昨又稍好,醒时较多吸烟,亦有力。泗泉来诊,谓脉渐和,但仍是虚耳。

脉滑匀,左关肝部亦较前调和,独肾虚见滑,小而浮,心阳仍形不足,补益之中,当重在固肾气,宣心阳。

山萸(三钱)、熟地(四钱)、淮山药(三钱)、茯神(三钱)、宣木瓜(三钱)、牛膝(二钱半)、杜仲(三钱)、菟丝子(三钱)、苁蓉(三钱)、西洋参(三钱)、归身(三钱)、黄蓍(四钱)、上肉桂(三分)、柃术(三钱)、广陈皮(二钱半)、枸杞(三钱)、白芍(三钱)、川草薢(二钱)、附片(二钱)、川芎(一钱半)。

甘草(八分)、姜三片、元肉(一钱半)。

连日为丁文槎作画共十幅,又画一直幅赠文槎。前数幅正在着急之时,勉强为之,画遂现恶劣之象,可见心画不可以伪为也。

儆吾电来,明日乘"大连丸"到。沽好绍兴酒一小坛,为明晚夜话小饮之资,当此忧患煎熬之时,聊以破闷。

初七日(5月1日)。画松一幅。内子精神尚佳,吸烟亦甚得力,甚欲说话而不能达,诚苦境矣。间或吐出一二字,音尚正。[①] 儆吾午后到。为内子诊好,谓系水毒,开方有大黄、芒硝,实有所见,但未敢即服耳。王伯高来,竺君来,同小饮。

泗泉方:

脉气匀和,左寸仍见虚软,右关滑,心阳未复,痰滞故不化,舌苔已退,仍主温补。

淡苁蓉(三钱)、枸杞(二钱)、沙苑子(三钱)、广橘红(二钱半)、川贝[②]母(三钱)、桂心(四分)、炒阿胶(三钱)、酸枣仁(三钱)、制首乌(三钱半)、焦术(三分)、高丽参(三钱)、淡附片(二钱半)、当归身(三钱)、细辛(二分)、川花椒(十五粒)、五味子(二分)、白芷(二钱)、库黄

① 天头:夜间右手足觉疼。

② "贝"误为"母"。

蓍（四钱）、炙草（一钱）、葛根（三钱半）、砂仁（一钱）、姜三片、元肉二钱半。

初七日(5月1日) 服儆吾方，觉右足疼痛。

儆吾方：

柴胡[①]（三钱）、路党（三钱）、川芎（一钱半）、黄芩（一钱）、甘草（一钱）、茯苓（三钱）、半夏（二钱）、当归（二钱）、冬术（二钱）、泽泻（三钱）、生白芍（一钱半）、生姜（三片）、红枣（三枚）、吴茱萸（三钱，第三方以铃绞易吴茱萸）。

当归[②]（二钱）、生冬术（二钱）、附子（二钱）、川芎（一钱半）、泽泻（三钱）、细辛（一钱）、生地（四钱）、锦纹（二钱）、路党（三钱）、甘草（二钱）、生姜三片、红枣三枚。[③]

初八日(5月2日) 内子如昨，胃纳稍开。儆吾诊脉，谓夜胜于晨。约竺君来小饮。服儆吾第二方。

天将明[④]

氤氲物我入洪蒙，密霭犹迟[⑤]海日红。尘隔四围青嶂外，楼居一气紫烟中。时行中立宁辞病，臆对长沙商[⑥]养空。安隐蒲团无念起，愿持禅版策新功。

初九日(5月3日) 内子胃纳稍开[⑦]，右手骨节稍软。儆吾乘早车赴长春，同觉先送至车站。铁生来函，寄旅费五百五十元，以二百

---

① 旁注：一方。

② 旁注：二方。

③ 天头：三方：半夏（三钱）、厚朴（一钱）、生煎苏子（二钱）、茯苓（二钱）、当归（二钱）、川芎（二钱）、冬术（三钱）、泽泻（三钱）、白芍（二钱）、广陈皮（二钱），加生姜二钱。

④ 此处圈去“偶得”二字。

⑤ “密霭犹迟”原作“睡起虚堂”。

⑥ “商”原作“自”。

⑦ 旁注：服儆吾第三方。

还老杜、小方[①]等债,寄杭宅五十元,蓉史表侄女二十元,以四十四元还巽女,二十六元还荣儿,交账十元,尚存二百元。付升儿夫妇十元,老王、王妈、奶妈四月工钱廿一元,顺儿七元,老赵六元,阿毛、余妈三月工钱共十元,付五弟五元。

初十日(5月4日) 内子大便二次[②],极畅,甚干,恐系陈粪也,小便虽次数甚少,亦甚畅,此皆是好象,惟不语,殊急人耳。

《古微先生墓志铭》,散原先生撰文,殊少精彩,恐是年太高,精力销乏之故。改七弟函。

泗泉方:

脉:左脉小虚,右颇和,大便已自通调,胃纳亦渐强,舌苔中化,边尚黄厚,心气调,脾气犹不升也,仍主补肾益脾活络。

当归(酒,四钱)、高丽参(四钱)、枸杞(四钱)、补骨脂(二钱)、附子(三钱)、炒白术(二钱)、桂枝(一钱)、库黄蓍(二钱)、广橘红(二钱)、法半夏(三钱)、续断(三钱)、生甘草(一钱)、熟地(四钱)、大砂仁(二钱)、独活(二钱)、骨醉补(三钱)、白芍(二钱)、川朴(二钱)、姜三片、元肉(二钱)。

十一日(5月5日) 内子右足屈伸渐灵[③],小便虽次数少而长,神气如昨。致强志函,识先、儆吾函。

十二日(5月6日) 内子神气如昨,晨间勉强说数字,服儆吾第三方。嗣伯来函,附稿六件,画行后寄还,附一信。写小字一张。

十三日(5月7日) 内子如昨,醒时较多。王病山先生自申赴长春,昨过此,因无向[④]导,未得来。带来伯夔一函、公渚一函并袁太夫人及朱文直公墓志铭格纸,伯夔请予写其太夫人墓志,润笔二百

---

① 旁注:裁缝。

② 旁注:服儆吾第二方。

③ 旁注:服儆吾第三方。

④ "向"原误作"乡"。

元，即以此款接济询先，每月送卅元，可支半载，予可不另筹措矣。覆伯夔函。公渚寄徐葆三仿乾隆笔十支。

十四日(5月8日) 内子更衣一次，溏便，稍觉疲倦，服参汤。昨服儆吾方中有大黄，今日改服其第三方。口味尚佳，可吃面少许，惟皮肤不太润泽，想系气血大虚，可忧之至。同觉先至寿民药房取所制白术、苍术，晤泗泉。此术系儆吾所赠。儆吾返诸暨时，有人在太白山掘出者，无数球共结出一大球，重约斤许，想非旦夕可成，其年岁必甚久远，土人不知其值，儆吾以廿元得之。又苍术亦新掘者，有朱砂点，香甚，皆可宝之物。以其半赠予，今制成为三两八钱，馀苍术一两二钱馀。致儆吾函，问内子皮肤粗糙应服何药，以补气血。

泗泉方：

脉气颇佳，右见浮略，弦紧，左寸亦较前洪和，稍有外感。右手指头稍胀，有时肢节唇吻间惕动，肝气不静，风未尽却，宜疏邪豁痰化风，服一剂，仍服改定前方。

防风（三钱）、金蝎（七个）、羌活（二钱）、潞党（四钱）、橘红（二钱一分）、天麻（一钱）、川芎（五钱）、苍术（二钱）、石菖蒲（五钱）、大牡蛎（三钱）、桂枝（一分）、附子（二钱一分）、苁蓉（二钱）、炒白芍（二钱）、续断（二钱）、甘草（七分）、玉竹（二钱）、威灵仙（一钱）、姜三片、枣三枚。

十五日(5月9日) 内子较昨精神稍好，吃烟得力。致识先函。夜为臭虫所扰，不能睡。

十六日(5月10日) 内子神气尚好，昼间多醒，不似从前之昏睡。儆吾来函。嗣伯来函，寄稿二件。询先来函。

十七日(5月11日) 内子精神甚好。泗泉来诊，谓脉甚和，以后须加风药。约竺君午饮，将于明日移津，饯之也。

脉滑和而长，左稍弱，气血渐近充实。舌謇不能言，的是风邪，滞络不化，正气尚不能达，以解语丹加味，重在去风通络，且固正气。

僵蚕（二钱）、羌活（一钱半）、防风（三钱）、大熟地（四钱）、山萸

(三钱)、天麻(八钱)、玉竹(三钱)、川续断(三钱)、秦艽(三钱)、黄蓍(五钱)、白术(三钱)、桂枝尖(八分)、川芎(一钱半)、枸杞(四钱)、附(二钱)、广陈皮(二钱)、党参(五钱)、白芍(三钱)、炙草(一钱)、砂仁(二钱)、姜三片、大枣二枚。

农先来电,明日到。

十八日(5月12日) 农先到,焕焕、楚楚、小毛同来,运津寓木器来,共用运费六十馀元。婉宜义女亦来,同愔仲家眷来归宁也。仲业函欲借二百元,可谓食鹭丝肉矣。连厚山来函。立之来函,附诗数首。致愔仲、季湘、苕雪、嗣伯、君适、勉甫、识先函,托农先带去。嗣伯来函。农先夜回南方旅社。

十九日(5月13日) 内子如昨。农先乘车赴长春。连日习小字,殊少进境。

二十日(5月14日) 内子如昨。《验方新编》中治不语方,用黄蓍、防风数两煎水熏之,未能得法,不知能有效否。食鸡汤煮粥,甚香,或胃纳略进也。嗣伯来函。画山水一幅,未成。

廿一日(5月15日) 内子稍发呃逆,请泗泉来诊,谓心肾仍虚。

脉右滑平,左稍见濡顿,关沉小滞,心阳不足,肝肾之气亦虚。今日见呃逆,顷已平,仍为肝逆肾虚之象。四逆都气加减。

山萸(三钱)、熟地(四钱)、桂心(六分)、淮山药(三钱)、陈皮(二钱)、茯神(三钱)、附子(一钱半)、炮姜炭(二钱)、焦术(二钱半)、菖蒲(一钱)、法半夏(三钱)、枸杞子(三钱)、南星(一钱半)、白蔻(一钱半)、甘草(一钱)、炒枣仁(二钱)、丁香(四粒)、姜三片、元肉二钱。

苏拉杨广瑛、耿恩顺来,言广瑛为买笔三角,或言价只二角之事,为上所逐。恩顺因□[①]问广瑛有何怨言,恩顺不对,亦被逐。广瑛向来伺候佛堂,一切礼节甚为熟习,继者恐皆不谙故事,以小故逐出,实为可惜。恩顺亦旧人,供事多年,其人不可知,惟所犯甚微,竟被掌责

① 此处空缺一格,当指溥仪。

而后逐，亦可怜矣。此必有人倾轧，借此小事而发作耳。然殊非盛事，闻之甚为不乐。杨、耿皆在内廷局充办事员，故来诉冤。画山水幅，完昨日之件。

小劫一首

早识人天共苦辛，晚来忧患更翻新。孤光已澈三生影，寸铁犹抉百战身。梦里潭空澄[①]月色，山中秋老长龙鳞。人间小劫须臾事，归路何烦更问津。

廿二日(5月16日) 内子幸未再发呃逆，食发糕一块，甚香，口较前可略张大矣。画山水一幅。

廿三日(5月17日) 内子饮食稍多，幸未更发呃逆。铁三自新京来。致仲业、病老函。苕雪来函。询先来两函。蜀梅来函。愔仲来函。[②]

苕雪拟方。地黄饮子加减。

熟地(二钱)、巴戟天(一钱)、山茱萸(八分)、淡苁蓉(五钱)、石斛(先煎，二钱)、远志(炒，一钱)、五味子(四粒)、云苓(三钱)、麦冬(一钱五分)、附子(炮，五分)、肉桂(研冲，三分)、石菖蒲(八分)、薄荷(五分)、姜一片、枣(三枚)。

巴、附、桂三者之间尚可酌量，或减去一二味，大秦艽同加减。

生地黄(二钱)、熟地黄(二钱)、当归(一钱)、白芍(酒，一钱)、云苓(二钱)、秦艽(一钱五分)、酒川芎(六分)、香白芷(六分)、炒白术(三钱)、炙草(一钱)、沥黄芩(一钱)、防风(五分)。

此方每七日服一剂亦可。

廿四日(5月18日) 内子稍觉，睡时多，周身觉痛。约铁生晚饮。连日为伯夔太夫人写墓志铭，始知写字工夫之浅。致询先函。致病老函。

---

① “澄”原作“明”。

② 天头：大连刘家屯云井町二番地鸿记大院内七十五号。王铁生住址。

廿五日(5月19日) 内子饮食稍多,神气亦尚好。泗泉来诊,谓脉尚和。伯夔来函。公渚来函。

学道原知万事轻,无心宁复起心兵。花时啼鸟非常乐,雨后晴窗分外明。半上帘钩悬海色,四围松籁涌涛声。眼前已是羲皇世,但要先生了生死。

学道一首拟剑南体,聊以解忧。

伯夔老兄左右:

奉书,敬悉一是。伯母墓志写上以寄,来纸系宣纸,紫毫笔不能写,改易他纸书之,殊不称意,平时工夫太浅,临时亦无由猝办也。又别书小字一分,似气味较纯,一并寄上。倘付石印,请寄购数分。惠金代存银行,甚感。七弟狷介之性,不能稍强,只好留备他日缓急,但请将笔资廿四元转交公渚,馀均存银行可也。彊老墓志稍缓再写,其中惟唐子直谏事与寿所闻者略有异同,他日写出寄览,如得吾兄为作一传,则彊老当感德于九原矣。刻书之事,龙君为经手人,似可于友人集资之下添一句,以不没其实,何如?仍盼覆示。内子病事沉滞,至今仍不能全,无任焦闷。

廿六日(5月20日) 内子神气较前稍觉清爽,小儿辈嬉戏于前,亦时有笑容,或者所患稍减也。铁生来,闻天津有战事,不知确否。写袁太夫人墓志铭。致贻先函。致公渚函。致伯夔函。画山水屏幅。

廿七日(5月21日) 内子右颊微肿,不解何故,口味甚好。铁生来谈。写袁太夫人墓志,以紫毫写宣纸,甚觉生涩,一气写成,尚有逸韵,无时下俗体。

廿八日(5月22日) 升儿赴长春,因假期太久,恐司法部挑剔,暂去销假领薪。内子右颊肿未消,右手亦略肿。画山水屏幅。致伯夔函。君适来函。

郝筱璋悬拟方：

金当归（二钱）、净秦艽（一钱）、广橘络（三钱）、抱茯神（三钱）、牡蛎粉（一钱五分）、远志肉（去心甘草浸炙，六分）、独活片（一钱）、汉防己（一钱）、九节石菖蒲（三分）。

右方用长流水两大碗，柴炭小火缓煎至大半碗，滤取净汁，再加入甘竹沥、生葛汁各五分。每日早晚取一份隔汤烫温，徐徐咽服之后，宜静卧勿扰为要。方内生葛汁如药肆中不易购得，可自采生葛，去净外层皮及灰垢，依法榨取其汁。或捣烂取汁，均可。万一无处采取生葛，可改用荆沥。荆沥，北方药肆亦不常备，可托人取荆树嫩枝，以制竹沥法制取即得。

廿九日(5月23日) 内子更衣甚畅。铁生之子送兑票来。画山水屏幅[①]，写小字二张。强志来函，附蜀梅函及郝筿璋拟方。同觉先、巽女及丽保乘汽车至寿民药房请泗方[②]为荃女、小春孙女开方。又至市场买蔬果。仲业来函。惕斋讣来，于四月十九日化去，可痛之至，相交卅馀年，情意殷殷，曩岁至汉口必主其家，招待极为周到。失此良友，他日再往汉口，索然无味矣。惕斋待其诸弟甚厚，才具开展，喜任事，惟规模太恢张，专打如意算盘，故多失败，备经困苦，心血耗尽，以致不能延年。少年时好色，有妾三人，亦苦于应付，盖其烦恼多自寻者也。

五月初一日(5月24日) 内子数欲起坐，多有欲语而不能达，似精神较起。右手肿甚，恐是水毒，如儆吾所言，但不敢以峻剂改之耳。所画山水屏四幅设色（灵炳款）。致六弟、九弟函。

初二日(5月25日) 强志来函。至高古樵处占课，问何时可以说话，课甚吉，谓五月廿九以前可说话，六月初三前痊愈，可行动，病

① 天头：山水款，灵炳；松款，雯掀。

② “方”当为“泉”。

系肾部湿气上冲，心有虚火，是类重症，且劝服上海蔡同德再造丸。

丑☷：〤〇、〇〣、〤〣。

肾湿上冲，克而吉。

[①]内子时欲起坐，小便色赤色，是水毒下行也。墨缘堂送来头等免票。画松一幅（雯掀）。写小字二张。

初三日（5月26日） 内子又更衣一次，带赤色，小便亦畅，尚赤。数日来服逍遥散，或者是肝经之病稍见下行耶？七弟来函，附庶侯函。升儿来函。同觉先至墨缘堂买小玩物（旧京所捏面人，肖各戏剧，神采奕奕，洵手工之甚精者也）。犹有童心，兼以哄丽保也。

题蒯若木夫人圆常居士瑞应图七古一首

我佛宏愿报[②]大悲，不惜身命为布施。析骨为笔血为墨，书写经典斋须弥。后来仁者踵此法，勇猛精进[③]无隳弛。愿长嫌苦寿命促，三世修完一篑亏。精诚所至天可补，我〼〼法非神奇。若木吾兄佛弟子，家有法喜相唱随。圆常居士写经愿，誓度万劫□一靡。明明如月感瑞应，心光日现宁他为。功无唐捐报勤苦，立证佛果□□地。我昔作图穷赞叹，一诺廿载风飚驰。迩来海东结邻住，因缘时节疑前期。君学甚深力绝锐，三车随属同窥基。馀事精神及草木，嘉蔬连亩花成畦。安得逍遥脱穿鼻，从君问法还修持。

寄怀君任长沙兼简立之天津

闻君留滞古长沙，贾谊祠前感岁华。淡走旧人馀几在，推敲好句付谁夸。墨痕别后惊全扫，生事歧途共一嗟。应念周痴无促甚，冷笳孤绝倚残花。

---

① 此前抹去《寄怀君任长沙兼简立之天津》诗一首：“闻君留滞古长沙，贾谊祠前感岁华。……”

② “报”原作“生”。

③ “精进”原作“坚苦”。

此诗甚似东坡。

初四日(5月27日) 早车赴长春,七钟五十分到。君适、升儿及嗣伯、铁生、稚云、辑庭、尚英来接。恒德甫来。

初五日(5月28日) 到局,以过节未请见,但销假。上派奏事官,后派太监问内子之病。天恩高厚。上赏粽子八个。徐鲁三、君九、胡俊卿、叶曼多、葱奇、汪西言、王病老、白坚甫、张孟嘉、张孟年、沈奎一、赵观五来。

初六日(5月29日) 到局,见上,垂问室人之病及年岁,谓招呼病人甚要紧[①],过一两天,你偕是去罢,此是人情,无有不体谅者。见后,问室人之病甚详,再三属付不必忧虑。上赏芝麻饼四个。子玉来。儆吾来。嗣伯约晚饭,打麻将四圈,负七元。致荣儿函。荣儿来函,报病情甚安。

初七日(5月30日) 到局。访王病山先生,未值,晤费地山姻丈、宝瑞臣师。王君九约晚饭,座有病老、杨子勤、秦□□来(子质军门之子)。杨子勤来,未见。愔仲来。婉宜义女来。荣儿来函,报内子过节甚高兴,小便仍赤色。夜梦与彊村先生周旋甚久,诵予之词中有句云"长歌声断,续哀弦底"。再三击节,谓音节哀厉。

初八日(5月31日) 到局。蔡法平约晚饭,菜甚精美。

初九日(6月1日) 到局。宪有之约至其家午饭。识先自大连归,带来觉先及荣儿、梅女函、仲业函。知内子尚属安顺。季湘来夜谈。

初十日(6月2日) 到局。往视赵时敏,小谈,病后气体尚未复也。同农先访荣叔章。

十一日(6月3日) 到局,见上,见后。后赏包子、烧饼各二十个。儆吾约晚饭。

十二日(6月4日) 送彭丽生至车站,将赴大连为内子诊病也。

---

① 此处抹去"仍可续假"。

到局,后召入见,为丽生出言失检,甚怒。荣佩卿(凯)来。茗雪、季湘来夜谈。荣儿、巽女来函,述病情甚安。发电属荣儿至站招待丽生。

十三日(6月5日) 到局。同愔仲作五月十三日纪念一首。

长逢此日真何日,强道今年胜昔年。忍事心惊闻见异,吞声人与岁时迁。波流淼淼安归处,物态纷纷那胜天。一晌梦争疑未觉,期君重赋帝京篇。

愔仲作:

更回松漠望昭陵,十七年来几废兴。田有一成神所祐,根伤再实语难凭。国危众解薰丹穴,围急谁曾突白登。经强旧人今落落,眼中暮景各飞腾。

同农先访荣叔章,奉命与熙洽会商三川林地事宜。

十四日(6月6日) 到局,见上。荣儿来信,谓彭丽生为内子诊病,认为肺痹症,时当夏令,不应有沉虚之脉,精神见好,脉象不符,断为药误。右脉沉滑,左心部疾数肝脉过指,病系邪实正虚。邪者寒湿痰,虚者肾阳虚也。初起若遵《岐黄问答》,谓大积大累驱其大半而止,或遵吴门,用以至宝丹,或苏合丸,邪去正回,不必直补。今脉失时令之洪,病已入肺之苦,若再事因循,留此湿痰踞络,失声成喑,恐后变迁,兹以宣阳通肺,取其轻可去害法。

南射干(一钱半)、方通草(一钱五分)、紫苑(三钱)、川尖贝(打碎,先煎,四钱)、黄芩(酒炒,二钱)、法半夏(二钱)、香佩兰(后下,一钱)。

夜同季湘、汪□□打麻将十圈。

十五日(6月7日) 到局,见后。荣儿来函附方:云母石(四钱)、益智仁(三钱)、小川莲(一钱)、石菖蒲(一钱半)、阿子肉(二钱半)、姜汁竹沥(三钱)。

十六日(6月8日) 到局。后赏菠萝蜜洋点心,赏内子烟膏一盒、土十两。致荣儿函。贻先来函。

十七日(6月9日) 到局。晚至车站接彭丽生,悉内子服药甚效。[1] 右眼流泪已止,夜间烦躁亦减。

十八日(6月10日) 到局。后赏炸鸡二、香肚一。荣儿来信。王病老移居银行内。夜谈。询先来函。觉先来函。

十九日(6月11日) 到局。涛贝勒来电,东陵有匪白昼掘穴,聚众开枪拒捕,相持两日,危急万分。上派许宝蘅往与小矶商办应付之法。李葵生来信,三姊于初□日逝世。属识先覆函,赙五十元。莘田之子芷阶来信,困乏已甚,势将绝粮。覆电约其即来大连,并汇三十元。见后。

二十日(6月12日) 到局,见上、后,请脉拟方。续断(一钱)、远志(二钱)、茯苓(二钱)、薏仁(二钱)、杭菊(一钱)、竹茹(二钱)、赤芍(一钱半)。

至彭丽生处。夜与苕雪、季湘、农先竹戏。荣儿来函,谓内子服药甚效,胃纳甚好,可常起坐,为之稍慰。

二十一日(6月13日) 到局,见上,见后。熙洽臣来接洽皇产事。后赏芝麻酱烧饼四十个。荣儿来信,内子饮食较多,想食干物,请彭君改方。约温毅夫、王病老及勉甫、农先、君适、邦直在怡春午餐。

病老见予近诗,谓嫌稍枯,因成此作

敻敻孤竹不自疑,忧忧轻送百年期。波臣何望逝东海,蜩甲犹然留故枝。孤月此心心蚀后,倾河此泪泪干时。寒岩枯木成滋味,凉感先生圣得知。

二十二日(6月14日) 到局。同农先访叔章,商私产事。季湘、愔仲及婉宜女来。

二十三日(6月15日) 到局,见上,见后。丽生改[2]寄去。夜,

---

① 天头:干地黄(四钱)、益智仁(三钱)、巴戟天(二钱)、朱砂茯神(二钱)、石菖蒲(一钱半)、香佩兰(一钱半)、稀签草(五钱),先煎。

② 疑缺一"方"字。

与勉甫、子玉、农先竹戏,负七元。荣儿来信。儆吾来。

少阴气结,变弱势成风痱之象,以河间地黄饮为方。

熟地黄(四钱)、山药肉(二钱)、石菖蒲(一钱半)、巴戟天(三钱)、肉苁蓉(三钱)、酒沙黄柏(一钱半)、麦门冬(二钱)、远志肉(二钱)、五味子(五分)。

二十四日(6月16日) 到局,见上。同季湘、勉甫、茗雪在怡春午餐。刘嗣伯、王铁生来,同君适竹戏,胜三元。叔言来。鲁山来。稚云来。

彭君改方:

拟从少阴原法补之。

干地黄(四钱)、酒归身(二钱半)、木茯神(三钱)、巴戟天(二钱)、益智仁(三钱)、石菖蒲(一钱半)、麦门冬(二钱)、桂枝尖(一钱半)、炒黄柏(一钱半)、稀签草(四钱)、煎汁化水。

去渣,如大便不畅,加郁李仁三钱,便后不必再加。

二十五日(6月17日) 七钟起,八钟至车站,嗣伯、铁生、稚云、德甫、楫庭及升儿来送。子玉同赴大连。七钟五十分到,觉先、梅女、荃女来接。内子自发热后,更形消瘦,幸精神尚好,吐浓痰极多,见后所赏烟膏、烟土,甚为感悦。后命内务处来电,言白大夫在津,尚未启程。

二十六日(6月18日) 若木来。致农先函。今日为升儿生日,家中制炸酱拌面,购荣太楼甘纳豆一盒,风味甚佳。

二十七日(6月19日) 内子更衣不遂,用蜜导得解。致农先、识先、君适、升儿函。仲业来函。写折扇面(天津劝业场)。写屏条一幅(子玉)。连日阅荆公诗,于七古若有所悟,集中有数首为不异[①]有之境,亦荆共所独也。

二十八日(6月20日) 此二三日内子欲发言时,偶透露四五

① “异”当为“易”。

字，似较前稍有动机，惟今日又形艰涩，不解何故。同觉先、子玉、荃女、小元、肖高乘汽车至寿民药房、墨缘堂。嗣伯来信，附画行公事四件。奉天将军常恩裕（德）呈告奉天三陵承办处总办端绪贪赃受贿，任用私人，侵吞公款，伐卖陵树各节。覆嗣伯函，拟派嗣伯往查。

二十九日（6月21日） 强志来函，寄八股两篇：一为"莫己知也，斯已而已矣"，强志所作，一为"行何为踽踽凉凉"，木斋所作。强志文颇近望溪，其心地可知其安净也。同子玉、觉先至若木家小坐。明日卯刻夏至节，以陈大士烟与内子服之。画松二小幅（福田、矢野）。矢野勋来。隋爱髯来。

三十日（6月22日） 今日为夏至节。内子尚属安善，惟夜眠易醒，稍觉阳浮耳。同觉先、子玉、巽女、荃女、肖高、小元、小明、万宝、丽保乘汽车辛家埠一游，沿路风境甚佳，其地临海，多树木，对面浮数小岛，潮声澎湃，颇有世外之致。又往电气花园看白孔雀，神彩隽异，实非常之文彩也。夜与子玉、觉先、巽女竹戏。嗣伯来函，附稿二件，即函覆。画松五尺幅（矢野）。写小字一张，觉有进境。

闰五月初一日（6月23日） 内子夜眠不安，服回天再造丸，睡稍好。子玉约同觉先食俄菜。夜同子玉、觉先、巽女竹戏。嗣伯来函，附稿一件，即覆。写小字三张。

初二日（6月24日） 嗣伯来函，附稿数件，即覆。内子更衣极为艰难，汗出甚多，下午稍平复。画松一幅（爱髯），写屏二条、小字一张。为子玉画松。

初三日（6月25日） 内子至下午更衣始畅，然吃亏太甚，疲乏极矣。嗣伯来函，覆函，又致铁生、稚云函，属汇款来。与觉先、子玉、巽女竹戏。写小字二张。

荆公一首[1]

荆公六艺冠群伦，律己持家更谨醇。直以仔肩付天地，最难遇合极君臣。是非世远犹难定，宗社根披遂不振。试院纷更自畴苦，由来安道早知人。[2]

初四日(6月26日) 写小字一张。与子玉、觉先、巽女竹戏。升儿自长春来。丽生来函，改方。

服地黄散四服，右边手足仍难举用，舌黄不清，因平昔怒劳，忧思五聚，气火交并于上，肝胆内风鼓动盘施，左盛则右虚，故手足似痿，络脉应肢绕出环口，故唇舌不利思维，至再以丹溪虎潜丸出入，久服定可霍然。

九制熟地（四钱）、天门冬（二钱）、生白芍（五钱）、淮牛膝（二钱）、肉苁蓉（二钱）、全当归（酒炒，二钱）、炒黄柏（五钱）、虎骨胶（另用酒化开，对服，二钱）、桂枝尖（五钱）。

初五日(6月27日) 趁下午四时快车赴长春，子玉同行，过奉天时下车。

初六日(6月28日) 八时到，嗣伯、稚云、铁生、沈荣亮、包缉庭到站接。到局。上赐日军部武藤大将及各师各团长宴，命作陪。苕雪、季湘来夜谈。

初七日(6月29日) 到局，见上。嗣伯、稚云来。子玉来竹戏，负十五元。致觉先、荣儿函。

初八日(6月30日) 到局，见上，见后，赏回天再造丸廿粒、活络丹廿粒，乃专人自天津购来者也。荣儿来信，厨子老王已逝去，相从廿馀年，可念也。升儿来函。强志来函。致荣儿函。嗣伯赴吉林

---

① 此诗诗集本作"荆公六艺冠群伦，鼎足清风如贱贫。直以仔肩付天地，最难遇合极君臣。论评世远犹难定，宗社根披遂不振。间气高文容可遇，从来晓事几何人"。

② 此联原作"才杰不疑疑晓事，圣如文靖竟何人"。

调查私产事。

初九日(7月1日) 到局。嗣伯归,至其家晤谈。病老来谈。致荣儿函。荣儿来函。写联一付、扇面一(渊受)。叔言来。

初十日(7月2日) 到局。过录纪批苏诗。嗣伯、伯辉、儆吾、希颜、子玉来竹戏。荣儿来函。致荣儿、升儿函。画松一幅,尚有生气。

十一日(7月3日) 到局。录纪批苏诗。荣儿来函。写小字一张。

十二日(7月4日) 到局。录纪批苏诗。嗣伯、子玉、季湘来竹戏。荣儿来函。后命刘太监打电话来,告白大夫于前日到,后日返津,命其过大连时,为内子一诊。访叔言,未遇。

十三日(7月5日) 到局。录纪批苏诗。见后。夜同农先访叔章,商办舒、常私产事。

十四日(7月6日) 到局,请假,同白大夫至大连,为内子诊病,蒙准假。趁四时半小急行车,嗣伯、铁生、稚云、德甫、荣儿、辑庭皆至站送。每次行皆劳诸君迎送,万分不安,苦辞不得。九弟妇携翰侄亦同行。勉甫、伯辉、农先、识先亦至站送。

十五日[①]**(7月7日)** 晨八时到大连,升儿来接。九弟妇与内子有四年不相见,相见乃不能一语,真苦况也。白大夫诊后,言血压不高,绝无危险,惟为时已两月之久,尚不能愈,恐不易到说话地步。渠到天津后配药寄来。彤伯自天津来。

十六日(7月8日) 同家人竹戏,内子坐于旁观之。

十七日(7月9日) 与家人竹戏。致强志、询先函。

十八日(7月10日) 同梅女、荃女及九弟妇、丽保至墨缘堂,荃女请泗泉开方。与家人竹戏,内子亦打五牌,和三牌,以卜运气,尚不恶也。乘车见沿途青苗之盛,为江浙所不及,郁郁葱葱,一绿无际,真

---

① 旁注:阳历七号。

所谓锦绣江山。[①] 思作一诗写之,苦不能形其气象。初得七言二句云:"红日半衔平陆下,青苗遥关[②]四天低。"又五言二句云:"神皋空禹甸,弥望极天田。"不知何句为胜也。夜画松便面,便觉头眩耳鸣,甚矣吾衰也。

冰糖、白糖、青糖、赤糖、黄糖,各六两。烟灰三钱,并水去渣,和糖。

并糖为壹百二十块,糖尽则瘾断矣。

紫背金牛草(十之一)、茯苓(十之一)、甘草(十之一)、麸皮(十之九)、上等烟(十之一)。

研和以水,为丸为药,于大吞烟瘾十分之一,至咽干则减药量十分之一,渐干渐减,至最低量,则断瘾矣。

---

① 天头:《离骚》"孟夏滔滔兮,草木莽莽",真写得出。整理者按,此句实出《九章·怀沙》:"滔滔孟夏兮,草木莽莽。"

② "关"原作"接"。

第十二册(民国二十二年闰五月至十月)

猛醒庵日记

闰五月二十日(1933年7月12日) 八钟趁急行车,坐瞭望,车中见沿途麦秀一绿无际,真神州之奥区,《离骚》所谓"孟夏滔滔兮草木莽莽",真能写得出此种气象,甚不易形容也。傍晚到新京。识先、农先、君适、升儿来接。嗣伯、稚云、铁生、德甫、辑庭亦来。数劳迎送,至为不安。季湘来谈。热甚,夜半雨作,心地稍为凉爽。

天机迅入滔滔夏,车毂劳驰膴膴原。绝迹眴周千里目,一青渺接道四天痕。乱亡取侮原无倖,神奥抛遗那可论。未信取怀仍畀与,辛勤一溉敢辞烦。

二十一日(7月13日) 到局请假。上患病腹泻,未请见。赵时敏、文启自奉天来,新任三陵庙事务处总办、会办,来谢恩也。婉宜女作愿学文社课题《旧邦新命论》送阅,文甚得体,简净不俗。又送冬瓜汤来,与季湘、勉甫、君适、识先共食之,味甚清腴。季湘夜谈甚畅,而勉甫以昨夕失眠不支,先睡矣。

廿二日(7月14日) 上未全复,仍未请见。端仲刚来,未见。惠孝同来。荣儿来函。为公渚画《墨谑斋画隐图》。

廿三日(7月15日) 到局。请赵时敏晚饭,约嗣伯、稚云、铁生、德甫作陪,竹戏。荣儿来函。(仲刚来。)

廿四日(7月16日) 星期。到局。时敏、子玉、农先来竹戏。荣儿来函。内子病情尚安。晴初及婉宜来。惠孝同来,未见。

廿五日(7月17日) 到局见上。晴初和所作荆公诗,收句甚好。

万言书上举朝惊,流俗何摧角重轻。身后不磨元晦论,祸源终致靖康兵。狂生叩陛仍逃责,晚节争憸且唉名。群碎可怜称绍述,八年神考意难平。

时敏、季湘来竹戏,负十五元。荣儿来函。

廿六日(7月18日) 到局。录纪批苏诗。接贻先函、荣儿函、公渚函。嗣伯来。写小字一张。致季馥函。惠孝同来(新委充内廷局属官兼奉天三陵承办事务处帮办)。

廿七日(7月19日) 到局。录纪批苏诗。时敏、嗣伯、铁生来竹戏。画山水小幅(希颜),画松大幅,拟送入博览会陈列。致公渚函。

廿八日(7月20日) 到局。写小字一张。孟嘉来。希颜来。阅《康熙东华录》,见当时臣下倾轧之状,甚矣为君之难也。写小字二张。

廿九日(7月21日)① 到局。傚吾、伯晖来竹戏,大胜。学部同人约为团拜,宝师、瑞臣、罗叔言、王君九、许鲁山、许季湘、徐茗雪、费默园、陈槐生、德茂因、胡靖凡、杨实君(华)、荣叔石(原名升,现名孟枚)、孟哲先(原名长顺,现名□□),共十四人,在交通银行厅中午餐并拍照。刘少卿约晚饭。写小字一张。

六月初一日(7月22日) 到局。画白衣观音一幅,付李升。荣凯来。季湘来夜谈。写小字一张。荣儿来函,内子语音稍透。

初二日(7月23日) 到局。后欠安,请脉。写小字一张。子玉、季香、君适、识先竹戏。致荣儿函。

---

① 按:此日以后,陈曾寿未注意闰五月有三十日,因此此后日期悉数有误,均误作前一日。

初三日(7月24日) 到局。后不适,请脉。画山水便面。写小字一张。致荣儿函。致连厚山函。

初四日(7月25日) 到局,见后,请脉。嗣伯、季香、君适、识先竹戏。夜同农先访荣叔章。立之寄诗二首。

初五日(7月26日) 到局。后较昨稍安。嗣伯、时敏、季湘、识先、君适来竹戏。夜梦与梁节厂师饮酒,酌以大斗,欢若平生,犹是三十年前风味。醒后思之,明日为六月六日,恰节师生日也,不胜感怆。后命刻"畅春轩"章,属识先刻之。致荣儿、荃女函。

初六日(7月27日) ①到局,见后,夸刻章甚精细,因出印度须弥山中所出一种白石,光华灿目,映日光成五彩,不知可刻否。九弟妇同三媳返新京。交通银行后楼屋窄不能容,将同君适于明日移居三江会馆,馆中偏院两间前数日已打扫修整矣。时敏、嗣伯、季湘来竹戏。

初七日(7月28日) 请假。同适庵、君适移居三江会馆,秋芳满园,颇绕幽趣。季湘、嗣伯、时敏、稚云、铁生来,约至大陆春晚餐,竹戏。包辑庭来,代为购办一切。

初八日(7月29日) 到局,见上。午后三时,往吊武藤之丧。四时,上亲临奠醊。军中治丧气象甚为肃敬,可知其军纪也。王病老约在交通银行晚饭,未入席,奉后召,遂辞谢病老之约,时敏、子玉亦至后楼竹戏。景遂初、罗君羽来。致强志函、荣儿函。后赏须弥山前山所产小石一颗。

初九日(7月30日) 到局。荣儿来函,代内子书一函,自用左手写"芬上"二字,亦可谓难得矣。许鲁山来。子玉、希颜、农先来竹戏,傍晚同至新京公园散步,吃俄式大餐。儆吾来。雨香来。

初十日(7月31日) 到局。后欠安,请脉拟方。答拜彭金山、

---

① 天头:武藤大将全权大使男爵以温病逝世,此人于我皇上甚敬,气息平静笃实,甚为可惜,未知继者为何人也。

陈愿士、洪德之。嗣伯、子玉、铁生来竹戏。白坚甫来。画松便面(镜泉)。农先、识先、九弟妇率三媳、小春来。致内子函、荣儿函、素梅侄女函。询先来函,谓身体较强,为之欣慰。

十一日(8月1日) 到局。画松屏条一幅[①],写屏条(福岛)。荣儿来函。

十二日(8月2日) 到局。嗣伯、铁生、德甫、稚云、农先、季湘来竹戏。交通银行陆厨送肴四味。

十三日(8月3日) 到局。同勉甫、君适至识先处答拜许鲁山。嗣伯约晚餐,有铁生、德甫、季湘、农先、勉甫、君适竹戏。向晚酷热。

十四日(8月4日) 到局,见上。同勉甫、君适至识先处。识先将于明日赴大连,托带去百五十元,以百元付警察捐,五十元作家用。又觅小龟一个,求上赏荷叶一根,张带去傅方,以纸煤熏龟鼻即出溺少许,以荷叶承之,用溺点小舌,可治不语之症。彭丽生言,用蒲黄,温水或冷水浸一二小时,再浓煎,以叶棉凉擦舌根,治重舌等症,盖舌底为廉泉玉英穴,凡药力皆不能到。只此一味能治之甚效。作函属荣儿试之。季湘及宜斋、农先、识先、伯辉来谈。市西瓜二,色红甚美。愿学文社揭晓。荣儿第二[②],焕侄第四(君适捉刀)[③],孟节第九,婉宜女第十(借用邦直名),君适第十一。

十五日(8月5日) 到局。同农先阅市,购茶叶、点心、糟白咸鱼、干虾、香肠、牛肉罐头、面包等。嗣伯、农先、子玉来竹戏,热甚。荣儿、素梅侄女来函。致于渊源受函。画松便面(咏春)。

十六日(8月6日) 星期,未到局。同适庵理发。季湘、嗣伯、德甫、子玉、农先来竹戏。荣儿来函。季馥来函。心畬来函。寄便面一、小直幅一,仿马、夏一派,笔甚健,人物甚工。君适夜发霍乱,服十

---

① 旁注:孟陶。

② 旁注:奖廿元。

③ 旁注:以下皆五元。

滴水，刮背，吐泻遂止。

十七日(8月7日) 到局。约荣佩卿来。三媳率小春及婉宜女来。写屏条一幅。怡斋来。荣儿来函①，覆一函。

移居三江会馆，秋芳满园，独步成咏

娟然杂佩满秋园，点点清宵玉露痕。采葛难忘卫臣怨，搴芳忽返楚骚魂。鸡栖混迹犹樊草，燕幕知危奈恋恩。一世悠悠空满眼，阶虫啾唧尔何言。②

十八日(8月8日) 到局。立秋，上赏秋叶饼十个。府中处局长官公请张仙涛省长及石丸侍从武官于大陆春。伯辉来。(荣佩卿来，于明日赴吉林。)

十九日(8月9日) 到局。荣儿来信，龟溺、蒲黄点舌均未效。嗣伯、季湘、农先、伯辉来竹戏。

二十日(8月10日) 到局。往拜张仙涛、曾叔度(热河秘书长)，为热河皇产事也。九弟妇、翰翰及三媳、小春来。强志来函。灼先来函，颇有改过学好之意。不知出于真心否？

廿一日(8月11日) 到局。后欠安，请脉。嗣伯、铁生、农先来竹戏。伯辉来。致荣儿函。致寥志、询先函。致强志函。画松便面(嗣伯)。

廿二日(8月12日) 到局。后昨夜发热，有呓语，今日热退请脉。上命与徐思允同拟方剂。病老及白坚甫来。嗣伯生日，局中同人往祝，即留晚饭，竹戏。惠孝同归自奉天，夜来送免票。与君适、荣儿来函，谓龟溺败味，点后未食早饭。致荣儿函，交君适带去。以用费告罄，向王君九借二百元，月息一分五厘，年内归还。画山水便面(孙幼铭)。

廿三日(8月13日) 君适乘早车赴大连。到局，后已安复。识

---

① 旁注：附公渚函。

② 天头：荣凯住吉林东莱门卫五号荣寓。

先归自大连,带荣儿函、茄子一筐。伯辉、儆吾来。沈荣亮来。嗣伯、铁生、季湘、农先来竹戏。同人为嗣伯作生日,在怡春晚餐,共十五人。致荣儿函。

廿四日(8月14日) 到局。往晤罗叔老。在后楼请地山姻丈及其如二姨太、荣生伉俪晚饭。夜九钟,后召入诊脉,因病甫退,食片汤觉不消化,气短汗多,问饮食调理以何品为相宜。

廿五日(8月15日) 到局。后召入诊脉。嗣伯、铁生、德甫、稚云、农先来竹戏。夜,后召入诊脉拟方。觉先来自大连。子玉、识先来。

廿六日(8月16日) 请假至吉林,托勉甫同荣佩卿清理舒兰、五常两县、三川(霍伦、珠起琦、四合)皇产。勉甫今日行[1],予邀子玉、觉先同往一游。午车行,三时到,佩卿至站接,寓醉鲜饭店。佩卿请小饮,白鱼极佳。傍晚闲步至松花江边省署,即临江岸建牙吹角,甚得地势,澄江一道隔山,云山千叠,俨然一幅图画,略如快阁之对鉴湖也。上游人烟甚密,灯火初张,掩映樯帆如织,二三小艇放手中流,又似汉江晚渡,洵不愧小江南之目。与勉甫、子玉、觉先立江边久之,初不料此数人于此聚会。倘使廿年以前有云当在松花江边同立,岂不笑为呓语乎。人事真不可料也。过一书肆购《浮生六记》。此书系申报馆排印,卅年前曾一见,久遂无有,为沈君三自叙其伉俪之情末路,极可哀,终未解其故也。

廿七日(8月17日) 大雨至午始止。乘汽车往北山一游,树木甚茂,步行至泛雪轩茗饮,全城在望,烟树葱茏,眼界极阔。又上为关帝庙,惜大殿扃锁,未能瞻仰,照一相以为纪念,食白鱼极美。趁六时车返长春,勉甫独留。

---

① 旁注:嗣伯、铁生、稚云、辑庭来送。

同勉甫、子玉、觉先松花江边晚眺一首

画角声中晚吹严，澄江一道拥云[1]岚。张[2]灯远市乍明灭，放棹中流时两三。形胜谁堪穷塞主，烟波不负小江南。白头万里成何事，饱馔银鳞只自惭。

廿八日(8月18日) 到局，见上。九弟生日，同伯辉至后楼晚饭，竹戏。君适来函。

廿九日(8月19日) 到局。嗣伯、铁生、农先来竹戏。伯辉、识先来。致强志函。荣儿来函。

改前作：

鳞鳞波涌玉鲂流，写影云山两岸秋。高柳城坊疑白下，晚江鼓角似黄州。气佳势胜无南北，地转天回感去留。风景不孤穷塞主，经纶谁任富民侯。

此诗甚工。

三十日(8月20日)[3] 星期，未到局。希颜、嗣伯、铁生、松如来竹戏。识先、升儿来。子玉、怡斋来。

七月初一日(8月21日) 到局，见上。季湘来。林子献来。伯辉来。农先来。稚云来。

初二日(8月22日) 到局，见后。为东陵事往晤臧凤九，晤增子固。仲端来。季湘来。儆吾来。伯辉于今日赴大连，奉命至北京也。识先夫妇来，约婉宜女及三媳来晚饭。希颜来。默园来。致询先函。农先来。勉甫来函。

初三日(8月23日) 到局，见上。嗣伯、铁生、农先、识先来竹戏。毅夫约在后楼晚饭。伯夔来函。写《纪恩室序》并公渚、梅泉诗。

---

① “云”原作“烟”。

② “张”原作“回”。

③ 按：本日为星期天，实无此日期，实当为六月二十九日。此后日期不误。

初四日(8 月 24 日) 到局。后欠安,请脉拟方。嗣伯、铁生、季湘来竹戏。农先、识先来。君适归自大连。荣儿来函。勉甫自吉林查皇产归。[1]

初五日(8 月 25 日) 到局。后赏柠檬蛋糕二盘。嗣伯约同君适、农先、觉先、识先竹戏。

初六日(8 月 26 日) 到局,见上。识先约同勉甫至后楼晚饭。寄杭州牯岭函,汇款去。

初七日(8 月 27 日) 星期。不到局。荣儿来函。

曩岁代人作旧京杂感八首兹录其五

丁歌甲舞醉昆仑,襟上犹馀旧酒痕。一代衣冠宾毕献,百年郡邑榜空存。残碑谁访登科记,谠论愁闻太学幡。雨露涵濡三百载,只输韩偓解酬恩。

六一禅房句足夸,春来幽处每停车。旧人爱住无名寺,冷客闲寻掌故花。报国长廊堆秘籍,天宁初地驻皇华。承平盛事谁能记,铃语西风落日斜。

留人独有海王村,评画摊书净客魂。退食委蛇老朝士,倾囊跋扈旧王孙。堪伤海客严装去,无复高人对榻论。早晚山陵金碗出,惊闻野老暗声吞。

趋风傭保易钗裙,阅市长安日日新。栗卖李和犹有子,鱼烹宋嫂已无人。御街寂历朝乌散,道观荒凉燕麦春。记否天桥风雪夕,倚楼独醉有孤臣。

一曲清歌侧玉卮,十年夜雨不曾知。留连灯月逢花笑,骤駊襟怀起酒悲。自是清狂易惆怅,何分扑朔与迷离。而今烟散头衔进,秋菊春兰又一时。

初八日(8 月 28 日) 到局。荣儿来函。嗣伯、季湘来竹戏。张仙涛约宾宴楼晚饭。

---

[1] 天头:后赏地梨一筐、果碗八种。

初九日(8月29日) 到局。儆吾来。齐白来。上召见徐仁钊，赏川资三百元。强志、询先来函。后赏腌蛋五十个。

初十日(8月30日) 到局，见后，赏《金刚经》四部。嗣伯来竹戏。识先来。

十一日(8月31日) 到局。嗣伯来。夜至后楼小坐。贾升自津来，带仲业函。

十二日(9月1日) 到局。嗣伯、铁生、季湘、德甫来竹戏。农先自大连归，闻家中甚安。贻先来函。

十三日(9月2日) 到局。询先来函，言九十月间可来大连一聚。

十四日(9月3日) 到局。后命讲《史记》。至识先处祭祖。饭后，嗣伯、子玉来竹戏。

岳少博来。

十五日(9月4日) 同勉甫趁早车赴连，嗣伯、铁生、稚云、辑庭、子玉、农先、识先至站送行。八时到家，内子精神较好，惟语言仍不能出声，家人均安。祀祖，今日为大母生忌。

十六日(9月5日) 同勉甫至辛个浦一游。

十七日(9月6日) 同勉甫看夜市，饮冰瓜甚美。

十八日(9月7日) 勉甫趁"天津丸"行，晨送至船。彭丽生来。

望溪纪汤公潜庵逸事"惩苏优"一条，虽当其罪，微嫌过刻，非盛德所乐为。又待明珠家隶一条，似为一时快意之举，稍嫌于近名。汤公一身关系天下之重，因小小风节而说大事政，可惜也。

方先生自励以"立行继程朱之后，文章在韩欧之间"，所志甚正，然其引万季野之言曰："唐宋号为文家者八人，其于道粗有明者韩愈氏而止耳，其馀则资学者以爱玩而已，于世非果有益也。"是何其言之易也。讲道学之流弊，辄轻斥汉以后数千年来无论名贤，皆以为不知道，惟讲性命空谈则尊为神圣，且以为不传之秘。其实道之在天地，固不遗精粗大小，随事随地而皆寓焉。八家之文若无所依附以立干，何以能行久远,其无形之裨益于人心何限,岂可一概目之为玩物耶?凡为此言者,乃真不知道者也。

十九日(9月8日) 故人莘田之子郁烈(芷阶)自钟祥来。莘田为人最笃实而深于情。予肄业经心书院时,莘田屡列高等,始与相识,后同举拔贡,视予犹弟,其肫挚有非言语可形容者,顾一生潦倒,赍志以没。晚年得子,不免溺爱,以致读书未成,今已有子女五人,奉母住钟祥,无以为生,屡有信来,欲予为谋事,遂电函属其来大连以俟机会。询先来函。

廿日(9月9日) 铁生来函,附稿四件。画册页三开,为婉宜女作。小尾通来。隋爱髯来。

廿一日(9月10日) 又画册页二张,有松一幅极佳。致铁生函。连日同家人竹戏,内子在旁观之,偶或指点,心思尚为灵活,饭量亦较前稍进。覆铁生函。

山楼雨夜寄立之

小楼一别无谈处[①],鄙吝填胸不可消。何日更酬高世论,我魂重得故人招。功名太岳同尘劫[②],事业姚江[③]本寂寥。吾见未能闻语断,空山寒雨坐秋宵。

[④]**廿二日(9月11日)** 画山水册页一开、松一开。强志来函,附立之诗数首。

廿三日(9月12日) 同巽女、丽保、荣儿自浪速町购物,并访小尾,未遇。连日与内子及家人打扑克牌,稍助兴趣,否则对坐欲言而不能达,最苦之境也。农先寄免票来,并速返新京。

廿四日(9月13日) 赴下午四时车返新京,彤伯送。

---

① “无谈处”原作“音尘断”。

② 此句原作“深心太岳酬尘劫”。

③ “事业姚江”原作“大业阳明”。

④ 本页天头:土屋,(松字)条,小尾,松条。

廿六日(9月15日) [①]晨到，嗣伯、铁生、辑庭、觉先来接。今日为君适生日，即约嗣伯诸君晚饭，竹戏。

廿七日(9月16日) 到局，见后。嗣伯、铁生、德甫、稚云公请君适，在寓竹戏。

寄君任

太傅当年序赠欧，桐城风义极[②]绸缪。斯文谁作中流柱，家学重看太乙舟。此事百年关丧乱，瞀儒几辈堕沟犹。功言一手湘乡盛，莫遣虫鱼徇白头。

大连山中雨夜寄周七

小楼一别无谈处，鄙吝填胸不可消。何日更酬高世论，我魂重得故人招。功名太岳同尘刹，事业姚江本寂寥。吾见未能闻语断，空山寒雨坐秋宵。

廿八日(9月17日) 到局。嗣伯、铁生来竹戏。夜梦见大母、先父、先母，近年来虽时入梦，未有如此次之清楚者。见先父来，心知已弃养，坐须臾出门，有舆来迎，行走甚速，急追之不及，但见一路火光而已。归来求见先母，睡甚安。大母在一室检视物件。心中愿多延须臾，怳然而寤。又梦行入一甚幽深之径，而自身发光甚明，此亦甚好之境。近来昼间觉妄念较前少，而梦中甚为模糊，反不及前之清明，可见其衰。予非惧衰也，恐生时为馀气之尸居，死后为惝怳之游魂耳。

廿九日(9月18日) 到局。致葵生函、荣儿函。嗣伯、德甫来竹戏。荣儿来函。

夜梦卧一古寺中，岁月荒远，天晓，醒于榻上，闻后房斋夫诵《普贤行愿品》中偈语，其声悲凉动心。(即偈中"面见彼佛阿弥陀，现前授我菩提记。蒙彼如来授记已，化身无数百俱祇。智力广大遍十方，

① 廿四日、廿六日日记原作廿三日、廿五日。原缺廿五日日记。

② "极"，诗集本作"足"。

普利一切众生界。乃至虚空世界尽。众生及业烦恼尽。如此一切无尽时。我愿究竟恒无尽”数语。)

予向持《行愿品》,熟极而流,乃此时则不甚记忆。斋夫诵一句,予得记一句,隔墙和之,意悲而味远。诵此数句已,乃起步至一处,皆饥饿残废。三人入一室,有二人卧于地,似已死者,面目枯削,畸形诡相。其一忽开目微视,予就问所苦,则曰病甚,每日发热数时,因病人多,不及就医,以致延误,今不可救矣。其一亦有些微气息,其声如丝,言曰将饿死,即须米汁,亦了不知味矣。余恻然动念,思稍稍布施,自顾囊中有洋蚨数十,记寺中住持僧为予熟识,寺外有一空地,思以贱值购得,不记为自身葬地之用,抑为家人用。正欲取钱,忽气息极微之饿殍奋迅起立,持予不妨,曰“汝囊中所有应全归我等”,于是左右饿者皆来。困于重围,急摆脱,走寻寺僧,怪其不应畜众无赖以劫持客人。僧深道愧谢,出觅其人惩治之,遍觅不见,最后乃见其缩卧一屋角,伪作熟寐者。僧乃以指撮其颊曰一二。不解其意,遂寤。

卅日(9 月 19 日) 到局。子玉来。秦子质先生之子□□来。儆吾携佳酿来小饮。

八月初一日(9 月 20 日) 到局。访王病老,小谈,将于三日后返申矣。财政部次长洪□□来。嗣伯、铁生、稚云来竹戏。

初二日(9 月 21 日) 到局,见上。今日为觉先生日,后楼添菜,约同人小饮。夜九钟时,后召入,恭代写信一封。访张仙涛、曾叔度。

补作朱文直公挽诗

卓尔瞻湖学,襜如正礼曹。小颓非迹近,大节薄名高。去国行吟悴,穿藜结集劳。琼琚缄至痛,一代振风骚。

[①]待我虚悬榻,相望岁月深。不成执手诀,终负托孤心。失意龙丘杖,伤神子敬琴。百年多苦相,沧海感遗音。

---

① 此处勾去“落手龙丘杖,伤神子敬琴”十字。

遗疏赍行在，风饕雪海边。动容褒直节，流涕说庚年。遗虑惟忧佞[①]，孤忱那胜天。至今淹日驭，何以慰沉泉。

和病山先生留别

九鼎从来系一丝，眇然人物此何时。中兴得地宁无藉，宥密承天要有基。传道许金关运会，求仁文谢是佳期。咨询所倚惟黄发，万里风帆绾我思。

以近诗写寄强先转立之，又寄伯夔。

张苍水绝命词

义帜纵横二十年，岂知闰位在于阗。桐江空系严光钓，震泽难回[②]范蠡船。生比鸿毛犹负国，死留碧血欲支天。忠贞自是孤臣事，敢望千秋信史传。

国亡家破欲何之？西子湖头有我师。日月双悬于氏墓，乾坤半壁岳家祠。惭将赤手分三席，特为丹心借一枝。他日素车东浙路，怒涛岂必属鸱夷。[③]

何事孤臣竟[④]息机，鲁戈不复挽斜晖。到来晚节渐[⑤]松柏，此去清风笑蕨薇。双鬓难容五岳住，一帆仍向十洲归。叠山后死文山早，青史他年任是非。

惊风雨、泣鬼神之作。

初三日(9 月 22 日)　到局。愔仲约陪病山先生晚饭。嗣伯作四肴请觉先。子玉来竹戏。

初四日(9 月 23 日)　到局。在后楼请病老，约许鲁山、沈雪存、

---

① 此句原作“庸手(原作‘失着’)全输局”。

② “回”原作“寻”。

③ 此句原作“怒涛岂尽是鸱夷”。

④ “竟”原作“近”。

⑤ “渐”，诗集本作“同”。

愔仲作陪,季湘加入作东。致询先函。致仲业、定元函。

初五日(9月24日) 至车站送病老。到局。嗣伯、儆吾、子玉来竹戏。儆吾携好绍酒来同饮。

初六日(9月25日) 到局。费地山姻丈六十寿往视,送寿帐、对联。同稚云、德甫、君适至文庙演礼。今年丁祭,上亲往,派寿后扈之职事。舞生演乐气象尚好。二十年来,风尘澒洞,天昏地暗,此亦仅有之事矣。嗣伯、儆吾、德甫来竹戏。致强先函,汇款六十元(又汇牯岭廿元)。

初七日(9月26日) 到局。答拜财政部次长洪□□及爵(善)芝庵。夜同君适至后楼,枕上思及湖寓之苦,遂不成寐。

诵经毕,雨作,寒甚,立之寄怀诗有"秋雨长怀病僧定"之句,盖用古人秋雨病僧问诗歌意也,因成一绝

经课完时夜欲阑,潇潇寒雨去仍还。了无一物邱山重,唤作闲僧且未闲。

初八日(9月27日) 到局。至文庙演礼,尚属整齐,惟人皆贬义,太觉率易,不足以表诚意而重瞻视耳。礼毕后,到后楼小坐。儆吾来。致荣儿函。仆人老赵患脚气,属其返津。致仲业函。上派恒润至津搬运荣惠太妃邸中存物至新京,托仲业与日领事接洽,以免关讥也。同觉先、稚云、德甫至中兴楼沐浴。茹素一日,略致斋戒之意,以视古人,则愧甚矣。

初九日(9月28日) 昨夜无睡,四钟入府,五时半随上至文庙行礼,六时三刻竣事,气象甚为肃穆。七时,上还府,归宿补睡。傍晚,嗣伯、德甫、识先来。

初十日(9月29日) 以祀关、岳放假一日,未入府。同觉先、君适至后楼。地山姻丈约晚饭。秦康乐来。

十一日(9月30日) 予与农先六弟同过生日,予年五十六,农先四十四,恰合为一百岁,亦甚难得之事也。七时半起,府中同官者已来。到局后,即同农先至后楼祭祖。宾客纷来,应接不暇。午间开面两桌，晚饭五桌，竹戏亦有四桌，到者为罗叔言、许鲁山、林肖旭、苕雪、季湘、愔仲、胡靖凡、罗君羽、祁六爷、恩稚云、刘嗣伯、王铁生、王君九、毕书仲、许雨香、许声甫、李代云、陈学忠、包辑庭、杜宗琦、刘问哲、溥绍、孙宝璋、聂宗荫、樊培之、胡秦贻、许怡斋、罗君穆、刘凤叔、缪子受、斯儆吾、毛永忠、费荣生、金平山、戴仁（法院推事）、岳少博（燕璞）、蔡子玉。

女客为胡靖凡夫人、苕雪如夫人、地山姻丈之如夫人、荣生夫人、稚云夫人。

独夜一首

独夜群[①]籁息，廓然何所思。莫楹馀穆若，望葛只凄其。幽草夕阳恋，寒花秋露滋。报恩无日短，何敢惜衰迟。

十二日（10月1日）　到局，见上。傍晚，后召见，为病目拟方。至满洲旅社答拜贺生日者，又答拜叔言、稚云、祁六爷。至后楼，嗣伯、铁生、稚云公请晚饮，菜甚丰，竹戏。强志信来，将于节后来连。荣儿来函，附七弟函。孙顷波来函，言近得一丈夫子，可喜也。为小平画松册一开。

十三日（10月2日）　到局。后赏月饼十枚、果盘十六味。入府谢恩。愔仲、季湘、裕斋、法平借肖旭家请晚餐。后赏三媳果盘十六味。识先及九弟妇来。

十四日（10月3日）　到局。画松三幅。嗣伯来竹戏。强志来函，将于十七日来大连。上赏月饼八枚。

十五日（10月4日）　到局，贺中秋节，免行礼。至后楼祭祖。与嗣伯、子玉、识先、君适竹戏。来贺节者，嗣伯、幼松、雨香、辑庭、声甫、毕书仲、岳少博、罗仲威、（溥绍）、增佑臣、景遂初、聂仲英、刘问哲、孙保章、李代衍（子芸）、沈荣亮（汉侯）、薛琛锡（珍伯）、缪子受、蔡子玉、汪希颜、秦康甫、沈夔一、王寿铭（新甫）、尚英。

---

① “群”，诗集本作“动”。

十六日(10月5日) 到局,请假十日,为强志弟来连聚晤,蒙上准假。嗣伯、识先来竹戏。

十七日(10月6日) 早车赴大连,晚八时到,强志弟已先到矣。内子身体尚好,闻数日甚闷,有一次痛哭不止,思念三弟妇,又急欲至长春也。夜谈至四钟始寝。嗣伯来函,覆一函。

十八日(10月7日) 与强志、家人竹戏。夜与内子、家人为扑克之戏。睡时阅朱子书札,入梦仍读之,有一信记得甚清楚,为录于后。询先来函。

大抵今人所见,未必尽能与古人之意相合。即如自己一身前后作文字,尚有一时与一时之异,何能遂与古人吻合耶?后人或苦旧注之拘牵,反之于心而未安者,自己适有一段光景在心,遂书之以为全体大用,精微之蕴,阐发无遗,此虽是有得之境,然吾儒为学自有其层累曲折,终身钻仰不尽之功,决非如释家之顿悟,一了百了。顿悟以后,处置事理仍旧不能恰当。又有一种,谈及高深,辄或隐约不发,类似机锋。此事为青天白日人人见之,所言公,公言之,譬如与人谈公事,不妨大声说话,何事耳语,又某前后往复之言或遗于此而详于彼,或前简略而后较透辟,虽有出入之差,然此心中却实有一依据而不改者,盖某之说话乃是一种准音也。(后半尚有多语,不能记矣。)

挽汪益卿

昔先师称吾兄纯粹以精,无负平生,独向浇漓敦古德;惟姨母与慈亲因依最厚,同悲孤露,君今归去胜人间。

先父六十初度,梁节庵师赠数联极佳,记录于此:

寿母贤妻兼令子,工书善饮又能贫。

此联先君极喜之。

寿母膝前犹孺子,佳儿日下是传人;庭阶善荫三珠树,湖海高情百尺楼。

老笔已成嘉[①]祐集，佳儿解咏义熙花。

十九日(10月8日) 与家人竹戏。

二十日(10月9日) 致询先函。铁生来。

二十一日(10月10日) 写对联(丹勉)、便面(季雍)，画山水便面(季雍)。询先来函。铁生来。

二十二日(10月11日) 同强志至辛个同【浦】一游。

二十三日(10月12日) 为君任画松直幅。致仲业函。识先自新京来。

寄和啸麓

向来着语工秋恨，对此秋深更若何。[②] 乍喜相存将意远[③]，仍怜孤愤不言多。灯前败壁喑蛩唧[④]，庭下寒芳泣露窠。一例凉风天末感，问君持底慰蹉跎。[⑤]

为政以宽为本者，谓其大体规模意思当如此耳。古人察理精密，持身整肃，无偷惰戏豫之时，故其政不待作威而自严，但其意则以爱人为本耳。及其施之于政事，便须有纲纪文章、关防禁约，截然而不可犯，然后吾之所谓宽者得以随事及人，而无颓败不举之处，人之蒙惠于我亦得以通达明白、实受其赐，而无间隔欺蔽之患。圣人说政以宽为本，而今反欲其严，正如古乐以和为主，而周子反欲其淡。盖今之所谓宽者乃纵弛，所谓和者乃哇浮，非古所谓宽与和也。故必以是矫之，乃得其平耳。如其不然，则虽有爱人之心，而事无统纪，缓急先后、可否与夺之权皆不

① “嘉”原作“元”。

② 此联原作“向来着句工秋思，今日秋深更若何”。

③ 此句原作“乍枉相存真意满”。

④ “唧”原作“语”。

⑤ 整理者按：此诗前有一草稿，修改甚多，兹不录。

在己，于是奸豪得志，而良善之民反不被其泽矣。此事利害只在目前，不必引书传、考古今而后知也。但为政必有规矩，使奸民猾吏不得行其私，然后刑罚可省、赋敛可薄。所谓以宽为本、体仁长人，孰有大于此者乎？

朱子与人书，发挥宽以为本之义，字字确实。

廿四日（10月13日） 连日读《系辞传》，可以倍诵。画屏条（矩孙）。画松直幅。升儿自新京来。

廿五日（10月14日） 农先自新京来。画松送熙格民生日。写折扇面（弢老）。佟楫先赴日观操来辞行。

廿六日（10月15日） 强志、农先、识先、邦荣至旅顺一游。晤恩咏春同年。画松石直幅。为熙格民省长五十赐寿并作联一付：

劝进功同韦见素，褒忠宠渥李西平。

升儿返新京。夜与家人竹戏。致立之函、啸麓函。嗣伯来函。随焘一来。

廿七日（10月16日） 农先、识先回新京。致恩咏春同年函。致伯夔函。询先来函。夜与家人为扑克之戏。

䷀，天行健，君子以自强不息；

䷁，地势坤，君子以厚德载物；

䷂，云雷屯，君子以经纶；

䷃，山下出泉，蒙，君子以果行育德；

䷄，云上于天，需，君子以饮食宴乐；

䷅，天与水违行，讼，君子以作事谋始；

䷆，地中有水，师，君子容民畜众；

䷇，地上有水，比，君子以建万国，亲诸侯；

䷈，风行天上，小畜，君子以懿文德；

䷉，上天下泽，履，君子以辨上下，定民志；

䷊，天地交，泰，后以财成天地之道，辅相天地之宜，以左右民；

䷋，天地不交，否，君子以俭德避难，不可荣以禄；

䷌，天与火，同人，君子以类族辨物；
䷍，火在天上，大有，君子以遏恶扬善，顺天休命；
䷎，地中有山，谦，君子以裒多益寡，称物平施；
䷏，雷出地奋，豫，君子以作乐崇德，殷荐之上帝，以配祖考；
䷐，泽中有雷，随，君子以向晦入宴息；
䷑，山下有风，蛊，君子以振民育德；
䷒，泽上有地，临，君子以教思无穷，容保民无疆；
䷓，风行地上，观，先王以省方观民设教；
䷔，雷电，噬嗑，先王以明罚敕法；
䷕，山下有火，贲，君子以明庶物，无敢折狱；
䷖，山附于地，剥，上以厚下安宅；
䷗，雷在地中，复，君子以至日闭关，商旅不行；
䷘，天下雷行，无妄，先王以茂对时育万物；
䷙，天在山中，大畜，君子以多识前言往行，以储其德；
䷚，山下有雷，颐，君子以慎言语，节饮食；
䷛，泽灭木，大过，君子以独立不惧，遁世不闷；
䷜，水洊至，习坎，君子以常德行，以习教事；
䷜【䷝】明两作，离，大人以继明照于四方；
䷞，山上有泽，咸，君子以虚受人；
䷟，雷风，恒，君子以立不易方；
䷠，天下有山，遯，君子以远小人，不恶而严；
䷡，雷在天上，大壮，君子以非礼弗履；
䷢，明出地上，晋，君子以自昭明德；
䷣，明入地中，明夷，君子以莅众用晦而明；
䷤，风自火出，家人，君子以言有物，行有恒；
䷥，上火下泽，睽，君子以同而异；
䷦，山上有水，蹇，君子以反身修德；
䷧，雷雨作，解，君子以赦过宥罪；

䷨,山下有泽,损,君子以惩忿窒欲;

䷩,风雷,益,君子以见善则迁,有过则改;

䷪,泽上于天,夬,君子以施禄及下,居德则忌;

䷫,天下有风,姤,后以施命诰四方;

䷬,泽上于地,萃,君子以除戎器,戒不虞;

䷭,地中生木,升,君子以顺德,积小以高大;

䷮,泽无水,困,君子以致命遂志;

䷯,木上有水,井,君子以劳民劝相;

䷮【䷰】,泽中有火,革,君子以治历明时;

䷱,木上有火,鼎,君子以正位凝命;

䷲,洊雷,震,君子以恐惧修省;

䷳,兼山,艮,君子以思不出其位;

䷴,山上有木,渐,君子以居贤德善俗;

䷵,泽上有雷,归妹,君子以永终知敝;

䷶,雷电皆至,丰,君子以折狱致刑;

䷷,山上有火,旅,君子以慎用刑而不留狱;

䷸,随风,巽,君子以申命行事;

䷹,丽泽,兑,君子以朋友讲习;

䷺,风行水上,涣,先王以享于帝,立庙;

䷻,泽上有水,节,君子以制数度,议德行;

䷼,泽上有风,中孚,君子以议狱缓死;

䷽,山下有雷,小过,君子以行过乎恭,丧过乎哀,用过乎俭;

䷾,水在火上,既济,君子以思患而预防之;

䷿,火在水上,未济,君子以慎辨物居方。

廿八日(10月17日) 伯辉自天津来。

相视俱头白,堪悲亦可欣。过时伤晚学,多难感离群。故国荒松垄,南天冷雁云。残书共忧患,聊可策微勋。

视强志,并寄寥志、贻先、询先。

廿八日(10月17日) ①与家人竹戏。致幼兰函、仲业函。

廿九日(10月18日) 强志乘天津丸回京,余亦同伯辉赴长春,下午三时,同时分程而去。

九月初一日(10月19日) 晨七时半到长春,嗣伯来。到局,见上,见后。至后楼小坐。后不豫,请脉拟方。夜召入,在秘书处住宿。

初二日(10月20日) 嗣伯、季湘来竹戏。致荣儿函。

初三日(10月21日) 到局。同嗣伯访叔章。今日为三媳生日,至后楼晚饮。后召入见。

初四日(10月22日) 星期。到局。寒雨间雪,非炉火不暖矣。嗣伯为皇产事赴吉林。

寄怀谢石钦(患风疾,久不得书)

不见临江双鲤鱼,经年卧疾近何如。难凭书札传心曲,空有冰霜儆索居。听雨何时还对榻,篝灯寒夜只亲书。中行犹复邻无妄,勿药遥占喜有馀。

子乐(强志作此题文,予亦拟作)②

今夫乐行夏违者,圣人居潜之志也。所忧者道不行于一时,所乐者道可传于万世。函丈之间,精神如见。如鲁论之记子乐是已。一堂之动容周旋,形为盎晬,自有其不言而喻者。契于至圣之胸,诸子之刚健笃实,发为辉光,遂有其感而遂通者,著为太和之象。此吾子之所以乐也。

且子之乐与人同而所乐与人异。凡人之乐也,在情欲;圣人之乐也,在性天。诸子有沉潜高明之异,吾子有刚克柔克之功,其不掩见赋秉之各殊,其不忒见纪裁之致,是诸子侍侧,诸子游

---

① 整理者按:此日日期原作"廿九日",下一日日期原作"九月初一日"。

② 天头:记圣人一时之所乐,万古为昭矣。盖子之乐也,乐得天下英才而教育之也。乐在一时,其泽不亦远乎。

于圣人之天也。

子之乐也一,天之于穆也。凡人之乐也,在事物;圣人之乐也,在道谊。吾子有诗书涵养之泽,诸子日无好勇好仁之蔽,于所学各得其所追,于所发各验其所藏,是诸子侍侧,诸子各育于夫子之道也。

子之乐也一,道之鼓舞也。运会者天数之大通,唐虞之运会在君臣,成周之运会在父子,而洙泗之运会则在师弟也。[①] 本一堂之授,开万古之曾无,则几杖追随,直与赓歌喜起,作述无忧,同启一代特隆之局。

气象者,人道之极贵。孝弟之气象存一室,明良之气象在一廷,而圣贤之气象则在终古也。梦坐奠于两楹,兆千秋之宗仰,则片时晤对,遂为九楹两庑东西配飨,永垂朝堂俎豆之尊。此记者之微旨也。

初五日(10 月 23 日) 到局。致强志函。往晤彭丽生,足肿甚剧。致仲业函。

初六日(10 月 24 日) 先祖忌日。到局,见上。傍晚,听日妇奏乐器数种。寄荣儿函。伯夔来函。询先、贻先来函。季湘同识先来。农先来。

初七日(10 月 25 日) 到局。同铁生往观书画展览会。后不豫,请脉拟方,夜复召入请脉。希颜来下榻。

初八日(10 月 26 日) 皇后千秋,免行礼,赏酒席一桌。荣儿来函,内子又哭一次,烦闷之甚,无可以解也。君九有丧明之恸,往唁之。识先、农先来。

初九日(10 月 27 日) 到局。约铁生、识先来寓作重九之会,造嗣伯自吉林寄白鱼一尾,甚鲜美。许声伯自大连来,带来画箱、衣箱两件。

---

① 天头:与汤潜庵见善如不及一章文。

次韵愔仲九日诗兼寄寥志、强志、贻先、询先

了无风雨负重阳，剩有清愁染鬓霜。心着遥天云不散，秋高穷塞气先凉。但教寄语称无恙，便抵相看对举觞。人事茫茫信抟控，何时真似雁成行。

初十日(10月28日) 到局，见上。至蔡法平家道喜，其女公子于归也。至后楼看小春，尚多痰，热已退。嗣伯自吉林归，晚来竹戏。彭丽生病危，同农先往视，一息奄奄，张目相视。日前代予借钱尚未得，犹以为念，可谓难得矣。

寒花只作①去年香

唤作②花中逸，姿寒味更长。不随年共去，只爱③晚犹香。节序来何速，交情淡岂忘。人生今日意，秋忆④旧时妆。馥乍含珠露，枝仍傲玉⑤霜。标新怜众卉，耐久是孤芳。觞杯馀馨冽，即歌故态狂。⑥ 相亲堆菊友，谁道负重阳。

苕雪和九日诗

绿橙黄菊到重阳，风雨才过便雪霜。回首故都秋⑦烂漫，只今佳节色凄凉。刘郎每岁犹题字，鲁直中年不举觞。他日得时还强项，看君高处有周行。

十一日(10月29日) 晨，彭宅来电话，丽生于昨夜子时逝世。到局。同嗣伯往吊丽生。又至关帝庙吊关载云之丧，稚云之兄也。上赏五百元与彭城治丧。嗣伯、儆吾夜来竹戏。赵子秀来(荣山)。汇款至杭即牯岭。

---

① “只作”原作“犹似”。

② “唤作”原作“菊似”。

③ “只爱”原作“依旧”。

④ “忆”原作“媚”。

⑤ “玉”原作“薄”。

⑥ 此联原作“泛酒馀馨冽，吟诗故态狂”。

⑦ “秋”原作“花”。

十二日(10月30日) 到局。恒德甫自津运太妃[①]遗物归。同嗣伯往送丽生殓。夜置酒请德甫、嗣伯、铁生来。伯辉来。后召入。

十三日(10月31日) 到局。访熙格民,商吉林皇产事。访张仙桃,未值。至后楼小坐。王华甫、秦康甫来。子玉来。致荣儿函。

十四日(11月1日) 到局。同嗣伯答拜赵子秀。见上。后夜召讲书。画册页两开(郁周、吉村)。荣儿来函,附询先函、伯夔函。日前电报致季馥约定远速来,兹得覆电,已转定远矣。

十五日(11月2日) 到局。画松一幅(伯言)。

十六日(11月3日) 到局。见上。嗣伯、德甫来竹戏。德甫下榻。荣儿来函,附啸麓函并诗三首。画便面山水(神吉)。

十七日(11月4日) 君适趁早车赴大连接眷。到局。王华甫、秦康甫来辞行,派同惠孝同至热河清理皇产也。昨梦应试文字极得意,揭晓之日,报喜者来,人众喧阗,见题名录一纸,予居第三,第一为张长政,十馀名重有魏□□,记是熟识,且为名下也。此又一番春梦矣。荣儿来函,附内子手书数字、巽女函及周竺君函。

十八日(11月5日) 星期。今日为巽女三十初度。寓中独坐,天寒作雪,写《普贤行愿品》一页,颇得清静之味。嗣伯约晚饭,竹戏。

十九日(11月6日) 大雪时晴。到局。荣儿来函,内子拟于廿三日来新京,巽女同来。夜,后召入见。写经二页。

廿日(11月7日) 到局。往视太平街租屋,一切皆未完备,电属君适等缓来。后召入见。识先、儆吾来。强志来函,附立之诗及红叶。

廿一日(11月8日) 到局。铁生、农先来。写经一页半,画山水册页一开(李子箴,吉财厅长)。

廿二日(11月9日) 到局。荣儿来电,明日午后二时内子及巽女来。

---

① 旁注:敦惠。

廿三日(11月10日) 未到局。午后二时,内子、巽女、梅女、荃女、君适、肖高、万保、丽保及仆数人到,予与农先、识先、升儿、九弟妇、三媳往接。一路平安,非天佑不能如是圆满。包辑庭及日人岸名亦到站招呼一切,暂住太平街老电灯厂胡同五号。嗣伯、铁生、德甫、诒斋、子玉、汉侯、代衍均来。陈幼松送菜六器。

至味一首

至味惟蔬食,相亲[①]只苦茶。温经略上口,习字偶涂鸦。有梦依萧寺,无情到菊花。未能佛弟子,且近僧生涯。

廿四日(11月11日) 到局。午后回太平街寓。陈弢老晚车来,至站接,接者极多。弢老精神犹昔,八十六老人,真不易得也。写经一页,回新寓,致荣儿函。

廿五日(11月12日) 到局。晤弢老,晚约嗣伯、识先至会馆竹戏。儆吾、伯辉来。

祭彭丽生文

呜呼!交有历久而浸疏兮,有邂逅而相亲;有泛泛而久处兮,有契密而俄分。惟君与予,晚岁始识于析津,忽出关[②]兮万里,同官而无间于[③]昏晨。惟予妇之沉疴[④],远阻隔于海滨,轻千里兮往诊,忘有疾之在身。近闻君患肿湿,不相见者兼旬,属予值夫乏绝[⑤],感代呼[⑥]之殷勤,忽走使以急召,言有托者云云。洎相过而存问,终含意而未申。何一夕兮陡变,惊救视而无因。君

---

① “亲”原作“依”。

② “关”原作“塞”。

③ “无间于”原作“接乎”。

④ “沉疴”原作“遘疾”。

⑤ “值夫乏绝”原作“时有缓急”。

⑥ “代呼”原作“将伯”。

张目以熟视,语若何而仅闻[1]。当性命之呼吸,憾前[2]语之逡巡。绝[3]千歧之一直,伤万伪而一真。感斯谊之不可得,乃雪涕于斯文人。

廿五日(11月13日) 到局。送嗣伯及汉侯、声甫、代衍、觉先赴吉林设皇产清理局。弢老入府,略谈。

廿六日(11月14日) 到局。嗣伯专足送白鱼三尾。彤伯及重孙元元、小亮、小喈、阿毛等夜车来。画《无量寿佛》中堂。到太平街寓馆后,仍回三江会馆。

廿七日(11月15日) 到局。大雪。荣儿夫妇来。至太平街寓馆后,回会馆。

廿八日(11月16日) 到局。晚,同愔仲、季湘公请弢老兼沈燕裔、张季才、毅夫、午原吉士、刘少卿、郭侗伯。饭后,至太平街寓,回会馆。

十年为客负黄花

自笑长为客,年光十度加。所添惟白发,多负是黄花。鞍马清霜驿,江湖夜雨槎。羁怀佳节倍,秋色故园赊。忍事伶俜惯,销魂瘦损嗟。登高愁里赋,荒径梦中家。浪迹从头记,金英莫我华。何时归计得,佳种草堂夸。

昨梦万蝇堆集,皆死者。古以青蝇为吊客,今皆死蝇,不知更主何祥矣。伯夔来函。君任来函,附《霜叶飞词》一阕,因立之寄西山红叶而作也。

书寿联(代嗣伯送熙格民之太夫人)。

廿九日(11月17日) 到局。至弢老处,久谈。约铁生、德甫、伯辉、识先晚饭,竹戏。至太平街寓。夜,后召入讲书。嗣伯来两函。

① “仅闻”原作“微呻”。

② “憾前”原作“歉一”。

③ “绝”原作“遇”。

致嗣伯函。

十月初一日(11 月 18 日) 到局。答拜沈燕裔、张季才、郭侗白。至太平街寓小坐。增子固约同弢老晚饮宾宴楼。连日上体违和,觉心跳,想系室中太暖之故。

初二日(11 月 19 日) 到局。上召入请脉,数、洪右手较甚,心偶跳,口干,舌苔白腻,不思饮食,更衣二次带红冻,小便黄,饮西瓜水稍好,舒服。徐恩允拟方,清肝胃之热,稍加滋阴之品。午后三时,又请脉一次。夜入府请安,传谕较前好。今日太平街寓移居小五马路屋,内子至会馆休息,夜乃移住。天气极冷,大风,殊属冒险。新宅墙壁未干透,窗棂不密,尤觉寒气袭入,若迟数日再移,可免此弊,惜太匆促也。丽生家开吊,未能去。季湘、愔仲请弢老作诗钟之会,亦未能往。嗣伯来两函。声伯先返,据云阳历十号始可归也。写寿联送熙格民之太夫人。

民未知信未宣其用论

凡欲有所取者,必先有所弃。以取为取者,非善取者也。以弃为取者,善取者也。

昔晋文欲示民以信,于是围原,命三日之粮,不降而去之,曰:"得原失信,所亡滋多。"晋文可谓善取者矣。夫得原而失信,是得一原而所失不啻百原也。且得人之国者,非得其地也,得其民也。非得其民也,得其心也。得其地,得其民,而不得其心,一旦缓急,委而去之,是得犹不得也。得其心则心悦诚服,效死而去①,其民乃真为我有。有其民而后可以宣其用,得其信于内而后可以宣其用于外。故同一人也,而或智或愚,或贤或不肖,或勇或怯,或诈或诚,或弱或强。且同一人也,而前愚而后智,前不肖而后贤,前怯而后勇,前诈而后诚,前弱而后强,非其性或殊

① 此处勾去"永为不侵不叛之臣"数字。

也,非其质或变也,用之宣与不宣之异也。

民之用不宣,则用藏于内,久之而或泪【汩】没而无有矣。民之用宣,则其用发于外,扩充之而无敌于天下矣。宣也者,鼓舞其志气,开瀹其聪明,发挥其道德,宏益其历练,坚定其动忍,故以之任务务不隳,以之制器器不窳,以之作战战不逃,以之固守守不散,诱之以利而不动,临之以威而不屈,蛊之以祸福而不惑,处之以鶙鴚而不摇,故不得其用则三孱不满隅,得其用则一子满朝,不得其用则千万人而实无一人,得其用则一人叱咤,万人皆废;不得其用则地方千万里而不免为人役,得其用则蕞尔之国能左右天下之大势,为天下之盟主。是故信著于上而用宣于下,非信无以致其用,非用无以昭其信。信非用也,而非信不足以立用之本;用非信也,而非用不足以见信之功。此晋文弃原而得信,所以一用其民耳成霸业也。后世不知此义,苟目前之利,忘天下之害,所取者锱铢,所弃者邱山。群相趋于私利之一途,举信义之说,莫不视为迂阔无用。机巧变诈之术日异而日新,互相猜疑而斫其一孔之智。上以伪饰,民亦伪报。民用何由而宣,国何由而立哉?

彊村抄《宋词三百首》一册。
校《白石词》一册。
校《清真词》一册。
校《稼轩词》一册。
校《小山词》一册。
校《山谷琴趣》一册。
校《屯田词》一册。

《四书》六册。
《左传》四册。

《礼记》□册。

《诗比兴笺》二册。

《今体五七言诗钞》二册。

《读杜心解》十二册。

《姜白石词》二册。

《义山集》二册。

又二册。

《冬郎集》二册。

又二册。

《聪训斋语》一册。

《定庵集》三册。

《老子翼》四册。

《离骚》。

《古微集》四册。

《河海昆仑录》四册。

《简斋集》六册。

《毛诗》三册。

《后汉书》十二册。

《说铃》一册。

《北江集》。

《牧斋集》。

《宋稗类钞》八册。

《瀛奎律髓》十册。

《梦窗集》一册。

《袁文笺正》八册。

又八册。

是谋非客所能及也,无已则有一焉

中二比。

苟安结好,最足中人主之心。蔽锢已深,甚至妇孺皆悉其非而坦然者,方欲引强邻为心腹。居恒抗论机宜,方且善邦交而固当途之意,迨至凭城皆敌垒。觉时事已难补救,而大臣翻以缄默鸣高,稍尽几微,犹可恕也。特恐戎马已报在郊,而深宫犹未定议也。远识危词,何足动太平之听;隐微未著,遂使朝右同声相和,益深斥谠论为矫诬。夙昔盱衡国是,亦尝廑危局而乞和议之乖,迨至决策有老成而至计参以游移,则宵小终以逢迎惑志,有裨万一,何敢辞也。特恐平时实有万言,而临事转无寸策也。

蔡,俭君。
徐阶平,平君。
孙,远君。
韩,馥君。
宋,元君。
万,林君。
于,啸君。
孙殿,英君。
蒋,石子。
汪,卫君。
黄(郛),白君。
何,膺君。
广东,岭。
庞,勋君。

愿文学会领卷子。

八号,陈邦荣。
九号,炜哥。
十号,三兄。
十一号,邦焕。
十二号,三表兄。

第十三册(民国二十二年十月至二十三年二月)

十月初三日(11月20日) 到局。上昨夜又更衣一次,仍带红色,心跳较少,口仍干,略思饮食,似较昨稍好矣。至新寓小坐。夜大雪,嗣伯来两函,悉觉先感冒稍愈。仲业来函,附涛贝勒函,萧新之不愿就御医之职,拟再敦约郝篆璋也。

初四日(11月21日) 圣体较昨更安。到局。至交通后楼取天津汇来之款。强志来函附《五十生日诗》一首,寥志函附诗三首、词一阕,均甚佳。啸麓函附子乐时文一篇,是甚利之考卷。至新寓小坐,回会后,为荣儿改课文。嗣伯专足来函,云觉先病尚未减,欲予赴吉林斟酌用药。予以圣躬尚未十分安复,不敢远出,请儆吾拟一方专足带往。儆吾、伯辉来。

初五日(11月22日) 到局。圣躬较昨更见康复。后召入,恭代写家信一封。苏堪请弢老晚饭,作陪。小五马路新居只六间,墙壁未干,潮湿甚重,日来天气极冷,屋中火炉不能间断。屋太偪仄,热气逼人,共住廿馀人,小儿又多,于卫生至不相宜,殊无善策以处之。予月俸在府中已是甚优之数,乃家中如此委曲,下此者更不必言矣。人生苦相,思之惨然。

初六日(11月23日) 到局。上大安。后召入讲书,讲《蔺相如传》,后言和氏璧尚存宫中,洁白无比,只两寸馀,无论何等美玉,一较则光彩全失矣。又言高宗时,在昆明湖所得之壶卢形蚌珠,上出宫时带出,尚有玛瑙中萱荚,可骚节候,先存于敬懿太妃处,后归荣惠太妃。去岁太妃寄与皇上。嗣伯自吉林归,夜来谈。至新居小坐。仲业自大连来电，明晨可到。

初七日(11月24日) 七时，仲业到。到局。至新居小坐。

初八日(11月25日) 内子生日，全家皆至交通银行后楼识先处。嗣伯、铁生、德甫、辑庭、轻侯、仲业、愔仲、季湘、怡斋来贺，备饭三桌。农先及焕、荃二毛毛皆来。家人相聚，甚为热闹。内子自得痼疾，甚少生人之趣，今过生日，尚称安顺，亦至难得之事矣。后赏桌钟乙架、西洋磁器一桌、日本火炉两架、小钟两件、纸烟盒一套、翅席一套。慈恩深厚，不知所报。嗣伯午后赴吉林。觉先来函。

初九日(11月26日) 星期。到局谢恩。肖旭约同弢老钟集。“寻、目”目五唱，“楼、主”四唱。画《晚学图》(赠强志五十初度)。

初十日(11月27日) 到局。昨夜梦与一少女共被而眠，忽来一男子持刀掖女子而起，似此女落难而来求救者，忽见予坐于衾侧，迹近嫌疑，欲相害。予曰：“此女毫无所染，问心无愧，汝欲杀则杀之，可也。”乃以刀拟予颈而久不下，经一二十分钟时，遂醒，亦怪矣哉。儆吾、伯辉来谈。

十一日(11月28日) 到局。后召入讲书。伯辉、儆吾在寓间请仲业晚餐，识先亦来。

秋深——蝶下寻花

仙影翩然下，秋寻一径阴。蝶来惊节晚，花好忆春深。南国寒偏早，西园露已沉。孤踪尘外梦，偷眼鬓边簪。拂砌搜新箭，穿篱觅碎金。乍低轻粉翅，难冷惜红心。时暮飞谁伴，香残怨不禁。风流惭楚客，相对费闲吟。①

十二日(11月29日) 到局，见上。嗣伯自吉林来，往拜仲业。访叔言，不值。至后楼小坐。夜，后召入讲书。嗣伯送白鱼二尾，烹其一，与家人共食之。

十三日(11月30日) 到局。约王松如、嗣伯、季湘、德甫、识先

---

① 此诗前有一草稿，兹不录。

晚饭,竹戏。农先自山海关接六弟妇归,京芳侄女同来。仲业来。夜,后召入讲书。询先来函,附寥志诗数首。

十四日(12月1日) 到局,至弢老处小坐。王钟樵约至公记晚饭。夜,后召入请脉。致蜀梅函。致勉甫函。

十五日(12月2日) 到局。愔仲约同仲业、季湘晚饭。稚云自旧京来下榻。觉先来函。

十六日(12月3日) 星期。后召入请脉。弢老约在后楼钟集,"飘、指"三唱,"流、回"二唱。德甫约五香居,未能到。

十七日(12月4日) 到局。定远自旧京来,带勉甫函、季馥同年函。稚云来。

十八日(12月5日) 到局。伯辉约同识先晚饮。子玉来,与家人竹戏。后召入请脉。啸麓来函,附试贴二首,许佩臣、寿人、子乐时文二篇。子献来。

十九日(12月6日) 到局。觉先自吉林来。后召入请脉。发电约蜀梅。近来以动气为大戒,今日为一小事,仍不能不动气,甚矣惩忿之难也。

弢老复作试贴一首,予亦拟作。

一晌帘迟下,深秋对夕阴。名花羞自献,寒蝶巧相寻。脱叶飘飘似,卑丛款款临。难邀新伴侣,犹恋旧园林。路曲芳踪远,身低草色侵。伶俜亲冷艳,寥落警春心。怯舞衣仍着,疑仙酒欲斟。蹁跹宜入画,添写竹萧森。[①]

二十日(12月7日) 同嗣伯至实业部,晤张燕卿、林君毅、日人松岛、青木,论皇产界限事。到局。夜至后楼。定远、彤伯赴吉林,嗣伯、觉先亦往。

---

① 天头:一蝶翩然下,秋芳着意寻。穿花思款款,落叶看深深。日午双睛炯,风斜网翅禁。徘徊荒院宇,爱惜旧园林。欲艳寒香醉,微愁冷意侵。同飞怀故侣,孤梦感春心。肃气方团露,疏篱或散金。太常仙影在,酌酒待相斟。

二十一日(12月8日) 到局,见上。约仲业、铁生、德甫竹戏。孝同来函,于热河皇产考查甚详,议论亦颇有条理,稍为放心矣。

二十二日(12月9日) 到局。约仲业、愔仲、儆吾、伯辉晚饭。嗣伯自吉林归。后召入讲书,请脉。

廿三日(12月10日) 到局。往费家,为仲业拜生。毅夫约钟集,因病未到,肖旭代作主人。嗣伯来。

"珠、国"七唱:

仁义商君诬蠹国,诗书蒙叟诮伤珠。
柴市成仁悲信国,金山败绩走乌珠。
作史马班伴左国,出山黄绮致金珠。
无咎多才能活国,文昌垂泪为还珠。
愁来愿住无怀国,老去应须记事珠。

廿四日(12月11日) 到局。九弟妇生日。识先及九弟妇来新寓晚饮。季湘移居于东三道街,约同仲业、愔仲、儆吾、农先晚饭。

廿五日(12月12日) 到局。时敏自奉天来,留饭,竹戏。子玉、虞袁、农先适来。强志来函。询先来函。蜀梅来函。

廿六日(12月13日) 到局。约时敏、铁生、德甫、子玉晚饭,竹戏。

廿七日(12月14日) 到局,于园中遇上,问何时往吉林,对以明日。至农先新寓(太平街),楼房甚宽敞。

廿八日(12月15日) 同嗣伯往吉林,荣儿随行。沈汉侯等至车站接,寓俱乐部。嗣伯约饮岭南饭店,只四碟四碗,开账九元馀,可谓贵矣。赵茀堂(保惠)、王(思澄)遇甲来访。思澄言系武普通学堂同作教习,欢然道故,予则全不记忆矣。赵茀堂言与王觉三甚熟,亦不知为何许人也。九钟后,至熙格民处小谈,又至吉东皇产事务处租屋三间,督办点一间,汉侯等三人点一间,中间隔断分一半为厨房,所谓筚路蓝缕也。

廿九日(12月16日) 同嗣伯访景武坪,小谈。趁午车返新京。

今日为荃女生女、小春孙女周岁,家中甚为热闹。铁生、德甫、君适来竹戏。

十一月初一日(12月17日) 星期,不到局。君适与黄默园约钟集,借肖旭寓。后召入,恭代写信。

"身、火"六唱:

问答禅机逢火者,校勘史学仰身之。
沃君元晦心身学,讽世弥明水火事。
自有清心居火宅,不曾衰相减身香。
玉局宦游新火改,宣仁社饭老身恩。
狂禅岂免狐身堕,正气能将鬼火消。

"黄、十"五唱:

驱除闰位黄皇室,解脱旁门十种仙。
能慧禅宗黄檗继,斯冰书法十兰承。
无已诗宁黄语胜,后村官累十年迟。
世传家训黄门重,产惜花资十户多。
事成待见黄旗举,鬼守终伤十鼓移。
书传故事黄眉记,数演畴人十发程。
周祭礼尊黄目制,汉妆艳说十眉图。
龙虎士强增榜重,凤麟仙访十洲来。
康成道重黄巾拜,和季书贤十部轻。
宝祐得人黄榜重,熙宁取士十科详。

初二日(12月18日) 到局。孝同、王华甫自热河来。约时敏、德甫、孝同、君适竹戏。[①] 铁生闻其第四子病甚,赴大连视之。寄询先函,并汇三十元。胡靖凡六十生,送联。

初三日(12月19日) 到局。仲业将返天津,治肴饯行,而仲业

① 天头:王松如同吴铁峰来。

不至。时敏、嗣伯、孝同、子玉、君适来竹戏。后召入，恭代作书，写寿联送存耆(尧生)之尊人寿臣七十赐寿。

初四日(12月20日) 到局。至斌宴楼贺尧生尊人之寿。子玉在寓中请时敏、孝同、德甫、嗣伯、君适晚饭，竹戏。至车站送仲业回津。至弢老处，谈甚久。

初五日(12月21日) 到局，奉谕一纸。送时敏返奉天。伯辉、嗣伯、识先、君适来竹戏。伯辉下榻。勉甫来函。定远竟不复来，如自以为不能胜任，当面说明辞去，不应托故而逃也。

初六日(12月22日) 到局，晤石顽，谈皇产事，儆吾译。今日冬至，家人均到农先寓中祭祖。饭后回小五马路寓，与家人竹戏四圈，回会馆寓。写彊村兄墓志铭，三时毕。所以报故人者，如是而已乎!

初七日(12月23日) 到局。觉先自吉林来。苏堪约同弢老、愔仲、农先晚饮。昨夜梦程子大持所画石二幅见示，甚佳，其平日所作实劣，无此境界也。其殁未得其讣文，遂未挽赠，常以为歉。兹忽入梦，不胜惘惘。夜与家人竹戏四圈。蓉史表侄女来书，备述山中苦状，为债家所逼，有不了之势。同武置之不理，真无人心者矣。回信属其秘密来此间，不知能做到否。询先来函。勉甫来信，代定远申辩，并求一电属复。乃复电云:“寿以至诚相待，定远如此行径，失望之至。”以与季馥交情至深，故教训之，否则置之不理矣。

初八日(12月24日) 到局，见上。往晤熙格民。肖旭约钟集。今日为生祖母忌日，家人来会馆供祭为孟节。写便面。

“阳、凤”三唱:

名士凤嗜研史久，相公阳羡恼人多。

才屈凤雏庞宰邑，士轻阳鱎宓驱车。(此联甚工。)

门题凤字书凡鸟，位失阳爻象济狐。

名推凤饮尊宏景，仕托阳狂感少师。

“留、客”四唱:

党诬仙客怜商隐,忠表婆留壮子瞻。

师传烟客推乌目,民署稽留老吉金。

初九日(12月25日) 到局。数日来病赤目,午后即回寓休息,向以写字自遣,兹以病目暂辍,殊不便也。约嗣伯、德甫、孝同、汉侯、子玉、君适晚饭,竹戏。后召入请脉。法平、肖旭约饮,辞之。蜀梅妹倩自北京来。

初十日(12月26日) 到局。夜,后召入,恭代作书。巽女于夜八时生一女,大小平安,可喜。

十一日(12月27日) 到局,见上、后,赏果碟十二品。从前上赏食物,家人皆不在侧,不胜感念,今日适六弟全家及九弟妇等均来,小儿辈在争食之,顷刻而尽,亦一乐也。嗣伯、德甫、孝同来。内廷局移于府中大楼前,平屋六间。熙格民荐总办一人(吉人)来见。以目疾请假休息。

十二日(12月28日) 睡至午始起,入府谢恩,托儆吾向石顽说皇产事。实业部有野心,可恨之至。更衣甚苦,疲乏万分。伯辉、识先来。

摇落不虚惊,松筠旧有盟。还将无限意,轻徇有涯生。伴坐琴书净,井窗雪月清。向来知我者,孤枕最分明。

十三日(12月29日) 到局。嗣伯同声甫、蜀梅赴吉林。后赏小金橘一筐,香味俱佳。子玉、德甫、孝同来竹戏。

立我雪月中,一笑天地醒。寒林映白地,行踏镜中影。

十四日(12月30日) 到局。约孝同、子玉、伯辉、识先竹戏,晚饮。后召入,为皇上万寿节,进一金表,拟刻数字于上。

十五日(12月31日) 到局。嗣伯、季湘夜来谈。与家人竹戏。强志来函。勉甫来函。儆吾来。

十六日(1934年1月1日) 阳历大同三年元旦,入贺。到局。铁生、德甫、儆吾来竹戏。

十七日(1月2日) 上赐菱刈大将宴,作陪。归后呕吐,疲乏,夜渐平。

十八日(1月3日) 赐宴,以小极请假,未到。傲吾来。景武平来。铁生、德甫、辑庭来。嗣伯来。农先来。夜与家人竹戏。致仲业函。后以电话问病。

改前作:

立我雪月中,一笑天地醒。交光皓一气,宁失①人间景。寒林郁冰姿,高秀出刚耿。白地写参差,行踏镜中影。

十九日(1月4日) 休息,未到局。嗣伯来。铁生、伯辉、识先、君适来竹戏。依兰县长关锦涛来函。伯辉下榻。傲吾来。后命刘首领来问疾,赏苹果、蜜橘各二篓。

二十日(1月5日) 到局销假。约铁生、德甫、辑庭晚饭,竹戏。后赏狐裘、海獭领、绸料。彤伯自三河屯来。

二十一日(1月6日) 到局谢恩。今日为高祖母张太夫人忌日,先祖考忌日,设供。子玉来。与家人竹戏。

二十二日(1月7日) 星期,不到局。嗣伯来谈。昨梦晤张忠武公,身着行装,促膝而谈,欢若平生。醒后不胜悲惘。又梦至旧居桃花林一带花圃访菊,宛然卅年前风味。近来得一好梦,即算至难得之遇矣。② 夜,后召入请脉,气室出冷汗,脉不和匀,或是肝郁所致,谨拟方:柴胡、白芍、茯神三味。九钟时,又召入请脉。

二十三日(1月8日) 到局,上欠安失眠。覆小妹函。③

二十四日(1月9日) 到局。晤熙格民。君羽等约晚饭,未到。格民派王参事(岱)甲山来商皇产事。后召入。往晤叔言。蜀梅来函。嗣伯赴吉林。

廿五日(1月10日) 到局。眼疾又剧。电促嗣伯返京,商驳覆

---

① “宁失”原作“丧我”。

② 旁注:晤张轻侯,出一诗,有归附之意,不知何故。

③ 天头:大连,邮便局御中。

李厅长之函。嗣伯早车归。觉先来。

廿六(1月11日) 以目疾加剧,请假两日。后以电话问疾。稚云来。嗣伯、觉先赴吉林。

廿七(1月12日) 奉上批照准,“卿其善自摄养,以慰朕怀”。铁生、德甫、孝同、儆吾、伯辉来。农先、识先来。

廿八日(1月13日) 不到局。嗣伯来。子玉来下榻。致强志函。询先来函。

廿九日(1月14日) 星期。嗣伯、稚云约在农先家晚饭,竹戏。孝同来谈。续请假二日。

十二月朔(1月15日) 弢老将返津,枉谈,因约明晚便饭。孝同来。嗣伯、子玉同来,因竹戏。

初二日(1月16日) 约弢老、愔仲、季湘晚饭。嗣伯来。子玉来下榻。致询先函。闻王(聘三)病山先生作古,为之惊痛。病老于养生之道甚有工夫,今年来住数月,神气亦甚完足,未见衰象,岂意遂为永诀耶。上海遗老尽矣!

初三日(1月17日) 到局。后赏袍褂料各一件、西瓜二颗。闻病老之幼女写信与愔仲,病老于初八日得病,尚能起坐,次日即神昏,以致不起,甘翰臣经纪其丧。石丸约谈。(觉先自吉林来。)

精义入神,以之致用,非以之崇德。此非与宋学异处。利用安身,以之崇德,非以之致用,此圣人与杂霸异处。

初四日(1月18日) 到局。弢老至局,来谈。闻欧樵友[①]病故,羁旅无亲,亦可怜矣。伯辉今日生日,同识先夜来。嗣伯来,约君适、德甫来竹戏。德甫下榻。

初五日(1月19日) 到局。后召入讲书。约伯辉、嗣伯、德甫、识先晚饭。伯辉下榻。

---

① 旁注:曾署长春县数月。

初六日(1月20日) 到局。写屏条一幅。题梁文忠公遗札绝句(几士)。后召入讲述。

说诗书启秘密藏,侍坐还如廿载前。一世真惊心死尽,蹉跎惭负一分传。

文忠属纩前谓予曰:"一世人心死尽,我辈心不可死,做一分算一分。"语细如丝。

初七日(1月21日) 星期,不到局。嗣伯来。至后楼视小春孙女,感冒已渐愈矣。嗣伯、子玉、孝同来竹戏。蓉史表侄女来函,言为债家所逼,苦不堪言,因更寄卅元。勉甫来信,谓闻公渚逢人即谤予,指为结党营逐,广引私人,专以剥削皇上为事。公渚温雅,与予甚相得,殊不敢信也。

初八日(1月22日) 到局,上赏鲟鳇鱼一器。煮腊八粥祀祖。后召入讲书。

初九日(1月23日) 到局,递奏折一封,前陈圣德当法大圣之虚心求益,后陈身弱才短,请改置闲散之地,以免陨越。闻府中令授沈瑞麟。子玉、孝同来谈。后召入讲书。

初十日(1月24日) 到局。约铁生、德甫、孝同、子玉竹戏。强志、贻先来函。立之来诗二首。德甫、子玉下榻。

十一日(1月25日) 先母生忌,晚在会馆上供五簋。致觉先函。弢老约过谈,以上赏牛奶卷分饷,极佳。

十二日(1月26日) 到局。王华甫自热河青龙县来。弢老过谈,云十四日回津矣。夜往后楼小坐。贻先来函。寄卅元与贻先。

十三日(1月27日) 到局。后患心气痛,请脉。约王华、嗣伯、铁生、德甫、孝同晚饭,竹戏。

十四日(1月28日) 星期,不到局。王华甫约斌宴楼晚饭。孝同、德甫回旧京,托信一函诗册交带交散原。

十五日(1月29日) 弢老行,至车站送。到局。寥志来函,附诗一首,欲开湖寓所藏五十年之陈花雕酒。覆信未许之,约以运至天津与强志共饮之。致公渚函。致强志函。

往事伤神有百端,寻常何敢起微澜。世间火宅移栖[①]早,身外浮云冷眼看。一雪平添松妩媚,长空惟见月高寒。细参结习消除否,曲几蒲团次第安。

十六日(1月30日) 到局。嗣伯赴吉林。今日为先父生忌,市烧鸭一只、荷叶饼两盘,自制黄烂竹鸡、清炖野鸡、干炸鳜鱼、蜜炙火腿四器上供。湖庐藏有五十年陈花雕酒,色如琥珀,香气极浓,虽饮至醉,无头晕、作呕等病,但觉温温然,其妙不可言传也。寥志来函,欲于除夕日开坛,借为重光之祝,并附一诗。予覆以稍待,此酒宜共饮为乐也。

寥志诗:

草莽微臣一布衣,江湖乞食愈朝饥。梦思北极开宫殿,何处西山采蕨薇。闻道正名惊雀跃,可能回跸篮龙飞。醇醪痛醉将除岁,亦是皇恩感且唏。

和作:

功成曾传赠沅诗(湘乡赠九卿),愿学婴儿中酒时。始信王侯封大国,未如兄弟对盈卮。劳人万里经年别,旧梦前尘隔世悲。何日回天遂初愿,与君烂醉不相离。

十七日(1月31日) 到局。铁生、虞表、农先来竹戏。

十八日(2月1日) 到局。嗣伯来函。写屏条(莱公,荣宝斋)。致嗣伯函。

十九日(2月2日) 到局。虞表、子玉、铁生、君适来竹戏,予负十五元,是为漏卮,亦当戒也。苏厂约作东坡生日,辞以腹疾。见上。[②]

---

① “移栖”原作“抽身”。

② 天头:上谓:“前奏极好,本欲批示,因事繁且欲面语,故未批。一年来未闻直言,汝所言皆中肯要,以后愿尽言无隐,虽过甚之辞不妨。我皆乐闻也。”皇上虚心求言之意溢于言表,愧无以副之也。

画松幅(孟陶)。子玉下榻。

廿日(2月3日) 到局。后召入,学诵《药师咒》。致嗣伯函。致强志函。览南雷、牧斋集,其行文之材料运用未尝不同,特两人之骨干异,遂截然分途。南雷本领甚大,承戢山之风,虽泛滥而不离其宗。谢山谓挹之不尽,非虚语也。望溪有自信太过处。《送雷惕庐归闽序》:"以余为群士所背驰,而独信余言之无弃,则其胸中必确乎有主,而不随时俯仰,即此可以定鋐之祈向矣。"《礼部侍郎蔡公墓志铭》:"其居外寝,设一榻一帷,余至则以让予,而卧后夹室。方夏秋蚊虻噆肤,竟夕不安,而惟恐余之不淹留信宿也。呜呼! 此公之志气所以忾乎海内之士君子欤?"以留己之宿,遂以为志气忾乎海内之士君子,不亦可笑乎?《郑友白墓志铭》:"凡抱其业而叩吾庐者,皆雷同炫耀,欲余为谀佞之言以助之者也。"此等言语,岂盛德所宜有者哉? 此阳明所谓"二程子之言若伤我者",此类是也。

廿一日(2月4日) 星期。清宫宗亲约饮公记,此人日人中之稍讲旧学者。后召入讲佛学。

廿二日(2月5日) 目疾加甚,请假。前日忽梦到云南,自念在长春为极东北之地,今忽又到极西南之地,想望长春在万里外,亦怪矣。是何因缘耶?

张苍水以一书生值鼎革之变,骤跻极贵之位,仓卒召募乌合之众,与王师相抗者十馀年,声震东南半壁。迄事败被执,为敌者仍尊重之,求书者络绎,仰若天神。就义时,过江上,乃出一语曰:"大好山色。"其从容气象,俨然一文文山矣。其少时不羁,好博,窃鬻父产,父极恨之,顾其后成就若此。予谓:"苍水始终一善博之人也。凡龌龊委琐,乌能为非常之事,惟其一切不顾而博得天下之第一义,以全身赴之,真值得也。世人所求无一非博,看所博之大小耳。苍水所博极大,故成为第一流。梨洲谓其跌冶而明敏,可以想见其为人矣。"

廿三日(2月6日) 请假,未到局。致嗣伯函。嗣伯来函。强志来函。昨梦两足焦毁,其梦甚凶,可惧也。祀灶。铁生来。

王文肃公挽诗:

何限临歧意,怀归异浩然。岂知辞陛日,已尽事君年。直节官移外,骜牙地屡迁。一生惟凿枘,殊契感经筵。

夙具游山癖,曾陪世外踪。欲穷孤往意,每蹑最高峰。福恨天伦薄,居常道气浓。栖神定何所,期岛倘相逢。

廿四日(2月7日) 旧俗谓今日过小年,祀祖。识先来。伯辉来。子玉生日,往贺之。曹俶甫同年自宝应来。

廿五日(2月8日) 上赏鲟鳇鱼一尾,长五尺,白鱼四尾,飞龙一双,鸡两只。后赏果点十六器、袍褂料两套。洪德之、虞表、子玉、铁生来夜谈。

廿六日(2月9日) 销假,到局。写张燕卿喜对。至后楼小坐。俶甫来。寥志、强志、询先来函。

忆立之

苦忆□□周立之,别来狂语对阿谁。灯回别馆无人夜,雪冷西山独往时。顾我蹉跎无寸功,感君高旷有谁知。何当还共僧堂宿,洗耳风泉月上迟。

廿七日(2月10日) 到局。夜同家人祀神还福,供年饭。密之自荆州来,十馀年不相见矣。

廿八日(2月11日) 至车站接嗣伯,彤伯同来。蜀梅来吃年饭。农先、识先全家皆来共食,亦近年难得之聚会也。嗣伯、虞表、识先竹戏。德甫自旧京归。强志来函。

廿九日(2月12日) 到局。与蜀梅、子玉、密之竹戏。

玉楼春·寄伯夔、君任

空[①]庭寂静如僧院,隐几逡巡忘岁换。闲抛书卷[②]半床分,

---

① “空”原作“闲”。

② “卷”原作“帙”。

冷瞰冰窗残月伴。　　幽香久欢归期断，欲语无人[1]惟月咽。新来[2]别意海同深，始恨前时如未见。

卅日(2月13日)　到局。嗣伯、蜀梅、密之同竹戏。回计一岁，昏昏沉沉过去，急宜猛醒。前岁及去岁皆与君适二人相对，烧一双红烛，即算过年矣。今岁家人团聚，自是极难得之事，惟内子病喑，是为缺陷，当思不幸之中尚是极幸者耳。

《易经》"否""泰"二卦及"既济""未济"二卦，真发天地鬼神之秘，于此四卦能有领悟，思过半矣。

甲戌正月元旦(1934年2月14日)　入府，行贺年礼，三跪九叩首。皇后处上贺表，免行礼。嗣伯、铁生、德甫、稚云、辑庭、润泉、幼松籁。率家人祀天地、孔子、关岳、观音，祀祖。农先、识先、六弟妇、九弟妇来。毓棠(叔重，侍卫官)、存耆(尧生)、宪真(有之)、刘富梁、刘廷颢、商云汀、杜宗琦、叶参(曼多)、叶葱奇、董泮藻(明清)、吴少香、要贞茂、陈业(仲玮)、孙曜(幼铭)、黄□□、陈小菘、儆吾、伯辉、许怡斋、罗君木来。

初二日(2月15日)　齿痛，百事俱废，此老子所谓"人之大患，惟吾有身"也。钟樵来。虞表来。子玉来。遂初来。

"发愤忘食，乐以忘忧"，是孔子安身立命处，于人世膜外之失得，诚有所不暇也。

密之来自荆州除夕共饮感赠一首

十年契阔同今夕，万里间关共一卮。各已形容成老丑，尚馀臭味未差池。襄阳何处寻耆旧，荆楚无心记岁时。万事推排难自料，白山解后岂前期。

初三日(2月16日)　齿痛未已。陈篆友、洪德之、毛石孙、虞

---

① "无人"原作"千言"。

② "新来"原作"故人"。

表、子玉、蜀梅来竹戏。

初四日(2月17日) 齿痛稍减。茗雪来开方,服之。嗣伯来。

初五日(2月18日) 到嗣伯、稚云、宝老师、许鲁山、王君九、胡靖凡、徐茗雪、王钟樵、地山姻丈等处拜年。鲁山、君九来。嗣伯、蜀梅、子玉、伯辉来竹戏。

昨梦中有感于所处之境地短促不宁,因思太平之时,人皆涵育于礼教仁爱之中,所见皆正大高明之事,所好皆性情和厚之天,气象整肃,日月舒长,孟子所谓养生送死无憾,韩子所谓生则得其情,死则尽其常,真所谓不徒生、不徒死也。是故人之生也,甚有味乎斯世。岂若今之汲汲顾影,为鬼为蜮,无一毫之情味者乎。梦中所感如是,醒后思之,颇有至理也。

初六日(2月19日) 到局。上命于郊天时后扈,着朝服。辛亥而后,惟丁巳复辟着朝服,仅数日,以为今生绝望,不料复有今日,人事那可料耶。方丁巳复辟,先父母居杭,先母曰:“不意仍有今天。”今吾母不得见矣。嗣伯同密之赴吉林,密之为皇产事务局会办也。铁生、德甫、稚云、辑庭来。赵时老自奉天来。

初七日(2月20日) 人日。到局。答拜存耆、启佑、恒亮生、润伯勤、洪德之、毛石孙等处。时敏、铁生、德甫、虞表来竹戏。致强志函、伯夔函。

初八日(2月21日) 到局。后召入讲书。约时敏、嗣伯、虞表、子玉来竹戏。

初九日(2月22日) 到局。孝同、康甫自京来。强志、贻先来函。蓉史表侄女来函。虞表、希颜、蜀梅、识先来竹戏。郭侗伯来。袁珏生以吴小仙画册来视。小仙在明季为画山水,向未见其画。此册人物约二三寸,衣褶极有法度,山水树木纯为北宗,墨无旁渖,上承仲堂,下开石田,极见工夫,洵湖北画家之巨擘也。又清湘册,笔势奇纵,着青绿绛赭,惊心动魄,于此地见此等画,不易得也。

初十日(2月23日) 到局。至天坛演礼。农先约同时敏、嗣伯、虞表、子玉、伯辉晚饮。

十一日(2月24日) 到局。答拜袁珏生、郭侗伯。侗伯寓子献家,屋甚宽洁。府中今在彼食息,榻上陈烟具甚齐备也。闻其烹调亦美。孝同、康甫来,遂约德甫来竹戏。华甫来。

十二日(2月25日) 皇上万寿,因斋戒期改前一日,不受贺,到局来贺万寿者甚多。菱乂大使三呼万寿。晤涛贝勒、儁贝子、脩二爷。

十三日(2月26日) 万寿节,放假一日。仲业、德甫来。时敏来。强志来函。公渚来函,附诗二首、骈文二篇,又赠山水一幅。公渚故是雅才,流言未足信也。立之来函,附《除夕词》四阕。

十四日(2月27日) 六时起,至天坛演礼,较前为熟习整齐矣。存尧生约陪涛贝勒在宾宴楼午饭。嗣伯、孝同、康甫、虞表、子玉、张尔舟(青龙县知事)来。接寥志、强志函。

十五日(2月28日) 到局。

十六日(3月1日) 上即位改元,是为康德元年。

三月初一日(3月1日)①

初二日(十七日)(3月2日) 赐外宾宴。后召入(答拜儁贝子、僩五爷)。

初三日(十八日)(3月3日) 赐宴,赏白山黑水模型一具,以铁为上,以金银饰景星、庆云、流水,共五百分。昨夜怯冷发热,晨间出汗,出外又受风,归后即呕吐,至夜间稍平。季湘约治芗晚餐,余于十一时至季湘家,约治芗回家夜谈。

初四日(十九日)(3月4日) 请假一日。赐蒙古大王公及近支王公等宴,应作陪,因假未赴。识先约治芗午餐,遂至后楼竹戏。强

---

① 按:以下三天日期,陈曾寿试图以"康德"年号作公历标记,然最终未能坚持。

志来函。密之来函。奉谕,近侍处长以内廷局长改任。答拜张镇波县长。

二十日(3月5日)　到局。夜至农先处,约治芗来下榻。[①]

廿一日(3月6日)　十二婶母生忌设供。到局。农先中人蜚语,送国务院另行任用。张仙涛省长约午饮。珏生、子献、镇波、康甫来。

廿二日(3月7日)　到局。

廿三日(3月8日)　到局。

廿四日(3月9日)　到局。有匿名信告嗣伯失委任状,沈大臣令查办。

廿五日(3月10日)　到局会议,查复嗣伯失委任状事。

廿六日(3月11日)　星期。到局会议。治芗、虞表、子玉来竹戏。识先来。致强志函。

廿七日(3月12日)　到局。约仲刚、珏生说饼,作特科之会。治芗下榻。

廿八日(3月13日)　到局。往晤叔言。夜至季湘家,治芗、农先、识先、觉先皆在坐。

廿九日(3月14日)　到局。邓庶母忌日。

二月初一日(3月15日)　到局,见上。夜至治芗寓下榻。

初二日(3月16日)　到局。治芗来下榻。

初三日(3月17日)　丁祭,放假一日。晚,沈大臣约会议,往晤。苏堪、强志、询先、强先来函。为毅夫画山水便面。

初四日(3月18日)　星期。未到局。送仲业回津。往吊林君毅之太夫人之丧。君毅之如公子来学画。至后楼小坐。晤裕斋。景运鸿(钧天)、运开(子固)来。农先、密之同回部。小王、定禧程来

---

① 天头:治芗代拟告太庙三陵祝文四篇。

竹戏。

初五日(3月19日) 到局。夜至治芗处小坐。孝同来。

初六日(3月20日) 到局。贻先书来。致伯夔函。

初七日(3月21日) 到局。

初八日(3月22日) 到局。小喈孙女晬日,农先、识先等皆来。恭亲王恭代至奉天太庙三陵行礼,晨七时起,至车站送行。

初九日(3月23日) 到局。大雪半日,自去冬以来,以此为最大矣。与家人竹戏。

初十日(3月24日) 到局。至满洲旅社。约治芗来。受寒怯冷,发热,天明时出汗乃解。蜀梅自吉林来。强志、询先书来。

十一日(3月25日) 星期,不到局。内子右手足疼痛,不能安睡,烦躁殊甚。公渚书来,附挽王病老五律三首,甚好,惟第一首不应犯上名。

十二日(3月26日) 到局。闻胡宗武逝,至愔仲家唁之。

雅量如朱石君,循声如汪龙庄,高文如吴兰雪,避世似梅李员,述酒似陶元亮,贞疾似赵邠卿。

屈志偃经济。回首风尘悲蜀道。暮年最萧瑟,伤心烟雨望江南。

怡和洋行。钱侠夫。　　老病休官久,江湖恋阙殷。世方回日驭,劫已转风轮。鸿陆残双翼,莺花暗早春。更谁咨万事,天遽夺斯人。

北平西城辟才胡同内榆钱胡同十五号罗宅。

北平西城学院胡同十八号钱宅。

第十四册(民国二十三年二月至九月)

苍虬阁日记一册①

二月十三日(3月27日) 到局。治芗约至农先家竹戏。密之、蜀梅到局就办事员。

十四日(3月28日) 祀关、岳,放假一日,不到局。强志、询先来书。徐阶平来。后赏自制腌白菜数十窠,味极鲜而脆。写屏条(锦舟)。王松儒来。治芗、子玉来。

十五日(3月29日) 到局。至般若寺,愔仲为宗武之丧成服,往吊之也。写横幅(鼎三)。

十六日(3月30日) 到局。见上。恭王恭代谒陵事竣返京,至车站迎接。据云诣永陵路极危险,过河数道,冰未尽释,翻车一,坏车二,山路尤险峻,幸得无事。② 数里外聚胡匪四百人,殊有戒心。永陵风水极佳,神榆于革命前枯死,今复生五株,皆合抱参天矣。后召入讲书。

> **予以松花江边晚眺诗寄伯夔、君任海上,诗中有"高柳城坊疑白下,晚江鼓角似黄州"二语,君任和诗云"黄州白下都非旧",近又寄词云"愁边遮莫忆江湖,个里风波人不见",盖以减予南中之思也。益触悲感。伯夔闻予有请急至天津之**

---

① 封皮有"最乐"二字,此后文字残缺。

② 此处圈去"距经过之地"五字。

说，乃拟约同君任赴津相晤，情至可感，因寄此作

吞声不复忆江南，渺渺余怀馀二三。蜍志何人分奄忽[①]，方姚而后此沉酣。感君契阔轻千里，于世畸零暖一函。冰雪千山万山阻，梦魂无着卧荒庵。[②]

十七日(3月31日) 到局。识先请徐阶平晚饭，予与治芗、伯辉作陪，竹戏。

十八日(4月1日) 星期，不到局。至满洲旅社治芗处小谈，遂约治芗、子玉来寓竹戏。

十九日(4月2日) 到局。同治芗至农先处。晚间，请徐阶平便餐。德甫、治芗、伯辉来竹戏。

二十日(4月3日) 到局。饭后至治芗处。强志、询先来函。

二十一日(4月4日) 到局。上命观试演登极电影。闻此影片半月即遍行于五大洲，美人以飞机运寄，故华盛顿最先开演，欧美人趋利之猛鸷亦可惊也。约治芗、伯辉、德甫晚饭，竹戏。

廿二日(4月5日) 清明。到局，见上，奏陈徐阶[平]、傅岳棻热河、吉林皇产四事。祭祖。致孝同、康甫函。

廿三日(4月6日) 到局。后召入讲书。治芗、德甫来竹戏。致伯夔函。

廿四日(4月7日) 到局。往访阶平，未遇。后召入讲书。致强志函。强先来函。同治芗访荣叔章。视密之病。

廿五日(4月8日) 星期。不到局。治芗、子玉、虞表来。

---

① 此句原作"天地即今何寂寞"。

② 天头：南人无复可归南，风雨同舟只两三。未惜然萁煎太急，庸知卧榻睡方酣。退思独自亲书策，辰告还期省谏函。绝塞春迟苏物病，涪翁槁木自为庵。清溉和均。意中差可画东南，士德何容有二三。瀛海三山殊缥缈，钧天一梦太沉酣。穷愁自分甘蓬荜，对禅犹期瘗玉函。省诚太平新气象，旅店荒寂似僧庵。清溉再和。

廿六日(4月9日) 到局。同德甫至交通银行借六百元。六弟妇生日,往与嗣伯、子玉、铁生竹戏。云生、伯潜自巴河来谋事,不知此间谋事之难。远道来此,旅费何以为继。

借交通银行六百元。

付汽车廿五元。

付阿毛十元。

付还李顺零用十四元。

付孙万荣六元。

付家用廿元。

付烟土十八元。

付还王子扬一百五十元。

借子玉卅元。

换零洋十元(二百八十五元),尚存三百十五元。

廿七日(4月10日) 到局。强志来函,约子玉、云生、伯潜晚饮。同子玉与巽女、荃女竹戏。又同至治芗寓,夜深始归。

廿八日(4月11日) 到局。治芗、德甫、子玉来竹戏。王思澄自吉林来。

廿九日(4月12日) 到局。治芗约至满洲旅社。

三月朔[①](4月14日) 到局。上召沈瑞麟、许宝蘅、商衍瀛、佟煦、林廷琛、曾寿,训示宫中应定办事规则,宫内大臣统率处长,处长统率科长、科员等,要同心协力,以后不得再有开会等事,惟有追随多年受过艰苦者仍得直接奏事,宫内府应作一模范,勿使外边笑话。

次韵治芗

行秘书惟数世南,从来士一胜孱三。剧谈不觉连床晓,遣兴犹惊落笔酣。梦想松风专一壑,眼遮蠹简拥千函。何年脱屣酬

---

① 按:此日当为二月三十日,此后至三月初七日,日期均误。

知了，相约山中共结庵。

初二日(4月15日)　到局。赵时敏自奉天来。治芗、子玉来。

初三日(4月16日)　星期，不到局。约时老晚饭。治芗、子玉、德甫来。

初四日(4月17日)　到局。视叔言病。内子至新京戏院观剧，予亦往。夜至治芗寓。

山谷诗有“维摩老子五十七，大圣天子初元年。朝廷有意用幽侧，病着不能朝日边”一首，予今年五十七，适逢皇上即满洲皇帝位，改元为康德元年，可谓巧合，因用其语，为二十八字

龙钟微臣五十七，神武①天子初元年。居然我语胜黄语②，地转穷边为日边。

初五日(4月18日)　到局。时敏来。治芗、子玉来。

初六日(4月19日)　到局，时敏、子玉、铁生、治芗、茗雪来。见上，为奉天陵庙奉祀员役求加薪俸，蒙准。

初七日(4月20日)③　到局。奉天故宫自改为博物馆后，列祖列宗圣容任人参观，至为不敬。近上谕臧省长士毅敬谨请至新京，今日迎奉于勤民楼上。自太祖至德宗各一轴，惟圣祖二轴，孝康后、孝庄后、孝钦后各一轴，又油画圣祖圣容、世宗着古代西服(圣容)、惇嫔尊容、香妃戎装像。夜至治芗处。

次韵密之(密之诗中有去志，故留之)

造物于人不两酬，几曾有懈废监州。漫因即事多新感，犹胜他时忆旧游。小阁煎茶宜结夏，荒园种菊待觞秋。白头伴侣残年乐，岂为微尘较去留。

初八日(4月21日)　先父忌日，请假。晚供烧鸭、鳜鱼、大虾、

---

① “神武”原作“改朔”。

② 此句原作“吾生犹可傲涪翁”。

③ 按：三月初三日至本日，中间日记当脱漏一日。

清炖鸭。

初九日(4月22日) 星期,不到局。治芗、时敏、子玉、伯辉、识先来。强志来函。

初十日(4月23日) 到局。伯夔来和诗三首,用韵甚工,因更寄怀一首。

阶除雪尽湿垣衣,望望寒林绿未归。昼永无人闻辐传[①],夜深傍枕落伊威。沉灰聊托心无闷,赋芋都忘愿有违。千里故人书一至,慰情悱恻抵芳菲。

十一日(4月24日) 到局。贻先来函。覆强志函。

十二日(4月25日) 到局。时敏、治芗、子玉来竹戏。

十三日(4月26日) 到局。次官长自日来。后召入,恭代写信,覆芳泽公使之女中村恒子。

十四日(4月27日) 庶曾祖母何太孺人忌日。到局。治芗制肴请时敏。

十五日(4月28日) 星期,不到局。晨往车站送时敏返奉。夜至治芗寓。

十六日(4月29日) 到局。

十七日(4月30日) 到局。治芗在寓中作东。(密之、子玉、季湘来。)

十八日(5月1日) 到局。为密之饯行,约治芗、德甫、子玉晚餐。

十九日(5月2日) 到局。

予诗学山谷,画学大痴,两事皆不成,戏为此作

人间第一一峰尽,天下无双双井诗。顾我蹉跎衰白候,强希衣钵二黄师。笔枯水剩山残里,思绝天荒地老时。百虑相攻才

---

① 此句原作"春晚登盘稀菜甲"。

力尽，不跻圣处坐非痴。（既愚又狂痴[①]，山谷自谓。）

廿日(5月3日) 到局。密之南归，往车站送行。

廿一日(5月4日) 到局。上赐宴，郑总理自日本归，作陪也。季湘约晚饮。

廿二日(5月5日) 到局。斌孟博约晚饮。

送密之

残年万里仍相见，成就离觞更一挥。我衰子病复何语，地变天荒何处归。浮世早经春梦醒，百年难瞑寸心违。羡君天畔登楼眼，便入家园稚子扉。

春色乍看[②]三月去，柳眉才吐杏微嫣。幸[③]离冰雪侵凌候，又入风沙莽荡天。谁使托根高的的，可知含怨一年年。我来暂赏旋惆怅，小[④]逗芳情已化烟。

廿四日(5月7日) 到局。询先自津来电，明日启程。夜至治芗寓。

廿五日(5月8日) 到局。夜过治芗寓。

廿六日(5月9日) 到局。上于明日阅兵，今午至阅兵所演礼。询先同中甫侄乘车来，往接，七时半到。农先、识先、蜀梅、君适、尚英、云生、伯潜、梅女、荃女、京芳、焕焕、林林、子玉皆至站接。询先病后身体尚好。

廿七日(5月10日) 皇上行阅兵大典。前日大雨时行，泥深半尺，不能着脚，昨演礼往视，以为只可草草应付，不能实行巡阅矣，乃隔一日，地已甚干，且雨后无一点尘，可谓洪福齐天矣。日人指挥布置，以木板垫地，无不周备齐整，其敏速令人可惊。军容如墨，甚有精

---

① 按：黄庭坚《漫尉》云“豫章黄鲁直，既拙又狂痴”。

② “看”，诗集本作“逢”。

③ “幸”原作“乍”，诗集本作“渐”。

④ “小”原作“才”。

神。礼成,无不欢欣鼓舞也。治芗约同询先晚食。

廿八日(5月11日) 到局。九弟约到后楼竹戏。

廿九日(5月12日) 到局。同询先、梅、荃两女、丽保至西公园。予自来此地,未曾一到。树木尚多,略有水,榆叶梅两株正开,已算此地春光矣。至六弟家晚饭。

四月初一日(5月13日) 先母忌日,内子及家人皆到,寓中设供。伯夔来信,又和诗一首。

初二日(5月14日) 到局。后召入讲书。沈砚裔约大和旅馆晚食,归家大吐。

初三日(5月15日) 到局。夜至季湘处。

初四日(5月16日) 到局。后召入讲书。同询先、治芗及巽女、梅女、荃女至大和旅馆看阅兵大典电影。

雨后新寒见新绿,三分天气似江南。迟芳倦眼看仍怯,断梦华年味尚谙。密密低丛春影乱,疏疏柔缕晓光含。穷边怀抱馀冰雪,不记间身岁月淹。

苕雪治芗作武侯诗予亦继作

英彦乘时各有投,酬知[①]晚出佐残刘。同心倘可关张并,继任[②]难为费蒋俦。[③] 狼狈东行思孝直,艰难上士得凉州。[④] 擎天只手[⑤]终何济,遗恨悲凉泪不收。

初五日(5月17日) 到局。夜至治芗寓。后召入讲书。

初六日(5月18日) 到局。后召入讲书,命荃女、梅女入内诵

---

① "酬知"原作"艰难"。

② "继任",诗集本作"替手"。

③ 此句原作"替位惟馀费蒋俦"。

④ 此联原作"空叹奇才凭故垒,更怜上士仅凉州"。

⑤ "只手",诗集本作"孤柱"。

书，寿固辞，未蒙允许。

初七日(5月19日) 到局。后召入讲书。

初八日(5月20日) 星期。不到局。治芗约晚饭。致仲业函。

初九日(5月21日) 到局。后召入讲书。

初十日(5月22日) 到局。入江贯一请府中人在大和旅馆晚餐。后召讲书。

十一日(5月23日) 到局。约治芗、子玉、孟博晚饭，竹戏。后召入讲书。

十二日(5月24日) 到局。后召入，议见日本使臣礼节，讲书。同询先、梅女、荃女照相。

十三日(5月25日) 到局。后召入，议礼节。

十四日(5月26日) 同询先至滕板看前日所照之片，又至后楼小坐。访稚云，尚未起，遂同至府。后召入，命往问郑孝胥使日时见其皇后礼节若何。昨夜观书至曙，电灯灭，曙色已入，得句云："晓色催人睡"，此可写出睡晚之景也。

十五日(5月27日) 星期。后召入，问昨询郑孝胥事。治芗约晚饭。

南歌子

鸡唱催将息，乌啼续苦吟。半床书蠹共销沉，字里凄迷时遇少年心。　　塞雪连三月，时花抵万金。年时刻意怕春深，不见春来春去感而今。

十六日(5月28日) 到局。季湘约同询先晚饮。闻三媳不适，请佟阔泉诊之。

十七日(5月29日) 到局。三媳发热腰痛，并出水花，往后楼视之，并至裕斋家，请其改方。林君毅约晚饮。

十八日(5月30日) 到局。农先送六弟妇回旧京，于今晨趁车，农先至奉天折回。往后楼视三媳，昨夜腰痛甚，今晨差安，热亦渐退。识先来。

十九日(5月31日) 到局。至后楼,三媳已渐愈矣。约治芗、子玉、德甫、孝同晚饭。会馆中东厢房三间空出,予续租之。内子今日移居,与予对室。购海棠花一盆,枝干秀出,娉袅风神绝世,与治芗同作一诗张之。在长春几无春季,今始见此花,为之眼明心醉矣。

四月新荑茁上林,乍忘冰雪气萧森。惊看绝代千春艳,移我寒山一往心。独荐东皇惟分妒,初成宫体许微吟。旧京回首春如海,翻慰开迟感不禁。

治芗作:

红妆惊对白头人,粉态脂痕略已匀。五夜未醒春睡梦,一枝犹带旧京尘。昭君恨适胡沙远,姑射颜逾处子新。终是国华胜凡艳,腰支孰与斗风神。

改海棠前作:

历尽冰霜惨澹晨,眼明初见内妆[1]新。三年刻画[2]寒林影,一笑[3]平反故国春。独荐东皇谁分妒,乍回[4]宫体已含颦。按[5]歌一世空衔雨,珍重今番点绛唇。

廿日(6月1日) 到局。至治芗寓。至后楼视三媳。

廿一日(6月2日) 到局。雨甚,寒气袭人。为佟阔泉画山水一幅。

廿二日(6月3日) 星期。后召入,代写信。至治芗寓。德甫为予绘小册一,碧莲一朵,又叶后红莲半朵,妍妙绝伦,可爱之至。为德甫绘扇面以报之。

廿三日(6月4日) 到局。伯辉来。

---

① “内妆”原作“一枝”。

② “三年刻画”原作“胸中净洗”。

③ “一笑”原作“意外”。

④ “回”原作“谙”。

⑤ “按”原作“闻”。

廿四日(6月5日)　到局。为礼节事见后。治芗来。大雨不止。

廿五日(6月6日)　到局。见后。五时三十五分随上至车站迎秩父宫，上下车后，至贵宾室小憩，随即至月台，未数分时，车到，沈瑞麟导秩父宫下车，与上行军礼后，握手，略寒暄数语，即同出站，以卤簿车送至大使馆。上还宫。车将到时大雨一阵，旋晴。

廿六日(6月7日)　到局。秩父宫觐见，呈递亲书及勋章，并赠皇后勋章。赐宴。郑总理于大和旅馆请秩父宫晚餐，到者几二百人。治芗、儆吾、伯辉来。

题心畬画卷

闭门赵子固，独往李营邱。此诣古来少，非君谁与俦。气吞挟雨快，境毕纵天游。信有不传秘，规规笑刻舟。

事亲惟善养，有弟是经神。乐岂人间世，胸留太古春。无心皆妙迹，馀事亦天人。月下海棠醉，何时酒共巡。

廿七日(6月8日)　随上同秩父宫阅兵于车站左近。

廿八日(6月9日)　到局。同询先至后楼视三媳，渐愈。上赐宴。郑总理请秩父于大和旅馆，约陪。

廿九日(6月10日)　星期。后召入。治芗约晚饭，竹戏。贻先来函。

三十日(6月11日)　到局。后召入讲书。妙峰塔造成，宗镜及连厚山来信报告一切。后复召入，命拟名。见上，陈改造静园事，派惠均帮同溥脩办，惠均今日行。

五月初一日(6月12日)　到局。秩父宫明日返国，上赐宴饯行。儆吾、伯辉来。与七弟、巽女、荃女、梅女竹戏。强志来函，云伯夔、君任入都视散原先生，深以予不去为憾。上赏粽子四十枚。为询先画小幅松。

再和伯夔用衣字韵

谁得缁尘完素衣，茫茫来日竟安归。浪传畏垒庚桑楚，苦作辽东丁令威。游世虚舟忘德怨,迷阳歧路有依违。目成转益湘累恨,多事芳兰缀绿菲。

初二日(6月13日) 到局。后召入讲书。有日本军部人责予随侍上侧,领扣未扣,有失恭敬之礼。其言甚正,作诗以自嘲。治芗来夜谈。

慵疏野服习安便,法客纠绳语漫传。论道正襟非敢儗,趋风短复合居先。髯苏自分欲生瘿,醉李从讥不上船。但使明时清乱领,遂初投散亦欣然。

[1]于一人家见浅红芍药数朵,为赋玉漏迟

殿春春已去,池台如梦、销魂一顾。梦不分明,休问谁家院宇。淡薄脂痕轻傅,拚禁受、几番风雨。君莫妒。同命东风,早甘迟暮。　　空自忏绀鬓年华,情天易老。念念芳悰非故,不应邂逅,迎笑花枝。如此萧凉情绪。试检点、人间何故。漫赢得、清愁如故。谁共语。倦矣栖林静羽。[2]

[3]**端午节(6月16日)** 入宫请安。后召入讲书。治芗、茗雪、儆吾来晚饭。答拜许鲁山。至宝师处贺节。至后楼及费地山姻丈处。同询先至治芗处竹戏。画山水便面(公藩)。午时画钟馗三幅,一幅摹高且园本,笔简而神足。

初六日(6月17日) 以车接小春孙女来。识先约同询先、伯辉、儆吾晚饮。

初七日(6月18日) 到局,午后即归。询先同荣儿趁晚车至天

---

① 天头:湖寓五十元。牯岭二十元。炭三十八元。府中赏十元。节赏四十元。送子玉廿元。汽车六元。付李顺十五元。付奶妈廿元。付荣、巽、荃、梅二十元。付裁缝十五元。付王国华十元。付鸦片烟三十六元,又廿元。付大太太廿元。

② 此为草稿,定稿见本年五月十三日日记。

③ 天头:荆州宾兴街张密之。

津。询先来仅住四十日，此间无事可谋，亦未能强留之。人生为生计所累，老年兄弟天各一方，亦无味之极矣。询先近来识见颇有长进，是可喜之事。

初八日(6月19日)　到局。写便面二。农先于今日赴黑龙江，大约可就嘱托之事。小人之祸君子，安知不为福也。

初九日(6月20日)　到局。画松便面(竹铭)。

初十日(6月21日)　到局。蜀梅请假返京。

十一日(6月22日)　到局。季湘约晚饭。苕雪约午饭。

十二日(6月23日)　到局。画山水便面(幼臣)。约治芗、子玉晚饭。治芗将趁晚车返旧京也。送治芗至车站。致厚先函。

十三日(6月24日)　丁巳复辟纪念日，忽忽十八年矣。自张忠武逝后，培老、宜仲、幼云相继逝去，今同志更无人矣。到般若寺吊王松如夫人之丧。星期，未到局。刘厚卿自津来，补密之办事员之缺。

玉漏迟·五月见芍药

殿春春已去，池台如梦、销魂一顾。梦不分明，休问谁家庭宇。淡薄脂痕慵傅，拼禁受、几番风雨。君莫妒。同命东风，侭甘迟暮。　空自忏绀鬓年华，情天易老。念念芳悰非故，不应邂逅，迎笑花枝。如此萧凉情绪。试检点、人间何味。漫赢得、清愁如许。谁共语。倦矣栖林静羽。

十四日(6月25日)　到局。写便面二(公藩、希颜)。寥志来信，寄照片一张。神采甚足。

十五日(6月26日)　到局。画山水便面兼写(钟樵)。

十六日(6月27日)　到局。同巽女到后楼看小春孙女。

曙色一首

曙色熹微里，幽居境味偏[1]。白毫参佛地，紫气入聃天。几

---

① 此句原作“分明太古前”。

度窗明暗,浮生趣万千。劳劳感群动,腾跃竞谁先。

十七日(6月28日) 到局。约佟阔泉至后楼为三媳诊脉处方。

十八日(6月29日) 到局。后召入讲书。

十九日(6月30日) 到局。大雨连绵不止,恐成水灾。高木秘书长、加藤秘书约在大和旅馆晚餐。

廿日(7月1日) 星期,不到局。内子又略发口眼歪邪之症,幸暂时即平。伯辉来。

廿一日(7月2日) 到局。

廿二日(7月3日) 到局。荣儿夫妇同寿蓉侄女自天津回。后召入讲书。

廿三日(7月4日) 到局。见后,代呈妙峰寺僧所进星目菩提子念珠一挂、佛二尊。妙峰塔成后,开光之日,金顶上现佛像之尊,众皆见之。监工连厚山(堃)所云,有张姓者发愿拍电影,即时拍照,隐约可辨。

廿四日(7月5日) 到局。后召入,代写家信。一齿痛甚,欲脱不得,至日医院拔之,从此上颚无一牙矣。

廿五日(7月6日) 到局。至后楼,将小春孙女带归。后召,因不在家,未去。画山水便面并写(惠农、陈则民)。内子又发眼邪之症,较前略轻。

廿六日(7月7日) [1]到局。患腹疾,里急后重,有成痢之势。菱刈大使请大和旅馆晚餐。

廿七日(7月8日) 星期。到府见上。近侍处房屋将改作楼房,在警卫处借屋两间办公,太不敷用,可见主持此事者先事毫无打算也。

廿八日(7月9日) [2]请假,不到局。服佟阔泉方,用大黄、槟

---

① 天头:三媳于午时得一丈夫子,命名文湛。

② 天头:石钦亲家同年于廿七日逝世,从此同学之人尽矣。

榔、焦查、川朴、枳实、木香等药以排导之。

廿九日(7月10日) 请假,稍愈。吴清源、木谷自大连来,中岛约同欢迎之。

卅日(7月11日)

六月初一日(7月12日) 后召入,因曾寿病甫愈,未讲书。苏堪约陪吴清源、木谷在交通银行晚饮,予与木谷围棋一局,受五子,负八子半。裕斋与清源对局,亦受五子。强志来函。

治痢方(甚效):

川连(一两五钱)、黄芩(一两五钱)、白芍(一两二钱)、川朴(姜炒,一两)、木香(五钱)、青皮(去穰,八钱)、焦查(六钱)、槟榔(五钱)、炒麦芽(八钱)、当归(五钱)、红花(酒炒,三钱)、枳壳(八钱)、苍术(米泔水浸,一两)、地榆(五钱)。

挽石钦亲家同年:

弱冠即相亲,申以婚姻,回思听[①]雨连床,乐事当年真一梦;同门今已尽,胜予衰病,际此道消文丧,先师遗绪待谁传。

初二日(7月13日) 到处。寥志书来,已至莫干山避暑并教拳。[②]

挽[③]石钦兄。强志。

忆昔成童初,忘年与我友。逮今卅馀载,交谊无与久。朋好非不多,真意畴能偶。骨肉有难言,肺腑出相剖。过止数投辖,游行每载酒。旧事乱离前,鄂渚抢回首。薪传汉阳师,资深东轩叟。沧桑几变迁,终始道不负。夙仰修养深,感谓劵耄耆。一别数年间,何意衰颓陡。去岁得君书,语涩情逾厚。感君病中华,

---

① “听”原作“风”。

② 天头:莫干山菜根香东面致柔拳社。

③ 此处圈去“谢君”二字。

环诵忍释手。奋飞翼无双,苦念肠回九。千里传写真,形存神似走。果然噩耗至,遗世如敝帚。婉娈平生亲,斯人今岂有。哭君行自念,志事辰没酉。深惧后世责,此意宁终朽。还当同令子,呴濡长相守。

强志此诗无心于诗而自工。诗者,性情之故,不可伪也。

初三日(7月14日) 大媳于般若寺成服。荣儿率小元、小明、小亮等同去设祭,予亦往奠,不胜凄然。满人约一团体欢迎木谷、吴清源二人,借交通银行客厅,到者三十馀人,设席三桌。中岛与清源对局,受二子,中岛负三子。万某与木谷一局,又与清源一局,自郐以下无足观矣。傍晚又大雨,水患已成,可虑之至。晨间,清源、木谷恭谒皇上,即命两人对弈,未终局而罢,约明日再继续也。致密之函,汇九十元。

初四日(7月15日) 清源、木谷于御前继续昨日一局,清源胜六子。两日皆命曾寿旁观。

初五日(7月16日) 上命徐思允及曾寿与清源、木谷对弈,寿负七子,思允负九子半。在花园小亭中散坐。闻治芗将于晚车返京,伯辉、识先、荣儿往接,未到。世竹铭患病十馀日未愈,因往视之。

初六日(7月17日) 到处。今日为梁文忠公生日、朱强甫先生死日。治芗于下午五时到,仍寓满洲旅舍。予同荃女往视之,新置一妾,年十八岁,中人之姿,似尚老实,无习气。内子感受外邪,腹泻头晕。

初七日(7月18日) 醇王于晨七时到,至车站接,府中人员皆到,仲业亦来。立之来书,附诗二首。啸麓来函,和予海棠七律一首。寥志来函,附词二阕,返西湖寓所作,凄感万端。

初八日(7月19日) 到处。见仲业。

雨歇空阶入薄寒,旧书欹枕百回看。睡魔尽遣[1]茗功德,曙

---

① “睡魔尽遣”原作“清心夜气”。

色微侵[1]灯涅槃。林弄啁啾纷自悦，壁缘肢脉[2]可能安。自家功课未渠了，拭涕何心问懒残。

书昌黎《柳子厚墓志铭》后

昌黎推重子厚，与所以惜之者可谓至矣。独其于交游平时相恭悦，一旦临小利害，不一援救而反下石者，尽情言之，不留[3]馀地，何其所见犹未能免俗耶？古学道君子，视人世荣辱得失等诸膜外[4]，不以关其念，而后能超然万物之表。[5] 且人以利害改其度[6]，世绍常情[7]，无足怪者。而乃以夷狄禽兽诘之[8]，抑亦过矣。昔湘乡[9]保荐沈、左[10]，后两人专以攻击湘乡为事，湘乡心不能平，以为以德报怨。又其言曰："于人情冷暖，京师尤甚。"韩、曾[11]皆振古之豪杰，何其萦扰于方寸[12]者于常人固[13]不相远耶？抑者身受之时[14]，实有艰堪有不易释然者耶？湘乡晚年寿沅甫之诗曰"与君三百六十日，且学婴儿中酒时"，虽近庄生"与为颓靡""与为无町畦"之旨，非圣人之中道。[15] 固有味乎其言之哉！

---

① "曙色微侵"原作"夺舍曙光"。
② "肢脉"原作"跂蠕"。
③ "留"原作"遗"。
④ 此句原作"于人世荣辱得失皆视为膜外之物"。
⑤ 此处圈去"庶几得近于道"。
⑥ "改其度"原作"而易其情"。
⑦ "世绍常情"原作"固常人之情"。
⑧ "诘之"原作"所不忍为拟"。
⑨ "湘乡"原作"曾文正"。
⑩ "沈、左"原作"沈文肃、左文襄"。
⑪ "韩、曾"原作"昌黎、湘乡"。
⑫ "萦扰于方寸"原作"萦萦于怀"。
⑬ "固"原作"犹"。
⑭ 此句原作"抑当其时"。
⑮ 此句原作"犹未为真知道者"。

初九日(7月20日) 到局。仲业来。周季真、丁汝晟来。叶曼多、葱奇来。答拜刘翰臣及田、吴两君。

戴文节公遗砚“梅一树萦拂花”六方[①],雕镂极工,右侧镌“鹿床居士制之”字,砚有裂文,不甚著,予以十元得之,铭于背曰:“质损而神完,犹取义而仁全。世皆弃而苍虬所专。”昔文节以书有破体,不为宣宗所喜,又为穆相彰阿画山水便面,潜墨为之[②],不设色,穆以为轻己,谗之。遭退斥后,居杭城,殉粤匪之难。予有感于公之遗事[③],为作此诗。

鹿床自制梅花砚,铁石风流宋广平。只合随身玉堂直,岂期沧劫[④]锦衣城。书多[⑤]破体原臣罪,画爱寒山不世情。润饰承平让公等[⑥],胜遗[⑦]退斥出孤贞。

初十日(7月21日) 到处,见上,论及诸臣,上愤激非常,谓与明末唐王、桂王之时一般,决非兴朝气象,有遁世之志,而责任太重,又不敢灰心。臣等愧死矣。仲业来。致毅夫函。荣儿生日。

十四日(7月25日) [⑧]到处。仲业来。至后楼。君适自鄂归。铁生来。巢效成来。

十五日(7月26日) 到处。效成来。治芗来夜谈。天又雨,气候如秋。

十六日(7月27日) 到处。寥志来函,附《游黄山七古》、苕雪作明妃诗。古今咏明妃者多矣,不能复着笔。予谓女之有色,如古之

---

① 此句原作“戴文节公自制梅花端砚,花被四面”。

② “画山水便面,潜墨为之”原作“画扇,用墨笔山水”。

③ 此句原作“士固有疏于小德而能立大节者,惜哉”。

④ “沧劫”原作“碎玉”。

⑤ “多”,诗集本作“耽”。

⑥ “公等”原作“朝士”。

⑦ “胜遗”原作“伤心”,诗集本作“终然”。

⑧ 按:原缺十一、十二、十三三日日记。

负才抱忠，美者不知其为美，忠者不以为忠，而元帝能悔，是于美恶之分固未淆也。士之忠为主所知，女有色而为主所动，已至不易，则明妃之至不幸，犹有幸者存也。本此意，亦拟一首。

光影徘徊别汉宫，胡沙万里入春风。丰容绝世身难赎[①]，一顾惊天运未穷。沥血苌宏空化碧，蔽谗正则枉怀忠。贞臣正色蒙知少，欺隐何须怨画工。

十七日(7月28日)　到处。福隆阿(俊臣)自北京来，带涛贝勒函。治芗来夜谈。

十八日(7月29日)　星期。到处。因东陵事务请见，上未服，命明晨再见。后召入讲书。

十九日(7月30日)　到处。见上。夜发寒热，泄泻。

廿日(7月31日)　[②]请假一日。季湘来。苕雪、治芗来。仲业来。

廿一日(8月1日)　到处。治芗来。作叶子戏。

廿二日(8月2日)　到处，福隆阿辞行。复涛贝勒函。仲业、苕雪来。治芗来夜谈。致婉宜义女函。婉宜久病卧床，不能起坐，久无信来，昨忽梦见之，甚以为悬念，并写近作诗词数首与之。闻宝应刘翰臣(启彤)曾窃取内阁宋本《荆公集》，纸之背面皆宋名人书札，洵至宝也。嗣伯今日六十初度。作联赠之："胸中端有活国计(山谷句)，道眼已入不二门(东坡句，上语为'先生年来六十化')。"往祝，以道坏不能车行，绕道步行，泥泞不能插足。道路之坏，恐此间首屈一指矣。[③]过治芗新居，因入坐片时。

廿三日(8月3日)　到处。十二叔母忌日。

廿四日(8月4日)　到处。德甫、孝同、竹铭、尧生、稚云公请宝

---

① 此句原作"孤行靓饰心原苦"。

② 天头：后以电话问病两次。

③ 此处圈去一"便"字。

师及仲业,约作陪,公记午饮。

廿五日(8月5日) 星期,不到处。子玉、治芗、仲业、希颜来围棋。

廿六日(8月6日) 到处。文湛孙满月。治芗、茗雪、识先来。

廿七日(8月7日) 到处。

廿八日(8月8日) 到处。立秋。上赏秋叶饼一盒。治芗来。(金伯屏及其子建寅来。默园来。希颜、子玉来。)

廿九日(8月9日) 到处。治芗来。

七月初一日(8月10日) 到处。嗣伯约竹戏。

初二日(8月11日) 到处。答拜金伯屏、巢效成。

治芗作《赏秋叶饼纪恩七律》,甚工,又作《子乐》八股文,老笔纷披,似国初文字。

初三日(8月12日) 星期。不到处。约中岛与仲业围棋。中岛持白子,仲业负一目,前半已胜矣,收官子时偶误一字,损失甚大,殊为可惜。嗣伯、德甫竹戏。同治芗各制菜肴数味。

初四日(8月13日) 到处。彤伯自热河来。治芗来谈。

寄赠散原老人

灵光卌载返修门,回首匡庐万雪痕。马祖去因山鬼敬,老聃居益镐京尊。决流浸轴终趋海,忍死攀天馀断魂。便欲从翁屏闻见,都忘物变信乾坤。

初七日(8月16日) 到处。福隆阿自旧京来,涛贝勒为东陵设立委员会函请转奏派代表事。约嗣伯、德甫竹戏,尚缺一人,乃使彤伯侄补之,可见穷乏,虽游戏之事,亦不易凑合也。后召入讲书。

初八日(8月17日) 到处。治芗来。与家人竹戏。

初九日(8月18日) 到处。书楹帖数付。子玉、希颜来围棋。治芗来。

初十日(8月19日) 星期。不到处。午后,后召入讲书。希颜、子玉、识先来围棋。

十一日(8月20日) 到处。仲业、稚云、希颜、子玉来。君任寄赠七律一首:“消息沉沉塞雁迟,赴秋风雨却相期。比楼更迥三年别,与海争深一卷诗。纵办澄清归已晚,几愆会合梦犹疑。远人仍诧巾歌雨,麟凤由来岂易知。”

次韵一首:

老耽文字慰衰迟,孤往[①]如君夙所期。永叔深濡马迁笔,简斋轻了少陵诗(简斋“但恨平生意,轻了少陵诗”)。世间何好能相易,岁晚归墟更不疑。一夕秋风感离索,寥怀惟有塞鸿知。

立秋日颁赐秋叶饼,约治芗同赋纪恩诗,治芗先成,录于左:

淮南一叶易秋风,唐叔东归待翦桐。未啖红绫惭齿豁,幸随黄阁拜恩同。公羊卖饼嗤畸学,走马长安望故宫。凛凛虚名如画地,真花片片腹能充。

十二日(8月21日) 到处。子玉同万□□来。农先来函。(画山水便面,沈庵夫子。)

十三日(8月22日) 到处。为仲业将归,约晚餐,请稚云、德甫、竹铭、孝同作陪,并看竹。德甫忽患气痛甚剧,昏晕不知人,急以痧药治之[②],幸即解,遂留下榻。

孙陟甫六十寿序

昔庄子谓桑户、子反、琴张三人为友,相视而笑,莫逆于心,其于交友之道可谓得其真[③]者矣。盖以势合者,势去则离;以利合者,利尽则绝;以癖好合者,好移则迁;以术业合者,业辍则疏。此借外物心为媒介,非真相合[④],故不足以言交。相与于无相

---

① “孤往”原作“俊逸”。

② 旁注:兼刮痧。

③ “真”原作“深”。

④ 此处圈去一“也”字。

与,相为于无相为[①],得于形体之外,然后深契而无间[②],历久而弥新。昔者予五十之年,婴疾或殆,陟甫九兄约予及希夷同年游鄮山之阿育王寺,为吾母作佛事,以资福而禳灾,谊至厚也。

一日日晡时,三人徘徊山门之外,踞石而坐,身心两忘,廓然大适,妙胜之境,同时互证[③],非言语文字所可拟议,庶几于庄子所谓若相合焉[④]。自是予病良已[⑤],迄于今七年,而执甫六[⑥]十矣。相隔万里外,仍岁不得一见,书问阻绝。比闻执甫复为鄮山之游[⑦],余为之神往,而莫由相从也。执甫天性挚厚,而志气磊落,径情[⑧]独行,能为人所不能为,饱更忧患,淡于世虑,顾独于佛家之第一义心向往之,若有夙性者。今值六十初度,凡人世之浮荣及松乔之祝,皆不足为君道也。余近来百事灰冷,惟阿育胜地[⑨],寤寐不能忘,一旦得脱羁绊,即当肆志长往,约君续前游,同证山门之乐。庶几一生归宿所在,得安身立命之地也。君闻之必当相视而笑,莫逆于心,即书以为君寿。

十四日(8 月 23 日)

十五日(8 月 24 日) 到处。醇王下午四时返津,在府中恭送,不至车站,此行甚秘也。仲业本随行,以患感冒而止。往视仲业。今日为大母生忌,又为盂兰节,晚设供。识先夫妇及升儿、三媳皆来。夜深,月色极佳,清冷逼人。余于室之南隅开一窗,恰对公园,树木甚

---

① "相与于无相与,相为于无相为",此句原作"无所住而生心"。

② "深契而无间"原作"永存而不易"。

③ 此处圈去"其乐"二字。

④ "若相合焉"原作"莫逆之旨,有冥契焉"。

⑤ "良已"原作"霍然而愈"。

⑥ 此处衍一"六"字。

⑦ "为鄮山之游"原作"往阿育王寺为佛事"。

⑧ "径情"原作"孤往"。

⑨ "阿育胜地"原作"鄮山之游"。

多，众绿中露一亭，眼界颇佳，院中亦有树数株，掩灯看月，如在古庙中，幽静之至。此亦近年之乐事矣。

十六日(8月25日) 到处。写陟甫寿文。夜，治芗来谈。

文甫以诗寄怀答和

故人万里寄诗篇，回感前踪损夜眠。未致贤才真负主，全疏人事敢贪天。久要渐蚀平生意[①]，有靦难酬未尽年。把酒重逢何日是，只愁相见益凄然。

十七日(8月26日) 星期。写《芜城赋》横幅，用高丽发笺，赠伯辉。农先自黑省来，因无希望也。

十八日(8月27日) 到处。寄伯夔函，谢为先母作墓志铭。伯辉来。治芗、虞表、小友岳少博、识先、蜀梅来。夜打扑克。

十九日(8月28日) 到处。仲业已愈，来谈。与治芗约同作"蟋蟀声中一点灯"试贴得"声"字。

蟋蟀鸣何急，阶[②]前竟夕声。残灯尘外冷，一点望中明。暝色沉孤馆，吟情寄短檠。音繁凉露重，影灺淡烟轻。[③] 阴籁连苔壁，疏花映空棚。啼秋思欲绝，照恨梦难成。萤案诗人老，鸳机懒妇惊。[④] 虫天聊可住，夜读伴凄清。

治芗作：

憔悴中庭满，帷灯一点明。未逢三五夕，难遣万千声。唧唧闻根动，沉沉夜气清。虫天恢四壁，人影淡孤檠。乍讶流萤入，翻忘点鼠行。[⑤] 秋魂愁[⑥]独醒，魅火耻相争。珠穗挑方吐，商飔

① "意"原作"语"。

② "阶"原作"灯"。

③ "轻"原作"横"。

④ 天头："虫天"二句大含细入，名家之笔。

⑤ 天头："秋魂"二句系苦吟所得，妙是双关。

⑥ "愁"原作"惭"。

诈不平。新凉催夜读,金石和砰磴。[①]

又拟一首:

蟋蟀中宵[②]沸,繁疑雨点声。寒芜[③]三径满,老屋一灯明。寂听音流远[④],间挑穗落轻。金丝闻怀壁,秋气拥孤檠。思妇机初罢,儿时味暗生。吟心依冷晕,鬓影感深更。飘焰微风入,沾苔湛露盈。沉沉延曙色,渐息不平鸣。

廿日(8月29日)　到处。十二叔母忌日。识先夫妇来。

廿一日(8月30日)　到处。十二叔父生忌。肖高外甥孙十岁,予以文房四宝。识先夫妇及三媳等均来。晚间怯冷,头痛发热,寒湿为祟。

廿二日(8月31日)　请假,不到处。出汗热退,痰多思睡。治芗来。致强志函,附文三篇。致文甫、印楼函。

廿三日(9月1日)　续假一日,病渐愈。孝同、效成、竹铭来视疾。

前题得"灯"字

望里深深院,声中蟋蟀兴。四围沉[⑤]夜气,一点淡秋灯。零露啼[⑥]金井,低云黯[⑦]玉绳。地幽商籁合,窗远冷先凝。落叶微分径,疏花半隐塍。骚魂呼欲出,吟案影孤凭。久客闻难遣,新凉觉暗增。应怜诗思苦,索句定如僧。

韵仄更见精警,斯为能品。岳棻读。[⑧]

---

① 天头:通首皆可作比兴观,的是好诗。

② "中宵"原作"繁如"。

③ "寒芜"原作"中宵"。

④ 此句原作"伫立荒苔满"。

⑤ "沉"原作"浓"。

⑥ "啼"原作"明""沾"。

⑦ "黯"原作"暗"。

⑧ 按:此为傅岳棻读后笔之于日记,可见陈曾寿日记曾在友朋中公开展示。

十四、十五、十六三夜月色极佳

闲吟成独夜，明月自然秋。满地幽芳发，长空烟影流。凉生知近曙，清极遂[1]忘忧。为忆东坡老，承天寺里游。

长夏苦多雨，开颜明月秋。槐榆阴未薄，荇藻影交流。夜永吟思苦，衣单征戍忧。边城寒吹早，无计作清游。棻和。[2]

廿四日(9月2日) 处暑。内子晨起泄泻三次，带赤色，服神功济众水少许。恐染时症，以刮痧之法刮之，忽有蹉跌之状，急扶住，而牙关忽紧，以后多酣睡，因外症而牵动本病矣。至晚神气更差，请儆吾来诊，救以麻黄、桂杖等药，微有汗，脉更数而无根，恐系太热之故。遂停药，服再造丸，灌药极不易。治芗来，一夜未去。童阔泉及德甫来。又请阔泉一诊，谓外热未净，痰热横阻，开方有防风、荆芥、葛根、菖蒲、胆南星、苏子等味。去荆防、葛根，馀药和再造丸饮少许。巢效成来诊两次，开方为竹沥、郁金、石斛、白术、麦冬等味，亦饮少许。

前夕予梦中，内子与予言"君相待之好处，可以提前"云云。以头上簪刺[3]予掌，微痛而醒，口占二十八字。(竹铭、蜀梅、稚云、孝同来视。[4])

少壮同心老护持，与君暂别亦[5]何悲。拖泥带水人间世，修到天空海阔时。

廿五日(9月3日) 内子迷睡如前，牙关紧，更不易进药，身热，微有呼吸，有时亦甚平静，如平日睡眠情状。下半日又更衣两次，似痢，带红白冻。家人围绕诵佛号。玉筋下垂，旋缩入。农先约辑庭来办后事。裕斋来诊脉，言右部尚有根，不应服麻黄、桂枝等药云，未能

① "遂"原作"岂"。
② 按：此诗为傅岳棻所作。
③ "刺"原作"挑"。
④ 此行文字为后来补写者补。
⑤ "别亦"原作"味复"。

旦夕解脱,须有变症。季湘来,治芗来,德甫、稚云来,蜀梅来。

廿六日(9月4日) 内子洪夫人于亥时逝世,家人环跪诵佛号,余亦随诵。气绝时,予诵佛不止,悲潮不来。农先办理一切后事,幸尚有一家有命服,尚少[1]缺憾。巽女向予言"惟女之罪孽最重,怎么了",言毕,遂昏晕。呼醒服药,一时许始定。(辑庭来帮助一切。德甫、稚云、蜀梅、伯辉、治芗来。)

廿七日(9月5日) 酉时大殓。

廿八日(9月6日) 成服,送三。男女客共七十馀人:佚执琯、胡晴初、毛轻佚、洪德滋、罗君羽、何寿芬、刘凤叔、聂伯荣、刘杰三、高木三郎、入江贯一、沈砚裔(差片)、加藤内藏助(差片)、恩稚云、周季贞、商云汀、张季才、徐裕斋、景荀、胡剑青、杨叔衍、斌孟博、陈虞表、蔡子玉、修仲业、刘嗣伯、恒德甫[2]、张伯辉、佟和泉、傅治芗、岸名幸基、清宫宗亲、林肖旭、许雨香、许声甫、林子猷、增谦庵、小平总治、河濑松三、杉村勇造、景遂初、景集嘉、汪希颜、世竹铭、郭彤伯、许季湘、增雪庵、岳少博、樊培之、缪子寿、惠孝同、斯儆吾、巢效成、沈汉佚、罗慎斋、关月波、李复斋、王云骧、王嵩儒、包辑庭、陈小松、佟楫先、李雨华、李子云、黄炳昌、胡靖凡、费经儒、华志震。

少壮同心老护持,与君暂别亦何悲。拖泥带水人间世,修到天空海阔时。

小年儿女本堂堂,中堕劳尘始可伤。痴爱悲凉三十九,梦回开眼夜初长。

内子丙申年于归,至今三十九年。夜间回思三十九年之经过,遂不成寐,始知终夜开眼之味也。

冷暖怜捐外,临歧一念过。同心恩不细,回首悔偏多,不作安仁悼,还殊漆叟歌。时乎翻手至,用力证谁何。

---

① "少"原作"无"。

② 旁注:东四魏家胡同卅八号。

廿九日(9月7日)

三十日(9月8日)

八月初一日(9月9日) 农先、识先制肴设祭。

初二日(9月10日) 先室人头七之辰。

初三日(9月11日) 此日为先室人来归之辰。

初四日(9月12日) 农先回京。询先来函,附君任函。

初五日(9月13日) 为希颜写屏六幅。黄默园、叶葱奇来。

初六日(9月14日) 伯夔来函,予前致函,为所作先母墓志铭有数字未安者请其改定,兹已改过,甚妥。治芗来。仆[1]人制肴设祭。试乾隆狼毫笔,刚柔合度,无不如意,近日如福顺堂、李福寿所作皆不及也。

沉疴所自祈,愿损己年益夫算,外言亦无间,久从假馆仰贤风;

药里竟无灵,未遂白头偕隐志,管彤真有炜,合膺紫诰中兴年。

忧国志相同,盼到中兴尤至愿;悼亡词不费,祈无怛化更深悲。

为子玉、儆吾、希颜三人代作,苍虬属书于此。棻识。[2]

暂涉情天旋解脱,了无念起却牵连。鳏鳏形影非畴昔,夜绪翻新五十年。

初七日(9月15日) 君适、巽女设祭。苕雪、治芗、季湘、希颜、德甫、阔泉、地山丈来。致伯夔函。

读史一首

能言未是伤心事,希遇都成惨骨痕。流品陆卢能易位,主张

---

① “仆”原作“家”。

② 按:以上所录两副挽联为傅岳棻所书。

范吕可同论。贾生多泣诚知罪,董相辞归仅保恩。开国承家明训在,滔天祸水孰寻源。

初八日(9月16日) 为先室人开吊。

黄默园挽诗:

桑海仍榆翟,谁知病见侵。噫喑中了了,团聚慰深深。素旐归舟滞,金绳觉路寻。秋宵无睡者,三十九年心。

此诗颇似后山。

《梅花喜神谱》,《四元登子》。

《孔雀明王经》,《杂事秘辛》。

《会昌一品集》,《医家金鉴》。

《孔雀明王经》,《艺海珠尘》。

《寄园寄所寄》,《冷斋夜话》。

《径中径又径》,《病榻遗闻》。

《鹤林玉露》(《墨海金壶》),《括地志》。[①]

《铁网珊瑚》,《步天歌》。

《锦绣万花谷》,《云笈七签》[②]。

《洴澼百金方》,《天元四根》。

《骖鸾录》。

《撼龙经》。

初九日(9月17日) 送先室人柩至车站。此地停柩不得过一星期,托人在警察署疏通,乃展至两星期,且附近无可寄殡之处,遂定计运至北京,在西山大觉寺前山地浅葬。先是,为安葬先七伯父,曾与寺僧有约,送香资百元即可借一地安葬,但香资尚未送耳,兹托治芗函属傅沅叔与寺僧申旧约。灵柩到京后,先殡于西直门外之慈云庵上漆,大约须两月之久。上漆后,再定办法。荣儿夫妇及重重、小

---

① “括地志”原作“疑雨集”。

② “云笈七签”原误书为“云签七笈”,今径改。

元、小明、小亮、小喈皆乘夜车去。予亦续假廿日，稍稍休息，即往北京料理，且借以视散原老人也。前日勉甫来书，言老人病后，百事不关怀，但思与我一面，今年已八十三，不可不一往视也。具折请续假二十日至北京营葬事，已蒙俞允。宝师、苕雪、治芗、稚云来。

初十日(9月18日)

十一日(9月19日) 今日为予初度，处中同人送酒席一桌。辑庭、治芗、伯辉来，只益惘惘耳。寥志、贻先来电。元孙来电。迟过二七始覆，真不可解。

静院同僧宇，庭芜满露华。[1] 寒虫亲败壁，残月背秋花。流止[2]曾无我，牢愁亦有涯。占爻逢井渫，吾道付匏瓜。

易遂孤行志，难求独喻安。神芜幽梦断，心苦愿香寒。秋[3]宇澄烟霭，高鸿劲羽翰。略无尘世意，去去海天宽。

十二日(9月20日) 嗣伯来。竹铭来。

十三日(9月21日) 十时，上召见，请假赴京营葬。后赏果席一桌。苕雪、治芗来。希颜来。蜀梅来。受寒小极。稚云来。铁生来。

十四日(9月22日) 发热，微汗解，觉气不流通，昏沉多睡。时敏送节礼四事。[4] 致叔言、君九函。徐鲁山父子来。

积惨亘天地，今成泪尽时。神伤异荀灿，法喜羡莲池。早坐身为患，聊凭妄塞悲。升沉无用问，冷暖自家知。

十五日(9月23日) 苕雪、彤伯、希颜、子玉、稚云来。夜祭祖，识先夫妇及三媳等来。夜，治芗来。

---

① 此联原作“静宇同僧院，凉阶满露华”。

② “止”，诗集本作“转”。

③ “秋”原作“净”。

④ 天头：赵时敏住宅：奉天商埠地十一纬路中万春药房左边小胡同内。张晋华住宅：奉天小西边门外拍击炮场红色楼房铁道旁。

十六日(9月24日) 眼疾加甚,痰饮亦发。

十七日(9月25日) 昨梦先室人来,不知为真为幻也。

目疾下午稍减。治芗来。季芗、子玉、虞表来。

十八日(9月26日) 昨又梦先室人。下午三时半,同荃女、升儿乘车赴奉天,觉先、识先、华轩、尚英、稚云、辑庭、嗣伯、声甫、蜀梅送至车站。晚十一时到奉天,寓万国旅社。

十九日(9月27日) 访赵时敏,约在厚德福午餐。率升儿、荃女同时敏往谒故宫,三陵办事处即设于故宫之内。文启、文华来见。

二十日(9月28日) 上午十一[①]时,乘车赴天津,升儿回长春。

二十一日(9月29日) 六时到津,强志来接。两日皆雨。见三弟妇及均、炎两侄。幼兰来,病后甚瘦,惟谈锋尚如昔耳。仲远来。立之来。

二十二日(9月30日) 乘车赴京。强志同行。农先、询先、小妹、京芳、焕侄、荣儿来接,住香炉营农先寓中。至往,立之亦来。君任来。勉甫来。

二十三日(10月1日) 弢老来。同家人出西直门,至广通寺视先室人殡所,便道视散原老人,较前更瘦,神明未衰。君任亦在座。立之约在春明楼晚餐。勉甫、君任皆来夜谈。

二十四日(10月2日) 同立之、君任往候弢老。仲业、德甫、增祉来,约同在恩承居晚饭。

二十五日(10月3日) 连厚山来。君任约同视散老。弢老约晚餐,有散老、朱少保、立之、君任、强志、农先、询先。饭后,立之、君任来夜谈,勉甫亦来。

二十六日(10月4日) 往拜朱少保、涛贝勒、袁珏生。傍晚,涛贝勒来。

二十七日(10月5日) 同君任、寥志、强志、询先往视散老,共

① "十一",日记原作"一十",径改。

拍一照。立之来夜谈。

二十八日(10月6日) [1]蒯若木约午饭,有弢老、散老、君任、立之。饭后,同君任、立之至心畬家。小妹约晚饭。饭后,又至心畬处长谈。

二十九日(10月7日) 先室人五七,同家人至广通寺,傅太太及周仲超送席,并亲来致祭。袁珏生来。彭巨卽来。君任、勉甫、立之来夜谈。

九月初一日(10月8日) 李留生来。立之约恩承居晚饭。勉甫来京,明日有事赴申。

初二日(10月9日) 同立之、君任、留生至北海小坐。往视散老。留生约在同和居晚饭。饭后,立之、君任来夜谈,羹梅亦来。

初三日(10月10日) 同君任访留生,又至心畬家聚谈,立之亦来。羹梅约同和居晚饭,有寥志、强志、询先、心畬、叔明、立之、君任。饭后,立之君任来夜谈。

初四日(10月11日) 伯夔自上海来。约君任同访散老。德甫于下午赴长春,来寓,托带信数封。艾卿少保老。弢老约晚饭,将于明日赴长春,只约艾卿一人作陪,以便谈话也。伯夔、君任、立之来夜谈。

题心畬夫人西山招隐图

西山之胜首戒坛,松风洗耳娲皇弦。我昔撑云入龙天,牵连魂梦三十年。王孙避地夙所专,待除狐兔栖凤鸾。偕隐不羡淮南仙,作图聊抵归来篇。

初五日(10月12日) 巩厂来。李留生约晚饭,有伯夔、君任、立之、散老、寥志、强志、农先、询先。饭后,又同君任、立之至伯夔寓中久谈。

---

① 天头:德甫来,未晤。

初六日(10月13日) 散老约晚饭,午后即同君任往,有伯夔、寥志、强志、农先、询先。饭后,伯夔、君任、立之来夜谈,羹梅亦来。

初七日(10月14日) 广济寺僧送经并祭席,即在寺中念经。立之、君任、伯夔、羹梅、心畬、叔明、若木、散老、留[生]九人公祭,因风大,力阻散老勿来。

散老挽联:

健妇共命回天,佳侠自将,忍问途穷遭病废;

孤臣以身许国,匡扶尽瘁,勉依任重抑神伤。

君任挽联:

故人泪尽西台,更堪枯眼长开,神伤穗帐;

列女传稽中垒,几见内官临祭,恩出璇宫。

是日到者尚有连厚山、彭巨theme、孙寿岑、杨孟刚、刘贻孙、孙仲承。夜,立之、君任来谈。

无成真负远离别,得见初怜有语言。倦世残年仍此会,弥天一老重相存。雨风故近重阳节,尊酒难回九逝魂。不学早衰虚志事,沉灰犹借瓣香温。①

收身何晚悔应迟,峻坂瓯臾自不知。无泪人间甚滋味,梦亲地下尚婴儿。苦空法喜孰真幻,无着天亲深护持。不断思量还起坐,悲哉秋气雨来时。

初八日(10月15日) 至傅沅叔处。若木约晚饭,饭后,同伯夔、立之、君任至心畬处久谈。

初九日(10月16日) 同寥志、强志、农先、询先、京芳、荃女至颐和园登高。许赤忱、刘怡孙招待立之,约恩承居。饭后,羹梅、立

---

① 此诗诗集本题作《八月余送亡室柩至旧京获见散原先生年八十有二别六年所矣君任北游已倦将南归闻余来止不行伯夔自上海扶病来会立之亦自津来文酒过从无虚日数年来不易得之会合也雨夜不寐感赋一首呈散原先生并邀诸君子和》。

之、君任、心畬来谈。

倒挂鸟一名收香，翠羽红襟，娇艳可怜。同立之赋词

翠衣小小，偎卸红襟同命鸟。探使殷勤，不见罗浮梦里人。
交相媚妩，谁识莲垂心独苦。香冷难收，地老天荒誓白头。

《白虎通(红羊劫)》,《小学绀珠》。
《碧云騢【騢】》,至宝丹(特健药)。
《疑雨集》。
《龙筋凤髓判》。
《两般秋雨庵》。
《西清古鉴》(《北盟会编》)。
《火珠林》。
《铁网珊瑚》。
东直门内东城根廿一号。

第十五册(民国二十三年九月至二十四年四月)

苍虬日记 甲戌秋九月起

伯夔和作:

穿眼三年成此会,撑肠万感欲无言。天回地动斯文在,雨晦风潇几辈存。老愧黄花支晚节,病亲渴酒暖羁魂。悬知后日难为别,梦里灯痕夜夜温。

初十日(10月17日) 往谒夏润芝老师,年七十馀,目光尚有神。自言到秋冬即衰甚,数年不见,尚不甚觉衰也。伯夔约晚饭,散老、立之、君任、留生、寥志、强志、农先、询先皆到。散老破戒和诗一首,君任和诗亦佳。

匡山骤别留残唾,燕市惊逢接苦言。夏患弥天公亦老,支离示疾我犹存。醉醒同匿桑榆影,往返应迷关塞魂。胜有馀生补馀恨,饮冰不改肺肠温。

未成良会先忧别,早分相逢无可言。所殉吾侪元世弃,斯文一老倘天存。望中去路风怜目,劫外疏花秋有魂。新懦闭门孤九日,近游不共酒杯温。(君任。)

甲戌秋八月,余请急归妇丧故都,获见散原先生,年八十有二,别六年所矣。新城陈子病树北游已倦,将南归,闻余来,止不行。建德周子息厂亦为余辍西山之游。越旬日,湘潭袁子伯夔自上海扶病来会，文酒过从无虚日。心畬、叔明两王孙数招过其邸，煮茗谈艺，往往至夜分始罢。余赋诗纪其事。散原先生戒诗已五年，破例赓和，诸子亦次韵相酬。心畬复为作画，用散原先生诗中语，命之曰《桑榆匿影图》，各写所为诗于后。图凡七，作者七人各藏其一。嗟乎！凡人所乐与游处者，恒不易合并，而日与之接者，乃类多不相知之人，是则今日之会为尤可思也。

去年此会伤君别，曾赋新诗独赠言。落月天涯何处望，名园乱后几家存。边沙白草秋多雨，关塞青枫夜返魂。远道艰难来不易，相看劳苦异寒温。（心畬）

此别三年真苦约，向来千恨忍欢言。重阳节近西风健，一老星高南极存。酒外愁肠牵塞主，花前警句炼秋魂。感君急难多兄弟，姜被天涯许暂温。

却笑湖山驱我去，应怜梦寐忆君言。颠毛已改风情在，肝胆无多道谊存。诗里疏狂高士病，画中贞静美人魂。秋花数点寒为骨，谁惜孤芳借酒温。（息厂）

梦中每见穷愁态，今日真闻潦倒言。异国风沙双鬓老，胡窗灯火寸心存。三年薄宦馀长泪，万里空庐暂返魂。那更相亲复相别，离情又向酒边温。（叔明）

十一日(10月18日) 同君任、心畬至散老处久谈。散老约在同和居晚饭。饭后，同伯夔、君任至心畬府中夜谈。

十二日(10月19日) 彭巨慝约天保成晚饭。袁珏生约在东兴楼晚饭。饭前，在伯夔寓中久谈。夜间在心畬府中久谈，伯夔、君任皆在。

十三日(10月20日) 往拜涛贝勒、佡贝子、连厚山。心畬约在会贤堂晚饭[①]，月色甚佳，水木掩映，因忆曩岁张文襄为余筑室数楹于广化寺中，不胜今夕之感。

---

① 天头：饭后，君任、伯夔同至心畬府中夜谈。

十四日(10月21日) 至公园晤菊农,未晤。菊农旋来。散原老人同君任、伯夔来。[1] 朱艾老约晚饭,饭后,至羹梅夜谈,有伯夔、君任、心畬兄弟及诸弟。

十五日(10月22日) 张乾若、彭巨邕、袁珏生来。留生约在其寓晚饭,有心畬、君任、伯夔、寥志、农先、询先。

题心畬宋墨拓本小册

温公有至言,茶新墨维旧。半笏能返魂,隐几梦元祐。

题心畬婴儿擒蝶图

见虎了无惧,见蝶欲生擒。前却皆天机,漫鼓中郎琴。

郝篥璋为荃女处方,建莲心(一钱半)、苏百合(米酒浸炒,三钱)、川尖贝母(二钱)、杭白芍(土炒,一钱半)、紫丹参(二钱)、山萸肉(蒸熟,二钱)、怀山药(熟,二钱)、抱茯神(三钱)、巴戟天(盐水浸透,三钱)、车前仁(二钱)、茺蔚子(隔纸炒黄,一钱半)、青归身(三钱)、灵磁石(三钱)、杜子仁(一钱)、首乌藤(四钱)、六神曲(一钱)。(三味另煎去渣,均分两次,兑服。)

四帖后,去茺蔚子、车前仁,加北沙参(米炒,二钱)、广橘络(二钱),引内去灵磁石、六神曲,用白莲藕一两、佩兰叶(二钱),合首乌藤另煎。

留别散原先生

君任

向来空负相从意,又絜襟痕逐马蹄。谡谡风姿乔木静,依依庭院夕阳低。分光共仰千江月,知味谁当一勺溪。却妒遥岑无去住,朝朝迎我小车西。

十六日(10月23日) 同君任、伯夔至散老处话别。忻雪斋约晚饭,有心畬、叔明、艾老、润贝勒,作壶说儿,至三时始散。寥志、询先赴天津。

---

① 旁注:散原留多住一天,谓多一天好一天,甚惨然也。

十七日(10月24日) 下午乘车赴津。李留生、增祉、仲景、强志至站送行,君任同行,伯夔亦南归①,车中小谈。至津时,强志来接,友兰、仲业、乔毅夫在寓相候。②

咏心畬斋中倒挂鸟,一名收香鸟

翠衣小小,偎卸红襟同命鸟。探使殷勤,不见罗浮梦里人。

交相媚妩,谁识莲垂心独苦。香冷难收,地老天荒誓白头。

十八日(10月25日) ③周竺君、徐芷升、乔毅夫、仲业、友兰来。啸麓来。和□字□晋。晚约至致美斋,并约寥志、询先、强志、君任、毅夫、竺君、芷行。

十九日(10月26日) 三弟妇五十初度。啸麓约同君任、询先至其家午饭,并约芷升,即在啸麓斋中为君任写黄笃友之大人墓志铭,三时而毕。仲业约在致美楼晚饭。饭后,君任、仲业、友兰来谈。农先自京来津。

二十日(10月27日) 同农先、荃女趁车出关,巩亦同行。车中拥挤不堪,几无坐处,一夜不眠,甚苦。

二十一日(10月28日) 早六时二十分到奉天,赶趁南满车(六时五十五分)。午后一时五十分到长春,素梅侄女携丽保来接。识先、君适、升儿、尚英、云生、稚云、德甫、嗣伯、辑庭、竹铭、孟平、伯辉来接。治芗、伯辉、子玉、茗雪、效存、佟楫先来。

二十二日(10月29日) 到府。上以见客多,未见。虞表、希颜、子玉、儆吾来。

二十三日(10月30日) 上谕下午五时半传见,届时以疲累,命明晨再见。希颜来。治芗来。

---

① 旁注:伯夔作《送别》五律一首,君任七律一首。

② 此处圈去"寥志于下午乘车回上海"一行。

③ 天头:画松便面四个,写一个,画山水便面,为寥志画黄山。

题心畬所绘秋园杂卉册子

采香径里目初成,露浥霜凌各有情。微悴未关虫蠹事,闲愁偏向玉阶生。凄迷旧色难为写,冷冽奇芬不可名。荪壁兰疏曾梦到,灵修幽[1]恨苦难平。

相逢迟暮亦嫣然,一晌魂消瘦蝶前。随意幽娟成绝代,无名秋病老情天。潇潇暮雨收残佩,黯黯红灯影坠钿。历劫芳悰消未尽,旧香证取酒痕边。

二十四日(10月31日) 到府。昨日上派吴天培传谕,命辞去讲书之事,谓为万不得已,专为他日如有不幸之事,不至牵累,要原谅此意,遂上奏请开去皇后宫内进讲差事,当蒙照准,天恩保全,不胜感涕,惟闻后闻此事,遂痛哭不已,甚至剪发,将来不知到何地步。微臣为傅无状,惟有自罪而已。答拜嗣伯,府中会议明岁皇上如日本之事,至晚始散。德甫、伯辉、巩庵来。

二十五日(11月1日) 到处,见上,言昭陵太宗显灵事甚详,命寿纪之。往拜罗叔言。后已得狂疾,不识人。胡靖凡来,治芗来,虞表、子玉、蜀梅、润泉来。

二十六日(11月2日) 到处。与治芗夜话。

霜风着意撼凋林,拥褐寒窗苦语深。胜有险巇供晚悟,忍游寥廓洗初心。祀舆高趣诚无与,禽向遗踪不可寻。羁绪鳏鳏同此夜,荒栖难稳等惊禽。

拍拍昏鸦集满林,门前飞霰已寒深。合将椒实微开口,拔尽卷施不死心。末世繁忧难诉语,浮生好梦莫追寻。思衔木石填沧海,精卫谁知是怨禽。

天怜误认晚晴时,立尽斜阳欲去迟。碧榭朱栏成永忆,金风玉露最相知。

---

[1] "幽",《苍虬诗集》作"遗"。

无心采佩援琴操，终古芳香托楚辞。休问中情荃察否，向来恩怨总迷离。

望中谁实百芳庭，卷地凉风取次经。入梦姞兰虚服媚，回心苏蕙是英灵。孤根托处宁无[①]忌，沉醉闻时倘可醒。性烈香煎终不悔，起看鸿影入青冥。

二十七日(11月3日) 到处。同巽女往视湛孙。伯辉来谈。

二十八日(11月4日) 星期，未到处。农先来。三媳携小春、湛孙来。识先夫妇来。希颜、子玉、巩庵、伯辉、治芗、蜀梅、辑庭来。荣儿来函，附养拙函。致强志函。王君九来。

二十九日(11月5日) 到处。治芗来。叶葱奇、曼多来。

三十日(11月6日) 到处。闻将移后至旅顺肃邸，伤哉！致心畲函。致强志函。至后楼。答拜君九、靖凡。

十月初一日(11月7日) 到处。上命在近侍处派一人护送后至旅顺，请派世杰，闻随去者为荣源、存耆、李宗楷、世杰。除李宗楷外，皆常川驻旅顺也。诸人今日先往收拾肃邸房屋。

冬郎诗以七律为中坚，而七律之佳者不过二十馀首，遂已千古，其身分不在温、李之下。君子多乎哉！

李、杜皆天事多于人事，杜虽极工，然其直干处是一笔写出，故人不掩天。至义山，则全乎人事矣。中年以后，有志于此道者，须于义山彻底用一番功，盖诗至义山而诗之肯窍尽矣。有唐一代，无与抗手也。

宋初王小畜笔势开张而少韵味，欧阳永叔成就更大，亦是文之馀事。至东坡始极其灿烂。东坡天才，古今无匹，故天仍多于人，虽有极用意者，不过十之一二而已。山谷则别具炉锤，无一字非苦吟而出，故宋之有山谷，亦犹唐之有义山也。学者欲杜诗之能事，非于山

---

① “无”，诗集本作“辞”。

谷用功不可。后山较山谷用意更微,惟本体较小,再传至简斋,通身解法,无一钝语,盖诗之境地至简斋而止矣。

初二日(11月8日) 到处。治芗夜谈至三时半。

初三日(11月9日) 到处。黄默园来。致赵时敏函。致强志函。强志来函。子玉来。治芗夜谈至三时。

作诗不必皆有深意,只要声调响亮,诵之使人生无穷之慨,亦自难得。旧友裴伯谦尝言"七律中须有涵盖天地之句",虽不能实践其言,其所作亦实有音调悲壮可诵者。较之今人假宋派之诗,相去万里矣。其《发车轱辘泉诗》云:"踞鞍且尽掌中杯,几见风云起死灰。万里悲歌生马角,一天冰雪上龙堆。望中北斗京华远,赋里南朝词客哀。闻道进贤新政美,穷荒收泪首重回。"《天山诗》云:"呼吸苍穹逼斗躔,昆仑气脉得来先。春风难扫千年雪,秋月能开万岭烟。西域威灵蟠两戒,北都枝干终三边。会当绝顶欢初日,五岳中原小眼前。"其得意之句如:"黄粱富贵邯郸梦,白草牛羊敕勒歌。倾城便是明妃罪,远嫁原非汉主心。幸逃南海青蝇吊,来取西天白马经。"(《回回墓》)。"数奇老将封侯稍,命薄佳人出塞多。死遭黄祖翻为福,生嫁乌孙更可哀。"(《赠易实甫》)"涴画缁尘狐素履,薰残绣被马通香。春深狐兔蒙茸宅,风急高凰浩荡秋。杨柳遮天迷紫塞,桃花滚雪下红河。春雨孽龙归钵后,天花魔母授经时。"(《达南尊师》)"点水长空原有雁,印泥残雪本无痕。远壑霜钟敲夜月,空林水碓捣寒云。锁钥九边联汉北,丸泥四郡划安西。"(《嘉峪关》)"客子光阴秋雁过,孤臣心事夜乌知。泼将米芾烟峦色,谱得徐照富贵姿。"(《黑牡丹》)"乱离稷契终无补,心事匡刘古与俦。"(《书杜集后》)"九州神鼎开周宅,六合黄图继汉家。"(《洛阳》)"一曲南来蟠二华,万灵东走下三门。栖乌杨柳金闺怨,天马葡萄玉塞歌。从来烈火膏煎里,大半清流骨鲠馀。"(《食鲫鱼》)"孤臣柴市衣襟血,泪眼莲花海角舟。"(《吉水吊文忠烈》)皆可入主客图也。

初四日(11月10日) 到处。以卷饼、羊肉面约治芗、子玉、虞表、蜀梅晚餐。

初五日(11月11日) 星期,不到处。治芗来。子玉来。[1]

初六日(11月12日) 到处。满侄来信,惊悉勇侄于十九日逝去。

浣溪沙

书卷抛残夜未残,昏昏夜色淡林烟。一痕眉月媚冰天。

角枕倚时空旧梦,愿[2]香冷后证枯禅。侭无聊赖也迟眠。

初七日(11月13日) 到处。子玉来,德甫、虞表来。强志来电,问馆事,即电复,属其俟确定后再电告。

初八日(11月14日) 到处。今日为先室人生日。九弟制肴五味,君适制三味,设祭。农先、识先及九弟妇、三媳等均来。

煨芋何由觅[3]懒残,非时那得见非烟。焚香无语祝顽天。

身世漂流同泛梗,机锋息[4]尽似安禅。看人榻畔自酣眠。

秋老关山木叶残,一钩新月净微烟。卑栖尺五近诸天。

对弈有时逢苦劫,斋心无语学初禅。长宵何事不安眠。

初九日(11月15日) 到处。仲业来电,问运《德宗实录》事。心畬来函,和《咏秋卉图》二首,又《见忆》一首,情韵极佳。治芗来,伯辉来。打麻将八圈。时敏来信,覆函。

治芗和秋园杂卉诗

露冷风凄并作秋,林园犹有故芳留。姗姗杂佩谁相拾,采采繁香不自由。蔓草萧疏恢仄径,夕阳明灭春高楼。杜鹃啼血销难尽,更化霜丛点点愁。

修廊迤逦碧阑干,金井疏梧叶向残。随花凄凉馀茜草,楚歌

---

① 天头:武昌长湖堤友益径五号。

② “愿”原作“炉”。

③ 旁注:伴。

④ 旁注:断。

哀怨托丛兰。风高欲度香魂返,露重微知玉艳寒。捐尽铅华犹旖旎,秋心无着断肠看。

心畲和作

残年去国庾兰成,宿莽江篱信有情。水殿风来秋自落,玉阶人去露初生。飘零木叶归何处,采撷寒花不问名。憔悴杜陵惊岁晚,沧江卧病眼犹明。

霜园秋色更凄然,冷艳香沉宿雨前。故国空寻衰草地,殊方吟尽夕阳天。重来阿监悲青琐,不返钗禽怨翠钿。柳陌菱塘正萧瑟,西风木叶落无边。

初十日(11 月 16 日) 到处。强志来函。约巩庵、伯辉、治芗晚食。

金天何意败兰荪,素女青娥孰怨恩。已分飘零淹岁晚,犹思憔悴补秋痕。刘安招隐吟丛桂,庾信哀时赋小园。只恐芳情荃不察,敢言迟暮是繁冤。

十一日(11 月 17 日)

十二日(11 月 18 日) 星期,不到处。访许鲁山。

十三日(11 月 19 日) 到处。强志来函。

十四日(11 月 20 日) 到处。广东韩宾实持孝怀函来,属为代奏求见。治芗约晚饭,有子献、农先二人。巩庵来,未值。和《秋卉》四首。

十五日(11 月 21 日) 到处。致强志函。甘翰臣送奠敬百元,与之别数年矣,尚恋恋有故人之意,此人在商界中洵为罕见者。治芗、子玉、虞表、蜀梅来竹戏。

十六日(11 月 22 日) 到处。林肖旭约晚餐,座有孙其昌(黑龙江省长)、宝康[①](奉天省长)、吕荣寰(滨江省长)、李槃(最高检察厅长)、魏宗濂(吉、黑榷运署长)、德楞额(宪兵司令)。

---

① 旁注:鉴之。

十七日(11月23日) 到处,见上。

十八日(11月24日) 到处。画山水中堂,用日本鸟鹳纸,甚佳。

十九日(11月25日) 星期,不到处。强志来函。彤伯赴旧京。

廿日(11月26日) 到处。治芗夜谈,三时去。

廿一日(11月27日) 到处。裕斋约晚饭,竹戏。

廿二日(11月28日) 到处。治芗夜谈,三时去。画山水一开。致寥志、贻先函。致甘翰臣谢函。

廿三日(11月29日) 到处,见上。治芗约晚饭。沈砚裔约至八千代陪大木原田少佐。画山水一开,为余仲处作《临池图》也。荣儿来函。

廿四日(11月30日) 到处。画松幅,颇有鸾凤之姿。夜间又画一小幅,题诗云:"冰霜摧撼久龙钟,长惯揶揄罔两逢。惝恍悲凉五十七,昨宵梦见故山松。"

廿五日(12月1日) 到处。画枯木竹石小直幅,颇有高淡之致。治芗、希颜、虞表、农先来。蒋苏庵寄怀五古数首,情意至恳切,可感也。①

廿六日(12月2日) 星期,不到处。治芗、德甫、伯辉、子玉来竹戏。巩庵来。

廿七日(12月3日) 到处。昨梦见先十二叔母,又见熙熙、运运、冬冬等诸侄,又梦婉宜来,情意甚殷,不解何故。画山水中堂,设色未成。治芗夜谈,四钟散。

廿八日(12月4日) 到处。画浓墨山水直幅。治芗约同农先在东亚西餐。致强志及荣儿函。昨梦乘长江轮船过九江时,内子及淮儿于半途上船,淮儿甚小,尚抱于怀,醒后极难为怀也。

廿九日(12月5日) ②到处。画山水小直幅,题《昭明寺宿》。

---

① 天头:赐宴。

② 天头:女孙小春生日。

访治芗,约东亚晚饭,谈至四时去。

卅日(12 月 6 日) [①]到处。画山水小直幅,题《钟楼眺狮子峰》。访治芗,约晚饭,谈至三时去。

十一月初一日(12 月 7 日) 到处。画松幅(缉之)。致强志及荣儿函。治芗夜谈至二时半去。子玉、希颜来。

初二日(12 月 8 日) 到处。画松幅(陈篆西所求)。治芗约说饼,治芗、子玉、希颜围棋,始天晓乃散。

初三日(12 月 9 日) 星期,不到处。画天目山小屏幅,未成。为识先画松竹石小方。

初四日(12 月 10 日) 到处。治芗、伯辉来,与君适竹戏。画小斗方松石,赠入江贯一次长。又写一方。农先来。

初五日(12 月 11 日) 到处。画西天目雨景小屏幅,共成四幅也,气势尚厚。数年来久不作画,兹又稍温故技,以为他日糊口之资而已。治芗、子玉、希颜来。农先来。倜贝子来。宝师来,未值。

初六日(12 月 12 日) 到处。先室人满百日矣。百年尚为须臾,百日又何论焉。夜设祭,农先、识先及九弟妇、三媳均来。

初七日(12 月 13 日) 到处,见上。治芗、希颜、子玉、小松来围棋。华轩同升儿赴奉就书记事。

初八日(12 月 14 日) 到处。答拜倜贝子。先庶祖母朱太夫人忌日。治芗、子玉、希颜、小松来围棋。画山水两幅。宝师来。

初九日(12 月 15 日) 到处。治芗约晚饭。荣儿来函,附养拙函。先室人葬期择定十二月十六日。

初十日(12 月 16 日) 星期,不到处。治芗、希颜、子玉来。宝师来。

十一日(12 月 17 日) 到处。致强志信,汇二百与荣儿,为运送

---

① 天头:荃女二十初度。

先室人柩回里安葬。

十二日(12 月 18 日) 到处。画山水中堂,仿文嘉“蓝水远从千涧落,玉山高并两峰寒”诗意。治芗来竹戏[1],三时去。

十三日(12 月 19 日) 到处。画修竹拳石直幅,气韵幽洁,题句云:“一春密密一秋疏,真称幽人寂寞居(借用梁文忠句)。雨态烟鬟凭写出,恰如帝子眇愁予。”治芗、希颜、小松、祉嘉来竹戏。[2] 致义昌钱庄信。年终劳金得一千三百元,宿债为之小清。[3] 致强志及荣儿函。

十四日(12 月 20 日) 到处。治芗约晚饭,竹戏。

十五日(12 月 21 日) 到处。到交通后楼视小沧孙感冒。胡靖凡、沈砚裔约新春饭店晚饭。治芗、子玉、伯辉、季湘来竹戏。尚英回里,托带信与荣儿。

十六日(12 月 22 日) 冬至,在家休息,未到处。闻小沧感冒未愈,请佟阔泉一同往视,谓肝热甚重,外感未清,用防风、连翘等药,并命荃女到后楼住宿照料。菱乂大使留别,请在大和旅馆晚饭。希颜来。

十七日(12 月 23 日) 星期,不到处。往视小沧,服药后,夜睡甚安,热退。请阔泉再处方。治芗、希颜、子玉、蜀梅来竹戏。画白描观音,仿宋石刻本。

十八日(12 月 24 日) [4]到处。写字二条,画《百龄添算图》(柏芝),为季湘六十生日也。治芗约晚饭,竹戏。

---

① 旁注:虞表、子玉、蜀梅。

② 旁注:农先。

③ 天头:还德甫四百五十元,还时敏二百元,还义昌钱庄二百五十元,交农先五十元,付太平街拆坑廿元,付觉先十七元,付荃女十元,梅侄女十元,巽女十元,中甫五元,灼先五元,付奶妈利钱四十九元,付三媳十元,还陆厨五十元,付送菱乂大使公分五元,烟土廿元,付汇水廿八元,共一千一百八十九元。

④ 此处勾去“午后二时至车站接南大将”。

十九日(12 月 25 日) 午后二时,至车站接南大将,面红身肥,有军人气格。寥志、荣儿来函。子玉、农先来竹戏。画山水直幅,又一小幅。

廿日(12 月 26 日) 送菱乂返国。到处。府中新楼落成,命名怀远楼,近侍处迁入,尚书府在楼上,陈设甚美。闻侗白病又加剧,气息奄奄,此屋不知为谁而设,真不异传舍,且闻此席逐鹿者甚多。人苦不悟,可叹也。

廿一日(12 月 27 日) 到处。至后楼视小沧,已渐痊愈矣。访叔言,问强志馆事。南大将请客于大和饭店。治芗、伯辉、子玉、农先来竹戏。

廿二日(12 月 28 日) 年假,不到处。治芗约晚饭。翰侄出疹发厥,同农先、治芗、伯辉、子玉往视,更衣后稍平。

廿三日(12 月 29 日) 丽保生日,买新衣与之。季湘六十初度,往贺,夜约饮于大陆春。郭侗白逝世。

廿四日(12 月 30 日) 儆吾将南归,晚在寓饯行,用新春饭店菜,甚佳,尚不失旧京风味也。伯辉、治芗、子玉、希颜、农先均来。

廿五日(12 月 31 日) 赵时敏自奉天来。至郭侗白尚书处送接三。治芗、伯辉、子玉、虞表来竹戏。翰侄服儆吾方大见效。

廿六日(1935 年 1 月 1 日) 是为康德二年元旦,入府贺岁。约时敏晚饭,竹戏。

廿七日(1 月 2 日) 赐宴。治芗约晚饭,竹戏。

廿八日(1 月 3 日) 约时敏来。治芗、子玉、虞表来竹戏。为识先画《陶宏景听松风图》小幅。

廿九日(1 月 4 日) 到处。访时敏,未遇。至后楼视翰侄、小春、小沧,均渐愈矣。治芗、子玉、虞表来竹戏。

挽郭侗白尚书

汐社过从久析津,一朝穷塞被恩新。相看犹是遗民旧,感逝难呼我辈人。晚遇非常今结局,横流无地可收身。寒雪万里湘

流渺，惆怅传经旧绪纶。（君为葵园弟子）

蝶恋花

万化途中为侣伴，窈窕千春，自许天人眷。来去堂堂非聚散，泪干不道心情换。　　噩梦中年拼怨断，一往凄迷，事与浮云幻。乍卸严妆红烛畔，分明只记初相见。

十二月初一日（1月5日） 到处。治芗、虞表、君适竹戏。

初二日（1月6日） 星期，不到处。至后楼视小春孙女，微热多哭，恐有积滞，面上略有红点，不知是发疹否。巩厂借治芗寓中请客，竹戏。

初三日（1月7日） 到处。至后楼视小春，疹发甚透，惟气急，肺热甚重。画山水直幅（梦境）。

初四日（1月8日） 到处。至后楼视小春，请裕斋处方，加石膏。傍晚，再往视，服药后较平。虞表、君适、觉先竹戏。画竹石直幅，又一小方。

初五日（1月9日） 到处。视小春渐愈。荣儿来函，言初五以前送先室人柩回里安葬，附贻先函，庶侯有失血症，甚为悬念。虞表、子玉、君适、蜀梅竹戏。画仿烟客山水小方。

初六日（1月10日） 到处，画。询先来函，言尝看王佩臣，以作消遣。

初七日（1月11日） 到处。巽女于夜十一时生一丈夫子，大小平安，可喜。治芗①、虞表、蜀梅来竹戏。小沧亦出疹，甚轻，到后楼视之。入江请在其家晚饮。

腊八日（1月12日） 到处。命家人煮粥供先室人。至后楼视小沧，已渐愈。访时敏。

初九日（1月13日） 星期，不到处。虞表、君适、治芗竹戏。画

---

① 此处圈去“子玉”二字。

小册一开(竹石)。

初十日(1月14日) 到处。画小直幅山水(仿倪)。治芗小极,约去竹戏。荣儿来函。

十一日(1月15日) 到处。先母生忌,八十冥寿,设祭。农先、识先、九弟妇来。治芗、子玉、虞表、蜀梅来。

十二日(1月16日) 到处。画雨景山水小幅,极佳。

十三日(1月17日) 到处。画山水直幅。

十四日(1月18日) 到处。画山水直幅。

十五日(1月19日) 到处。郭尚书家开吊往祭,日人掷原古闲[①]来。[②]

十六日(1月20日) 星期,不到处。先父生忌设供,农先、识先来。

十七日(1月21日) 上幸旅顺避寒。先是,两宫失和,欲送后至旅顺久住,日军部乃在旅顺改修行宫,并调兵沿途戒备。后疾未愈,势不能行,恐失信于友邦,上乃自往,以答其意。今晨七时专车启行,百官至车站恭送。寿昨夜未睡,归寓补睡,至三时始起。治芗、子玉、虞表来。

十八日(1月22日) 到处。伯辉来,将返旧京,至其寓送之。治芗、子玉、虞表、希颜来。默园来。厚先来信,云旧疾大发,几殆,幸已止,欲灼先南归为伴。乃属灼先明晨同伯辉行。

十九日(1月23日) 到处。

二十日(1月24日) 到处。治芗约晚食,与蜀梅、虞表饯行,将于明晨回京也。

廿一日(1月25日) 到处。

---

① 旁注:亮。

② 旁注:榊原古闲(亮)。正领。刘远绥(亚苏)为译人。

邯郸道

汉文车驾新丰回，慎夫人从同辇陪。眼中忽见邯郸道，当年迎立自此来。同来时迁复同过，感新念旧伤心怀。死生离别谁遣此，长歌倚瑟声悲哀。人生富贵事倘忽，恐惧安乐殊乖谐。文叔鹰鹯起帷帟，勤求故剑良难哉。古往今来邯郸道，梦中扰扰千车雷。谁能同来复同过，可念雾露深云台。

李邺侯

事急易受言，豁达称高皇。时平骨肉际，何益百子房。伤哉李长源，宠荣无比方。对食复连①榻，莫救建宁王。苦诵台瓜辞，中夜起彷徨。华茵等②针毡，刻骨神惨伤。隐忍复隐忍，俗情安可量。进退有大节，龙蛇寓行藏。一朝决然去，冥鸿天际翔。

廿二日(1月26日) 到处。上于下午七时回京，往车站恭迎。治芗、希颜、子玉来。

廿三日(1月27日) 星期。到处。请示见期，传谕廿五晨十时。至后楼看小春、小沧。治芗、子玉、希颜、德甫来。荣儿来函，言下葬时土色甚佳，了一段心事矣。寥志来函。送灶。

廿四日(1月28日) 到处。过小年，上供。

廿五日(1月29日) 到处，见上。

廿六日(1月30日) 到处。画山水直幅，未成。治芗约晚饭。

廿七日(1月31日) 到处。沐浴。还福，祭祖，供年饭。上密奏一件。

先是皇上定于阳历四月访问日本，已经与日本再四商定行期，由宫内大臣正式发表，日本宫内大臣亦经发表。胡嗣瑗上折言日期不吉，请改于阴历四月。上为所动，命大臣商改。傅岳棻代拟奏驳之。上阅后言，“令我无可再说”，问系何人手笔。昨胡

---

① “连”原作“对”。

② “等”原作“坐”。

嗣瑗又以危辞动听,说帖内有引姜太公、刘伯温等语,荒谬已极。上意坚决,非改期不可,而宫内大臣、国务大臣均畏懦,不能力争。入江贯一次长在上前说话至三时之久,迄无结果。曾寿上折后,闻上已不坚持,尚未知究能听从否也。

臣闻天之所助者顺也,人之所助者信也。其义至精,其理至确。皇上历试艰危,从无畏阻,亦从无险难,其为天之所佑可知。此次访问日本之期,业经宫内大臣〇〇〇、国务大臣〇〇〇正式发表,彼邦宫内大臣汤浅亦已正式布闻,并遣派海军少佐千叶来询问船位及扈从人数,关系国际信用,若何隆重。万请皇上当机立断,勿轻信小数,贻笑友邦,实不胜大幸,且术数家言人人各异,设所改之期又有异论,复将何如?此尤不可不明断决之也。

廿八日(2月1日) 六、九弟及九弟妇、焕侄、三媳、小春、小沧来吃年饭。此数十年吃年饭未有之况味也。皇上昨晚忽转圜,并谕不可再提前事。从谏如流,真不可及。然胡嗣瑗之有损圣听,罪不容诛矣。治芗、子玉、希颜来。农先于晚车回旧京。

廿九日(2月2日) 到处。

三十日(2月3日) 午后,入府辞年。治芗约晚饭,饭罢即归。郁郁独坐,不觉凄然。写《冯唐传》一篇。画《岁朝图》直幅,殊不佳。识先来。夜接灶,敬天地、圣人、文昌、关帝、岳王。

雪净风微白峭寒,焚香无语对椒盘。乐非君实还成独,访远梅翁却带酸。早识殊途分北冈,晚知有味说金兰。神伤帷帐枫香好,梦想扶摇万里抟。

乙亥元旦(1935年2月4日) 早起,入府恭贺,有诏:签名,免行礼。回家祀祖。识先及九弟妇来。李代衍、许声甫、费镜予、黄佐臣、刘嗣伯、恩稚云、恒德甫、叶葱奇、曼多、于啸仙、景集嘉、宪有之、罗君羽、世竹铭、存耆、胡靖凡、恩桂、全贤、罗君木、陈愿士、许鲁山、蔡子玉、汪希颜来。治芗来。至宝师、治芗、嗣伯处贺年。

初二日(2月5日) 巩庵、裕斋来。识先约至后楼竹戏,治芗、子玉亦至。

初三日(2月6日) 答拜贺年之客。画山水中堂。

初四日(2月7日) 治芗约晚饭。夜与家人掷状元筹,荃女掷得一色(六点),亦罕事也。

初五日(2月8日) 治芗、希颜、子玉来。画山水中堂。

初六日(2月9日) 到处。画美人二幅(龙女牧羊、窦滔妻理发),改七芗本。

初七日(2月10日) 星期,不到处。识先约在后楼小饮,治芗、希颜、子玉亦至。贻先来信。

初八日(2月11日) 到处。黄公渚代表上海遗臣来祝嘏,已六年不见矣。高祖金门公忌日。治芗约晚饭。

初九日(2月12日) 到处。裕斋六十初度,不欲人知,予同治芗约在治芗家中小聚半日,季湘、子玉、希颜、识先亦至。

论交端不愧陈徐,万兀千摇髩各疏。化鹤何心重会合,解牛满志费踌躇。向来活国推无咎,未信抄方老敬舆。不负相期看晚节,惟深心地念居诸。

谈论渊渊无尽藏,龙蛇谁识道东方。忠思元直能无惑,通行徐公自有常。严钥回车迟夜漏,深檐弄笔映照曦光。蹉跎束缚殊臣甫,雨露恩深岁月长。

初十日(2月13日) 到处。

十一日(2月14日)[①] 到处,涛贝勒、佡贝子来。

十二日(2月15日) 到处,答拜涛贝勒、佡贝子。

十三日(2月16日) 万寿节。十时入府,随班恭祝。赐宴,每人赏一磁盘,上绘“龙”及“寿”字。下午,赐远来王公及诸臣宴,作陪。

十四日(2月17日) 星期。赏汤圆四十个,入府谢恩。为希颜

---

① “十一日”“十二日”日期原误,今为调整。

画松幅,又山水直幅。

十五日(2月18日) 入府贺元宵节。治芗、茗雪、希颜、子玉来。

十六日(2月19日) 到处。访仲业。治芗、季湘、子玉来。

十七日(2月20日) 到处。希颜来。

十八日(2月21日) 到处。

十九日(2月22日) 到处。稚云丁其祖母艰,回京。

二十日(2月23日) 到处。

二十一日(2月24日) 先十二叔母生忌。

二十二日(2月25日) 星期,不到处。

二十三日(2月26日) 到处。

二十四日(2月27日) 到处。

二十五日(2月28日) 到处。画仿仲走《秋江渔趣》直条。

二十六日(3月1日) 立国纪念日,入府朝贺,赐宴。

二十七日(3月2日) 到处。画松幅(葱奇)、竹石直幅、仿云林小幅。

二十八日(3月3日) 星期,不到处。画山水直幅(曼多),又山水小幅,甚佳。至巩厂处,见张大千所作美人照片,笔极坚秀,惜不入古耳。致寥志函、伯夔函。

廿九日(3月4日) 到处。画山水小幅。①

二月初一日(3月5日) 到处。弢老逝世。治芗、希颜、子玉来。

初二日(3月6日) 到处。与治芗约作"雕、马"作对一联。

孤雕盘落日,万马饮寒流。治。

---

① 天头:郭尚先寿屏十二幅、王伟人屏四幅、钱南园对、朱竹垞对、陈南浦对、乙老对、太夫人屏四幅、乙老手卷、《菊花图卷》三卷、《寿母图》卷一、关师手卷、心畬山水、师曾山水、绮竹美人、盛祭酒字、高丽人画小山水、湘乡(对)、兰石对、夕常屏四、简学公(联二)、火云联、百笏堂(太夫人)、小烟霞(太夫人)、仙蝶图。

河冰驱马渡，夜雪射雕回。治。
长河随马远，寒月伴雕孤。治。
雕翎遗古迹，马影渡寒流。
越沟迫骑马，蕃☐忏射雕[①]。
[②]残日沉雕外，惊蓬到马前。许棠。
河冰坚渡马，塞雪密藏雕。惠崇。
马放降来地，雕盘战后云。宇昭。
雕饥窥败冢，马渴嗅河冰。王正美。
马思边草拳毛动，雕盼青云倦眼开。刘梦得。
雕边认箭寒云动，马上闻笳塞草愁。温飞卿。
暮云空碛时驱马，秋日平原好射雕。王维。
雕没夜云知御苑，马随天仗识天香。
饮马早闻临渭水，射雕今欲过山东。吴子华。[③]

初三日(3月7日) 到处。农先自北平来，带强志函、七弟函。

初四日(3月8日) 到处。见上。

初五日(3月9日) 到处。见上。到后楼。

初六日(3月10日) 星期，不到处。治芗、希颜、伯辉、子玉、农先、识先来。

初七日(3月11日) 到处。画山水。

初八日(3月12日) 到处。致荣儿函，寄十元。

初九日(3月13日) 到处。画山水。治芗、子玉、希颜来。

初十日(3月14日) 到处。画山水。治芗约晚饭。

十一日(3月15日) 到处。画山水。治芗、希颜来。汇款至牯岭、抚州、北京，共百元，廿五元汇水。

---

① 此句原作“秋厚马骨高”。

② 此前抹去一句“暮色看盘马，雄心付射雕”。

③ 天头：劲雕晚日摩，霜碛老马当。年识霸图。阮亭诗。

十二日(3 月 16 日) 到处。治芗来。

十三日(3 月 17 日) 星期,不到处。治芗来。

十四日(3 月 18 日) 到处。见上。治芗来。

十五日(3 月 19 日) 到处。约佟阔泉至后楼为小沧开方,治咳泻。治芗来。

十六日(3 月 20 日) 到处。画小松幅、山水小幅,仿半千,农先持去。治芗来。画山水小幅。

十七日(3 月 21 日) 到处。尚英自巴河来,带养拙函及荣儿函。治芗来。同君适答拜陈葆生。

十八日(3 月 22 日) 到处。约佟阔泉至后楼为小沧改方。识先夫妇来。治芗、希颜来。

十九日(3 月 23 日) 祀关、岳,放假一日。观音诞,全家素食。治芗来竹戏。画山水一幅、竹一幅,均甚佳。

二十日(3 月 24 日) 到处。治芗来。希颜来。

二十一日(3 月 25 日) 到处。希颜来。治芗约晚饭。

二十二日(3 月 26 日) 到处。治芗、希颜、识先来。强志来函,覆一函。修仲业来函。三媳携小春、小沧来,将于廿六日赴天津归宁也。约佟阔泉、汪巩庵、伯辉晚饭。

挽弢老

旧学资开济,深心念始终。彭年供阅世,汉鼎憗馀功。跋涉忘衰暮,绸缪见至忠。堂堂青史在,希遇古谁同。

朝露伤元祐,残阳感义熙。白头天所相,晚节世犹持。元素回天愿,端明大雅诗。丹书陈在几,望吕一凄其。

世换空耆旧,公希大父行。虚衷逾敬礼(公诗集五卷,属为删定),引坐愧文昌。京国交期远,宸图直日长(同公在静园对直三年)。从龙馀几在,回首[1]剧悲凉。

---

① 此处勾去“涕浪”二字。

廿三日(3月27日) 到处。涛贝勒派福隆阿带信件来。

黄默园以与弢老摄影属题

天半翛翛听水斋,论诗入室许追偕。廿年天地无穷事,何似当年照永埋。

文字深恩肺腑镌,纷纷趁众岂能传。郢斤已往难为质,愁绝推敲贾浪仙。

诚斋挽虞允文诗不愧为大手笔为录之惟第一首三韵不称[1]

负荷偏宜重,经纶别有源。雪山真将相,赤壁再乾坤。奄忽人千古,凄凉月一痕。世无生仲达,好手未须论。

保奭方为左,希文自请西。不劳三尺剑,已办一丸泥。已矣归黄壤[2],伤哉梦白鸡。清风谁作诵,何石不天齐。

一老堂堂日,诸贤得得来。但令元气壮,不虑塞尘开。名大天难着,人亡首忍回。东风好西去,吹泪到泉台。[3]

廿四日(3月28日) 到处。治芗、希颜来。默园来,未值。

廿五日(3月29日) 到处。治芗、希颜来。

廿六日(3月30日) 到处。见上。同治芗、希颜至识先处晚饭。[4]

廿七日(3月31日) 星期。到处。涛贝勒来。沈大臣约八千代,送石颃武臣行也。与希颜共诣治芗晚饭。

廿八日(4月1日) 到处。答拜涛贝勒。至治芗处晚饭,话别,将于明日随扈访日也。

廿九日(4月2日) 即阳历四月二日,上访日启驾。五时入府,六时二十分先期至站,恭奉皇后命,祝上旅行平安。六时五十分驾

---

① 天头:诗人之诗,才人之笔。

② 天头:"黄壤"句亦空。

③ 天头:收句不重,是诚斋习气。

④ 天头:三媳携小春、小沧赴天津归宁。

临。恭祝毕，回府复命。昨夜未睡，回家补睡。嗣伯来请假回京。

三月初一日（4月3日） 往送嗣伯行，已行矣。到处。与涛贝勒久谈。船中无线电来，圣躬安。在孔子、关帝、列祖列宗、太妃、醇王福晋等处行礼。

初二日（4月4日） 到处。无线电来，圣躬安。

初三日（4月5日） 到处。无线电来，微有风浪。

初四日（4月6日） 到处。清明节，恭代行礼。电来，上到东京，平安。晚，清明家祭，农先、识先来。

初五日（4月7日） 星期。愔仲约午饭，陪涛贝勒。湘僧八指头陀《白梅诗》云"意中微有雪，花外更无春"，又《天目诗》云"袖底白生知海色，笠边青合是天痕"，可谓佳句。有此二联，可以传矣。视刻集甚多而无一语可爱者，有天壤之判矣。

黄默源、希颜、子玉来。

初六日（4月8日） 到处。荣仲荃请涛贝勒，作陪。午后三时，演皇上访日影片，可谓神速矣。两帝相见，气象极好。叶浦孙自沪来。请默园晚饭，并约伯辉、儆吾、子玉、希颜，默园将回京也。①

初七日（4月9日） 到处。答拜浦孙。

初八日（4月10日） 先父忌日。涛贝勒来午饭。强志书来，促作孝怀六十初度诗。

> 与人家国岂区区，喑口哓音旅顺书。四海难忘惟此老，三年不见想高居。自身物外能康济，豪气尊前未扫除。玩易闭门忘岁月，相从便拟赋归与。

初九日（4月11日） 到处。画松幅。希颜来。

初十日（4月12日） 到处。孝贞显皇后忌辰，恭代行礼。夜演访日电影（阅兵）。希颜、子玉、伯辉、儆吾来。

---

① "请默园晚饭……回京也"一行，原在"演……"之后，当为此后补记者。

十一日(4月13日) 到处。纯皇后忌日,恭代行礼。演访日影片。至后楼视识先,昨发痢疾,稍愈。稚云自北京来。

十二日(4月14日) 星期。肖旭请涛贝勒,作陪。庶曾祖母忌日。

十三日(4月15日) 到处。同巽女、荃女、素梅侄女、丽保至卜罗威晚餐。

十四日(4月16日) 到处。希颜、子玉来。增子固请东亚早饭。

十五日(4月17日) 到处。孔子、关帝、吕祖、佛、王爹爹、王妈妈、列祖列宗、四位太妃、醇王侧福晋、福晋前恭代行礼。曾祖母杜太夫人忌日。识先夫妇来。画松石直幅。

十六日(4月18日) 到处。希颜、子玉来。

十七日(4月19日) 到处。画松一幅。

十八日(4月20日) 到处。同涛贝勒拍一照。杜子献约日本料理馆午饭。

十九日(4月21日) 星期。与家人竹戏。

二十日(4月22日) 到处。画雄鸡一幅,背临李世倬本。希颜、子玉来。

二十一日(4月23日) 到处。画小横幅松,赠伯辉。希颜、子玉、伯辉、徽吾来晚饭。伯夔来信,覆一函。

廿二日(4月24日) 到处。涛贝勒请至东亚午餐。晚步公园,见樱花一树,有如残雪风沙中,憔悴可怜。春尽矣!满怀惟贮冰雪耳。询先、荣儿来信。

廿三日(4月25日) 到处。与涛贝勒同拍一照。

廿四日(4月26日) 到处。强志来函。

廿五日(4月27日) 到处。先曾祖简学公忌日。

廿六日(4月28日) 上于五时三十分钟还京,奉后命至跕恭迎回府后,贺访日完成,齐集怀远楼饮酒。同治芗、君适回寓。夜为治芗接风,希颜、子玉来。

廿七日(4月29日) [1]到处。治芗约晚饭。夜画小松幅，又宋叶浦荪一幅。

廿八日(4月30日) 到处。百官齐集怀远楼，上训示访日宗旨及希望。治芗来。连夜梦见先室人，一为到武昌省城候补街洪氏之宅，入外岳庶祖母之室，室人方梳头对窗，背面而坐，未交语而出，俨然四十年前风味。一为黑夜在一广厦中，见前面一人行，似为室人，追上前问曰："汝非敛芬乎？"晤面良是，遂同至一室，促膝叙别来之苦况。醒后伤感不能已。

廿九日(5月1日) 到处。治芗约晚饭。

三十日(5月2日) 到处。为蜀梅画山水小幅。希颜、子玉、治芗来。

四月初一日(5月3日) 先母忌日。农先、识先来。到处。治芗、希颜、子玉来。

初二日(5月4日) 到处。

初三日(5月5日) 星期。杨子勤来。至车站送涛贝勒。

初四日(5月6日) 到处。

初五日(5月7日) 到处。答拜杨子勤。

初六日(5月8日) 到处。华轩自奉天来。

初七日(5月9日) 到处。嗣伯至京归。

初八日(5月10日) 到处。

初九日(5月11日) 到处。齿痛未愈。治芗、子玉、希颜来。至嗣伯处。见上。

初十日(5月12日) 星期，不到处。齿痛未愈。治芗、希颜、识先来。

十一日(5月13日) 到处。与治芗拟方，泻肝肾之热。齿痛渐

---

① 天头：季湘来。

止，小便一次，极热。

十二日(5月14日) 到处。赐宴。治芗夜来。

与苕雪论诗

簪佩纷纭乐舞欢，几人合意与伸眉。遗臣衰晚还分赐，笑口相看只说诗。秋气冥茫端有念，春风漫诞却成悲。称情字字沦心髓，始信昌黎百世师。

十三日(5月15日) 到处。同云汀至日军部访吉冈，商东陵事。

十三日(5月15日)[①] 到处。治芗来。

十四日(5月16日) 到处。治芗、希颜来。荣儿来函。

十五日(5月17日) 到处。治芗来。伯夔来函。

十六日(5月18日) 到处。治芗、希颜来。贻先来信。

春宵爱月怯纤毫，万叠流云矫凤鸾。学道金华久枯淡，馀情犹在搭衣竿。（山谷诗“月明犹在搭衣竿”。）

赋黄石斋事

梦中天语剧悲凉，舍去何人在帝旁。堪叹忠言为利口，孤枕犹得感高星。

石斋辞官，梦见太祖谓之曰：“卿忍舍我去耶？”石斋因事与怀宗抗争，帝曰：“不料汝学道数十年，只办得一张利口。”

再来蛇足徒供笑，一往羊歧剧可悲。廿载臣心无觅处，百年春梦再醒时。

十七日(5月19日) 到处。

十八日(5月20日) 到处。

奏为恳求天恩开去近侍处处长之职恭折仰祈圣鉴事：窃臣才资庸愚，渥承恩遇，虽久从患难，而无补涓埃。近岁承乏内廷、近侍之任，时虞陨越，素餐尸位，夙夜难安。臣之素志，以为皇上志存恢复，愿得依附日月末光，得效驰驱，图报万一。若徒虚縻

---

① 原稿本如此。

厚禄,优游岁月,以消磨于无形,非初志也。方今群竞于利禄之途,已成风气,难于挽回。臣稍厉廉耻,亦所以报皇上也。且臣之所辞者官耳,至于此身,则受皇上天高地厚之恩,不可言去。未填沟壑之前,常思犬马之报。出于至诚,不敢有一分欺饰。伏祈圣慈矜鉴,俯从所请,不胜悚惶之至。

十九日(5月21日) 召见慰留,首言陵庙关于祖宗之重地,非他人所任,勉为其难,次言相从患难多年,不能中道离开,又言身边少可相信之人,无论如何,总不放你走云云。天恩高厚,弥深愧疚耳。

廿日(5月22日) 到处。

廿一日(5月23日) 到处。

[①]奏为沥陈下情恭折仰祈圣鉴事:窃臣具疏辞职,蒙皇上召见慰留,恩意恳至,天不足以喻其高,地不足以喻其厚,慈父母不足以喻其慈,如此而犹不知感动,则是毫无人心、负恩忘己之尤者也。臣何人斯,焉敢出此,惟是圣主之相待愈厚,则微臣之自励倍切。臣无过人之才,而窃有向上之志,志之不存,官虽日高,人格愈下,苟有其志,虽卑约而其可贵者自在也。臣服官以来,始知在己之缺欠甚多,不足以任重致远,长此履席丰厚,浮沉俯仰则汩没无馀,深负我皇上之期望,故思得屏居物外,稍以洗心涤虑,增益其所不能。他日事会之来,或得图效尺寸,无负任使。再,臣往岁大病之后,曾染嗜好,迄未禁绝,虽皇上优容而不责之,亦是臣负恩之一事。若得静摄,期以岁月,渐次断除,届时皇上有所驱使,虽一役微细之任,亦所乐受。生逢圣明之君,又承非常之知遇,用敢剖心直陈,无一分隐饰。伏祈皇上矜鉴而俯遂其志,幸甚。

廿二日(5月24日) 召见,坚留,云:“不但此时不能走,永远亦不能走。”

---

① 此处圈去“廿二日,到处”五个字。

还处一百元。付老李一元。还儆吾二元。

付荃三百元。

还卢厨二十元(又赏二元)。

还觉先三十元。

付节赏四十一元。(王国年、李顺、阿毛、奶妈、王妈、徐妈、黄升三十五元,奶妈、于妈六元。)

付巽、荃、梅三十元。

付彤中十元。

中国近现代稀见史料丛刊【第十辑】

陈曾寿日记（下）

张剑 徐雁平 彭国忠 主编

（清）陈曾寿 著

尧育飞 整理

本辑执行主编 张剑

凤凰出版社

肾虚腰痛：用杜仲，酒浸透，炙干，梼罗为末灰，无灰酒调下，三服而愈。

邵二云检通政使档册，有于谦为易储一本。吴槎客《拜经楼诗话》载乡前辈张侍轩先生跋仁和阮泰元氏族功禄志感诗序，斯录在壬午夏（嘉靖元年），先祖桧屏公永诀时，手授泰元，云予供事实录，获睹谏易储一疏，宪宗简及，为之流涕，又有请复储二疏，英宗未及简发。为人臣者，当以肃愍为法云云。

和珅用事之时，国泰、王亶望、陈辉祖、郝硕、伍拉纳（闽广总督）、浦霖均以贪墨败。

甲午十月，孝钦皇后六旬万寿，豫抚裕宽谋升蜀督，行贿于珍妃，为孝钦所知。

北洋海军成立时，丁汝昌、卫汝成、赵桂林、龚照屿争奉资于李莲英。

丙子元旦（1936年1月24日） 九时起，入府贺正，行三跪九叩礼。上朝服，较之时服，庄严不可同日语矣。夜同家人掷状元筹，效高得状元。苏堪以除夕七律诗写示，老笔颓唐，殊少意味。

初二日（1月25日） 入府。答拜诸贺年者。

黄奖[①]，字誉侯，婺源黄村人，其父为幕客于蜀十馀年，不通问。既冠，乃走寻之，遇于重庆，父旋卒，遂流落于川东西，迄归里，年已六十。始娶妇于芜湖颜氏，生一子（名辉），以拔贡为陕西镇安县，能孝养。年九十有六始卒，又后二十一年，颜氏卒，亦八十六矣。可见天之报施善人，有时而信也。[②]

---

① 旁注：乾隆末年。

② 整理者按，姚鼐有《赠文林郎镇安县知县婺源黄君墓志铭并序》叙其事颇详。

第十六册(民国二十五年一月至六月)

海宁陈氏出于高。嘉兴钱箨石本姓何。合肥李文忠本姓许。

海宁陈氏举贡进士至二百数十人[①],位宰相者三人,官尚书、侍郎、巡抚、布政使者十一人,科第十三世。其初祖葬时,植檀树一株于墓上,称海宁陈氏檀树坟。圣祖南巡时,曾驻跸往观。

陈文简公(元龙)己未科会试,妇翁长洲宋文恪公充总裁,以嫌不与试。上趣令入试,时已亭午,忽传鼓启门,奉旨送举一名进场,是科未售。乙丑会试中式,以十卷进呈,上拔置第二,殿试,亲擢为一甲二人。

治疟方:燕窝(三钱)、冰糖(三钱),先一日炖起,至次日疟作之前一个时辰,加生姜三片,滚三次,将姜起出服之,倘胃不能纳,即止啜其汤。至三剂,无不愈者。

夏日生痱,以隔夜之热汤涤之即瘥。

疝气:用薏苡仁,以东向壁土炒黄色,水煮烂,入砂盆内研成膏。每用无灰酒调下二钱即消。

生冷,致心脾作痛:以陈茱萸五六十粒,水一大盏煎,取汁去滓,入官局平胃散三钱,再煎热一服即止。

---

① 天头:自明正德以来,登进士者三十一人,榜眼及第者二人,举人百有三人,恩拔副岁贡生七十四人,征召者十一人,庠生及贡监生几及千人。宰相三人,尚书、侍郎、巡抚、藩臬十三人,京官、卿寺、外官、道府以下名登仕版者三百人,国史有传者十三人,祀乡贤者八人,祀昭忠者五人,祀名宦者十一人。

初三日(1月26日) 治芗来。

姚姬传先生十世祖芳麓公居楼有铁斧,负木甑从空飞来,其声薨薨,虽为蒸秔,犹热,釜容四斗许。

初四日(1月27日) 大雪,不出门。费地山姻丈来。啸麓来函,和《扬州慢·忆烟霞洞梅》词中有"一梦东风换了,甚春影,挂住心涯",押"涯"字,甚新颖,但不知有无所本耳。伯揆来函,除夕日发。

疏 影

忆南湖旧居绿萼梅,梅为予所手植,在旧月簃窗前,亚枝横出,风韵极佳。自予去湖庐,一夕死,至可念也。

招来旧月,照曲廊小径,钗玉低压。袭袂香寒①,折得繁枝,灯窗横影清绝。当时索相笑情何限,那信有、他年轻别。占湖山②、小住千春,相伴此生孤洁。

一去边关万里,飘零人老矣,前事休说。岁岁年年,不见花枝,只见镵天冰雪。凄凉梦也愁寻去,更休道、江南天阔。纵人间、魂返无香,一缕旧痕难灭。③

初五日(1月28日) 昨夜梦见先太夫人谓曰:"汝前数日煮烟,何又煮烟耶?"此次烟未吃尽,因过年事忙,趁仆人王国华有假之时,故令煮之,不意梦承慈训也。治芗来。

初六日(1月29日) 到处。

初七日(1月30日) 到处。叶浦孙约晚饭。

初八日(1月31日) 到处。高祖金门公忌口。五弟妇五十生

---

① 此前三句原作"有亭亭玉立,相伴孤洁,入袂香寒"。

② "占湖山"原作"向人间"。

③ 《旧月簃词》本无小序,题中有云"忆湖上旧月簃梅花",词为:"分明旧月,证曲廊小径,钗玉低压。入袂香寒,折得繁枝,灯窗横影清绝。相看相笑情何限,那信有、他年轻别。占湖山、小住千春,相伴此生孤洁。一去边关万里,飘零信老矣,前事休说。岁岁年年,不见花枝,只见镵天冰雪。凄凉梦也愁寻去,更休道、江南天阔。纵人间、魂返无香,一缕旧、痕难灭。"

日，寄十元为寿。

初九日(2月1日) 到处。约巩庵晚饭。

初十日(2月2日) 星期，不到处。苕雪约晚饭。

十一日(2月3日) 到处。写《词选》毕也，共约三百馀阕，与彊村侍郎所选十同其五，有极不同者。彊村有津逮后学之心，余则惟选己之所爱也。平生所好俱集一册，亦是快事。治芗来。

十二日(2月4日) 到处。贻先来函。

清平调

笛声清怨，愁锁深深院，月上林梢霞影淡，一笑天人初见。空山雪闭云遮，温存绝代铅华，待到千红闹处，故应不见梅花。

《抱朴子》论长生不死，费数万言，甚愚且浅，而东坡乃言"东坡之师抱朴老"，不解其故。

扬州慢·忆烟霞洞梅

梅绣荒山，石威静谷，旧游最恋烟霞。向洞门徐步，几度问芳华。记长倚、半山亭子，昏黄月上，倩影横斜。晕微红、堕砌娇云，仙梦非耶。　　一身万里，剩而今、惯住胡沙。伣湖水湖烟，也休暗忆，侬已无家。飘断辞枝故蕊，曾何处、不是天涯。漫拼将今世，今生负梅花。

木兰花慢·旧作补录于此

向玉梅花下，正佳节，月初圆。看交影枝枝，珠明欲泪，庭暖无烟。应怜，一怀凄惋，算相看不负有今年。身在瑶台十二，分明处士窗前。　　萧然，鬓老有情天，杯底问婵娟。甚雪压霜欺，铢衣长著，如此高寒。芳缘，多生未了，着一分淡冶不妨禅。滉漾湖光欲曙，破愁拼得迟眠。

此曩岁在西湖时，旧月簃前手植绿萼梅盛开，正当元夕，万枝缀玉，月明如画，徘徊树下久之，身疑为仙也。岂知今日投荒万里外，日在冰天雪地之中。终年不见春色,可叹也哉。[①]

十三日(2月5日) 万寿节。入宫恭贺,行鞠躬礼。赐宴。作贝子、倜五爷来。往访叔言,访地山姻丈,未值。识先、九弟妇来。叔言进言:一、郑额驸不应至勤民楼下车;一、请待下勿过苛严;一、速选妃;一、请勿信扶鸾等事。虽不无所为,然亦可谓今之鸣凤矣。

十四日(2月6日) 不到处。为立之六十初度。画《息庵图》横幅。

十五日(2月7日) 到处。谢上赏汤圆恩(六十个)。茗雪、治芗来看竹。夜祭祖[②]贺节,供汤圆。涛贝勒来。

读史二首

晚节扶持仗友生,切偲[③]每见古人情。题门一日丝犹络,仰屋无常语可惊。

林宗伦鉴蔚宗疑,从古惟人不易知。苦向钟山[④]辨心迹,多情犹觉惠卿痴。

为立之绘息庵图自题三绝

暮霭朝霏万象殊,山中乐事世原无。欲将持赠供怡悦,为写云山无尽图。

无事焚香妙独参,客来煮茗夜深谈。六时坐卧松声里,此地天教着息庵。

辛苦蒲团自策励,可能变态出风云。他年粥饭同滋味,一笑惟应我与君。

十六日(2月8日) 到处。治芗来。

十七日(2月9日) 星期,不到处。作山水直幅,送沈砚裔六十

---

① "终年不见春色,可叹也哉"原作"不知有春,更无论梅花矣"。

② 旁注:六簋。

③ 原作"劝诤"。

④ "钟山"原作"荆公"。

生日。古人以“雕马”二字作对者，五言如工部之“皂雕寒始急，天马老能行”。许文化之“落日沉雕外，惊蓬到马前”。□□□之“马放降来地，雕盘战后云”。□□□之“河冰坚渡马，塞雪密藏雕”，均不易轩轾。[①] 七言如刘宾客之“马思边草拳毛动，雕盼青云倦眼开”，李义山之“雕边认箭寒云重，马上闻笳塞草愁”，王右丞之“秋风古迹时驱马，落日平原好射雕”，皆奇惊绝伦。此外五言如□□□□□□□□□□□，李楚望之“雕没夜云知御苑，马随春仗识天香”，吴子华“饮马早闻临渭北，射雕今欲过山东”，则气势稍减矣。

后村亦有一联：“打球不用炎方法马，按猎初调异国鹰。”亦甚俊。[②]

与治芗各制肴二器，约巩庵来饮酒。巩庵在此无人顾之，旅居寂寞，聊以温燖也。

十八日(2月10日) 到处。治芗来。

十九日(2月11日) 到处。识先夫妇来。

忆育王寺方丈白茶花

四围山色霭庭花，石磴争棋至日斜。最是禅心沾惹处，当窗一树白茶花。

旧月簃前忍冬花(俗名金银花)

疏篱都被绿阴遮，雨过清香透幔纱。独表芳心三月尽，忍冬宜唤忍春花。

大龙湫

天风吹月大龙湫，披发仙人载酒游。独倚石阑吹铁笛，老龙惊起万山秋。

题 画

一邱能满幽居意，万壑从消春尽长。解向萧疏觅真逸，赚他

---

① 天头：司空表圣“马色经寒惨，雕声带晚饥”。

② 天头：渔洋亦有七言一联。

隐几梦候黄。

闲居兀兀亦堪惊,还羼溪山缥缈情。竹石一庭皆可友,世人休问作么生。

晓 园

晓日朦胧啼竹鸡,杂花写影石栏西。竹苞才似青青节,穿径杨花踏作泥。

余所作七绝多不留稿,偶记忆之,写于此。

二十一日(2月13日) 到处。雪。先十二叔母生忌。识先夫妇来。世竹铭来。

今生了不记,俄为何世人。梦中有梦[①]觉,所觉孰幻真。沉沉古刹中,斗室栖我身。一身绳榻上,开眼微欠伸。日影满东窗,计时方及晨。枯几摊卷帙,坏壁悬瓢巾。[②] 未[③]记生我谁,亦无妻子孙。荒荒何[④]岁月,寂寂馀炉薰。[⑤] 旋来拥帚奴,伛偻除埃尘。[⑥] 口诵普贤偈,悲音[⑦]动心魂。虚空不能容,无始贪痴嗔。诚心猛忏悔,记授菩提新。众业自无尽,我愿自无垠。彼唱我徐和,既寤犹津津。嗟我有生初,大母逮双亲。有叔复有姊,弱弟惟午君。六龄出京师,鄂渚三十春。蕃衍族滋大,人事丛悲欣[⑧]。飘风六十年,忽然迹已陈。[⑨] 万

---

① “梦”,诗集本作“寐”。

② 此句原作“衣瓢挂在壁,寂寞☐暗尘”。

③ “未”,诗集本作“不”。

④ “何”原作“无”。

⑤ “馀炉薰”原作“谁交亲”。

⑥ 此句原作“旋来偻者徒,拥帚清埃尘”,此后勾去“伛偻趋逡巡,其声凄以长”一句。

⑦ “悲音”原作“闻之”。

⑧ “欣”,诗集本作“辛”。另,“鄂渚三十春……人事丛悲欣”数句原作“人事积陈陈。生殖成大族,婚嫁繁戚姻。承平至丧乱,欢聚兼劳辛”。

⑨ “迹已陈”原作“梦隔晨”。

里异色天，峨峨冰雪邻。君恩未能去，麋性安可驯。朝哦听院松，夕诵贝叶文。[1] 前尘既渺渺，来轸[2]尤惛惛。还视窗日影，玩愒徒逡巡。

二十二日(2月14日) 到处。

书先师梁文忠公诗集后[3]

早岁高名[4]有悔辞，中年怀抱太凄其。酒酣小杜凌云气，春去冬郎绝代诗。莲墓松风魂绕处，桥陵[5]雪夜泪枯时。[6] 传心一语终难灭，病榻微闻细似丝。（莲花台为师先人之墓，红梅最佳。）

先师临终时遗言"人心死尽，我辈心不可死，尽一分算一分"，言时声细如丝。

辛苦[7]胼劳百祟侵，真成衔木一精禽。[8] 经筵自昔因人重，晚[9]遇何期与恨深。书札长缄千点泪，斗[10]罍无复十分斟。性刚太傅门生在，忍事全灰请剑心。

二十三日(2月15日) 到处。闻袁行南议政大臣作古，年八十□矣。是为边省好封疆，甚有才略，相貌亦英伟，惜年太老，不复能有为也。

二十四日(2月16日) 到处。见上。治芗来。

二十五日(2月17日) 到处。闻秦子质军门作古，与袁行帅年

---

① 此句原作"志事瘗九仞，朝夕贝叶文"，诗集本此诗脱此句。

② "轸"原作"日"。

③ 天头：莲墓松风魂绕处，桥陵雪夜泪枯时。

④ "高名"，诗集本作"名高"。

⑤ "陵"，诗集本作"山"。

⑥ 此联原作"莲墓魂牵梅发候，梁庄泪洒雪深时"。

⑦ "辛苦"，诗集本作"道路"。

⑧ 此联原作"辛苦风霜病暗侵，豪情无复斗同斟"。

⑨ "晚"原作"殊"。

⑩ "斗"原作"尊"。

纪不相差,同时逝去,亦可异也。

二十六日(2月18日) 到处。荣儿来函,附立之诗词。

二十七日(2月19日) 到处。陈仲伟逝世接三,同君适往吊。伯辉自津来。强志来函。曹润田来函。

廿八日(2月20日) 到处。治芗来看竹。

廿九日(2月21日) 到处。农先自北京来,带强志、询先、荣儿函。贻先来函。识先来。治芗来看竹。

辛亥十二月沪渎送莘田(补录)

百年墟莽三纲死,开阖不知日月明。犹有壶觞存故意,无多情话暗平生。兵戈满地惊魂失,风雪残年尽空行。无计留君无语慰,相看惟有泪纵横。

庚戌回鄂

春梦不知白日去,归来惟见树参天。无多涕泪酬亲旧,绝少情怀对酒筵。一代衣冠宾毕献,百年心事月初弦。征涂自衽冰霜重,炊黍劳薪敢自怜。

壬子春至西湖

淡澍青冥里,湖山正寂然。十年藏我梦,孤影入钟天。步冷溪桥旧,魂苏钓石前。一椽聊可借,横榻晚梅边。

竹树深深处,天留听雨声。山藏馀塔淡,阴迥逼花明。点滴无春思,飘摇减客情。道人寒不睡,煮茗话深更。

小立真忘世,栖迟荒径苔。岚光压新柳,莺语及残梅。二月春犹静,微阳晚暂开。临流商去住,何日更重来。

此数首从前未刻,当补入全集。

有怀嘉兴朱强甫、汉川谢石钦两同学二首

后村集内方孚若,介甫诗中王广陵。愧我天泉空彻泪,千秋谁识有嘉兴。(后村挽方孚若诗:“使君神隽似龙鳞,行地飞天不可驯”。)

平生四海论交后,耐久方知谢复园。苦忆深谈共群季,百年老屋一灯昏。

怀彊村[①]

遗命书碑见久要，窃名谁使迹潜消。迟刊家乘删唐蒋，忍负涪翁有范寥。

《鹤林玉露》(罗大经)：山谷谪死宜州时，有永州唐生从之游，为之经纪后事，收拾遗文，独所作《家乘》为人窃去，了不可得。

周季凤《别传》：山谷被谪宜州，与零陵蒋沣友善，及卒，沣为棺殓送归。

新化邓显鹤增辑《楚宝》(原书为明末周亚楷纂)：独行门中有蒋沣，载沣传送山谷事。

范寥序刻《家乘》，谓失去后，至绍兴癸丑，有友录寄，因镌板以传云云。自其三月到宜之后，略不及唐、蒋二人名，盖《家乘》之失，即寥藏匿，讹言他人持去，正为作计削去唐、蒋之文，独攘其美。

费衮《梁溪漫志》载：寥在南徐翟公巽家，潜携其父九筵白金器皿逸去，径往广西见山谷云云。是寥本无行之人也。

二月朔(2月23日) 星期，不到处。苏堪、苕雪来谈。后日为丁祭之期，从今日起斋戒。

初二日(2月24日) 到处。沐浴。

初三日(2月25日) 丁祭陪祀。七时起，八时行礼，九时毕。奇寒，为向来所未有，乐舞生皆不支，几不能成礼矣。

次韵治芗七古一首

赵帜忽易汉赤帜，壁垒一新程不识。指挥市人无不可，妙腕惟见东坡集。抗手涪翁屹两雄，降受坚城提一律。后来邯郸强

---

① 天头：彊村遗嘱求散原作墓志，予书丹，有某君改其文，谓《彊村丛书》及词集皆某出资所刊，其实彊村之书皆生前自刊，其馀则同人醵资刊之。予为发其覆而更正之。某大怒，乃另请邓孝先书碑，将余所书者消毁。

学步，何异鸡凤同一食。东坡浩浩万斛泉，出不择地宁[①]待汲。山谷禅悟妙机锋，尽吸西江谁与敌。天资学力两绝顶，元非空腔非典实。难者易之易者难，人不踬山或踬垤。虚者实之实者虚，倾盖交欢遇眉睫。惟君大将建旗鼓，沙场百战饱经历。注坡蓦涧履平地，百金战马老行列。即今敛手卷波澜，白发谁珍遂良帖。笑我索然成老翁，琐琐袜线酬诗筒。文章狗监关际会，坐论天下谁英雄。儒冠竟溺亦良幸，惟愿吾皇歌大风。

初四日(2月26日) 到处。农先、识先来。贻先来函。读李杜七言绝句，再读东坡之作，始知唐宋之界相去甚远(大小之分)。自检点我相，尚未能化尽。

上赏羊、豕肉各一块。

补录《焦山杂诗》：

殿影落龙窟，冥冥江月微。法堂香不隐，默坐客如归。涛浪侵灯焰，蒲团近佛衣。癯僧伴无睡，清绝即禅机。

初五日(2月27日) 到处。闻日本将校学校之乱，戕大臣甚多。早知有此，治国非有学术不可。鱼不可脱于渊，处今日之世局，非有得于黄老，不能安也。

初六日(2月28日) 到处。张燕卿请晚餐。治芗来。

再和治芗

背嵬之军顺昌帜，先声夺人畴不识。不数永嘉八面锋，合撰会昌一品集。天生椽笔擅高文，自织锦机精句律。大材从来难为用，心恻寒泉渫不食。徽之诗句上屏风，玉局恩知超荐汲。戴花尧叟生马(知节)羡，润笔岐公非蔡(确)敌。向来异数券昌期，岂独流传佳故实。哀今云和奏聋俗，强同河潦齐泰垤。纷纷蝼蚁容苦心，扰扰蝇蚊营近睫。漫拟骨相等处翻，敢望赓飏同庆历。

---

① 《苍虬阁诗集》作“宁”。

往时亦逢伯乐顾，让出头地妒同列。即今摧眉捧腹员，凋丧骝骅双耳帖。诚不如归去偕袅翁，对饮村酒开鱼筒。洗耳不知水冷暖，眯目谁辨乌雌雄。胡为沉吟自局促，对面故人牛马风。

初七日(2月29日) 到处。见上。答拜警察总监金荣桂。

初八日(3月1日) 建国纪念日，百官朝贺，赐宴。贻先来，来就吉林师范教习事，迟数日可到。寥志来，和予纪梦五古诗甚佳。强志来函。

三和治芗

我倦诗坛久偃帜，尤羡老兵字不识。姓名粗……[①]

初九日(3月2日) 到处。会馆中正房五间向为陈小松所住，小松他移，予遂赁之，破败已甚，稍稍修理，已费钱不少矣。日内移居正房，弟所住之三间则由升儿迁入。同觉先至伯辉处小坐。

初十日(3月3日) 到处。

十一日(3月4日) 到处。强志来函。义女胡婉宜来函。

此间雉[②]夥而值贱[③]，入冬即以入馔[④]。予齿脱，他肴多不能决，每食只此一味，或加一菘而已，忽忽已三载，未尝生厌。计所食不下百数矣。感赋一首。[⑤]

服食慎尼父[⑥]，乡党记甚[⑦]赅。终篇及山雉，微旨费[⑧]疑猜。

---

① 此处诗句未完，至十一日方补充。

② 圈去一“甚”。

③ 圈去“予自来长春”。

④ 原作“以之侑饭”。

⑤ 此诗《苍虬阁诗集》作《此间雉多而值贱入冬即以侑食予齿脱他肴多不能决每食只此一味或益一菘而已忽忽三载未尝生厌计所食不下数百矣感赋一首》。

⑥ 原作“起居记宣圣”。

⑦ “记甚”原作“最详”。

⑧ “费”原作“烦”。

自我来长春,旅食谁相陪[①]。决肉老无齿,淡薄愁[②]羹材。惟雉实充塞,弋取冰雪隈。剔骨用[③]缕切,姜笋同燔煨。朝斯复夕斯,风味良已佳。忽忽阅三冬,食籍谁安排。愧予口腹累,忍[④]致原禽灾。先事而后食,颡泚[⑤]养不才。兹性特耿介,未信甘[⑥]囮媒。杀身为小补,士执义所裁。分当勇致身,直往不可回。一笑观朵颐,时哉岂时哉。

三和治芗[⑦]

我倦词坛久偃帜,尤羡老兵字不识。姓名粗记端可休,胡为浪使百忧集。东坡洗心参[⑧]佛祖,金华牧羊严戒律。鼠肝虫臂任自为,明月清风堪共食。我生学道深苦晚,抱瓮因循才一汲。乖崖平生傅青州,剧谈连夜世无敌。人生百年须臾耳,所贵当前意真实。天衢荡荡掉臂行,何至崎岖穿蚁垤。千秋端有真富贵,难与蚊虻争目睫。三年集寥忘苦辛,幸得[⑨]同心共尝历。城南联句风不远[⑩],吟鼎侯刘肩可列[⑪]。梦中还续帝京篇[⑫],大念全灰王略帖。不须贳酒烦邻翁,醇醪醉我逾郫筒。永兴秘书可行带,休期不老真豪雄。春深冰泮未迟暮,且待桃李一再风。

---

① 原作“踽踽寡所偕”。
② “愁”原作“稀”。
③ “用”原作“加”。
④ “忍”原作“翻”。
⑤ 此处原作“长此”。
⑥ 原作“为”。
⑦ 《苍虬阁诗集》作“三叠和治芗”。
⑧ 诗集作“皈”。
⑨ 诗集作“赖有”。
⑩ 原作“鼓兴还联韩孟句”。
⑪ 原作“吟鼎差可侯张刘”。
⑫ 原作“梦魂拟续帝京篇”。

十二日(3月5日) 到处。治芗患赤目，为炖鸭汤并约巩庵来共食。苕雪适至，饭后看竹。治芗《和食鸡诗》用韵极佳。农先、识先来。强志来函。

十三日(3月6日) 到处。贻先来电，十五日到。致函强志，约即来一聚。

十四日(3月7日) 到处。治芗来。洪得之携其二子来。

十五日(3月8日) 星期，不到处。治芗来。苏堪、苕雪来，同往看苏堪新居。贻先来电话，已到奉天。

十六日(3月9日) 到处。约仲业晚饭。强志、贻先、邦直自奉天来。儆吾、伯辉、治芗来，谈至四钟始散。君任寄《和饮酒五古》。寥志一函，荣儿一函。

十七日(3月10日) 到处。治芗约同诸弟晚饭。

十八日(3月11日) 到处。

十九日(3月12日) 到处。季湘约同诸弟晚饭。

二十日(3月13日) 到处。儆吾在九弟处设饮。

二十一日(3月14日) 到处。伯辉在九弟处设饮。

二十二日(3月15日) 星期，不到处。苕雪约午饭。

二十三日(3月16日) 到处。晴初约同弟晚饭。

二十四日(3月17日) 到处。素梅侄女生日，治芗来，并送菜。竹戏。公渚来函，寄其骈体文二册。

二十五日(3月18日) 到处。见上，为满铁求移福陵松苗事，决定拒绝之。

阅《翁文恭日记》，谓李莼客为策士，甚可异也。本朝不设教坊杂伎，其领于内务府者曰昇平署，皆中人也。乾隆时，所制法曲，词臣等撰进如张得天辈，曾秉笔焉。嘉庆时，有苏扬人投身入者，往往得厚赏。至道光时，一概屏绝。昇平署遂封禁矣。咸丰季年，中官习戏者颇多，亦尝传民间戏班在内供应。同治时，稍稍开禁。至光绪十七八年而大盛，闾巷歌讴，村社谈笑，亦编入曲，而各戏班排日承应。其教曲者支月粮，赏顶带，户部有籍可稽者数十人。其始，廷官听戏无外班，近年则专用外班，内官所演不过数出，典重吉祥旧花样而已。

松藩镇总兵夏毓秀，云南人，身面廿九伤，鼻断，唇褰，膝破，战功皆在云南。

二十六日(3月19日) 到处。治芗来看竹。叶氏兄弟来。荣儿来函。

二十七日(3月20日) 到处。治芗来看竹。强志趁晚车回奉。

二十八日(3月21日) 到处。农先、识先来。

挽秦子质诚研公：

节义振湖湘，文臣异数移雄职；声威传岭海，遗恨游魂贷水仙。（在粤时剿孙文革命军甚力。）

挽袁行南贞毅公：

绩俪三明，杖国英姿膺帝眷；胸幡两戒，筹边奥略托遗书。（袁行帅八十生日，予赠诗有“雄姿郁郁见人豪”之句，上览之曰“活画出袁大化矣”，著有《新疆随笔》。）

汪浮溪诗不多，极有工夫，其《龟山上方》一首，予极爱之，宋诗中不多见也。

度险逢幽处，凭谁写壮怀。连甍栖绝壁，孤塔表长淮。地本吴枫接，山今禹绩皆。潮声遥入寺，竹影自翻阶。木杪朱栏出，城坳雪浪埋。乾坤迷枉渚，雾雨泄阴崖。丹叶经寒在，苍洲向晚佳。鱼龙宵听呗，猿鸟昼窥斋。月满蠙珠实，霜清磬石谐。僧盂收柏子，樵径埽松钗。左宦书无雁，南烹菜有鲑。风烟欺短发，云水信残骸。竟作何乡老，虚惭素尚乖。江湖今在眼，归合办青鞋。

航移[①]新庙主，矢及近臣衣。近杜。

① 汪藻《己酉乱后寄常州使君侄四首》作“迁”。

虽遭泷吏嗤韩子，却喜溪神识柳侯。①

麦风能起柁，梅雨不鸣江。②

何时盛之青琐闼，妙语付以乌丝栏。③

《桃源行七古》亦佳。

廿九日(3月22日) 星期，不到处。苏堪约同治芗、苕雪、稚云、陈觉人、叶葱奇、贻先、识先晚饮。

三月初一日(3月23日) 到处。治芗来看竹。

初二日(3月24日) 到处。南大使约大和饭店晚餐。治芗来看竹。

初三日(3月25日) 践南大使于大和饭店。到处。治芗来。

初四日(3月26日) 到处。治芗来。

和苏堪即席之作

未叹龙钟幸得闲，一时诗酒喜俱还。小诗偶放波澜入，高论休将绮丽删。④

一世难逢了了人，尊前说饼最清新。韭黄生菜兼冰雪，便与平章作好春。

日日⑤闻歌鼓市中，朝朝入直对峨松。不须更说同光事，风味行园可再逢。

刘、张、沈、李想神姿，从事谁知老更奇。不恨古人吾不见，稼轩妙语故堪思。

---

① 汪藻《书宁川驿壁》。

② 汪藻《过临平二首》。

③ 汪藻《次韵向君受感秋》。

④ 天头：此诗不精彩，不如删去。整理者按：《苍虬阁诗集》未见此诗，后三首题为《和苏堪夜饮三首》。

⑤ 《苍虬阁诗》作“往往”。

初五日(3月27日) 祀关、岳,放假一日。

同治[①]癸亥十一月十四日,御史刘庆奏前湖北学政俞奎垣投井自尽,系伊父兄威逼所致,并胪陈其父在知县任内劣迹,其兄不法状。[②] 吾姑母归于武昌范叔枬(德权)姑丈,姑母早逝,继配者为俞夫人,即学政之女也。俞姑母视先父如亲手足。据云学政清苦,不名一钱,其父屡索[③],无以应,乃萌死志,素与太常仙蝶有缘,时时来。一日蝶醉,幻作千百蝶,飞舞一院。死之日,蝶来,引至一井前,遂投之。

据《翁文恭日记》,洪幼元先生于甲子八月廿七日去世。

初六日(3月28日) 到处。植田大使自日本来,往接。

清宫良知在宫内省充翻译官,年六十馀,生平宗阳明之学,患胃疾,刲治不愈,弥留之际,以其师所书手卷属题数语,欲于未死之前见之。予为书罗罗山"危急时站得定,方是有用之学"数语归之,未半日死矣。吊以一诗:

旧闻东海阳明学,奉手殷勤始见君。易箦神明曾不乱,属题师卷独尊闻。杀身乃木扶倾柱,低首东乡建异勋。(东乡大将有一印章"一生低首拜阳明"。)太息无人今已矣,伤心难制泪纷纷。

初七日(3月29日) 星期,不到处。约苏堪、炎佐、稚云、葱奇、治芗、苕雪、陈觉人晚饮。苏堪倡议每星期欲聚谈一次也。往吊清宫。

初八日(3月30日) 先君忌日。到处。晚设供,农先、识先及九弟妇来。治芗来。

初九日(3月31日) 到处。植田大使请在大和饭店晚餐。治

---

① 原误作"光绪"。

② 此段材料引自《翁文恭日记》"同治二年十一月十四日"条,该日记云:"御史刘庆奏前湖北学政俞奎垣投井自尽,系伊父兄威逼所致……此盖今年春夏间事,名分所系,窃恐无罪可科耳。嘻!异矣。"

③ 此处圈去一"钱"字。

芗来。致寥志函。写《老子》毕。

初十日(4月1日) 到处。治芗来。

十一日(4月2日) 到处。治芗、苕雪来看竹。

十二日(4月3日) 到处。召见,出示乾隆御印四颗,黄玉印三,上有练连系之,如武英殿所陈列之滇黄三颗,无价之宝也。往岁为廉泉所得,转售于福开森,索价万元,今乃以五千奉让。印文为“乐天”“乾隆宸翰”“□□□□”,又一为滇黄,高约二寸,镌成竹节,旁出一小节,纯白色,印文为“冯列宿而赞元”,班孟坚《南巡颂》句也。

前日约苏堪饮又有诗三首和之

朋比薰炉怯酒尊[1],寒林相对耿朝昏。看看雪霁[2]三月暮,辛苦春工换小园。

宫禁[3]扫除甘冗散,归来面壁却如僧。多君挽出纵谈笑,亦似东[4]风来引绳。

不欠鱼羹未拂衣,端平心事付谁知。瓮齑食籍同寒士,犹是希文画粥时。[5](后村《赠郑丞相》诗:“江湖不欠鱼羹饭,却为君恩未拂衣。”)

十三日(4月4日) 到处。

十四日(4月5日) 星期,不到处。治芗在予寓约苏堪、苕雪、稚云、养仁、葱奇晚饭。苏堪见予诗,又答三首。苕雪作七律一首。今日清明祭祖,诸弟来。故里近为“赤匪”蹂躏,“匪”去,而土著之宵小蜂起,鸡犬不宁,稍有身家者皆避徙于武汉[6]矣。未知何日始能还

---

① “怯酒尊”原作“懒出门”。

② “霁”原作“尽”。

③ “禁”原作“省”。

④ “东”原作“春”。

⑤ 此两句原作“调弦变局都非易,且蓄胸中一段奇”。

⑥ “武汉”原作“省会”。

乡扫墓也。

十五日(4月6日) 到处。

十六日(4月7日) 到处。晚,治芗、伯辉来看竹。升儿赴奉。

十七日(4月8日) 到处。知县送翰侄至天津读书。

十八日(4月9日) 到处。寥志来函,附挽杨澄甫五古一首。

十九日(4月10日) 到处。治芗来。

二十日(4月11日) 到处。①

二十一日(4月12日) 星期,不到处。苕雪约同太夷、治芗、稚云午饭。升儿自奉天归,带强志函。

二十二日(4月13日) 到处。

二十三日(4月14日) 到处。

二十四日(4月15日) 到处。治芗来。葱奇来。(识先自津返,带荣儿函、立之诗函。)

苕雪约饮二首

小复春明禊,聊回寂寞踪。恩缘非一世,寒拾每相逢。试院同人集,南皮后乘从。古来嗟不易,慎莫惜芳钟。

不问浮云幻,堆求句律真。诚斋轻万户,元晦本②诗人。宿雨泥初润,寒林气若新。难逢二月闰,刻意赏馀春。

廿五日(4月16日) 到处。曾祖简学公忌日。治芗来。

廿六日(4月17日) 到处。

廿七日(4月18日) 到处。致荣儿函。厚先来函。

廿八日(4月19日) 星期,不到处。苏堪约饮。治芗来。

廿九日(4月20日) 到处。见上。治芗来。复仲业函。致荣

---

① 天头:肇兴景显,永。太祖长,福。太宗八,昭。世祖九,孝。圣祖三,景。世宗四,泰。高宗四,裕。仁宗十五,昌。宣宗二,慕。文宗四,定。穆宗,惠。德宗,崇。

② “本”原作“亦”。

儿函。致立之、君任函。

闰三月初一日(4月21日) 到处。治芗来。

初二日(4月22日) 到处。见上。苕雪、治芗来竹戏。

初三日(4月23日) 到处。寄寥志、伯夔函。

初四日(4月24日) 到处。治芗来。写《阿弥陀经》。

初五日(4月25日) 到处。伯夔来函。写《大悲咒》。致荣儿函。山西吴庚,字少兰,年四十七,号空山人,国变后抑郁而死,文章有奇气,或者为一人才乎?

初六日(4月26日) 星期,不到处。同荃女、素梅侄女、小元、效高、丽保看电影。晓人、稚云、贻先同请苏堪、苕雪、葱奇、治芗。

苏堪系闰三月十二日生日,今年适逢闰三月,以诗寿之

难逢生日重三月,同醉花前万里身。地回绝塞开皇极,天展年芳得①我辰。照盏茅台真赵璧,登盘生菜压吴莼。他时谱录存佳话,更待平头②二十春。

已分遗民度厄年,阳馀重见日当天。囊中馀智何人觉,洛下深衣万口传。后辈宁须工刻画,小诗曾不废雕镌。看山听雨何穷兴,合寄春风莽③荡天。

初七日(4月27日) 到处。至车站接三笠公。治芗来。荣儿来函。

初八日(4月28日) 到处。治芗来。

初九日(4月29日) 到处。苕雪约同贻先、觉先、君适、治芗小饮,竹戏。君任来函。

初十日(4月30日) 到处。上赏蘑菇、粉条、高粱、小米各一

---

① “得”原作“寿”。

② “平头”原作“阳馀”“星移”。

③ “莽”原作“浩”。

袋。强先来函。治芗来竹戏。贻先小极。

十一日(5月1日) 到处。询先来,新得程长庚、徐小香合演《借赵云》照像,甚精妙,得意之极。治芗来。

十二日(5月2日) 去年访日宣治纪念日,朝贺,赐宴。苏厂生日,约在中央饭店晚饮。贻先呕吐,夜眠不安。

十三日(5月3日) 星期,不到处。佟楫先约同治芗至其家看所制珂罗板山水书画片。吃饺子。治芗同至寓看竹。

十四日(5月4日) 到处。赵时敏自奉天来,因约德甫、治芗看竹。强志来函。约佟阔泉为贻先诊视。

十五日(5月5日) 到处。贻先渐愈,尚觉气闷,约阔泉再诊方。治芗来。

立之书来属赋白孔雀,治芗同作

高展银屏素羽齐,金花翠尾品原低。飞依主母瑶台隔,背写边鸾粉本迷。霄汉云裳虽梦举,闾山玉树不双栖。东南何限徘徊意,未暇哀吟小吏妻。

边鸾画孔雀有正面、背面,齐武帝梦着孔雀衣裳上天。

苏堪出饮茅台酒极佳属赋之

潋潋杯光照座间,三年万里一开颜。馥如美箭初承露,清似名泉未出山。刚制樽前夸风味,沉冥人外笑机关。君家子尹诚解事,荷锸高风可重攀。

十六日(5月6日) 到处。见上。茗雪来。

十七日(5月7日) 到处。伯夔来函。贻先已愈,可出门矣。至后楼视九弟妇胃疾。

买得海棠一盆,瘦极。与治芗同赋之,次治芗韵

绝艳沦殊憾,残妆尚内家。如何倾国色,却似断肠花。

肤慢怜妃子,丰容别汉宫。至今无可瘦,一捻惜微红。

逡巡馀旧事,绰约感新娇。何限酬春意,轻寒对此宵。

十八日(5月8日) 到处。治芗来看竹。

十九日(5月9日) 到处。见上。

题翰林集

把卷微吟辄断肠，一生同病只冬郎。分明坐久槎逢斗，不待归来海已桑。无限幽情随暮雨，几多清泪湿红芳。颠连莫为唐昭惜，正有随身孤凤凰。

二十日(5月10日) 星期，不到处。炎佐、葱奇、识先合请晚饭，在炎佐家。[①] 治芗于今晨回北京，苕雪患痔，未到。

二十一日(5月11日) 到处。大风。询先来函。

二十二日(5月12日) 到处。

二十三日(5月13日) 到处。时敏、德甫来看竹。

二十四日(5月14日) 到处。

二十五日(5月15日) 到处。见上，陛辞，以涛贝勒于五月初二日五十生日，赏扁额、对联、福寿条、如意金佛、尺头，命曾寿带往谒。致寥志、强志、荣儿函。

二十六日(5月16日) 到处。君适约时敏、德甫、儆吾、伯辉晚饭，看竹。

二十七日(5月17日) 星期，不到处。时敏约在五香居午饭。儆吾、伯辉约在其寓中晚饭，新移居，房屋甚好，此间不易遇也。

霍国居藩咨大事，汝阳特进表群公。寿涛贝勒五十。

二十八日(5月18日) 到处。

二十九日(5月19日) 午后一时，同贻先、巽女、小元至车站，时敏、稚云、声甫、竹铭、仲威、毅夫来送行。一时四十分开行，五时半到奉。至三经路文化协会晤强志，即在协会下榻。有小园新绿，楼上尚可观览，惟强志一人在此，无可谈者，太枯寂耳。同至小饭店吃饭。

---

① 旁注：同荃女至苕雪处，为荃女治胃疾也。

卅日(5月20日) [1]杨子勤亦在协会,往视。同家人至厚德福午饭。晚,华轩来。一时后,至车站,乘京奉车。强志、贻先、华轩至站送。巩庵自长春坐早车来,已上车矣。二等房间,坐八人,太拥挤,热甚。此次带上赏物件恐海关检查,先由总务处发一函托山海税关夏寿康照拂免检,临行时又发一电告行期,现在查检加严,距关前一站即有人上车来检查,幸夏君先派一科员刘勇韬(咏涵)到车上招呼。到关,夏君亦来,并转托冀东关一律免检。先是,寝台票已售尽,未能买得,过关有两人下车,开时未赶上来,空出二位,遂买之,虽不能熟睡,较安逸多多矣。

【四月】初一日(5月21日) 六时半到天津,询先、焕侄、钧侄、炎侄、君任均来接。至二十六号路寓下榻。伯夔来(先来津三日),君任约至□□食堂午饭。立之、毅夫、芷升来。今日为先母忌日,至强志寓中上祭。周叔弢约至甲戌俱乐部晚饭,有立之、君任、伯夔、李次五(直绳之弟)。少梅来。毅夫、立之、君任来夜谈。为臭虫所苦,不能睡。致荃女函。

初二日(5月22日) 王揖唐来。毅夫、立之来。君任来。少梅来。芷升来。往晤仲业、幼兰。仲业约至致美斋晚饭。饭后,立之、君任、揖唐、少梅、芷升来夜谈。

见立之所选八家闲适诗因忆湖上闲居之乐成数首

幽居足良夜,月出东峰初。[2] 灭烛坐空明,静极罢琴书。山雨洒一阵,清逼瀹茗馀。几榻入微凉,荷气流空虚。[3] 何人梦来此,应诧仙人居。

---

① 此日天头:狠羊毫、中书(李福寿)、白药、玉树神油、济众水、油纸(荣宝斋)、平安散。

② 《苍虬阁诗集》作"隅"。

③ 《苍虬阁诗集》作"湖光荧暗壁,叶叶风卷舒"。

山居起我早，晓色犹朦胧。漱齿下阶立，雾气秋芳浓。泠泠洗蕉竹，清冷起疲慵。白云褥低空，上承翠玉峰。氤氲蕴奇彩，俨若挂屏风。山居虽云久，妙境偶一逢。自然生道心，隔水闻疏钟。[1]

意行沿涧曲，湿屧芳露盈。忽然微风来，奇香不可名。探寻遍高下，众绿掩一茎。长蔓小白花，灿若缀玉英。馨烈夺兰蕙，娟然发幽情。相逢不相识，一笑真目成。誓将表孤隐，图检离骚经。古人有奇趣，夜寒起读书。[2]

敝庐虽不广，俯仰自有馀。涤虑极秋清，涉想含春愉。生物观气象，弥满忘寒儒。素心斯不来，沉吟定何如。[3]

初三日(5月23日) 往拜润田(未晤)、毅夫、芷升、少梅。毅夫、芷升、少梅、立之、君任又来夜谈。县知事陈颂洛来。庞士奇来。

初四日(5月24日) [4]毅夫约晚饭。[5] 立之少梅来夜谈。

初五日(5月25日) 夜为臭虫所扰，至天明始得睡。往视周竺君、陈颂洛。毅夫来。立之、君任赴旧京。同家人至丰泽园晚饭。曹润田来。荃女来函，家中均安，慰甚。

初六日(5月26日) 芷升约北安利午饭。一时半，同巽女、焕侄趁车赴旧京，仲业亦同行。六时半到。同询先、仲业到公园看芍药，千红烂漫，惟黄色一种五六朵，潇洒出世，馀花皆凡艳矣。至香炉

---

① 此诗诗集本作："山居起我早，晓色犹朦胧。漱齿下阶立，蕉竹清露浓。白云褥低空，上承翠玉峰。氤氲蕴奇彩，俨若挂屏风。山居虽云久，奇景偶一逢。伫兴若有悟，隔水闻清钟。"

② 诗集本作："意行沿涧曲，湿屧芳露盈。忽然微风至，奇香不可名。探寻遍高下，众绿掩一茎。长蔓小白花，灿灿缀玉英。馨烈夺兰蕙，娟然发幽情。相逢不相识，一见真目成。誓将表孤隐，图检离骚经。"

③ 天头：如意、做盒子，琉璃厂。买穗子，大栅栏天成。

④ 天头：初四日，晨至八里台极乐园公墓祭七伯父，询先同往。

⑤ 旁注：同家人至天祥观昆弋部。

营农先斋中下榻。伯夔、立之来夜谈。

初七日(5月27日) 饭后,往视散原老人及伯夔,立之、治芗亦至,傍晚返寓。仲业、心畲、立之来共饭。去岁所饮之酒有馀沥,加以新酒十斤,重以泥封之,今开坛,糟香甚烈。心畲适来,共饮,亦可谓有缘也。治芗来。

去岁一夕梦至仲恕同年园中,花木郁然,有小精室,为予画竹一幅,题语甚多,壁悬其尊人蓝洲先生山水幅尤精,醒记以诗

钱唐才俊称二陈,坦荡尤爱髯绝伦。旧京隐伏廿一世,谁知元是英雄人。廿年踪迹久阔略,宵来入梦嗟何因。小园花木辟精舍,琳琅满架仍奇贫。兴来为我画风竹,低梢偃叶饶姿神。更题长句寓愤慨,累累押印红泥新。壁悬尊公之手迹,倪迂小幅尤逼真。当年先师结深契,往还书札逾天亲。使君江汉旧桐邑,至今歌泣伤遗民。老成虽无典型在,可念往迹随飙尘。何时春明更相见,真看入手排苍筠。[①]

初八日(5月28日) 七时起,同家人至公园看芍药,光景鲜新,游人甚少,白孔雀适开屏,银花灿烂如大圆镜,亦妙观也。午后三时,同询先访李木公,未遇。散原先生约饮,有立之、治芗、木公。陈仲恕送东坡肉来,即以去岁记梦诗附回[②],仲恕遂来,剧谈甚畅。饭后十时,立之、木公、治芗又同来寓中,谈至一时散。羹梅及惠叔明来,

---

① 诗集本作《一夕梦至仲恕同年园中,花木郁然,有小精室,为予画竹一幅,题语甚多,壁悬其尊人蓝洲先生山水幅尤精,醒记以诗》:钱塘贤俊称二陈,坦荡尤推髯绝伦。旧京隐伏廿一世,谁知元是英雄人。廿年踪迹久阔略,宵来入梦嗟何因。小园花木郁精舍,琳琅满架仍奇贫。兴来为我画风竹,低梢偃叶饶姿神。更题长句寓愤慨,累累押印红泥新。壁悬尊翁之手迹,倪迂小幅尤逼真。当年先师(关季华先生)结深契,往还书札逾天亲。使君江汉旧桐邑,至今歌泣伤遗民。老成虽无典型在,可念往迹随飙尘。何时春明更相见,真看入手苍嶙峋。

② 旁注:交其来使。

未值。

初九日(5月29日) 涛贝勒、仲业来，接洽十一日赐寿礼节。佡贝子约至承华园晚饭。希颜、立之来谈。写送涛贝勒寿联。画松便面并书。

初十日(5月30日) 写朱文直公墓志铭于《彊村校词图》后。伯夔来。希颜约晚饭。立之、羹梅、希颜来夜谈。

十一日(5月31日) 午刻，往涛贝勒邸赐寿。涛贝勒在门前跪接，中堂陈列香案，上香后，跪接如意，行三跪九叩礼谢恩，寿即出。跪送礼毕，复入贺喜。备酒席一桌，佡贝子、仲业、恒亮生等作陪。席罢，往东安市场，巽女及六弟妇、京芳、期侯购小儿玩物。至治芗处小坐。立之约致美斋晚饭，予以受凉，饮酒两碗，醉甚，未入座即归，吐之而后安。立之、羹梅、心畲、叔明来，约至心畲邸夜谈，三时始归。

十二日(6月1日) 涛贝勒来，尚睡未起，不见。画山水便面(荆山)。询先、巽女于四时趁车返津。蒯若木约晚饭，有散原、心畲、叔明、羹梅、立之、伯夔、木公。饭后，立之、希颜来谈。贻先来函。

十三日(6月2日) 谒夏润芝老师，今年八十矣，清健与昔不相远，历述平生艰苦之境，至一小时之久。饭后，往拜朱师傅、佡贝子、蜀梅。至德国医院视婉宜义女，一见即泪流于面，其治法系用石膏架子支持，使身不得稍转动，每日六小时之久，痛苦不可言，饮食又甚菲，以致胃纳更差，其婿张子炎在侧，有话亦不能说也。斯人斯疾，所遇又如是，不可解矣。心畲昆仲约饮于同和居，有散原、立之、木公、伯夔、羹梅、若木、君任。饭后，散原、伯夔归去，其馀皆同至心畲处夜谈。十二时后，治芗亦来，散时几四钟矣。

寿闰庵师八十

天留夫子继籛聃，坠诸微茫付与担。奉杖依随希守道，弃官请益愧潜庵。自身忘后能康济，世味空时孰苦甘。强欲步趋僵籍湜，蒲姿学寿且名盦。

寿陈庸斋尚书

大年奇福在山林,绛阙清都若可寻。安石清游忘世虑[①],真卿何状系天心。登楼花日千春好,洗耳松风万壑吟。容侯河清娱老寿,宠章遥赐主恩深。

十四日(6月3日) 画山水便面(三件),送润笔十二元,聊资旅用,皆希颜经手也。周景瞻约晚饭。王揖唐亦借若木索约饮。[②] 立之、治芗、君任、希颜来寓夜谈,三时去。

十五日(6月4日) 画山水直幅,为夏老师生日寿。希颜来。张潜若约饮。画山水便面(潜若)。与赓梅、伯夔、治芗同至心畲家夜谈。山石树木幽深,看月极好。

十六日(6月5日) 往别散原先生。[③] 下午五时,同伯夔、木公趁车赴津。希颜至车站送。七时到津,荣儿来接。胡若愚来邀至宴宾楼晚饭(君任、木公、伯夔、强志、询先来)。

十七日(6月6日) 陈诵洛约晚饭。啸麓来,伯夔、仲业来。

十八日(6月7日) 画册页一开。木公来,约至亦乐园晚饭。伯夔、君任、啸麓、少梅[④]来夜谈。贻先来函。

十九日(6月8日) 画册页一开。同巽女、荣儿、小元、小亮至天晴听王佩臣大鼓,声情清妙,风韵犹存。仲业约至致美斋晚饭。伯夔、君任来谈。毅夫来。强志、询先来。画册页二开。写联三付。

二十日(6月9日) 同强志往视铁宝师。画山水便面一、松便面一,写联五付、直条三。往视木公。孝怀约晚饭。伯夔于下午六时趁车回申,同强志、询先、荣儿至车站送之。伯夔此次为余而来,情意可感,聚无数日,忽已别去,再约重阳日相见于旧京,不知能如愿否

---

① 旁注:君实闲居高物望。

② 旁注:画山水便面,若木之子。

③ 旁注:画山水便面,希颜、仲庚送润四元。

④ 旁注:强志、询先。

也。君任来夜谈。

赠别伯夔

千里相思轻命驾，隔年旧约不曾差。故人握笑都无恙，（去秋相聚诸友若立之、君任、木公、芷升、心畬兄弟、羹梅皆得相见，君任病愈渐复原，是可喜也。）一老周旋健有加（散原先生旧恙不甚发）。且喜今春进于旧，孰云吾道果非耶？纷纭莫问蜉蝣世，还待寒香晚节花。

刘烟若求写联集句赠

一片江山付鶗鴂，使君神隽似龙麟。

二十一日(6月10日) 热甚。啸麓约同询先晚饭。立之、少梅来夜谈。强志、询先来。应侯寄碧萝春、苏州糖食四盒。[①]

二十二日(6月11日) 孝怀来。铁宝师来。强志、询先来。许佩丞约丰泽园晚饭。君任、少梅来。热甚，几不可耐矣。素梅侄女来函。

二十三日(6月12日) 热甚，挥汗不已。同君任至木公处晚饭，木公出所藏石谷《栽竹图》、戴文节为何子贞画册、石涛图卷、徐天池人物花卉册、梅瞿黄山图册、香光卷子、黄小松山水册、李世倬山水册，观之，以石谷卷为最，笔墨皆老到，文节因纸涩而反生妙趣。啸麓与默园亦追踪而至。

二十四日(6月13日) 热极。为君任作《典衣图》。木公之子莱孙属绘松便面，又为啸麓画竹石便面。啸麓来。芷升约永安西餐。君任、少梅来夜谈。

和君任韵

乐事平生数已微，凋年相见更依依。惜春惜别终难惜[②]，归北归南未是归。天目山中春酒熟，刺桐[③]江上鳜鱼肥。何时把

① 天头：佟幛十二元，连字十三元，张幛连字十六元。

② 此句原作“为家为国终何为”。

③ 刺桐，文集本作“桐庐”。

臂容[①]长往,隔断人寰所见稀。[②]

二十五日(6月14日) 酷热,一百〇八度。君任约至▨▨晚饭。

寄立之山中二绝[③]

虐雪饕风作道场,那知世有汗如浆。剩持塞外寒林影,来淡楼头酷日光。

知君凉纳五更时,蒲苇冥冥月影微。转过山阴更幽绝,小舟撑出乍添衣。

君任约至梨涡处小坐。又同至木公处,一时返。询先在寓。

廿六日(6月15日) 热更甚。啸麓、君任、芷升、孝怀来送行。夜十一时半到站[④],十二时开行。

二十七日(6月16日) 过北带【戴】河,至穿夹衣。过山海关,重夹尚觉冷矣。修仲业同行。上派井上、马延通二人至关,因带有画卷,须接洽免查检也。夏绍康处长[⑤]来车上照拂一切,其意甚可感。四时到奉天,云生至站,挈同运行李,只有十分钟之暂,幸有人招呼,赶上车即行矣。九时到长春,大雨,贻先、农先、觉先、升儿、荃女、素梅侄女、丽保皆来接。稚云、竹铭、声甫、厚卿、毅夫、辑庭、仲威等亦来。

廿八日(6月17日) 入府。竹铭、聂崇善、景召学来。治芗、茗雪来。文柱满月,女客来贺者甚多。致荣儿函。

廿九日(6月18日) 到处。见上。德甫来。仲业来。

五月初一日(6月19日) [⑥]到处。治芗来。伯辉来。

---

① "容",文集本作"成"。

② 此二句原作"何时脱▨容孤往,落落同心所见稀"。

③ 诗集本题作"酷暑寄立之山中二绝"。

④ 旁注:强志、询先、君任、啸麓、木斋。

⑤ 旁注:外交办事处。

⑥ 天头:日食,午后一时三十分起,二时十分后。

初二日(6月20日) 到处。时敏、治芗来看竹。李方木来。

初三日(6月21日) 星期,见上。苏堪约饮。治芗来。至伯辉处。

初四日(6月22日) 到处。强先来函。

余以四月至旧京公园,芍药正开,连畦接畛,一望无际,最后见黄色一丛,娟然独秀,万本皆成凡种矣。伯夔有词属和,未成。昨忽梦作七绝一首,醒后记之,只忘数字,因足成之

廿年负尽看花事,来趁残春亦可唏。万紫千红浑意倦,一枝愁对柘黄衣。

端午节(6月23日) 诸弟来,于祖宗前叩节,晚设供。辑庭、崇善、竹铭、声甫来。入府请安。过宝师处贺节。与家人竹戏。德甫、厚卿来。

初六日(6月24日) 到处。治芗来。

初七日(6月25日) 忽然音哑,想系肺热,为寒所迫,延阔泉来开方,服之。

初八日(6月26日) 音哑稍好,更衣一次,热下行矣。

初九日(6月27日) 睡起时,仍有痰壅于喉中,至午后,音稍响亮矣。费地山姻丈将返旧京,因请晚饭饯行,并约仲业、治芗。

初十日(6月28日) 尚未全愈,下午至伯辉处小坐,夜间治芗约看竹。声甫来。

十一日(6月29日) 到处。

十二日(6月30日) 到处。

病音哑感作①

中藏失清虚,寒燠乃见侵。冷饮遏肺气,晨起忽成喑。甚艰一字吐,岂凛三缄箴。平生坐口过,忍俊每不禁。恶业有别相,虚空恐难任。暂哑虽闷塞,寡言神所钦。吾闻古至言,中士当

① 诗集本作“小极音哑感赋四首”。

闭心。

辛劳念先[①]妇,厚禀终销磨。经年不得语,床蓐淹沉疴。今我偶失音,儿女殊惊眡。一瞑岂昌寿,苟活良足诃。回忆五十时,久病日欲矬。语妇当远别,来日将无多。彼时意潇洒,心井曾无波。忽忽今十年,年假仍蹉跎。未知生死际,视昔当如何。

投艰坐敛手,才疏甘抱寂。进德虽未能,差[②]觉诸妄息。结交诸老翁,一一山邱隔。硕果存[③]义宁,至宝倍珍惜。绸缪袁与陈,每岁约一集。聚处常忽忽,别后苦相忆。晚节得久要,堂堂可以毕。

少年雄杰事,蒙难誓恢复。人事多乖违,湘累忆初服。便欲入山深,残年付僧粥。钟鱼倘得力,托命老尊宿。旧恩苦难忘,沉吟长[④]踯躅。衰病敢自宽,一息且[⑤]炳烛。

十三日(7月1日) 到处。自今日始,在暑假中,到处只上半日。雷雨交作,俗称为关老爷磨刀日,神道固不可测。今日为丁巳复辟纪念,二十年矣。当时同在事者仅章一山、□□□而已,更无可期望之人。致荣儿函。致散原函。

十四日(7月2日) 到处。见上。伯辉、儆吾来。寥志来函。致寥志函。升儿自奉天归,带强志函。

十五日(7月3日) 到处。泄泻一次,甚疲倦。识先约同贻先至其寓晚饭,未能食也。治芗来。雨后天气寒甚,可衣棉。

十六日(7月4日) 到处。月蚀。寥志来函。

十七日(7月5日) 星期。同治芗约苏堪、苕雪、葱奇晚饮。散

---

① "先",诗集本作"亡"。

② "差"原作"颇"。

③ "存"原作"馀"。

④ "长"原作"还"。

⑤ "且"原作"还",诗集本亦作"还"。

原来函。荣儿、询先来函。

十八日(7月6日)　到处。晴初约晚饭。治芗来。伯夔来函，附诗一首甚佳。

十九日(7月7日)　到处。散老来函。

二十日(7月8日)　到处。

弢庵太师词集跋

予自庚午岁至天津行在所，与年长弢庵文忠公朝夕相见于直庐者三年之久。公年高而心愈下，以平生诗稿四册属为芟削，且言勿以耄而弃我，既不获辞，乃妄为删定。公曰“吾即以是为定本矣”。又出词一册，曰：“余少年喜为词，继有儆于惜抱之戒，辍不复作，近岁津中有须社词集，触其旧好，乃稍稍为之，顾性与词不近，殊质直，少谐婉之致，子亦试为我评之。”须社者，析津流寓诸友人所立，月二三集，每集指一题，限一调。其作之求工于词者评定甲乙，数年以来，遂成百集。先生未尝入社，聊借以遣兴而已。公身世际遇为古人所未有，晚岁以师保重任，遘非常之变，长图大念尝密运于心，而深隐其迹。太邱道广，万流仰镜，处之各如其分，虽有无涯之悲而有难主者，其所为诗词气弥敛，心益密，毫无老人衰惫之态，亦古人所未有也。故片纸只字皆可宝贵。长君几士既刊诗集，附词于后，属曾寿记其梗概焉。

二十一日(7月9日)　到处。季芗约饮，未去。致散原、君任函。

二十二日(7月10日)　到处。儆吾来。晨间大雨，今年雨量太多，民间收成无望，是可忧也。

二十三日(7月11日)　到处。夏闰芝老师来函。张燕卿以文襄师照片见赠，骨重神凝，目光如炬，诚伟人也。

二十四日(7月12日)　星期，不到处。苕雪约午饭。

二十五日(7月13日)　到处。

二十六日(7月14日) 到处。苏堪约晚饭,有蔡品三、李少庚、治芗。寥志来函,因予病喑,寄糕一块,加念《陀罗尼经》。

二十七日(7月15日) 到处。茗雪、治芗、德甫来看竹。寄荣儿函。

二十八日(7月16日) 到处。识先、九弟妇来。夜作《余君仲虎墓志铭》。

二十九日(7月17日) 入伏。到处。治芗来。致散老函。

六月初一日(7月18日) 到处。治芗约同贻先晚饭。

初二日(7月19日) 星期,不到处。

初三日(7月20日) 到处。贻先南归,送至车站。治芗来。寥志来函,云十一弟妇坠湖遇救。覆寥志函。

初四日(7月21日) 到处。君任来函。治芗来。

初五日(7月22日) 到处。茗雪因小极无聊,约同季湘、治芗竹戏。

初六日(7月23日) 到处。德甫、治芗来。

初七日(7月24日) 到处。写《余仲虎墓志铭》。请茗雪为巽女处方。寥志来函。

初八日(7月25日) 到处。赵时敏来。约治芗、德甫来竹戏。

初九日(7月26日) 星期,不到处。治芗来。致荣儿函。荣儿来函。

初十日(7月27日) 到处。治芗来。

十一日(7月28日) 到处。致荣儿函。

十二日(7月29日) 到处。强志自奉天来。治芗来竹戏。

朱竹君爱才最甚,所取士尤称。"常州四才子"洪北江、黄仲则、吕叔讷、孙季述,其乡人假借为伯仲叔季。竹君为福建学政时,搜遗卷得张腾蛟,誉为第一才子,亲加指授。是岁(乾隆癸卯)遂中解元,乃会试文中用三卿字,和珅不得其解,诬为杜撰,罚停科,郁郁而死。

腾蛟著作不传，然竹君《字书》称其才远出“常州四才子”之上，可以想见其所诣。惜哉！首题：“过位”二节，次：晏平仲善与人交，三：城门之轨、两马之力考。文实有经籍之光，异才也。

十三日(7月30日) 到处。治芗、茗雪来竹戏。

十四日(7月31日) 到处。治芗来。

十五日(8月1日) 到处。醇邸四格与赵时敏之子(国圻)联姻，往贺。林子献为其太翁作七十寿演戏，晚间携丽保往观，《白龙关》一出尚好，系世某客串。

十六日(8月2日) 星期。炎佐与陈□仁、葱奇、识先合请午饭，苏堪、治芗、茗雪皆至。治芗来竹戏。伯夔来函，和五古四首极真挚。覆啸麓函。

十七日(8月3日) 到处。曾祖简学公忌日。愔仲约同强志晚饭。治芗来。寥志来函。

十九日(8月5日) 到处。仲业来。夜作《以善服人者》八股文一篇。大雨，今日为观音诞也。

二十日(8月6日) 到处。约仲业、愔仲、巩庵、治芗晚饭。同荃女、丽保至公茂拍四寸照。

二十一日(8月7日) 到处。作试贴一首，“露温荷裳已报秋”，以今日立秋也。治芗来。

二十二日(8月8日) 到处。治芗来。葱奇、曼多同锦州王策方来。

二十三日(8月9日) 星期，不到处。先十二叔父忌日，农先、识先来晚祭。治芗为强志饯行，制数肴来寓晚饭，并约德甫竹戏。

二十四日(8月10日) 到处。夜十时，治芗来，打麻将四圈。愔仲、治芗各作“以善服人者”一章、“题四书文”。荣儿来函。

廿五日(8月11日) 到处。

回首楼中似梦中，可怜来生太匆匆。登榻窥人惟皓月，开帘闻语有东风。俊才已觉膏米贱,侠气长令粉黛香。

猨臂不应辞坎轲,蛾眉犹自付销磨。平生几见人如此,他日重逢恨更多。珍重登车频执手,几回相顾惜秋波。

黄金难买河清笑,青眼偏销久渴魂。宋玉未能辞好色,曹唐空解赋游仙。

第十七册(民国二十五年六月至十一月)

苍虬阁诗(日记)

六月廿六日(8月12日)　到处。见上。娟净来竹戏。

露湿荷裳已报秋(荷)

何处秋先报,芳塘送客过。盘方承温露,裳已湿高荷。有影凝珠彩,无声舞袜罗。梦惊鸥鹭早,凉浸珮环多。叠雪褰犹润,翻风舞欲傞。低垂怜坠粉,迟采怨微波。清暑疏纨扇,收香点碧螺。流年频暗换,水殿忆摩诃。

君任来函。

廿七日(8月13日)　到处。治芗来。

廿八日(8月14日)　到处。见上。宝老师生日,往祝。识先生日,到后楼小坐。治芗来。

廿九日(8月15日)　到处。赴治芗晚饭之约,坐未定,接伯辉电话,儆吾忽然中风,即同农先往视,痰壅气促,势极危险,请佟阔泉诊视,又请日医打针抽血,皆无效,延至夜二时遂已去世。失一极有肝胆之友,可痛之至。

"孟子曰以善服人者"一章

善量无尽,私己者隘矣。盖善者,人所固有。其或不服,则以善服人之私意间之也。观于善养而心服,不可明善之本量乎。且人情万殊,亦归于善而已矣。然自我求之,而相去愈远,非人之不归于善,乃人之不归于我也。一有我之见存,则但见人之不善,而专襮一己之善,即此一念,于感人之道已相去远矣。然则欲人之胥归于善,亦勿持我见而与之相忘焉尔。

夫天下之可以服人者,孰有加于善者哉。今试观以善服人者,此必顽梗之难化者也。即两贤相遇,各挟一自是之见以相绳,而意气之争遂终古而不可复合,亦不必疏远之难驯者也。即一室至亲,独揭一至正之行以相责,而瑕疵过著,即骨肉亦愈见乖离。

以善服人,未有能服人者也。盖欲人之善,在不以善服而以善养。善养者莫如天地。天地之生物也,无一息之或间,无一类之或遗,而施者若出于无心,即受者亦若得其固有,而天机所鼓,各遂生适性而不自知。

善养者莫如父母。父母之于子也,提携保抱极其劳。怙恃顾复忘其瘁,而施者不自以为恩,即受者亦莫知所以报,而至性所流,遂固结弥沦而不可解。

以善养仁,然后能服天下,不信然哉。

然则以善养者,亦法乎天地而已矣。纷纭万汇,无不在并育之中。虽栽培倾覆,有不易之常经,而主德能致其中和,胥宇自登于仁寿,人人知善之足乐得之,则生不得则死,出礼入刑,有不待劝而自勉者矣。

然则以善养者,亦同乎父母而已。愚智各殊,悉本此一心之爱,虽崇正黜邪,示群伦之趋向而处置不必其有迹,异趣渐消于无形,人人知善与人同,相渐以仁,相摩以义,洗心革面,有不合同而化者欤。不心服而王者,未之有也。欲人之善者其于服于养之间,慎所以哉!

谨记圣训。从来为民具尔瞻,现在则为世具尔瞻,行事稍有不合,则为世界所讥评,不可不慎。我欲所办之事,乃是为全局通盘打算,非为一二人之富贵利达,(为西陵修补工程出力人员奖而发)。从前内务府之习气最坏，在宫时欲整顿，未曾办到。渠等近来仍是旧日观念，万一有入关之事，渠等必求死灰复燃，即宗室亦是此等心理。

卅日(8月16日)　星期，不到处。下午三时，往送儆吾殓，发电属其侄志彝速来。又电告勉甫(河南开封硝磺局)，因其与儆吾为至交也。函告强志、苏堪约晚饭。

七月初一日(8月17日)　到处。斯志彝回电来，先回诸暨慰其家属，再来长春往送。儆吾殡于三江义园。与全奇伯同车，奇伯痛哭不已，余亦悲不自胜。近来余于生死之际，颇能处之淡然，前岁内子去世，未能流一点泪，今忽引动悲潮，或前生与儆吾有泪债也。奇伯云"以后每月接济其家数十元，以免其陡然乏绝"，予极赞成，并约以每月交廿元，托其一同汇去。茗雪、治芗、农先来看竹。

挽儆吾联：

慷慨共闻鸡，积惨先摧刘越石；

悲凉空执绋，尽心犹愧郅君章。

代觉先挽联：

任恤有高风，交谊堪希戴平仲；

沉冥惟纵酒，豪才谁识石延年。

儆吾为觉先之子闰闰每月代出学费廿元，至可感也。

初二日(8月18日)　到处。至般若寺公祭儆吾。治芗来。

初三日(8月19日)　到处。至伯辉处。儆吾之妾立志欲归斯家，虽极苦亦不悔，但恐儆吾之夫人不许，其志可敬可哀，托予为写信与儆吾之夫人，求其收容，予因劝慰之。往车站接日本竹田宫恒德王。治芗来。德甫来。又写《仲虎墓志》一通。

初四日(8月20日)　到处。画松直幅，为李木公六十生日。斯志彝来函(上海新重庆路威益里十三号许)。询先来函。寥志来函。覆寥志函。致荣儿函。致金厚斋函。

初五日(8月21日)　到处。强志信来，云与勉甫晚七时到，同农先、彤伯、升儿往接。勉甫专为吊儆吾而来也。

初六日(8月22日) 到处。同强志往祭儆吾。

初七日(8月23日) 星期。治芗来。制肴五簋,请勉甫、愔仲、伯辉、识先。

初八日(8月24日) 勉甫回京,强志回奉,送至车站。到处。

初九日(8月25日) 到处。寥志来函。

初十日(8月26日) 到处。见上。治芗来。

十一日(8月27日) 到处。强先来函。治芗来。

挽儆吾二首

区区人事君,抚衷有深愧。篆葹或妄收,冥鸿渺难致。波流万人海,肝赡君小异。攀鳞愿始酬,伏枥志莫遂。昂昂千里姿,局促仰徒隶。龙德疑天渊,精魂敛壮士。积惨摧越石,醇酒死无忌。夙[①]昔同驰驱,居困气弥厉。岂意沉寒灰,翻坐回日驭。[②]辛苦卅年心,回注经天泪。

入门惊踽踽,出门感凉凉。昔昔府中趋,室迩人已亡。平时少温熨,忽忽淡若忘。一朝弃中路,触体如金创。始知同志者,不必居相望。精诚共天壤,阔远能扶将。但使类不孤,自慰热中肠。今兹佚冰雪,形神岂殊僵。我行迫西日,复此异路伤。一暝可终古,谂君志气刚。

治芗作

知人视所与,所与良足疑。平生陈与徐,誉人常无私。说君不去口,验之君所施。於越君子风,复耻志不移。此谊久寥落,于君差见之。辛苦间关来,不顾世网危。蹉跎欲效忠,束缚期酬知。中诚未易察,世变非人为。子英补献履,骐骥鼓车驰。日试洴澼洸,良药孰知奇。诘曲复诘曲,拘牵同一丝。宛转刀俎间,

---

① 诗集本作"宿"。

② "日驭",诗集本作"羲辔"。

皮骨争妍媸。一瞬经几劫，五载此淹迟。沉沈冥惟饮醇，自惜英雄姿。颇闻作归计，将以峩荞期。苕雪好烟水，扁舟学鸱夷。如何遽摧折，一瞑去不辞。百身嗟莫赎，十口终付谁。同侪日零落，吾志能问衰。秋风送归旐，知者涕洟洟。

十二日(8月28日) 到处。往般若寺吊宝鼎臣世伯。带荃女至百川医院治瘰疬与胃疾，打一针，并付药水等。苕雪、治芗来。

十三日(8月29日) 到处。见上。熙大臣约晚饭。恭录《圣训》。东陵守护大臣宝铭出缺，涛贝勒来函保荐溥僩，曾寿上陈。上言："昨夜我忽然想及此事，宗室中人太少，或者溥僩可以去得，在诸人中较为相宜，即派溥僩亦可。载涛向来喜居功，必要是我所保荐者，觉得有面子。去岁访日归后，对我言'阎同江极好，我从来未见有此好人'。其时阎同江在侧，有意使之感激也。向来似此行为甚多，爱要此等面子，其所见太浅，大约从小时未受高等教育。此次派溥僩，因我昨日想及，渠来信恰合，故派之，若非我先想及，则未必定派溥僩也。汝可写信将此意叙出。"曾寿对："我见化除甚难，许多过失皆由我见发生。"上言："载涛尚说不到此，此尚是高等说法，我不知何以近来宗室中人才如此消乏。"曾寿对："从前列祖列宗培养教导之法至备，若上书房、南书房必慎选师傅，又时时视察警戒，故人才辈出。"上言："我近来[①]教宗室诸人，请教习甚多，新添一吴燕绍，学问甚好，志综管理，兼教历史，现在学生稍知开国时事，问以大贝勒、二贝勒等事，皆能答出。"曾寿对："本朝圣祖、世宗、高宗三朝皇帝乃自尧舜以来所无。所有诏旨情理透彻，皆前代所未之见者。"上言："诚然。何以从前皇帝诏旨皆甚简略，或是因人代笔之故。"曾寿对："亦不尽然，若光武则本有学问，其诏旨必是自己手笔。"曾寿又对："三朝谕旨以世宗为最。世宗诏旨看似严厉，其实皆大慈大悲，所发出者，严厉之处正是保全，常有前头说得极严厉，至后面非常之和平，体谅人情，无

---

① 此处圈去"请先生"三字。

所不至。”上言:“外严厉而内慈悲,恐当时臣工未必能见到此,或者鄂尔泰、田文镜、李卫、张廷玉数人能见到。世宗乃是由禅宗悟后,故精神贯注,无所不到,彻上彻下。”问曾寿:“曾见雍正语录否?”曾寿对:“只见《拣魔辨异录》及《圆明百问答》二种,馀未见。”

上言:“汝可觅《雍正语》一部看之。”问:“汝看《拣魔辨异录》有何所见?”曾寿对:“有一大半不懂,惟觉所论《洪范》大旨为自来解经所不及,未有如此透彻者。”上问:“《圆明百问答》汝曾有《答语》否?”对:“江夏吴先耀曾拟《答语》,其书乃卅年前看过,不记忆矣。”上问:“吴为何许人?”曾寿对:“其人儒学甚好,数年不下楼,惟不知其禅学如何。现其人尚在四川,过八十矣。”上问:“‘问’中有一条‘庙中泥金刚有寒毛耶? 无寒毛耶?’汝何如答?”对:“佛重实相,凡世界所见之物皆幻相也,惟佛菩萨庄严之相永久不灭,即是实相,所谓即非庄严,是名庄严也。孔庙春秋二祭时,可见圣人之实相,此所以范围天下万世、无量无边者也。”上言:“汝所言者,只就相而言,但不知佛之本体究是如何,是否有聚散?”对:“佛之体,无量无边,随处皆是。若有可见之体,则小矣,有挂漏矣。至于凡人诚极,或见种种之相,乃是各人自己感应,因万法皆备于我,原是自己之佛显应,不过凡人自生阻隔,所以不能见。断前后际,无往生相。”上言:“无我境地,或当为国家时,忠臣临大节时,死生一切不顾,其时无我甚易。若无原无故,或有横逆之加砍我一刀,彼时若毫无瞋心,乃是极难之事。佛看割截身体,若砍虚空,故行所学。第凡人则万做不到,可见实行之难。”①上言:“我曾有一时若见佛,但觉弥满虚空,又若是香,又若是光明氤氤氲氲。彼时忽有觉悟说,原来此便是佛,此便是智慧。”对:“此是皇上自己境地之发现。”

上言:“前日般若寺澍培和尚来见,其人看书多,尚有知识,我告以天下之物本来是甚么就是甚么,和尚能懂解‘一念是佛即佛,一念

① “上言:‘无我……’”至此一段原在天头,据文意补至此。

是魔鬼即魔鬼，一念之感应，果报非常之快’？”对曰：“一念之善即上行，便是神，一念之恶即下坠，便是鬼。人之一心即是刑官，当下觉此念之不善，其良心之责罚亦极难也。不必待天之罚及地狱也。”

上言：“我若遇这几天事情不多，神智清明，睡一觉醒后，常有许多妙理发见，当时即用笔记下。若这几天事情繁杂，神智不甚清明，则无此种景象，常有从前见到之理，过些时反或忘失。”对：“程子云‘若要熟也，须从这里过’，功夫非熟不可。孔子言‘知及之，仁不能守之’，即是未熟之故也。”

十四日(8月30日) 星期[①]。同治芗、君适往拜愔仲生日。与治芗同约苏堪、葱奇、巩庵、稚云晚饭。寥志来函，十一弟妇神经病更甚，恐不免有意外之事。

十五日(8月31日) 到处。佟楫先约至其家看素心兰。中元节设供祭祖，农先、识先来。涛贝勒来函。强志来函。马雅南来函(黄冈人，族兄敦五之甥)，以其兄诗集三册求序。表侄女蓉史来函。

十六日(9月1日) 到处。见上。荣儿来函。治芗、德甫来。

十七日(9月2日) 到处。治芗来。寥志来函，十一弟妇出外不归。

十八日(9月3日) 到处。强先来函。十一弟妇精神恍惚，出外三日，遍寻尚无下落。

十九日(9月4日) 到处。

二十日(9月5日) 到处。

廿一日(9月6日) 星期。苏堪约晚饭。治芗来。

廿二日(9月7日) 到处。见上。治芗来。

廿三日(9月8日) 到处。见上。寥志来函，附诗三首。金厚斋来函，附十一弟妇之弟函，始知十一弟妇已返鄂归宁矣，未出意外，洵属万幸。

---

① “星期”原作“到处”。

夜雨寒时起读书(得"书"字同治芗作)

秋雨闻寒滴,时尝卧起初。何方消永夜,还自读残书。拂壁商弦慢,挑灯冷䍩舒。飘潇侵邺架,寂寞破陶庐。坐欲薰笼近,勤应警枕如。无人添半臂,容我补三馀。舞剑雄心退,留茶过客疏。此间佳趣足,抱膝乐幽居。

廿四日(9月9日) 到处。致余仲虎之子光远函。致伯夔函。

廿五日(9月10日) 到处。覆全厚斋函。致厚先函、寥志函。

廿六日(9月11日) 到处。先室人二周年设祭。治芗来。农先、识先及九弟妇来。

廿七日(9月12日) 午后二时赴奉,荃女、丽保同行,许声甫同行,稚云、德甫至车站送。五时半到,强志及时敏、文纪青、文焕章来接,住天津大旅馆,因强志亦寓此处也。时敏邀至玉华台晚饭。

廿八日(9月13日) 星期。恭谒福陵,查验工程,文纪青、声甫同去。强志及荃女、丽保亦往。族兄叔容来谈。三十三年前在日本一见,今始再见,不能相识矣。谈及巴河吾族之零落,不胜感叹。时敏约至其家看竹。夜梦先室人,宛然前二十年景况,室人语予曰:"以后如欲相见,随时皆可。"予廿年以来,曾有一梦屡作,醒后最为怅惘,昨所梦又与前梦相接,不解何故。

廿九日(9月14日) 恭谒昭陵,查验工程,纪青、声甫同往,荃女、丽保亦去。至博物馆一观。族兄叔容约晚饭,制藕丸甚佳,海拉尔蘑菇亦好。甲辰年与叔容在日本一晤,今再见已三十三年,不能相识矣。谈及族间凋零堕落之状,不胜感叹,率赋一律:

皂帽藜床岁月多,卅年重见鬓双皤。盘中风味巴河藕,塞上奇馨海拉磨。话到家园堪痛哭,未填沟壑且高歌。腐儒濩落英雄老,回首苍茫等逝波。

夜雨寒时起读书(寒)

夜起书还读,多时兴未阑。孤灯闻急雨,一卷拥新寒。砚北飘潇入,床头取次看。关心忘睡易,有味欲抛难。淅淅惊凉序,沉沉结古欢。添香防帙润，下酒告衣单。报晓鸡频误，吟秋蝉已残。高歌金石处，晦夕足盘桓。

三十日(9月15日) 午后乘亚细亚车返新京，强志、时敏、纪青、焕章送至车站。

八月初一日(9月16日) 到处。上游幸公主岭。

初二日(9月17日) 到处。

初三日(9月18日) 到处。治芗来。先室人于归为今日，相距四十年矣。洪子东叔岳丈赠奁云“蛾眉新画初三月，鳌背重看第一人”。予少时夙以状元自命，故下联及之。回首真一梦也。十一弟妇来函。

初四(9月19日) 到处。贻先来函，附诗二首。强志来函。治芗来。数日内疲乏异常，不知何故。石湖《田园杂兴诗》数十首，予只爱其一绝：“三旬蚕忌闭门中，邻里都无步往踪。犹记早晴风露下，采桑时节暂相逢。”此中有人，呼之欲出，而含蓄不尽之致，耐人寻味。

巩厂又作《得“时”字韵试贴》属同作。

岂待人呼起，惟书读最宜。况当寒甚夜，正值雨来时。搅梦蕉初破，关心菊未移。幽斋喧竹瓦，败壁出金锡。[①] 夷则惊商叹，清香对楚辞。颜欢谁作厦，眉耸不因诗。案冷残萤湿，云深旅雁迟。明朝凭槛处，新涨满秋池。[②]

永夜还勤读，经时起转安。雨声堪破睡，书味足消寒。瑟缩疑初雪，飘潇似急湍。青灯聊自课，黄叶定多残。[③] 砚温回浮墨，毫凝句点丹。百回知厌未，半角[④]欲偎难。候易惊秋序，情惟结古欢。鸡鸣

① 此联原作“残檠秋气满，一卷古香披”。

② 此句原作“潇潇如晦日，败壁出金丝”。

③ 此联原作“添香红袖薄，温梦黑甜残”。

④ “角”原作“个”。

长不寐,斗室自天宽。娟净。

初五日(9月20日) 星期。苕雪约晚饭,假般若寺为傲吾开吊。

听雨眠还起,摊书更读时。乍惊寒至此,不问夜何其。风送枯荷响,霜催晚菊萎。无温怜酒薄,有味许灯知。流沫频开卷,添香独掩帷。未容观大略,直似觉微衰。檐瀑铿相和,篝熏坐屡移。晴窗晨咽日,肠热与人宜。

苏堪与其弟稚辛联句作此题

书自儿时读,残年兴未阑。雨声尤有味,夜色不胜寒。(苏堪)
未厌孤檠短,微怜半臂单。孔颜寻乐处,风月屏忧端。(稚辛)
把卷游千载,连床约二难。窗飙卷断续,檐瀑助波澜。(苏堪)
挂壁弦犹润,皮厨帙自繁。起予无已叟,索句待传观。

初六日(9月21日) 到处。见上。往拜费地山姻丈生日。治芗来。斯志彝来函。

"一马两僮西路秋"得"秋"字

于役西行久[①],风尘路阻修。两僮随倦容,一马趁[②]清秋。不事[③]王褒约,何烦伯乐求。无人堪并辔,有札待分投。追讯征衫薄,频街落叶稠。[④] 四蹄追日驭,三影照河流。簦担肩相倚,鞭丝手自收。秦关兼汉月,控继快周游。[⑤]

匹马西征日,携童事远游。两边红树合,一路碧云秋。揽辔关河壮,行装岁月遒。鞭丝迎爽气,笠影叠寒流。騕褭吟伤杜,螟蛉侍笑刘。旅图愁外写,残照望中收。漂泊怜孤雁,喧呼异八驺。锦囊佳句得,鞍歇古秦州。

---

① "久"原作"远"。
② "趁"原作"快"。
③ "事"原作"待"。
④ 此联原作"共荷行縢苦,频看落木愁"。
⑤ 本联原作"浮生同逆旅,天地自悠悠"。

“小斋焚香无是非”得“非”字

斋仅如舟小，焚香自掩帷。此中无所有，谁辨是耶非？静爇沉檀鼎，深藏反锁扉。犹馀三昧火，不着一尘机。齐物忘分别，安巢得据依。知闻空色相，身意彻芳菲。初地浑能返，湿馨妙入微。氤氲留住久，与世隔烟霏。娟净。

稍识焚修趣，无心管是非。斋宜方丈小，香漫博山肥。习静甘容膝，藏深早息机。闻思参白地，知见阖朱扉。了了烟丝直，濛濛雾气微。素丹原一色，今昨悟同归。密课依灵案，闲吟[1]浣露薇。西江[2]尊次祖，薰洗[3]得传衣。

初七日(9月22日) 丁祭，放假，上赏胙肉。治芗来。

初八日(9月23日) 祀关、岳，放假。入府谢赏胙肉。勉甫来函(宣外达智桥八号)。治芗来。

初九日(9月24日) 到处。致伯夔函。

“纫秋兰以为佩”得“纫”字

何以为秋佩，湘兰手日纫。目成芳竟体，情结楚累臣。采采岩幽远，菲菲气泽亲。缅衿[4]香暗袭，啼眼露犹新。丝约连枝秀，珠编并蒂匀。允宜奇服饰，持赠素心人。[5] 婉娈曾微梦，温馨不去身。骚怀盈九畹，惟有意难春。

初十日(9月25日) 到处。茗雪、治芗来。

十一日(9月26日) 到处。予与农先生日同日，老年兄弟，甚为难得之事，而农先不以为意，出外斗牌，且打甚大之牌，赢既无味，输更无钱，当此窘乏之际，尤非所宜。予因未能相聚，为之不乐，殆亦

---

① “闲吟”原作“新诗”。

② “西江”原作“平生”。

③ “薰洗”原作“句律”。

④ “缅衿”原作“疏襟”。

⑤ 此诗日记中写了两遍，此处仅录其一。

衰微耳。[①]

一马两童溪路秋

策马携童出，郊原一望秋。路随孤骑转，溪夹两山幽。款段间行适，沧浪互答讴。舟车输逸兴，琴剑从清游。爽籁桥边柳，斜阳木末楼。袖鞭红爱晚，煎茗碧斟流。苔净鞍应卸，囊分句合投。西风关塞感，梦醒得夷犹。

一、客里光阴久，消愁只有诗。

二、意深增阅历，气短赖扶持。

三、听雨人千里，凌云笔一枝。

四、雄篇争造化，俊语减衰迟。

五、不堕杨朱泪，宁摧李白眉。

六、江山偏得助，沟壑那曾知。

七、笼罩才难尽，风尘骨自奇。

八、回天舟可入，白发问归期。[②]

十二日(9月27日) 星期。苏堪约晚饭。

十三日(9月28日) 到处。治芗约晚饭。回拜各处。

十四日(9月29日) 到处。回拜少伯、小松。致伯夔函。致厚先函。致心畬、叔明函。史龙华来，精于刻石。

十五日(9月30日) 入府，请安。稚云、效成、伯辉、秉恩、实夫、得之、声甫、从善、炳昌、存耆、曼多来贺节。夜祭祖先，农先、识先来。至日新旅社晤巩厂、效成、伯辉。致荣儿函。

---

① 天头：陈小松、恩稚云、德甫、蕊香、声甫、聂从善、治芗、苕雪、愔仲、阔泉、效成、仲威、秉恩、得之、伯辉、少伯、尚英、千荣五、地山。

② 此诗顺序原错乱，每一联前有数字序号标记，当为陈曾寿在日记中作诗草稿。又天头：《客里赖诗增意气》：客里光阴久，消愁只有诗。意深增阅历，气短赖扶持。听雨人千里，凌云笔一枝。雄篇争造化，俊语减衰迟。不堕杨朱泪，宁摧李白眉。江山偏得助，沟壑那曾知。笼罩才难尽，风尘骨自奇。回天舟可入，白发问归期。

十六日(10月1日)　到处。见上。治芗来。史龙华来。致贻先函。

十七日(10月2日)　到处。

十八日(10月3日)　到处。约阔泉、效成、稚云、德甫、声甫、实夫晚餐。

阁阁蛙鸣一世从，金声仍喜出吾宗。滑稽岂足知方朔，鸡狗何心问董龙。讲学殊方分润溉，传经娇女爱温恭。著书正有穷居业，清话还期一再逢。

斋小无人至，焚修有妙香。未能闻见灭，先已是非忘。得意耽安堵，清心即道场。源从双井得，山梦九疑荒。微雨渔舟似，浓雾燕寝凉。悟定陶靖节，说任蔡中郎。蚊睫[①]容孤寄，龙涎压众芳。

阅彊村词，忆及先生殁前一岁，悬榻以待予南归，期望甚苦。每见伯夔、君任，必道及，中间寄词数首。至先生殁，始赴申吊也。感成《浣溪沙》词：

花径冥冥取次行，旧盟全负甚心情，爇香灰尽也须惊。

悬榻经年虚望眼，寄声几度费吟魂，人天留影一彊村。

十九日(10月4日)　星期，不到处。治芗来。

二十日(10月5日)　到处。荣儿来函。寥志来函。侯子观来。寥志来函。致伯夔函。致荣儿函。

“小斋焚香无是非”得“香”字

斋小无人至，焚修有妙香。未能闻见灭，先已是非忘。蜗角容孤寄，龙涎压众芳。佛心三竺悟，仙梦九疑荒[②]。坐雨渔舟似，凝霏宴寝凉。物齐师漆吏[③]，鼓负说中郎。[④] 扫地为清课，观

---

① “蚊睫”原作“帽角”。

② 天头：九疑铲天荒是非。

③ 天头：《齐物论》：“此亦一是非，彼亦一是非。”

④ 天头：身后是非谁管得，满村听说蔡中郎。

身即道场。金华薰一瓣,句律好参将。

臣顷闻吴天培有免职之事。臣未知系因何咎被斥,如果有重大情形,臣不敢置议,倘尚有一线可原之处,伏请皇上念其从前效力有年,不无微劳,且经皇上教导多年,始克体习一切事务,猝易生手,诸多不便,可否令其带罪效力,俾其悔过自新之处,出自天恩。臣于此事原委一切不知,职司近侍,寿为皇上慎重左右近侍①起见,冒昧渎陈,伏祈圣鉴。

廿一日(10月6日) 到处。

廿二日(10月7日) 到处。覆强志函。致勉甫函。

廿三日(10月8日) 到处。画山水一幅。治芗来。苕雪来。

廿四日(10月9日) 到处。递折片。张仙涛约午饭(厚德福)。山水设色。写对子三付。治芗来。询先来函。九弟妇赴北京,尚英辞职同行。儆吾之妾同行,勉甫接到其家暂住。

万里衣冠京国旧

去国衣冠客,飘飘万里征。未谙新世②态,惟恋旧神京。彩笔簪犹润,天香袖尚盈。③ 道途④胡尘暗,维舟贺水横。江湖身现在⑤,壶⑥阁梦分明。物望中朝重,恩知内相荣。宫殿馀舴艋⑦,回首感平生。⑧

---

① 旁注:使令。

② “世”原作“物”。

③ 此联原作“珥笔才难尽,沾香袖尚盈”。

④ “道途”原作“带甲”,前此圈去一联“百年文武异,一往岁时更”。天头:百年时事不胜悲,文武衣冠异昔时。

⑤ 天头:万里江湖现在身。

⑥ “壶”原作“铃”。

⑦ 此句原作“安归馀舴艋”。

⑧ 天头:惊尘危左衽,衰鬓慕长缨。制未殊文武,舟仍滞驿程。

诗篇老渐圆

诗与人俱老，佳篇字字圆。渐知功力进，不觉岁时迁。涵泳求今是，磨砻近自然。朗怀秋月满，好语意珠穿。嘲兄支离叟，吟成脉望仙。工夫参妙果，芒角悔中年。悟彻三千界，名高四十贤。推敲多逸兴，聊可慰华颠。

万里衣冠京国旧

去国衣冠客，飘摇万里征。新诗吟小舫，旧迹恋神京。袖尚天香惹，簪犹彩笔携。惊尘危左衽，衰鬓慕长缨。制未殊文武，筹还数驿程。江湖身现在，宫阙梦分明。物望中朝重，恩知内相荣。安归馀舴艋，回首慨平生。

廿五日(10 月 10 日)　到处。恭亲王逝，赐谥曰贤，赏三千元治丧。治芗、德甫来看竹。同荃、梅听大鼓《夺阿斗》。

廿六日(10 月 11 日)　星期，到处。苏堪来。治芗来。写联一(梦麟)、直条一(松本)。金总监来。

廿七日(10 月 12 日)　孔子诞，放假。恭王之丧存般若寺，接三往吊。治芗来。荣儿来函。

廿八日(10 月 13 日)　到处。同荃女、效高、万保、丽保、农先往协和茶园听大鼓。治芗、苕雪来。致荣儿函。初九为治芗六十生日，上赐匾额，命拟字，圈“义藻道润”四字。

廿九日(10 月 14 日)　到处。治芗来。画松一幅。写联一、屏条二。[①]

九月初一日(10 月 15 日)　到处。治芗来。

初二日(10 月 16 日)　大雪。到处。治芗来。勉甫来函。

初三日(10 月 17 日)　到处。至车接闲院宫。三媳生日。

---

① 天头：湖北周家，大朝街南段六十三号。

中原北望气如山

孰使成南北,中原望不还。狂[1]流应到海,壮气尚如山。愁滋飞鸿外[2],秋横立马间。高瞻回地纪,孤愤薄天关。虏足宁河限,予心匪石顽。眼前愁一发,脑后置双环。块垒浇难下,苍冥仰欲攀。廉颇思将帅,慷慨漫摧颜。

寿治芗六十初度

吟成雨夜冲泥去,话久寒更踏雪归。健步都忘身已老,深谈不厌世应稀。廿年阻绝踪仍合,一往沈冥道岂非。[3] 难得逢辰是佳节,茱萸尊酒莫相违[4]。

代强志作

九日年年东道主,今年六十恰平头。天光正照丝纶笔,岁晚方知把菊秋。落帽风流倾幕府,秘书雅望冠瀛洲。相看此会人长健,好把茱萸当酒筹。

人间何处无良夜,难得二人相对闲。踏雪冲泥曾不厌,俗情凡语已全删。廿年愁隔春明梦,晚遇仍同侍从班。六十逢辰是佳节,菊萸荐酒好开颜。

初四日(10月18日) 星期,不到处。王嵩如约晚饭。

初五日(10月19日) 到处。同治芗、巩庵请苏堪、葱奇、裕斋晚饭。伯夔来函。

初六日(10月20日) 到处。先祖小舫公忌日,强志自奉天来,农先、识先来。复伯夔函。

初七日(10月21日) 到处。僡叔明为恭王之丧来,晚间来谈,留饭。治芗来。

---

① "狂"原作"逝"。

② 此句原作"尘满征鸿外"。

③ 此联原作"廿年契阔踪仍合,来日艰难愿岂违"。

④ 此句原作"泛觞萸菊醉芳菲"。

初八日(10月22日)　到处。治芗约同叔明晚饭。

九日(10月23日)　到处。觉知庵为荣惠太妃之侄，与予同年同月同日生，惟彼为辰时生，只隔一小时耳。闻其生平行运，大同小异，惟丁艰之年与予断弦不同耳。今日治芗六十初度，避客赴吉林。

朔风冰霰振庭柯，一岁重阳黯黯过。谢客敬通身远避[①]，对床同叔语无何。杜陵老去欢犹能，栗里闲居意尚多。[②] 如此萧条深闭置，旧游惟忆石磐陀。[③]（戊辰、己巳两岁重九至焦山最乐。）

朔风冰霰振庭柯，一岁重阳黯黯过。谢客敬通身远避，对床同叔语无何。杜陵老去欢犹能，栗里闲居意尚多。如此萧条深闭置，旧游惟忆石磐陀。（戊辰、己巳两年，在焦山登高。）

九日出游和苍虬韵

难寻竹石与乔柯，小劫光阴异地过。犹有素心同靖节，已无火色对常何。风回朔漠寒偏早，地入萧寥意稍多。半日清斋聊自忏，在家争似苦头陀。

大有·和愔仲九日词

掩雪花塍，糁冰蔬径，蓦小园、秋色如此。睇霜空，群鸦乱影无际。寒云冷雁穷怀抱，恰只称、萧寥天气。不分节物撩人，暗回年少情事。

旧京约，成错计。春梦赚平生，几番醒醉。独语香焚，别是断魂滋味。哀些难招九逝，漫轻洒、凭高清泪。已输与、把菊胡床，沈冥栗里。[④]

初十日(10月24日)　到处。愔仲请治芗，作陪。

十一日(10月25日)　星期，不到处。苏堪约同强志、治芗、叔

---

① 此句原作“送酒白衣人未至”。

② 天头：老去悲秋强日宽，兴来今日尽君欢。

③ 天头：世短意常多，闲居爱重九。

④ 此词日记写了两遍，据后写定稿录。

明、苕雪、巩庵晚饭。为钱实夫授室,画山水一幅送之,意味极好。

十二日(10月26日) 到处。强志回奉。晚请治芗。

十三日(10月27日) 到处。贺钱实夫娶妇。

十四日(10月28日) 到处。见上。治芗来。

十名臣诗

张曲江、李赞皇、裴晋公①、韩魏公、范文正、司马温公、耶律文正、刘青田、张太岳、曾文正。②

凡 例

名臣而经济擅长、诗亦卓然可传者为准。

如名臣而其理学几掩其经济者不选(如阳明之类)。

如名臣而文学掩其经济者,如欧阳文忠之类,亦不选。

如名臣而其忠义独著,如文文山之类,亦不选。

十五日(10月29日) 到处。伯夔来函。邦荣、邦直除服。

十六日(10月30日) 病目,未到处。治芗来。

十七日(10月31日) 到处。夜同巽女、荃女、梅女、三媳、小春、效高、万宝、丽保、小唐至协和商场听说书。复伯夔函。致强先函。写《洪范》毕。

十八日(11月1日) 星期,不到处。巽女生日。苕雪、治芗来看竹。画山水册页二张。

十九日(11月2日) 到处。至田中牙医处,拔去一牙,只馀五牙矣。画山水册页一张。

二十日(11月3日) 到处。画山水两开。贻先来函。

二十一日(11月4日) 到处。画山水一开。治芗来。

二十二日(11月5日) 到处。画山水两开。

二十三日(11月6日) 到处。治芗来。写《禹贡》毕。

---

① 此后圈去“狄梁公、权文公”。

② 圈去“王阳明、文天祥、张文襄”三人。

二十四日(11月7日) 到处。画山水两开。强志来函。

二十五日(11月8日) 星期,不到处。画山水一开。治芗在寓治酒酬客,有苏堪、巩厂、苕雪、稚云、伯辉、识先。同家人至同乐观剧。

愔仲闻王病山先生柩归四川安葬赋词一阕属予同作,予以此事与词不甚合,乃作七律一首纪之①

经筵左右九十日,便了孤臣一往心。耿耿填胸终不下,磐磐盖世更何寻。早拼削迹仍摧辱,除是看山有笑吟。廿载思归归已得,峡江秋气万重深。

醰醰二老爱王朱,空谷偕来兴不孤。下榻谈深非世味,付谁别后感西湖。死生宁顺庸关虑,悲愤人天岂异途。耆旧因依回首尽,残年残泪尚难枯。

愔仲枉和九日诗叠均酬之

观棋缩手烂樊柯,六十重阳一梦过。老物可憎今竟尔,凉风莫问意如何。红萸为佩身同健,白发逢辰感易多。满目楼台非我有,登高无复望坡陀。

廿六日(11月9日) 到处。画山水一开。致荣儿函。致周益三函。②

廿七日(11月10日) 到处。画山水一开。

廿八日(11月11日) 到处。画山水一开。治芗来。

廿九日(11月12日) 到处。画松直幅。

卅日(11月13日) 到处。见上。端仲纲殁于满洲旅社,无以殓,上赏九百元治丧费,天恩高厚。画松幅送张仙涛七十生日。治芗来。

---

① 诗集本此诗题作"王病山先生遗榇归蜀感赋二首"。

② 天头:威海街路中社三号,贻先。

十一月初一日(11月14日) 到处。致伯夔函、荣儿函。

初二日(11月15日) 星期,不到处。德甫、治芗来看竹。

初三日(11月16日) 到处。同治芗、君适趁五时车赴吉林,为熙太夫人祝八十寿。王斯臣以车至站,接至其家中吃饭。至熙家暖寿,观李万春《十字坡》,甚好。二钟后,至俱乐部下榻。

初四日(11月17日) 至熙家拜生。斯臣约午饭。趁三时半车,同治芗、君适回新京。大雪。

初五日(11月18日) 到处。往祝张仙涛七十生日。

初六日(11月19日) 到处。画山水一册,气味纯静。贻先来函。

初七日(11月20日) 到处。致荣儿函。治芗来。儆吾灵柩回南,至车站送。

初八日(11月21日) 到处。先室人六十生忌,晚设供。苕雪来。询先、荣儿来函。

初九日(11月22日) 星期,不到处。画山水一幅,雨后松色,苍润欲滴。寥志来函。覆函。

初十日(11月23日) 到处。约苕雪、石泉、阔泉、效成、稚云、德甫、巩庵、厚卿晚饭。

十一日(11月24日) 到处。荃女赴奉,随强志至大津,钧侄将于廿一日授室也。闻旧京有梁姓善治瘰疬,借以就诊。昨夜有异梦,姑记以待验。

十二日(11月25日) 到处。治芗来。

十三日(11月26日) 到处。治芗来。大雪,为数年所无。

十四日(11月27日) 到处。治芗、德甫来看竹。致强先函、荃女函。

十五日(11月28日) 到处。贻先来函。伯夔来函。复伯夔函。致荣儿函。画山水便面(钟午),又自画松泉便面。治芗来。

十六日(11月29日) 星期,不到处。午同家人至三中井买小物件，夜同家人至协和商场听白凤鸣《宁武关》。伯辉、农先、识先亦至。

十七日(11月30日) 到处。画山水便面，未成。治芗来看竹。强志来函。荣儿、荃女来函。勉甫来函，悉儆吾之妾烟瘾已戒断，其夫人已允其回斯家守志，可谓有志者事竟成也。致伯夔函。

十八日(12月1日) 到处。识先约家人晚饭。覆勉甫函。

十九日(12月2日) 到处。苕雪、治芗来看竹。画山水便面，着色。贻先来函。荃女来函。

廿日(12月3日) 到处。治芗借地请客，有砚裔、晴初、嵩如诸人。致伯夔函。

廿一日(12月4日) 到处。今日钧侄授室，想甚热闹，未能往津，衰病甚畏劳动也。

落叶二首用□岁旧作韵[①]

天涯摇落本相关，漫借霜华发醉颜。酒罢几番闻夜雨，妆成容易换寒山。抱残碧树蝉同尽，望断平沙雁不还。多谢故人书远忆，狮窝锦幛梦跻攀。(立之以香山红叶见寄)

寄远缄红尚有情，矜秋爱晚似前生。任教温室全灵寿，从此寒林属李成。岁暮观山人独立，夜长敲户梦频惊。风轩扫尽秋何寄，伫待空枝偃雪声。

廿二日(12月5日) 到处。致荣儿函。

廿三日(12月6日) 星期，不到处。苏堪约同苕雪、治芗、巩庵食素菜，甚佳。

廿四日(12月7日) 到处。与苕雪公请治芗、石泉、嵩如、季湘。

---

① 诗集本题为“落叶二首用前咏落叶韵”。

廿五日(12月8日) 到处。强先来函。①

廿六日(12月9日) 到处。同巽、梅女往公会堂看心畬画展。治芗来。

廿七日(12月10日) 到处。治芗来。写《马绍眉墓志铭》。致荣儿函。贻先来函。嵩如来。

廿八日(12月11日) 到处。治芗来。识先、农先来。致伯夔函。致寥志函。致荣儿函。

廿九日(12月12日) 到处。见上。致贻先函。女孙小春生日,农先、识先来。伯辉来。宝师约晚饭,辞谢。

张仲钊同年六十生日征诗

凛凛高贤俊,时危节义尊。孤枕惟北阙,名世见南轩。阳鳍争迎饵,冥鸿早脱樊。天留贞幹在②,难老待酬恩。③

三十日(12月13日) 星期,不到处。与治芗同约苏堪、巩庵、吴▨▨(燕绍)、叶浦孙、曼多、稚云、茗雪晚餐。

十一月初一日(12月14日) ④到处。

戊寅。八月十一日巳时生。

己卯。

庚辰。

辛巳。

壬午。二月十六日,二弟寥志生。

---

① 天头:付刻石百元,付寥志五十元,付贻先五十元,还茗雪百元,付素梅百元,付荃女百元,付荣儿百元,付询先五十元,寄黄蓉史廿,寄杭寓四十元,寄十一弟妇廿,付巽女卅,付三媳廿元,借农先百元,送陈小松廿元。

② 天头:惭愧庄严。

③ 天头:无间芳香之室。

④ 整理者按:此当为十二月初一日。

癸未。出京到武昌省。

甲申。十月十五日,三弟强志生。

乙酉。

丙戌。

丁亥。

戊子。四弟贻先生,九月初七日生。

庚寅。八月十一日,六弟农先生。

辛卯。

壬辰。七弟询先生,十月十三日。

癸巳。入学,乡试不售。

甲午。乡试不售。

乙未。九弟识先生,六月廿八日。

丙申。取洪夫人,八月初三日。

丁酉。待拔贡,乡试不售。

戊戌。朝考落第,长男邦荣生,六月十日。

己亥。

庚子。

辛丑。

壬寅。中举,二弟、三弟同榜。六月二十三,先十二叔去世。

癸卯。中进士,分刑部,考取经济特科,免三年学习,奏留湖北办学务。

甲辰。长女巽生,九月十八日。

乙巳。入京供职,刑部贵州司。

丙午。调学部。婉女生。

丁未。考取御史,学部员外郎。婉女殇。

戊申。郎中。

己酉。

庚戌。次男邦直生。

辛亥。八月革命,十一日御史传到回家。

壬子。在上海,七月二十日婶母萧太夫人去世。

癸丑。

甲寅。

乙卯。荃女生,十月卅日。在杭州。

丙辰。

丁巳。五日复辟,学部右侍郎。三男邦溎生,五月初五日。

戊午。

己未。荣儿授室,九月。

庚申。长孙重重生,八月三十日。

壬戌。三月初八日,先父去世。

癸亥。

甲子。六月初六日,溎儿殇。孙小元生,二月二十日。

乙丑。四月初一日,先太夫人弃养。在上海。孙女小明生。

丙寅。孙女小亮生。

丁卯。七月大病几死。

戊辰。十一月初八日,祖母朱太夫人去世。

己巳。

庚午。召至天津行在所。

辛未。升儿授室,十二月初八日。

壬申。二月到长春,特任秘书,辞去。十二月内廷局长。孙女小春生。

癸酉。孙女小喈生。

甲戌。三月,近侍处长。七月廿六日,洪夫人去世。

乙亥。

丙子。闰三月廿八日,孙小桂生。

后落叶诗

西风吹度玉门关,黄叶江南顿变颜。岂意飘零先大树,即看摇落满空山。清商响急难飞难定,素女妆成梦不还。灞水销魂离别地,枯槎揩马未能攀。霜威严紧剧无情,一夕摧残百恨生。乱影翻风魂欲断,恶阴蔽日事何成。漫矜艳色春花胜,争奈危巢众羽惊。已厌纷纷伤老眼,恼人犹作打窗声。

第十八册（民国二十五年十一月至二十六年六月）

芳香无闻之室日记

杜仲（三两）、续断（三两）、山药（三两）共研末。自用枣子一斤煮剥，用泥黄捣，待稍干后，手上醮黄腊少许，即可抟成小丸。每服二钱，每日两三次。

刘原甫以博学称，欧阳永叔作《五代史》《新唐书》"凡例"多问焉，后论《春秋》经旨有不同，原甫间以谑语酬之，复忤韩魏公。其弟贡父亦好谐谑慢侮公卿。读书而不闻道，此当取以为戒也。

产妇角弓反张，与大豆紫汤、独活汤，立愈。

传禅者以云门、临济、沩仰、洞山、法眼为五家宗派，沩仰、法眼先绝。

"灰心缘忍事，霜鬓为论兵"，裴晋公诗也。南皮张文襄公极喜诵之，其全诗云："有意效承平，无功答圣明。灰心缘忍事，霜鬓为论兵。道直身还在，恩深命转轻。盐梅非拟议，葵藿是平生。白日长悬照，苍蝇谩发声。高阳旧田里，终使谢归耕。"又有在太原题厅壁一绝云："危事经非一，浮荣得是空。白头官舍里，今日又春风。"自来大人物皆有所得于人世之外，始能处艰巨崇高之地。未有胸满俗尘、以身徇物而能当大任者也。

黄石斋先生诗境甚异，五律中佳句如“坐孤知物澹，春尽觉花繁”“时乞渔舟火，闲分讲院灯”“月白殊难卧，林香间一还”“入世不知晋，为书深过秦”“藤心系太上，峰气入秋毫”“不解香薜荔，未损白衣冠”“横流无禹力，欲雨尚尧功”“中年双足健，万累一丝春”“君父垂龙血，精神试马肝”“风凝石人髓，人馀神禹粮”“蹈水留患信，开山让鬼神”“前身巢水石，本命属瓶罍”“破壁铭新课，长镵谢故知”“神明穿半榻，天地淡孤尊”“山根环岛爪，日脚荡云鞋”“龙血荒天地，蛙颐涨大令”“天无一日定，人得几时闲”“敲鱼通岛寤，借梦与人圆”“客程随马引，鹤发与松梳”“馀勋宜品石，未老合栽松”“沙平知鸟迹，天阔见人烟”“野色照书白，春星对坐孤”“晨云开万树，落日隐千家”“留偈题新寺，移花压小舟”“天地蹑孤影，风波簸小言”“帽色枯颊壁，龙权托守宫”“涛气归镵石，琴心兴静弦”，皆有逸致。

……菡萏遥连彭泽凉。欲合二孤为并蒂，美人甘住水中央。

游双溪记①

乾隆四十年七月丁巳，余邀左世琅一青、张若兆应宿同入北山观溪。一青之弟仲孚与邀，而疾作不果来，一青又先返。余与应宿宿张太傅文端墓舍。大雨溪涨，留之累日。

盖龙溪水西北来，将入两崖之口，又受椒园之水，故其会曰双溪。松堤内绕，碧岩外交，势若重环。中以四望，烟雨之所合散，树石之所拥露，其状万变。夜具一灯，凭几默听，众响皆入，人意萧然。

当文端遭遇圣祖为辅相，一旦退老，御书“双溪”以赐，悬之此楣，优游自适于此者数年，乃薨。天下谓之盛事。而余以不肖，不堪世用，亟去，早匿于岩窦，从古人于风雨之夕，远思文端

---

① 此为姚鼐文，载《惜抱轩文集》卷十四。

之风,邈不可及。而又未知余今者之所娱乐于山水间者,其尚有同乎耶?其无有同乎耶?

游媚笔泉记

桐城之西北,连山殆数百里,及县治而迤平。其将平也,两崖忽合,屏矗墉回,崭横若不可径。龙溪曲流,出乎其间。

以岁三月上旬,步循溪西入。积雨始霁,溪上大声漎然十馀里,旁多奇石、蕙草、松、枞、槐、枫、栗、橡,时有鸣巂。溪有深潭,大石出潭中,若马浴起,振鬣宛首而顾其侣。援石而登,俯视溶云,鸟飞若坠。复西循崖可二里,连石若重楼,翼乎临于溪右,或曰宋李公麟之"垂云沜"也,或曰后人求李公麟地不可识,被而名之。石罅生大树,荫数十人。前出平土,可布席坐。南有泉,明何文端公摩崖书其上曰"媚笔之泉"。泉漫石上为圆池,乃引坠溪内。

左丈学冲于池侧方平地为室,未就,邀客九人饮于是。日暮半阴,山风卒起,肃振岩壁,榛莽、群泉、矶石交鸣。游者悚焉,遂还。是日薑坞先生与往,鼐从,使鼐为记。

书嵇康〈琴赋〉后[①]

日张生数来与论礼乐之故,欲于器数间求之,以为赞理性情,藏发中和。因见嵇叔夜《琴赋》,以为陶写要事,亦欲数时游心于此。再取叔夜《琴赋》所论琴德,但欲去其危苦,去其悲哀,以求情于丽伟之处。至于按节征音,开此道之园微,疑未之传也。今世之士,不复寻其德意,而重其材本,以为器不千年,其韵不神,兼以胸无逸致而屈指前徽,乃欲想周文之黯然,道箕山之

① 整理者按:此文载黄道周《黄漳浦集》卷三十三,文中"园"当作"元",避康熙讳也。

飘尔，不亦难乎？叔夜此道，已极园微，而于论材征声，意实阙焉。其择于霜阳，高于嗷啸，但一时而用之；发以朗阁，抚以清夕，改调殊音，唯其所适，亦无之不可也。故曰：器冷弦调，心闲手敏，触搥如志，唯意所拟。要之，曲而不屈，直而不倨，相凌而不乱，相杂而不殊。虽复不袒唐尧异音，箕子未为过也。故论声势，四言而已，器和故响逸，张急故声清，闲辽故音痹，弦长故徽鸣。至其精要所，在神明，在人与德相宜，性情斯洽。故曰：非夫旷达者不能与之娱游，非夫渊静者不能与之闲止，非夫放达者不能与之无闷，非夫至精者不能与之全理也。每想斯道，礼乐之原，寄与陶情其途，广文章之微，盖亦如斯。仆于此皆未能涉也。

兵事不外奇正，而将才不外智勇。有正无奇，遇险而覆；有奇无正，势极即沮。智多勇少，实力难言；勇多智少，大事难成。

苏幕遮（堆絮）红梅①

雪情酣，春意漏。乍点猩唇，乍点猩唇透。酝酿多时才似豆。勾引相思，勾引相思又。

影横陈，香暗逗②。好是黄昏，好是黄昏候。竹外有谁凭翠袖。越显丰姿，越显丰姿瘦。

靥双鸦，绒半吐。笑向东风，笑向东风许。月地云阶相尔汝。第一销魂，第一销魂处。

笛频吹，琴再御。最好流光，最好流光去。漠漠香魂留不住。倩影心头，倩影心头炷。

晓霜笼，残雪劲。生怕飘零，生怕飘零近。小别俄惊憔悴

---

① 整理者按：此组词，日记第八册末页亦载，然文字略有差异，故此处依然全文抄录。

② “逗”原作“度”。

甚。底事[①]成羞,底事成羞晕。

阁芳樽,尘玉镜。望断天涯,望断天涯信。欲折一枝谁可赠。空忆年时,空忆年时鬓。

丙子十一月初一日(1936年12月14日) [②]到处。写《族伯锦屏公墓志》。

初二日(12月15日) 到处。同巽女、素梅侄女、丽保至公会堂看罗叔言书画展览,《王大令帖》《杨少师韭花帖》《梅瞿山戴务旃册页》《李习斋手卷》甚佳,馀多赝本。治芗来。

初三日(12月16日) 到处。致荃女函。

初四日(12月17日) 到处。治芗来。询先来函。

初五日(12月18日) 到处。强先来函。治芗来。识先来。

初六日(12月19日) 到处。识先来。

初七日(12月20日) 星期,不到处。吴□□、汪巩庵假寓请客,为苏堪、曼多、葱奇、治芗。

初八日(12月21日) 到处。先祖母朱太夫人忌日,农先、识先来。寥志来函,附照片二张,貌甚丰,笑容可掬,可以知所养也。治芗来。

荣儿来函,桂孙之乳母赵出门跌断足骨,请张绪锐治之,谓须二十馀日可起床,须禁风三月,可谓飞灾。家人应有戒惧之心,不可过于宴逸也。

初九日(12月22日) 到处。贻先来函。荃女自天津归。冬至祭祖,农先、识先来。

初十日(12月23日) 到处。读《华严经》一遍。识先来。李星樵讣来。星樵纯谨淡定,为近世之好翰林,吾乡失此人,甚可惜也。

---

① "底事"原作"蓦地"。

② 天头钤印有"苍虬"朱文方印一枚。

十一日(12月24日)　到处。

十二日(12月25日)　到处。伯夔来函。金齐伯来。

十三日(12月26日)　到处。致寥志函。致询先函。仲业来。德甫来。黄公渚之尊人黄石生逝世。伯辉、识先来。

十四日(12月27日)　到处。治芗来。贻先来函。识先来。

十五日(12月28日)　到处。治芗来。致伯夔函。识先来。写二尺大榜书八字。

十六日(12月29日)　放假,不到处。治芗来。

十七日(12月30日)　不到处。

十八日(12月31日)　不到处。同素梅、丽保至佛经流通处买《华严经》《圆觉经》《维摩诘经》《弥勒上生经》《弥勒下生经》《大乘起信论》、白芷香一盒、小兰花香一盒。农先、识先来。晋华来。伯辉来。(今日为阳历十二月卅一号。)治芗来。询先来函。

十九日(1937年1月1日)　(新历一月元旦。)入宫贺年。强志自奉天来。识先来。农先来。伯辉来。

二十日(1月2日)　赐宴。伯辉、晋华、识先来。

二十一日(1月3日)　高祖妣周太夫人及先祖小舫公忌日,设供。农先、识先来。愔仲来。德甫、厚卿来。致伯夔函。李方木来函(天津河北三马路顺寿里八十九号)。

二十二日(1月4日)　到处。强志请仲业、愔仲、茗雪、治芗、伯辉晚饭。《余仲虎墓志》拓本寄来,刻字极好,较胜原本矣。致荣儿函。

二十三日(1月5日)　到处。

二十四日(1月6日)　到处。治芗约同强志、识先、君适晚饭。

二十五日(1月7日)　到处,见上。强志返奉。

二十六日(1月8日)　到处。贻先来函。治芗来。

二十七日(1月9日)　[1]到处。伯夔来函。伯辉、识先来。连日

---

① 天头:汉口大王庙乾丰里十七号余光远。

寒甚。

廿八日(1月10日) 星期,不到处。苏堪移居柳条巷新屋,约饮。

廿九日(1月11日) 到处。治芗来。

三十日(1月12日) 到处。治芗来。农先、识先来。寥志来函。致强先函。闻赵时敏病重,近侍处共事多年,老成稳练,不可多得,万一出事,殊无替手也。寥志来函。

十二月初一日(1月13日) 到处。仲业来。

初二日(1月14日) 到处。予每饭时,见菜稍多,辄记起大母住湖寓时不过三簋,泪自心头落也。治芗来。[1]

初三日(1月15日) 到处。写《族伯锦屏公墓志铭》。致询先、荣儿函。治芗来。曼多、葱奇来。

初四日(1月16日) 到处。奉天陵庙办事处来电,赵时老于巳时逝世,不胜伤感。时为总办,至为得力,难觅替人矣。治芗来。

初五日(1月17日) 到处。

初六日(1月18日) 趁早车赴奉天吊时老,强志、华生、文纪青、文焕章至车站来接,寓天津大旅社。毅夫之子必复来。尘隐来,约至其家晚饭,打麻将四圈。

初七日(1月19日) 趁午车返新京,强志、华、纪青、焕章往送,下午五时半到。

初八日(1月20日) 到处。供腊八粥。治芗来。小唐生日。

初九日(1月21日) 到处。治芗来。

初十日(1月22日) 到处。写联一付、便面一个。

十一日(1月23日) 到处。先母周太夫人生忌,农先、识先来。贻先来函。治芗来。苕雪来。

十二日(1月24日) 星期,不到处。苕雪约晚饭。

---

① 天头:戈甲营十四,马雅南。

十四日(1月26日)　到处。连日寒甚。

十五日(1月27日)　到处。强志自奉天来，上所召也。

十六日(1月28日)　到处。先父生忌，农先、识先来，晚设供，买厚德福烧鸭。上召见曾矩，欲曾矩任教习事，坚辞未允。

十七日(1月29日)　到处。晚同家人看剧。

十八日(1月30日)　到处。画山水直幅。强志趁夜车返奉。治芗来。识先来。荣儿来函。

十九日(1月31日)　星期，不到处。苏堪约饮，为东坡生日也。

千秋几丙子，绝代一东坡。置酒为公寿，年年逸兴多。老嫌金带重，客爱紫裘歌。一笑风流在，花枝发醉哦。

髯翁生自华严界，不借仙家七返丹。异代逢辰原不隔，穷冬嘉会自成欢。神清[①]从识幽居味，诗小犹回大海澜。笑我多情华发早，蹉跎终是恋高寒。

致伯夔函。致荣儿函。询先、荣儿来函(武昌[②]青石桥西街五号)

二十日(2月1日)　到处。苏堪和予诗韵五律二首，老笔无枝叶，亦无客气语。

残岁真堪惜，年年托老坡。古人吾不见，坐客苦无多。举酒向千载，当筵聊放歌。存亡与穷达，着意为吟哦。

苏集吾能诵，当年手自丹。平生再丙子，回首杂悲欢。世已波难挽，心如井不澜。杯行春已入，且共抗馀寒。[③]（廿三立春。）

---

① “神清”，诗集本作“身闲”。

② 旁注：省城。

③ 《海藏楼诗集》中此诗题为《东坡生日和仁先韵》，文字略有差异：“残岁真堪惜，年年就老坡。古人吾不见，坐客苦无多。举酒向千载，当筵还放歌。存亡与穷达，着意试吟哦。（诵“岂与穷达俱存亡”一首。）苏集犹能诵，当年手自丹。平生再丙子，回首杂悲欢。世已波难挽，心如井不澜。杯行春又入，聊共抗馀寒。”（郑孝胥著，黄坤、杨晓波校点《海藏楼诗集（增订本）》，上海古籍出版社，2014年，第477页。）

廿一日(2月2日) 到处。识先来,小极,就谢石泉诊也。致伯夔函。

廿二日(2月3日) 到处。苕雪、治芗来看竹。强志来函。

东坡生日苏厂于酒间诵坡公黄州寒食雨及苍梧道中寄子由诗,声情激壮为作一诗[①]

坡老去今几何世,耿耿清光在天地。年年置酒拜公辰,坐客微嗟今昔异。海藏诗老能驻颜,韵胜于公有深契。酒酣高歌移我情,黄州苍梧俨坐次。蜗居雨中过寒食,海棠如雪纷满砌。君门九重家万里,孤臣偃卧空馀泪。[②] 荒江落月迥孤角,一往扁舟落何际。瞻儋由雷肆恶谑,路人犹识东坡弟。遗诗千载动心魄,当年身受何滋味。故作达语掩悲凉,岂真解脱忘忧惴。天公有意变要荒,远谪韩苏同一致。达者或穷穷乃达,此中得失难浅议。惟公解事人胜天,晚岁和陶入圣谛。当歌对酒万端空,领取当前真实意。

廿三日(2月4日) 到处。同谢石泉至后楼视识先,服药后渐愈。寥志来函。蓉史表侄女来函。送灶神。

廿四日(2月5日) 到处,见上。小年设祭。农先、识先来。伯辉来。荣儿来函,言有一圆光者,小元等见先室人玄色衣半身,笑容可掬,湝儿立于侧,半时始灭。当函告荣儿,以后不可再请,幽明道隔,不可屡渎也。贻先来函。询先来函。

廿五日(2月6日) 同吉田至司令部晤吉冈。苕雪、治芗来看竹。

廿六日(2月7日) 星期,不到处。前日桂孙患肺炎,请日医吉田诊治,入兴安病院,三媳同去,已渐愈矣。同荃女、梅女往视之。苕雪、治芗来看竹。

---

① 此诗题,诗集本作《东坡生日苏厂于酒间诵寒食雨及苍梧道中寄子由诗声情激壮为作此诗》。

② “泪”,诗集本作“涕”。

廿七日(2月8日) 到处。至兴安医院看桂孙,较昨更好。夜还福,供年饭。治芗来。钧、炎、武、澄、潭、檀、菊、熙、润、冬、浔、焕、芳、林、纪、翰等皆有贺年帖来。荣儿及重重、小元、小明、小亮拜年帖亦来。

二十八日(2月9日) 到处。请伯辉、治芗、巩庵吃年饭。佟继先约饮鹿鸣春。华轩自奉天来。

除夕(2月10日) 到处,皇上行礼后,辞岁,行三跪九叩礼。治芗约吃年饭。夜与家人掷状元筹,君适得状元。敬天地(九叩)、孔子(九叩)、观音(三叩)、文昌、关帝、岳王(共九叩)。欲买梅花不可得,仅得水仙三枝,方作花朵,聊有花意。对花画一小幅,仿赵子固法。一年忽忽而过,家人均平安,荷天之福。①

丁丑元旦(1937年2月11日) 入府。皇上于十一钟时受贺,行三跪九叩礼。有数人行礼后,更请一单腿安,殊为失礼。午后回家,在祖宗前行礼。阔泉、伯辉、稚云、德甫、效成、仲威、石泉、稚松、子芸、蕊香、声甫、炳昌、鲁山、奎一、实夫、史龙华、沈树坚、金荣桂、增祐来贺年。② 与家人掷状元筹。九弟来信,到京后病已愈,稍为放心。③ 治芗、苕雪来看竹。

初二日(2月12日) 愔仲来。钱秉愚来。厚卿来。治芗来。安东戏园失慎,焚死七百馀人,可谓浩劫。

初三日(2月13日) 至仲威、石泉、蕊香、治芗、苕雪、愔仲、鲁

---

① 天头:《次韵愔仲除夕》:寒夜("夜",诗集本作"花")瘦影伴伶俜,惯看春灯雪里青。献岁久应忘旧历,贺正犹自望天星。洗心童子无嗔偈,遮眼枯禅十忍经。薄酒未消年事换,笑予非醉亦非醒。

② 旁注:吴少香、增怿、勤麄。

③ 天头:《次韵愔仲元旦》:水仙夜暖发香浓(此句诗集本作"温香夜发水仙浓"),年景春明感旧踪。欲曙天光分罨霭,生新人意自黄农。趋跄深愧朝班列,衰戆惟应圣主容。屈曲神山多岁月,区区尘露报何从。

山、炳昌、奎一、季湘、秉恩、效成、德甫、稚云各家拜年。治芗得电,其尊人莲岑年伯于本日午时弃世,往唁,苕雪亦至。

初四日(2月14日) 至治芗处,送奠敬百元。愔仲约晚饭。苏堪来。

初五日(2月15日) 治芗夜半回京,至车站送行。觉秩安来。苕雪来。

初六日(2月16日) 到处。苕雪、石泉来,摇摊八十合。伯辉来。贻先来函。伯夔来函。

初七日(2月17日) 人日。到处。同仲业至兴仁医院看桂孙,病已愈,惟瘦耳。苏堪来。致询先、强志函。致贻先函。

初八日(2月18日) 到处。苕雪、石泉、稚云、德甫来,摇摊四十合。画松幅(孙子涵之尊人濡頫)。

初九日(2月19日) 到处。识先来函。致识先函。

初十日(2月20日) 到处。苕雪、稚云来。仲业来。

十一日(2月21日) ①到处。致识先函。赵冠五、仲承来。桂孙自医院接回,养得甚好,共用百五十元。

十二日(2月22日) 到处。答拜润博勤、存耆。苕雪、德甫来看竹。大风,昼晦。涛贝勒、倜贝子来。

十三日(2月23日) 天气晴和。万寿节。九时入府,十一时半,皇上御殿受贺,赐宴。晚,宗亲会赐宴,虽西餐而多蔬菜,或因皇上近来素食,故多用蔬菜,微臣亦受福也。

十四日(2月24日) 到处。贻先来函。同仲业答拜涛贝勒。上赏汤圆六十个。

十五日(2月25日) 入府谢恩。夜祭祖,供汤圆。苕雪、石泉

---

① 天头:昨夜梦甚怪异。皇上命寿决死囚二人,皆斩立决,囚衣赭立,兵警严布,寿宣布罪状。醒皆忘之矣。惟此二人外,尚有一人亦待决者为某,极可异也。

来，摇摊四十合。九弟来函。致九弟函。

十六日(2月26日) 到处。致识先函。

十七日(2月27日) 到处。见上。苕雪来。荣儿来函。致伯夔函。

十八日(2月28日) 星期，不到处。僴贝子来。强志到奉天后来函。曼多、葱奇来。

十九日(3月1日) 到处。开国纪念日，入贺，赐宴。昨梦强甫，神采犹三十许人，自叹已衰老，问其何以数十年不通消息，答以消息本不易通，又言近见外祖福陔公，予欲约同往再见，并约与石钦相聚，忽为电话惊醒矣。前夕梦到西湖，在一水榭中，凭窗见天色微曙，作一线天光，淡红色，其下岚翠迷濛，其妙境非人间所有也。

多时未梦莘田，昨忽入梦，或其子芷阶将来信也。强先来函。

二十日(3月2日) 到处。

二十一日(3月3日) 到处。昨梦先室人来，坐谈甚久。问："每日为汝讽《金刚经》，有无受用之处？"答："以后念经更要加敬才好。"予向来念经不具威仪，或是大缺欠也。伯辉今日回旧京，往送之，已行矣。识先弟来函，寒热已退，惟有两星期不能安睡，当是心肾不交及阴亏之故。十二叔母[①]生忌设供。强志自奉天来。

二十二日(3月4日) 到处。约苕雪、巩厂、石泉、阔泉、稚云、德甫、厚卿晚饭。贻先来函。致荣儿函。

二十三日(3月5日) 到处。致贻先函。芷阶来函，前梦验矣。苕雪来。

廿四日(3月6日) 到处，见上。苕雪来看竹。

廿五日(3月7日) 星期，不到处。约仲业、雪斋、稚云晚饭。苏堪来。识先来函。

廿六日(3月8日) 到处。

---

① 此处衍一"忌"字。

花瓶一首

生来长是供花枝,净几添泉好护持。几度湘帘春日影,今番相对①梦回时。

廿七日(3月9日) 到处。

廿八日(3月10日) 到处。农先自北京来。

廿九日(3月11日) 到处。

卅日(3月12日) 到处。闻朱艾卿逝世,赐谥"文诚"。

二月初一日(3月13日) 到处。葱奇、曼多来。

初二日(3月14日) 星期,不到处。苏庵约晚饭。苕雪、德甫来看竹。

初三日(3月15日) 到处。强志授贵人读,今日上课。

初四日(3月16日) 到处。识先自北京来,即在寓下榻。

初五日(3月17日) 到处。

初六日(3月18日) 不到处。苕雪来看竹。请涛贝勒、宝师、愔仲、稚云、德甫、仲业午饭。

初七日(3月19日) 到处。苕雪来看竹。

贻先往湖庐,来书言梅花盛开,折枝插瓶,感寄一首

折取瓶梅独自看,水窗空碧映②微凉。花开依旧何滋味,念起应怜有肺肝。灯下分明脂晕重,月中重叠玉光寒。影怀廊径思犹怯,万里休嗟③再到难。

初八日(3月20日) 至文庙演礼。苕雪来。

初九日(3月21日) 祀孔,西庑分献。觉仁、葱奇、曼多约宴宾楼晚饭。苕雪来看竹。致寥志函。致贻先函。

---

① "对"原作"见"。

② "映"原作"影"。

③ "嗟"原作"愁"。

初十日(3月22日)　祀关、岳，放假一日，不到处。

十一日(3月23日)　到处。寥志来函，略述密宗用功之事。

十二日(3月24日)　到处。大雪。见上，请假往天津。题《朱拓塔砖铭全本》(荣叔章属)：

幽娟最爱《王居士》，静媚无如《董美人》。《董志》传拟空妙迹，《王铭》完璧更奇珍。光荧九转丹砂古，名与三邕翼墨新。还忆《兰亭》朱拓本，堪嗟神物易沉沦。(曾见朱拓禊帖，极精)。

十三日(3月25日)　到处。上敕封庆贵人(他塔拉氏)赐宴。女孙小明字外甥孙效高，行纳采礼。恩咏春自旅顺来。

十四日(3月26日)　到处。贻先、询先来函。致贻先函。

十五日(3月27日)　到处。

十六日(3月28日)　星期。不到处。

十七日(3月29日)　到处。

十八日(3月30日)　到处。致伯夔函。

十九日(3月31日)　到处。见上，训语甚多，谓未曾与第二人言者，不得转语他人，若或转语，则我为失言。不胜警悚之至。[①] 致夏绍康函。致荣儿函。

二十日(4月1日)　到处。苏堪、浦孙来谈。

二十一(4月2日)　不到处。茗雪来。伯夔来函。

二十二日(4月3日)　午后一时，同彤伯侄、素梅侄女赴津，乘“亚细亚”车，稚云、声甫、辑庭、毅夫、石泉、效成、炳昌、厚卿、增□□至车站送行。五时半至奉天下车。寓天津大旅社。觉知庵、文纪青、云生、叔容、温必复来。叔容约晚饭。

廿三日(4月4日)　晨八时上车，恒德甫乘夜车亦到。知庵、纪青、云生往送，过山海关时，外交办事处长夏绍康，派一鲁姓[②]者上车

---

① 此后删除“苏堪，浦孙来谈”。

② 旁注：慕侠。

招呼,尚无关讥之扰,夜八时五十分到津。询先、荣儿、钧侄、君任来接,住荣儿寓。仲业、君任、立之、勉甫旋来谈,至二时散。

廿四日(4月5日) 清明。素梅侄女生日。至强志寓中祭祖,立之、君任、芷升、仲业、木斋、勉甫、木公来。[1]

廿五日(4月6日) 立之、君任、芷升、仲业来。立之约致美斋晚饭。

廿六日(4月7日) 同询先访木公。午后二时半趁车赴旧京,素梅侄女同行。立之、仲业亦行。六时到,彤伯、焕侄、京芳、勉甫、季馥、定远至站接。季馥约致美斋晚饭,饭后,同勉甫来谈,四时始散。发痰饮,未能安睡。

廿七日(4月8日) 涛贝勒来。治芗来。立之、希颜、勉甫来。涛贝勒、忻贝子约东兴楼晚饭。立之、希颜、季馥、勉甫又来,二时散。

挽朱定园师傅:

师席备摅诚,媲美乡贤,与[2]高安同其荣遇;

使车能得士,讲求正学,惟大兴有此风规。

廿八日(4月9日) 往拜涛贝勒。到陵庙办事处[3],晤连厚山,请代订赴马兰峪汽车。谒散原老人。访治芗。至华宾池沐浴。德甫来。季馥、勉甫、立之、仲业、希颜来。制素菜数品,小饮。

廿九日(4月10日) 同德甫乘汽车赴马兰峪。晨九时行,过通州、三河、帮均(打尖)、蓟州马伸镇、石门镇,午后五时到马兰峪,住陵庙办事处。晤僴贝子,酒井亦来。

---

① 天头:辟邪纽田黄(一枚),八十元。明坑菊花岩田黄(一枚),卅元。鸡血扇章(一对),六十元。白寿山(一枚),二十五元。酱油青田(一枚),二十五元。询住上海南市尚文路蒋家巷五号。

② "与"原作"惟"。

③ 旁注:麒麟碑胡同五号。

三月初一日(4月11日) 同德甫、僩贝子谒孝陵、孝东陵、景陵、景东陵、裕陵、定陵、菩祥峪、菩兰峪、东陵、昭西陵，荒凉满目。至裕陵、菩兰峪，尤惊心动魄也。周圆二十馀里，从前松林不知几千万株，皆已伐尽，惟孝陵一株尚存，树身不高，横被亩许，或以其不中屋材而获全也。往拜宫田良雄宪兵队长、兴隆县郎知事、兴隆县警务局长郭经畯(子宣)、局长孙继先(承武)、商会执行委员冯致普、监察委员郭尚兰、徐惠轩。办事处执事人员皆来谒见。

初二日(4月12日) 晨七时回旧京，来送者为兴隆县马兰峪商会执行委员冯致普，商会监察委员徐惠轩、郭尚兰、李鹤亭，商会主席赵庶咸，县立马兰峪小学校长王鉴民，河北省冀东兴隆马兰峪宪兵分遣队通译内田贞三郎，承德宪兵分队马兰峪分遣队长、陆军宪兵准尉宫田良雄，兴隆县县政府学务科科长赵增泰，财务科科长宋永隆，内务科长张朝植，助理秘书白杰，警务局长郭经畯、警务局长孙继先，商会常务委员苏荣久，实业厅第一农场技术员李名园。

二时到京，途中遇雨，幸已到通州，否则泥泞不能行车也。希颜、勉甫来。

初三日(4月13日) 希颜、勉甫来。下午四时趁车赴天津。询先、勉甫、君任来。

初四日(4月14日) 往晤夏幼兰。仲业、伯夔、君任、芷升、胡若愚、勉甫、询先来照相。陈诵洛约在先得月晚饭。

初五日(4月15日) 杨味云在蓬莱春午饭。王揖唐约东兴楼晚饭。伯夔、君任、芷升、仲业、勉甫、询先来。孝怀来，未晤。

初六日(4月16日) 伯夔、君任、勉甫、芷升来。仲业约在致美斋晚饭。同询先听小彩舞《战长沙》《游武庙》，名副其实。

初七日(4月17日) 往晤伯夔。勉甫、询先、君任来。木公约在其寓晚饭。听小彩舞《长坂坡》，声情激壮。

初八日(4月18日) 仲业、勉甫、询先来。下午，同素梅侄女赴旧京，伯夔、君任同行。希颜来。贻先于午后二时先到。

初九日(4月19日) 同贻先至羹梅、散原处,伯夔即寓其宅,君任亦来。散原留晚饭。心畬约夜谈,羹梅、伯夔、君任皆至,二时散。

初十日(4月20日) 彤伯借忠信堂行结婚礼,行泰西式,巨卿为证婚人,行礼时演说多游戏语,于中国旧礼告庙尊重之意相去远矣。房中悬孙文像,尤可恨。宾客甚多。

十一日(4月21日) 同询先访子有、僩贝子、雪斋(未遇)。至蜀梅家,未遇。至九弟妇处,亦不在家,所住屋甚不好。访散原,未遇。治芗于同和堂为其尊翁开吊,往吊,晤叔明,同回寓。伯夔、君任、立之、定远、羹梅、勉甫来夜谈,二时去。作山水一幅(萱宜)。

十二日(4月22日) [1]同勉甫、询先、焕侄、林侄、素梅侄女至北海,登白塔,满城春树,间以觚棱,烟霭无际,拍照数张。返寓后,伯夔来,约同贻先至散老处,留饭。仲恕来,携所得纪河间旱烟袋一枝,系枸杞根,甚奇古,刻铭四句,款为"阅微草堂主人制"。仲恕因予去岁赠诗言梦中见其画竹,又见壁上悬其尊人蓝洲先生山水小幅,似倪迂,适新购节厂先生所藏蓝洲先生仿倪竹石枯木小幅,遂以见赠,并自画竹一幅,以实前梦,亦美谈也。又赠五色墨六十馀锭。君任来。希颜、勉甫来。

十三日(4月23日) 同贻先至散老处。羹梅约晚饭,夜二时散,有治芗、立之、君任、心畬、叔明。写联屏多件。

十四日(4月24日) 同素梅侄女往视静娟义女。答拜涛贝勒。心畬约会贤堂晚饭,有立之、君任、羹梅、陈紫纶。画山水便面(伯夔)、松便面(井畏)。

恭邸园中看海棠,以春寒,花犹小萼

台蚀朱栏水渴池,曲深萝径隐秾姿。晚春风日犹凄冷,绝世芳菲费护持。曾是忧勤疏胜事,只今追赏异清时。爇天香烬难

① 天头:仲恕所赠颜色墨:燕支八锭,藤黄八锭,石绿八锭,次绿二锭,朱标八锭,赭石十七锭,石蓝八锭,洋红五锭。

通奏，烂漫催开倘待诗。

花萼楼故事，追赏不绝于岁月。

园林穷胜事，昌黎《绿野堂诗》。

简斋“海棠犹待老夫诗”。

十五日(4月25日)　伯夔、立之、君任、勉甫、木公、仲业、雪斋、傅沅叔、希颜来。往谒夏润芝老师，八十馀人，精神甚健。访王觉三，行动不便，语言恍惚，不甚有知觉者，可惨之至。立之致美斋晚饭，饭[后]皆来谈，二时半始散。得觉知庵信，悉昭陵、福陵红墙以外之地皆为大都市所夺，即作归计。能夺回固属万幸，否则去之而已。

夹页五张：

页一、页二：

苍虬惠雨前龙井茶诗以报之(丁丑孟夏)

吾邑近英、霍(旧均为六安辖境，近则移鄂属)，自昔产名茶。三泉妙天下，密迩吾之家(陆羽《茶经》所谓天下第三泉者在吾乡网林潭，相距仅廿里(见邑志))。名茶得名水，岂独香齿牙。舅氏蔡式五，善种傍桑麻。励我成宅相，期许笔生花。每逢谷雨节，分甘岁无差。我少类周处，乡人相与哗。偶感长者教(吾从蕊香舅父受读)，持节穷五车。果然少有获，才名惊落霞。沧桑遘世变，饥驱天之涯。乡味久隔绝，无兴杂鸣蛙。苍虬最爱士，心许无复加。连年惠诗画，恨不笼以纱。诗有味外味，画疑生枒杈。昆弟而知己，感谢兴咨嗟。昨日惠然来，袖致茶些些。云自西湖来，雨前新摘芽。物以少而贵，九碗嗤卢夸。饮之甘在舌，信乎效八叉。知味倘相许，厚意深拜嘉。

锡庚尘隐初稿。

页三：

女婉宜恭叩义父大人千春之喜,虔请福安,伏乞慈鉴。①

页四:

白莲蕊(阴干)四两、川续断(酒炒,三两)、韭子(微炒,二两)、枸杞子(四两)、覆盆子(酒炒,二两)、莲肉乳汁拌蒸三两、怀山药(二两,乳汁拌蒸)、赤何首乌(四两,九蒸九晒)、破故纸(三两,酒炒)、核桃肉(二两)、龙骨(三两,水炒)、金樱子(三两,去毛。白茯苓,三两,乳汁拌蒸)、黄花鱼鳔(三两,炒成珠)、人参二钱。炼蜜丸如梧子,淡盐汤下。

页五:

江上值雪效欧阳体限不以盐玉鹤鹭絮蝶飞舞之类为比,仍不使皓白洁素等字

缩劲【颈】夜眠如冻龟,雪来惟有客先知。江边晓起浩无际,树杪风多寒更吹。青山有似少年子,一夕变尽沧浪髭。方知阳气在流水,沙上盈尺江无澌。随风颠倒纷不择,下满坑谷高陵危。江空野阔落不见,入户但觉轻丝丝。沾裳细看若刻镂,岂有一一天工为。霍然一麾遍九野,吁此权柄谁执持。世间苦乐知有几,今我幸免沾肤肌。山夫只见压樵……②

十六日(4月26日) 希颜、立之、伯夔、君任、勉甫来。午后趁

① 此为陈曾寿义女胡婉宜拜帖。陈曾寿民国二十七年八月十三日日记云:"婉宜义女来信贺生日,并贺节。"

② 此诗稿纸为绿格纸,中间有"苍虬手抄"四字。诗为苏轼所写,原题《江上值雪效欧阳体限不以盐玉鹤鹭絮蝶飞舞之类为比,仍不使皓白洁素等字,次子由韵》,夹页未完,原诗尚有:"担,岂知带酒飘歌儿。天王临轩喜有麦,宰相献寿嘉及时。冻吟书生笔欲折,夜织贫女寒无帏。高人著履踏冷冽,飘拂巾帽真仙姿。野僧斫路出门去,寒液满鼻清淋漓。洒袍入袖湿靴底,亦有执板趋阶墀。舟中行客何所爱,愿得猎骑当风披。草中咻咻有寒兔,孤隼下击千夫驰。敲冰煮鹿最可乐,我虽不饮强倒卮。楚人自古好弋猎,谁能往者我欲随。纷纭旋转从满面,马上操笔为赋之。"

车赴津，贻先同行。仲业亦来。

十七日(4月27日) 访孝怀，未遇。君任来。听小彩舞《活捉三郎》，音节之妙，入人心脾，洵人才也。画松便面，用金(君任)。①

十八日(4月28日) 致寥志、询先函。仲业、君任来。夜十一时趁车，素梅侄女同行，回长春。彤伯夫妇同行，德甫亦来。

十九日(4月29日) 九时过山海关，夏绍康来，适同车。其外交办事处科员鲁恭侠亦来，得免关讯。过关者向来苦其苛扰，余每次皆顺利，殆亦运气也。午后四时半，到奉天，换南满车，华轩及知庵、纪青、必复皆来站接送。行李甚多，幸有人招呼一切。夜十时到长春，荃女、升儿、君适、中甫、丽保、三媳皆至站接，处中同事稚云、仲威、声甫、厚卿、毅夫、振昌、增□及包辑庭皆来。识先、农先来。

廿日(4月30日) 到处。伯辉来。识先来。

廿一日(5月1日) 到处。晤吉刚参谋，托以维持陵地，允为制止。致荣儿函。金齐伯来。识先来。

廿二日(5月2日) 访日宣治纪念，觐见，赐宴。见上，奏对半小时。② 同荃女、素梅侄女往观书画展览会。识先、农先来。荣儿来

---

① 天头：郑瑞阶求画。

② 旁注：觐见时辰已到，侍者屡促驾，沉吟不去。天头：上问："世宗雍正上谕曾见否？"对："敬读一过。"问："世宗之精明，是由阅历考验而得，抑另有原故？"对："世宗于禅功有得后，如明镜止水，物来毕照，一了百了，非节节而为之。"谕："汝所言极对。"问："看《雍正语录》后，觉得那一家于己切近有得。"对："永明、通慧，无语不圆，赵州较他禅师更为朴实，鞭辟入里，至于沩山、仰山、云门，未能领悟也。"谕："平时于事理上见得如何如何，皆是从意上所得，是我见决非真理，必须另有一种境界，应万事万物而无心。至于私见之未能去，乃是无始劫来之习气，须渐渐去尽。应如是住。'如是'二字极好，只有如是也。真正无上之法，非语言文字所可传。文字之生，皆因对待而始有。"对："即圣人所立之五伦，亦是由对待而生。"谕："极是。"皇上今日所处之境地艰艰困苦，为自古帝王所未历者，惟从古帝王亦各有其为难之处。天不能造一最好境地与(转下页)

函,大媳生一女,大小平安。

廿三日(5月3日) 到处。致涛贝勒函、仲业函、立之函、勉甫函、荣儿函。

廿四日(5月4日) 到处。苏堪、葱奇来。

廿五日(5月5日) 到处。同强志往观雕刻油画展览会(公会堂)。先曾祖简学公忌日,晚设供。识先来。

寄心畬、叔明、立之、伯夔、君任、羹梅五首纪心畬园中花事[①]

十分春色在鸾枝,老去逢迎恰未宜。惟有墙阴一株雪,疏疏淡冶最相思。

妆迟梦[②]欠试猩唇,帘外馀寒怯暮春。不借东风夸烂漫,只应身分是天人。

千花万草醉芬芳,幽妙清浓[③]费品量。微觉香中参酷烈,插瓶偏爱紫丁香。

小奚捧砚供题壁,主客行吟入画图。名署苍虬佳石底,嵚崎相对不曾孤。

密国樗轩岁一来,暂凭香茗洗边埃。花时雨阁连宵话,清梦人间第几回。

廿六日(5月6日) 到处。苕雪来。致荣儿函。寥志来函。询先来函。

廿七日(5月7日) 到处。吴纪泉来。叶浦孙、洪德之、钱秉愚

(接上页)人,所处为何境地则其境地为道场,是在人人自为耳。如以现前境地为道场,则动心忍性、征声发色皆是锻炼之资。若父顽母嚚弟傲,即舜之道场也。洪水滔天,下民昏蛰,即禹之道场也。二叔流言,以殷人叛,即周公之道场也。春秋时之乱臣贼子,即孔子之道场也。作圣在此,成佛亦在此。

① 此诗诗题诗集本作《丁丑三月至旧京与立之伯夔君任羹梅及心畬叔明两王孙聚晤常至夜分始散心畬园中花正开以诗纪之》。

② “梦”,诗集本作“睡”。

③ “浓”,诗集本作“酞”。

来。茗雪来。义女静娟来函。

廿八日(5月8日)　到处。桂孙抓周,先抓红顶,或者将来尚有出息乎。识先来。致询先函。厚卿、德甫来看竹。

廿九日(5月9日)　星期,不到处。苏堪约同强志晚饭,素菜甚多,菜粥风味极佳。

四月初一日(5月10日)　到处。先母周太夫人忌日,晚设供。识先来。寥志来函,属接济定生五弟。

初二日(5月11日)　到处。茗雪来。见上。致仲业、雪斋函。

初三日(5月12日)　到处。询先、荣儿来函。识先来。

初四日(5月13日)　到处。仲业来函,寄照片来。识先来。

初五日(5月14日)　到处。傍晚同家人至西公园,樱花、杏花、榆叶梅盛开,落英满地,在此间为不可多得之境也。夕阳映新柳,四围烟霭,仿佛江南矣。识先、伯辉、齐伯来。

属识先刻一印章“毛颖陶泓俱见佛”。

初六日(5月15日)　上召见。到处。约茗雪、阔泉、石泉、效成、德甫、声甫、厚卿晚饭。农先、识先、伯辉来。伯夔来函。识先来函。致散原函。

初七日(5月16日)　星期,不到处。茗雪、农先来看竹。治芗来函。强先来函。贻先来函。

初八日(5月17日)　雨。到处。荣儿来函。仲业来函。伯辉来。

初九日(5月18日)　到处。访叶浦孙。愔仲、荣儿来函。心畬来函,附见怀诗一首、词二阕、拓好太王砖一纸(“愿太王陵安如山固如岳”),予所书石“苍虬”二字亦拓一分。苏堪来谈,赠陈石遗所纂《金诗纪事》四册、李拔可所纂《辽诗纪事》一册。

初十日(5月19日)　到处,见上,代幼兰乞恩赏四百元。散原来信,谓贻书逝世。予在京时,贻书卧病,望予一视,未能往,遂永诀矣。

挽贻书

放怀[①]山水之间,游世真符天语;

为访梅花而病,几生修到逋仙。

七十时,上赏匾额为“虚几游世”(庄子语)。

因访孤山梅花发病,遂至不起。

十一日(5月20日) 到处。愔仲和《寄散原》及《看海棠》七律二首。希颜来函。农先、识先来。

和愔仲沽上直园海棠

绰约明妆照上池,别来水复纪幽姿。花开长昼无人见,春恋馀寒且自持。美睡故宜中酒后,深愁早种点唇时。心灰鬓雪穷边客,报答韶华剩有诗。

十二日(5月21日) 到处。治芗自北京来,同苕雪往视。仲业来函,言幼兰之次妾病危,无医药费,且恐无以为殓,向静园借百元,属代奏闻。上赏四百元。

毛颖陶泓俱见佛。简斋。

天女维摩总解禅。东坡。

近侍即今难浪迹。少陵。

故人颇问不休官。东坡。

十三日(5月22日) 到处。荣儿来函。询先来函,附子安函。仲业来函。伯辉、识先来看竹。治芗来,去时将天明矣。

十四日(5月23日) 星期,不到处。约苏堪、稚辛(新自旧京来)、纪泉、巩庵、苕雪、浦孙、觉人、炎佐、葱奇晚饭。治芗来。

十五日(5月24日) 到处,见上。刘鲤门约观棋,日人井上五段与吴逖生对局,授二子。

十六日(5月25日) 到处。伯辉、农先、识先来。仲业、幼兰来

① “放怀”原作“逍遥”。

函。荣儿来函。

十七日(5月26日) 到处。识先来。治芗、茗雪来看竹。

十八日(5月27日) 到处。农先、识先来。致荣儿函、询先函。

十九日(5月28日) 到处。贻先来函。农先、识先、伯辉来。

二十日(5月29日) 到处。

二十一日(5月30日) ①到处。午前十一时，奉天陵庙办事处来电，昭陵明楼于夜间四时失慎，至今未熄，尚在救护。旋以电话问办事处大火已熄否，回话谓未尽熄，碑有损伤。请见奏陈，并请自往调查。下午又来电，五时始熄，以救护不易，取水太远也。夜九时，同厚卿赴奉，二时五十分到，秩安、纪青、云生至车站接，寓天津大旅社。秩安言失慎无形迹可疑，恐失雷火所引。

二十二日(5月31日) 星期。晨九时，同厚卿至昭陵，秩安、纪青已先到。明楼上层已全毁，碑有裂文，因经火煅极热时，猝加冷水所致。碑身左边剥落二尺馀，乃梁摧所压也。四面皆墙，甚厚，并无木质引火之物，起火自楼檐西侧。巡更者于四时见冒黑烟，急呼人救护，司祭员□□以电话通知警署消防队及满铁消防队，皆来救护，以隆恩门内有门阑，车为之损，又取水之地过远，以致迟延二小时，头层遂不可保矣。下午五时许始尽行扑灭。至夜二时，馀烬复起，又告消防队来始灭。据司祭员云，发见火起之前一时，闻有霹雷一声，似有小雨，或系电火所燃，然事属渺茫，不敢证实也。午后二时，趁亚细亚车回新京，六时半到，即入府奏闻皇上。同强志赴苏堪之约。

廿三日(6月1日) 到处。治芗、季湘、农先来看竹。递请罪折。

> 奏为待罪敬请处分事：窃臣为昭陵明楼失慎，驰往调查，询悉起自楼檐西侧、人所难到之处，楼内碑在中间，四面皆墙，并无木质可以引火，消防队来救护时，四面铁丝门尚在关锁，究竟因

---

① 天头：阳历五月廿九日。

失慎仓卒,未能查出。据该办事处呈报,所谓或系电火所致,无由证实,现饬该总办爵善等续行详细查究,随时报告。

伏惟陵寝重地,变出非常,皆由臣等平时敬畏不至、防护不周,惊悚战栗,寝馈难安,惟有待罪听候处分,以明责任。至以后应如何防患未然、敬谨守护之处,应再拟办法奏请圣裁。伏祈皇上圣鉴。臣谨奏。

识先来。

二十四日(6月2日) [1]到处。苏堪、稚辛来。夜同家人看影戏《鲁滨孙漂流记》,颇有世外之趣。

二十五日(6月3日) 到处,见上。得北京陵庙办事处信,昭西陵碑亭亦于阳历五月廿九日下午三时失慎,幸发觉甚早,情形不重。两陵同时有变,事出非常,不胜儆惧。识先来。荣儿来函。蓉史表侄女来函。致涛贝勒函。致伯夔函。致询先函。致贻先函。

二十六日(6月4日) 到处,见上。涛贝勒来函,详报昭西陵失慎事。

二十七日(6月5日) 到处。茗雪、农先、识先、伯辉来。

二十八日(6月6日) 星期。苏堪约游净月潭,蓄水甚深广,虽为人功,而尚有天然之趣。小山葱秀,烟水微茫,有不尽之致。乘汽船至中流,忽片云上黑,雹雨兼至,风起浪涌,飞瀑湿衣,遂折回。炎佐约晚饭。[2]

廿九日(6月7日) 到处。荣儿来函。农先、识先、伯辉、治芗

---

① 天头:奉批:该处长在京供职,并未在奉天,故非直接负责者。所请处分一节,着无庸议。嗣后当认真整顿,不得因循疏漏,以副朕怀。

② 按:郑孝胥本日日记载:"与仁先、巩庵、浦孙、觉人、曼多、葱奇同游镜月潭,舟中风雨飞浪,溅衣尽湿;仁先携外孙女及次子英三。炎佐约仁先等晚饭,徐愈斋、吴寄荃亦来。"(郑孝胥著,劳祖德整理《郑孝胥日记》第五册,第2673页。)

来。致心畬函。仲业来函。涛贝勒来函。

卅日(6月8日) 到处。伯辉来。农先来。

五月初一日(6月9日) 到处。上赏粽子三十八个。农先、识先、伯辉来。

游净月潭诗

一日名传郑国渠,直移广漠作江湖。山围翠(巾宪)[①]开天镜,身共闲鸥入画图。小艇乍堪冲峻濑,片云何意散[②]跳珠。征衫检点西湖雨,惆怅烟波旧钓徒。

苏堪作:

疏雨回风好放船,浪花飞处水如烟。江湖满眼伊何地?鱼鸟移情又一天。千尺虹垂芳草外,四山绿到夕阳边。京尘纵不论新旧,梦想昆明近十年。[③]

初二日(6月10日) 到处。致询先函。致子安函。伯辉、治芗、农先、识先来。荣儿来函。询先来函。

初三日(6月11日) 到处。致秩安函。昭陵失慎处分,经宫内大臣奏请□裁可,总办、会办皆撤差,惟总办到事未久,正当在整顿之时,无人接替,着戴咎留任,以观后效。苕雪、治芗来看竹。画松便面三个(石二、济艭、希颜)。

初四日(6月12日) 到处。识先来。荣儿来函。仲业来函。

---

① 此字诗集本作“幕”。

② “散”,诗集本作“送”。

③ 按:《郑孝胥日记》本年五月朔日载:“仁先出《净月潭》一诗,余亦赋一律云:‘疏雨回风好放船,浪花飞处水如烟。江湖满眼伊何地?鱼鸟移情又一天。千尺虹垂芳草外,四山绿到夕阳边。京尘纵不论新旧,梦想昆明近十年。夜遣遗之。’”(郑孝胥著,劳祖德整理《郑孝胥日记》第五册,第2673页。)

读诚斋集

探汤绝笔见心期[1],诗格诚斋不厌[2]卑。惯以纤新娱[3]俗眼,还将狡狯出偏师。拔奇却有惊人技,白战曾无寸铁持。堪羡虞公身死日,堂堂博得一联诗。

予最喜诚斋《虞丞相挽诗》二句"雪山真将相,赤壁再乾坤",向来无人拈出。

端午节(6月13日) 入府请安。农先、识先、彤伯来。祖宗前叩节。实夫、泰贻、效成来。下午六时,入府见上。夜设供。治芗来看竹。

初六日(6月14日) 到处。画卧龙松直幅。伯夔来函。

初七日(6月15日) 到处。茗雪在寓中请客,到者为苏堪、稚辛、炎佐、浦云、曼多、葱奇、巩庵、纪泉。致荣儿函。覆文纪青函。治芗来。[4] 询先来函,附文甫和寄散原诗韵一首、子安和韵二首。

初八日(6月16日) 到处。治芗来。致仲业函。

初九日(6月17日) 到处。答拜石丸中将。询先来函。雪斋来函。洪得之来。仲业来函。

初十日(6月18日) 到处。询先来函。强先来函。荣儿来函。治芗来。识先来。文纪青来函。得之来。

十一日(6月19日) 到处。治芗来。茗雪、农先来。致仲业函。

十二日(6月20日) 星期,不到处。巩厂、纪泉借寓请苏厂、茗雪、浦孙、觉人、炎佐晚饭。稚云来。识先来。仲业来。仲业来函。画松册一开(木公)。

十三日(6月21日) 到处。识先、农先来。伯辉来。奉天陵庙

---

① 此句原作"作诗常欲解人颐"。

② "厌"原作"碍"。

③ "娱"原作"惊"。

④ 天头:赵崇士住杭州板儿巷一四七号。

办事处会办文纪[青]因失慎事撤差，予保荐夏幼兰已蒙俞允，而幼兰竟不来。皇上待幼兰之恩可谓天高地厚，竟不明大义若此。予因其数年以甘受困苦，尚有骨气，而不知其大处糊涂至此也。致荣儿函。致倜贝子函。

十四日(6月22日) 到处。见上，保荐张晋华可胜会办之任。上俞允，命与熙洽商酌，熙无异议。发快信与晋华，问能辞路事否，俟其回信来，再奏请，免蹈幼兰前辙也。

十五日(6月23日) 到处。识先来。治芗来。月色极佳。致荣儿函。九先兄怡斋之子邦彦来信，述九兄病状并自挽之联。定生来函。画山水直幅。

府中白芍药及杂花盛开偶作[①]

进扇悬囊节候新，馀寒棉[②]袷且相亲。一庭花作晚春事，万里天淹衰相身。波影摇人宜小立，梧阴留掖感逡巡。玉盘风露明如许，微逗芳悰一怆神。

丁丑五月十三日感赋

旧恨惊心耿不眠，沉沉影事渺如烟。羊亡[③]歧路途何问，葛采旄丘岁几迁。同梦未甘成已背，销魂难再是丁年。分明后剧非前剧，苦语何由诉九泉。

二十年来事万更，枭豺狐蜮[④]各纵横。诸公赍志诚难瞑，后死投艰自可惊。径绝云通容有日，海枯石烂总无名。须臾共影荧残夜，可有孤光作启明。

十六日(6月24日) 到处。荣儿来函。治芗来。识先来。

十七日(6月25日) 到处。晋华自锦州来。治芗、伯辉来。

---

① 此诗题诗集本作《府中白芍药及杂花盛开偶作》。

② “棉”，诗集本作“重”。

③ “亡”，诗集本作“求”。

④ “枭豺狐蜮”原作“獍枭豺虎”。

十八日(6月26日) 到处。下午六时见上,谕:"张憝一定补他。"问:"皇上见一面否?""明日可见。"对:"明日为星期,后日见如何?""就定后日。"对:"臣保荐张憝,是为受恩深重。"上不待辞之毕,已预知会有亲戚避嫌之意。即言:"此语不必对我说。我深知汝之心丝毫无私,一心为我,内举不避亲。若有意避之,反是私心了。汝对我为此言,是尚不知我也。既在我与你,说不上这些话了。"不胜感悚之至。治芗、莕雪来。晋华、识先来。

十九日(6月27日) 到处。浦孙约晚饭。治芗来。僴贝子来函。

二十日(6月28日) 到处。晋华蒙召见,派充会办。

二十一日(6月29日) 到处。熙大臣奉谕,命寿辞职,将任宫内顾问官及陵庙事务总裁。闻系因护兵滋事,欲免佟继煦之职,再三调停,始允改调近侍,乃让缺与佟也。数年以来,为陵庙事争持太过,久欲去之,而不得间,今值此机会,遂发动耳。予去岁两次具疏请解职,未蒙俞允,受恩深重,不能言去,今如此下台,乃至幸耳。具折请辞职,并具呈请大臣转奏。

二十一日(6月29日) 请见,上言:"你在近侍处五年,诸事熟习,实在是得力,此非当面夸奖。彼等早欲去之,均为我挡过,此次因护兵之事,借端又提前议,我亦不便太与彼等抵牾。小小改换局面,只得听之。彼等欲寻你之短处,实在无话可说,只好话吃烟,此亦不过借题。臧士毅何曾不吃烟?可见毫不相干。继煦才具不彀,陵庙事大,他管不了,仍要你来担任,万不可辞。你平常非有公事不请见,以后可以随时见面。我左右人太少,献可替否,甚有望于汝也。并可讲书,或述列祖列宗掌故,或讲佛理。时局变动不可知,将来未必无发展之日,彼时参预密勿,甚赖于汝。要常在我之左右。"对:"皇上聪明天纵,所见万非臣下能及。如何能讲。"上言:"你是知行可合为一,我虽偶有所见,而不能实行。不必谦虚也。"对:"臣终身伺候皇上,是万无言去之理。惟不在做官与不做官,不做官也是一样。为臣下者容易自处，独为其难惟皇上耳。”上言：“这不算甚么，我们来这一回是为甚么的。觉得对不住赤子，不能救济。无论如何忧劳困苦，终觉得不能尽其职分耳。”对：“陵庙之事，万不敢辞，惟必须专属于皇上，不牵涉满洲国政治，乃敢担任，否则牵制窒碍，虽欲尽心而不可得耳。”

二十二日(6月30日) 苏堪、云汀、苕雪、治芗来。致荣儿函。

二十三日(7月1日) 派充宫内府顾问官，入府谢恩，未见。地山姻丈来。愔仲来，未晤。苕雪、治芗、先春来。纪泉来。诸君之来，殆为罢官而来安慰者，不知我固未尝以为官，又何罢与不罢之有，可发一笑也。与苕雪围棋一局。有两年未下棋矣。致秩安函。致毅斋函。

二十四日(7月2日) 入府谢恩。苕雪借寓请苏堪、治芗。致伯夔函。稚云来。农先、识先来。上封奏一件，奉谕明日上午召见。

二十五日(7月3日) 见上。谕：“我等来世一回，不能随便轻易放过，预备后来一同受罪。”又言：“‘受罪’二字不对，即说一同享福亦不对。一同为百姓尽心尽其力之所能到，以候天命而已。你要趁此可以休息之时，将身体养好。身子强健，才可以做事。你要往深山中静修些时，我不以为然。无论处何境地，都是一样，靠外界转移，非根本之论也。不可消极。”寿对：“古德有言，‘人要高高山上立，深深海底行，不可在闺阁软暖中讨生活’。臣以为从前数十年所处之境，皆不出‘闺阁软暖’四字，故想换一境地，稍资历练，或可有长进。”上言：“人或当簿书极地，时想清静。或山中清静太过，又不耐，有思动之意，皆不免为境所移。要一切打破。你现在所处，亦未必即是闺阁软暖也。我不愿汝一日离开左右，此时若或走开，他人又将造出多少话来。或说派你入关有甚么事。”此外尚有涉及他事话甚多，未记出。

二十六日(7月4日) 升儿生日。苕雪、治芗、农先、识先、伯辉来。志叔壬、叶浦孙来。厚卿来。

二十七日(7月5日) [①]得之来。秉愚来。致荣儿函。治芗来。

二十八日(7月6日) [②]见上。约近侍处同人拍照以为纪念,并请晚饭。茗雪、石泉、效成、仲威、稚云、德甫、声甫、稚松、炳昌、厚卿、实夫、增湜、聂崇义,共十三人。治芗来。农先、识先来。苏堪来。

二十九日(7月7日) [③]茗雪、治芗、伯辉、识先来。灼先、强先来函,厚先在王店患湿温,误服药,甚剧。即覆两函,一寄杭州,一寄王店,并汇卅元为医药费。致十一太太函,属速赴杭视疾,并汇十五元。

六月初一日(7月8日)(七月八日) 致伯夔函。识先、伯辉来。茗雪来。询先来函。

初二日(7月9日) 奉谕管理奉天陵庙办事处事宜,属强志代作辞折,明日递上。得寥志自莫干山来电,厚先弟病故,痛极。厚先近年所为太颠倒,然不料如此结局也。治芗、茗雪来。农先、识先来。伯辉来。往晤晴初,托其在上前婉达辞差之故,以免再坚留也。

奏为恳请收回成命恭折仰祈圣鉴事。窃臣今日奉上谕,派陈曾寿管理奉天陵庙承办事务处事宜,钦此。臣受恩深重,一息尚存,但有稍有效力之处,无论如何为难,所不敢辞。若明知无益,且多窒碍,轻率从事,亦非所以报我皇上也。凡任官之道,为事择人,不为人择事。关内东西两陵相距遥远,各有守护大臣,故在北京设两陵办事处,以总其成。奉天情形与关内不同,原有总办禀承近侍处指令承办陵庙事务,今又添设一管理之名以居其上,职既等于骈枝,事更增夫周折。既无可效力之处,徒虚糜俸禄,尸位素餐。臣稍知廉耻,何能一日觍颜立乎其位。臣受皇上非常之恩,此身已非己有,终身不能离开我皇上,即偶有他往,闻召立至,无分在远在近。此心无二,固不在

---

① 此处圈去“曼多来”三字。

② 天头:领辞职金一万五千五百元。

③ 天头:日兵在卢沟桥演习,夜深,与二十九军冲突。

有官与否也。伏祈天恩俯准，收回成命，不胜屏息待命之至。谨奏。

初三日(7月10日) 仲业来函。致荣儿函。致强先函。苕雪来。伯辉、农先、识先来。为厚先设供，以示下辈成服之意。

初四日(7月11日) 同强志至后楼晚饭。荣儿来函。苕雪、治芗来。

次韵苕雪白芍药

殿春春去奈佳期，寂寞遗芳欲怨谁。差胜伤离三月尽，还如见佛一花持。翻风偏自当瑶砌，炙日何曾损雪肌。难补韶光补愁恨，故应苌楚乐无知。

初五日(7月12日) 奉谕："览奏具悉，奉天陵庙事务关系重要，亟应整顿，故派卿管理，所请收回成命，着无庸议。钦此。"伯辉于今日回京来辞行。治芗来。致荣儿函。询先来函。

初六日(7月13日) 今日为强甫忌日、梁文忠公师生日。文忠曾有挽强甫句："嗟君死日吾生日，叹世今年甚昔年。举袂独行风景异，拥书不寐雪灯妍。江流淼淼无归处，人事纷纷那胜天。绝代奇花九渊底，呕肝文字倩谁传。"故记于此。治芗来。强志发寒热，患痢。

初七日(7月14日) 请谢石泉为强志诊，云有感冒，开方服之。治芗、苏堪、苕雪来。识先、农先来。致荣儿函，属拨百元接济九弟妇。

初八日(7月15日) 强志较昨稍减，请石泉改方。荣儿来函。倜贝子来函。治芗来。识先来。

初九日(7月16日) 强先来函，言到王店为厚先办后事，正入殓时，楼上下一少妇，重孝，向强先叩头，要小哥作主，并生二女，一四岁，一一岁，欲随柩至杭。强先不得已，以权词拒之以后，未能即运柩，恐其随行也。厚先作此孽缘，真不易处之事。

书江弢叔

苏堪共说江弢叔，能表幽潜[①]意自长。教外师传空倚著，卷

① "潜"原作"幽"。

中天地太悲凉。仲车狷行有深性,无已赓酬稀抗行。成就若为身世限,独行此士信堂堂。

后山交游苏、黄而后,所与酬唱者多系平流,故未能尽发其奇趣。彊叔并世师友之间,亦未能无憾也。

询先来函,言曾派七弟妇携澄侄至王店料理厚先之事,亦见此少妇,未晤交言。覆询先函。覆强先函。苕雪来。识先、农先来。石泉早来为强志诊脉,谓较昨为减,惟寒湿尚未尽化。

①与识先饮酒

杜门犹可拓吾轩,雨后天机深小园。郁郁丛芳残暑气,娟娟秋佩一凉恩。挥杯我自酬形影,得酒君方有语言。(识先酒后喜谈论,平时点点而已。)

②刻经二千。

还苏堪一千一百元。

还嵇竹贤一千元。

巽女五百元(存天津银行)。

荃女一千元(或多留一千为他日之用)。

素梅侄女一千元。

荣儿二千元。

升儿一千元(存天津银行)。

付渭渔三兄之孙四百元(存银行)。

农先四百元。

还治芗一百元。

---

① 天头:巴特玛撒已斡见一七岁童子,其父母皆不在家,询以父何往,答云"父往寻言语",又问汝母何往,答云"母往寻眼目"。少顷,其父沽酒至,盖谓饮酒后即言语烦琐也。其母买归灯油,谓点灯可照昏夜也。

② 天头:处分恩赏辞职金一万五千。

分贻先五百元(存银行)。
分询先五百元(存银行)。
分识先五百元(存银行)。
付蓉史表侄女二百元。
送王芗孙一百元。
付熙、闰两侄读书之费五百元(存银行)。
付丽保一千元(存银行)。

奏为今日时局无论如何艰难,皇上顺天理以应之,天心默佑,自有转移之时日。前所处境地当视之为一道场,动心忍性,征声发色,皆是锻炼之资。在昔洪水滔天,禽兽伤人,即是禹之道场。春秋时乱臣贼子更不绝书,即是孔子之道场。作圣在此,成佛亦在此。天降大任于人,未有处顺境者也。臣无他志,皇上是当今之佛,只愿终身为一侍者。既视人世一切皆空。从前俸禄,故旧赖以举火,以后不能接济,即将恩赏辞职金分别散给,不以一钱私,以负我皇上也。以后尚拟请假一两月入山静修,稍求进益,以为他日报效之地。天恩高厚,有逾常格,用敢冒昧直陈。伏祈圣鉴,谨奏。

北京西四牌楼北沟沿燕代胡同一号,梁劬。
北平东直门内羊管胡同四号,增祉。

[1]百年小劫风雨疾,一老深居岁月赊。远隔天容仍此会,迟开寒勒几分花。

北平北半截胡同五十号,汪希颜。

---

① 天头:非迂腐,正人心。

第十九册(民国二十六年六月至十一月)

丁丑六月十一日(1937年7月18日) 荣儿来函,闻仲远病笃,不胜感惜,石钦诸子中惟仲远可读书也,奇贫体弱,忧能伤人,悔平时未能周济之也。愔仲来。询先来函。识先来,将因公往锦州,一星期内可返。苕雪来。治芗来。

与识先饮酒

杜门犹可拓吾轩,雨后天机深小园。郁郁芳丛残暑气,娟娟秋佩一凉恩。捧杯我日酬形影,得酒君方有语言。犹记园中间草木,好同坡颖对清尊。

识先平时寡言,惟酒酣以往,则娓娓不已。昔大智慧通彻三世之巴特玛撒已斡见一七岁童子,其父母皆不在家,询其父何往,答云父往寻言语,又问母何往,答云母往寻眼目。少顷,其父沽酒归,盖谓饮酒后则言语烦琐也。其母买归灯油,盖谓点灯可照昏夜也。巴特玛大奇之,收为弟子。

奏为叩谢天恩并请旨裁定事。窃臣恳辞管理承办奉天陵庙事务处事宜一折。本月日钦奉批谕云云等,因天语隆挚,曷敢固执前请,惟有殚竭绵力,以图相称。臣现在期服假中,一俟服满,当即进内谢恩,到差任事。办事必须拟订规则,以资遵行。此次询明宫内所核议,既无办公经费,亦无另用员司,自无规定之可言。臣奉谕驻在新京,有事即驰赴奉天,其所需川资旅费只得请领内帑,由臣实报实销。在奉办事,尽原承办处人员指挥办理。如在京,有事时,拟即酌调近侍处人员帮同办理。并拟请饬刻木质关防一颗,颁发备用。所有承办处公文,经臣核阅,其关重要者，奏陈请旨决定后，通知近侍处。其例行公文即转送近侍处办理，是否有当，应请圣明裁定施行。理合恭折具陈，伏乞圣鉴训示，谨奏。

十二日(7月19日) 强志胃纳渐开，惟更衣尚未甚畅。农先来。致荣儿函。致询先函。治芗来。

十三日(7月20日) 茗雪来，围棋一局。治芗来。致荣儿函。

十四日(7月21日) 奉批照准。约声甫来，属代办公函。录原折并批，知会总务处、近侍处及奉天办事处。德甫来。[①]

十五日(7月22日) 声甫以稿来阅，属其即发。月色极佳，数日来天气甚热，至九十度，数年来所未有也。

十六日(7月23日) 荣儿来函，仲远病已不可为矣。傍晚改凉。

十七日(7月24日) 苏堪来。茗雪、季湘来。

十八日(7月25日) 询先来函。荣儿来函，仲远于十三日病故，真可哀也。茗雪来。识先自锦州归。

雨过花气馥深更，并坐无言背月明。消我禅心无量劫，梦中一晌若平生。

十九日(7月26日) 询先来函。天气甚热，至九十五度。茗雪来围棋。识先来。

和子安一首

不见高人对榻论，芳尊何日酒重温。[②] 亦知楚失原难[③]复，谁信凡亡并丧存。拜赐冬郎空掩涕[④]，移官臣甫欲招魂。春明遗恨

---

① 此处抹去“声甫来”三字。

② 此句原作“卅年春梦久难温”。

③ “原难”原作“终能”。

④ 此句原作“去国冬郎曾拜赐”。“去国”二字又曾更为“挂服”。

犹难灭[1],又醉钧天怆[2]梦痕。[3]

二十日(7月27日) 天气改凉,七十七度。爵秩安来。苕雪来。识先来。农先来。画山水直幅(宝师七十生日)。画松幅。苕雪来围棋。贻先来函。

宝沈庵老师七十寿联

籍忝苏门观觌觏。(秦观之弟觌、觏)

名高密国学书诗。(《金史》:完颜璹博学、工书、善诗)

乡试,寥志、强志两弟皆出其门,以三人出名也。

二十一日(7月28日) 秩安来。识先来。吴纪泉来。苕雪来围棋。治芗来。德甫、叔壬、声甫、厚卿来。

二十二日(7月29日) 写宝师寿屏,系乾隆库蜡笺一张,约五尺长、三尺宽,黄底,抽金龙,有一钱厚,洵极佳之纸也。农先、识先、厚卿来。晋华自奉天来。晚冻雨一阵,兼雹。

二十三日(7月30日) 先十二叔父子彝公忌日,晚设供。农先、识先来。晋华来。厚卿来。治芗、齐白来。日内痰哽甚,请石泉来诊。

二十四日(7月31日) 晋华、识先、农先、治芗、声甫、厚卿、德甫来。[4]

二十五日(8月1日) 画山水直幅(声甫)。识先来。厚卿来。

二十六日(8月2日) 同识先访钱秉恩,贺其抱孙之喜。苕雪来围棋。农先来。声甫来取画。

---

① “犹难灭”原作“曾难遣”。

② “又醉钧天怆”原作“更堕遥天著”。

③ 此诗诗集本作“不见高人对榻论,天涯何日酒重温。早知楚失难期复,谁料凡亡并丧存。拜赐冬郎空掩涕,移官臣甫欲招魂。春明遗恨犹难灭,更寤钧天怆梦痕”。

④ 天头:销假谢恩,见,奏陈整顿奉天三陵事务。

二十七日(8月3日) 识先来。厚卿来。治芗来。夜间为扑克之戏,素梅侄女得同花顺,曾预约有得同花顺者,以前日所画松为奖品。

二十八日(8月4日) 往贺宝师七十生日。识先亦于今日生,制菜数品,晚间家人共饮,无外客也。致章甫侄函。

二十九日(8月5日) 苏堪来。识先来。声甫回南来辞行,未得见。茗雪、治芗来。

七月初一日(8月6日) 识先来。

初二日(8月7日) 茗雪、治芗来。识先来。巽女因前日饮酒兼食生冷油腻,腹泻,微有里急后重之势,幸未成痢。请石泉来诊。夜二时发动,三时半生一男,尚未十分足月,想因泄泻气虚而牵动也。一夜未睡,天大明始就枕。

初三日(8月8日) 请石泉来诊,谓巽女尚有湿热未化。愔仲约同强志午餐。巽女腹时有小痛,更衣数次,略有粪,未成痢也。农先、识先来。

愔仲六十寿诗

探汤孟博行无悔,仰屋宽绕语可惊。深鉴高寒天咫尺,饱撄忧患宛峥嵘。孤踪只益丹心苦,万里俱看白发生。不蚀冰霜松柏健①,逢辰何惜酒杯倾。

初四日(8月9日) 巽女泄渐止,请石泉来改方。治芗来。齐伯来。农先、识先来看竹。荣儿来函。强先来函。

奏为陈明事,顷据奉天陵庙承办事务处来呈,酌定去留人员,以除积弊,经臣详细核夺,尚属周妥,拟请圣明裁定施行,理合连同原呈一并奏陈,伏乞圣鉴训示,谨奏。

初五日(8月10日) 办事处寄来呈文二件,近侍处寄稿四件。

---

① 此句原作"甘耐松寒谢榆暖"。又天头:晚节相期终不负。

茗雪来。治芗来。识先自后楼移来同住。荣儿来函。[1]

初六日(8月11日) 入府,上折二件,蒙批准。约舒菊忱来谈,因办事处无一能办稿之人,拟将总务员文华免事,以菊忱补入也。齐白、茗雪来。爵秩安来函。

初七日(8月12日) 治芗、茗雪、苏堪来。询先来函。办事处来文一件。

初八日(8月13日) 入府,见上。

秋碧照幽居[2],繁花上绮疏。安心毛颖佛,遮眼贝多书。肃肃惊弦鸟,鳞鳞少水鱼。小园真独乐,俯仰更何如。北牖森苍雪,南楹罨绿天。安心毛颖佛,同命蠹鱼仙。见放仍难去,甘潜敢望贤。秋芳淡移影,容得日高眠。[3]

初九日(8月14日) 夏绍康来。治芗来。致荣儿函。

初十日(8月15日) 约苏厂、纪泉、巩厂、裕斋、茗雪、曼多晚饭。

十一日(8月16日) 实夫、厚卿来。

园中遍植秋芳,中有晚香玉[4]一种,入夜,万花齐放,幽芬袭人,亦塞外之一奇也,诗以张之[5]

花开真约黄昏后,风露中庭月上初。万里凉秋愁绝塞,十分奇夜慰幽居。灵芸美盼灯犹却,飞燕容光昼不如。道服寒香太清绝,不辞久立向阶除。

十二日(8月17日) 同治芗、强志公请愔仲,约茗雪、嵩如、胡

---

① 天头:北大街专卖署后中央宿舍,舒菊忱。

② 此句原作“秋卉伴幽居”。

③ 天头:改作。

④ 旁注:即夜来香。

⑤ 诗集本诗题作“园中遍植秋芳有花俗名夜来香者尤多入夜万花齐放幽芬袭人亦塞外之一奇也戏作一诗纪之”。天头:薛夜来,字灵芸,夜间针线不用灯烛。成帝谓飞昼视不及夜视之矣。

元春作陪。齐白为不速之客。饭后看竹,至三时始散。

十三日(8月18日) 数日以来皆甚热,长春向来所无之天气也。询先来函,乃前十八日所发。荣儿来函,前五日所发。致荣儿函,属汇四百元赎南园画马,十年前质于陟甫者也。

十四日(8月19日) 同强志、君适往贺愔仲生日。夜间,苕雪、治芗来看竹。致荣儿函。

十五日(8月20日) 中元祭祖。农先来。荣儿来函。焕侄竟与其同学男女数人赴申,阻之不可,殊可恨也。近来学生以爱国为名,以男女自由恋爱为实,或入共产党,死而不悔,误尽天下子弟,而为父兄者必欲使之入学堂,不可解也。治芗来。致荣儿函。

十六日(8月21日) 约舒菊忱来办公事数件。苕雪、治芗来看竹。厚卿、实夫来。仲业来函。

十七日(8月22日) 自昨日始,为实行戒烟之期。予吃烟有十年之久,根蒂甚深,须以甚长之时期戒断,免致欲速不达之讥,兹先将晨起之四口减去,服四大金刚丸二十粒,缓数日后,如不觉难受,则再将午饭后之四口减去,如此渐渐减少,当不致有何流弊。惟饮食极须留意,不可稍多,致难消化。此次默祷于天,并奏明皇上,不可稍萌欺罔懈怠之心也。厚卿、实夫来。苕雪、治芗来看竹。月色极佳,十二时现月华晕甚大,五色相宣。

十八日(8月23日) 往访舒菊忱,未遇。菊忱来。厚卿、实夫来。荣儿来函,悉焕侄自塘沽打回,尚为幸事。刘经孙有遇难之耗。

十九日(8月24日) 菊忱来。实夫、厚卿来。大雨,必成水灾矣。

二十日(8月25日) 先十二叔母忌,晚设供。农先、彤伯来。约地山姻丈、菊忱、阔泉、实夫、厚卿晚饭。荣儿来函。

二十一日(8月26日) 先十二叔父忌日设供。菊忱来。治芗来。实夫来。

二十二日(8月27日) 实夫来。苕雪来。

二十三日(8 月 28 日) 苕雪来。菊忱来。

二十四日(8 月 29 日) 荣儿来函,附询先平安电,极慰。苕雪、治芗来。

朝眠有馀寐,夕卧[1]有馀醒。朝暮岂不间,优游使心惊。主忧臣分辱,勉觍加冠缨。同流伍蛙蝇,污垢在神明。一朝脱羁绁,寤寐为之清。洁身固小节,空惭大义轻。

彷徨西牖昏,怅惘东方白。

衔哀空饮血,□□□□□。求君乃董穴。

□事乃大谬,壶浆易斧钱。

红英缀屋角,碧蔓遮长廊。萧然一一往,满院盈秋芳。入夜露如洗,泠泠沁我裳。残月下灭西,忽忽闻幽香。娟然媚朝夕,不计秋风凉。了了冰雪怀,幽梦曾未尖。

娟娟牵牛花,上阶与檐接。绳绳织翠帘。[2] 紫绵万攒列,白花犹间之。意外表孤洁,冰姿自妩媚。

二十五日(8 月 30 日) 午后二时,同菊忱趁亚细亚车赴奉,五时半到。秩安、晋华、云生来接,住办事处。秩安约至玉华台晚饭。

二十六日(8 月 31 日) 十时,同菊忱、晋华谒福陵、昭陵,商办一切事宜。夜至晋华处看竹。

二十七日(9 月 1 日) 雨。叔容同胡子贞来(黄冈人,云生之娅)。

二十八日(9 月 2 日) 夜同晋华至叔容处看竹。

二十九日(9 月 3 日) 同菊忱趁午车回新京,君适、升儿、荃女、素梅侄女、三媳、丽保、小春至站来接。齐白来。

三十日(9 月 4 日) 菊忱来。佟辑先来。致华轩函。德甫来。

---

① "卧"原作"寝"。

② 此处疑脱一句。

梦为乾若作一文，大约述其生平，不知主何祥也。[①]

改强志《晚学厂记》

癸酉冬，予五十初度，伯兄绘《晚学庵图》，自长春寄津，且言将为文记之，励晚年共学之意，逡巡未作，倏逾四载，迄今年丁丑，兄年已六十矣，时兄甫辞官，皇上不欲其去，仍令遥领管理陵庙事务。予亦适奉召授贵人读于禁中，连室而居，晨夕相对，萧然寂处，酬应都绝，常瞿然以惊，不知身寄何所。忆曩岁聚居西湖寓庐，自先父母见背，南北分离，或经岁不相见，今暮齿而复得聚处于边塞万里之外，真人世罕有之遇于时矣。

夫士丁末季，或遁迹寂寞空山，冥心于一往，或崎岖戎马，奋力于垂绝，亦极人世之至艰矣。然遇蹇而志伸，境厄而神王，自君子视之，不自以为穷也。若夫跼蹐无形之中，憔悴幽隐之地，进追莫可，啼哭皆非；居无可显之义，遇变无可效之节，俯仰天地，无所于归；此古今经历忧患所未有，辗转趋赴，莫之致而致，知其无可如何，而不能安之若命。其中所以自处以隐求其志，使无学以凝之，亦何能须臾忍哉。今天既厚予，以共学之遇之矣。适值兄卓揽揆之辰，即事感念，有不能已于言者，因书于《晚学庵图》之后，以共勉之。

奏为叩谢○○天恩恭折，仰祈○圣鉴事。窃本年旧八月十一日为臣六十生辰，蒙恩颁赐○○御笔"忠孝家传"扁额一方，尺软二端，由宫内府派员赍送到。臣当即恭设香案，叩头谢恩，祗领讫，伏念臣迂庸下士，忧患余生。渥受隆施，惭无寸报。猥蒙皇上勖以臣子之鹄，被以文绮之荣。追思补过，敢忘累世深恩；移孝作忠，当秉先臣遗训。臣惟有钦遵训诲，振刷精神，励冰药之微忱，策桑榆之后效。庶完晚节之贞，待上河清之颂。所有微

① 天头：应奏之事，盛京到奉天昭陵皇宫工程，留京办事舒、钱、刘夫马费，祭器。请开办费及车资。

臣感激万状,谨缮折叩谢天恩。伏乞圣鉴。

八月初一日(9月5日) 往视治芗疾,热尚未全退。菊忱来。苕雪、农先、厚卿来看竹。

初二日(9月6日) 觉先生日,晚制肴数品,苕雪、齐白来。往视治芗,热仍未解。荣儿来函。

初三日(9月7日) 外甥孙小实满月。入府见上,奏对一小时半。往视治芗,服药不投,舌苔白腻而干,无津液,委顿之至,劝其吃烟数口,稍振,又服耳环石斛,津液渐回。苕雪、齐白来看竹。

初四日(9月8日) 荣儿来函。往视治芗,热已退尽,舌苔已润,惟白腻仍未化,大约寒湿未全解也。厚卿、实夫来料理公事。苏堪来。

初五日(9月9日) 苕雪来。石泉来。菊忱来。

初六日(9月10日) 往贺地山姻丈生日。菊忱来。厚卿、实夫来。伯夔来函,七月廿六日发,十日到。寥志、贻先、询先来函,甚安,系七月十五日发,二十日始到。强先来函。愔仲送生日七律诗一首,印泥盒一个。往视治芗,舌苔较减。

初七日(9月11日) 菊忱来。苕雪来。实夫、厚卿来。

初八日(9月12日)

初九日(9月13日) 苏厂、苕雪、巩庵[①]公饯吴纪泉。

初十日(9月14日) 上赐寿,颁下"忠孝家传"扁额一方,尺软二端,恭设香案叩谢天恩,旋入府谢恩。奉谕,十三日接见。强志备酒三桌,家人共饮。苕雪来、治芗来。

十一日(9月15日) 来宾共百三人(女客在内)。晚在鹿鸣春待客,共七桌,家中女客二桌。苕雪夜来看竹。递谢恩折,奉谕改十四日午前见。

---

① 整理者案:"庵"字据文意补。

十二日(9月16日)　至晚甚倦。夜与家人为扑克之戏。强志回津。

十三日(9月17日)　治芗来。

十四日(9月18日)　治芗来。苕雪来。

十五日(9月19日)　中秋节。上赏月饼一盒，入府谢恩。至宝师处拜节。治芗来。实夫、厚卿来。晚祭祖，农先、彤伯来。苕雪来看竹。夜半独立院中看月，成短七古一首寄诸弟上海。

沉沉秋花覆庭院，瓜果堆盘香爇案。冰魂玉气化寒空，隔断尘氛森宝鉴。北南望月同不同，白骨青烽互凌乱。素娥敛袵对晶盘，下界安知沧海变。当空朗月赵州祥，要须落后来相见。我今看月永今宵，不辞唤作阶下汉。

十六日(9月20日)　答拜许鲁山、工藤忠、苏堪、愔仲。荣儿来函，散原先生患肿多日，已去世矣(未言何日)。春间至旧京，专为视散老，未数晤聚，因昭陵事匆匆而归，并未走别，盖恐先生难为怀也，不料缘分遂尽于此。

十七日(9月21日)　答拜巩庵、效成、石泉。同巽、荃、梅、丽至三中井购物。菊忱来。实夫、厚卿来。

十八日(9月22日)　昨梦往泰山古庙中，门前山势陡峻，前院有高楼二重，耸接霄汉，岂神魂已游岱府耶？答拜吴纪泉、史龙华。厚卿、实夫来。定生来函，附寿诗五律二首，甚佳，即覆函。致荣儿函，附致伯夔及二、四、七弟函。

十九日(9月23日)　强志到津来函。予自戒早起四口烟后，中间身体不适，未敢再减，迟延至今。今日始将午后四口戒去，毫无所苦，亦可喜也。苕雪、治芗来。

二十日(9月24日)　答拜沈参议、袁尚书、刘鲤门、张燕卿、荣叔章、金齐白、林肖旭。农先、识先回旧京。菊忱来。

次韵愔仲看月一首

兵气缠天洗不成，聊从雨后看新晴。频惊战地多新鬼，未碍尊前欠老兵。积悔孤怀宁可药,相思秋病总无名。辰梁落月凄迷甚,魂梦何由向旧京。

二十一日(9月25日) 约菊忱、苕雪、实夫、厚卿晚饭。

二十二日(9月26日) 同众小儿至戏园看戏,觉先忽吐红多口,请石泉来诊。苏堪来。

二十三日(9月27日) 愔仲来。同荃女至佛经流通处购书。

二十四日(9月28日) 德甫来答拜。马和延、王嵩儒、治芗来。贻先来函。寥志来函。

二十五日(9月29日) 治芗、苕雪来。

二十六日(9月30日) 治芗来。菊忱、实夫来。

二十七日(10月1日) 强志来函,初二日可到。愔仲寄示挽散老五古三首,甚沉着,是用心之作。菊忱、实夫来。晚为巢效成饯行置酒,效成因病未到,约巩厂、治芗、实夫、齐白诸君。

二十八日(10月2日) 荣儿来函,附转寥志、询先自上海函,均平安可喜。强志来函,改于初三日到。菊忱来。实夫来。苕雪来。入府见上,命将苍虬夜课以后诗呈览,并欲观散原诗文。问:“闻陈三立诗甚好,比郑孝胥如何?”对:“陈三立诗有性情,较郑孝胥深厚,郑孝胥才力发露。”问:“陈师傅的诗如何?”对:“晚年更好,但稍拘谨,不能放开。”问:“比郑孝胥如何?”对:“尚不能及。”问:“陈三立的文是何家数?”对:“学昌黎。”问:“能及昌黎否?”对:“昌黎文空前绝后。”问:“后人何以定不及古人?”对:“亦有后胜于前者,惟凡事皆有一极盛时代,若两汉及唐之文、唐之诗,皆不但绝后,并且空前,是极盛时代,后人万不能到也。若陈三立之文,在本朝可在前五名以内。”问:“本朝何人最好?”对:“[1]曾国藩可称第一。”问:“曾国藩何以如此之好?”对:“其文博大,气势峥嵘。”谕:“你的诗做得顶好。”

挽散原老人:

---

① 此处抹去“方灵皋”三字。

避世简斋愁，忍看天地无穷事；
彻泉师道泪，不见金华第一人。

廿九日(10月3日) 答拜季湘，未遇。治芗来。

九月初一日(10月4日) 菊忱、实夫、厚卿来。

再挽散原老人

名高而人不忌，迹近而品愈尊，晚季如公纯德少；
论交相忘以年，惜别相望如岁，蹉跎惟我疚心多。

初二日(10月5日) 实夫、厚卿来。蓉史表侄女来函，近患噤口痢甫愈而体亏已甚，同武亦重病未愈，可谓苦矣，即覆函。致荣儿函。

初三日(10月6日) 强志自津来，津寓均安，带来荣儿函、仲业函。三媳生日。致荣儿函。致寥志、贻先、询先函。

初四日(10月7日) 治芗来。菊忱来。秩安、晋华自奉运祭器来。致荣儿函。

初五日(10月8日) 见上，呈祭器。苏堪来。约秩安、晋华、实夫、菊忱作饮。蓉史来函。致荣儿函。

初六日(10月9日) 菊忱来。治芗来。先祖小舫公忌辰。

初七日(10月10日) 荣儿来函，附寥志、贻先函。愔仲约同强志晚饭，见马湘兰山水画兰卷，秀绝人寰，洵尤物也。[①] 实夫来。治芗来。

初八日(10月11日) 小极。

初九日(10月12日) 地丈、巩厂来。苏堪来，约至宝山百货店九层登高，以畏风不果，遂同治芗、强志至公茂照相。至苏堪处晚餐。晚仍发热，出汗甚多。

初十日(10月13日) 热退，惟痰饮未减，请石泉来诊。菊忱、

---

① 旁注：皇六子山水册气味亦好，张文达山水册老洁。

实夫来。仲业来函。

十一日(10月14日) 咳嗽甚苦,两月以来戒烟之成绩全归泡影矣。

十二日(10月15日) 病情如昨。

十三日(10月16日) 痰饮仍未化,两胁作痛。入府请见,奉谕星期一见。

奏为陈明事。窃臣于七月八日奉谕,着派管理奉天陵庙承办事务处事宜,并月给薪水四百元,由帝室财产项下支给等因,钦此。每月薪水以臣印鉴具请中书问会计科直接领取,已三月矣。此次会计科忽将臣之印鉴退还,谓须转托近侍处领,不得由本人直接领取,臣不胜骇异,询悉由恩棣从中刁难,未免欺人太甚。此系奉旨之事,恩棣何得擅行违背,自出新令。凡须俸金,皆系自具印鉴领取,即近侍局人员亦无用近侍处名义领取者,何独臣一人不得自领。若谓凡属陵庙用项必须经过近侍处,则东陵之收回地款数万元、昭陵修理工程数万元,皆不能过问,独于臣之薪水四百元而计较耶?臣既不能枵腹从公,又不愿俯首受人挟制,且向持退让,不暇争此闲气,惟有辞去管理之职,伏祈皇上哀矜而许之,念其数年来犬马微劳,勿令其一辱而又再辱也。此等微琐事故,本不应冒昧奏陈,因近来患病在床,无由求见,且奉天事务经次第整理后,原来人员尚能振刷精神,力祛积弊,业已稍有起色,盗树之事已经减少。以后管理似可专责成近侍处,不必多此骈枝也。伏祈圣鉴。臣谨奏。

十四日(10月17日) 咳稍松动,惟右胁杈气,痛甚。菊忱来。

十五日(10月18日) 见上,奏对三小时。荣儿来函。痰饮仍未尽。

鹧鸪天·次愔仲九日韵

衰病逢辰强举觞,倚栏高处怯流光。曾无瘦菊酬佳节,看尽归鸦掠夕阳。　樽未暖,意先凉,此心安处是何乡。应怜倦影随阳雁,犹恋巫闾绝塞霜。

十六日(10月19日) 效成将返津,来辞行。石泉来改方。[①]

十七日(10月20日) 苕雪来。治芗来。秩安自奉来。夜同家人观剧。月色极佳,惜寒甚,不敢观玩也。

十八日(10月21日) 巽女生日。治芗来。德甫来。

十九日(10月22日) 荣儿来函。贻先来函。伯夔来函。治芗来。

二十日(10月23日) 实夫来。治芗来。夜同家人观剧。

二十一日(10月24日) 约苕雪、治芗、菊忱、实夫、厚卿晚饭。夜同家人观剧。

二十二日(10月25日) 菊忱来。实夫来。治芗来。

二十三日(10月26日) 希颜来函。治芗来。

散原老人挽诗

磊磊苍松姿,翁为何世人。天风石床梦,历劫一欠伸。(散叟尝于梦中,忽若梦觉[②],在石床上,欠伸反起,不自知为何世人。)弃官非为高,绝粮不知贫。见人无过差,谐俗无淄磷。纯天绝机事,老辈谁等伦。精诚屈骚通,茹吐垂天垠。高风遗世间,使我伤千春。

一老不能容,神州何偪仄。削迹入匡庐,洪荒忍结舌。喜我跫然来,谈笑暖冰雪。破戒盈诗篇,荒寒留謦欬。浃月难竟留,分手若永诀。赠行语何哀,万缘尽一别。(赠别诗中句)岂意重合并,三载慰饥渴。回首离合情,嗒焉肝胆绝。

冥心馀死灰,回天瘗孤愿。穷途觅归墟,生趣略可见。硕果惟此翁,岁晚矢婉娈。旧京岁一来,深交天所鉴。(予每年请假[③],皆奏明视老人也。)便拟投劾归,结邻为侣伴。素心约二

---

① 此处抹去“苕雪来”。

② 此处圈去“乃卧”二字。

③ 此处圈去“至旧京”三字。

三,晨夕无隔间。相依守心魂,寸隙聊把玩。此愿深可哀,此约竟不践。六合一游丝,萧寥空畔岸。

廿四日(10月27日) 识先自北京归,带来荣儿函并询先、贻先函。苕雪来。[①]

廿五日(10月28日) 菊忱来。治芗来。

补作九日诗寄诸弟上海

病身佳节若相违,强近清尊对落晖。风景不殊怀抱尽,人间何世笑啼非。剧怜宇旷蝇钻纸,遥羡云空雁脱围。暂得心降书远至,万方一概欲安归。

次韵愔仲素心兰

寒乡绝塞不知春,忽现鬘[②]天妙色身。纫佩故宜[③]哀窈窕,当门曾不忏根因。虚堂暖若光风转,竟体芳知玉露均。欲抚湘弦写幽怨,飘零素雪更无人。[④]

廿六日(10月29日)

廿七日(10月30日) 苏堪来。上派毛永惠来传谕。

廿八日(10月31日) 苕雪来。治芗来。实夫来。荣儿来函。

廿九日(11月1日) 夜间巽女忽发旧疾,眠幸尚安。

卅日(11月2日) 请石泉来诊,较平静。[⑤]

十月初一日(11月3日) 巽女渐次平复。苏堪来。菊忱来。夜祭祖。

初二日(11月4日) 菊忱、厚卿来。巽女精神渐复。

---

① 天头:见上,奏对一小时。

② "鬘"原作"禅"。

③ "故宜"原作"固应"。

④ 此句原作"元阴零雪更无人"。

⑤ 天头:上命呈进近诗,因写数十首敬呈御览。

初三日(11月5日) 请石泉来为巽女改方。治芗来。荣儿来函,附贻先、询先函。

次 韵

满[①]眼秋芳扫地去,依然霜雪此穷庐。性成违世恩深负,晚念收身计已疏。储酒经时稀过客,焚香永日了闲居。平生回首馀萧索,只觉心情更不如。

初四日(11月6日) 仲业自天津来下榻。治芗来。

初五日(11月7日) 往视石泉,即请石泉为巽女改方。

初六日(11月8日) 菊忱来。

初七日(11月9日) 实夫来。治芗来。

庶侯寄予旧作三首属刻入诗集,诗未存稿,视之都不记忆,因答一诗

愁兴南望惨烽烟,远信沉沉一雁传。重见旧诗如隔世,渐枯心地感衰年。奉亲自负千钧重,却疾无力百虑捐。万事推移谁料得,洗兵还待赋新篇。

初八日(11月10日) 先室人生忌,晚设供。治芗来。菊忱来。治芗制数肴请仲业。致荣儿函。昨忽梦见潜楼、宜仲,皆复辟旧友,何因缘而入梦也。

初九日(11月11日) 治芗来。致荣儿函。

初十日(11月12日) 荣儿来函。

识先买白菊一盆,重台圆满[②],为赋一诗

年来全负菊花期,初浥幽[③]香三两枝。一盏寒泉煎茗便,半轮残月入帘时。[④] 凋晨严夜独宜我,妙色华光今似谁。欲写精

① “满”原作“转”。

② “圆满”原作“洁白”。

③ “幽”原作“寒”。

④ 本联原作“半盏醇醪倾腹后,一钩冷月入帘时”。

神惭笔力,沉吟空[1]惜出尘姿。

十一日(11月13日) 秩安自奉来,因约同菊忱、德甫晚饭,商处中事。蓉史表侄女来函。

十二日(11月14日) 菊忱来。实夫来。

十三日(11月15日) 菊忱来。治芗来。

寄苏堪旧京

关天出处莫轻论,几度惊心入国门。独望西山谁共语,晚来[2]东道剩招魂。嵯峨金碧都无恙,板荡苍黔仅有存。地动天回愁逼处,身谋宁徇一楼尊。

十四日(11月16日) 荣儿来函,附寥志、询先函。

十五日(11月17日) 强志生日,晚吃菊花鱼锅。荣儿来函。治芗、厚卿来。

十六日(11月18日)

十七日(11月19日) 治芗来。

十八日(11月20日) 菊忱来。炎佐送南湖地契及借字来,前五年向苏堪借千一百元,以此为质,今苏堪先还押据,并不肯即收借款,甚可感也。同强志、君适往视苕雪,咳嗽尚未全愈。

十九日(11月21日) 同识先、丽保听张青山说《洪武剑侠图》。

二十日(11月22日) 每日为荃、梅讲《论语》数章。

二十一日(11月23日)

二十二日(11月24日) 强志约晴初、治芗、仲业晚饭。

二十三日(11月25日) 见上。定生来函,言强先将携眷赴鄂,五弟妇将赴皖,无知妄动,极可忧虑,望其不轻动为幸耳。

二十四日(11月26日) 菊忱来。约雪斋、仲业吃卷饼。治芗来。

---

① "空"原作"深"。

② "晚来"原作"久要"。

二十五日(11月27日) 同强志、君适、万保、丽保听说《彭公案》。愔仲约同仲业、治芗、强志晚饭。

二十六日(11月28日) 讲书。

二十七日(11月29日) 致询先函。治芗来。菊忱来。

二十八日(11月30日) 农先、识先、觉先为齐白饯行晚酌,齐白待朋友有性情,儆吾死后哭之甚哀,且赙金甚丰,不可多得也。

二十九日(12月1日) 小春孙女生日。苕雪来竹戏。

三十日(12月2日) 荃女生日,吃素饺子,制四簋。菊忱来。夜醒,神智清时,此身无有,只一大圆镜,惟照见数十年来酸甜苦辣,种种凄馨幽怨,不知尚离佛地几万里耳。

十一月初一日(12月3日) 菊忱来。

初二日(12月4日) 昨夜梦先室人于园内,植满桂树,金英玉蕊,芬芳袭人,不知是何祥也。荣儿来函,附贻先、询先函,谓行路时遇流弹,危险之极,诸蒙天庥,平安无事。实夫、龙华来,属龙华赴奉代温七复差使。

初三日(12月5日) 苏堪自旧京来。菊忱来。

初四日(12月6日) 伯葵来函。

初五日(12月7日) 祖妣张太夫人忌日,晚设祭。菊忱来。治芗来。

初六日(12月8日) 菊忱来。达摩谓大法非轻心慢心、小智小信所能求得,当于此猛醒。

初七日(12月9日) 治芗来。每日睡时心境甚好,而梦中仍复杂乱,可见习气之难除也。

初八日(12月10日) 先祖母朱太夫人忌日,晚设祭。菊忱来。治芗来。

初九日(12月11日)

初十日(12月12日) 入内请见,因将赴津请假也。上派毛承惠来,问近来身体好否,何日动身,后天见,来得及否。谨对:后天见来得及。圣意周至,不胜惶感。治芗来。菊忱来。

十一日(12月13日)

十二日(12月14日) 治芗来。

十三日(12月15日) 见上,奏对半小时。苕雪来。婉宜义女来信,并附照片,病三年,不能起床,今始可起立,是为至幸,可喜也。恩稚云来。还苏堪一千一百元。

十四日(12月16日) 德甫来。治芗来。苕雪来,同往祝苏堪。

十五日(12月17日) 午后,携肖高甥孙上车赴奉,治芗、德甫、升儿、君适送至站。五时半后,农先、华轩来接,寓晋华家。秩安、尘隐来。夜看竹。彤伯亦来。

十六日(12月18日) 与秩安、农先、晋华看竹。夜十一钟半赴站,十二时十分开车,晋华之侄仲坚同行,包辑庭在车上招呼行李,仲业亦自新京来趁此车。

十七日(12月19日) 下午三时半到津,荣儿来接,寓中均安好。三弟妇来,钧、炎侄均来。勉甫、立之、芷升来,谈至夜深,勉甫下榻。

十八日(12月20日) 往祝芷升、木公。到三弟妇寓中小坐。仲业、立之、芷升、勉甫来。夜至小乐园听小彩舞《宁武关》,音节悲壮,惜询先不同之也。座间遇姜妙香。勉甫谈至夜深,下榻。

十九日(12月21日) 至愔仲处。史立之来。致伯夔及诸弟函。立之、仲业来。

二十日(12月22日) 冬至。芷升、仲业、木公、立之、勉甫来。接询先函,寄紫毫长颖四支。因客,未能至强志寓中与祭。致询先函。

二十一日(12月23日) 先祖小舫公忌日。芷升来,为荃女文定事。仲业、立之来。若木请晚饭。致荃女函。

二十二日(12月24日) 仲业、勉甫、芷升、立之来。芷升约听小彩舞《大西厢》。昨眠时心绪不宁，知所养之未至也。

二十三日（12月25日） 听小彩舞《刺汤》。立之、仲业、勉甫[①]来。

二十四日（12月26日） 芷升来，告腊月初三日为荃女放定。立之、仲业来。致询先函、觉先、识先函、荃女函。

浪淘沙·葬花词[②]

无意送春归，客也凄凄，杜鹃回首百花啼。修到美人速黄土，嫁已嫌迟。

刚说不生离，此别何期，天台事可入传奇。修到美人莫黄土，允种相思。

此恨杳无期，欲问封侯，干卿底事助离披。修到美人竟黄土，何必蛾眉。

幸共葬花时，料损腰支，读书种子半情痴。修到美人可黄土，土亦胭脂。

芳冢夕阳迟，草色萋萋，人间最好是无知。修到美人羡黄土，侬不如伊。

三尺小封低，终古依依，更无死别与生离。修到美人谢黄土，郎不如伊。

磊磊苍松姿，翁为何世人。天风石床梦，历劫一欠伸。（翁尝于梦中，忽若梦觉，卧石床上，不自知其何代人也。）弃官非为高，绝粮不知贫。见人无过差，谐俗无淄磷。纯天绝机事，老辈

---

① 旁注：下榻。

② 原作"《浣溪沙·美人黄土词》"。天头：舒托带二元交处。强志信一封、术两包。木斋书一包。识先托带一包。巽女漆盘（尚一）。烟金。皮夹子（小姑）。张子炎屏四条（旁注：尚之包内）。梅带画二条，榛子一包（波波）。治芗与尚一石章。巽女桃子糖（嫂嫂，三婶）。土布一丈八尺（深丈青色），笔帖，百花涂面粉，起士林的糖。还镶戒指钱。

谁[1]等伦。精诚屈骚通,茹吐垂天垠。高风遗世间,使我伤千春。

冥心馀死灰,回天瘗孤愿。穷途觅归墟,生趣略可见。硕果惟此翁,岁晚矢婉娈。旧京岁一来,深交天所鉴。(便拟投劾归,结邻为侣伴。素心约二三,晨夕无隔间。相依守心魂,寸隙聊把玩。此愿深可哀,此约竟不践。六合一游丝,萧寥空畔岸。)

一老不能容,神州何偪仄。削迹入匡庐,洪荒忍结舌。喜我跫然来,谈笑暖冰雪。破戒盈诗篇,荒寒留謦欬。浃月难竟留,分手若永诀。赠行语何哀,万缘尽一别。(赠别诗中句)岂意重合并,三载慰饥渴。回首离合情,嗒焉肝胆绝。[2]

奉交画一世纯天而无人似▨乃无匹。[3]
侵寻。

一老不能言,神州何偪仄。戢影入深山,洪荒忍结舌。喜我跫然来,谈天暖冰雪,淡月□□□。别赠诗共语,万绿从此毕。

回天志已灰……[4]

上谕:人民之灾难重到如此,此时虽说不到救济,然不可无此心。儒家所谓"不忍人之心",佛氏所谓"大慈大悲",此"慈"字不是有缘之慈[5],乃是无缘之慈,即所谓"无住生心",世间万端皆幻,惟此一念乃是慧命,永远不能断绝者。现在要于"慈忍"二字上用功,自无始以来

① "谁"原作"无"。

② 天头:前生,祸,重湖。

③ 天头:西直门大街一百三十四号。仁。侵。驺虞。冥心馀死,回天失初愿……

④ 此处抹去诗句若干,当为陈曾寿拟挽散原老人诗句草稿,然琐屑不堪录,故不录。

⑤ 此处衍一"人"字。

习气劣性，为贪嗔痴爱等，须洗伐净尽，本来之真如乃见，然后可以说救人。我与你总是从一处来者，无论处何等艰难，不可灰心，总要不白来世上一遭。若过时会之来，起而应之，是先天而大功建，后天而奉爵时。有天爵，有人爵，人爵是不齐的，若天爵则彼此皆无分别。

无为而无不为，晋人清谈，老庄之流弊，是只知无为，而不知无不为乃成其无为妙有，乃是真空，否则为顽空而已。一时有一时之境界，未到其地，难有领悟，仍是影响，不能算实证。其最好之境界，非人世"有无生灭"等名词所能形容得出。[①]

我的书读的不多，论旧学问，较之老师宿儒不知差多少，若新知识，则较之近时学者亦差得多，然求一能共读者，极不易得。

苍虬先生侍者：承惠楹帖，感谢之至，分书古朴沉着，一洗近人犷悍之习，乃知能者无所不可。第刻画无盐处，非所敢承耳。诒先出示近作五古，雒诵数过，觉后山无其雄，简斋无其厚，真涪翁语也。倘所谓"惟其有之，是以似之"者，今之时贤，岂惟不能作此诗，政恐亦未必能解其妙处。公不以此言为狂否？

闻日内有入关之行，当可小解郁结，惜祖壬不能来会。回忆昨年之游，弥增怅惘，众异看照片后，曾复一书，言拟不久北游，届时可一读此画，再议办法，并闻。敬请著安。祖壬顿首。[②]

---

① "无为而不为"一段写于天头。

② 此陈病树信夹在此册日记八月廿八日至廿九日之间。此外另有日文剪报 4 张，记有关吴清源下围棋新闻。

第二十册(民国二十六年十一月至十二月)

苍虬日记(丁丑十二月)

十一月廿九日(1937 年 12 月 31 日) 腰痛渐愈,胃纳稍开,此次无大病而疲顿殊甚,是衰微也。忆曩岁与散原、乙庵诸老为诗钟之会,“东、万”二唱,我所作有“满万兵难敌女真”之句,乙老所作恰无一字不相同者,适余与乙老阅卷,互取第一,满座惊笑。乙老上句为“征[①]东军已擒男建”,“男建”二字未详所出,遍检书籍未得,顷阅《通鉴》,始知为高丽王子李勣所讨平者也。[②] 相去十馀年,始得其解。[③]尝与张文襄作诗钟一次,座有徐枋、易顺鼎、曾履初、陈士可诸人,实甫最敏速,顷刻十馀联。[④] 文襄只成二联而已。“米、通”二唱,“米脂县产王并将,通惠河开罪亦功”,“米海岳款偏媚蔡,通天狐好不如洪”。诗钟虽小技,然事后思之,一时之盛,不可再得矣。伯辉来。钟奇、震川来。仲业赠紫毫笔一枝。芷升、立之来。巽女来函。致巽女函。为荃女文定应备文房四宝有一佳砚不可得,木公适命其子莱孙送一砚来,上刻双龙甚佳,意至可感。昨梦在皇上深宫中,忽来一人,

---

① “征”原作“安”。

② 此处圈去一“盖”字。

③ 此处圈去一“余”字。

④ 旁注:徐、陈、曾交白卷。

手持苍蝇一振，散之于地，予即趋出，历数院落，出大门时，见门上塑金鸡一对，不知何祥也。

赠立之

兵戈①阻绝②看山兴，转更闲心止水澄。倏尔卅年成此劫，依然一笑似高僧。自家随分能康济，世界微尘孰爱憎。何日希夷酣睡觉，与君携手话松藤。

三十日(1938年1月1日) 较昨精神为进，惟小便仍少，作酽茶色。仲业来，自制素菜一器③，素包子一盘，因我口味不开，故以见遗，意至可感。立之、芷升来。立之以所作五七绝诗百首见示，属评定。壁间见巽女所画小幅，意境气味极佳，比我所画者更好，可见此事不全在工夫，仍以天趣为重耳。

与姜庵同年闻歌并寄询弟上海二首④

啁啾百鸟凤孤鸣，蹀躞三挝气未平。寒日馀姿染清泪，万方一概洗歌声。慰君哀乐残生感，惜我苍凉绝塞行。⑤ 为报江南少年叔，柳枝怨断不胜情。

恶声啼煞白门乌，法曲飘零慰胜无。亡国何曾到商女，为邻应悔听吴歈。难逢笼袖骄民世，再见当场出丑图。愁念家山声入破，⑥大千秋色上氍毹。⑦

十二月初一日(1月2日) 胃纳已开，小便亦通利矣。仲业、伯辉、仲超、立之来。升儿来函，家中均安为慰。询先来两函。

---

① “戈”原作“尘”。

② “绝”原作“隔”。

③ 旁注：老格格所手制。

④ 诗集本作“同姜庵同年听歌并寄询先七弟上海”。

⑤ 此联原作“慰君哀乐中年后，况我苍凉绝塞行”。

⑥ 此句原作“破涕娟娟馀此豸”。

⑦ 第二首诗日记中有两稿，第一稿涂改甚多，此处所录为后一稿。

初二日(1月3日) 大便行后,忽又怯寒发热,疲惫殊甚,乃积湿发动也。仲业、立之来。伯辉来。

初三日(1月4日) 为荃女行纳征礼,天气晴和。午后,芷升、立之两冰人携庚帖来填坤,造男家具帖①,书"敬②求金诺"四字,女家亦用全帖金签书"谨从嘉命"报之。③ 又男家用全帖金签书"谨具金镶宝石约指双枚、红绿丝绒衣料两件奉申,以为纳征之敬"。女家亦用全帖金签书"谨具文房四宝,敬报纳征之礼",下款同上。又具冰人二帖,空帖二分,请冰人酒席,八碟四碗,点心用包子、扬面。仲业、伯辉、庸斋(木斋之兄)、默公(伯辉之弟,气象华贵)、陈幼起(强志之学生)、勉甫来贺。

初四日(1月5日) 昨夜仍发热出汗,头目昏昏,全为温所束也。伯辉同蔡俭卿来。勉甫来下榻。

初五日(1月6日) 较昨清爽。仲业来。伯辉来。芷升和听歌七律一首甚佳。药若女来函。

初五日(1月6日) 馀热已退净,惟小便不畅,口味不甚开。勉甫来下榻。

初六日(1月7日) 寥志寄书《哀书愤》三首。贻先、询先均有信来。伯夔来函。覆询先函。覆药若函。勉甫来下榻。芷升来。

初七日(1月8日) 仲超来,代购文房小玩具三事,甚好。伯辉来。李方木来,未晤。小便仍未畅。闻立之、仲业皆病。立之以七绝五百首属为删削,选存百首归之。

腊八日(1月9日) 巽女来函。希颜来函。仲业送粥来。

---

① 旁注:全用金签。

② 旁注:恭。

③ 旁注:下书"添眷姻愚弟○○○顿首□"。

香粥分雏[1]闹膝前，儿时风味渺如烟[2]。老夫供佛焚香了，自忏平头六十年。

粥饭家风孰识侬，多生禅味尚沉醲。迷离烟水藏幽梦，魂返南屏夜半钟。

木公、若木来。寥志、贻先、询先来函。

初九日(1月10日) 若木来。勉甫来。荃女、巽女来函。

初十日(1月11日) 若木来，送菜二篮。勉甫来。伯辉来。

十一日(1月12日) 先母忌日，病中未能行礼。若木来。木公来。立之来。勉甫来。

十二日(1月13日) 勉甫来。立之来。木公送菜二篮。杲坡来。

十三日(1月14日) 立之、芷升来。小便稍畅。伯辉来。立之送菜二篮。若木送菜二篮。

十四日(1月15日) 木公送菜二篮。若木来。致晋华函。致强志函。勉甫来下榻。立之来。

十五日(1月16日) 全齐白来。芷升来。立之来。勉甫来下榻。

十六日(1月17日) 喜雪，一寸馀，天津久不下雪，时症甚多，且恐明春温症，得此可免矣。先父忌日，以病甫减，不能至强志寓中行礼。立之来。勉甫来下榻。若木送菜。

病起寄强志长春

与君相与在清虚，对榻经年一语无。几日离居侵病恼，始知学道欠工夫。长图大念心犹在，弱植劳生力已痡。安得入山寻旧约，松篁清景寄须臾。

升儿来函，家中均安。

---

① “香粥分雏”原作“稚子分甘”。

② “渺如烟”原作“尚依然”。

十七日(1月18日) 晴。致寥志、贻先、询先函。致季馥函。芷升、立之、勉甫来。贻孙来。木公送菜二篮。

木公、立之、若木时以素馔相饷赋谢

不羡乔洪苦炼形,聊凭药里辅衰龄。[1] 风尘杜老同心事,迟暮相期煮茯苓。

香积能颐示疾身,穷时濡沟最相亲。自惭淡粥寒斋客,口腹犹然累故人。

十八日(1月19日) 强志来函,将于廿一日回津。仲业来。同勉甫、荣儿、效高至劝业场购小玩具。史履之送菜二篮。若木送菜二篮。强志来函。

十九日(1月20日) 郝篆璋来,请其诊脉,言左右尺脉稍弱,左关弦肝稍旺,右关濡脾,不能运化,惟脉尚有神,处方以暖肾运脾为主。

黑桑葚(三钱)、巴戟肉(盐水浸透,三钱)、云茯苓(一钱半)、白芥子(炒研,四分)、杭白芍(土炒,一钱半)、潜野术(八分)、冬瓜子(炒研,二钱)、远志肉(去心,甘草水浸炙,一钱半)、空沙参(二钱)、广橘络(蜜炙,一钱半)、安边桂末(六分)、龙眼肉(三枚),合捣为丸,如米粒大,均分两次,随药吞服。

仲业来。立之来。勉甫来下榻。强志来函,言荃女欲同来,已代续假半月,即覆函阻止,言廿三日必归,并发一电阻之。若木送菜一篮。

廿日(1月21日) 木公送菜二篮。往访木公,未遇。至全伯平处小坐。访史履之,未遇。以天寒风劲,未敢多拜客,遂归。立之、木公、若木、仲业、芷升来。勉甫来下榻。农先来函。

廿一日(1月22日) 若木、立之、仲业来,同赴木公之约。芷升、勉甫来。若木送菜二篮。询先来函。识先来函。素梅侄女来函。

---

① 此句原作"神物题封鸟兽形,晚凭药里护衰龄"。

勉甫下榻。

廿二日(1月23日) 芷升送菜二篚。仲业来。立之来。夜同勉甫、芷升、立之听小彩舞《游武庙》,惊心动魄,一字千金,真奇才也。

二十三日(1月24日) 答拜蔡俭卿,小坐。访贻孙、经孙,未遇。强志自长春来,悉家中均安,慰甚。木公、若木、仲业、勉甫来。立之约听小彩舞《坐楼》,佳甚。立之送菜二篚。若木送菜二篚。

买海棠乙盆,色甚淡,盖在温窟中,少见日也。立之有诗,予亦继作

简斋昔赋海棠诗,地覆天翻祝圣时。晚及太平心已断,乱逢春色意犹疑。先期火迫宁良计,绝代姿秾要自持。应恐红芳兼泪重,洗妆聊作淡胭脂。

二十四日(1月25日) 六时半起,七时半到站[①],车误点[②],至十时始开行。[③] 仲业亦来。夜一时半到奉,幸大连车甫到,遂过车。(晋华等未来接)。

二十五日(1月26日) 七时到,天尚微明,升儿、三媳及王国华来接,家人皆起以待。此次病甫愈,途中风霜,竟无所苦,殆有天幸。午后小睡,菊忱来,未晤。秩安、德甫来,未晤。傍晚又来。厚卿来。彤伯来。佟继先来。发电至津,并快信,告以安到。

二十六日(1月27日) 昨夜睡甚安。入府销假,见上,进呈《唐人书妙法莲华经》,上甚喜,问价几何。对:"一百元。"谕:"何此便宜,此可值千金,少亦数百元也。"对:"系自旧家,未知时□也。"菊忱来。德甫来。石泉来。菊忱晚又来,因有事商议也。

二十七日(1月28日) 请仲业吃羊肉锅子。夜还福,供年饭,祭祖。农先来。厚卿来。

二十八日(1月29日) 吃年饭,约巩庵、厚卿来。苏堪来。致

---

① 旁注:荣儿送。

② 旁注:本系八点二十五分开。

③ 旁注:久待,风寒甚。

荣儿函。致寥志、贻先、询先函。仲业来。[1]

二十九日(1月30日) 今年小建,即除夕也。仲业来。画松一幅、山水二幅,聊以补壁,且验病后精力如何也。荣儿来函,附寥志函。今年如此浩劫,为数十年来所未有,我家幸蒙天佑,上海、天津来信皆报平安,真如天之福矣。家人推牌九、摇四门摊,甚乐。

丁丑除夕

家书危地报平安,幸抑惊心且作欢。已有春声喧爆竹,聊寻好语对椒盘。神焦鬼烂曾何诉,地辟天开有至难。回斡彼苍谁得会,砚冰濡笔起微澜。

父亲支用款项:[2]

付喜事账四十六元八角。

付汇十一太太(五次)七十五元。

付送陈君任四十六元。

付还徐春羽五百元。

付汇太湖一百元。[3]

付送仲远奠敬一百元。

付送史家五小姐四元。

付买玩意四元。

共用七百七十五元。

应交(药铺利息)

王家襄四十元。

---

① 天头:掷状元筹,巽女得状元。

② 此账单为陈曾寿之子所录。天头:还稖款一百四十元,刻经费三百元,还庶侯二百元归邦荣算,不列入。

③ 此条抹去,旁注:已由长春汇来。

荃妹八十五元。[1]

扣荃妹戒指十五元，君适还荣四元（谢仲远奠敬），笔筒一元五角。尚馀一百〇四元。

又扣四五十元，系五叔寄太湖。

交四妹十元。

王家四十元。

喜事账。共用四十六元八角。

笔墨五元。赏汽车夫及李仆四元。

书一部，二元二角。

赏家人八元。

赏乾使八元。

租红彩一元二角。

赏巡捕二元。

面菜席共十四元。

赏看房子四角。

汽车二元。

香炉送九叔。小玩意四盒，四元。

骰子送五叔。墨晶蝉一对，三元。

布送小毛妹。葫芦三个，二元。

百花粉送四叔（十二盒）。笔筒二个。[2] 普尔茶（亲家太太送的）。

手巾送大小姐。笔架，一个。

核桃条送英三。水盂一个。

《诗经》送小春。青酱肉，九婶的。

---

① 旁注：全价太贵，未买。

② 旁注：□术书一元五角。

《诗经》"四书"送丽保。臭豆付(未带),九婶的。
以上是尚一购送之物。笔四枝。
炸锅巴一罐、蜜枣二盒。冰糖子一瓶。①

请代买术及桂共十五元。电话二一〇八二。

春菜一罐。
罗汉菜一罐。
笋干一篓一包,大妹买。
解百勒牌麦精。②
鱼肝油。

---

① 天头:《道因碑》,送小毛妹。两泥人,送小春、丽保。片子,送傅老伯。皮狗子,小翰送丽保。参二枝,西洋参二枚(大妹要)。云茯苓五块。可可糖,四妹、英三各一盒。

② 旁注:美国。

第二十一册(民国二十七年一月至闰七月)

戊寅元旦(1938年1月31日) 八时半起,入府贺正。上御勤政殿,行三跪九叩礼。回家祀祖,家人拜年。有客来,皆谢不见。夜摇摊二十合。仲业来。德甫、曼多来。石泉来。①

初二日(2月1日) 晴初来,值尚卧,未见,交《除夕元旦》诗二首属和。苕雪来。仲业来。石泉来。

初三日(2月2日) 荣儿来函,附寥志、询先、伯夔函。彦通以散老墓志相属。仲业来。

初四日(2月3日) 仲业来。

次韵愔仲元日诗

虚生周甲惜居渚,谢客僵眠计未疏。强点朝班淹子美,已甘园令老相如。蹉跎早负神清府,迂朽愁闻志怪书。羡子松贞柯不改,穆年奇气倘能摅。

虚文全废馈别守,客思翻愁归去来。犹有家书谈细琐,不知野哭几悲哀。馀光短缩存残烬,往事思寻尽劫灰。种种譬如昨日死,长星应共斗杓回(丁丑岁尽书怀)。苕雪诗

初五日(2月4日) 苕雪、季湘、农先来看竹。晋华自奉天来。秩安来。菊忱来。贻先来函。致荣儿函。仲业来。

初六日(2月5日) 德甫、秩安、晋华、农先来。答拜愔仲、苏

---

① 天头:存耆、尧生、炎佐、方济霖(希性)、罗准贤(效莱)、黄炳昌、景勋、史龙华、胡先春、关文印、许▨坚、许鲁山、聂崇善(谦学)。

堪、菊忱、石泉。

夜闻爆竹声连续不断,感赋一绝

声声爆竹搅宵眠,景象承平廿载前。谁识神州半焦土,我民今岁已无年。

初七日(2月6日) 晨入府贺万寿节,行鞠躬礼。今日为世祖忌辰,皇上万寿本为正月十四日,因有忌辰,改前一日,今即改为阳历,亦应用本日①,不应故犯忌辰也,可见宫内官无人也。

苏堪来。晋华来。苕雪来。仲业来。德甫来。涛贝勒、佡贝子、僴贝子、溥佑来,未晤。

初八日(2月7日) 仲业来。菊忱、秩安、德甫、晋华来看竹。景子固来。

初九日(2月8日) 仲业约同答拜涛贝勒、佡贝子、僴贝子、溥佑,未晤。菊忱、晋华来。

初十日(2月9日) 晨泄泻三次,甚疲乏,多睡,请石泉来处方。仲业来。菊忱来。晋华来。

伯夔老兄左右:奉书,惊有叔通三兄之丧,继由天津转来尊作《哭弟》一首,老年兄弟情弥笃而言弥哀,兄之心绪可想,尚望勉自节抑,善为保重。昔左文襄有言:"国家生一人,天即以亿兆托之;祖宗生一人,祖宗即以宗子孙托之。"斯言良可味也。贱体近来渐次痊复,胃纳甚好,精神亦足,惟舌苔时或脱液,不知系阴亏抑痰饮所致。现尚服肉桂、白术等药,想不甚关紧要也。承属勿以戒烟为急,语至切挚,敢不勉体相爱之至意。自在津病后,遂未服戒烟之药,而烟反较平时加多,进锐退速,此之谓矣。以后此间购买殊不易,此嗜好之累人也。匆肃,敬颂起居。

戒觉先弟饮酒

凡百嗜好,皆易伤生,而惟酒为最甚。昔吾父嗜饮,晚年多

---

① 旁注:即初八日。

疾，备受诸苦。叔父每饭不离杯勺，致夭天年。此为患之最近最著者。自馀纵饮于前、受祸于后，凡所见闻，百无一爽。弟从前已受酒疾，近因咯血而止之，吾方以为至幸，不料忽以戒烟而复饮酒，且每饭皆然，较前加甚，此真大惑也。何异恶泉水之寒而卧身于冰窟，畏夏日之烁而纵体于洪炉。顾目前之暂适，忘来日之大患，真所谓饮酖而止渴者也。望速即停止，另求替代之品。现在血气尚未衰，故旦夕之间，其害未彰，一旦猝发，或牵动血痰，何以御之。人之寿命有定，惟痰病之有无则可自主。老年受种种之苦，殊不值也。

十一日(2月10日)　仲业来。菊忱来。晋华返奉。荣儿来函。致伯夔函。服石泉方后，溏便一次，想可愈矣，惟舌苔脱液如故，口味尚好。

十二日(2月11日)　苕雪来。仲业来。实夫来。画松一幅，又画一小直幅。荣儿来函。

十三日(2月12日)　荣儿来函。致荣儿函、询先函。仲业来。同家人至卜劳威西餐馆晚餐[1]，余但食小米布丁一味而已。

十四日(2月13日)　昨夜食饺子太晚，不甚消化，晨行溏便一次，又甚疲软。赴愔仲午饮之约。与仲业同车返寓。德甫来。

十五日(2月14日)　上赏汤圆八十枚，入府谢恩请安。仲业来。画山水一幅。晚设供祀祖，供汤圆。农先、彤伯来。

十六日(2月15日)　仲业来。约巩庵、石泉、菊忱、实夫、德甫晚饭，看竹。荣儿来函，附询先函。

刘鲤门五十生日书《洗心礼佛图》求题(其人好戏剧)

当年惜抱数朋俦，倾倒无如王梦楼。对客征歌绕韵胜，白公迢食只萱修。前贤高致谁能测，雅量如君若可侔。凭写新图明寄托，千春回向瓣香留。

---

① 旁注：君适、巽女、荃女、素梅侄女、三媳、升儿、小春、万保、丽保。

题商云汀《寒灯听雨图》

老年至乐惟兄弟,别后披图一惘然。劫火堆灰惊此世,连床听雨是何年。才名早已齐双陆,高第聊堪慰九泉。天许相望隔云海,长公真意付谁传。

十七日(2月16日) 仲业来。致荣儿函。致治芗函。

十八日(2月17日) 德甫来。仲业来。强志自天津来,带效高函、立之函。

十九日(2月18日) 仲业来。僩贝子来。

二十日(2月19日) 仲业来。菊忱来。晋华来函。

庭 树

庭树惟栖雪,窗虚瞑色寒。息交[①]疏茗碗,知味爱蔬盘。未信[②]乾坤息,宁期旦暮安。冰畲兼淡粥,深愧腐儒餐。

二十一日(2月20日) 先十二叔母忌日,设供。[③]

二十三日(2月22日) 仲业来。

二十四日(2月23日) 愔仲来。往贺刘鲤门五十生日。仲业来。茗雪来看竹。苏堪来。

二十五日(2月24日) 仲业来。愔仲和《即事五律》并《闻爆竹书感七绝》。致晋华函。

二十六日(2月25日) [④]同巽女、荃女、素梅侄女至亚细亚吃西米布丁。菊忱来。荣儿来函。

圆梦宜新沐,添香转寸阴。

见猎心喜伯淳戒[⑤],每饭必饱正叔禅。

---

① 原作"绝宾"。

② 原作"真见"。

③ 整理者按:原缺二十二日日记。

④ 天头:邓庶母忌日。

⑤ 此句原作"无行不与仲尼佛"。

弄笔忘衰暮，添香转岁时。

二十七日(2月26日)　甥孙小实患疾厥，请石泉诊，又请萧姓打针者来治，较好。菊忱来。齐白来。仲业来。

二十八日(2月27日)　小实服萧医药甚效。仲业来。夜同强志、君适、荃女看竹。

二十九日(2月28日)　仲业来。

三十日(3月1日)　仲业来。菊忱来。秩安来。

二月初一日(3月2日)　入府见上，以画松十馀幅赐观，笔力天纵，非人所能也。仲业来。秩安、德甫来。致寥志函、贻先函。[1]

长惯冰天与塞尘，无端缥缈忆千身。深灯亭馆回初夜，细雨楼台湿暮春。亦识肠回能害道，终怜泥塑似非人。拈花解事成微笑，了了当前涕泪新。

初二日(3月3日)　请石泉来改方。

初三日(3月4日)　菊忱来。仲业来。致荣儿函。致寥志函。

初四日(3月5日)　昨梦侍太夫人登一高山，峰头有茶室一所，峰之左右稍下亦各有茶室，惟东卖茶上所兼卖点心，乃扶掖太夫人而上，四弟从旁扶助，茶室四面开窗，可以眺远，山川明秀，晚霞甚红，胸次为之开豁。或云汪益卿之太夫人即在邻舍居住，又侍太夫人走访之，未及门而醒矣。夜同仲业及家人至公会堂看刘鲤门之堂会戏，鲤门自演《珠帘寨》，衣甲皆新制者，亦可谓好事者矣。

境可移心，心亦可转境。

涅槃后乃圆满(无量无边，体物而不遗)。幻尽而真始见也，应身去而法身乃见也。

读汪容甫撰其母邹夫人灵表，泫然流涕。其所作其父灵表，称之

---

① 天头：上命举文学教习，乃保二弟曾则及何振岱、黄孝纾、沈兆奎三人，恐俱不能来耳。上意极属曾则。

为君,李越缦讥为“识过其通”,确甚。

初五日(3月6日) 仲业来。

初六日(3月7日) 荣儿来函。致荣儿函。仲业来。

初七日(3月8日) 菊忱来。仲业来。德甫来。

初八日(3月9日) 闻治芗回,往视,气体较前稍好矣。治芗来。仲业来。近日大便溏,舌苔至夜即脱液,请石泉来处方,谓真火不足,不能运化,肝气亦不和。

初九日(3月10日) 仲业来。治芗来。

初十日(3月11日) [1]李顺自津来,带来荣儿函及食物。上命画松册八开,一日而成。仲业来。菊忱来。

十一日(3月12日) 仲业来。昨日饮食稍多,今晨水泻一次甚多,旬日以来,过两三日必泻,殆脾弱所致,抑尚有他故邪?于饮食未能节制,亦可耻也。寥志来函,言不能来就教习事。

十二日(3月13日) 入府,呈松册,请安。仲业来,言上奖松册意境极好,结构老辣。托仲业代奏曾则不能来,徐所保三人亦不能来,更保荐陈云诰(癸卯同年,翰林,辛亥后即不出,人品甚好。紫纶)、彭华清来。

十三日(3月14日) 致心畬函,托转致紫纶同年,为教习事业。

十四日(3月15日) 画《天目第一松》小幅。

二月已过半,小园春未迟。日暄冰释径,烟媚云残枝。毛颖忘衰老,炉香转岁时。逡巡浑得计,留眼待芳期。

十五日(3月16日) 为识先画《钵巢图》小幅。仲业来。石泉来。

十六日(3月17日) 画山水小幅。仲业来。治芗来。唁夏润芝老师函(师母新逝)。

十七日(3月18日) 恩咏春同年来。苕雪来。德甫来。菊忱

---

① 此前抹去“初十日。仲业来。治芗来”。

来。仲业来。同强志往视苏厂疾。

十八日(3月19日) 画《天目山云海》小直幅。咏春同年、苕雪来。仲业来。寥志、询先来函。画山水小直幅。①

十九日(3月20日) 春分。仲业来。愔仲约同强志午饭。至宝沈庵老师寓答拜咏春,宝师赠冬心自制墨一锭,甚佳。

二十日(3月21日)

二十一日(3月22日) 彭华清约同强志晚饭,有治芗、□□□,华清言一事甚奇。黄陂周仲曾(篆楼),两湖书院学生,在日本留学学法政,醉于欧化,以中国旧学无一可取者,尤不信因果鬼神事。一日忽梦见高宗纯皇帝手持一旱烟袋,与一揖,曰“将来之事托先生费心”云云。继见孝钦皇后,虽无言而气象愁惨。醒后与华清言之,以为梦幻毫无所据也。后数【年】②,东陵事发,渠任陆军执法处,恰主其事③,检殓时,皆亲与其事。案中主犯孙殿英等以重金贿之,不敢受,认真办理,不稍牵就。判决后,全案送南京政府,后殿英等更以宝货重赂要人及宋美龄等,遂将案情改动停顿,凶犯皆逍遥法外矣。周君甚为愤慨,曾将全案录副存其家,自后不能不信鬼神因果之事矣。

初闻春雨

点滴初闻春雨声,江南旧梦不胜情。梅飘残粉湿幽径,柳暗娇黄啼好惊。边地东来惟积雪,劫灰南忆剩空城。冰畦寒漠聊回润,一溉何由洗甲兵。

二十二日(3月23日) 荣儿来函,附勉甫函。覆勉甫函。画松屏条(三枝),又一直幅。前为上画松册八开,托三枝用六寸照片印出,故以一幅酬其劳也。

二十三日(3月24日) 仲业来。菊忱来。农先回北京,因廿六

---

① 旁注:送六弟妇五十生日礼。

② 年字原无,据文意补。

③ 旁注:承审此案。

日为六弟妇五十生日也。

二十四日(3 月 25 日) 仲业返天津,并接三媳归宁[①],小春孙女同去,荃女亦同行,拟在津就医。(数月以来,痰中带小血点,恐系肺疾,且可改换气候也。)德甫来。画小松幅甚佳。

二十四日(3 月 25 日) 寥志来函。润侄自太湖来,述避难途中情形甚详。[②] 此子颇有内心,可嘉也。画山水小幅,仿麓台。

二十五日(3 月 26 日) 约华清、治芗、石泉晚饭。寥志来函。

泽竭原焦后土干,惊闻冷雨打窗寒。滋萌暂可污尘净,润物何由洗甲残。梦警疲农稍色喜,漏添破屋亦心安。杏花消息江南断,万点春声感万端。娟净初稿。

二十六日(3 月 27 日) [③]苏堪逝世,同强志往吊。其弟稚辛言病状系肝气牵动疝气,泄泻有墨汁,日医谓为肠坏,气息渐弱,至今晨遂不起矣。苏堪近两年来与余甚密,予杜门谢客,从不诣人,而苏堪间数日必来,谈数小时始去,惟不及国事耳。建国时予持论与之不合,争持甚厉,却无私怨也。

二十七日(3 月 28 日) [④]治芗来,以代作苏厂遗折见示。

二十八日(3 月 29 日) 荣儿来函,悉荃女、三媳等安抵津寓。苕雪来。

二十九日(3 月 30 日) 同治芗、强志至郑家作吊,今日接三也。菊忱来。德甫来。

三十日(3 月 31 日) 菊忱来。连日心情萧索,不知何故。

---

① 此处圈去“携带”二字。

② 旁注:极尝艰辛,诸梦天佑。

③ 原作“二十七日”。

④ 此日日期有涂抹痕迹。

【三月】[①]**初一日(4月1日)**

初二日(4月2日) 昨就枕时,偶思及苏厂挽诗,至达旦不寐。

移国属大盗,决藩自名流。罪首张与汤,倒行覆神州。惟君揭大义,华管胥壤侔。海隅始相见,世外深绸缪。忆与散原翁,冲雪凭高楼。三士共残年,冷啜酒一瓯。君意极凛烈,信道无疑犹。沉霾甘死前,已自堪千秋。

(予与散原雪中过访海藏楼,君有诗云:"倚楼三士共残年,有酒无肴雪满天。薄醉愈知寒有味,放言自信道弥坚。收身遗子虽人外,历劫沉霾奈死前。便欲将君比松竹,离披相对转苍然。")

会合非力能,缘分天所判。行在同入直,昔昔对几案。闲暇极温燖,困急蒙救援。系马终一驰,适遘风云变。一名我所争,假手君所擅。龂龂持异同,公言异[②]私怨。年来我杜门,戢影绝酬宴。数蒙过高轩,旬日必相见。深谈移日影,历久无怠倦。奋慵固殊趣,意外垂婉娈。俯仰数陈迹,作恶供慨惋。毁誉膜外事,慊绥由自断。来日非所期,一瞑倘无憾。

询先七弟来函,附照片一张,貌更丰润,可喜。茗雪来。菊忱来。

代强志挽苏厂联:

荐士到疏慵,拙才我自惭中散。(曾保强志为文教部礼教司长,未就。)

是翁真矍铄,晚节何缘念少游。

初三日(4月3日) 与茗雪、治芗、强志公祭苏厂(酒席二十四元)。治芗来。

初四日(4月4日) 稚辛及葱奇来。菊忱来。荣儿来函。佟楫先来。

---

① 原无"三月"二字。

② 原作"无"。

初五日（4月5日） 清明，祭祖。自战事起，南北阻隔，不知何时始得回里上冢，思之愤闷。画山水直幅（荫千），荣宝斋寄来生意。

初六日（4月6日） 致荃女、三媳函。菊忱来。立之来函。

初七日（4月7日） 荃女与素梅侄女函。

初八日（4月8日） 先父忌日，以烧鸭及四簋设供。① 画山水小幅，气味极纯，在南田、麓台之间。又画一山水小幅付菊若。

初九日（4月9日） 画山水一幅。致荣儿函。治芗来。

初十日（4月10日） ②茗雪来，闻张太监胜和逝去，此人守寿皇殿有年，党人劫取历朝圣容，以死拒之，身受重伤，自割一耳，哭诉于列祖之前，后到静园。其辫发为血所凝结，有半载未梳栉，上命人代为梳理。随上至长春，仍命充当祭扫之事。其年将七十矣，甚可敬也。

十一日（4月11日） 写联送仲超，酬其赠小文具数事也。又书二联，气势尚足，可验所养也。曾祖妣杜太夫人忌日设供。

十二日（4月12日） 茗雪来。曼多、葱奇来。致伯夔函。致贻先函。

十三日（4月13日） 入府见上，奏对一时半。大哉王言，天地为量，小儒所未闻也。画松六尺屏风一座，气尚足以张之。

十四日（4月14日） 菊忱来信。佟楫先来。德甫来，为勘定陵界事，派于明日至奉，约半月始可竣事。致荃女函。

十五日（4月15日） 菊忱来。此次勘定陵界，各员皆于帝室特别会计支付旅费，于予独不肯发，乃奏请颁发内帑一百元，奉谕无庸报销。下午二时，赴"亚细亚"车赴奉，秩安、晋华、云生来接，在晋华寓中下榻。治芗来函，附挽苏厂诗七古极佳。

十六日（4月16日） 同晋华到事务处。楫先、冈本、竹内皆到，

---

① 旁注：炸肉丸、干炸鳜鱼、烤大虾、鸡汤。

② 天头：张胜利，七十，寿皇殿。

查案件、地图等事。秩安夜来看竹。(觉先、识先赴北京过奉,下车来谈二小时即行。)

十七日(4月17日) 同秩安、晋华到东陵,楫先等皆到,下午四时归。秩安、云生来看竹。楫先来。

十八日(4月18日) 素梅侄女来函,附荣儿、荃女函。致巽女函。覆治芗函。秩安、尘隐来看竹。

十九日(4月19日) 同秩安、晋华勘定昭陵界址。升儿来函。

廿日(4月20日) 胡子箴来。秩安来。夜看竹。楫先来。秩安来看竹。

二十一日(4月21日) 同秩安至昭陵量度界址。子箴来。秩安、子箴来看竹。

二十二日(4月22日) 同秩安、晋华至昭陵勘定界址,遇雨,同华先至尘隐处。夜,秩安、子箴来看竹。

钗苔写人影,曙色破苍烟。日冷松杉径,风高雕鹗天。鸟声皆极乐,花影自幽娟。留滞周南者,山行独怃然。

梵潮流转莽无边,说法松风正炽然。深林[1]偶看遗鸟影,寂光长自摄龙天。微寒暗送神灵雨,飞翠遥迷淡淹烟。穿径冲泥有馀兴,聊随傭作[2]策衰年。

二十三日(4月23日) 同秩安至昭陵。同华先、晋华至子箴家晚餐,看竹。升儿来函。巽女、素梅侄女来函,附寥志、询先函。

二十四日(4月24日) 约秩安、尘隐、子箴晚饭。[3] 强志来函。

二十五日(4月25日) 至皇宫察看界址。秩安来看竹。答拜戴智培。

二十六日(4月26日) 佟处长大请客,在鹿鸣春,坚约必到,乃

---

① "深林"原作"空界"。

② "聊随傭作"原作"酬恩何以"。

③ 旁注:戴智培来,天门人。

稍坐即行。至七福屋为小儿辈买小玩具。秩安来看竹。徐嗣香(郧阳人)来。

二十七日(4 月 27 日) 答拜徐嗣香、佟楫先。夜间秩安来看竹。钱实夫、费申甫来。

二十八日(4 月 28 日) 午后二时半,趁亚细亚车回新京,实夫同行。六时二十分到,巽女、素梅侄女、丽保至车站来接。菊忱来。

二十九日(4 月 29 日) 治芗来。大风,沙尘蔽天。

[①]此地逢春是送春,小桃新柳乍宜人。疏疏青眼慵难举,淡淡腊光注未匀。感[②]旧久疑天地变,冥清还见岁时新。有涯身世无穷意,怅触年芳一怆神。

[③]雪院冰庐久住持,春来春去不曾知。偶经烟柳芊绵际[④],便有江湖浩渺思。未信此乡能老我,竟成孤往欲逢谁。流连一霎年芳影,已是天荒海涸时。

四月初一日(4 月 30 日) 先母周太夫人忌日,设供。楫先来。菊忱来。德甫来。同巽女、彤伯、素梅、万宝、小唐、小桂、丽保至西公园,经昨日大风后,花未大损,烟柳芊绵,略有江南风采。

初二日(5 月 1 日) 菊忱来。苕雪来。侯子觐来。秩安来电,福陵隆恩殿前檐于昨日下午六时被风吹落,即入府转奏,奉谕回电,属其即将情形详报。

初三日(5 月 2 日) 菊忱来。同彤伯、素梅侄女、丽保、小唐至大经路私立小学校观展览书画,殊无佳品。夜同家人看竹。(荣儿来函,附贻先、询先函。)

---

① 天头:山谷见桃柳。
② “感”原作“思”。
③ 天头:游公园偶成。
④ “际”原作“处”。

初四日(5月3日) 入府见上，奏陈察看陵界经过，并请假至天津，已蒙俞允。于蓬客来。

初五日(5月4日) 治芗来。致寥志、贻先、询先函、伯夔函。

初六日(5月5日) 治芗、苕雪来看竹。昨夜梦与强甫周旋甚久，久矣不入梦矣。

低迷柳眼倦松惺，散漫闲苔欲满庭。[①] 小雨梦回香未烬，薄寒花落酒微醒。牵连出处都无赖，怅惘心情总未经。自笑冬[②]岩无暖气，剩看边树几回青。

初七日(5月6日) 农先自旧京来，携荣儿及七弟函。治芗来。入府奏事。为晋华画山水小直幅。

初八日(5月7日) 约治芗、苕雪、石泉晚饭。实夫来。佟楫先来。

初九日(5月8日) 下午二时，趁亚细亚车赴奉，携巽女、丽保同行，秩安、晋华、华轩至站接，寓天津大旅社。晋华约至其家看竹。

初十日(5月9日) 八时趁车赴天津，夜八时到，荣儿至站接。三弟妇及钧、炎两侄来。木斋来。

苕雪以诗赠行即次其韵[③]

逆流故步未曾离，水马安知[④]力已疲。毡毳自疑沦土著，江湖何处隐天随。根摇频见三豪祟[⑤]，柯烂难收一局棋。暂得出游忧莫写，感君亲切[⑥]慰行诗。

---

① 本联原作“全疏履迹至中庭，酬赠惟馀影答形”。
② “冬”原作“松”。
③ 诗集本作“将赴旧京苕雪以诗赠行次韵”。
④ “安知”原作“堪怜”。
⑤ “祟”原作“覆”。
⑥ “亲切”原作“缱绻”。

十一日(5月10日)　立之来。仲业来。[1] 若木来[2],并送菜二篮。致强先函。夜同家人听小彩舞《长坂坡》。

十二日(5月11日)　觉先返新京。诣仲业处,三媳出见,甚虚弱。立之来。仲业来。勉甫来。致荃女函。立之、若木来。

十三日(5月12日)　若木送菜二篮。仲业来,同访木公。立之来。

十四日(5月13日)　木公来。至仲业处。立之来。勉甫来。听小彩舞《伯牙听琴》。

十五日(5月14日)　勉甫来。立之来。景坡来。致素梅函。荃女来函,谓芍药全开,望早日赴京一看。

十六日(5月15日)　立之、勉甫来。

十七日(5月16日)　早九时趁车赴北京,荃女及六弟妇、焕林、京芳等至车站接,尚未搜检。至达智桥寓中下榻,九弟妇□□相候。傍晚至公园看芍药,红者已憔悴,白者正开。过黄公渚。

十八日(5月17日)　公渚来。稚辛来。傍晚至公园看黄芍药,在一竹篱内,游人罕至。访季馥,未遇。夜访叔岩,久谈。

十九日(5月18日)　公渚来。往视心畬、叔明,心畬涕泗横流,坚留久坐。答拜稚辛,未遇。返寓,季馥已久候矣。公渚约在啸麓家晚饭。伯辉来。齐白来。

廿日(5月19日)　至长椿寺奠散原先生,殡于寺中停灵之屋也。小时曾在此处见鬼。予故居在寺之对门,先十叔及先姑母之柩皆厝于寺,先大母时往哭之。有一老刘妈,年七十馀,尝引余嬉戏,一日急病死,亦厝于寺。一日,大母往哭先姑母,复欲视刘妈之柩,予先跳而往,则见其立于棺之前和左次,衣服纯黑,颜色惨淡,鞠躬侧立,似有迎候主人之意。予大呼“老妈站在这里”。至今历历如在目前

---

① 旁注:勉甫来。

② 旁注:觉先来。

也。六十年来，复经此地，过故居，不胜凄惘。记小时尝在先母住室院中海棠下嬉戏，有一小书房，尝独在室中，午时听远鸡啼声，辄存不能说出之感念，不知幼时何以有此等情景也。伯辉来。九弟妇来。小妹来。同季馥至叔岩处久谈。

廿一日(5月20日) 同巽女、荃女至小妹、九弟妇处。至义女静娟处。叔岩约晚饭，赠烟壶一个，甚旧。九弟妇、小妹来。

廿二日(5月21日) 至牛仁卿家晚饭，遇雨。七八岁时，与仁卿兄弟等相见，忽忽六十年，述旧事，不胜感慨。伯辉来。

廿三日(5月22日) 同家人至北海。午后四时，趁车赴津。季馥、勉甫来。

廿四日(5月23日) 木公、勉甫、季馥、定远、仲业、芷升来。三弟妇及钧侄夫妇来。

廿五日(5月24日) 仲业、季馥、姜庵、若木、勉甫、定远来。姜庵送菜四簋就饮。

廿六日(5月25日) 寥志、询先来函。素梅侄女来函。伯夔来函，因小极，不来津矣。同巽女、丽保、小喈至中国戏院看富联成班。昨梦饮好黄酒四大杯，又梦骑一虎出游三次，不知何祥也。勉甫、季馥、仲业来。若木送素饺甚美。

闻治芗丧妾，以诗唁之

投边岁月苦骎骎，相对惟添髩雪深。晚岁著书成噩梦，多生偿债剩伤心。还山已分身无望，远世仍嗟祟易侵。[①] 待与煎茶陪[②]夜话，鳏鳏羁绪再追寻。

长椿寺奠散原先生[③]

萧寺凄风怆独来，德人泉下梦难回。辞春老树留经院，过雨

① 此联原作“难同报国忧天坠，谁使神州遂陆沉”。

② “陪”，诗集本作“留”。

③ 诗集本作“长椿寺拜散原先生殡所”。

残英委绿苔。小立便完仍岁迹,幽[1]藏宁掩百年哀。旧踪何限深明阁,刻骨前尘苦未灰。

廿七日(5月26日) [2]仲业来。季馥、芷升、勉甫、若木来。升儿来函。素梅侄女来函。致询先函。伯夔来函。

廿八日(5月27日) 勉甫来。画松便面(仲业)。同家人听小彩舞《碎琴》。

廿九日(5月28日) 同巽女至三弟妇处。至木公处。夜同荣儿、荃女、小元、效高、丽保、小明、小亮、小喈至天祥听昆曲。致伯夔函。

五月初一日(5月29日) 若木送菜二篮。听昆曲《五人义》《奇双会》。木公约晚饭。

初二日(5月30日) 听昆曲,侯玉山《通天犀》。夜听骆娘《活捉》。木公、芷升、立之、定远来。

初三日(5月31日) 若木来。勉甫来。夜九时趁车回长春,巽女、荃女、三媳、效高、丽保、小春同行。

初四日(6月1日) 十二时二十分到奉,晋华、华轩来接。至天津大旅社稍歇,吃饭,四时半趁车,八时三十分到新京,农先、君适、升儿、彤伯、小棠来接,稚云、德甫亦来。到家,始知甥小实殇去,此子神气不足,早忧其难育也。菊忱来。治芗来。

五日(6月2日) 祖宗前叩节。菊忱、稚云来。地山姻丈来。厚卿来。秩安来。致荣儿函。

初六日(6月3日) 茗雪来。菊忱来。佟楫先来。厚卿来。彭

---

① “幽”原作“深”。

② 天头:作百三十换算。大小姐(四两)、荃小姐(七两半)、梅小姐七两半(父亲还一两,共八两半)、丽宝七两半(父亲借一两,存六两半)、三少奶(七两半),共计三十四两,均存尚一处。整理者按:此当为陈曾寿之子所记。

华清来。

初七日(6月4日) 同强志至治芗、华清处。叔言父子来。

初八日(6月5日) 访叔言、愔仲,未晤。荣儿来函。贻先来函。曼多来。

初九日(6月6日) 菊忱来。秩安来。愔仲来。

初十日(6月7日) 见上,奏对一小时。菊忱来。秩安来。贻先来函。[①] 致晋华函。

> 奏为恳辞管理承办陵庙事务处事宜。窃臣承乏将及一年,兢兢业业,渐次整顿,总办晋善,会办强憼,亦能同心协力,黾勉将事,积弊渐去,盗树之事亦见减少,惟责任[②]重大,时[③]以陨越为惧。近因年已衰朽,正气不足,外邪乘之,时有疾病,深恐贻误。伏求开去管理事务,俟疗养[④]稍健,再图报效,无任感激之至。

十一日(6月8日) 荣儿来函。苕雪、治芗、德甫、石泉、农先来看竹。菊忱来。

十二日(6月9日) 致贻先、询先函。实夫来。

子安同年寄赠诗三首和寄

> 昏灯老屋宣南集,旧味醰醰最不忘。少日年华真一梦,兵尘天地永相望。翻因高咏生离感,可笑寒灰守故香。北烂南焦竟何世,与君何处话悲凉。

十三日(6月10日) 复辟纪念日。同强志赴愔仲晚局。

十四日(6月11日) 上疏劾近侍处,并请开去管理陵庙事宜。差使占牙牌数为上中、中平、中平,"有志事竟成,因人终碌碌""不飞

---

① 天头:福煦路多福里三十五号。

② "责任"原作"事务"。

③ "时"原作"深"。

④ "疗养"原作"身体"。

复不鸣,无荣亦无辱”。

戊寅五月十三日愔仲约酒集[①]

覆棋一局恨陈陈,又见神州涕泪新。朱咮难招空感逝,白头相对更何人。还[②]凭烟景消尊酒,渐密楼台掩塞尘。郁郁久居仍寂寂,天回屈蠖可[③]能伸。

十五日(6月12日) 菊忱来。致晋华函。晚同家至松竹梅小酌。

十六日(6月13日) 苕雪、治芗、厚卿、农先来看竹。秩安来。荣儿来函。询先来函。

十七日(6月14日) 菊忱来。愔仲送五月十三日书感诗来。

窃臣前具疏陈请开去管理事宜,已历多日,未蒙批示[④],惶悚无似。臣亦知辞退有负皇恩,惟是此时不去,则负恩尤大。此次调换总办,系为整顿陵庙事务起见,臣若与之意见不合,则有阻挠整顿之嫌,若勉强[⑤]牵就,贻误事端,或致台权外移[⑥],届时万难挽救,臣不能当此重咎。加以病躯,实难胜任。是臣之辞退万不得已而出此,惟皇上加恩批准是幸。再臣历述办事为难情形一折,非敢私争意见,特以是非不可不明,一人之去留曲直甚小,关于陵庙者甚大,似此贻误,责将谁任。祈皇上明断处分,不胜迫切待命之至。谨奏。

和愔仲次前韵

文节当年说二陈(刘文节尝戏言“吾所惜重者二陈汤也”),

---

① 天头:复辟共事之人,已逝者为梁文忠、刘文节、陈文忠、袁贞毅、万果毅、王文肃、朱文诚、陈诒重、沈乙厂师、梁鼎生、辜鸿铭、黎露苑。

② “还”,诗集本作“聊”。

③ “可”,诗集本作“倘”。

④ “示”原作“准”。

⑤ “勉强”原作“一味”。

⑥ 此处圈去“并得罪于列祖列宗,其罪更无可贷”。

不才后死恨[①]常新。家居竟似幽忧老，旷世难逢玉洁人。讽议深沉皆大计，功名毁誉等微尘。易名几辈能无愧，昭犹何时直道伸。

十八日(6月15日) 昨再上辞折，仍未奉批。

十九日(6月16日) 菊忱来。愔仲寄和五月十三日诗。

二十日(6月17日) 致贻先函。致荣儿函。

二十一日(6月18日) 苕雪借地请客，约石泉、德甫、治芗看竹。荣儿来函。愔仲来。

二十二日(6月19日) 夜梦至某地一大第宅旁一院落，有人告予，内有两间为吾母所赁者。予记已两年未见母，不知住于此处也。历数门庭，入见吾母，并携一小辈同住，内外两间，各设一床，铺陈有皮褥，器用坐具皆整齐，壁上悬字画甚夥。此时心中悲喜交集，觉吾母居处甚安适，如别有一天地也。醒后惘惘久之。

二十三日(6月20日) 寥志来函，云暑假可来。

梦虑及厚先、灼先，不知在何所，恐其流落，或告以厚先近得一事甚好，心为之慰。醒后乃知厚先逝去已将一年矣，为之酸怀。

二十四日(6月21日) 挽铁宝臣尚书联：[②]

辞世继升、袁，忽惊遗老垂垂尽；

易名并胡、史，聊慰孤臣蹇蹇心。

廿五日(6月22日) 读欧阳永叔诗，虽不及苏、黄、王之工，然其俊伟之气，固可笼罩一切也。[③]

廿六日(6月23日) 先祖妣张太夫人忌日，晚设祭。邦直生日。

廿七日(6月24日) 贻先来函。寥志来函。致贻先函。致询

---

① “恨”原作“愧”。

② 天头：予谥庄靖。

③ 天头：皇上巡幸奉天，谒陵。

先函。

廿八日(6月25日) 皇上自奉天回跸。

廿九日(6月26日)

三十日(6月27日) 闻苏堪将国葬于奉天,同强志至其家①奠之,即不往送也。便访愔仲,其长媳于昨日逝去,贻重同年之女也。秩安来。

六月初一日(6月28日) 茗雪来。强志请假,廿日回津,因秉之侄之媳患②流注兼肺疾,须归后商定请何人诊治也。伯夔来函,和诗三首,皆清深有味,诗学大进矣。荣儿来函。

初二日(6月29日) 厚先弟周年设祭。去岁今日,里间窗上苍蝇忽满,连扑三次,每次扑尽,转眼又满,不知由何处飞入。至夜而凶耗到矣。今日里间窗上苍蝇之多,又如去岁,诚可异矣。昨梦立于汉川汉水岸上,时当薄暮,隔岸山色朦胧,行舟上下风景甚凄黯,悲从中来,泪如泉涌,甚思从屈大夫访彭咸之所居也,亦不知因③何事而悲,殆古人之所谓神伤者乎④?晨间小泻一次,以后里急如患痢情状,幸无红白冻,延石泉来诊,谓略有感冒,服药后较安。秩安来。

初三日(6月30日) 寥志来函,悉二姊去世,年七十馀矣。叶氏为吾楚望族⑤,惜再传而读书无人,然好善不替,其上代所开叶开泰药店,货真价实,有"天下两个半药铺"之名(一为广东之存里寄⑥,一为北京之同仁堂,其半则叶开泰也)。富甲一乡,夫妇偕老,子孙满

---

① "其家"原作"其寓中灵前"。
② 旁注:气体太弱。
③ "因"原作"从"。
④ "乎"原作"也"。
⑤ 旁注:叶昆臣为予祖姑父,姊丈星仲,其孙辈也。
⑥ 整理者按:即"陈李济"。

堂，戚友中求如此全福者盖少。二姊天性长厚宽博，故能载福也。荣儿来函。强志自奉天来函。仲业来函。

清风吹急雨，洒洒复凄凄。白碎珠千点，青酣菜一畦。快哉苏病累，奇绝慰幽栖。应傲晨驱者，交流没马蹄。

书　愤

定谳谁戎首，狼贪无厌休。滔天成一念，薄海此同仇。未遂偕亡誓，难湔百世羞。欲倾[1]幽显泪，一为哭神州。

初四日(7月1日)　郑稚辛、全伯平来(新自京津来会苏厂之葬者)。治芗来。菊忱来。子安来函。覆仲业函。致晋华函。

初五日(7月2日)　答拜稚辛、伯平。询先来函。

初六日(7月3日)　今日为节厂师生日，强甫忌日。苕雪、治芗来看竹。请石泉为巽女诊泄泻。

初七日(7月4日)　秩安[2]来。治芗来看竹。

初八日(7月5日)　寥志来函。询先来函，附子安和诗。治芗来。

初九日(7月6日)　菊忱来。秩安来。

初十日(7月7日)　秩安来。稚云来。甚疲倦，腹中稍满，一日皆食粥。荣儿生日。

十一日(7月8日)　秩安来。夜看竹。

十二日(7月9日)　秩安来。夜看竹。

十三日(7月10日)　秩安来。致子安函、询先函。夜看竹。

子安同年见予旧京长椿寺吊散原先生殡所诗，越夕，梦予与散原晤处，散原欢乐，予有忧悴之色，作诗寄赠，因和[3]

人天苦乐已分途，邂逅何缘入梦俱。诗事久应亡日下，酒痕

---

① “倾”原作“将”。

② “秩安”原作“菊忱”。

③ 诗集本作“子安同年见予旧京吊散原先生诗越夕梦与散原及予饮西湖上散原欢悦予忧悴作诗寄示因和”。

忍更说西湖。分明血泪同幽显，冥漠神交定有无。历劫前悰消不尽，累君存殁再呜呼。

十四日(7月11日) 苕雪来，并约季湘来看竹。致子安、询先函。

十五日(7月12日) 秩安来。菊忱来。致荣儿函。

伯夔老兄左右：前奉诏赐和三首，一往清深[①]，性情有独至，故不期工而自工。治芗、苕雪见之，同声赞叹。寿近和子安一首并写呈改定，其原作曾见否？系梦见散老而作也。汉口虽吃紧，或一时尚不至即有兵事，若能幸免，则吾楚之福也。幸勿过忧虑，以保养身体为主。前闻某医云尊恙可以断根，近来已见大效否？念念。

询先七弟览兄前和子安第一二首，已失其稿，万不可使子安知之，弟可托言。接尚一信，索兄一切和作之稿，以便入梓，请其饬人抄一全分寄来可也。

十六日(7月13日) 见上，奏对一小时[②]，辞管理事须稍待，至其时可准也。约苕雪、治芗、石泉、菊忱、秩安、巩厂晚饭，看竹。

十七日(7月14日) 荣儿来函。强志、贻先来函。人当感觉无聊之时，乃是神仙境界，不可放过。

十八日(7月15日) 曾祖简学公忌日，晚设供。菊忱来。

小圃一首

小圃宜初夏，朝朝众绿还。微暄藤作幕[③]，薄雾树疑山。[④]
饱饭残生愧，关门一味闲。终难闻见灭，犹羡石能顽。

十九日(7月16日) 观音诞，阖家素食。致询先，来荣儿函。

---

① 此处圈去“有宋人胜境，仍是”。

② 天头：上问：“近来身体何似？”对：“向有痰湿之症，间患腹泻。”上言：“似可服香砂六君子汤。”问：“饮食何似？”对：“每顿半碗饭。”上谓：“太少。”

③ 此句原作“浓阴藤作幕”，诗集本作“新凉阶似水”。

④ 天头：每句皆三事合成一意，好在不甚牵强，下句尤天成。

二十日(7月17日) 荣儿来函。致询先函、小元函。

二十一日(7月18日) 第三次上辞折。[1] 致荣儿函。

奏为臣病势加强,精神恍惚,深惧贻误陵庙重务,伏祈天恩即行开去管理差使,不胜悚息待命之至。

再臣闻武功雄彦、冈本武德、竹入一男诸人主张委员会进行甚力,志所必行,恩棣与冈本等过从甚密,物腐蠹生,必至不可收拾。熙洽乃毫无担当[2]之人,事前一味推宕,及事已紧急,则一切顺从[3],毫无抵抗。每次坏事皆为此。臣有所闻,不敢缄默。再,两陵拔草钩抹之款已发下月馀,恩棣压搁至今,尚未动工,不知是何虑?必至摊漏更多,糜费更大,深可痛恨。恩棣一切主张全不使臣闻知[4],臣何能负管理之责。从前臣任近侍处长,一再辞职,皆蒙天恩未准,至后终为人所不容而去。[5] 此次若更待委员会成立,以致淘汰,殊为难堪。伏祈皇上矜念,俯从所请,感戴无量。臣谨奏。

二十二日(7月19日) 秩安来。治芗来看竹。

二十三日(7月20日) 先十二叔忌日,邓庶母忌日。觉先为先叔设供,予忘记为邓孺人设供,书以志过。荣儿来函。治芗来。

六月廿二日咏牵牛花一首

小女褰帘呼起起[6],披衣小立[7]看牵牛。幽娟数朵最宜晓,风露一庭先入秋。忽误横霞朱绮散,未妨贮雨绿阴稠。乘槎不见支机石,织夜空馀络纬愁。

---

① 此处圈去“秩安来,治芗来”六字。

② “担当”原作“责任”。

③ “顺从”原作“承认”。

④ “使臣闻知”原作“与臣商议”。

⑤ “而去”原作“斥逐出府”。

⑥ 原作“夜气缤纷尚未收”,诗集本作“小女褰帘呼早起”。

⑦ “小立”原作“早起”“候晓”。

二十四日(7月21日) 茗雪、秩安来看竹。询先、贻先来函。改晋华函。

二十五日(7月22日) 秩安来。

早起看牵牛花二首

浥露娟娟翠作堆①,临风潋潋紫霞杯。② 小园莫笑秋容淡,犹赚衰慵一顾来。

老来无事独焚香,药里扶身万念忘。③ 连日为花抛美睡,一分犹作少年狂。

《沈厂师斋中百合花盛开归辄赋呈》。娟净作。

暑气浓蒸百合开,亭亭不向药阑栽。似舒长爪难搔臂,亦有微脂乍晕腮。淡冶花宜消夏供,清甘味觉暗香回。惜无没骨徐熙笔,输与经师辨芋魁。(新得程瑶田画芋花。)

题宋高宗铜变奇炉

抄本曾翻宣德谱,制作神妙式奇古。吴侯精鉴侈收藏,物聚所好如欧语。铜变更胜窑变奇,御押德基非仁基。补添树石洒宸翰,墨妙如写唐风诗。康王南渡主西湖,中兴宁是踞火炉。臣桧议和日无事,绍述惟摹博古图。留供好事费研讨,羡君掷枭忽得炉。娟净作。

廿六日(7月23日) 秩安来。

廿七日(7月24日)

廿八日(7月25日) 识先生日,宝师亦今日生日,往拜未值,闻赴吉林矣。治芗来。寥志、强志来函,明日上午可到。又来信,改迟一日。夏绍康来。

---

① 此句原作"清露零零洗院苔",诗集本作"浥露层层翠作堆"。

② 此句原作"临风高引紫霞杯",诗集本作"迎风潋潋紫霞杯"。

③ 此联原作"冒凉破晓立花阴,慰眼浑忘露气侵"。

廿九日(7月26日) [①]识先、君适、英三等往接寥志、强志,未到。治芗来。秩安来。

七月初一日(7月27日) 早七时,同荃女、素梅侄女、丽保、农先至车站接,未到。闻泰山路有水灾,车行不便,岂因此濡滞耶?治芗来。

初二日(7月28日)

初三日(7月29日) 强志来函,惟沟帮子路线为水所淹,须修理后始能成行。旋自奉天来电,已到奉天,午后乘"亚细亚"车来。六时,同家人至车站接,寥志神彩甚佳,无风尘之色。晋华亦来。秩安来。

初四日(7月30日) 寥志入府请安,强志销假,同召见。下午七时,命寥志入府授太极拳。治芗来。苕雪来。秩安来看竹。

初五日(7月31日) 寥志午后一时入府。治芗约同诸弟晚饭。

少日看花兴最赊,天香国色费评夸。五年万里边尘眼,随分回青到此花。

五年边塞眼,回盼到牵牛。昔昔风露晓,年年富贵秋。乘槎虚博望,呼我任庄周。何异卷葹草,拔心曾未休。

老来无事独焚香,聊入新秋夜气凉。早起中夜宜久立,万花风露媚初阳。

翠蔓回环抱曲廊,粉肌含露媚朝阳。姜郎结习应难忏,老去犹然爱淡妆。

当年相见乐无边,琥珀光浮滟滟波。非罪翻持遮止戒,尊前风味奈君何。(寥志来,持戒不饮酒。)

初六日(8月1日) 苕雪、晋华、秩安来看竹。寥志上午十一时半入府,赐餐。

---

① 此处圈去"强志来函言日内可到"九字。

初七日(8月2日) 寥志下午六时入府,赐餐。晋华来。菊忱来。

初八日(8月3日) 约苕雪、秩安、菊忱、晋华晚饭,看竹。

初九日(8月4日) 寥志八时入府。晋华、秩安、德甫来。愔仲来。

初十日(8月5日) 晋华、苕雪来看竹。

愔仲晋勋一位诗来索和次韵

争荣时拣郁轮困,殊锡终归蹇蹇臣。隅列三孱曾名满,朝拥第一岂无人。孤行那得湮公道,同传谁知似未伦。独愧衰慵甘弃物,事无一割报涓尘。

十一日(8月6日) 愔仲约同寥志、强志午饭。苕雪、治芗、晋华、季湘来看竹。

十二日(8月7日) 菊忱、晋华、秩安来看竹。商云汀约午饭,未去。询先来函(晋华于明晨回奉)。

十三日(8月8日) 立秋,上赏秋叶一盒(十二枚),入府谢恩。

十四日(8月9日) 苕雪来。询先、贻先来函。九十度,此间甚少之气候也。

十五日(8月10日) 气候陡凉,减至七十度。晚设供,烧包袱。苕雪来。

十六日(8月11日) 苕雪来。致贻先、询先函。

十七日(8月12日) 王仲乔来。菊忱来。询先来函。

十八日(8月13日) 苕雪来。贻先来函。大风,院中牵牛花吹损。

十九日(8月14日) 同治芗、强志请愔仲晚饭,苕雪作陪。

二十日(8月15日) 云汀来。苕雪来。前夕梦见太宗,天颜煊赫[①],光彩照耀,李孺[②]服朝服立于左右,貌亦丰腴,不似晚年之衰癯

① “煊赫”原作“赫奕”。

② “孺”原作“子申”。

也。曾寿亦朝服，对[1]太宗论一祥瑞事。寿言“此天命有所归，天决不欺人也”云云。太宗颔之。先十二叔母忌日，晚设供。

二十一日（8月16日） 先十二叔父忌日，晚设供。秩安来。

二十二日（8月17日） 苕雪、治芗、秩安来看竹。前日大风，为救牵牛花，立院中多时，遂至伤风，连日不愈，甚矣吾衰也。

二十三日（8月18日） 德甫来。荣儿来函。

二十四日（8月19日） 贻先、询先来函。菊忱来。苕雪来。

二十五日（8月20日） 苕雪属代办酒肴请寥志晚饭，并约治芗。

不自我先后，神州末劫来。人为普同塔，地即一堆灰。历历昭戎首，沉沉积祸胎。斯须留眼在，天网岂恢恢。

二十六日（8月21日） 先妇洪夫人四周年[2]，晚设供。致荣儿函。

二十七日（8月22日） 治芗来，其夫人在北京病甚，有电来须即往也。寥志入府二次。

忆苏堪一首

难得人皆谅，终为世所稀。说诗能得髓，密迹共[3]忘机。殊趣缘何厚，残年境易非。寻常谈宴处，回首剩依依。

二十八日（8月23日） 苕雪来。

皇上一再坚留曾则，曾则以沪上教馆不能中废，具请陈奏，昨蒙面允，明年暑假时来三个月。天恩高厚，无以为报也。

二十九日（8月24日） 伯夔来函。询先来函。

闰七月初一日（8月25日） 致询先函。秩安来。

---

① “对”原作“与”。

② 天头：曩予作挽诗有“与君暂别亦何悲”之句，不料苟活于世又四年也。

③ “共”原作“并”。

初二日(8月26日) 菊忱来。苕雪来。

初三日(8月27日) 画松二幅[①],便面一。[②] 苕雪来。

初四日(8月28日) 画山水小幅(菊忱)。苕雪来。

初五日(8月29日) 苕雪来。菊忱来。

初六日(8月30日) 觉先、识先、彤伯、申甫、厚卿共置酒请寥志。

初七日(8月31日) 入府见上[③],拟往奉天视察工程。

初八日(9月1日) 画松扇,又松幅。

初九日(9月2日) 寥志制菜,与家人共食,并约苕雪。

---

① 旁注:朴初、秩安。

② 旁注:菊侄女。

③ 天头:上谓:“汝兄弟二人皆来我前,乃少有之事。”又谕:“我近来学太极拳,为练身体。世界愈坏,愈不能消极,孔子所谓‘天下有道,丘不与易也’,即是此意。”真大哉王言!

第二十二册(民国二十七年闰七月至二十八年二月)

苍虬日记(戊寅闰七月)

闰七月初十日(9月3日) 寥志回南,予同农先送至奉天,到站时,晋华、稚云、华轩来,接至晋华寓中下榻。叔容来。

十一日(9月4日) 同寥志、晋华至福陵、昭陵,午后返寓。叔容[①]约至其家晚饭。寥志趁十二时半车,予同农先、晋华、华轩往送。闻途中有警,恐不能直达天津,幸同行者有银行中人为晋华所识者,途中有照拂,可放心也。

十二日(9月5日) 胡子箴、戴智陪叔容来看竹。华轩、稚云来,趁夜半三时车回新京,农先同行。本拟往谒永陵,以体中不适,恐不胜汽车山行之颠播,遂止。

十三日(9月6日) 晨八时到新京。致贻先函。

十四日(9月7日) 致荣儿函。致寥志函。致伯夔函。

十五日(9月8日) 菊忱来。

十六日(9月9日) 寥志来函,已安抵天津。秩安来。

十七日(9月10日) 晋华来函。覆晋华函。天气奇冷,着羊裘尚不觉暖,殆予衰之甚也。

---

① 此处圈去一"来"字。

十八日(9月11日) 致询先[①]函。询先来函。与君适围棋二局。

梦与梅泉同哭苏厂即寄梅泉一首

与君久别曾无梦,忽梦同君哭海藏。违俗膏肓馀涕泪,弥天意气付悲凉。廿年旧事痕俱扫,万里边声夜正长。剩忆诵君诗句好,一街月色半林霜。

梅泉有句云"月淡乍铺一街水,叶干犹战半林霜",苏厂时喜诵之。

茗雪寄示感旧诗,有句云"欲近霜风顺帽节,可能无感白衣来",盖去年九月余在病中,苏厂强逼余及茗雪、治芗、强志作登高之会也。次韵一首

当时岂意无来岁,刻意周旋到不才。倍惜流光酬令节,强携衰病揽高台。卧闻寒蟀凄凄语,仰数[②]昏鸦一一回。苔碧枫红秋色里,闭门岑寂更谁来。

十九日(9月12日) 见上,问:"曾则有信来否,何时回上海?"对:"有信来,十八号乘盛京船回上海。"

二十日(9月13日) 贻先来。[③] 致贻先函、伯夔函。上次见上,为寿身体之衰,力劝学太极拳,昨见上,又问及"曾开始学拳否",圣意殷挚,乃从此学拳,不复间断。

二十一日(9月14日) 茗雪来,围棋一局。

二十二日(9月15日) 与君适围棋一局。刘少竹来(厚卿之兄)。

二十三日(9月16日) 茗雪来,围棋一局。[④] 荣儿来函。秩安来,将于明日赴津。

二十四日(9月17日) 茗雪来,围棋一局(胜十二子)。菊忱来。

---

① "询先"原作"晋华"。

② "数"原作"见"。

③ 疑脱一"函"字。

④ 旁注:胜三子。

二十五日(9 月 18 日) 致晋华函。

二十六日(9 月 19 日) 贻先来函。与农先围棋一局(胜十一子)。

二十七日(9 月 20 日) 寥志来函。与君适围棋一局(胜三子)。

二十八日(9 月 21 日) 晋华来函。

二十九日(9 月 22 日) 与君适围棋一局(负三子)。

三十日(9 月 23 日) 荣儿来函。致荣儿函。致寥志、贻先函。

八月初一日(9 月 24 日) 与君适围棋一局(负九子半)。明日觉先五弟五十初度,画竹石小幅为赠。以五弟妇及熙、闰、冬、洵诸侄避乱太湖,久不得音信,祝取平安之意也。

初二日(9 月 25 日) 觉先五十生日。苕雪、厚卿、季湘、奎一来,开面一桌。晚间,觉先约家人齐至五香居,内外两桌。与苕雪围棋一局(胜二子)。伯夔来函。梅泉来函,并和《梦同哭苏厂》一首,信中言曾梦痛哭苏厂,过数日即得余诗,亦可异也。

初三日(9 月 26 日) 与君适围棋一局(胜七子)。致荣儿函。

初四日(9 月 27 日) 仲业自津来,围棋一局,受三子,胜。苕雪来,与农先、君适围棋,饭后始去。致贻先函。致伯夔函。致梅泉函。贻先来函。询先来函。子安来函,并和牵牛七绝五首,甚佳。

初五日(9 月 28 日) 仲业、苕雪来。与农先、君适围棋竟日,余亦与仲业一局(负九子),苕雪一局(胜七子),虽较抹牌略胜,亦可谓孤负时光者矣。菊忱、德甫来。伯夔来函,允代拨贻先一百元,余另筹百元由荣儿交其子,以省汇费,且免耽延也。

初六日(9 月 29 日) 询先来函。荣儿来函。致询先及子安函。仲业来。同强志往贺费地山姻丈生日,未值。夜与强志围棋(负九子)。

初七日(9 月 30 日) 与强志围棋一局(胜七子)。

初八日(10 月 1 日) 与君适围棋一局(负六子)。愔仲约强志午饭。苕雪、鲤门来。仲业来。

初九日(10月2日) 与君适围棋一局(负二子)。茗雪、鲤门来。仲业来。询先、子安来函。荣儿来函。

太极起势:[1]揽雀尾,单鞭,提手,白鹤亮翅,搂膝拗步,手挥琵琶,搂膝拗步,手挥琵琶,上步搬拦捶,如封似闭,十字手,抱虎归山,揽雀尾,转动势,肘底捶,倒辇猴,斜飞势,提手,白鹤亮翅,搂膝拗步,海底针,扇通臂。

初十日(10月3日) 仲业来。菊忱送素菜来,并看竹,为予明日生日也。

十一日(10月4日) 六十一岁生日。仲业、地山姻丈、茗雪、绍全、厚卿、巩庵、秩安、奎一、全尔恭、菊忱来。晋华、华轩自奉天来,在农先旅寓下榻。

十二日(10月5日) 秩安、晋华、华轩来。夜看竹。

十三日(10月6日) 寥志来函,朱美宣逝。美宣为庶侯之弟,贻先之舅弟也。[2] 胎素[3],揖人不觉合掌。自少为其母所忠爱,娇生惯养,十六七时尚需仆媪护持,恐其前生乃苦行僧而专求来生福报者,报尽而逝。理或有之,惟其母其兄罹此惨酷,殊可虑耳。庶侯甚孝友而体弱多病也。仲业来,即日返津。菊忱、晋华、华轩、德甫来。晨间同识先入府,因仲业保荐识先为宗室数人文学教习,上特召见,

---

① 天头:撇身捶,上步搬拦捶,揽雀尾,单鞭,左右耘手,单鞭,高探马,左右登脚,转身,登脚,左右搂膝拗步,栽锤,翻身白蛇吐信,上步搬拦捶,回身登脚,左右披身伏虎势,登脚,双风贯耳,左登脚,转身,登脚,上步搬拦捶,如封似闭,十字手,抱虎归山,揽雀尾,单鞭,左右野马分鬃,上步揽雀尾,单鞭,玉女穿梭,上步揽雀尾,单鞭,匀手,单鞭下势,左金鸡独立,倒捻猴,斜飞势,提手,白鹤亮翅,搂膝拗步,海底针,扇通臂,上步搬拦捶,揽雀尾,单鞭,匀手,单鞭,高探马,转动势,十字登脚,指裆捶,揽雀尾,单鞭下式,上步七星,退步跨虎,转脚摆莲,弯弓射虎,上步搬拦捶,如封似闭,合太极。

② 圈去“生而”。

③ 圈去“见”。

今日以事多，改于明日十一时半再见。婉宜义女来信贺生日，并贺节。荣儿来函。

十四日(10月7日) 同识先见上，问曾杰平日所学甚悉。问曾寿："学拳已毕业否？"对："只学得小半套。"因命当面练过，且谓："闻汝身体渐好，我高兴极了。"命写信与曾则，仍望其来。治芗自北京来，同晋华、强志、农先、华轩、觉先、识先往视。

十五日(10月8日) 中秋节。上赐月饼一盒，入府谢恩。至宝师处贺节，并答拜来贺生日者数人(秩安、菊忱、石泉、苕雪、全尔恭、费地山姻丈)。苕雪来。治芗来。奎一来。地山姻丈来。

十六日(10月9日) 与强志围棋一局(负十六子)。

十七日(10月10日) 苕雪来。治芗来。与苕雪围棋一局(胜二子半)。朱艾老之世兄(毓銮，仲辂)来辞行，未见。

十八日(10月11日)

十九日(10月12日) 苕雪来。与强志围棋二局(负二子，负七子)。

二十日(10月13日) 与强志围棋二局(胜二十子，负一子半)。德甫来。

二十一日(10月14日) 贻先来函。苕雪围棋(胜二子半)。协平自奉天来，在日新旅社农先寓中下榻。

二十二日(10月15日) 约协平、菊忱、奎一晚饭。与强志围棋二局(胜二子半)。

二十三日(10月16日) 苕雪、菊忱、协平来看竹。

二十四日(10月17日) 太极拳学毕，共三十四天。菊忱来。荣儿来函，元孙舅弟于闰七月廿一日逝世。十年前在上海寓中聚处半年，遂缘尽于此矣。与强志围棋二局(胜十子，负十子)。致叔言函。

二十五日(10月18日) 与君适围棋(负十子半)，又与强志一局，胜一子半。夜沽绍兴酒，家人聚饮。识先辞职，将赴旧京，前在文教部充礼教司属官,极勤奋,而不进一阶,毫无公道也。

二十六日(10月19日) 询先来函。与强志围棋,胜六子半。小松来。写上下《系辞》毕。

二十七日(10月20日) [1]与强志围棋(胜一子半)。

二十八日(10月21日) 治芗、茗雪来,为识先送行。与强志围棋(胜七子)。

二十九日(10月22日) 早九时,识先携效高赴津京。识先于满洲国有六年之缘,辞职金有一千数百元,尚可闲居年馀矣。与强志围棋(胜五子)。入府请见,奉谕下星期一十一时见。

九月初一日(10月23日) 沈砚裔丧其兄开吊,往吊。佟楫先嫁女,往贺。治芗、奎一来看竹。与强志围棋(负一子)。[2]

初二日(10月24日) [3]晨十一时见上,问曾则有回信否,对:“尚未回信,惟日前接一信,言学生又添数人。”问:“近来精神较好,烟稍减否?”对:“并未稍减。”谕:“闻臧士毅新近戒烟,有一好医生,戒时毫无痛苦。”对:“臧士毅烟瘾极深,臧士毅若可戒,则无人不可戒矣。”贻先来函,谓君任将由香港到申,伯夔接济巨款,全眷移申,可谓尽朋友之谊矣。与强志围棋二局(负十二子,胜十五子)。

初三日[4](10月25日) 三媳生日。与强志围棋(胜十五子),又与君适一局(负一子半)。

初四日(10月26日) [5]《次韵愔病起窥园诗》:

---

① 本页天头:未济:坎下离上,䷿。既济:离下坎上,䷾。小过:艮下震上,䷽。中孚:兑下巽上,䷼。整理者按:陈曾寿所录卦象上下有误处,据文意径改。

② 天头:节:兑下坎上,䷻。

③ 天头:涣:坎下巽上,䷺。

④ 天头:兑:兑上下,䷹。巽:巽上下,䷸。

⑤ 天头:旅:艮上离下,䷷。

萧寥云物净天容，后劲犹堪秀岭松。药里关心消寂寞，秋花牵梦最惺忪。故山久已传烽遍，归思何由似酒浓。片偈均提能解脱，任同凡胜混蛟龙。

询先来函，附子安同年函并中秋诗。识先来函，已安抵京寓。

初五日(10月27日)　[1]与强志围棋(胜六子)，又与君适一局(负三子半)。识先来函。寥志来函，汉口失陷。

子安于中秋夜忆及曩岁在旧京同至陶然亭赏月作诗一首寄示属和，当时皆年少，旅居京师，兴会飙举[2]，及至江亭，则光景凄冷[3]，惟一老僧拜月，可谓无聊之极矣。然其时天下太平，家中尊幼极盛，心中无事，不过穷京官之况味而已，岂可与今日地狱世界并论耶。宜子安忆及不胜惘惘也。

时平年少在同曹，客舍过谈每尽宵。[4] 羸马在[5]门劳久系，只鸡近局不烦招。会逢佳节寻幽胜[6]，转为枯僧破寂寥。一世纷华飞电过，影怀冷迹剩难消。[7]

(稚云来。)

初六日(10月28日)　先祖父小舫公忌日，晚设供。荣儿、效高来函。与苕雪围棋二局(一负廿子，一负十子)，神智甚昏，不能措思也。

初七日(10月29日)　[8]荣儿来函，悉湖庄尚有阿毛看守，惟木器皆已失去，残书满地，幸先祖父母遗容尚有一二存者，且慰且悲。

---

① 天头：丰：震上离下，䷶。

② “飙举”原作“勃然”。

③ 此处圈去“已极”二字。

④ 此联原作“少年早贵承平日，风雨深谈每尽宵”。

⑤ “在”原作“间”。

⑥ “胜”原作“僻”。

⑦ 此联原作“薰焰繁华如梦过，剩馀冷迹影难消”。

⑧ 天头：渐：艮下巽上，䷴。

贻先来函。苕雪、治芗来看竹。致询先函。致荣儿及小元函。画松二幅。

初八日(10月30日) [1]画松三幅。苕雪来围棋一局(负十子)。

重九日(10月31日) [2]画松一幅。治芗生日往贺。

寿梅泉六十生日:

高才竟以诗人隐,
独立犹看晚节香。

初十日(11月1日) 同强志、农先、巩庵、苕雪公请治芗。[3] 鲤门来。画松一幅(泽声)。

十一日(11月2日) [4]入府请安,属毛永惠代奏明日赴奉天拜永陵。奉谕回时再见。致贻先函。寄送梅泉寿礼。

十二日(11月3日) 午后一时半,赴"亚细亚"车赴奉,五时九分到,晋华、华轩至站来接,寓天津大旅社。稚云来。佟阔泉亦在旅社中,共晚饭。

十三日(11月4日) 移住事务处。夜至晋华寓中晚饭。子箴、协平、徐嗣香来。

十四日(11月5日) 晨七时半赴总站,晋华及翻译王采丞(明惠)、永陵司祭员和顺(致存)同行。八时开车,十时到南杂木下车,在日本梅园旅社小憩,食鸡子二枚。十一时,趁汽车,人极拥挤,所行皆崎岖山路,车行甚[5]速,时遇陡折,狭隘之处,殊属[6]危险。车手董姓,称为能手,驰驱如意,途中机器损坏,修理二次,幸未久延。二时到永

① 天头:艮:䷳,艮上艮下。
② 天头:震:䷲,震上下。
③ 旁注:石泉、华清作陪。
④ 天头:革:䷰,离下兑上。
⑤ 此处圈去"快"字。
⑥ "殊属"原作"甚觉"。

陵，寓司祭办公处。至陵行礼。正殿修理工程已毕，焕然一新。宝顶正中老榆一株，卧于地而复起，横出数干①，势极奇峭。兴祖即葬于树腹之中，左右为景、显二祖，稍偏右为肇祖衣冠葬葬地，上立一十字架，每年换一次。夜与晋华谈鬼甚久。

十五日（11月6日） 晨七时起，趁汽车，十时到南杂木，十一时趁火车，一时到奉。夜至晋华处晚饭。子箴来。升儿自新京来。②

十六日（11月7日） 午后一时，趁亚细亚车返新京。

十七日（11月8日） ③询先来函，附子安《九日见怀》七律一首。与君适围棋（负九子半）。

十八日（11月9日） 与强志围棋（胜八子）。

十九日（11月10日） 与农先围棋（胜八子）。

二十日（11月11日） 入府请安。秩安来。与君适围棋（负半子）。

二十一日（11月12日） 苕雪来。秩安、华严、奎一来看竹。

二十二日（11月13日） ④《夬》之六爻“无号，终有凶”，本义“阴柔小人居穷极之时，党类已尽，无所号呼，终必有凶也”。占者有君子之德，则其敌当之，不然反是，指朱子此言卓有所见。今则以暴易暴，亦必同归于尽而已矣。

苕雪来。强志、农先、君适约围棋，每一局负者输五角，集成数元则小饮食，今晚即履行此约也。秩安、治芗、奎一来看竹。

二十三日⑤（11月14日） 入府见上，上谓“汝精神及面貌皆较

---

① “干”原作“枝”。

② 此处圈去“与君适围棋（负十子）”一行。

③ 本页天头：井：䷯，巽下坎上。困：䷮，坎下兑上。升：䷭，巽下坤上。革：䷰，坤下兑上。姤：䷫，巽下乾上。

④ 天头：夬：䷪，乾下兑上。

⑤ 天头：益：䷩，震下巽上。

前好,甚喜之”。《益》之四爻:“益之用凶事,无咎;有孚中行,告公用圭。”世祖之时,诰诫严峻,臣下凛凛而终以保全者众,其为益也大矣。

二十四日(11月15日)　①茗雪来。菊忱来。

二十五日(11月16日)　②与君适围棋一局(胜三子半)。

二十六日③(11月17日)　菊忱同王松乔来。茗雪来围棋一局(胜半子)。贻先、询先来函。荣儿来函,附蓉史表侄女自沙市来函,极言生计之艰,惟兑汇不通,无法救济也。画山水一幅(试乌丝纸,甚细)。

二十七日(11月18日)　④茗雪、治芗来。与农先围棋二局(一胜一负)。

二十八日(11月19日)　⑤茗雪来,围棋三局(皆负)。菊忱来。梅泉来函,附挽苏厂五古,甚苍健。

二十九日(11月20日)　⑥入府,授《左传》、古文,学生六人:溥俭、溥仲雄⑦(偀)、毓岩(岩瑞)、慈、嶦、塘⑧(十一时至十二时)。

地山姻丈来。画山水小幅(博勤)。

十月初一日(11月22日)　⑨入府授课。晚祭祖。

---

① 天头:损:䷨,兑下艮上。

② 天头:解:䷧,坎下震上。

③ 天头:蹇:䷦,艮下坎上。

④ 天头:睽:䷥,兑下离上。

⑤ 天头:明夷,䷣,离下坤上。

⑥ 天头:晋,䷢,坤下离上。

⑦ 旁注:泽公之子。

⑧ 旁注:恭王三子。

⑨ 天头:大壮:䷡,乾下震上。整理者按:此日至十月初五日日期均误。“十月初五日”当为“十月初六日”,陈曾寿此部分日记当为事后追忆,却也发觉日期不符,故未记“十月初六日”日记,此后日期方不误。

初二日(11 月 23 日) [1]授课。约王中樵、菊忱、苕雪、治芗、石泉、奎一晚饭。

初三日(11 月 24 日) [2]授课。与强志围棋(胜一子半)。

伤心[3]鹬蚌久相持，败类谁吟芮伯诗。妖鸟有声愁滴血，角端无语警还师。不妨残局支青骨，但痛神州化赤眉。千古强梁遗辙在，滔天自孽岂能追。[4]

初四日(11 月 25 日) [5]与强志围棋(胜四子半)。画山水横幅。

初五日(11 月 26 日) [6]星期。苕雪、奎一、华严、秩安来，晚小饮，看竹。

初七日(11 月 28 日) [7]授课。画松直幅(荣宝)。与强志围棋(负十二子)。中樵来，赠烟分卅。

初八日(11 月 29 日) 授课。致寥志、贻先、询先及梅泉函。伯夔来函。秩安、治芗夜来。

初九日(11 月 30 日) 授课。画松三幅(有两幅甚佳，自留之)。

初十日(12 月 1 日) 授课。画松幅一。治芗来。与农先、围棋(负半子)。菊忱来。闻五弟妇在太湖，逃难于山中，今已还其故处。

十一日(12 月 2 日) [8]授课。画松幅(设色)。

十二日(12 月 3 日) 授课。与苕雪围棋(负二子)。询先来函，升儿赴日本。

---

① 天头：遯：䷠，艮下乾上。

② 天头：恒：䷟，巽下震上。

③ “伤心”原作“无名”。

④ 此联原作“千古强梁殷鉴在，倒行自孽岂能追”。

⑤ 天头：乾：䷀，乾下乾上。

⑥ 整理者按：初四日至初十日天头均标“乾”字。

⑦ 整理者按：初六日日记原缺。

⑧ 天头：坤：䷁，坤上坤下。整理者按：十二日至十四日天头每日均书“坤”。

十三日(12月4日)　星期。与苕雪围棋(胜一子半)。愔仲约同强志晚饭,奎一亦来。治芗于饭后来寓看竹。

十四日(12月5日)　授课。荣儿来函,附君任函并所作诗序。仲业自天津来。

十五日(12月6日)　①授课。强志生日,苕雪、治芗来。与苕雪围棋(胜四子半)。仲业来。晚治肴小饮,看竹。曼多来。德甫来。菊忱来。

十六日(12月7日)　②授课。画山水小幅(婉宜女曾梦见予画一幅题曰"问君能有几多愁,恰似一江春水向东流",以书告予,故画此幅与之)。又画仿高尚书小幅,极佳。仲业来。

十七日(12月8日)　③授课。致询先函。致君任函。

十八日(12月9日)　④授课。与强志围棋(胜四子半)。

十九日(12月10日)　⑤授课。夜,马华严、奎一来看竹。

二十日(12月11日)　⑥星期。苕雪来。治芗来看竹。

二十一日(12月12日)　⑦授课。与强志围棋,负六子。致荣儿函。

二十二日(12月13日)　⑧授课。与强志围棋,胜七子。致询先函。强志作余诗集序甚佳。见美宜自挽联,甚有分寸,读书不多而能若是,殆有夙根者欤?

美宜自挽联:

---

① 天头:屯:䷂,震下坎上。

② 天头:蒙:䷃,坎下艮上。

③ 天头:需:䷄,乾下坎上。

④ 天头:讼:䷅,坎下乾上。

⑤ 天头:师:䷆,坎下坤上。

⑥ 天头:比:䷇,坤下坎上。

⑦ 天头:小畜:䷈。

⑧ 天头:履:䷉,兑下乾上。

现居士身，为大长者子，虽然识字读书，尘世因缘终有限；

受菩萨戒，示维摩诘疾，此去花开见佛，高堂手足莫深悲。

挽美宣联：

母深慈爱，兄极友于，前种善缘真不浅；

早享福报，终罹灾疾，此来世味竟如何？

①上赏“即事多欣”四字。

二十三日(12月14日) ②入府谢恩。授课。与强志围棋(胜二子半)。

二十四日(12月15日) ③授课。与强志围棋(胜)。稚云来。菊忱来。

二十五日(12月16日) 授课。与强志围棋(一胜一负)。

二十六日(12月17日) 授课。与强志围棋(胜二十子)。菊忱来。

二十七日(12月18日) 星期。治芗、茗雪来看竹。

二十八日(12月19日) 授课。画松便面。

《豫》五爻：“贞疾，恒不死。”程《传》：“居得君位，贞也；受制于下，有疾苦也。六居尊位，权虽失而位未亡也。故云‘贞疾，恒不死’。”按，当此爻者，难乎其为君矣。为之臣者又当何如耶？

荣儿来函，言湖寓所存之祖像尚有七幅，已由阿毛托便寄津，不胜喜慰，可稍赎内疚矣。识先来函。致识先函。致荣儿函。④ 夜十时半亥时，三媳生一女，大小平安可喜。马华严来看竹。与强志围棋

---

① 此处圈去“二十二日。授课。与强志围棋，胜七子半”一行。

② 天头：泰：䷊。

③ 整理者按：二十四日至二十九日每日天头卦象记录分别为：否：䷋。同人：䷌。士有：䷍。谦：䷎，艮下坤上。豫：䷏，坤下震上。随：䷐，震下兑上。

④ 此处涂去“二十九日。授课”一行。

(负四子)。[1]

二十九日(12月20日) 授课。致询先函,寄画六幅拟售,接济贻先也。石泉来。

梅泉寄九日诗有“开门只合死前休”之句,因成二首寄之

旷代谁知己,真才匪斗量。只缘[2]诗愈好,遂与世相忘。无竞仍逢[3]嫉,纯真或误狂。悠悠从满目,柴立独中央。[4]

情岂生前见,交从别后深。冰霜何惨烈,魂梦与萧森。药老惟遮眼,涪翁悟死心。[5] 言[6]休休未得,犹及此孤[7]吟。

三十日(12月21日) [8]授课。荃女生日。询先来函。荣儿来函。

十一月初一日(12月22日) [9]授课。菊忱来。地山姻丈来。旧京书贾韩▨滋来(翰文斋),隔二三十年不见,其容貌与前无异,其年已六十矣,亦可异也。冬至夜,设供祀祖。

初二日(12月23日) [10]授课。与强志围棋(胜八子)。

初三日(12月24日) [11]星期。贻先来函。寥志来函。致贻先函。由寥志转来冬侄女自太湖来函,言避难山中,千辛万苦,赤足涉水而行,润侄及浔侄女皆患四日两头疟疾,至可念也。与强志围棋

---

① 此处圈去“画松便面”四字。

② “缘”原作“因”。

③ “逢”原作“遭”。

④ 此联原作“悠悠看一世,柴立偲中央”。

⑤ 此联原作“▨▨成违世,金华悟死心”。

⑥ “言”原作“欲”。

⑦ “孤”原作“微”。

⑧ 天头:蛊:䷑,巽下艮上。

⑨ 天头:临:䷒,兑下坤上。

⑩ 天头:观:䷓。整理者按:原误作“䷒”。

⑪ 天头:噬嗑:䷔,震下离上。

（胜一子半。）

初四日（12月25日） [1]星期。与强志围棋（胜二子半）。升儿自日本归。稚云来。

初五日（12月26日） [2]授课。显祖妣张太夫人忌日，设供。菊忱来。稚云来。与强志围棋（胜七子）。

初六日（12月27日） [3]授课。与强志围棋（胜五子）。

初七日（12月28日） [4]授课。见上，奏对半小时。与强志围棋（负二子半）。

理乱人间万不知，酒香炙美夜何其。宣南旧梦消沉久，气象[5]承平又一时。

宴集从来盛上都，诗题强半画葫芦。百年朝士销磨尽，一纸消寒九九图。

初八日（12月29日） [6]授课。与强志围棋（负三子半）。奎一来看竹。昨梦与某同行，予徒行，某雇一马乘之，行至陡仄之高峰，其马忽惊堕于甚深之底，予不忍下视。前有石磴数百级可下，下焉。此梦甚异，不知主何祥也。书以志之。

初九日（12月30日） [7]授课。与强志围棋（负二子半）。

初十日（12月31日） [8]为林子有画《填词图》。与强志围棋（负半子）。

---

① 天头：贲：䷕，离下艮上。
② 天头：剥：䷖，坤下艮上。
③ 天头：复：䷗。
④ 天头：无妄：䷘。
⑤ “气象”原作“再见”。
⑥ 天头：生祖母朱太夫人忌日，夜设供。大畜：䷙。
⑦ 天头：颐：䷚，震下艮上。
⑧ 天头：大过：䷛，巽下兑上。

十一日(1939年1月1日) [1]入府恭贺阳历年。与强志围棋(负一子半)。晋华自奉来。

十二日(1月2日) [2]与强志围棋(负二子半)。晋华来看竹。地山姻丈来。寥志来函。

十三日(1月3日) 与强志围棋(胜十四子)。鲤门来。夜与晋华看竹。画山水、竹石两小幅(晋华)。

十四日(1月4日) 入府授课,见上,辞管理陵庙事宜已蒙俞允,惟属不可往京津,仍在新京居住,兼教书事。对:"拟将家眷迁入关内,用度较省。"谕:"老年人不可无人扶侍,家人万不可去,且恐致人疑。"寥志来函。晋华来看竹。

> 奏为恳恩请开去管理陵庙事务处事宜差使。[3] 窃臣去岁以年力就衰,再三辞退,仰蒙温旨慰留,未敢言去,实深感悚。窃思陵务重大,断非才力微薄[4]所能胜任,前日面陈下情,已蒙俞允,用敢具折恳辞。[5] 伏[6]祈批准,不胜感激悚惶之至。臣谨奏。
>
> 再,陵庙事务[7]闻有改定[8]之说。臣未[9]知内容如何。[10] 臣之愚见,有必须明定宗旨大纲、不可移易者,约有五端:一、此后管理大员无论用何名目,必须皇上钦派,为承办性质,不得用推举之制;二、无论大小事务,必须奏明,经皇上裁可实施,不得专

---

① 天头:习坎:䷜。
② 天头:离:䷝。上卷毕。
③ 此句原作"奏为恳辞管理陵庙事宜差使"。
④ "才力微薄"原作"孱躯"。
⑤ "敢具折恳辞"原作"敢具奏陈"。
⑥ "伏"原作"敬"。
⑦ 此处圈去"处"字。
⑧ 此处圈去"制度"二字。
⑨ 此处圈去"之见不"三字。
⑩ 此处圈去"其草案"三字。

擅；一、岁时祭祀必须恭遵旧定礼节，不得更改渎慢；一、陵庙殿宇必须保存旧制。有年久朽坏者，随时修理，不得任意撤毁；一、陵园树木必须敬谨保存，不得任意移动采伐。以上五条，均须在新定章制[①]中切实申明，永远遵守。庶列祖在天之灵安而我皇上心亦安矣。请责成在事者慎重拟定，毋得含糊苟且，以致事权旁落。任意纷更，必有追悔不及者。臣之愚诚，难安缄默，窃冀补救万一。伏祈圣鉴。

十五日(1月5日) [②]授课。晋华、菊忱、治芗来。

十六日(1月6日) [③]授课。菊忱来。与强志围棋(负二子半)。询先来函，附子安函并诗一首。

十七日(1月7日) [④]授课。与强志围棋(负三子半)。画三尺山水中堂。

十八日(1月8日) [⑤]星期。苕雪、菊忱来看竹。

十九日(1月9日) [⑥]授课。治芗来看竹。

次韵子安夜起感赋一首

了无剥啄叩幽扃，枯淡生涯已惯经。入画寒林常接席，映书残雪总栖棂。苦寻灵药残生累，永忆寒梅隔世馨。难得移情故人句，梦回香影最竛竮。

来诗有“病起药香馀静室，梦回梅影在疏棂”之句。

二十一日(1月11日) [⑦]授课。先祖考小舫公忌日，设供。画竹石枯木小直幅，甚修洁有品。又画舟行小景，颇似吾乡望天湖昔年上冢时风味，不知何日始得归里上冢，聊寄梦想耳。致询先函、子

---

① “制”原作“程”。

② 天头:《说卦传》一页。

③④⑤ 天头:一页。

⑥ 天头:上派毛永惠来，交下批准奏片。

⑦ 天头:杂卦一页。

安函。

二十二日(1月12日) [①]授课。茗雪来。菊忱来。

二十三日(1月13日) [②]授课。丽保甥孙女生日。奎一来看竹。画山水直幅(宇清)。

致恩棣函

增减员薪一节,寿乃就事论事,毫无我见,前所面商者,乃指以后改定新章呈奏、奉旨批准而言。若此时,则寿未敢任意增减也。惟现已辞去管理,即事有更大于此者,亦不过问矣。强项乃寿所深佩,惟惜乎施之于将去之人,若能对于后来者不为降服迎合之态,则尤所深佩也。新会已将成立,恐君年来处心积虑皆成画饼耳。

二十四日(1月14日) [③]授课。

二十五日(1月15日) [④]星期。画山水直幅,拟云林。菊忱来。

二十六日(1月16日) [⑤]授课。贻先来函。致伯夔、君任函。治芗来看竹。菊忱来。前夕梦见徐肖研。自肖研逝后,从未入梦,此为第一次也。又梦见莘田,多年不见,彼此相拜道契阔,亦可异也。梦乃最可尊重之事,而人乃以渺茫幻诞轻之,殊不晓事。死生异路,则万劫不能复见,梦乃能补此缺憾,岂非至难能可贵者哉!况人生在世,所为者与梦又何异哉。

二十七日(1月17日) [⑥]授课。鲤门来。致荣儿函。贻先来函。[⑦]

二十八日(1月18日) [⑧]授课。小女孙多欣满月。治芗、茗雪、

① 天头:杂卦一页。

② 天头:《序卦传》一页。

③④⑤⑥ 天头:一页。

⑦ 此处圈去“二十八日。授课。致荣儿函”一行。

⑧ 天头:一页。写《易经》毕。

厚卿来看竹。致贻先函。

二十九日(1月19日) 授课。画山水直幅,送马华严续娶。治芗来。

十二月初一日(1月20日) 授课。苕雪来围棋(负七子)。画山水便面(景贤,荣宝斋经手)。

初二日(1月21日) 授课。

初三日(1月22日) 星期。答拜老二。治芗来。

以数诗为题因作二首示之

一堂共咿唔,朝夕乐未央。二酉富图籍,文苑共回翔。三冬惜短景,焚膏继窗光。四方丈夫志,黾勉弗敢康。五经为腹笥,便便擅文章。六艺勤服习,才技赅众长。七萃完兵略,鞍马娴腾骧。八表慨同昏,立志扫欃抢。九重方崇学,喜近日月光。十鼓美中兴,学成事我皇。

一心皈我佛,念念惟西方。二惑悉断除,火宅生清凉。三生旧精魂,了了初不忘。四大非我身,雄据狮子床。五蕴非我家,誓渡大宝航。六时自得力,间薰知见香。七级塔合尖,勇猛堪承当。八风作日用,随处皆道场。九莲开净域,亲见无量光。十地证圆成,成就大愿王。

初四日(1月23日) 因感冒,未授课。治芗来。往贺马华严娶妇。石泉来。

鲤门以诗见赠次韵

洗心早已悟蕉身,游世庄谐妙朔臣。诗事故应推独步,国中谁与和阳春。贪痴渴鹿奔阳焰,解脱天龙羡目邻。聊遣有涯作无益,人间万事付[①]微尘。

初五日(1月24日) 未授课。鲤门、菊忱来。湿痰甚多,服石

① “付”原作“等”。

泉方。

苏堪于沪渎海藏楼[①]植栝四株,乃拔可所赠也[②],既来长春,故居斥卖,栝还旧主,今苏堪逝世,栝亦枯萎矣,拔可乃作《还栝图》征题

昔访海藏居,一楼耸孤标。庭前四五栝,日夕望其高。预计十年后,满意听秋涛。孤愤积山岳,物外寄萧寥。终然舍之去,将身托行朝。世事等博寨[③],呼卢或成枭。楼中意万端,所期难所遭。成败岂论定,孤行一世豪。旧[④]居既斥去,还栝亦已凋。荣枯皆有情,草木真久要。我敬李侯意,微物重云霄。魂魄倘恋此,何殊赋《大招》。

长春一亩宅,仅容旋马来。差喜数株柳,垂阴下覆阶。斗室数燕集,酒半行苍苔。冷月挂高树,相看久徘徊。海外来使星,百国穷沿洄。叹诧首相室,陋隘见此才。引退怀旧京,意中构池台。海棠数百株,盆列兰与梅。行厨具精馔,宾客供嘲诙。心知有难言,艰屯郁风雷。津津可喜事,此意弥可哀。蟠[⑤]天盖世气,阨塞成[⑥]寒灰。惟馀平生意,长镌故人怀。

初六日(1月25日) [⑦]未授课。石泉来改方。苕雪、治芗来看竹。

初七日(1月26日) 未授课。致识先函。

腊八日(1月27日) 授课。荣儿来函。苕雪来。致贻先、询先函。

---

① 此处圈去"园中"二字。

② 此句原作"乃李拔可园中物也"。

③ "寨",诗集本作"塞"。

④ "旧",诗集本作"故"。

⑤ "蟠"原作"弥"。整理者按:诗集本作"弥"。

⑥ "成"原作"馀"。

⑦ 天头:高祖妣周太夫人忌日设供。

初九日(1月28日) 未授课。秩安来。致询先函。

初十日(1月29日) 星期。治芗、苕雪来。

十一日(1月30日) 授课。先母周太夫人生忌,晚设供。苕雪来。鲤门来。秩安来。德甫来。

十二日(1月31日) 授课。

十三日(2月1日) 授课。苕雪来。秩安来。

昨梦随太夫人肩舆寻西湖上旧居,蹊径迷离,至一处似旧居,又觉稍异,明窗净榻,徘徊久之,醒后凄然。时购红梅一盆,浓香深色,出关数年以来所未有也,起坐愁对,因成此阕:

摸鱼儿

最难忘、一湖寒碧,围①湖都是山色。十年藏影深深地,剩②作此身长③忆。吟未彻④,正徙倚⑤、寒梅一树明孤月。曲廊暗屧。爱五夜钟声,半空塔影,生事最幽绝。

今宵梦,还向那边游历,凄迷亭馆非昔。明窗素⑥榻低徊处,清泪那禁偷滴。窗未白,却不道、一身僵卧边城雪。残缸欲灭。幸犹有梅花⑦,背灯疏影⑧,相对伴愁寂。

十四日(2月2日) 授课。贻先来函,附庶侯函、君任函。苕雪来。鲤门来。致贻先函。秩安来。

---

① “围”原作“绕”。

② “剩”,诗集本作“留”。

③ “长”原作“清”“回”。

④ “彻”,诗集本作“歇”。

⑤ “徙倚”原作“横斜”。

⑥ “素”原作“净”。

⑦ “幸犹有梅花”,诗集本作“算犹有梅花”,且云原稿实为“算犹花”,《苍虬阁诗集》整理者据《词谱》添加。

⑧ 此句原作“疏疏清影”,诗集本作“背床疏影”。

独犯巫闾雪，来销楚国魂。乍看梦相似，一笑格犹存。[①] 缥缈[②]青霞意，凄凉旧月痕。分明[③]来去迹，应感后皇恩。

予初来长春，得红梅一盆极艳，旋因冻枯萎，今历六年，又复得此，时予亦将去矣。

伯夔六十寿诗

当代能文章，义宁第一手。削迹入匡庐，与世隔绝久。时翁年八十，往拜有谁某。维君跫然来，真气暖岩岫。温温子弟色，服勤常左右。于今薄师门，风义庶可救。岂惟斯文传，真脉在孝友。修身贻令名，四海仰贤母。客语夜稍深，趋入唯恐后。孺慕及深慈，目中未曾有。自婴风木悲，硕腹俄损瘦。推让及群季，周恤遍亲媾。时交尚意气，握手肝肺剖。反面或下石，创甚柳州柳。维[④]君久益亲，相看进于旧。经年更患难，鬓发已老叟。但深孤露悲，岂效庚申守。愿君葆康强，特为亲故厚。能为义宁文，并齐义宁寿。质直无饰辞，聊用当春酒。

十五日(2月3日) 授课。贻先来函。致贻先函。寥志来函。

十六日(2月4日) 未授课。先父生忌，晚设供。仲业自天津来。朱艾老之子毓銮来。秩安来。

读武侯传用鲍明远数首体[⑤]

龙卧隆中，奋起救炎汉。二表誓忠诚，师出大反计。三顾酬主知，鼎足入长算。四川定王基，火猛矫[⑥]民玩。五月渡泸

---

① 天头：禅师云："时人见此一株花，如梦中相似。"问赵州："何事为和尚家风?"答曰："屏风虽破，骨格犹存。"此二句用禅事，不落痕迹。

② "缥缈"原作"淡淡"。

③ "分明"原作"思量"。

④ 诗集本作"惟"。

⑤ 旁注：一首。

⑥ "矫"原作"活"。

水，节制服犷悍。六出非得已，创[1]业未及半。七纵妙攻心，南人不复叛。八阵郁风云，千古屹江岸。九锡非敢膺，操懿异冰炭。十倍才胜丕，遗烈空仰赞。

十七日(2月5日) 星期。荣儿来函，附伯夔所作《苍虬阁诗序》甚佳，专叙数十年来交情离合，着色甚淡。苕雪、治芗、秩安来。晋华自奉天来。询先来函。

十八日(2月6日) 万寿圣节，入宫叩贺。鲤门约饭。秩安、晋华来看竹。

十九日(2月7日) 东坡生日，约苕雪、治芗、曼多、王嵩儒、鲤门、晋华晚酌。

二十日(2月8日) 小极，授课。晋华、秩安来。买红梅三盆，小萼红艳可爱。

嵩儒乞休，将赴旧京，索诗为别，时予亦将去矣

朝年江汉观新政，临老边关见朔风。回首与君同一梦，索然相对各成翁。事前结局谁能料，悟后初心渐已空。得间息机归去好，古人高蹈岂能同。

二十一日(2月9日) 授课。鲤门来。治芗来。同巽女、素梅侄女至消费组，合买红梅数枝，花瓣甚肥，有香，深红，此间甚难得也。石泉左手为寒风所袭，麻木不仁，往视之，已有三指可稍动矣。晋华来。

二十二日(2月10日) 授课。晋华、秩安、治芗、鲤门来看竹。

二十三日(2月11日) 授课。上赏四百元，谢恩。鲤门、秩安来看竹。晋华返奉。夜送灶神。

红梅二首

小[2]萼微舒[3]色正丹，十年小别见偏难。却防火迫花开了，

---

① “创”原作“王”。

② 原作“破”，诗集本作“冻”。

③ “微舒”原作“犹红”。

特减熏笼忍薄寒。

幽香妙色[①]凌冰雪[②]，孤洁谁知第一春。细数群芳无比儗，见梅[③]始信有天人。

二十四日（2月12日） 星期。愔仲约同强志午饮。夜过小年，设供。询先、荣儿来函。[④] 倜贝子来。

二十五日（2月13日） 授课。治芗、苕雪、季湘来看竹。

二十六日（2月14日） 授课。仲业来。苕雪来。画山水便面（幼青）。

东坡生日约苕雪、治芗、鲤门、嵩儒晚饮，鲤门诗先成，今岁在戊寅，十五甲子前，东坡时在儋耳，比较以发兴，予亦继作

坡诗绝千古，最胜属过岭。皮肤剥落尽，意外出妙境。摧阨[⑤]极生前，肸蠁乃弥永。当年[⑥]岁在寅[⑦]，瞻儋[⑧]方远屏[⑨]。甲子十五周，逢辰荐酒[⑩]茗。身世较异同，今夕异宽窘。[⑪] 刘侯妙语言，蕴藉若深幸。[⑫] 古人处忧患，如玉试[⑬]火猛。携手葛与陶，

---

① “幽香妙色”原作“妙香绝色”。

② “凌冰雪”，诗集本作“净埃尘”。

③ “梅”原作“花”。

④ 旁注：强志、农先返京津。

⑤ “摧阨”，诗集本作“阨塞”。

⑥ “年”，诗集本作“时”。

⑦ 此句原作“今年复在寅”。

⑧ “瞻儋”，诗集本作“儋州”。

⑨ “方远屏”原作“可叹闻”。

⑩ “酒”，诗集本作“果”。

⑪ 此句原作“刘侯较异同，身世异舒窘”，诗集本作“今昔较异同，身世殊宽窘”。

⑫ 此句原作“蕴藉妙语言，遭遇若深幸”。

⑬ “试”原作“经”。

心光何炯炯。[1] 居屯不得力，我辈可叹悯。[2] 长腰米撑肠，阔领衣盖瘿。[3] 细和渊明诗，差胜持十忍。

坡诗绝千古，最胜属过岭。皮肤剥落尽，意外出妙境。阨塞极生前，肸蠁乃弥永。当年岁在寅，儋州方远屏。甲子十五周，逢辰荐果茗。今昔较异同，身世殊宽窘。刘侯妙语言，蕴藉若深幸。古人处忧患，如玉试火猛。携手葛与陶，心光何炯炯。居屯不得力，我辈可叹悯。长腰米撑肠，阔领衣盖瘿。细和渊明诗，差胜持十忍。

二十七日(2 月 15 日) 授课。至车站送治芗还旧京。自明起放年假十日。沐浴。夜子时后还福，供年饭。一年来家人平安吉祥，皆荷天佑也。中日之变，其惨酷为旷劫所未有，家人虽流离四散而得保平安，此至不易之事也。询先来函。

二十八日(2 月 16 日) 吃年饭。同觉先至宽城子花园买花，聊充年景，得水仙单瓣者五盆、小红梅一盆、碧桃二盆，在此地亦不易得者。用去八元，可谓豪侈矣。伯夔来函，附《题栝轩图五古一首》甚佳。致贻先函。致治芗函。仲业来。

荐厚[4]冰威入，窗明雪影深。[5] 经声清晓梦，梅萼酽天心。短景消常课，残年送苦吟。应惭故人问，初念[6]几销沉。

廿九日(2 月 17 日) 仲业来，即日返津。鲤门来。

落寞□人境[7]，优游赚岁华。闭门无雪渼，伴影有梅花。▨

---

① 此句原作“火宅自得力，菩提烦恼证”。

② 此句原作“穷达两俱负，我辈可深警”。

③ “阔领衣盖瘿”原作“作衣防盖瘿”。

④ “荐厚”原作“破砚”。

⑤ “窗明雪影深”原作“低窗雪影深”。

⑥ “初念”原作“志事”。

⑦ 此句原作“落漠违人世”。

□身堪济,摊书眼已遮。[①] 定中幽籁起,鼎火沸瓯茶。

《华严经》中有倒世界、斜世界。

除夕(2月18日) 入府辞岁,奉谕免行礼,元旦亦免行礼。夜在祖宗前辞岁,接灶。与家人摇四门摊为乐。[②]

南朔东西一念中,停杯兀对蜡灯红。自从分散无消息,飞去安能苦乐同。

己卯元旦(1939年2月19日) 入府贺岁,虽有免行礼之谕,不到则心不能安也。过宝沈庵师处贺年。石泉、奎福、包辑庭、曼多、聂从善、钱秉愚、宪真、马华严、华石、沈奎一、溥僎、毓岩、毓慈、毓嵣、厚卿、侯子观、邦枢、黄秉易、马叔达、马和延、温中行来。

时已当穷变,天独震往来。歧途虚[③]敌忾,惕厉淡沉衰。腊尽三旬日[④],炉寒百丈灰。坛香淹岁月[⑤],惆怅又春回。[⑥]

次愔仲除夕韵

遁欲耽耽笑朵颐,两残鹬蚌那无时。去来王式原非暗,行止灵均岂有疑。马上拊虻空所主,椟中□玉竟因谁。闭门不觉春萌动,故国寻芳且未迟。

初二日(2月20日) 鲤门、篆友、德甫、培之、费敬馀、秩安、倜五爷来。

寻芳春梦断烟霞,僵卧毡乡岁月赊。为买盆梅陪寂寞,自怜土室忽奢华。神□鬼□何人世,斑斓禹焦底处家。白日消融寻

---

① 此句原作"独愧身康济,宁知世倒斜"。

② 旁注:坐庄,摇二十合。

③ "虚"原作"殊"。

④ "三旬日"原作"守初鼓"。

⑤ 此句原作"一分生意在"。

⑥ 此句原作"惆怅冻枝梅"。

有待，黑风漂堕岂无涯。[①]

初三日（2月21日） 鲤门、缪子寿、费荣生来。

子安同年六十寿诗

昔游抱冰门，文武盛才杰。画饼或致嘲，真士固难得。相人秘法[②]公有言，谓有心思能笔墨。六十人中最少年，燕国[③]奇赏杨盈川。荼囊独为大年设，诗事每称公济贤。机要往复画牍尾，我昔伴君同进止。五更霜月气清严，回忆苍髯真梦耳。[④] 高才见忌终补外，匡庐官亭归[⑤]管内。运斤成风难为质，卿与桓温岂并世。晚狎湖海希冥鸿，当年[⑥]惨绿各成翁。昏灯老屋车脱辖，旧京冷话何时同。富贵由来[⑦]草头露，独负张公深感遇。会须南北重合并，相访醉翁行乐处。

初四日（2月22日） 至愔仲、鲤门、石泉、綮友、季湘、奎一、秉愚、华严、秩安、地山姻丈处贺年。鲤门来。强志来函。农先来函。

初五日（2月23日） 苕雪、季湘[⑧]、石泉、奎一、厚卿、彤伯、中甫来。夜摇四门摊八十合。荣儿来函。

初六日（2月24日） 奎一、秩安、苕雪来看竹。贻先来函。

人日（2月25日） 致贻先函。画山水一幅，萧龙友七十寿求画。致治芗函。梅泉来函并和诗二首。

初八日（2月26日） 苕雪来。贻先来函。仲业来函，谓夏友兰逝世。此君本为将种，少年跅驰不羁，有恶少之名，辛亥后竟能不出。

---

① 此句原作“高下跳梁终有极，恶风□□岂无涯”。

② “法”，诗集本作“诀”。

③ “国”，诗集本作“许”。

④ “回忆苍髯真梦耳”原作“回忆掀髯如梦耳”。

⑤ “归”原作“管”。

⑥ “年”原作“时”。

⑦ “由来”原作“何如”。

⑧ “季湘”原作“苕雪”。

上即位满洲,竟不来,而恩意甚厚,屡有赏金,不知来谢以图报效,可谓不明大义,然能甘守穷困,在津蛰居一室,毫无生趣,始终不移,总算有骨气者。其高自位置,不甘小就,是不能自量,然至死不屈,仅见此一人而已。精气尚强介,摧折以死,亦可哀也。(答拜贺岁者:宪真、富▨▨、关月波、叶曼多、费敬馀、恒德甫、包辑庭、奎福。)

初九日(2月27日) 授课。伯夔来函。询先来函。致贻先、询先函。

初十日(2月28日) 授课。鲤门来。

十一日(3月1日) 建国纪念日。入府朝贺。茗雪、秩安来。家人摇摊四十合。君任来函[①],附五古、七古二首,甚精锐。

十二日(3月2日) 授课。致荣儿函。致仲业函。

十三日(3月3日) 授课。宝老师写诗四首寄示,和韵一首。

养拙恩容一味闲,闭门僵卧忽经年。欲归东野似无地,自屏南山休问天。初脆美,荔枝缀玉已暄妍。薄游重续春明梦,正好寻芳上巳前。

十年以来日习楷书,未尝间断,所用笔以邵芝岩所制
紫毫长颖中楷为佳,自兵事起,笔工星散,无可购买,
顷询先七弟来书云觅得三枝,喜赋长句报[②]之

我性散漫称拙书,晚岁收心聊自课。非能主敬[③]非要好,略等抄胥儆闲惰。厚重纯密爱紫颖,狼鬣轻悍[④]羊毳软。浙工首举[⑤]邵芝岩,压倒京师戴与贺(戴月轩、贺莲青)。昔[⑥]得乾隆内[⑦]

---

① 旁注:康脑脱路凌云别墅九号。

② "报"原作"寄"。

③ "主敬"原作"敬事"。

④ "狼鬣轻悍"原作"狼毫轻剽"。

⑤ "首举"原作"惟数"。

⑥ "昔",诗集本作"旧"。

⑦ "内"原作"旧"。

制毫，珍藏未敢凡墨涴。[1]坚强不钝顺不剽[2]，得心应手馀地破。形式精微得二三，差推邵氏能仿作。[3]年来敝秃动盈束[4]，伏几长宾驹影过。[5]异国兵锋扫地来，笔工星散坊[6]灰堁。收合馀[7]材强充役，白日昏昏倦欲卧。今君为我竟搜得，鸿毛千里真奇货。从兹满意[8]弄窗光，聊破枯禅骆驼坐。

十四日(3月4日)　授课。苕雪来。

纸衣禅师之"不借'借'"方是妙，所谓人能宏道，非道宏人也。孔子只说着一半。

沈砚裔属题郭侗白同年诗册

韬采穷边屹两翁，轻轩入觐每偕同。方欣黄禹因王去，谁料休文诔世隆。犹喜碎金存素札，空悲流水入丝桐。传经虚受违心事，回首湘云恨未穷。[9]

十五日(3月5日)　上赏汤圆六十枚，入府谢恩请安。晚设供，在祖宗前叩节，并供汤圆。

十六日(3月6日)　授课。秩安、吴子香夜来看竹。识先来函。

十七日(3月7日)　授课。苕雪来。鲤门来，赠诗一首。君任来函。秩安、奎一来看竹。致伯夔、君任函。致询先函。

十八日(3月8日)　授课。愔仲和东坡生日诗五古一首。

十九日(3月9日)　授课。往贺苕雪生日，未晤。愔仲和紫毫

---

① 此句原作"珍藏不敢尘墨涴"。
② 此句原作"坚彻不钝灵不薄"。
③ 此句原作"惟馀邵氏工仿作"。
④ 此句原作"年来敝使每数束"。
⑤ 此句原作"所业不进惭无奈"。
⑥ "坊"原作"馀"。
⑦ "馀"原作"馀"，后改为"粗"，最终改为"馀"。
⑧ "满意"原作"伏几"。
⑨ 此联原作"传经虚受汎源正，应有遗编托小同"。

笔七古。

曲曲兰房密密扃,红灯黯黯月胧明。觉来一枕年时影,啼入荒鸦三两声。[①]

二十日(3月10日) 授课。强志自天津来。贻先来函。致询先函。致梅泉函。苕雪来。

二十一日(3月11日) 出题,未上堂。先十二叔母忌日,晚设供。询先来函。伯夔来函。

二十二日(3月12日) 星期。嵩儒来辞行。致询先函。

二十三日(3月13日) 授课。

二十四日(3月14日) 授课。画松小幅(云骧)。曼多来。

二十五日(3月15日) 授课。愔仲来。苕雪来。华石、奎一来看竹。

二十六日(3月16日) 授课。

二十七日(3月17日) 授课。昨梦除夕夜半,忽来一太监,言皇上要买一枝红笔,不要白毫者,要黄色之毫,遍觅肆坊无有,问入私来,问我有否[②],开箧觅之,陈列[③]数十枝,虽有黄色者,皆已用过,不堪贡献,心中颇为焦急而醒。此梦殆非昼间思想所及,不知主何祥也。见石溪山水八开,极佳。

读剑南集,悲其壮志不遂,笃老穷困,
然平生遇合亦有不易得者,为作二诗

常分僧米贳[④]村醪,八十衰翁饭一瓢。不讳贫愁终得力,强为壮语益无聊。魂伤[⑤]未作稽山土,梦远犹依万里桥。细校平

---

① 此诗诗集本题作“荒鸦”。

② 此处圈去“乃”字。

③ “陈列”原作“所存有”。

④ “贳”原作“贷”。

⑤ “伤”原作“销”。

生萧瑟甚，示儿遗恨尚难消。

第一文章荐锁厅，笔端回斡动宫廷。传诗突过曾吉父，学道还亲朱考亭。密好[①]诚斋能抗手，居停待制与忘形。非常遇合都堪羡，岂必乘时带万钉。

乙庵师《曼陀罗寱词》悲来无端，沉冥万系，修罗、帝释，一炉而冶，人多不解所谓，不知其中有绝世词心，为古人所未有者，特为拈出：

《隔溪梅》："记否去年花下，上红时，月明浮玉卮。"

《高阳台》："中庭种树成红豆，那寒心鹦鹉先知。"

《金缕曲》："第一春风眉黛影，甚新来，感损天人相。"

《前调》："东海扬尘曾几度，不换娲皇残稿。"

《云仙引》："蔓云海天照影，独立倾城娇总持。"

《河传》："锦字盘中词宛转，愁不断，四角中央遍，夜相思。梦来时。月儿，常娥幽怨眉。"

《虞美人》："五更风起夜乌啼，明灯空局照无棋。阮郎归。……[②]妆楼欲下更迟迟。千花万草没人知。袅馀丝。"

《祝英台近》："衰相天身，黄叶六朝寺。十年未了伤心缘。松涛悲壮，淡一抉巫咸山翠。"

《眉妩》："乍鱼霞晕里，一掐新黄，奁隙晚妆点。""尽独处常娥，山河影，再生愿。"

《汉宫春》："中庭雨后，若榴别是真红。"

二十八日(3月18日)　授课。宝老师来。愔仲和《读剑南集二首》。

二十九日(3月19日)　星期。伯夔来函。冒鹤亭之子寄诗三首来求正。

三十日(3月20日)　授课[③]。致伯夔函。贻先来函。

---

① "好"原作"友"。

② 此处陈曾寿未录两句为"细腰宫里休相妒，久罢倾城顾"。

③ "授课"原误作"星期"。

二月初一日(3月21日) 丁祭，放假。同强志访彭华卿，未值。曼多来。

初二日(3月22日) 授课。华清来。寥志来函。

当兵祸极烈、民无噍类、天地闭塞、人理灭绝之时，忽有一点阳春，解纯险之凝结，回生机于一线，此非常之功力也。当宋元之际，元兵俘虏至数十万众，兵祸盖不可问。姚枢得赵江汉而北，乃使朱子之学兴于北方，许文正得君甚专，稍行其志，其奏议恺恻动人，晓达治体，格君之非，民之被其泽者深矣。后世儒者或疑文正论道未能造于精微之域，不知当是时，一切精深高远之言皆用不着，非实有精神魄力，真气鼓荡，不能有效。道学之真命脉在于文正一人也。此可见朱子力量之大，真能维持世运。儒者为学当于此等处着眼用力，舍此皆无所谓学也。其时王磐气盖一世，而独屈服于文正，人问其故，曰："许公神明也。"此岂可幸致者哉。

初三日(3月23日) 授课。苕雪来。

初四日(3月24日) [1]授课。询先来函。

初五日(3月25日) 授课。晚饭有紫菜苔、豌豆苗两盘，香味均甚佳。当此时运，亦可谓奢侈矣。

初六日(3月26日) 星期。同强志往视巩庵。

初七日(3月27日) 授课。苕雪、李湘夜来看竹。

圣祖《朱子大全序》末课："天下至大，兆民至众，舆图甚远，辟地太广。诸蕃风俗不同，好尚各异，防此失彼之患，不可不思。若以智谋要结人心，如挟泰山而超北海也。以中正仁义，老成宽信，似乎近之。凡读是书者，谅吾志不在虚辞，而在至理；不在责人，而在责己。求之天道而尽人事，存吾之顺，没吾之宁，未知何如也？"臣谨案：此真圣人之言。

---

① 本页天头：溥俭(慎之)、偀(仲雄)、毓岩(岩瑞)、毓慈、毓嶦、毓塘。

第二十三册(民国二十八年二月至民国二十九年十一月)

己卯春二月初八日(1939 年 3 月 28 日) 请见,为请假至天津事。[①]

初九日(3 月 29 日) 授课。识先来函。晋华自奉天来。

初十日(3 月 30 日) 授课。葱奇自沪来,带邵芝岩紫毫笔十枝来,并寥志、识先函。

十一日(3 月 31 日) 授课。佟阔泉五十生日补请晚饭,约秩安、苕雪、晋华作陪。夜看竹。

十二日(4 月 1 日) 授课。

十三日(4 月 2 日) 星期。王嵩儒来函。

十四日(4 月 3 日) 授课。询先来函。子安来函,附诗一首。

十五日(4 月 4 日) 授课。愔仲约同强志晚饭。

十六日(4 月 5 日) 授课。有人赠牡丹一盆,以避寒不见日光,开后极似芙蓉,非中土丰艳之比也。为作一绝:

深避寒威一室幽,春阳虽好见应愁。[②] 如何第一东风卷,却似芙蓉泣素秋。

愔仲招饮有诗次韵[③]

残局难争一着疏,袖观柯烂欲何如。自怜废籍濒奄忽,还与

---

① 此后日记有阙。

② 此句原作“深闭春寒一室幽,阳和虽好见应愁”。

③ “次韵”原作“奉和”。

乾端共惨舒。旧国遗芳萦断梦,故人斗酒慰幽居。樽开北海容私酿,闭置差强范粲车。

十七日(4月6日) 授课。荣儿来函。

十八日(4月7日) 授课。苕雪来。鲤门来,以在辽阳所作诗数首见示,均沛然有馀,甚见才情。

十九日(4月8日) 观音诞,举室素食。

二十日(4月9日) 星期。上奏请假一月赴津料理家事,奉谕批可。鲤门、苕雪来。夜,华石、奎一来看竹。

二十一日(4月10日) 授课。鲤门约夜饮。

苕雪抄东坡诗数卷属题

选诗为甚难之事,尝与苕雪论及《宋诗抄》所选未能谛当,欲共选宋诗数十家,以饷初学,苦于书籍不备,未能从事,苕雪乃先抄东坡诗数卷,凡数十万言,书法极精,无一懈笔,勇矣! 予以为《宋诗抄》之不满人意者约有数端:如欧阳、介甫、苏、黄数大家名篇不尽入选,如山谷、后山挽温公之律可谓绝作,不入选,此类甚多,而或取不经意之作,一也;连体诗或数首而去二三,不解其用意所在。如东坡《黄州寒食》五古二首乃千古绝[唱],只取一首。此病虽惜抱不免,极可怪也。二也;子由、茶山、白石、倚松,皆宋诗之卓卓者,不入选,三也;以理学为门面,而轻说禅埋①(此是非为另一事,于诗无涉),习气太重,四也;选坡、谷诗不及诚斋之多,几为四与一之比例,轻重失伦,五也。夫人之嗜好不同,原不能尽人而悦,然自出手眼,卓然有自立之处,始见心得,若《宋诗抄》则无一可也。今苕雪精力未衰,岁月闲暇,为能成此盛业,予甚愿竭驽以相助也。

国朝学苏者多矣,而得髓者罕见。罗田周念衣先生于苏甚深,曩岁同苕雪读诗之乐,思之犹有馀味,殊令人思念,兹不置也。

---

① 旁注:以为进☐。

又题二绝

春梦惊回夜未央，百年回首剩凄凉。千摇万兀成何事，差觉抄诗意味长。

退笔成邱纸万张，老来事业未荒唐。卷中字字华严界，防诡儿童夜放光。

二十二日(4月11日) 授课。鲤门来，有诗二首赠别。

二十三日(4月12日) 授课。苕雪来。

二十四日(4月13日) 授课。素梅侄女生日。

二十五日(4月14日) 授课。农先自旧京来。

鲤门赠别有诗次韵

过京漫拟《五噫歌》，访旧无人怆若何。酬我盛筵觞不醉，感君小别意还多。天荒地变神州泪，鼍愤鼋愁大海波。① 安得藏身逃藕孔，闲居犹自赋委佗。

寒乡素漠怯游行，聊问遗芳向旧京。负国多端惭未死，立朝三度感平生。② 迕多差似泉明拙，勇退难希若水清。频枉新诗写湔祓，高情强韵苦难赓。

次韵愔仲初闻春雨

朝来光影蔽浓露，春③雨如酥入夜④深。极尽冰霜严酷力，依然天地发生心。薰笼炭力斟寒暖，阶面苔痕异昨今。无用愁防游赏事，恰宜闻客此间吟。

丁士源以马忠武、肃忠亲王所赠马图形求题

神骏图形志不忘，感知名将与贤王。二斤无取长途识，谁忆

---

① 此句曾改为"亦知逢☒难为佩，安得入☒同一波"。

② 天头：用冬郎、诚斋诗事，"未死浑拟负国恩"(冬郎)，"两度立朝今结局"(诚斋)。

③ "春"原作"细"。

④ "夜"原作"土"。

当年老骕骦。

二十六日(4 月 15 日) 苕雪、治芗来。伯夔来函。荣儿来函。

二十七日(4 月 16 日) 苕雪以诗赠别次韵,时苕雪亦将归视也。

报主无成只自嗟,还容疏放泽频加。[①] 寻春久冷[②]春明梦,访旧惟馀旧识花。痼疾未除宁免累,去来差好是无家。相期重续城南会,载酒间停野寺车。

地山姻丈来。俭六爷来。

二十八日(4 月 17 日) 入府请见,奏对一小时。

"以中国今日人民之苦到极,自古以[来]所无有。一般人心之坏,亦到极处,而所处之境,丝毫不能自由,人为刀俎,我为鱼肉,尚何能说到救济。然此心不死,做一分算一分,我之大慈大悲之心,若能与伊古以来之佛菩萨及圣贤之心成为一体,则真不为孤立。真不为孤立,人民受罪,譬如自己之子孙受罪,为长上者即使能逃去,亦不能安然于心,情愿一齐同死,情愿受尽一切之苦,故我所处境地,无论如何为难,亦甘心忍受,总望他日有转移之一日。"

"汝之女及侄女均不可走开,汝左右无人侍候,我极不放心,以后每月加二百元即可敷用。"

对:"皇上赏四百元,已为天高地厚之恩,若尚不敷用,是自己太不能料理。钱之多少,何常之有,总要处何境地皆能过去,始为自立之道。求皇上切勿再赏。"

命练太极拳一套。上亦自练一套。

苕雪、季湘饯别,即在本寓[③]使厨子做菜,约宝老师、愔仲、鲤门。曼多、秩安来送行。

二十九日(4 月 18 日) 午后趁"亚细亚"车赴奉,素梅侄女同

---

① 此句原作"薄粥犹能办此嗟,恩容养拙泽频加"。

② "久冷"原作"还入"。

③ 此处圈去一"中"字。

行，荃女、升儿、觉先、中甫及三媳、小春、小桂、丽保送至车站，鲤门、华石、奎一亦来送。到奉，云生来接，寓天津大旅社。胡子箴来。

三月初一日(4月20日) 早八时趁车赴天津，山海关稽查尚不甚紧，十时到津，荣儿至站接。

初一日(4月20日) 立之来。仲业来。

初二日(4月21日) 午后，同梅女趁车至旧京，焕侄、珍侄、小毛、京芳来接。识先夫妇及勉甫、季馥、伯辉、希颜、叔涵皆在北半截胡同六号相候。旧友重逢，亦浮生之至乐也。

初三日(4月22日) 至晋华处拜张姻伯母生日，并至九弟寓。治芗满服①，在广济寺念经，往拜。

初四日(4月23日) 同识先、梅女至北海看丁香、海棠，已将谢矣。

初五日(4月24日) 治芗来。希颜来。

初六日(4月25日) 友人各制肴二三品会食。

初七日(4月26日) 晚同季馥、勉甫、伯辉至叔岩家，叔岩唱《断臂》《战太平》《空城计》《寄子》《搜孤》《赏马》六出，又听孟小冬《搜孤》全出，极为满意，视谭福音②、马连良有天下人间之异矣。

初八日(4月27日) 先君忌日，以烧鸭作供。夜至治芗处。

初九日(4月28日) 巽女来函。约晋华、季馥、希颜、仲业、勉甫、伯辉、识先、菊忱晚饭。

初十日(4月29日) 发痰饮，略有感冒。德甫来。希颜来。

十二日(5月1日) ③治芗来。希颜来。识先来。

十三日(5月2日) 同家人至崇效寺看牡丹，尚有数叶可观者。

---

① “满服”原作“为其尊人”。

② 整理者按：谭福音，即谭富英。

③ 整理者按：日记原缺十一日日记。

看《红杏青松图卷》。[①] 此卷于庚子年[②]即失去，辛亥后七年归还本寺，故予前未见之。上有先曾祖简学公题款。此寺为从前每岁看花之地，隔二十馀年重来，不胜凄感。（识先夫妇来，希颜来。）

西山只作伤心碧，野寺遗开照殿红。谁识花前旧年少，愁看鬓底百春风。诸天帝释终为漏，一念冤亲未易空。松杏依然图画在，往车来轸岂能同。

遗芳重见廿年迟，凄冷心情只自知。未惜命酬倾国色，应怜才尽送春诗。池经凝碧仍弦管，殿入披香乱絮丝。一世荒嬉成溺笑，何人痴绝望佳期。[③]

十四日(5月3日) 月蚀。画山水便面（石二）。希颜、勉甫、季馥、伯辉、蜀梅、晋华来。

十五日(5月4日) 画山水便面（希颜）。仁卿、希颜、公渚、勉甫、季馥、伯辉、识先来。心畬送自制藤花饼（供其卖人者）。全齐白来，送花糕。荃女自津来，丽保留津。鲤门来函。茗雪寄送诗二首。贻先来函，其眷口已由宝应移申，虽甚辛苦，总算平安，可幸矣。

十六日(5月5日) 同家人至公园看牡丹，有三种最好：一为大叶黄，并不见黄色，仍系白色，重台，其株高五六尺，花开甚多；一为昆玉夜光，白色，中有数瓣绿色，极鲜美；一为藕红色，其光艳与他种皆异。遇稚辛、赤诚。

十七日(5月6日) 同识先至心畬处，哭泣，一女新丧，病瘀喘数日稍愈[④]，极可虑。其天性独至，亦所未见也。赠画山水便面一，

---

① 旁注：智朴禅师。

② “庚子年”原作“辛丑前”。

③ 此诗诗集本题作“崇效寺看牡丹并观红杏青松图卷自辛亥后越二十九年复来此寺不胜凄感”，据诗集本，《同声》月刊所载诗题为“崇效寺看牡丹及红杏青松图卷”。

④ 旁注：以指血写《金刚经》《心经》。

又楹联一付、山水直幅二条。

十八日(5月7日)

十九日(5月8日) 画山水幅(京芳)。叔明来。希颜来。

二十日(5月9日) 画山水幅(淑箴)。希颜来。

二十一日(5月10日) 希颜、勉甫、季馥、识先来。荣儿自津来,送《宣和牡丹图》,公渚介绍,云张某欲购也。画山水便面、松便面(希颜)。

二十二日(5月11日) 晋华请同家人听张君秋《玉堂春》,色艺俱佳,后起之秀。希颜、公渚、季馥来。

二十三日(5月12日) 季馥、公渚、君恒、伯明(幼云之子)、陶心如来。至公园看芍药。

二十四日(5月13日) 公渚约晚饭(售《宣和》事未成)。蜀梅、晋华、识先来。

二十五日(5月14日) 希颜来。勉甫、识先来。

二十六日(5月15日) 希颜来。季馥约同识先夫妇、勉甫及家人听张君秋《祭塔》,妙香[①]演《群英会》周瑜甚好。马连良饰孔明,全为海派,不堪入耳矣。

二十七日(5月16日) 希颜、蜀梅、叔箴来。同季馥、勉甫、焕侄至叔岩处,赠黄芍药二朵极佳。贻先、询先、荣儿来函。

二十八日(5月17日) 傅沅叔、董康、郭啸麓约晚饭,见夏润芝老师。希颜来。

二十九日(5月18日) 往谒夏老师,并回拜各处。希颜、蜀梅、勉甫、识先来。

四月初一日(5月19日) 先母周太夫人忌日。同荃女至天津。

初二日(5月20日) 住尚友里强志寓中。

---

① 整理者按:即京剧名家姜妙香。

初三日(5月21日) 芷升、季馥、勉甫来。

初四日(5月22日) 访芷升。

初五日(5月23日) 访木公。勉甫、季馥来。画山水便面（绍庭）。

初六日(5月24日) 木公来，未值。至芷升处贺其女公子文定。勉甫、季馥来。

初七日(5月25日) 木公约晚饭。勉甫、季馥、芷升、仲业来谈。君适来函。伯夔来函。

初八日(5月26日) 画松便面（绍庭）。季馥、勉甫、芷升来。

初九日(5月27日) 季馥、勉甫、芷升来。画便面，临韩幹画马二匹，一胡人骑之。识先自京来。

初十日(5月28日) 季馥、勉甫、芷升来。画山水便面二（木公、季馥）、松便面一（华林）。

十一日(5月29日) 木公、勉甫、立之来。茗雪自京来。写便面（木斋）。

十二日(5月30日) 致华轩、升儿函。

评冒孝鲁诗

思清笔健，悱恻芬芳，是极好诗才，若更求进益，则尊翁诗中言之尽矣。胸次高[①]，性情厚，读书多，自无不好之理。所谓诗人者，诗中有人，为人之[②]疆域大一分，则诗之疆域亦大一分。诗而不人，则无所傅丽也。今人为诗[③]，约有二病：一则词逾丁

① “高”原作“好”。

② “为人之”原作“人中”。

③ 冒效鲁《叔子诗选》所载陈曾寿题词，此处多“其蹊径似胜于前，然大”数字。冒效鲁《屠格涅夫论·漫话雄狮——托尔斯泰·浅谈屠格涅夫·叔子诗选与知非杂记》，复旦大学出版社，2019年，第236页。

意。如言景之诗，用字自有其恰好[①]者。今人或以纤新奇异之字代之，徒为惊人之笔，于本意未尝有加也[②]。至于律体，尤宜洁净，故五律昔人谓为四十贤人。今人于律体多[③]用诡异[④]字面，譬如家常小食，忽有怪雨腥风之入座，最为出格。即古体亦须颜色一律，不可轻入生僻刺目之字，况律体乎？一则情过其实。各人有各人之身分与身世，期于言之恰当。若[⑤]动为愤世嫉俗、哀乐过情之语，而所行多不相副，非修辞立诚之道也。故昔之为诗者[⑥]，或有浅易之病，然多称心而言。[⑦] 昔吾有先正，其言明且清，非如今人之故为艰涩虚伪也。此二病多不能免[⑧]，故聊一一言之。

十三日(5月31日) 勉甫、仲业来。孝怀约晚饭。木公来。(伯夔之子梓方，持电刀偕众抢劫一美妇被逮，木公已电促伯夔速来津料理此事。)

十四日(6月1日) 回看仲超，便访乾若。木公、勉甫来。

十五日(6月2日) 木公来送行。夜九时趁车出关，效高、丽保同行。

---

① “好”原作“当”。

② “未尝有加也”数字，《叔子诗选》作“并无所加”。冒效鲁《屠格涅夫论·漫话雄狮——托尔斯泰·浅谈屠格涅夫·叔子诗选与知非杂记》，第236页。

③ “多”原作“或”。

④ 《叔子诗选》此处多“不经”二字(第236页)。

⑤ “若”，《叔子诗选》作“今人”(第236页)。

⑥ “昔之为诗”原作“昔人之诗”。

⑦ 此句原作“或有浅易之语，然皆称心而言”。《叔子诗选》作“或不免伤于浅易，然多称心而言”(第236页)。

⑧ “此二病多不能免”，《叔子诗选》作“此二病作者皆未曾有，自是胸襟见地之高处”(第237页)。

十六日(6月3日) 黎明过山海关,稽查尚不甚严。午后一时过奉,升儿、华轩来接,因同至陵庙事务处小歇,吃饭吃烟,趁四时半赴新京。农先、君适、彤伯、子观及巽女、万保、小春皆至站接。小棠、小桂皆出疹子,幸已渐愈。

十七日(6月4日) 入府请安。致荣儿函。华石、马华严来。

十八日(6月5日) 授课。鲤门、德甫、秩安、地山姻丈、巩庵来。

十九日(6月6日) 授课。至叔言、愔仲处。访鲤门,未值。致素梅函。

二十日(6月7日) 授课。鲤门来。

读《光绪东华录》,崇厚为伊犁之事,与俄订约,丧地万里。其时主战者蜂起,多系隔膜之论[①],惟郭嵩焘一疏及曾纪泽一疏,语中肯要。要以中国之大,而晓事者不过一二人,设其时无恭邸主持于内,其颠倒错乱有不堪设想者。甚矣,国之不可无人也。盈廷聚讼而晓事者无人[②],深可惧也。

当时清流丰裁甚峻,遇事生风,虽于立国纪纲之地多所[③]救正,而主年幼冲[④],非如圣祖、世宗、高宗时代,皇建有极[⑤],终非持久之道。始知上有圣主,即或有处置过中之处,国是安如磐石,不可摇动,万几统于一尊,民志以定,于此而知为君之难也。

丰润专以搏击为能,务求人之过失,持论侃侃,不可一世。古名臣似不如是,所以不克有终也。

二十一日(6月8日) 授课。约鲤门、秩安、奎一、华石晚饭。季湘来看竹。

---

① 旁注:鲍超所奏尤为荒谬,倘使作战,未有不偾事者。

② 此处圈去一“亦”字。

③ “多所”原作“不无”。

④ “主年幼冲”原作“在上无”。

⑤ “时代,皇建有极”原作“主持于上”。

二十二日(6月9日) 授课。致荃女函。曼多来。

中兴而后,勋裔骄纵,自所不免,朝臣弹劾裁抑,原①不能谓之过举,然立意摧折,毫无顾全爱惜之意,殊为不知轻重利害。书生迂见已足偾事,况挟有私见乎?当危急之秋,国家岌岌不保,诸臣②以性命与争,极尽劳苦。迨承平时,袖手旁观、全躯保妻子之臣皆得媒蘖其短,此诚可痛心疾首之事,最为不平者也。

二十三日(6月10日) 授课。③ 荣儿来函,附贻先、伯夔函、君任函。④

二十四日(6月11日) 星期。愔仲及其长女来。鲤门来。

二十五日(6月12日) 见上,问:“汝身体已全好否?”对:“足痛渐愈,尚未全好。”问:“何人医治?”对:“徐思允、谢廷麒。”问:“汝之女及侄女等一同来否?”对:“一时拟不来。”谕:“汝也不可太自苦,总要有人招呼。”对:“臣之第二儿子⑤在此。”

⑥授课。(夜,华石来看竹。)

二十六日(6月13日) 授课。华石、德甫来看竹。

二十七日(6月14日) 授课。曼多来。

二十八日(6月15日) 授课。鲤门来。

二十九日(6月16日) 赏三等勋柱国章,谢恩,召见,问丁巳复辟事。

五月初一日(6月17日) 授课。强志回津。鲤门来。苕雪来。

---

① “原”原作“自”。

② 此处圈去“血战”二字。

③ 此处圈去“鲤门来”三字。

④ 此处抹去“约鲤门、秩安、华石来晚饭”。

⑤ 旁注:长女。

⑥ 此处圈去“二十五日”四字。

华石[1]来看竹。

五月初二日(6月18日) 星期。华石、奎一来看竹。鲤门来。

初三日(6月19日) 授课。苕雪来。致识先函。致寥志函。

初四日(6月20日) 授课,讲圣祖遗诏,溥英为之痛哭流涕,亦属难得。荃女来函[2]。

每日入宫,内府授课,见丹垣迤逦,恍若身入梵宇,感成一诗

禁林只作梵宫看,绿树丹垣[3]杳霭间。哀乐此心犹未死,穷通于世已无关。许身稷契原虚语,托迹衰樵亦强颜。[4] 困据毛蒙转无事[5],朝朝适馆自萧闲。[6]

初五日(6月21日) 端午节。入府请安,见上。鲤门、奎一、华石、华严来。夜看竹。

初六日(6月22日) 授课。询先来函,附子安、文甫和诗数首。汇百元识先。

初七日(6月23日) 授课。素梅来函。

初八日(6月24日) 授课。强志来函[7],言仲业谋得通行证,始得入英界,初五日到家矣。苕雪来。

初九日(6月25日) 星期。小极。贻先来函。

初十日(6月26日) 感冒牵动痰饮,极委顿。未到馆。苕雪、鲤门来。素梅来函。致贻先函、伯夔函。子安来函,附和诗一首。[8]

十一日(6月27日) 未到馆。痰饮稍松。苕雪、鲤门来。

---

① 旁注:自北京回。

② “函”原作“津”。

③ “丹垣”原作“红墙”。

④ 此联原作“时艰才薄非甘废,恩重缘深未许还”。

⑤ “转无事”原作“甘濩落”。

⑥ 此联原作“地变天翻何处明,应惭生事自萧闲”。

⑦ “函”原作“津”。

⑧ 天头:西爱威斯路六巷一号。

十二日(6月28日)　未到馆。苕雪、鲤门来。

十三日(6月29日)　未到馆。苕雪、鲤门来。

十四日(6月30日)　未到馆。苕雪、鲤门来。夜三时忽有人呼门,乃仲业自津来。

十五日(7月1日)　未到馆。[①] 鲤门约晚饭。识先来函。

十六日(7月2日)　星期。寥志来函,澄侄患温后发痰厥,中医无效,入西医院打针,稍静,终以连日出汗太多,以致不救(五月八日)。询先只有此子,今年廿一岁矣。七弟妇自去岁大病后,身体大伤,今复遭此,殊为可虑。询先亦非强健,何以禁此惨酷耶。上海房屋极贵,天又太热,一家四五人同居一室,岂能不受疾病,此乃贫之厄人也。生死虽有命定,然处境太苦,横受摧折,实可伤也。拟函约询先同寥志来新京住月馀,稍乱其悲,不知肯来否?仲业、苕雪来。

十七日(7月3日)　授课。仲业、苕雪、鲤门来。贻先来函,谓澄侄每日上学堂,在外吃一顿午饭,只用五分钱,刻苦至此,为之痛心。致寥志、贻先、询先函。致荣儿函。

十八日(7月4日)　授课。仲业、苕雪、鲤门来。荃女、素梅来函。

十九日(7月5日)　授课。仲业、鲤门来。伯夔来函,附《落花诗》八首。

二十日(7月6日)　授课。仲业、鲤门、苕雪来。识先来函。强志来函。画松便面。

二十一日(7月7日)　授课。仲业来。鲤门约晚饭。

二十二日(7月8日)　未授课,出题。苕雪来。仲业返津。

二十三日(7月9日)　星期。画《观马图》扇面(诚斋)。

二十四日(7月10日)　授课。鲤门、苕雪、季湘来。强志来函。画松幅(胡子箴)。

---

① “未到馆”原作“星期”。

二十五日(7月11日) 授课。鲤门来。致荣儿函,附寄扇面。

二十六日(7月12日) 授课。升儿三十初度。苕雪、地山姻丈、厚卿来。荣儿来函。

二十七日(7月13日) 授课。致荃女函。

焚 香

回首人间一梦凉,晚年[①]功课独焚香。霏烟只向曹溪去,医病诵传普眼方。[②] 一丝袅去馀孤向,终古虚存是愿王。

二十八日(7月14日) 授课。强志自天津来。鲤门、苕雪来。

二十九日(7月15日) 授课。鲤门、苕雪来。伯夔来函。

三十日(7月16日) 星期。致伯夔函。

六月初一日(7月17日) 授课。苕雪、鲤门来。

初二日(7月18日) 授课。苕雪来。寥志、询先、荣儿来函。昨梦甚奇,家人为我着衣冠成殓,而自觉虽将死而毫无所苦,殊无死法。真出意外之梦也。

初三日(7月19日) 授课。苕雪来。

询先七弟之子澄不幸早殁,予劝其诵《金刚经》为逝者资冥福,盖予昔丧少子邦淮即持经未尝间断,亦解忧戚戚之一法也,作诗一首寄之

昔丧少子淮,万境变萧索。一日未暂忘,廿载事犹昨。今丧吾侄澄,老怀弥作恶。淮也有两兄,澄惟两妹弱。予季笃[③]厚

---

① “晚年”原作“老来”。诗集本亦作“老来”。

② 诗集本此诗作:“回首人间一梦凉,晚年功课只焚香。好花供养如天女,斗室回旋即道场。归宿未忘水香地,飘零愁注汉宫方。博山寸寸灰难爇,终古空存是愿王。”

③ “笃”原作“纯”。

人，一子胡竟夺。世难伤哉贫，资生极菲薄。一饭未尝饱[①]，黾勉仍赴[②]学。斗室聚族居，长夏赤日灼。岂能免疾病[③]，况复少珍药。相攻剧刀箭，孰云贫可乐。我今居塞外，三伏却絺葛。婴稚食兼篕，相较实裕绰。所愧兄弟亲，不往[④]共饥渴。急难莫[⑤]相恤，万里悲契阔。[⑥] 子昔母深怜[⑦]，宁忍罹此酷。向来惟疾忧，谅不隔冥漠。勿戚在天灵，保身防郁闷。[⑧] 我素持金经，生心无住着。虽云妄塞哀[⑨]，聊复资解脱。愿子此回向，一解生死缚。

初四日(7月20日) 授课。鲤门、苕雪来。

初五日(7月21日) 授课。致贻先、询先函。苕雪来。

初六日(7月22日) 授课。

初七日(7月23日) 星期。苕雪、鲤门来。寥志来函，乘青岛丸至大连，约后日可到。农先至大连接，恐有稽查之累也。

初八日(7月24日) 授课。苕雪来。

初九日(7月25日) 授课。寥志早车[⑩]到。苕雪、鲤门来。寥志为澄侄作墓志碣，予为书之(六百字)。

上派黄炳昌来局，曾则路上劳顿否，晚七时召见。

初十日(7月26日) 授课。苕雪、鲤门来。

一枝雪映翠先流，浥袂泠泠及未收。绝代秋情珍一现，不辞

---

① 此句原作“一饱未能饱”。

② “赴”原作“苦”。

③ “病”原作“疫”。

④ “往”原作“得”。

⑤ “莫”原作“不”。

⑥ 此联原作“父母□疾身，谅不异存殁”。

⑦ “子昔母深怜”原作“季也母所怜”。

⑧ 此联原作“愿子□保身，庶以慰冥漠”。

⑨ “哀”，诗集本作“悲”。

⑩ “早车”原作“自上海”。

风露为牵牛。

十一日(7月27日) 授课。鲤门、苕雪来。

十二日(7月28日) 授课。鲤门、苕雪来。

十三日(7月29日) 授课。鲤门、苕雪来。

十四日(7月30日) 星期。鲤门、苕雪、季湘来看竹。

十五日(7月31日) 授课。鲤门来。

改《牵牛花》作。

一枝蒨色费评夸,泠翠光中晕淡霞。绝代幽情容一现,能如我意是秋花。

步步轩廊翠蔓牵,闭门生事只萧然。[①] 秋来未觉凄凉甚[②],更与牵牛伴一年。

十六日(8月1日) 授课。鲤门来。

十七日(8月2日) 授课。贻先来函。鲤门、苕雪来。

十八日(8月3日) 授课。询先来函。致贻先函。雪青又开一朵。

偶参静趣忘形侣,长伴幽居妙色花。[③]

短梦人间香未灭,高花枝上露何凉。[④]

早起,昨所点香尚未烬,因成此句,未易对也。

十九日(8月4日) 授课。苕雪来。雪青一朵。

二十日(8月5日) 授课。苕雪来。愔仲以《落花诗》八首见示。雪青一朵。

---

① 此联原作"檐际绳绳翠蔓牵,殷勤移种及春前"。

② 此句原作"秋斋梦蝶萧闲甚"。

③ 整理者按:陈曾寿《闭门》诗云:"灰冷何心问岁华,闭门寂寞自生涯。偶同静趣忘形侣,长伴幽居妙色花。晚食芳甘参稚笋,远书珍重寄新茶。西泠消夏年时味,漫与毡乡较等差。"

④ 整理者按:陈曾寿《牵牛花》第十首云:"绿阴阴地郁芬芳,落月凄迷映屋梁。短梦人间香未灭,高花枝上露何凉。"

灰冷何心问岁华，闭门寂寞自[①]生涯。偶同静趣忘形侣，长伴幽居妙色花。晚食芳甘参苦[②]笋，远书珍重寄新茶。西泠消夏年时味，漫与毡乡较等差

二十一日(8月6日) 星期。先十二叔父忌日，晚设供。足红肿，痛甚。苕雪来。雪青一朵。

二十二日(8月7日) 以足疾不上课。雪青三朵。

二十三日(8月8日) 足痛减，仍红肿，敷紫金锭。(雪青一朵。)

二十四日(8月9日) 足肿如昨。苕雪来。鲤门来。贻先来函。询先来函。雪青一朵。

二十五日(8月10日) 足肿较昨似减。巩厂、地山姻丈来。雪青一朵。

二十六日(8月11日) 鲤门、苕雪来。足肿稍愈。(昨有雪青一朵将开矣，五更起折，不知为何人偷去。)

二十七日(8月12日) 鲤门、苕雪来。足肿渐减。致贻先函。致荃女函。

二十八日(8月13日) 星期。鲤门、苕雪来。雪青二朵。

二十九日(8月14日) [③]鲤门、苕雪来。雪青一朵。

七月初一日(8月15日) 鲤门、苕雪来。(牵牛花有一种白色，上有翠红色小点五，实为希品，今日发见二朵。)

初二日(8月16日) 授课。鲤门、苕雪来。画山水中堂。雪青一朵。

初三日(8月17日) 授课。鲤门、苕雪来。雪青一朵。

初四日(8月18日) 授课。鲤门、苕雪来。致梅、荃函。画山

---

① "自"原作"有"。

② "苦"，诗集本作"稚"。

③ 此处圈去"授课"二字。

水中堂。(雪青一朵,小五点一朵。)

初五日(8月19日) 授课。茗雪来。

蒲团曲几动凄馨,结习应惭摩诘经。[①] 小破枯禅终不忏,从渠一念几千龄。[②]

雨中摧抑更凄清[③],拥髻愁姿倍有情[④]。黛色脂光看不定,最宜侵晓未分明。[⑤]

浮生恩怨苦难休,救竹[⑥]弹蕉故事稠。荆棘未忘苏玉局,忍将寻约坐牵牛。[⑦]

亭亭美箭欲开迟,秀出群芳圣得知。[⑧] 满地虫声残月里,秋心如许语将谁。[⑨]

相宣五色炫晨光[⑩],豆架瓜棚共作场。一例当风相妩媚,不知齐鲁有姬姜。[⑪]

雪青衫子绮罗新,一晌当前色相真。袖薄天寒无限意,至今犹忆淡妆人。[⑫]

初六日(8月20日) 星期。茗雪将扈从圣驾巡狩,小别十馀

---

① 此句原作"供养辛勤水在瓶"。

② 诗集本《牵牛花》其八作:"团蒲曲几动凄馨,迟暮何心斗尹邢。小破枯禅曾不忏,从渠一念几千龄。"

③ "更凄清"原作"似无情"。

④ 此句原作"冒雨寻花苦与争"。

⑤ 《牵牛花》其七。

⑥ "救竹",《牵牛花》其十一作"憎苋"。

⑦ 《牵牛花》其十一。

⑧ 此联原作:"最怜美箭欲开时,灯影穿篱清露滋。"

⑨ 《牵牛花》其六。

⑩ "炫晨光"原作"媚初阳"。

⑪ 《牵牛花》其二。

⑫ 《牵牛花》其五。

日，为制肴蔬五簋，并约鲤门。（雪青一朵，红五点一朵。）[①]

初七日(8月21日) 晨六时入府，恭送圣驾。闻天津河决，水患甚巨，法界不知何似，甚为悬念。（[②]红五点一朵。）

初八日(8月22日) 授课。鲤门来。闻津中水患极深处已过八尺，劫数如此之重，真可惧也。致荣儿函。致识先函。致贻先函。雪青一朵，红五点一朵。愔仲来。

初九日(8月23日) 授课。鲤门来。雪青一朵，红五点一朵。

初十日(8月24日) 授课。鲤门来。先七伯父（子纯公）忌辰设供。雪青一朵，红五点一朵。

十一日(8月25日) 授课。雪青无，红五点无。华清来。

十二日(8月26日) 授课。鲤门来。雪青一朵，红五点一朵。

十三日(8月27日) 星期。荣儿来信，其住宅水深三尺馀，粮食尚可支持两月，煤炭稍缺，尚不甚困苦。荃女来函。雪青一朵。

十四日(8月28日) 授课。雪青一朵。昨夜大雨彻夜，恐为灾矣。

> 回首人间一梦凉，老来功课只焚香。好花供养如天女，斗室回旋即道场。[③] 归宿未忘水香地，飘零愁[④]注汉官方。博山寸寸灰难爇，终古空存是愿王。

十五日(8月29日) 府中书房经大雨有侧翻之虞，须修理，停课两[⑤]日。本生祖母朱太夫人冥寿百岁，巽女供水果数盘，农先供烧鸭，适今日为中元节，晚设供祀祖，未能专设馔供朱太夫人，不知合礼否也。鲤门来。地山姻丈来。傍晚六时入府，恭迎圣驾回府。贻先

---

① 初六日、初七日日记开花记载均为补记。

② 此处圈去“雪青一朵”。

③ 此句原作“净室周旋即道场”。

④ “愁”原作“难”。

⑤ “两”原作“数”。

来函。雪青一朵。

十六日(8月30日) 苕雪来。雪青一朵。

十七日(8月31日) 入府请安,授课。荃女来函。今日雪青一种最盛,有六朵之多,花光四照,使人意消,直证华严矣。惟红五点者竟绝迹,可惜之至。

惨绝人间世,衰馀药裹身。不妨秋气冽,犹及晚芳新。病叶邀寒雨,幽花属[①]恨人。娟然共迟暮,采撷莫辞频。[②]

十八日(9月1日) 授课。雪青五朵。

十九日(9月2日) 授课。雪青二朵。苕雪来。

廿日(9月3日) 星期。先十二叔母忌日,设供。雪青三朵。鲤门来。宝师来。

廿一日(9月4日) 授课。苕雪、鲤门来。先十二叔父忌日。雪青一朵。愔仲来。致晋华函。致荃女函。致贻先函。效高甥孙生日。雪青一朵。

廿二日(9月5日) 授课。苕雪、鲤门来。雪青一朵。

廿三日(9月6日) 授课。雪青二朵。鲤门、苕雪来。荃女来函。

沉沉一绿罨窗纱,落角银河影半斜。夜起惯看四更月,老来偏爱九秋花。清凉况味人谁觉,收敛心情晚未差。堪叹触蛮同一尽,残螯霸穴尚争哗。

廿四日(9月7日) 授课。苕雪、鲤门来。昨夜折花时,露水如雨,花瓣多被打伤,乃知边地之寒不可与中原同日语也。雪青一朵。

廿五日(9月8日) 授课。[③] 鲤门来。为宝师画山水便面。雪青一朵。

---

① “属”原作“暱”。

② 天头:“病叶”句有唐音,惜不易对,对句入宋人矣。

③ 此处圈去“苕雪”二字。

昨梦朴生姻丈谓庚年当有非常际遇[①],朴丈逝世已二十馀年,久不入梦,醒然【后】凄然有作

当年大念各相期,积惨并州世久辞。物外早消全体热,梦中还作有情痴。五铢符谶虽当复,一发关天剧[②]可危。屈指上章来岁是[③],死灰残局欲何为。

廿六日(9月9日) 授课。先室人忌日,晚设供。雪青一朵,红五点一朵。荣儿来函。

廿七日(9月10日) 星期。询先来函。雪青一朵。苕雪、鲤门、地山姻丈来。

廿八日(9月11日) 授课。荣儿来函。鲤门来。雪青二朵。升儿因事至北京。致荃女函。

廿九日(9月12日) 授课。苕雪、鲤门来。雪青一朵。伯夔来函。

八月初一日(9月13日) 授课。苕雪、鲤门来。雪青二朵,红五点一朵。

初二日(9月14日) 授课。觉先生日。苕雪、鲤门来。致贻先函。闻治芗患头部麻木,极可虑。致荃女函。雪青一朵,花事将尽矣。

太白耿残辉,孤月隐云端。鸡声四野起,独袂一何寒。蟋蟀动微吟,欲咽意已阑。一身馀死灰,块影依阑干。苍茫万古去,逝者[④]孰控抟。人道既永息,何者为坤乾。还归入室坐,孤花对汍澜。

---

① 此处圈去一“距”字。

② “剧”原作“实”。

③ 此句原作“转瞬马年行即至”,“转瞬”又曾作“开岁”。

④ “逝者”原作“已逝”。

夜起看牵牛花寒气[①]凛然不可久立慨然有作

窜身万馀里,腐心三十秋。毕竟何所得,闲卉相绸缪。虓虓震往来,六合成一邱。魂断故山垄,目极滔天流。非族心必异,况为枭鸺鹠。[②] 但求隆二伯,不问党与仇。我今复异此,厄甚[③]刘并州。

初三日(9月15日) 授课。鲤门来。华清来。

初四日(9月16日) 授课。画山水便面(伯夔)。鲤门来。致荣儿函。致荃女函。询先来函。识先来函。

初五日(9月17日) 星期。[④] 鲤门约同寥志、强志、农先、君适、苕雪晚餐。贻先来函。

初六日(9月18日) 授课。鲤门来。雪清一朵,红五点二朵。

初七日(9月19日) 授课。约巩庵、华清、苕雪、鲤门、李玉林、谢镜湖、文凯晚饭(全素)。红五点三朵。

初八日(9月20日) 早七时入府,恭送皇上巡幸锦州。回家补睡,未授课。镜湖、文凯约同寥志、农先至其家吃春饼。鲤门来。红五点一朵。

初九日(9月21日) 授课。鲤门来。

初十日(9月22日) 授课。鲤门来。晋华自奉天来。画山水小幅,仿烟客。寥志、强志置酒肴两卓贺生日。

十一日(9月23日) 授课。今日为予生日,农先六弟同日生,为五十初度,兄弟皆在一处,寥志、强志亦皆在此,亦人生不易得之境也。愔仲、地山姻丈、胡元春、巩庵、华石、华严、君羽、君木、奎一、鲤门、史龙华、厚卿、彤伯、中甫、聂崇善、刘敬之、增右臣、增勤庵、陈小

---

① “气”原作“甚”。

② “枭鸺鹠”原作“貔与貅”。

③ “厄甚”原作“过酷”。

④ “星期”原误作“授课”。

友、爵秩安来。

十二日(9月24日) 星期。[1] 谢介石来。下午[2]四时入府,恭迎圣驾回銮。台湾人周敏益自台湾来,从寥志学太极拳。其人甚诚实,家富百万,无一他嗜好,亦不多见者也。

十三日(9月25日) 授课。苕雪、鲤门来。致荃女函。

十四日(9月26日) 授课。答拜愔仲、地山姻丈、胡元春、鲤门。往唁曼多(丁内艰)。红五点一朵。

中秋节(9月27日) 同强志入府请圣安。(红五点一朵。)过宝师处贺节。苕雪、地山姻丈来。上赏曾则六百元。晚设供祭祖。

十六日(9月28日) 授课。苕雪来。贻先来函。

十七日(9月29日) 授课。苕雪、鲤门来。夜与晋华、华石看竹。

十八日(9月30日) 九时入府,恭送圣驾临协和会,并恭迎回跸。寥志约愔仲、云汀、华清、鲤门、苕雪、玉林、晋华晚饭。画山水直幅(清寰)。致贻先函,寥志明日回申带交。

十九日(10月1日) 星期。鲤门、苕雪来。询先来函。寥志赴大连趁青岛丸赴申,送至车站。红五点一朵。

二十日(10月2日) 授课。鲤门来。致荣儿函。致识先函。晋华回奉。

二十一日(10月3日) 授课。鲤门来。

二十二日(10月4日) 授课。贻先来函。寥志自大连来函。画《洗心礼佛图》。荣儿来函。鲤门来。致荣儿函。画山水便面(良臣)。

二十四日(10月6日) 授课。画山水便面(天来)。

寒节已至牵牛花犹有开者

八月边庭毳幕单,十分月色不曾看。花前犹自忘迟暮,事退

---

① “星期”原作“授课”。

② “下午”原作“晚”。

何心怨早寒。朝日遥怜鸦影淡,战风渐觉叶声干。衰颓未得无生忍,可笑将心何处安。

昨梦在乙庵师室中,复有三四人清谈彻夜,至天将明时,乙师登榻睡下,其三四人皆散,余亦随去而醒,亦可异也。

二十五日(10月7日) 授课。苕雪、鲤门来。仲业自天津来。画山水便面(镜湖)。荃女来函。伯夔来函。

二十六日(10月8日) 星期。鲤门来。地山姻丈来。仲业来。

知人良不易,知己诚独难。初年雄志事,中罹忧患端。横身阻险径[①],敛[②]手当危澜。曾无一割用,积惨馀邛山。况累刚褊性,涂炭朝衣冠。未舍稿荐身,已慕寥天翰。易水风萧萧,壮士去不还。奇功误术疏,千古为哀叹。

集思资众力,成事在一身[③]。真虎必有风,麟楦终消沦。曩者误一击,众口嘲龂龂。布署诚实多疏,枝叶岂其因。弥缝倘苟延,腾笑贻千春。

美髯[④]谨厚者,出手惊天人。诸将或败挫,亲往势必振。留邺运帷幄,雷雨敷经纶。岂敢望留邺,亦复无绰宾。一瞑殉群谇,悲哉张奉新。

宇文奋[⑤]西魏,实惟割据才。邂逅得令[⑥]绰,专任无疑猜。不幸弃中道[⑦],雄图遂不谐。治[⑧]长崇俭素,恐与夙志乖。惟君知我意,惟我知君怀。送葬申一言,失声声已哀。偏局谊尚尔,

① "径"原作"堑"。
② "敛"原作"袖"。
③ "身"原作"人"。
④ "美髯"原作"恂恂"。
⑤ "奋",诗集本作"夺"。
⑥ "令"原作"苏"。
⑦ "弃中道"原作"竟短命"。
⑧ "治"原作"办"。

大业当何哉。

汉高歌《大风》,雄气云飞扬。武帝塞瓠子,放歌亦苍凉[①]。高欢攻玉壁,士卒多死丧[②]。势穷解围去,悲感[③]涕泗滂。□□[④]《敕勒歌》,声情何慨慷。千古绝妙词,风低见牛羊。古来枭杰士,成败皆非常。奄奄无生气,蜍志诚可伤。

廿七日(10月9日) 孔子圣诞放假。鲤门来。地山姻丈来。仲业来。文凯来。

积薪触汉武,飞易怜[⑤]唐宗。曲江实仙相,亦复软美容。龌龊虽见轻,幸爱仍恩隆。[⑥] 清浊一以混,瓦砾齐黄钟。不[⑦]凛乘器戒,终[⑧]成政寇凶。片言儆阿谀,卓尔严陵风。

多防必甚疏,喜察乃乘间。浸润意潜移,炀蔽目或眩。众怒似危身,历诋似绝援。伺意巧容身,深机可阱陷。[⑨] 贤相张兴隆,幸主岂庸暗。[⑩] 处困迹未彰,累德[⑪]兹可券。[⑫] 秋风羽扇诗,万里幽州窜。

重耳虽英特,复国仗两戎。[⑬] 三千纪纲仆,挟翼全始终。[⑭]

---

① "苍凉"原作"琅琅"。
② "丧"原作"伤"。
③ "悲感"原作"中道"。
④ 此二字原作"斛律",诗集本亦作"斛律"。
⑤ "飞易怜"原作"巧言媚"。
⑥ 此句原作"浸润犹恩隆"。
⑦ "不"原作"吹"。
⑧ "终"原作"遂"。
⑨ 此联原作"谨密巧容身,探旨乃承眷"。
⑩ 此联原作"不悟一人炀,安知众贤远"。
⑪ "累德"原作"妨累"。
⑫ 此联原作"痼疾实已满,证脉岂在悬"。
⑬ 此联原作"重耳归复国,实惟倚两戎"。
⑭ 此联原作"拥卫遣纪纲,兴继全始终"。

推心乃弭爨[①],恢业在有容。兴灭而继绝,洋洋大国风。谁云数霸主,不得与穆公。

塞[②]雪皑皑接四垠,凭高极目只伤神。[③] 真成万里无寸草,可叹九州同一尘。已分残年为异客,强修故事是陈人。悲秋旧侣何穷意,寂寂俄惊墓草新。[④]

九日酒集怀海藏[⑤]

奈何蝮蛇性,假借义鹘风。[⑥] 作伪心日拙,逆施途乃穷。[⑦](不义往自斃,去取当何从。)

愔仲见陈文忠公遗疏,于愔仲有知己之感,作一诗见示,次韵

生存华屋隔邱原,无复当年对榻论。人物评量判疏密,诗篇商略见谦尊。深[⑧]谋宁表昭昭节,利口徒[⑨]伤浅浅言。束缚酬知诚[⑩]不易,空披遗疏惗心魂。

次韵愔仲见陈文忠公遗疏感作

生存华屋隔邱原,无复当年对榻论。人物评量判疏密,诗篇商略见谦尊。深谋宁表昭昭节,利口徒伤浅浅言。束缚酬知诚不易,空披遗疏念心魂。

廿八日(10月10日) 授课。仲业来。苕雪、鲤门来。地山姻丈来。

---

① 此句原作“假名必执义”。

② “塞”原作“积”。

③ 此联原作“寒籁刀调雪意新,凭高何计祓嘉辰”。

④ 此联原作“坠欢地下无由拾,感旧高歌独怆神”。

⑤ “塞雪……”一诗为日记册中本页夹签所载。

⑥ 此处圈去“遑欲终自斃,试看今域中”一联。

⑦ 此联原作“倒行而逆施,日暮真途穷”。

⑧ “深”原作“远”。

⑨ “徒”原作“应”。

⑩ “诚”原作“知”。

廿九日(10月11日) 授课。仲业来。鲤门来。闻宝老师忽患中风,往视,右手足不灵动,舌强,只能吐一二字,极可虑。愔仲和《寒韵诗》及《堪叹》一首。

三十日(10月12日) 授课。鲤门来。仲业来。荣儿来函。覆荣儿函。致荃女函。宝师服苕雪方见好,已能言语。

九月初一日(10月13日) 授课。仲业来。鲤门来。夜同君适、巽女、三媳、丽保看李少春演《三叉口》,武功甚干净。致荣儿函。贻先来函。君任来函。

初二日(10月14日) 授课。仲业来。鲤门来。致荣儿函。寥志来函。

初三日(10月15日) 星期。[①] 仲业来。鲤门来。三媳生日。

改前作。

知人良不易,知己诚独难。少年盛意气,举足皆波澜。曾无一割用,积惨馀邱山。荆轲昔感激,行辞太子丹。白衣相饯祖,怒发上冲冠。易水风萧萧,一去竟不还。奇功误术疏,千古为哀叹。[②]

集思资众力,成事在一身[③]。真虎必有风,麟楦终消沦。美髯谨厚者,出手惊天人。留邺运帷幄,楚羯为灰尘。士有志恢复,事败徒成仁。迂疏蒙[④]指摘,杖叶岂其因。茹痛殉一击,悲哉负苦臣。

初四日(10月16日) 授课。鲤门来,将于明日赴北京。仲业

① “星期”原误作“授课”。

② 天头:此二诗较前作为混蓄,然骨干薄弱,生气亦减。甚矣,诗之不易作也。

③ “身”原作“人”。

④ “蒙”原作“咸”。

来。升儿自北京归。画山水便面(文凯)。致贻先函。

初五日(10月17日) 授课。仲业来。苕雪来。画山水便面(文凯)。

初六日(10月18日) ①授课。仲业来。致贻先函。

九月初六日雪次韵愔仲②

几度边秋见絮飞,空林冻雀欲何依。漫云初雪聊堪赏,从此穷阴遂不归。杜老愁闻新鬼哭,刚僧笑讽③洛豪讥。与君且约④重阳会,寒耸⑤休嫌酒力微。(用洛豪炼炭事,以今年炭缺也。)

初七日(10月19日) ⑥授课。仲业来。致晋华函,还土价八十一元二角。

初八日(10月20日) 授课。仲业来。

重九日(10月21日) 授课。约仲业、地山姻丈、愔仲说饼。苕雪以有棋会不到。安徽人汪子云(吟龙)、子渊(咏蔓)来。

无边落木气萧骚,深拥⑦熏炉怯缊袍。风物凄清宜说饼,心⑧情寥落敢题糕。相看且喜芳尊满,求⑨祓曾无藕孔逃。把菊胡床惟⑩一醉,方知栗里是人豪。⑪

---

① 天头:先祖忌日,忘设供,临时在松竹梅叫菜二簋,不敬之至,以志罪过。

② 此处圈去“初雪”二字。

③ “讽”原作“向”。

④ “约”原作“作”。

⑤ “寒耸”原作“把菊”“冲冻”。

⑥ 天头:杨子勤住北京东四牌楼前抄面胡同十三号。

⑦ “深拥”原作“朋比”。

⑧ “心”原作“豪”。

⑨ “求”原作“欲”。

⑩ “惟”原作“谋”。

⑪ 整理者按:此诗诗集本题作《九日约愔仲说饼》。

寒[1]籁刁骚雪竞新，凭高何计祓嘉辰。真成万里无寸草，可叹九州同一尘。已分残年为异客[2]，强修故事是陈人。坠欢地上何由拾，感旧高歌一怆神。[3]

初十日(10月22日) 星期。询先来函，附子安函并《和牵牛花六首》甚工。识先来函。致询先函。致贻先函。致子安函。

十一日(10月23日) 授课。愔仲寄示九日集苍虬阁诗，又和予说饼一首，又有感一首属和。

次韵愔仲有感

我生何意百罹逢，酹酒难浇磊块兄。正则自应伤楚泽，子春独不卖卢龙。四山落木边声厉[4]，八表停云雪意浓。从古冰霜争晚节，不妨老圃淡秋容。

次韵愔仲九日集苍虬阁

边秋早雪快新晴，缬眼寒光万里生。差健聊堪酬金节，不祥何计祓佳兵。频添[5]白发同心事，应羡黄花不世情。谁使煎烹喧鼎鼐，联吟绕舌费弥朋。

十二日(10月24日) 授课。荣儿来函。农先回北京。

十三日(10月25日) 授课。答拜王斯澄，过愔仲小坐，丽保、小桂同去。

十四日(10月26日) 授课。仲业来。

十五日(10月27日) 授课。画山水便面。仲业来。

十六日(10月28日) 授课。便面设色。仲业来。视宝师病。

十七日(10月29日) 星期。仲业、苕雪来，请吃羊肉大锅。

---

① “寒”原作“风”。

② 此句原作“羞见黄花簪白发”“长愧殊方为异客”。

③ 天头：王思澄住西朝阳胡同。

④ “厉”原作“迥”。

⑤ “频添”原作“试看”。

尝怪太白诗除饮酒、求仙外无他事,不如老杜之包罗万象,近见其诗二句云"世路如秋风,相逢尽萧索",解得此意除饮酒、求仙外,亦无话说也。

十八日(10 月 30 日) 授课。巽女生日。仲业来。画马便面。

十九日(10 月 31 日) 授课。仲业来。愔仲招饮。

二十日(11 月 1 日) 授课。仲业来。荣儿来函。致荣儿函。

二十一日(11 月 2 日) 授课。画山水直幅。仲业来。

二十二日(11 月 3 日) 授课。仲业来。

次韵愔仲展重阳日小集

昔登天目展重阳,回首烟岚岁月荒。康乐倦游摧壮志,扶风积惨碎刚肠。开尊聊慰凄清节,闭口甘居寂寞乡。晚景蹉跎难自效,飘摇愁绝旧鹓行。

二十三日(11 月 4 日) 授课。仲业、苕雪来。

二十四日(11 月 5 日) 星期。询先来函。荣儿来函,闻温毅夫同年逝世。自辛亥后,毅夫即奔走复辟之事,属【屡】濒于危,志气不挫。上在天津行在所时进讲,及满洲国成立,来新京甚久,无所就而去,不免向隅之感,今竟赍志以殁,可哀也。画《东坡后游赤壁》便面。仲业来。苕雪来。文凯来。华清来。

二十五日(11 月 6 日) 授课。识先来函。询先来函。荣儿来函。致询先函。画山水小幅(曹靖陶)。致靖陶函,因来两次信,不得不复也。仲业来。

二十六日(11 月 7 日) 授课。仲业来。

二十七日(11 月 8 日) 授课。送仲业至车站。

二十九日(11 月 9 日) 授课。致寥志函。

十月初一日(11 月 11 日) 授课。苕雪来。晚祭祖。

初二日(11 月 12 日) 星期。苕雪来看竹。寥志来函。

初三日(11 月 13 日) 授课。镜湖来。致荃女函。致晋华函。

致荣儿函。

初四日(11 月 14 日) 授课。

初五日(11 月 15 日) 授课。苕雪来。

初六日(11 月 16 日) 授课。写屏二幅。

初七日(11 月 17 日) 授课。写屏二张。荃女来函。药若来。

初八日(11 月 18 日) 授课。写屏二幅。云汀来。镜湖、文凯来。发痔疾。

初九日(11 月 19 日) 星期。痔疾脱肛甚苦,不能转侧。

初十日(11 月 20 日) 请假三日,不上课。痔疾略减而脱肛仍未愈。勉写屏二幅已毕。

拟上谕:前右副都御使温肃,学问优富,志虑忠贞,由翰林侍补御史,正当国势靴靰,曾进谠论,奔走勤劳,志图恢复,后在南书房行走。及朕行幸天津行在,随班进讲,深资启沃。满洲建国,远来叩谒,体羸多病,给假回籍调养。方冀渐臻康强,以资倚任,遽闻溘逝,悼惜良深。着赏银五百元治丧,并加恩予谥"文节",以示笃念荩臣之至意。钦此。

十一日(11 月 21 日) 脱肛仍未上。贻先来函。询先来函。

十二日(11 月 22 日) 痔疾略减。伯夔寄九日诗。君任来函并附九日诗。[①] 昨梦见王觉三同年,数年不见,闻痼疾甚剧,精神恍惚,不知近况如何也。荣儿来函。致梅、荃女来[②]函,属其同农先来长春,北京无米面,只吃杂粮,恐其有胃疾,不相宜也。

十三日(11 月 23 日) 痔仍未愈。苕雪、德甫来看竹。

十四日(11 月 24 日) 痔如昨。致寥志、贻先、询先、君任函。

---

① 此处圈去"十三日"三字。

② 整理者按:"来"字当衍。

毅夫同年挽诗①

梁傅堂堂后,斯人重海南。名垂朱鸟影,心托杜鹃龛。倜傥空馀子,交期记一函。宁知便永诀,惘惘岂能甘。②

(曩岁予由沪北上,君赆百元,予坚辞却之,乃托予带一书交愔仲,及至京,竟忘其事。后一年,于敝簏中发见此书,拆视之,则内附百元抄币,属愔仲转交,必欲予受之也。)③

予谥昭臣节,书官限本朝。向隅灵可慰,赍志恨难消。一去成终古,繁冤赋《大招》。偷生惭后死,无力正飘摇。④

十五日(11 月 25 日) 强志生日。愔仲来。苕雪来。画山水小幅。

十六日(11 月 26 日) 星期。苕雪来。奎一来。

十七日(11 月 27 日) 续假三日,痔仍未愈也。写绍兴朱振勋墓志,伯夔所为文,润百元,即接济贻先。

佛明言微尘中有亿万佛菩萨,可知无论人居何地位,有功德于民者,多为菩萨身分,而稍习佛学者辄目人为门外汉,惟己独知奥秘,真坐井观天之见也。孟子明言伊尹、柳下惠、伯夷皆古圣人,而稍为宋学者辄鄙人为不知道,虽大禹、武侯犹在所轻之列,亦井蛙之见耳。

十八日(11 月 28 日) 痔渐愈矣。

十九日(11 月 29 日) 致询先函、陟甫函。画松一幅,寄寥志。识先来函。

---

① 天头:香港中环兴隆街福安荣宝号温孝良转。

② 后两联,诗集本作"事往披遗疏,情深积寸函。后中伤敝席,惘惘岂能甘"。

③ 注释一段话,诗集本作:"《宣统实录》载君辛亥所上封事,极切直。曩岁予由沪北征,君赆百元,坚辞未受,乃托附书愔仲,抵京,偶忘之。后一年,忽于故纸中见此书,发视,乃币百元在焉。盖欲假手愔仲,期予必受也。"

④ 后两联,诗集本作"危涕乘衰暮,同心委沆寥。兵尘昏岭表,惨淡若为招"。

二十日(11月30日) 销假,上课。荃女来函。致荃女函。

二十一日(12月1日) 授课。同愔仲上封事一件。

二十二日(12月2日) 授课。苕雪、文凯来。

梅泉寄为人题昙花一首。有人据《南史》谓昙花在雪山下,三千年一开花,梅泉驳之谓"昙花为金轮出世之瑞应,与雪山之昙花不可混而为一",遂成讼案。予亦戏作一首覆之:

一现金轮瑞已奢,解人妙语剧堪夸。黄梅子熟原非佛,昙钵罗开可是花。弹指华严见楼阁,留衣长短问袈裟。向来公案重重是,难与痴人较等差。

二十三日(12月3日) 星期。苕雪来。

二十四日(12月4日) 授课。

二十五日(12月5日) 授课。画马(便面)。

次韵愔仲感话近事一首①

悄悄忧心只自知,匪躬那复计孤危。死生旧雨无消息,精爽商霖入梦思。不耐济凶饕餮甚,况惊观火陆浑奇。辅成龙德资诚悃,正是艰贞用晦时。

二十六日(12月6日) 授课。农先、荃女自旧京来。文凯来。

二十七日(12月7日) 授课。文凯来。致治芗函。

二十八日(12月8日) 授课。孙女多欣晬日,先抓笔及洋钱。文凯来。画《秋声图》小直幅。

二十九日(12月9日) 授课。文凯来。苕雪来。

三十日(12月10日) 星期。文凯、苕雪来。致治芗函。

十一月初一日(12月11日) 授课。文凯来。临烟客一幅。伯夔、君任来函。寥志来函。荣儿来函。请华严为荃女处方治胃疾。

初二日(12月12日) 授课。文凯来。

---

① 整理者按:此诗为本页夹纸所载。

初三日(12月13日) 授课。画山水小幅。

余尧衢先生(肇康),湖南善化人,▨▨科举人。

汉阳府差,好奖借后学[①],升江西按察[②]使司,为教士逼死江令事,抗争不挠,罢官。后起用为▨▨部参议。辛亥国变,隐居上海,与沈乙厂师、散原先生诸遗老为诗社,尤喜为诗钟之会。其计较高下得失如士子应试无异。性亢爽无城府,热心古谊,犹有老辈遗风。予被召将赴天津行在所,乏资,未能即行,先生时已疾笃,于榻上作书,赆三十元,属[③]予万勿拒却,于心始安。其时先生穷困,且当弥留之际,至可感也。

刘朴生(钟琳),宝应人,▨▨举人。官至盐运使[④],讲经济之学,佐大府以干名,于赈事最为尽力。陕西及江淮灾,募巨款往赈,日行数十百里,无一息暇,饮食极菲薄,人所不堪,忘其劳瘁,无纤细之或遗,真所谓躬行墨子之学者。予曾随其往赈灵璧、宿松一带。天微明时即起,食一顿,即出调查,午时再食以后,至夜不得食也。予一日购落花生少许充饥,朴生责予曰:"何不以此钱与饥民邪?"同行者不敢饮酒,有偷饮者,至其前必先净口,恐闻其臭味也。尝云:"非赈勿思,非赈勿事。"皈依净土,一虮虱之微,不欲伤之。蔬菜白水煮之,不用油,僮仆多以为苦而去之。以过劳,竟以肺疾咯血死。

初四日(12月14日) 授课。画山水小幅。文凯来。

初五日(12月15日) 授课。画山水直幅。

刘莘田(培钧),钟祥人,丁酉拔贡同年。肄业经心书院,课

① 此句原作"汉阳、黄德,奖厉诸生多知名士"。

② "按察"原作"臬"。

③ "属"原作"书中谓"。

④ 旁注:湖南臬司。

试常列高等，诗[①]文、骈体皆朴茂入古。一见如故，虽昆弟之爱，不能过也。性笃厚，不能谐俗。以拔贡就州同，指省山东，浮沉数载。值辛亥之变，为人所陷，几陷虎口，逃至上海，就教读馆糊口。旋携眷回里，遂不得复见。实友朋中第一诚挚之人也。

嘉遯无君位，明夷主[②]外柔。蒺藜非所据[③]，坎陷莫盈流。[④]未信迷能复，终将蹇有尤。[⑤] 苍天曷有极，不与圣同忧。

初六日(12月16日) 授课。先祖妣张太夫人忌辰。文凯来。

初七日(12月17日) 星期[⑥]。文凯来。[⑦] 苕雪、奎一来看竹。

初八日(12月18日) 授课。先祖母朱太夫人忌辰，晚设供。

初九日(12月19日) 授课。

初十日(12月20日) 授课。画《秋声图》，未成。

十一日(12月21日) 授课。画《秋声图》。未成。满侄今日于上海娶妇，为常州陶姓之女，即寥志之女弟子也。向平愿了，可以入山矣。文凯来。携荃女及小棠、小桂、小春至愔仲处小坐。

十二日(12月22日) 授课。文凯来。《秋声图》画成。今夜三时冬至，购肉桂少许，与巽女、荃女分服之。荣儿来函。

十三日(12月23日) 授课。苕雪来。奎一来。夜设供祭祖。

十四日(12月24日) 星期。苕雪、地山姻丈来。治芗来函。

伯群世讲左右：久未通候，常于询先弟来函中备悉关切至意，感不去心。兹有托者，朱君庶侯(孙蕃)，宝应旧家，为贻先弟

---

① “诗”原作“古”。

② “主”原作“患”。

③ 天头：非所据而据焉，身必危。

④ 此联原作“石原非所据，水岂覆能收”。天头：坎陷也，若流而能盈，则出坎矣。

⑤ 天头：王臣蹇蹇，终无尤也。

⑥ “星期”原误作“授课”。

⑦ 此前抹去“初八日，星期”数字。知陈曾寿此处为补记，偶有误。

之内兄,曩曾问业于寿,不但文学优长,其天性醇厚,事理通达,不可多得。自宝应被兵,旧业荒废[①],生事日绌,近思于工商界得尺寸地,以资旅食,而谋之于我。南中知好,情谊之深无逾于君家乔梓,足下热心古谊,尤所罕见,尚祈代为度量,荐一枝栖,若能引诸左右以资助理[②],必能不负所托也。专此奉托,敬颂。

十五日(12月25日) 授课。心畬来函。

十六日(12月26日) 授课。侯子观、华石夜来看竹。睡时发感寒微,有发热之意,痰极多。询先来函。

十七日(12月27日) 请假,未上课。出汗热解,请华严诊之。

十八日(12月28日) 未上课。致寥志、贻先、询先、伯夔、荣儿函。

十九日(12月29日) 授课。晋华来函。

二十日(12月30日) 放假。画山水琴条。华清来。

二十一日(12月31日) 星期。先祖父忌辰,夜设供。苕雪、奎一来。

二十二日(1940年1月1日) 阳历一月元旦,入府朝贺。地山姻丈来。巩厂来。

二十三日(1月2日) 丽保十岁。

二十四日(1月3日) 直幅设色。镜湖、文凯来。

二十五日(1月4日) 授课。

二十六日(1月5日) 授课。

二十七日(1月6日) 授课。苕雪来。

---

① “旧业荒废”原作“避难乱来沪”。

② 此后删去“一切,少减其负米之忧。足下襟抱远大,热心古谊,当世罕有,有逾寻常,如庶侯之为人(必能一见如故,▨▨照拂),实可以▨近者,若有事委托,必能得力。用敢奉托”。

二十八日(1月7日)　星期[1]。文凯来。

二十九日(1月8日)　授课。画山水直幅，送伯辉五十生日。文凯、镜湖来。

十二月初一日(1月9日)　授课。镜湖、文凯来。

初二日(1月10日)　授课。

初三日(1月11日)　授课。

初四日(1月12日)　授课。致贻先、识先、素梅、荣儿函。

初五日(1月13日)　授课。心畬寄《灵光集序》，甚古雅。

初六日(1月14日)　[2]星期。请李玉林晚饭，因肖高及荃女、菊英与之学剑也。识先来函。苕雪、奎一、文凯来。

初七日(1月15日)　见上，奏对一小时，谕："汝无事可随时来见。胡嗣瑗现在亦无事也，时常相见。"致荣儿函。

初八日(1月16日)　授课。

初九日(1月17日)　授课。上赏二百元，为过年之用。

初十日(1月18日)　授课。致识先函。

十一日(1月19日)　授课。先母忌日，晚设供。上海袁帅南来电，伯夔于昨日巳时[3]逝世。失此良友，不可再得矣，从前虽相过从，犹为泛泛，自□□岁，予奉召赴天津行在所，伯夔忽深致情悃，交情始密。其后散原老人住京，每年约一聚晤，遂成莫逆之交。散原逝后，未得相见，不料缘分遽止于是，伤心短气，莫此为甚也。伯夔天性极厚，待兄弟亲戚，人无间言，而于兄弟之间尤为悬至，其至诚之意发于自然，使人久久不能忘也。即覆电唁问。

十二日(1月20日)　授课。鲤门自北京来。

---

① "星期"原误作"授课"。

② 天头：高祖母周太夫人忌日。

③ "时"原作"刻"。

十三日(1月21日) 星期[①]。仲业自天津来,即在寓中下榻。

十四日(1月22日) 授课。询先来函。

十五日(1月23日) 授课。

十六日(1月24日) 授课。先父生忌日,设供。贻先来函,覆一函。

十七日(1月25日) 授课。鲤门来。

十八日(1月26日) 授课。鲤门来。君任来函,述伯夔病状。

十九日(1月27日) 授课。东坡生日,与茗雪合请巩厂、曼多、鲤门晚饭。自苏厂逝后,聊慰此局。巩厂、曼多为苏厂座上客也。鲤门成七律一首。

廿日(1月28日) 星期[②]。茗雪、鲤门来。

二十一日(1月29日) 授课。华清来,借二百元为度岁之资,至可感也。

二十二日(1月30日) 授课。夜送灶。画便面,拟万寿节进呈也。

二十四日(2月1日) 授课。过小年,晚设供。画便面。鲤门来。

二十五日(2月2日) 以痰饮大发,未上课。鲤门来。画便面。

二十六日(2月3日) 授课。便面画成,一仿麓台,一《文喜在五台遇文殊故事》。

二十七日(2月4日) 星期。入府进呈画扇二柄。鲤门、茗雪来。夜还福,供年饭。为识先画《南湖图》小幅。

二十八日(2月5日) 授课。吃年饭。厚卿夫妇、彤伯夫妇、中甫来。奎一、华石来看竹。文凯来,同至紫翠园买花,红梅、水仙皆无有,只购红山茶一盆,聊以寄意而已。早辰时立春。忆十五岁时除夕诗有句云"诗成两岁乘除里,春在万家欢喜中",先师关先生谓为他日

---

①② "星期"原作"授课"。

宰相之兆，今一无所成，可胜愧叹，因成一绝句云：

诗成两岁乘除里，春在万家欢喜中。回首髫年真是梦，雪灯影里一衰翁。

余所为诗适在改岁之时，上句亦可谓诗谶矣。

二十九日(2月6日)　三弟、四弟、七弟、九弟皆有贺年书信。晋华自奉来。

三十日(2月7日)　愔仲以除夕诗寄示。夜接灶，辞岁。交子后，敬天地、圣人、观音、文昌、关、岳。巽女、荃女等办汤圆、粽子等食物甚忙，亦颇有过年风味。

庚辰元旦(1940年2月8日)　入府贺岁，奉谕免行礼。苕雪、小松、胡元春、鲤门、史龙华、包辑庭、华石、厚卿来。

初二日(2月9日)

初三日(2月10日)　苕雪、华严、地山姻丈、马延五、鲤门、陈小友来。

初四日(2月11日)　苕雪来。华石、奎一、炳昌来。

初五日(2月12日)　季湘、苕雪、奎一、秩安来。

初六日(2月13日)　授课。愔仲携药若来。贻先来函。

初七日(2月14日)　授课。鲤门来。文凯来。识先来函。

初八日(2月15日)　授课。晋华回奉天。苕雪、鲤门、地山姻丈来。先高祖金门公忌辰设供。荣儿来函。

次韵愔仲除夕

径绝人踪雪塞庐，残年饱饭愧闲居。诚知岁岁都非故，只见朝朝有不如。飨赐嬴秦天醉甚，逃诛汪罔乱生初。九州铁铸成今日，自拨寒灰恨有馀。

次韵愔仲元旦

枥马无喧少盍簪，会朝佳什喜先吟。纪恩独感平生遇，占复犹存正始心。天步艰难无遁位(遁卦六爻无君位)，臣弦危苦是商音。王正免赋康①乾梦,换世难酬雨露深。

初九日(2月16日) 授课。鲤门来。

初十日(2月17日) 授课。同仲业至鲤门、愔仲、苕雪、季湘、地山姻丈处拜年。

十一日(2月18日) 星期②。同仲业往候宝师。

十二日(2月19日) 授课。画松二幅。

十三日(2月20日) 万寿节。因去岁改作阳历,十二月廿九日已入贺,遂不更入贺矣。放假一日。鲤门来。识先来函。

十四日(2月21日) 授课。赏汤圆六十枚。鲤门、苕雪来。

伯夔挽诗

交久晚弥真,意多缘乃促。人事轻隔离,万劫不可赎。悱悱散原翁,硕果此尊宿。温焺吾与子,期约岁相续。北南会旧京,欢笑洗惨黩。颇疑天壤间,嘉会惟此独。绝续勉③相保,俄惊坏梁木。苦思寻旧踪④,执手同一哭。何⑤意旋哭君,相偪乃尔酷。残生尚未尽,生意先结束。两心闭所期,胡君遂瞑目。

贤豪昔辟地,德星聚海角。创局古所无,十年风扫箨。维子守师传,斯文有付托。

同心得二三,濡呴不寂寞。飞书邀我南,勑繁情意悫。昔负彊村翁,今复爽子约。温温旧游地,瘏瘵馀作恶。方知少一人,世味成淡薄。踽踽任⑥与梅⑦,书问泪同落。

---

① “康”原作“雍”。

② “星期”原误作“授课”。

③ “绝续勉”原作“婉娈若”。

④ 此句原作“方希继前踪”。

⑤ “何”原作“岂”,诗集本作“岂”。

⑥ 诗集本此处注“君任”。

⑦ 诗集本此处注“梅泉”。

糊口念予季，狷介少往还。课馀独诣君，时倚破萧闲。书来屡告我，缓急最相关。今无谈走处，何以开心颜。维君笃天性，无间昆弟言。至情结友生，回思逾成妍。殷勤特予厚，旷世垂恩缘。千秋身后事，寂寞谁为传。

十五日（2 月 22 日）　入府谢恩。放假。夜设供，并供汤圆。强志来函。

十六日（2 月 23 日）　授课。镜湖、文凯来。

十七日（2 月 24 日）　授课。致治芗函。鲤门来。文凯来。

十八日（2 月 25 日）　星期。鲤门、文凯、镜湖来。龙榆生来函。（极司[①]非而路元善里三十七。）

十九日（2 月 26 日）　星期。苕雪生日往贺。

二十日（2 月 27 日）　星期。强志自津来。识先自北京来。

二十一日（2 月 28 日）　星期。先十二叔母忌辰，晚设供。

二十二日（2 月 29 日）　星期。同苕雪、农先、鲤门、华清、季湘晚饭。

二十三日（3 月 1 日）　贺鲤门生日。建国节，放假一日。

二十四日（3 月 2 日）　未授课。鲤门来。

二十五日（3 月 3 日）　星期。鲤门来。

二十六日（3 月 4 日）　授课。鲤门来。

二十七日（3 月 5 日）　授课。鲤门来。文凯来。

二十八日（3 月 6 日）　授课。鲤门来。苕雪来。

二十九日（3 月 7 日）　授课。鲤门来。文凯来，送铁观音茶甚佳。

三十日（3 月 8 日）　授课。鲤门来。

次韵愔仲一首[②]

悄悄忧心只自知，匪躬那复计孤危。死生旧雨无消息，精爽

---

① “司”原作“斯”。

② 整理者按：此诗又见于上年十月二十五日夹页。

商霖入梦思。不耐济凶饕餮甚,况惊观火陆浑奇。辅成龙德非人任,正是艰贞用晦时。

二月初一日(3月9日) 授课。鲤门来。

初二日(3月10日) 星期。鲤门来。文凯来。夜闻邻犬哭声凄厉。

初三日(3月11日) 授课。鲤门来。贻先来函。君任来函,附梅泉挽伯夔五古二首,甚沉着。

初四日(3月12日) 授课。鲤门来。

初五日(3月13日) 授课。约鲤门、仲业晚餐。地山姻丈亦来。致荣儿函、询先函。

初六日(3月14日) 授课。鲤门来。

初七日(3月15日) 上丁祀孔,放假一日。鲤门来。

初八日(3月16日) 授课。鲤门来。

初九日(3月17日) 星期。鲤门来。苕雪来。文凯来。

初十日(3月18日) 授课。鲤门来。

十一日(3月19日) 授课。鲤门来。

十二日(3月20日) 授课。鲤门来。

十三日(3月21日) 授课。询先来函。仲业回津,至车站送之。

十四日(3月22日) 授课。愔仲以《六么令》属和,以花朝有感而作也。苕雪来,围棋一局,胜一子半。与强志一局,负一子半。

六么令

乍回暄霁,蓦地还飞雪。一分也无花信,拼作十分勒。慵起毡毹深拥,宿酒都无力。闲情非昔。漫天风絮[1],偏是今朝上红节。　堪笑推排不去,相对星星[2]发。应忆携手湖边,千树压

① “漫天飞絮”原作“前尘如梦”“冰霙满眼”。

② “星星”原作“惊华”。

寒碧。惆怅他生未卜，罢着今生屐。何时将息，寸香灰尽，还为年芳恨啼鴂。

十五日(3月23日) 授课[①]。鲤门来。(升儿[一]局，负五子。)

十六日(3月24日) 星期。鲤门来。苕雪来。(君适一局，负四子。)

十七日(3月25日) 授课。(强一局，负半子。农一局，负四子。)

十八日(3月26日) 祭关帝，放假一日。鲤门来。(农一局，负八子。)

十九日(3月27日) 授课。鲤门来。苕雪来。(强一局，负六子。识一局，负二子半。)

荣儿来函。

思念伯夔，因寄怀梅泉、君任各一首：

独立曾无惧，孤踪亦可哀。故人俄异路，老泪滴寒灰。道丧又安托，名逃世尚猜。谁知仲长统，雄志郁雄才。(梅泉)

霸才沉寂无王猛，豪气摧残老计东。友似倾城难再得，士当负俗分奇穷。燕莺弦上百千语，桃李尊前[②]一再风。泼眼春光浑似梦，行吟惘惘与谁同。(君任)

计甫草以王景略自负，君任亦有甫草之风。

二十日(3月28日) 授课。致贻先函。鲤门来。

二十一日(3月29日) 授课。鲤门来。

二十二日(3月30日) 授课。鲤门来。

二十三日(3月31日) 星期。鲤门来。奎一来。

二十四日(4月1日) 授课。鲤门来。荣儿来函。

二十五日(4月2日) 授课。鲤门来。

---

① “授课”原作“星期”。

② “尊前”原作“枝头”。

二十六日(4月3日) 授课。苕雪来。曼多来。

寄怀立之

中兴国故味醰醰,肝胆无如周息庵。维摩独为众生病,鲁直谁同连夜谈。旧[1]苑擅腥惹[2]花木,西山锋镝暖烟岚。何时暂息阎浮劫[3],去[4]与弥陀共结龛。

寄怀子安同年

锦瑟华年[5]逝莫追,蓬莱路隔[6]怅差池。散仙鸾凤虚鞭策,藏壁金丝费护持[7]。妍暖同行红雨地,萧闲并坐白云司。沦都宾主垂垂尽,绝世幽情却语谁。

二十七日(4月4日) 授课。致询先函。

丁丑之岁,予五十初度,一病几殆,陟甫约往游鄮山阿育王寺,且为延僧众讽经资福,病良已。一日晚对坐山门,万念皆忘,恍然若有以无得为得也。别经十载,世变不可言,感念不已,因寄怀陟甫一首

僧堂晚出坐松根,梵寂钟残净客魂。当日忘言两居士,只今牵梦一山门。旧游回味真难再,末劫深临倘有存。终拟入山寻宿约,塔前勤礼佛慈恩。

二十八日(4月5日) 授课。清明,设供。

二十九日(4月6日) 授课。苕雪来。奎 ·来看竹。

三十日(4月7日) 星期。苕雪来。

---

① "旧"原作"上"。

② "惹"原作"醉"。

③ 此句原作"何时暂息神州劫"。

④ "去"原作"来"。

⑤ "锦瑟华年"原作"英妙丰姿"。

⑥ "路隔"原作"山路"。

⑦ 此联原作"群言绪乱虚辞辟,六籍灰尘枉护持"。

三月初一日(4月8日) 授课。致询先函,以所书《千字文》寄之。

初二日(4月9日) 授课。鲤门来。治芗来函。致治芗函。

初三日(4月10日) 授课。同荃女、菊英往吊季湘丧妾。荣儿来函。

初四日(4月11日) 授课。

初五日(4月12日) 授课。鲤门来。

初六日(4月13日) 授课。贻先来函,附梅泉函并寄怀二首,音节甚哀。

拂面东风□剪刀①,客心已觉得春绕。有无草色微栖径,约略荑②痕暗结条。榾火沉沉三月尽,璧阴寸寸此中消。醉闻花气兼莺语,未信当年有此朝。

初七日(4月14日) 星期。鲤门、苕雪、奎一来。致贻先函、梅泉函:

欲出遨游散郁伊,却愁惘惘与谁期。老来世宙异年少,梦里天亲多醒时。下撰寡欢连夕饮,西郊遣兴愿春迟③。古人④虽说穷愁极,落寞犹殊此日悲。

梅泉老兄足下:奉书知尊体违和,尚⑤未康复,至以为念,良由心境⑥结太过。所致大作⑦,自抒枨结⑧,毫无人之见存,乃诗境之最上乘⑨。惟音节过哀,所伤实多,甚以为不可,然又无以

① 旁注:风气稍和,时已三月矣,感作。

② "荑"原作"椒"。

③ 此联原作"酒伴经旬随处饮,花飞底意愿春迟"。

④ "人"原误作"陵"。

⑤ "尚"原作"久"。

⑥ "心境"原作"郁"。

⑦ 此处勾去"音节过哀"四字。

⑧ "枨结"原作"胸臆"。

⑨ "最上乘"原作"至可贵者"。

慰解之也。大抵相与于甚微者,其所感至深;用情不滥而独至者,其后之受创亦必巨,此难与名流贤人言也。扫除我见,不舍人天,亦一安心法。此诀▨世▨,乃历劫以来王贤仙佛所同,不独吾生不辰,适丁此厄也。甚望珍摄自爱,勿过郁郁是幸。寿不日赴旧京一游,然毫无可乐,即强游观,亦不过为惊心溅泪之材料而已。近作一首并写上。敬颂痊安。

初八日(4 月 15 日) [1]授课。先君忌日,供烧鸭、鸡、肉、虾四品。鲤门来。询先来函。

初九日(4 月 16 日) 授课。致询先函。

初十日(4 月 17 日) 授课。

奏为臣请假回家,川费不足,恳恩预支下月赏金二百元。与其借贷于他人,不若仰吁于君父。用敢冒昧渎陈,不胜惶恐之至。臣谨奏。

奉谕赏三百元。入府谢恩。

十一日(4 月 18 日) 授课。鲤门来。季湘、茗雪来。

十二日(4 月 19 日) 未上课。鲤门来。茗雪请华清晚饭。

十三日(4 月 20 日) 授课。鲤门、茗雪、地山姻丈来。华清来。

十四日(4 月 21 日) 星期。鲤门、茗雪来。奎一来[2]。

十五日(4 月 22 日) 晨九时至车站,德甫来送。一时半到奉天,晋华来接,在陵庙事务处伴息半日,夜十一时趁车,宝老师同车。

十六日(4 月 23 日) 下午四时半到北京,农先、焕侄、素梅、京芳来接,寓治芗家。六弟妇、九弟妇来。

十七日(4 月 24 日) 至农先处午饭。荣儿携小元自天津来。蜀梅来。致巽女函。

十八日(4 月 25 日) 同荃女至九弟妇及小妹处。勉甫、季馥、

---

① 旁注:见[上],请假赴北京,奏对一小时。

② 整理者按:此后空缺两行。

希颜、齐白、菊臣来。

十九日(4月26日) 仁卿、经孙、鸿友、巨邕来。希颜来。九弟妇来。季馥、勉甫来。

二十日(4月27日) 咏春、越樵、千之来。木公、定远来。希颜、叔涵来。闻木公言伯夔之死,由于呕气。其侄某串通无赖数十人讹诈钱财,围屋叫嚣,召其长侄帅南来排解,竟未至。其时病已将愈矣,忽呕血数口,一夕遂不起。可恨可叹!龙官来(肖研之子)。

二十一日(4月28日) 沅叔来。秉恩、得之、毅夫来。希颜来。勉甫来。定远来。

二十二日(4月29日) 访咏春、稚辛。季馥来。岳少博来。

二十三日(4月30日) 农先约午饭。同家人及勉甫至崇效寺看牡丹,亦不如去年之盛,惟楸花尚可观耳。勉甫、季馥来夜谈。吴心源与关山利弈一局,着着出人意表。日本之棋,实较中国以前国手为进步,今皆败于心源之手,可谓天才矣。致强志、巽女、肖高函。

二十四日(5月1日) 答拜千之、月樵两同年。询先弟来函。巽女来函。

二十五日(5月2日) 子安来函,附诗数首。龙榆生来函。升儿来函。希颜约晚饭。勉甫来。

二十六日(5月3日) 夏枝庵(仁虎)、啸麓约午饭,座客为公渚、君垣、杨寿研、杨云白、吴向之、傅沅叔、治芗。致龙榆生函。九弟妇。希颜来。

二十七日(5月4日) 国轼来。仲业自天津来。勉甫、季馥、伯辉来。荣儿来函。

二十八日(5月5日) 钱冲甫来。伯辉来。勉甫来。致升儿函。致荣儿函。

廿九日(5月6日) 同治芗往视秉恩。画松便面[①](希颜经手)。

---

① 旁注:十元。

致荣儿函。伯辉来。希颜来。

四月初一日(5月7日) 致巽女函。木公来。季馥、勉甫来。冲甫、秉愚来。往视仁卿、沅叔。先母忌日,至六弟处设祭。

初二日(5月8日) 岳少博约晚饭。仲业、勉甫、季馥来。

初三日(5月9日) 张燕卿约午饭。同治芗往视木公。画松便面[①](伦池斋)。

初四日(5月10日) 画山水便面,伦也斋所求,松便面[②]二(钧甫[③]、连瑜[④])。荣儿来函。强志来函。昨梦乘长江汽船,中途始知家人皆在房舱中,大母、先母及内子皆在焉。继又见楚生大嫂,因忆及大嫂与内子多年聚首,今乃久离,且内子早已逝世,不禁伤心,涕泗横集,大嫂亦泪落不止,忽然惊觉矣。内子逝时,余未尝落一泪,亦非强制,若有明于去来死生之故者。由今思之,恐是被一棒打木了。向来学佛者能于情感一无所动,是否亦一棒打木耶?

初五日(5月11日) 同荃女、素梅、小元至公园看芍药。希颜来。国栻来。画松幅、松册[⑤](希颜经手)。

初六日(5月12日) 焕侄文定(金氏之女)。季馥、勉甫、叔涵来。画松幅[⑥](伦池斋)。

初七日(5月13日) 谒夏润芝老师(小方字胡同内真武庙后边二号)。同季馥、勉甫至叔岩处。

初八日(5月14日) 季馥、勉甫、仲业来。画山水直幅[⑦]。致荣

---

① 旁注:十六元。

② 旁注:卅二元。

③④ 旁注:十二元。

⑤ 旁注:十元。

⑥ 旁注:廿四元。

⑦ 旁注:芗孙之友,三十元未寄来。

儿函。

初九日(5月15日) 画山水小幅[①]。咏春约晚饭。画松幅(廿四元)。

初十日(5月16日) 月舟和尚持所画高僧册来求题。(上房寺僧,七十馀,画不俗,人亦无习气。)季馥借九弟处请吃晚饭。勉甫、仲业、治芗来。

十一日(5月17日) 春羽来,自制素席,饭后说《施公案》"金大刀出世"一段有声有色,亦可谓多能矣。季馥、勉甫、心畬、巨六来。

十二日(5月18日) 勉甫、季馥来。画松便面(瑞阶),又一件(云门)。画山水小册(冲甫)。

十三日(5月19日) 题四乐斋牡丹三绝句[②](瀛贝勒,荣宝)。答拜夏蔚如、朱德甫。画荣宝斋求人物及马便面,以旧所画者与之,廿四元。旧所画山水小直幅以六十元售与沅叔。

十四日(5月20日) 夏蔚如、朱德甫来。蜀梅来。勉甫、季馥来。画山水便面[③]。又为德甫画山水便面。增祉来。婉宜来。

十五日(5月21日) 闻夏师患脚软不能出户,今年八十六矣,殊为可虑。朱德甫来,送旧墨数锭。新识之人,递受其惠,甚不安也。冲甫来。沅叔约晚饭(夏师亦作主人,不能往,命世兄来。赵剑秋、杨云▨(寿枢)同作主人)。请傅大嫂、六弟妇、九弟妇、小妹、京芳及素梅、荃女看李万春之戏,云极不好,沾染海派恶习,至可恨也。题心畬画三件。心畬送旧纸陈墨并赠百元,留纸墨,百元未受,其意至可感也。夏老师、沅叔、剑秋、杨寿枢约晚饭。

十六日(5月22日) 治芗约季馥、勉甫、叔涵、巨六、希颜来晚饭。画山水便面(二十元),又为春羽画山水便面。

---

① 旁注:二十元。

② 旁注:廿七元。

③ 旁注:十元,荆山。

十七日(5月23日) 心畬约晚饭。季馥、勉甫、巨acute、朱德甫、秉恩、得之、希颜、叔涵、沅叔、蜀梅来送行。

十八日(5月24日) 趁午车出关,农先及六弟妇、俭六爷夫妇、增祉、稚云来送。

十九日(5月25日) 午十二时到新京,巽女携丽保、履保来接,志侄来接。家中均平安。傍晚入府请安。苕雪来。鲤门来。中甫来。奎一来。致治芗函。致素梅函。

二十日(5月26日) 星期。苕雪、鲤门来。愔仲来。厚卿来。

二十一日(5月27日) 上课。鲤门来。彤伯来。贻先来函。

二十二日(5月28日) 上课。鲤门来。

二十三日(5月29日) 召见,奏对一小时。

次愔仲韵

望古凄其渺吕伊,知音寥寂感牙期。那堪髩雪心灰日,更值天翻海沸时。漫向楚弓分得失,久游羿彀促栖迟。艰贞几辈堂堂去,更与何人话此悲。

二十四日(5月30日) 上课。鲤门约在其家为诗钟之会,仅愔仲、苕雪、曼多、君适、肖旭七人而已。[共作三唱:“惮、水”、“火、黄”、“花、白”][①]。

二十五日(5月31日) 上课。鲤门来。画山水一幅。

二十六日(6月1日) 上课。昨梦石钦以近作五古数首呈乙庵师,声情激越,赞赏不置,惜醒后毫不记忆矣。荣儿来函。画山水一幅。

二十七日(6月2日) 星期。奎一来看竹。升儿自日本归。

二十八日(6月3日) 上课。鲤门来、苕雪来。致荣儿函。画

---

① 天头:破黄旧松□□□,活火新煎顾渚茶。贴黄唐制尊科目,改火周人化岁时。禍黄花底怜蜂老,举火轩中感凤饥。势面花新收汗马,推心白水起真龙。小火喧争嘲鼎鼐,蜂螳前却寓琴弦。

便面二。

二十九日(6月4日) 上课。荣儿来函,重孙久患咳吐,夜不能睡,日见消瘦,服药无效。此子生即残废,且騃痴,虽已二十岁,仍类小孩,不甚了了。其命太苦,今复罹此危疾,何其不幸也。画山水一幅、松一幅(德甫)。

三十日(6月5日) 上课。荣儿来函,重孙已于二十七日逝去矣。予每次至津,对之太淡漠,无慈爱之意,至为内疚。覆荣儿函。寄书二幅。

五十【月】初一日(6月6日) [1]致素梅函、治芗函。画山水一幅。

初二日(6月7日) 车未来接,未上课。画山水直幅(幼彭)。

初三日(6月8日) 未上课,出文题。奎一、华石来看竹。画山水直幅。

初四日(6月9日) 约愔仲、武平、鲤门、茗雪、季湘、曼多、肖旭、彤伯、巩厂作诗钟之会,并补祝巩厂七十初度。荣儿来函。

"龙、泪"六唱:

求经贤首窥龙岁,写恨樊南有泪诗。
英雄先主真龙出,感慨部儿老泪多。
诗诤王赵谈龙录,棋赌黄徐血泪篇。
缱绻宫娥讥泪对,揶揄桥鬼哭龙钟。
逍遥太白茅龙去,豪侈莱公烛泪惟。
遗山感愤惊龙穴,太白相思比泪泉。
湘竹笛斑馀泪点,檿弧符谶自龙漦。

"无、日"四唱:

老喻当无车有用,箕伤忘日酒为灾。

---

① 天头:上赏粽子三十枚。

礼重三无传《戴记》,射沉九日志《淮南》。
古德椎无传妙谛,羲和鞭日促飞光。
葵名向日征忠爱[①],花号文无赠别离。

"山、小"五唱:

右丞远景山无树,工部仙栖小有天。
隐士诗名山史重,状元画榜小仙荣。
邻家留寓山阳感,内苑人呼小宋名。
僧传清画山情远,词爱飞卿小令妍。
镇留一带山门重,饮止三蕉小户轻。
歌诵《离骚》山鬼恨,社征《封禅》小神尊。
经传异兽山膏骂,诗咏多鱼小白餐。
葛彊将得山公爱,鲁直儿知小德贤。
岛佛诗吟山字耸,坡仙妄解小乘参[②]。
隐遇季常山子骏,儒尊康节小车迎。

五月端午日(6月10日) 供角黍。夜设供。同强志入府请圣安。奎一来看竹。

初六日(6月11日) 上课。画山水直幅(采臣)。

初七日(6月12日) 上课。画山水直幅(瀛洲)。苕雪来。

初八日(6月13日) 上课。画山水直幅(承甫)。鲤门来。

初九日(6月14日) 上课。画山水中堂。

踏莎行(咏新绿)

宿雨苔生,轻烟柳染。嫩茸细缕芳痕浅。暗中欲换旧池台,落红满地无人管。　　眉黛初描,裙腰乍展,出游天气趁妍暖。惟馀冰绪不曾温,相看犹是寒林眼。

---

① 此句原作"雉飞朝日思牝匹"。

② "参"原作"禅"。

闻襄阳不守，便衣兵自放火，遂成焦土。彭华清言襄阳人家房屋最为坚实，民多殷实，商贾甚盛①，为各地所不及，盖由来已久，非一朝一夕之故也。创议主焦土政策者，其肉诚不食矣。

初十日(6月15日) 上课。画山水中堂。

十一日(6月16日) 星期。愔仲约钟集。

“古、泉”七唱：

平蔡爪牙资武古，征东旗鼓壮侯泉。
桓荣宠遇由稽古，苏轼文思似涌泉。
录及出鱼称妮古，记珍草木笑平泉。
事资伯始能知古，泪洒南丰欲彻泉。
阁启毛君名汲古，院开涪翁署蒙泉。
选楼注尚存师古，荆国奸曾辨老泉。
兰台人表胪今古，陆羽茶经辨水泉。
②力正乾坤诗史重，如临父母易爻严。
力王梵志尊龙泉，如愿诗人乞斗牛。
力士椎飞惊博浪，如姬符盗救平原。
力赠渊明人子威，如飞东野状头骚。
如意事三严戴礼，力同度德壮周师。

“晚、头”二唱：

香晚魏公诗寓意，昆头洛社语含嘲。
③春晚飘灯商隐怨，秦头压日会之奸。
成晚伏波为大器，戴头秀实有威名。
达晚诗名高适重，囊头党锢范滂尊。

---

① “民多……甚盛”一句原作“民多宽厚，人家商贾甚盛”。

② 天头：“力、如”一唱。

③ 此联天头：“衰晚杜伤通籍后，遨头苏及浣花前。”

生晚书碑思范老,出头应制让坡公。

飞头国漫传荒徼,爱晚亭[1]曾署小仓。

十二日(6月17日) 上课。画中堂[2]。画八马便面。致荣儿函。询先来函,附君任函,言梅泉欲寄二百元为印诗集购纸之用,至可感也。荣儿来函。

十三日(6月18日) 上课。致询先、君任、梅泉函。莘田之子自钟祥来信。自乱后,消息隔绝,不胜悬念,今此信之来实非易易,惟不便寄款接济耳[3]。

君任老兄左右:奉书敬悉。梅泉兄助印诗纸价二百元,感愧无已,如[4]在天津拨付[5],请交小儿邦荣转收(法界二十六号路一二四号[6])。附致梅泉一函,并烦转交为感。寿在[7]旧京,回思往日与散老、伯夔及执事过从之乐,渺如天上[8],惟与木公聚谈三次,其所居至为偪仄,相对怆惘[9]而已。公园只看花[10]二次,北海并未一往[11]。其兴致之消沮,可以想见。熟人中有先施者,不能不答拜,此外绝不出门。勉甫、季馥时过夜谈。忽忽一月假满[12],又复出关为枯寂之生活矣。见近来生计,想益拮据,何以支

---

① "亭"原作"名"。

② 旁注:山水,寿民。

③ 天头:难民区仓库街二八九号刘芷坡。

④ "如"原作"请"。

⑤ "付"原作"款"。

⑥ 此处圈去"陈微尘"三字。

⑦ "在"原作"前往"。

⑧ 此处圈去"徒增怆楚而已"。

⑨ "相对怆惘"原作"相见欷歔"。

⑩ "花"原作"牡丹、芍药"。

⑪ "并未一往"原作"亦未到"。

⑫ "一月假满"原作"遂满一月之假"。

持，至为驰念。专肃，敬颂侍苐潭祉[①]。

梅泉老兄左右：前上一缄，想已达到，未知尊体近已康复否？至以为念。昨得君任函，敬悉慨助刊行拙集纸价二百元。现在纸价奇昂，实无力购办。[②] 当此时局奇变[③]、救死不暇之时，何敢为此闲[④]举？惟以执事及伯夔、木公相爱之至意，刻成而不印行，殊无以对。正在进退莫决之际，更辱嘉惠，可以集事。惟叨承至爱，亦不敢更作辞谢之虚文，徒深愧结而已。

尊集若已印出，即祈赐寄数部。有近作，亦望寄示[⑤]。伯夔兄开吊在即，不能亲奠一觞，思之凄怆。想吾兄亦无好怀也。敬颂。

十四日（6月19日） 上课。致梅泉、君任函、询先函。

十五日（6月20日） 上课。画山水便面。致荣儿函。

十六日（6月21日） 上课。画韩幹马便面。致晋华函。

十七日（6月22日） 早六时入府，恭送皇上访日启驾，未上课。画山水小幅，写便面二（松滋、述叔）。

十八日（6月23日） 星期。林肖旭约钟集。

“来、问”三唱：

详注问天尊婺水，精研来易薄伊川。
甫勤问夜☐封事，坡话来生感髩霜。
郕莒来朝书鲁史，崆峒问道纪轩皇。
黄记来琛南海顺，僭书问鼎楚王骄。
低声问宿嘲徽庙，立望来迟怅武皇。

---

① 旁注：☐嗣刻石所入，尚可稍资补助否？
② “购办”原作“付出印”。
③ “时局奇变”原作“大乱”。
④ “闲”原作“不急”。
⑤ 此处圈去“舍弟贻先常函关注”。

"文、室"四唱:

符应谶文征赤伏,德夸新室祀黄神。
韩愈高文雄八代,袁闳土室薄三公。
陶出高文心在晋,霍留书室策安刘。
书异手文稽鲁隐,谶符我室儆秦皇。
院启宏文才所聚,身藏少室价何高。
书授今文尊伏胜,涕流王室感君山。
丹砂幽室容间客,青史遗文成霸才。
笼袖弹文惊介甫,操戈入室诧康成。
词重希文称塞主,画工石室辟山房。

"飞、客"五唱:

誓扫匈奴飞将在,耻深秦帝客见诬。
古谚相传飞土逐,梵经能语客尘空。
风花一任飞高下,茶具能为客重轻。
觞浮太白飞光饮,檄讨金轮客思深。
简斋仙赋飞龙引,老杜愁吟客燕归①。
擒公竟应飞来谶,怨楚空吟客去诗。

十九日(6月24日) 上课。画山水直幅(亚桢)。

挽叔言,集成语。

平生本朝心,长图大念而今已矣;惨淡烈士志,险阻艰难实备尝之。

二十日(6月25日) 上课。画山水直幅(亚桢)、山水便面(幼彭、东暟)。贻先来函,言回侄女肺疾已至危笃。梅泉寄挽伯夔诗第三首(前二首早寄来,因病未作第三首,近始补作也)。

代强志挽叔言对:

事感羊公如意少(叔子言"天下不如意事常八九");好同欧

---

① 此联上方有一联云"鹢退鲁时飞过送,虬生商后客于周"。

子聚时多(永叔《集古录序》“物多聚于所好”)。

二十一日(6月26日)　上课。画山水直幅、松便面二。

二十二日(6月27日)　上课。画册页一开(秉之)。致素梅函、荣儿函。

代拟罗叔言遗折:

天[①]恩未报,臣命难延,伏枕哀鸣,仰[②]祈圣鉴事:窃臣[③]一介书生,渥[④]蒙恩遇,以其粗知学务,补授学部参事官。力薄才疏,未能尽心于万一。及遭国变,远遁异国,复承恩命在南书房行走。值主忧臣辱之时,乘舆出幸天津,虽追随于左右,曾无济于艰难,自是奔走于外,隐图恢复。希逢满洲事起,肇造新邦。谕授参议,因病乞退,旋又承乏监察院院长。徒以纠察之名,未遂激扬之志,有忝厥职,自行投劾。近岁以来,旧疾时发,精力日衰,遂至不起。伏念臣受知最深,受恩至重,报主之心至切,而力薄才疏,事与愿违,末由自效。其负主之罪,亦出于隐微而不能自解,此尤耿耿之寸衷虽死而不能瞑目者也。伏望我皇上圣学日新,修己俟命,将来恢宏大业,拯亿兆于水火,则臣虽死之日犹生之年。不胜悚祷呜咽之至,谨口授长孙承祖,恭缮进呈[⑤]。伏祈圣鉴[⑥]。

---

① “天”原作“君”。

② “仰”原作“恭”。

③ 此处圈去“值国多难”。

④ “渥”原作“猥”。

⑤ “进呈”原作“遗折”。

⑥ “受知最深”以迄一段文字原作:受知最深,受恩至重,未答涓埃,虽志图恢复(原作“心力交瘁”),而力不从心,无以对我皇上。此耿耿寸衷,虽死而不能瞑目者也。伏望我皇圣学日新,缉熙敬止,修己俟命,恢宏旧业,则臣虽死之日犹生之年,不胜悚祷呜咽之至。

奏为天恩未报,臣命难延,伏枕哀鸣,仰祈圣鉴事:窃臣一介书生,渥承恩遇,以其粗知学务,补授学部参事官。及遭国变,遁居邻国,复承恩命在南书房行走。移宫变起,乘舆出幸天津,值主忧臣辱之时,虽追随于左右,实无济于艰难,自是奔走于外,隐图恢复。适逢满洲事变,肇造新邦。奉参议之命,因病辞退,后改恩授监察院院长之职。徒尸纠察之名,未遂激扬之志,有忝厥职,自行投劾。近岁以来,旧疾时发,精力日衰,自今年春间患肺炎之症甚剧,诊治稍痊。至本月中旬,心脏旧恙复发,服药无效,渐至弥留。自知即填沟壑,犬马无期。伏念。

二十三日(6月28日) 上课。

二十四日(6月29日) 上课。

二十五日(6月30日) 星期。患腹疾,似欲成痢。季湘在寓约钟集。

二十六日(7月1日) 未上课。腹病渐愈,稍进饮食。询先来函,附梅泉《题饮酒图七古》甚佳,又拔可挽伯夔诗,未尽所长。

"南、野"一唱:

南烹岭海初尝蛤,野饭江村好射麋。

南谪愈逢秋雨霁,野心搏已白云留。

"手、留"六唱:

陶桓遗疏弥留恨,继盛弹稿辣手传。

兴王名自婆留得,游子衣曾母手缝。

勇惜哥舒身手好,饮邀彭泽去留轻。

时于蚓窍苍蝇鸣,石鼎联吟笑侯喜。书生结习老不悛,仍事推敲接文儿。收合馀烬张一军,入社钻眉膏继晷。差胜尸居馀气人,漏尽钟鸣不知止。此事昔推抱冰翁,安石碎金空傍倚。思沉语重无苟作,恶圆恶曲寓深指。(曩与张文襄公钟集,为"通、米"一唱。文襄句云"米海岳颠偏媚蔡,通天狐好不如洪”。《北江诗话》评袁子才诗为“通天神狐,醉即露尾”,自评其诗为“激湍劲濑,终少洄旋”。)敏捷无如樊(云门)、易(实甫)、曾(重伯),顷刻挥毫积寸纸。彊村矜严等惜金(彊村每集只成一二联,不佳者不写出也),乙厂浩博空馀子(乙厂师[1]用事极博,多有不解者)。散原得句似微笑,科头不袜足差掎。倦知老人心犹孩,有似巍科掇寒鄙(余尧衢左丞视得元极重,同人阅卷时常监视之)。梁髯意气最遒上,夜寒厮噪兴不已(梁文忠钟集,夜深,值大寒,舆夫大哗躁,文忠乃以轿板遍击之,一时传以为笑)。旧游历历真一梦,事往回思尽妍美。老辈风流顿歇绝,十年噤若寒蝉比。太傅柬来数招某,强拾旧欢暂兴起。只鸡近局腹痛乔,锦囊断句心呕李。头白相对唯使君,感旧兴悲良有以。君才无敌八面锋(乙厂师曾谓君为“八面受敌”),我实[2]巴人歌[3]下里。难评重轻等燕雀,常苦龃龉错牙齿。诸君佳兴似当年,衰病扶床愁角柢。文心刻镂极雕龙,除却彦和谁解此。

二十七日(7月2日) 未上课。[4]

二十八日(7月3日) 未上课,疲倦。画《逸骥图》便面,极佳。

二十九日(7月4日) 未上课。致素梅函。疲倦略好。

三十日[5](7月5日) 上课。素梅来函。致素梅函。

六月初一日(7月5日) 出题,未上课。荣儿来函。

---

① 此处原抹去“浩博无涯涘”五字。

② “实”原作“愧”。

③ “歌”原作“与”。

④ 天头:祖母张太夫人忌日,设供。

⑤ 整理者按:本年六月无“三十日”,此后半月日期均误。

书杜诗后

狼狈国风手,飘飖黄屋忧[①]。致君终不遂[②],为客竟长休。衣钵[③]三宗在[④],江河万古流[⑤]。神方谁检得,撼树任蚍蜉[⑥]。

方虚谷《瀛奎律髓》持"一祖三宗"之论,每类选后山、简斋一二首,谓每卷皆有神方在内。方氏他论虽多偏僻,此论却有独到之处。河间痛诋之,不甚解诗也。

初二日(7月6日) 星期。地山丈来。

初三日(7月7日) 上课。鲤门来。秩安来。荣儿来函。素梅来函。致询先函。

初四日(7月8日) 上课。荣儿来函。

初五日(7月9日)

初六日(7月10日) 上课。下午六时半入府,恭迎圣驾还宫。治芗来函,云觉三同年逝世,病中常念及予与治芗,以僧服殓。王季香闻亦作古。

觉三同年挽诗

怪君何法度艰虞,削迹无由访所居。心境晚来何太冷,交情如我悔全疏。多生慧业应知忏,一念精修倘不虚。惟有宣南旧风味,昏灯回忆独凄予。

初七日(7月11日) 放假。致荣儿函。致治芗函。

初八日(7月12日) 上课。见上,圣躬精神更胜于前,毫无风尘之色。荣儿来函。致素梅函。贻先来函。附梅泉函。

---

① 此联原作"短褐国风手,端居黄屋忧"。天头又云:世(原作"国")乱相终始,生涯集百忧。又云"自来咏老杜生平者,无此沉着"。

② 此句原作"报君徐始愿"。

③ "衣钵"原作"法有"。

④ "在"原作"嗣"。

⑤ 此句原作"禅同七祖求"。

⑥ 此联原作"平生瓣香在,天地与同流"。

初九日(7月13日)[1] 上课。素梅侄女自北京来。

初十日(7月14日) 星期[2]。寥志自上海来。巩厂、地山丈约钟集。

"何、道"二唱：

安道琴心讴白雪，阴何句法拨寒灰。

得道山图逢羽客，自何国士诧师尊。

当道素灵逢一剑(赤帝)，云何天女散千花(问维摩)。

当道草名同马舄，突何帽式溯乌孙[3]。

左道恢奇推祭酒，大何谴责感长沙。

"松、世"三唱：

上溯世交融早慧，不辞松拜援遭逸。

梵言世有三千界，梦兆松为十八公。

孔列世家讥腐史，尧居松牖纪皇坟。

早空世械□山谷，高卧松云仰浩然。

偃蹇松身鳞甲老，丝纶世掌凤毛新。

十一日(7月15日) 请假。奎一来。夜看竹。致荣儿函。询先来函。

十二日(7月16日) 赐宴，请假未到。画山水便面(裕民)。

十三日(7月17日) 上课。早起作呕，终日疲倦。

十四日(7月18日) 上课。画山水便面。

十五日(7月19日) 上课。

十六日(7月20日) 上课。奎一来看竹。

十七日(7月21日) 星期。君适、曼多约钟集。觉三同年讣来。

---

① 整理者按：此日当为星期天。

② "星期"原作"上课"。

③ "乌孙"原作"戎郭"。

"心、武"四唱:

气盛祭心承夏后,功成奏武美周王。
嘉定水心详学案,昆山炎武仰经师。
蝼蚁苦心容岂免,龟蛇真武像堪图。
腹置赤心兴白水,旌高玄武俪苍龙。
炙嗜牛心夸逸少,军屯龙武威文员。
池到洗心参佛谛,山登广武慨英雄①。

"鸡、九"五唱:

竟符谢傅鸡年梦,难悔灵均九死心。
越人夙重鸡坛誓,羯祸曾悲九庙灰。
郑梦②制考鸡彝贵,严濑丝垂九鼎尊。
胡雏心动鸡头肉,佛祖亲降九子魔。
功臣庙肃鸡鸣埭,禊事觞浮九曲池。
无悰间就鸡窗语,乘兴还参九带禅。

"苍、满"六唱:

子孟立君忧满日,退之祭侄发苍时。
席分于岳尊苍水,祚盛金元溯满珠。
兴魏功勋高满宠,佐虞元恺出苍舒。
委鬼茄花歌满地,文山正气薄苍天。
素丝墨子悲苍染,攲器尼山戒满倾。(鲤门此联最佳)

又"来、问"三唱,鲤门一联亦佳。

---

① 此后圈去"郎号启心青兵讨,孙难绳武讷亲诛"。
② "梦"原作"公"。

婚礼问名先奠雁，祭筵来格重加牲[①]。

十八日(7月22日) 上课。鲤门来。苕雪来。奎一来看竹。询先来函。荣儿来函。

十九日(7月23日) 上课。画韩幹双马便面。

二十日(7月24日) 上课。致梅泉函。致君任函。致贻先函。梅泉来函。苕雪来。

二十一日(7月25日) 上课。画山水便面(秩安)。

二十二日(7月26日) 上课。

二十三日(7月27日) 上课。先十二叔父忌日，晚设供。画松幅、山水幅。

二十四日(7月28日) 星期。画松中堂(兰亭)。强志同肖高回津。

二十五日(7月29日) 上课。画马小直幅，仿伯时。

二十六日(7月30日) 上课。画山水直幅(觉人)。

二十七日(7月31日) 上课。荣儿来函。(去岁牵牛花中雪青一种只馀子一颗，今年种之，居然发出，开二花。)

湖北为诗文者，国初有刘子壮(黄冈，《屺思堂》)、熊伯龙(汉阳，《縠贻堂》)、金德嘉(广济)、顾景星(蕲州，《白茅堂》)、张仁熙(广济，《藕湾集》)、刘醇骥(广济，《芝在堂》)。

西泠十子：丁澎(药园，《白燕楼》，《扶荔堂》)、陆圻(《省轩集》)、柴绍炳、毛先舒(与西河、鹤舫齐名，曰“浙中三毛”)[②]、孙治(《鉴庵集》)、张纲孙(《秦亭集》)、吴百朋(《朴庵集》)、沈谦(号去矜，《东江草

---

① 此处夹页存诗二首：《连日早起看牵牛花得句即足成之，皆用花字韵》：向夕巡篱落，侵晨汲井华。微添经外课，不断佛前花。晓梦连凄艳，炉烟拥翠霞。未须托(原作“诩”)禅悦，冷淡足生涯。　　长是无人见，惟馀残月斜。新承九秋露，出浴五更花。淅沥轻寒袭，凄迷宿雾遮。霎时最清绝，寂寂未啼鸦。

② 天头：鹤舫，名际可。

堂》)、虞黄昊、陈廷会。

药园又与宋荔裳、施愚山、张谯明、周釜山、严颐亭、赵锦帆为"燕台七子"。

陆圻(丽京)少与弟堦、培称"三陆",与陈子龙为登楼社,号"西陵体"。

二十八日(8月1日) 上课。画山水直幅(仿麓台),师房山之作极精,

二十九日(8月2日) 上课。上课。画山水未成,仿子昂。

三十日(8月3日) 上课。奎一、子观来看竹。致荣儿函。画山水未成。

挽谢夫人

与贤夫同学至交,拜母昔登堂,早识闺门风范在;事君姑相依为命,贞疴常侍侧,即今纯孝世间稀。

代君适挽叔言

抗志包胥,希踪舜水;考信东壁,养新竹汀。

七月初一日(8月4日) 星期。奎一来看竹。至般若寺吊叔言。镜湖请午饭。

初二日(8月5日) 上课。画松二幅(彝宝斋求)。强志来函。苕雪来。季湘、奎一来。

初三日(8月6日) 上课。画松二幅。苕雪来。

初四日(8月7日) 上课。画山水幅(仿子昂)。贻先、询先来函。

初五日(8月8日) 上课。画松幅(砥中)、松便面(燮臣)。六弟妇及铃侄自旧京来。

初六日(8月9日) 上课。致荣儿函。

初七日(8月10日) 上课。

一箭比琼华，娟娟凉露斜。[1] 窥庭惟皓月[2]，投[3]佩是青霞。往事沉沉去，新悰念念差。相思得相见，犹有去年花[4]。

初八日(8月11日) 星期。鲤门约钟集。

"年、可"七唱：

敦论人惟宣武可，陶编诗限义熙年[5]。
碑仆表忠称制可，录成小腆尚书年。
和仲善书无学可，遗山著录有疑年。
无凭鹊亦嫌多可，堪笑蛄惟识小年。（君适）
名亚西河推际可，诗成水绘谑其年。
谋食少陵无一可，薄游师道费三年。
祸机避阮高无可，画冷师陈有伯年。

"万、天"一唱：

万安进药成疑案，天觉簪花有谑词。
万法自生龙象力，天骄要识凤麟姿。
天随诗格江湖老，万福威名草木知。
万岁山呼惊汉武，天年木保悟庄生。
万全策反诛昌错，天幸功臣属卫青。（季湘）
万满女真兵莫敌，天崩神武国无忧。
天机潇洒推青主，万古烟霞拥仲瞿。
天外宜收高士传，万回曾以异僧名。

初九日(8月12日) 小极，未上课。

---

① 此句原作"起看残月斜"。
② 此句原作"湿衣惟玉露"。
③ "投"，诗集本作"贻"。
④ 此诗诗集题作《去岁牵牛花雪青一种今秋复发　其一》。
⑤ 天头：袖内弹文惊献可，酒中隐者惜延年。

初十日(8月13日) 未上课。画《升官吉庆图》直幅。

十一日(8月14日) 上课。画人马[①]便面(正庭)。鲤门来。致荣儿函。

十二日(8月15日) 上课。画山水便面二。贻先来函。

十三日(8月16日) 上课。

十四日(8月17日) 上课。往贺愔仲生日,并赠山水便面。画山水便面。奎一来看竹。鲤门、苕雪来。

鲤门为祠官有诗次韵

赌棋谢傅颓馀兴,止酒陶公更寡欢。提举曾无玉清观,斋持偏作太常官。苏门左袒存公案,师道无衣耐剧寒。差喜天光近瞻仰,祝君受福得清安。

十五日(8月18日) [②]星期。画山水便面。鲤门来。

十六日(8月19日) 上课。愔仲来。画山水便面[③]。鲤门来[④]。

十七日(8月20日) 上课。华卿来。贻先来函。询先来函。

十八日(8月21日) 上课。荣儿来函。画龙眠"好头赤"便面。

再次鲤门韵

日对秋芳灌小园,渐于人世隔[⑤]悲欢。不妨鸡雍时为帝,却笑蛙声亦属官。画里溪山无恙在,吟边鸥鹭久盟寒。华予岁晚期无负,香几瓶花取次[⑥]安。

十九日(8月22日) 上课。画龙眠"好头赤"便面。

二十日(8月23日) 上课。画山水直幅。十二叔母忌日,设供。

---

① "马"原作"物"。

② 天头:闰臣七,秩卿二,振东四。

③ 旁注:裕民。

④ 旁注:栩人、镜湖。

⑤ "隔"原作"淡"。

⑥ "取次",诗集本作"次第"。

二十一日(8月24日) 上课。画山水直幅(闰臣)。十二叔父忌日。

二十二日(8月25日) 星期。华清约同寥志午饭。奎一来看竹。荣儿来函。

二十三日(8月26日) 上课。画山水直幅(振东)。

二十四日(8月27日) 上课。画山水直幅(秩卿)。

二十五日(8月28日) 上课。画“锦膊骢”。

二十六日(8月29日) 上课。画“满川花”。晋华自奉天来。

二十七日(8月30日) 上课。约钟集。

二十八日(8月31日) 上课。

二十九日(9月1日) ①星期。画“凤头骢”。

八月初一日(9月2日) 上课。画“好头赤”马。

初二日(9月3日) 上课。画“照夜白”马。觉先生日。

初三日(9月4日) 上课。画松幅,送林肖旭六十生日。询先来函。晋华回奉。

初四日(9月5日) 上课。茗雪来。画双马。

向晚②巡篱落,侵晨汲井华。微添③经外课,不断佛前花。晓梦连凄艳,炉烟拥翠霞。未须托禅悦,冷淡足生涯。

④长是无人见,惟馀残月斜。新承九秋露,出浴五更花。淅

---

① 本页天头:右一匹,元祐元年四月初三日,左骐骥院收董毡进到锦膊骢,八岁,四尺六寸。右一匹,元祐元年十二月十六日,左骐骥院收于阗国进到凤头骢,八岁,五尺四寸。右一匹,元祐二年十二月廿三日,于左天驷监拣中秦马好头赤,九岁,四尺六寸。元祐三年闰月十九日,温溪心进照夜白。

② “晚”,诗集本作“夕”。

③ “微添”原作“自勤”。

④ 整理者按:此处陈曾寿抹去草拟诗稿一首,文字涂抹甚,未能尽识,兹不录。

沥轻寒袭,凄迷宿雾遮。霎时最清绝,寂寂未啼鸦。

询先弟:览得书,悉陟甫助印诗集费二百元,至可感。附函致谢,即交去。梅泉有加无已,尤为不安。区区[①]不急之务,而累友朋至此,极[②]可愧也。拔可诗集日前始收到,读数过,其功力至深,构思选句迥不犹人,深入黄、陈之室者。近人中所未有也。国朝一代诗人能解此秘密者,亦不多得觏。晤拔可时,代致佩仰之忱[③]。子安同年近日身体如何?闻以禁烟而致此,殊为不值,仍宜婉劝之。回侄女病情甚剧,太受苦,不如即时解脱,离此五浊苦恼之世为愈也。弟之便面,当交二兄带去。

“车、腹”二唱:

搜车内客逃张禄,晒腹中书笑郝隆。
腰腹东平嘉副是,巾车下濮喜知非。
入腹明夷蒙大难,伤车周室颂中兴。
遗腹子承飞将逝,副车锥中祖龙惊。

“千、海”三唱:

字误千干吟戚舞,祠讹海德考岑碑。
雄志海陵终弑主,验才千户岂堪天。
师重千之称献可,道尊海日启阳明。
橘种千头衡产富,瓶开海物普心惊。

衰白馀生事,沉冥遣有涯。无心呈妙色,破涕向幽花。自

① “区区”原作“要以”。
② “极”原作“殊”。
③ 天头:接叶隐幽花。

爱[1]优昙瑞，宁为大耋嗟。秋光散庭宇，真作野人家[2]。

初五日(9月6日) 上课。画逸辔马。

初六日(9月7日) 疲倦，未上课。询先来函，回侄女病又加剧，受尽诸苦，又不能早日解脱，真人生苦趣也。致询先函。致陟甫函，因陟甫助印诗集二百元致谢。

初七日(9月8日) 星期。愔仲约钟集。

"田、贵"四唱：

计谋高贵奸成济，乞共卑田达子瞻。
母因子贵公羊义，牛夺蹊田左传讥[3]。
令公富贵为全福，回纪天田见古人。
陇知大贵骄颜觞，禾取王田僭郑庄。
[4]信夸相贵囚钟室，章诩知田立酒监。
佐有青田王氏起，将雄仁贵宝袍新。
耕有心田方寸好，集名耳贵旧闻多。
二顷有田归自好，群儿自贵事何成。

"青、密"五唱：

僧逃皇觉青田辅，名重完颜密国传。
药资子美青精饭，珠数樊南密字篇。
荀卿论学青蓝喻，藕益传衣密显通。
仙灵授诀青神重，獦獠传衣密意空。
铜面行师青善战，虬髯在座密惊心。
明衰宰相青词进，元乱番僧密法传。

---

① "爱"，诗集本作"识"。

② 诗集本此诗题作《去岁牵牛花雪青一种今秋复发　其四》。

③ 此处勾去"铜面行师青善战，虬髯在座密惊心"。

④ 天头：孙秉之，上海四川路二百九十九。▨字洋行。

华佗方有青黏散,宗喀巴持密教衰。

初八日(9月9日) 上课。画“满川花”。治芗来函。

初九日(9月10日) 上课。画子昂马。询先、君任来函。梁众异助印诗费二百元,殊出意外。

初十日(9月11日) 上课。寥志、强志、识先制菜,为予作生日。

十一日(9月12日) 上课。祖宗前叩头,来者为胡愔仲、史龙华、胡元春、巩厂、地山丈、苕雪、叔达、小松、秩安、菊臣、奎一、莲溪、曼多、鲤门、阚宇清、蜀梅、汝陵、厚卿、彤伯、中甫。

十二日(9月13日) 上课。素梅侄女回北京。画山水直幅。

十三日(9月14日) [1]出题,未上课。约舒菊丞、包辑廷、爵秩安、马华严、恒德甫、佟阔泉晚饭。菊丞新自北京来,曩予管理陵庙事务时为秘书,甚为尽力。辑廷辞府中事,将返北京,故特约舒、包两君,爵、德皆在近侍处,故请诸君作陪也。画文喜禅师在五台遇文殊示现事直幅,未成。

十四日(9月15日) 星期。画《旧月簃梅花》便面,为询先作。苕雪来。

十五日(9月16日) 入府贺节。宝师处贺节。奎一来看竹。月色极佳,无片云。

十六日(9月17日) 上课。画松石小幅。上命题钱舜水【举】

---

① 整理者按:本页及后一页天头记日常账。分别为:巩厂廿元。厚卿二十元,免二十元(此条圈去)。徐妈廿元。王家廿元。梦境长幅六十,又六十。大册页十幅,卅元,共三百元。龙眠马五幅,二百元,又四幅,一百六十元。松藤二十元。文喜禅师,四十元。仿麓台、房山,五十元。仿松雪,五十元。东坡诗意,二十一元。松,卅元。仿香光,卅元。邱一壑,卅元。空侯美人,一百元。黄鹤楼,一百元。升官图,五十元。马便面,卅元。双马便面,四十。苍虬图,四百。美人,四百。仿柯敬仲,一百。秋声图,一百。(自“仿香光”以后至此数条账上均画圈)。书扇,二十。双行,四十,又四十。赤壁便面,一百。双松便面,三十,又三十。山水便面,四十。

《羲之观鹅图》，以“多何鹅”为韵。

画图逸事右军多，江左沉吟意若何。间却胸中王略论，小亭长书对池鹅。

代寥志作

赐观图画感恩多，江海馀生幸若何。愿睹嘉符来凤鸟，永清寰宇化苍鹅。

龙跳虎卧世无多，换得凡禽直几何。犹胜老饕苏玉局，换羊轻比右军鹅。

逸少高贤韵事多，临池挥洒兴如何。谛观应悟庄篇相，网缦交牵指似鹅。

十七日(9月18日)　上课。画《秋声图》。致荣儿函。致询先函。

十八日(9月19日)　上幸建国神庙，恭送恭迎。致荣儿函。画仿南[田]《乔柯修竹》，送恽仲延续弦。询先来函。

十九日(9月20日)　上课。画山水便面(定可)。

廿日(9月21日)　入府迎送圣驾。画山水幅送印楼六十生日，松幅送厚卿。

廿一日(9月22日)　星期。往佟家作吊。肖旭约钟集。画便面[①]牵牛花。

“绿、师”六唱：

横渠讲易辞师席，怀素临书种绿天。
将才贵以偏师胜，相业知从惨绿年。
仙洞漆书呈绿字，儒林经学重师传。
驹收天厩吾师足，宝采名山母绿珍。
南华微旨宗师寓，太白才锋结绿同。
钩牵棘句宗师体，逸气奇才字绿诗。
南华经重天师道，神女诗题萼绿仙。

---

① 旁注：君任。

"国、雷"七唱:

阁部忠贞希信国,蕺山道学盛南雷。
赠人红豆思南国,寄内青莲拟大雷。
玉局工诗推大国,元城临殁致惊雷。
白头苏武愁归国,孟夏陶潜感始雷。
名花博笑同倾国,古琴留名有忽雷。
汉史通夷来夏国,春秋书异志冬雷。
节特忠定迟归国,数演尧夫识起雷。
一瓣名香来异国,万钉新兰出惊雷。
念孙经学承安国,光地九书谤梦雷。
出庐名大能开国,失箸英雄托震雷。

君任老兄足下:兹由寥志回南之便,带上所属画扇二件,潦草塞责,聊博一笑而已。众异慨助印诗二百元,诚意可感,已作函致谢。寥志来平,晤甚乐,去后乃更形萧索。贱体今年衰颓日甚,不知何时相见以抒积郁也。

众异老兄左右:君任来函,敬悉赐助印拙集二百元,感愧无似。拙诗本无足观,猥承伯夔、梅泉、木公、立之诸君之盛意,助资付梓,乃以纸贵,久稽印行,且世变至此,更无心于区区不急之务。迩来灰心忍事,衰颓日甚,偶有所作,等诸秋虫自咽而已。今承嘉惠,得以蒇事矣。譬以昌黎之博大而不薄郊寒,永叔之高明而爱及梅酸。其佩纫高谊为何如耶。予书后当寄呈求教。专肃陈谢。

梅泉老兄左右:君任来函,敬悉又赐赠二百元,相累无已,至为不安。今属小儿并▢多寄上海①,为吾兄转赠友人之用,想不久可出书也。边徼萧索,心绪灰冷,无由相见,曷胜惘惘。

① 旁注:石印红本,仅印蓝色数部。

二十二日(9月23日) [1]上课。画观音像及松幅与寥志。询先来函。苕雪来。

二十三日(9月24日) 寥志回沪,送至车站。致梅泉、君任及梁众异函(谢赠印诗集二百元)。致贻先、询先函。鲤门来。

二十四日(9月25日) 上课。画山水松幅(彝宝斋)。昨梦在一园林中,月色如银,似五更时将曙未曙之际,光景幽绝,精室数间,先室人卧于榻上,见予至,遂起,而面有泪痕,其情犹似少年时也。醒后不胜怅惘。

二十五日(9月26日) 上课。上幸吉林观水电所,恭送恭迎。画《空侯美人》。心畬来函。

白不爱淡妆,山谷谥寒花。微芳众所弃,犹为诗老嘉。边庭苦萧索,岁宴聊予花[2]。迎旭骑屋山,天然烂丹霞。

二十六日(9月27日) 上课。画《苍虬图》,极工。

二十七日(9月28日) [3]放假。苕雪来。画《秋色图》。荣儿来函。奎一来看竹。

二十八日(9月29日) 星期。画仿柯敬仲《乔柯修竹图》,甚佳。奎一来看竹。致心畬、治芗函、小毛姑函。荣儿来函。

二十九日(9月30日) 上课。画《空侯美人》。鲤门来。致素梅函、识先函。

卅日[4](10月1日) 上课。画《空侯美人》。鲤门来。

九月初一日(10月2日) 上课。画《美人》。

初二日(10月3日) 放假。画《美人》。

---

① 天头:仰阎(宗室)、剑青、庶年、伯超。

② 旁注:秋光满篱落,整整复斜斜。

③ 天头:孔子诞。

④ 本年八月无三十日,此后至九月十九日日期均误。

初三日(10月4日) 未上课。三媳生日(二十九岁)。茗雪来。

初四日(10月5日) 上课。画马便面。

初五日(10月6日) 星期。写双行便面。寥志、询先来函。

初六日(10月7日) 祖父忌日设供。宫中防疫,放假十日。素梅来函。

初七日(10月8日) 画山水便面(炳昌)。识先来函。荣儿来函。覆识先函。

初八日(10月9日) 画松便面。致素梅函。

初九日(10月10日) 写双行便面(侣庭)。晋华自奉天来。素梅来函。炳昌来辞行,辞职还旧京也。书件托其带去。

初十日(10月11日) 写双行便面。

十一日(10月12日) 画山水便面。

十二日(10月13日) 星期。画松便面。

十三日(10月14日) 写双行扇面。请晋华晚餐。扫除房屋,防疫也。

十四日(10月15日) 画《后游赤壁》便面。

十五日(10月16日) 寄荣儿函。

十六日(10月17日) 寥志来函。

十七日(10月18日) 询先来函,言回侄女病已至危候。

鲤门赠予千山梨数十颗,味美似洞庭小白沙枇杷,为关外果实之最,鲤门有诗,和之[①]

刘侯贻我千山雪,风味甘凉似白沙。肥饫味空穷塞主,烟波梦落洞庭槎。试[②]尝斸渴三危露,乍洗馋肠万里沙。更喜新诗三千韵,▨▨脆美胜哀家。

十八日(10月19日) 寥志、询先来函,回侄女于十一日逝去,

① 天头:重韵。

② “试”原作“如”。

患肺疾，备受诸苦，其身体素强，以入学校过劳成疾，仍不肯休养，以致不救，至可痛惜也。（廿一岁）。

十九日（10月20日） 写三行便面，三日始毕，共一千九百馀字，杜诗三十四首。六弟妇回旧京。强志请假回津寓，近得一孙，归家视之也。

二十日①（10月20日） 星期。贻先来函，附梅泉九日七律。致贻先、寥志、询先函。致荣儿函。

二十一日（10月21日） 画松幅（竹入）、枯木竹石小幅（博勤）。

二十二日（10月22日） 写便面一个。

二十三日（10月23日） 荣儿、素梅来函，京中画展只售去六百馀元。画松便面。凄风苦雨，气象愁惨，见领煤票人丛集门前（会馆门房租与发煤票者），不胜其苦。我辈安居室内，犹复不乐，真所谓不知足者也。

梅泉于重九日怀伯夔，赋诗有“四海弥天少一人”之句次韵

愁见萸囊系臂辰②，萧寥孤抱与谁亲。中央周角无净土，北斗以南还几人。积惨暂欢求岂得，枯鳞相呴迹俱陈。郢人今后何为质，四海弥天一聚尘。

二十四日（10月24日） 北京东城米市大街干面胡同东口禄米仓三十六号，舒菊丞住址。

二十五日（10月25日） 画天目山水小幅。菊丞来。

二十六日（10月26日） 奎一来看竹。画柳幅。胡元春来，求题卷册。

二十七日（10月27日） 画仿梅瞿山水直幅。

---

① 整理者按：此日日期正好为星期天，不误。而前此九月十二日陈曾寿记为“星期”，中间有八天，未知何日错误，姑从此日按正确日期排列。

② 此句原作“往日都成惨淡辰”。

题鸾衣帖(胡先春以节厂师诗札裱册)

传诗即传心,心苦终不灭。凛然百世下,视此鸾衣帖。

题归印堂卷(武昌府印,先春得之节厂,欲以殉葬未果,先春取归,乃巢归印堂)

赫赫疆符弃远飏,区区郡寄与存亡。分明一印传衣钵,留示千秋两武昌。(节厂师与先春皆曾为武昌府)。

二十八日(10月28日)

二十九日(10月29日) 致询先函。

三十日(10月30日) 画听泉幅。

十月初一日(10月31日) 祭祖。画雷峰塔幅。先春来。苕雪来。

初二日(11月1日) 画松二幅、竹一幅。

初三日(11月2日) 画仿房山山水幅,甚有气韵。奎一来看竹。画松石便面(渐陆)。

初四日(11月3日) 星期。询先来函,附陟甫函。夜看竹。画山水幅(品一)。

初五日(11月4日) 画山水琴条,未成。致素梅侄女函①。寄荣儿函。奎一来看竹。地丈来。

初六日(11月5日) 画山水直幅,取境甚奇而位置天然,题"天目旧作"。地丈来。

初七日(11月6日) 荣儿来函。画便面。致素梅函。致荣儿函。地丈来。

初八日(11月7日) 先室人忌日,晚设供、画山水直幅(普智)。地丈来。

初九日(11月8日) 画山水直幅。致焕侄函。素梅来函。地

---

① 旁注:寄画十幅。

丈来。

初十日(11月9日) 画山水直幅(雪轩)。地丈来。

十一日(11月10日) 星期。画松石小幅。地丈来。

十二日(11月11日) 强志自天津来,过山海关,所带御用物品为关役所疑,不放行,来电致宫内府,须府中有电证明。[①] 画山水直幅(懒残煨芋),又画枯木竹石小幅。

十三日(11月12日) 画山水直幅。府中今日有电致税关证明。

梅泉以巨资助印诗集感赋致谢[②]

蛛丝枯几度年年,息壤沉沉堕杳然。乔志诚斋馀结局,偷生韩偓定符天[③]。无成甘以诗人见,憎命犹为我辈怜。佳处何由望端叔,幸同坡句一时编。

十四日(11月13日) 强志自山海关来。画山水直幅(仿奚铁生)。地丈来。

十五日(11月14日) 画山水直幅,写天目山茶。荣儿来函。焕侄来电,六弟妇病重促归。农先夜乘车回北京。致陟甫、梅泉、询先函。梅泉寄其诗集一部(《今觉庵诗集》)。昨夜读一过,以近岁挽散原、苏厂、伯夔为最佳,有力量。地丈来。

书《今觉庵诗》后

散原醲粹太夷巉,兼至[④]重看今觉庵。振古才难天不惜[⑤],百年心死味犹谙。有涯何苦殉哀乐,相望几时同笑谈。动地边风凄欲雪,尚吪无寐倚诗函。

冷暖由来只自知,人间怪好未妨齐。伤春有鸟惟啼血,饮酒

---

① 此处圈去"今日已去电矣"六字。

② 诗集本诗题作"梅泉重资助刊拙集感赋"。

③ 此联诗集本作"廷秀立朝馀结局,致尧留命岂符天"。

④ "至"原作"好"。

⑤ 此句原作"一卷眼明愁易尽"。

何人解到脐。灭性劳生言至痛,香炉古庙去仍迷。平生风义陈袁郑,只与樊南作泪题。

十六日(11月15日) 画山水直幅,设色。地丈来。

十七日(11月16日) 致询先函。地丈来。

十八日(11月17日) 星期。素梅来函。胡先春来。奎一来看竹。地丈来。

十九日(11月18日) 农先来函,言六弟妇病有外越之象,郝篆璋已不肯治。荣儿自津来京,用三甲伏脉汤,服后稍静,未知能挽回否。致素梅函。苕雪来。地丈来。

二十日(11月19日) 素梅来函,谓六弟妇病见转象。地丈来。

二十一日(11月20日) 写直幅。地丈来。

二十二日(11月21日) 晋华自奉天来。地丈来。

二十三日(11月22日) 荣儿来函,言六弟妇之病系服葛根、人参所误。地丈来。苕雪来。奎一来。

二十四日(11月23日) 先春、奎一来看竹。农先来函,六弟妇病势渐平,热度已渐平均,可谓至幸。巽女生一男(戌时),大小平安可喜。致荣儿函。询先来函。地丈来。

昨梦见节厂先生,谈次,涕泗横集,呜咽而醒,因成诗二句"师友万端偿一泪,君臣孤注博沉冤",纪之以诗。①

梦节厂师来长春寓一小园中,趋谒语次,
涕泗横集,呜咽而寤,记之以诗

闻说高轩驻小园,急趋相见意难温。欲言石阙仍衔口,苦恋修门应怆魂。家国万端偿一泪,君臣孤注博沉冤。他年史笔谁能谅,丰镐遗黎倘有存。

二十五日(11月24日) 星期。写中堂一幅、联三付。愔仲来。

---

① 诗集本诗题作《十月廿三日夜梦节厂师来长春寓一小园中往谒语次涕泗横集呜咽而醒纪之以诗》。

地丈来。

二十六日(11月25日) 致叔岩函。致素梅函。地丈来。致叔岩函。

二十七日(11月26日) 农先来函,六弟妇已渐安复,可喜。地丈来。

闻人谈近事口占二十字

吾今羡鲁侯,寡人但与祭。假手一字可,血髓腥天地。

二十八日(11月27日) 女孙小欣生日。地丈来。鲤门来函。

二十九日(11月28日) 荃女及小春生日。询先来函。地丈来。

十一月初一日(11月29日) 画山水直幅[①]。荣儿来函。致询先函。地丈来。

初二日(11月30日) 画山水直幅[②](雅泉)。元初来。奎一来看竹。

初三日(12月1日) 星期。画山水直幅[③]。元初出资做菜数味,小饮。奎一来看竹。大媳来信,言画展成绩尚好。

初四日(12月2日) 画山水直幅。

初五日(12月3日) 先祖母忌日,设供。画山水直幅[④]。

初六日(12月4日) 季芗来。荣儿来函,在津画展售二千二百馀元,除开消外,馀一千六百馀元。覆荣儿函。画山水直幅。苕雪来。询先来函。子安寄和诗一首。

初七日(12月5日) 见上,奏对一小时。画山水直幅。梅泉、子安来函。

---

① 旁注:雅泉。

② 旁注:又小幅。

③ 旁注:瑞臣。

④ 旁注:化臣。

初八日(12月6日) [①]画山水直幅(隽铭)。

[②]梅泉老兄左右:每得来书,辄为之怅惘累日,抑何痌于忧患之深也。拙诗用端叔事,系用东坡诗意。坡《夜值读端叔诗》云"每逢佳处辄参禅",收句云"寄语君家小儿子,他时此句一时编",故拙诗只云坡句,不云坡集,非果有其事。所改一联极是,当作时亦知非将立朝点出,不可拘于平仄不调,未能如意,岂知稍一转换即合,当时诚昧昧也。属将近作补入亦好,已函告小儿矣。只有十馀首,不难补也。

初九日(12月7日) 上课。奎一来看竹。致贻先函。

初十日(12月8日) 星期。致荣儿函。

十一日(12月9日) 上课。画《少陵诗意》小幅,又松幅(友石)。

书《杜集》后

风骚而后此英灵,飘泊江湖一客星。犹有精诚动天地,虚蒙记识到朝廷。奄奄枥骥宁辞辱,的的高鸿不易冥。幕府身容托疏放,谁知心苦忍伶俜。

十二日(12月10日) 上课。画松幅(单款)。

十三日(12月11日) 上课。荣儿来函。覆荣儿函。画脱缰马。

梅泉来书抑郁已甚答之以诗

郁郁闲居已寡欢,书来悲感更无端。难言深恨空馀泪,强命诗人意已阑。世弃君平还自弃,化观康节竟何观[③]。壁乾杖化浑闲事,只是难灰径寸肝。

谢凤孙,字石钦,一字复园,汉川人。先师汉阳关季华先生为汉川校官,石钦之尊翁○○先生从学于先师,石钦亦受业焉。家贫,就教读馆糊口。先师授学杨氏,庐于申江,从游数载。先

---

① 旁注:上。

② 天头:北京东城协和胡同十三号刘厚卿。

③ 天头:康节临殁时言"又来观化一遭"。

师殁，又受学于嘉兴沈乙庵先生。辛亥国变后，乙庵先生避地上海，又往从焉。从关师时，于师说笃信谨守，书法亦逼真关师，及从乙厂先生，作书又极似之，书法稍变。其笃守一先生之说如此。事母至孝，虽极贫而奉养极备。缩节用费，广备身后之具，先期积年购置。其用心至周，无弗备也。

吟诗惯作禁声，石鼎呻吟笑侯喜。书生结习老不悛，仍事推敲围净几。□□□□□□限才者，差胜尸居馀气人，漏尽钟鸣不知止。此事向推抱冰翁，安石粹金空傍倚。思沉语重无苟作，□□黜媚寓深指。敏捷无如樊、易、曾，顷刻□□飞百纸。彊村矜严惜若金，乙厂浩博空馀子。散原得句似微笑，科头不袜足微踦。倦知老人兴犹孩，有似[①]巍科擢寒鄙。节厂意气最遒上，夜寒厮噪兴不已。旧游历历真一梦，事往回思尽妍美。□□噤若寒蝉比，陈傅柬来□□□。强拾旧欢暂兴起。只鸡近局腹痛乔，锦囊断句心呕李。头白相对唯使君，感旧兴悲良有以。君才无敌八面锋，我愧巴人与下里。评量重轻等燕雀，须苦龃龉脱牙齿。□□□□张一军，□□款座愁角柢。文心刻镂极雕龙，除却彦和谁解此。[②]

圣祖仁皇帝，世祖第三子也，母孝康章皇后佟氏。六龄时，尝偕世祖皇二子福全、皇五子常宁问安宫中，世祖各问其志，皇五子甫三龄，未对，皇二子以“愿贤王”对，上奏云：“待长而效法皇父，黾勉尽力”，世祖遂属意焉。八龄践祚后一日，太皇太后问上何欲，奏曰：“惟愿天下乂安，生民乐业，共享太平之福而已。”顺治十八年辛丑春正月辛亥朔，越七日丁巳夜子刻，世祖章皇帝

---

① “有似”原作“得意”。

② 此诗本册日记五月二十六日载有謄清稿，此当为初稿。

宾天[①],定皇上御名,命立为皇太子,遗命索尼、苏克萨哈、遏必隆、鳌拜四人为辅政大臣。己未,上即皇帝位于太和殿,以明年为康熙元年。二月乙未,革去三衙门,斩内官吴良辅,大学士洪承畴乞休,允之,复设内王院内衙门。七月,命四川、陕西总督驻汉中。十一月,山东总督移住济南,湖广总督移驻武昌。十二月,浙江总督移驻杭州(原温州)。元年五月,平南王吴三桂进封亲王。九月,裁延绥巡抚。二年正月,慈和皇太后崩。三月,广东总督移驻广州府。闰六月,偏沅巡抚移驻长沙。七月,鳌拜诬杀苏克萨哈。秋七月。六年己酉,上亲政(十四岁)。八年五月,宣鳌拜大罪二十一,革职拘禁。(靖南王耿继茂死,耿精忠继)。十二年,撤三藩。十二月,吴三桂反。云南巡抚朱国治、贵州巡抚甘文焜自刎,巡抚曹申吉降。十三年正月,遣宁南靖寇大将军顺承郡王勒尔锦行。

三[月],耿精忠据福建,总督范承谟不屈死,巡抚刘秉政降。尚可喜请调遣官兵保周疆圉。四月,命平寇将军根特赴广东进剿福建。广西总督马雄降贼,全省震动。命安亲王岳乐为定远平寇大将军,由长沙定广西。冬十月,扬威大将军简亲王喇布帅师至江宁,总督王辅臣叛于宁羌州。[②]

---

① 旁注:麻勒吉、王熙草拟遗诏。

② 此两页天头:平南王尚可喜,靖南王耿继茂,定南王孔有德。亲王岳乐、杰书。宜理布,吏部右侍郎。介山,兵部右侍郎。科尔科,工部左侍郎。尼满,刑部左侍郎。对喀纳,刑部右侍郎。图尔特,左副都御。觉罗硕博会,左副都御史。魏裔介,左都御史。朱之弼,户右侍。杨时荐,右副都。许世昌,福建巡抚。朱昌祚,浙江巡抚。张朝珍,安徽□□巡抚。董应魁,广东巡抚。白如梅,山西巡抚。卢兴,广东巡抚。高景,工部尚书。傅维麟,工右侍。陈协念,延绥巡抚。韩世琦,顺天巡抚。徐永祯,福建巡抚。高景,刑尚。张长庚,湖广总督。傅维麟,工尚。周召南,偏沅巡抚。

伯夔挽诗：

交久晚弥真，意多缘乃促。人事轻隔离，万劫不可赎。悱悱散原翁，硕果此尊宿。温焺有吾辈[①]，期约岁相续。北南会旧京，欢笑洗惨黩。颇疑天壤间，嘉会惟此独。暂欢洗积惨，俄惊坏梁木。方期拾旧痕，相向同一哭[②]。岂意旋哭君，相逼乃尔酷。残生尚未尽，生意先结束[③]。

贤豪昔辟地，德星聚海角。创局古所无，十年风扫箨。维子守师传，斯文有付托。

同心得二三，濡呴不寂寞。飞书邀我南，频繁情意悫。昔负彊村翁，今复爽子约。温温旧游地，瘏瘵馀作恶。[④] 方知少一人，世味成淡薄。踽踽[⑤]任与梅，书问[⑥]泪同落。

糊口念予季，狷介少往还。与君独情亲[⑦]，时倚[⑧]破萧闲。屡书来告我[⑨]，缓急最相关。今无谈走处，何以开心颜[⑩]。维君

---

① “有吾辈”，诗集本作“吾与子”。

② 前此两联，诗集本作“绝续勉相保，俄惊坏梁木。苦思寻旧踪，执手同一哭”。

③ 此诗未录完，诗集本此后尚有一联“两心闭所期，胡君遂瞑目”。

④ 此处圈去“岂惟游计定，虚想亦断却”。

⑤ “踽踽”原作“遥知”。

⑥ “书问”原作“相吊”等。

⑦ 此句诗集本作“课馀独诣君”。

⑧ “时倚”原作“赖以”。

⑨ 此句诗集本作“书来屡告我”。

⑩ 此句原作“落寞复何言”。

笃天性,无间昆弟言。真情及友生[①],回思愈成妍。殷勤独[②]予厚,旷世逢[③]恩缘。千秋身后事,寂寞谁为传。

杜仲。贝母。甘草。□一□。

雨雪连朝,久不与仁先相往还,顷承写送《幽栖图》并示新作,报以此诗

囚鸟终难翩出笼,啾啾觅侣诉途穷。雾迷雪闭灭辙迹,道丧运极藏鸿濛。图夺魅居扶梦住,诗含禅悟与天通。匡山掌故添歌哭,旷劫凭哀两秃翁。

[④]仁先护女出山还沪,惘惘话别,赠一首

君来盟穷猿,君去疲跛鳖。去来系鬼谋,两使肠断绝。走访缠药烟,过话拾玉屑。雾雨阖且开,零魂荡飞雪。寒崖枯涧间,传吟满呜咽。天地有终毕,遗憾不磨灭。人远心益孤,洪荒向结舌。终与鸟兽群,万缘尽一别。[⑤]

---

① 此句诗集本作“至情结友生”。

② “独”,诗集本作“特”。

③ “逢”,诗集本作“垂”。

④ 天头:二元。三元。二元六角。二元八角。饮钱二十二元。又五元二角,思源六角,又四元,三元。

⑤ 整理者按:以上两首诗均为陈三立赠陈曾寿者。

第二十四册（民国三十四年十一月至三十五年六月）

冬十一月十八日（1945年12月22日）　冬至，晚设供，识先夫妇、小妹、钧侄、炎侄、翰侄来与祭。生计所迫，祭不能丰，至为疚愧。勉甫来。厚卿来。镜湖、文凯来。

十九日（12月23日）[①]　画山水册页一开[②]，题曰"苍虬他年归宿之地"，甚佳[③]。答拜曹润田，并过季馥许，神气较前更差。

二十日（12月24日）　画山水四尺、屏条一幅，题"天目旧诗甚雄厚"。镜湖来。

二十一日（12月25日）　先高祖妣周太夫人忌日，先祖小舫公忌日，晚设供。钧侄、炎侄来。

廿一日（12月25日）　画山水册页一开[④]（天台洗足僧，题曰："山色松姿不染尘，天台一别几经春。拖泥带水曾何事，原是山门洗足人"）。

廿二日（12月26日）　画山水册页一开。厚卿、介卿来。

廿三日（12月27日）　君亮来。晋华来。子玉来下榻。

廿四日（12月28日）　画双松大扇面（剑华）。君亮来下榻，请吃炒豆丝，甚佳。钧、炎、君简来。

---

① 天头：星期。

② 旁注：晋华、鸿年、仲业来。

③ 旁注：万年一念去，梅拥小庵清。画中有小明侍侧。

④ 旁注：文凯来。钧、炎侄来。随素娥来。

廿五日(12 月 29 日) 画白菜、萝卜一开。君简来。文凯来。画白石词意。

廿六日(12 月 30 日) [1]文凯来。君简来。勉甫、定远夜来。为勉甫画山水册页一开,又画东坡生日故事一开。

廿七日(12 月 31 日) 君简来。彤伯来。钧侄来。闻马一浮在峨眉山下乌龙寺复性书院讲学,有讲义,蒋介石资助开办费三百万,并有经常费。画东坡《开先漱玉亭》诗意一开。写三开。

廿八日(1946 年 1 月 1 日) 阳历元旦。昨梦见强志卧而隐泣,其以皇上蒙尘之故欤?曩岁游阿育王寺,其守舍利殿者为一老僧,食时仅盐齑少许,而津津有味,现大欢喜相,予至今忆及,犹深愧之。今虽食蔬腾贵,而享用并不薄,较之沪上诸弟之生活,仍为苦乐不均也。画东坡《栖贤三峡桥》诗意、焦山诗意二开,写一开。镜湖之夫人及沈丹忱之长女公子来。

廿九日(1月 2 日) [2]昨夜雪[3],大风,冷极。画《东坡孤山访慧勤故事》。小明作《扑枣图》甚佳。君简半夜来下榻。寥志、询先来函。

十二月初一日(1 月 3 日) 君亮来。写《东坡故事》二开。镜湖约至家说饼,同小明去。德甫、元伯夜来。元伯持所画册页一本,山水花卉,有数开甚佳。

初二日(1 月 4 日) 伯辉来。画《东坡松风亭梅花盛开故事》。

润田仁兄一日枉过,谓予曰:"东坡天人,予不敢望其万一,惟坡公生于丙子,予亦生于丙子。坡公一生被谤,予亦生平多在谤中。无坡公之懿而有坡公之累,则亦有一二相似者。今予七十初度,愿为我

---

① 天头:星期。

② 天头:湖北滕家堡。襄枣师管区指导员,十二爷。安庆蓬莱街四十号,润叔。

③ 此处勾去"寥志、询先来函"六字。

画《东坡故事》一册，以志景慕，可乎？”予既诺之，窃思古人以盛名而被谤者众矣。昌黎谓“事修而谤兴，德高而毁来”，“怠者畏人修，而忮者忌人修”①，此谤之所由来也。亦有潜发祸机、假借名义以肆攻讦者，其所毁者此人，而其所毁之的②则不在此人也。诪张为幻，庸可究诘乎？盖古今晓事者最难其人。国家当内忧外患之际，一二贤哲深谋远识，必非庸众所能喻。崇厚与俄交涉失败，惟曾劼刚、郭筠仙二人所论为中肯綮。贤如湘阴尚不免有隔膜之言，他何论矣。故曾文正办天津教案，天下非之而不顾，不求谅于天下，且引为内疚焉。其视人世悠悠毁誉真如浮云之过太空，古大臣公忠体国，固当如是。至于合肥李公，则尤为众矢之的，历数十百年而是非乃定，盖天下事至众人皆悟之时，其国事之坏，抑亦久矣。此可为长太息者也。坡公受谤，不能暂安于朝廷之上，至于系乌台，谪岭海，而无所言悔，无入而不自得。君今所处之地，较之坡公更不可以同年语，然能超然物表，力身悔吝之外，其所得于坡公者多矣。故予乐为图之，且致颂祝难老之意云尔。

初三日(1月5日) 画《东坡林氏园看花故事》。请牛家大姨晚餐。小明画《蒙古妇人骑骆驼》直幅甚佳，为题一绝：“密室深帏坐拥貂，熏炉尊酒度寒宵。研朱调粉间濡笔，写入胡天万里遥。”

初四日(1月6日) ③题心畬王孙《溪山秋色小卷》，张大千求题者。

剩水残山有泪痕，濡毫凄绝旧王孙。烟霏淡到无寻处，子固水仙来返魂。

一片萧疏画不成，气酣落笔入幽并。如临易水寒风渡④，吟

---

① 韩愈《原毁》此句原作“怠者不能修，而忌者畏人修”。

② “的”原作“标准”。

③ 天头：星期。

④ “寒风渡”原作“萧萧冷”。

咏都成变徵声。

花药[①]樗轩数往还,妙香佳茗最留连。当年密国称三绝,犹惜丹青世未传。

从来两美必相携,二石(石涛、石溪)周旋事大奇。好似落星寒拾迹,画图妙绝无人知。(山谷游落星寺,见寒山、拾得画,故有"绝妙无人知"之句。)

古城阴,有官梅几许,红萼未宜簪。池面冰胶,墙腰雪老,云意还又沉沉。翠藤共闲穿径竹,渐笑语惊起卧沙禽。野老林泉,故王台榭,呼唤登临。　　南去北来何事?荡湘云楚水,目极伤心。朱户黏鸡,金盘簇燕,空叹时序侵寻。记曾共西楼雅集,想垂杨还袅万丝金。待得归鞍到时,只怕春深。[②]

近世[③]画家"南张北溥",横绝古今。向来两美必相合,如李杜、韩柳、苏黄、石谷之遇南田、石浦之遇石溪,皆事之绝奇,非偶然也。心畬此卷萧寥[④]淡远,笔墨高绝,得归大千先生,可谓得所,备画家一故事矣。

时际承平岁月新,烟云供养老闲身。王孙亦有衡山笔,愁绝江山富贵人。

用山谷题宗室画诗意

当年避地隐西山,兴废苍茫[⑤]杳霭间。偶写江南烟水气,仍□健笔入荆关。

---

① "花药"原作"清送"。

② 整理者按:此为夹页内容,乃陈曾寿抄录姜夔《一萼红·古城阴》词。

③ "世"原作"来"。

④ 此字原作"疏"。

⑤ "苍茫"原作"烟岚""峰峦"。

雨前茶好惠泉香，风物清嘉爱水乡。亦有扁舟五湖梦[①]，却愁士雅出南塘。

青山云石隐团焦[②]，应有残僧似六朝。何日移家来画里[③]，笛床禅阁俯江潮。

伯辉来。识先、君亮来下榻。厚卿及大毛姑侄女来。

初五日(1月7日) 题心畬山水小卷。写《东坡故事册》跋语。书义山诗小幅。(羁绪鳏鳏夜景侵，高窗不掩见惊禽。飞来曲渚烟方合，过尽南塘树更深。)

君亮来下榻。

初六日(1月8日) 高祖妣周太夫人忌日，晚设供。大风竟日。

初七日(1月9日) 昨梦遗，当系三日内服鹿茸之故，养生仍以自然为主，不可助长也。画黄仲则词意(“颓园角，山桃开了，没个人知”)。

题《龙女献珠图》

花雨缤纷不湿衣[④]，末山公案是所非。分明弹指华严现，试证龙天第一机[⑤]。

初八日(1月10日) 煮七宝粥，共费二万元，可谓穷奢极侈矣。糯米三斤(三千六百元)、白糯二斤(八千元)、栗子二斤(一千六百元)、红枣二斤(一千三百元)、白薯四斤(六百元)、红豆一斤(四百元)、花生一斤(四百元)、粘米(二斤，一千八百元)。送农先处一锅，送一锅为强志上供，送刘家一碗。君亮来。子玉来(赠萨齐马十块)。钧、炎侄来。素娥来。画松幅(仲如)。写横幅(子玉)。写旧作《赠密

---

① “梦”原作“兴”。

② 此句原作“青山一角俯江潮”。

③ “移家来画里”原作“移居分片席”。

④ 此句原作“□室维摩花雨霏”。

⑤ 天头：天女散花及末山尼皆无男女相。

丹阶诗》。

初九日(1月11日) 德甫来。君亮来下榻。

初十日(1月12日) 画山水四人屏条(翼之)。君亮来下榻。德甫来。

雕饥窥坏[1]冢,马渴嗅冰河。(王正美)
河冰坚渡马,塞雪密藏雕。(僧惠崇)
马放降来地,雕盘战后雪。(僧宗昭)
残[2]日沉雕外,惊蓬到马前。(许棠)
皂雕寒始急,天马老能行。(老杜)
马色经塞惨,雕声带晚饥。(司空图)
越讲迎骑象,蕃斋忏射雕。
马思边草拳毛初,雕盼晋云倦眼开。(刘宾客)
雕边认箭寒云重,马上闻笳塞草愁。(义山)
暮云空碛时驱马,秋日平原好射雕。(王右丞)
饮马早闻临渭北,射雕今欲过山东。(吴融)
雕没上林知夜苑,马随天仗识春香[3]。

十一日(1月13日) 先母周太夫人生忌,晚设供,山药素鱼、口蘑豆腐、瓢儿菜三簋,君亮亦制牛乳土豆菠菜羹一簋。农先烹炖肉一簋、鱼二尾。小妹、识先来与祭。

十二日(1月14日) 去岁今日戒烟,倏忽一载,身体无恙,家人索食饺子,以为庆幸。君亮来下榻。君简亦来。文凯来。曹润田来,送绘《东坡故事册》润金四万元。昨又梦遗,或卧被稍过暖所致。

十三日(1月15日) 升儿昨夜赴飞机厂,因长春有电来,大雪,

---

① “坏”原作“废”。

② “残”原作“落”。

③ 整理者按:此诗出自唐人李郢《赠羽林将军》“雕没夜云知御苑,马随仙仗识天香”。

仍未成行。君亮来。蜀梅、晋华来。钧、炎侄来，隋素娥来。夜半，升儿往南苑搭飞机。画松（君亮）。

十四日（1月16日） 画双松（老杜诗“阴崖却承霜雪干，偃盖反走虬龙形”）。

十五日（1月17日） 致寥志、贻先、询先函。致荣儿函。画小册页二开，君亮所属。勉甫、定远来。树[①]娥来。

十六日（1月18日） 先君生忌日，晚设供，羊肉、豕肉各一簋，山药素鱼、瓢儿菜，共四簋。农先供肉、鱼二簋。识先来。君亮来与祭。

十七日（1月19日） 画荷花二幅极妙，君亮夺去。升儿自长春来函，悉中甫侄等甚平安。

十八日（1月20日） 画雨松（君亮）。

十九日（1月21日） 君亮来。君简、文凯、镜湖夫妇、沈小姐、隋树娥来晚饭。

二十日（1月22日） 同素梅侄女往贺蜀梅生日，留饭，夜归。君亮来下榻。

二十一日（1月23日） 画《雨后晨光岳寺松》小幅。炎侄来。

二十二日（1月24日） 画《松风涧水》小幅[②]。君亮来。炎侄来。

二十三日（1月25日） 画小幅，送子玉生日。画山水小幅，送关世姊七十生日。曩岁在杭时，世姊奉先母同游富春江，观子陵钓台，因写其景。

先师关季华先生暨师母何夫人在旧京时，与予家同居，同归武昌，仍未分离。其时予先姊稚青八岁，与世姊同岁，予六岁，絅之世弟小予一岁，读书及嬉戏无时或离也。后先师选罗田教谕，乃分居。又

---

① “树”原作“素”。

② 旁注：君亮送滇生者。

数年,师教学于沪上,旋归道山。絅之宦于苏,予以事过沪,乃得相见。人事不常,良可慨叹。予姊早世,絅之亦宿草。世姊今岁七十初度,康胜如常,是可幸慰。世姊与先母周太夫人最为亲笃,曩岁居杭时,曾奉吾母同游富春,观严陵钓台,同舟之乐,得未曾有,因写其景,以为介觞之眇。世姊见之,当且慰且感也。[①]

二十四日(1月26日) 过小年,晚设祭,与农先各制二篇。同素梅侄女往视周君亮之疾,已渐愈矣。傍晚,君亮来下榻。

二十五日(1月27日) 识先来。善卿来(送山西醋一瓶)。伯辉来。厚卿来,留饮。君亮去后,复来下榻。画《天目象鼻峰》小幅。

廿六日(1月28日) 君亮来。子玉来下榻。询先、寥志来函。

廿七日(1月29日) 致询先函。君亮来,言明晨搭飞机回重庆,久别暂来,又不知何日得重晤也。君亮有惜别之意,余亦惘惘。夜半还福,三牲设供,又祭祖,供年饭。一年平安,深蒙福佑,家人小儿辈皆甚乐也。

廿八日(1月30日) 吃年饭。识先夫妇来[②],钧侄、京芳夫妇来,大毛姑、小贝、小宽来,共廿四人,两桌。

廿九日(1月31日) 同素梅侄女往法源寺视巽女殡所。过蕲水馆小坐。彤伯生子小彭始见之,虽疲而精神甚足。君简来。觉先自唐山来,端午节曾回京一晤,忽忽经七个月矣。致询先函。子才来,送梅花两盆。

除日(2月1日) 闻勉甫将于明正初二日赴津,往上海就银行事,托带照相一张、山水二幅,一与询先,一赠关世姊七十生日者。

隐忍十年事,仓皇五国行。不[③]曾辞玉碎,所惜抵毛轻。曦影何攀及,葵心枉自倾。未能酬死所,宁遂尽生平。

---

① 天头:四川成都步城行辕玉皇观街三十七号,周君亮。

② 旁注:明来下榻。

③ “不”原作“何”。

非族虽心异，同根只自煎。长披妖乱志，愁纪竹书年。[①] 北道伤仇快，春陵痛苦贼怜。暂离蛇蝎窟，还入犬羊天。

敢以□忠解，徒然避辱忧。[②] 神魂飞将绝，形蜕委阎浮。长白家惟旧，冬青恨岂休。何人昭正义，历历判恩仇。

夜十一时后，在祖宗前辞岁，接灶神。与觉先及家人等小饮。画荷花一幅，亦不甚减前幅。又画《五清图》，素梅侄女索去。小明画《小犬飞蝉》，以明岁为戌年也。三时后睡。钧、炎侄来。君简来。

上海九江路贰佰号三楼经济部存印，物资接收委员会上海接转处。[③]

丙戌元旦(1946年2月2日) 早起，祭天地（三跪九叩），祭圣人（三跪九叩）。祭观音菩萨（膜拜）。祭文昌、关帝、岳王（共三跪九叩），供饺子。在祖宗前拜年（一跪四叩）。家人拜年，小妹及其女玮及女琦来。鸿年、京芳来。炎侄来。德甫来。钧侄来。彤伯来。荣儿率大牛、小牛两孙女自天津来。先春来。金二（仲都）、金四（季城）来。树娥来。君简来。

初二日(2月3日) 伯辉来。何敦敏及其夫人坚庐及其长女来。敦仁来。识先来。杲嘉来。炎侄、翰侄来。厚卿、大毛姑率其子女小贝、小宽来。小元赴津。画山水直幅。定远来。蜀梅、晋华来。许伯圭来（季湘之子）。

初四日(2月5日)[④] 鸿年约同觉先、农先夫妇、识先、三媳、素梅、荣儿、翰侄、小明午饭（江西会馆）。往蜀梅处贺年。树娥来。尔

---

① 此处圈去“未绝攀天梦，虽期缩地▨”。

② 此联原作“雨露三百载，冬郎志莫（原作‘不’）酬”。

③ 整理者按：此地址信息在后一页空白纸天头。

④ 原缺初三日日记。

恭夫妇来。

初五日(2月6日) 君亮来函,已于除夕抵成都矣。荣儿返津。

初六日(2月7日) 君简、镜湖来。画松幅不佳,须另为之。觉先往高口医院戒烟。

初七日(2月8日) 何知平与其夫人坚庐约午饭,与小明同去,酒洌蔬美,其新居亦轩厰【敞】[①]。过季馥许,神气更差,不能久坐,而又不忍即去,其神识已离,无复旧日之季馥矣,可惨孰甚。杨斌侯、邵怀民来。子才来。

初八日(2月9日) 荃女来函,已两年不通信矣。画松幅(若南)。识先来下榻。往子才许,未值。

初九日(2月10日) 致君亮函。致荃女函。佟阔泉来。定远来。画高松寒涧直幅。小明、大牛、小牛赴津。

初十日(2月11日) 子玉来,约晋华来竹戏。子玉下榻。

十一日(2月12日) 空侄来。伯辉来。三媳率小春、小欣赴津。

十二日(2月13日) 觉先来,新在高口医院戒烟,成绩尚好,但疲乏耳。德甫来。善卿来,留饮。画松幅(安澜)。写直幅(静泉)。

十三日(2月14日) 致小明函,附致木公函。

十四日(2月15日) 君亮来函。

十五日(2月16日) 晚设供。觉先来。识先夫妇来下榻。钧、炎侄来。定远夫妇来。小妹来,蜀梅来。夜十二时供汤圆。白糖至七十馀元一斤,糯米粉一千六百元一斤,尚系伪者。定远夫妇来。询先来函。

十六日(2月17日) 坚庐夫人携其次、三女来。

十七日(2月18日)

---

① 天头:▨甡胡同。

十八日(2月19日) [1]觉先来。三媳率小春、小欣自津回。

十九日(2月20日) 伯辉来。写对联，画松幅，即赠伯辉。

二十日(2月21日) 连日因咳嗽，串动肝气，两胁作痛。晚约伯辉来，同觉先饮酒。

二十一日(2月22日) 先十二叔母忌日，觉先以鸡肉二簋设供，曾寿佐鱼一尾。画山水小幅二开。小妹来与祭，留住。画山水小幅二开。

廿二日(2月23日) 觉先至蜀梅处约往聚，觉先将于明晨返唐山也。晚饭后归。季馥长女及其孙女孝嘉来。

主辱仍赊死，凡亡并丧存。谁为侍中血，深愧楚骚魂。假翮无高义，居奇更祸源。明夷方用晦，天道竟安论。

廿三日(2月24日) 夜画山水小幅(长春宫内省)。

廿四日(2月25日) 景嘉来辞行，将赴台湾，托其带信一封，过申时交询先。接询先函。夜画山水小幅，为古寺夜景，颇奇。

廿五日(2月26日) 晋华、伯辉、德甫来，留饮。小妹来。

廿六日(2月27日) 天气陡寒，昨夜微雪，画《南湖梅月》小幅。

廿七日(2月28日) 画枯木竹石小幅。定远来。

廿八日(3月1日) 子玉来。君简约同农先、识先在其寓中晚饭。小明、小亮自津来。

廿九日(3月2日) 君亮来函，汇画润五万元。坚庐夫人来，赠黄油、山茶，以《移居五古》一首见示，颇有陶意。

卅日(3月3日) 覆君亮函。画《东坡故事》小直幅(一，丹生)及梦境一开。

---

① 本页天头：东城王府井口平津区交通部特派员办公处人事第二课，以办公电话先在东局五二三一至东五二三五中，任要一个叫通以后，在电话中告知，接二三三三或二四三三，请人事第二课胡世钦说话即可。

二月初一日（3月4日） 画梦境小幅（梧月）。

惩忿窒欲是儒家变化气质工夫。忿之起也，如火之燎原，旋扑旋灭，旋起最难制止，佛家所谓无明之火能烧功德林也。此不必大怒，即小之不平，亦极难消除。时时于心中起伏，诚为燎原之火，佛之降龙伏虎亦是如此。

初二日（3月5日） 画双松横幅。画山水直幅，仿鹿床，景象寒瘦，不类文节也。

初三日（3月6日）

初四日（3月7日） 画山水直幅，仿子畏。

初五日（3月8日） 大雪竟日，甚寒。画山水直幅（雪景）。

初六日（3月9日） 画山水直幅，峰峦用叔明法，参以仲圭之松，甚雄伟跌宕。

初七日（3月10日） 君亮来函，又汇二万法币。

初八日（3月11日） 画松幅。

题张大千《东坡吟望图》

看羊化鹤一癯仙，付与丹青百世传。玉宇高寒怀渺渺，不知天上是何年。

六千元。询先来函。

初九日（3月12日） 子玉来。君亮托李迺时来交法币九万元。留子玉下榻，竹戏。九弟妇来。

初十日（3月13日） 子玉午饭后去。善卿来，交代售山水一幅，三万联币。文凯、君简约晚饭，并请心畲、赵星缘。星缘言有彭涵锋者，望气占卦极验，系一老僧授。彭君于日本未投降前三日言，立秋后即有大变动，京津极安靖，惟东北兵气太盛，民有灾殃。果于立秋后大验，是亦异矣。写楹帖八付、屏条四幅（剑秋，剑秋，仲秋，善卿）。

十一日（3月14日） 写屏条四幅（仲秋）。

十二日（3月15日） 星缘约晚饭，与彭涵锋晤面也，有心畲、镜湖、文凯、君简，涵锋谈相甚验，与江湖稍异。为刘树堃画松小幅（学西医者）。夜雪。

十三日（3 月 16 日） 画山水直幅。连日腰背酸痛，系作书画久坐所致，衰老之相，不能避也。大雪竟日，厚五六寸。炎侄来。

十四日（3 月 17 日） 画山水直幅（大中）。炎侄来。询先来函。

十五日（3 月 18 日） 画松卷（剑华）。写五言大对一付，气势尚足。雪晴化冻，檐滴泥泞。寄君亮函。

十六日（3 月 19 日） 寥志生日。画山水长幅，写五言大对。

十七日（3 月 20 日） 画山水长幅成（陡崖上古寺，题曰“但得螺蛳吞大象，从来美酒无深巷”，山谷句也）。定远来，携勉甫函①。

十八日（3 月 21 日） 梅泉来函。定远之夫人及其女孝嘉来，留饭。钧侄来。

十九日（3 月 22 日） 画雷峰塔直幅。子玉来，赠点心。晋华、德甫携酒肴来共饮。翰侄来。大毛姑来。

二十日（3 月 23 日） 小元生日，晚食饺子。钧、炎、翰侄来。升儿自长春归来，沿途甚险。

廿一日（3 月 24 日） 君简来。同素梅侄女往胡元初、杨六卿处。

廿二日（3 月 25 日） 画山水屏条。荃女来函，乃去秋八月所发者。

廿三日（3 月 26 日） 画松芝小幅，赠万亲家太太生日。小亮孙女回津。写五言大对。

廿四日（3 月 27 日） 素梅侄女生日。钧、炎、翰侄来。隋素娥来。午食面，晚制两肴，小饮，竹戏两圈。淑箴妹亦为今日生辰，约之饮，未来。炎侄于明日赴锦州就事②。

廿五日（3 月 28 日） 画山水屏条。

---

① 天头：上海市海格路伯赛仲路口五六〼周宅转徐六爷。

② 天头：唐山广东街开滦矿警唐山分所陈觉先。

廿六日(3月29日) 同小明步往伯辉处,画山水屏条。询先来函。六弟妇生日,小妹来,九弟妇来。

廿七日(3月30日) 何知平来,赠暖酒杯一个。同小明携小欣步往德甫处小坐,其寓乃一蹴尼庵数间,甚幽静。君简来。

廿八日(3月31日) [①]同素梅侄女、小明、小春、小桂、小欣至公园,柳色微带青黄,桃杏萼尚未舒,游人极多,茗饮,傍晚归。车钱四千八百元,茶三千元[②],门票六百元,纸烟七百元,花生米三百元,共费万元矣。此今年第一次出游也。君亮来两函,汇法币两万元来。

廿九日(4月1日) 画山水直条。同小明步往金尔恭家。何敦仁来,送信纸一束。

三月初一日(4月2日) 致君亮函。为敦仁写"静娱楼"扁额。

初二日(4月3日) 子玉、伯辉来留饮。写对二付。

初三日(4月4日) 同小明往蜀梅处贺其太夫人生日,子玉、德甫、君简、钧侄、升儿皆至,晚饭后归。

初四日(4月5日) 清明。派小明至法源寺祭巽女之墓。

初五日(4月6日) 同小元往视强志之墓,因昨日风大未出也。敦仁来,赠纸二张。荣儿自津来。识先来下榻。

初六日(4月7日) [③]隋素娥约出安定门,至地坛看桃花,识先、荣儿、升儿、素梅、小明同去。曾国榕自上海飞来,贻先托带信一函[④],二宝侄女带糖食二盒,自送来。德甫、元伯来。

初七日(4月8日) 荣儿返津。素梅在中南海采二月兰侑食,极美。

初八日(4月9日) 先父忌日,晚设供,鸡汤一簋,韭菜、二月兰

---

①③ 天头:星期。

② 天头:怡庭。

④ 天头:住西长安街三号第七区电信管理局。

两碟，农先备两簋。昨梦父亲请客，客仅一人，不记为何人，陪者为楚生八兄及寿，共四人而已，汤极美，间以新嫩蚕豆。

初九日(4 月 10 日) 子玉来。蜀梅、晋华来晚饮，并约明晨往北海看榆叶梅。画山水便面(怡庭，子玉之弟)。

初十日(4 月 11 日) 晨同素梅、小明往北海，子玉、蜀梅、晋华已先至矣，德甫亦来。水较去年为深，柳色黄碧相间，掩映波中，为一年最好之景。榆叶梅数十株，红艳可爱，惜长枝皆为游人折去。致寥志、贻先、询先函。

十一日(4 月 12 日) 君亮来函，汇画润四万元。定远来，送折枝丁香花一束。

十二日(4 月 13 日) 曾祖妣杜太夫人忌日，晚设供。君简来，留饮。

十三日(4 月 14 日) ①同小明往视季馥，见面即欲语，而不能达，惨极。于其房东院内折海棠数枝，猩红娇艳，欲开未开，乃最好之时，亦可慰今年看花之眼矣。旧京海棠极盛，李炁伯写之最工，如南海之丰泽园二株，弥满一大院落。嵩云草堂之四株，为数百年物，古艳绝世。畿辅先哲之四株，亦甚盛美，而皆不易往观。车资太贵，非穷措大所能办也。故旧京花事甚迟，而开时不过二三日，往往忽略过去，一年花事即断送矣，可叹也。

十四日(4 月 15 日) 约德甫、伯辉来小饮，看花，沽村均酒，甚佳。

十五日(4 月 16 日) 陈愿士来。寥志来函。庶曾祖妣何老婆婆忌，晚设供。

无端绝艳照衰迟，便拟昙华瑞应时。回首百年消蚀尽，可怜一刻愿开迟。

总持单管万琼瑶，残福残年侭折消。漫把千金方一刻，最良

① 天头：星期。

宵是可怜宵。

十六日(4月17日) 坚庐夫人来,赠山药、糖食。

十七日(4月18日) 晋华、德甫携酒来小饮,遂约伯辉来,元伯亦至。

十八日(4月19日) 元伯约同晋华往旧恭王府看海棠,在烟袋斜街整古斋聚集齐,余与小明同去。府已为辅仁学校,海棠一半已烂漫,尚有十馀株半开者极妍美,从前心畬王孙时约夜谈,流连杯酒,甚乐也,乃竟以廉价舍去,不胜今昔之感。

十九日(4月20日) 画山水幅度。询先来函,汇二万元来。

二十日(4月21日)[①]

廿一日(4月22日) 阅报,载盗发情形[②]甚详。冀、热第十五军分区司令员曹志福,主任张进忠,攻击主任王福庆,指挥主任刘宝林,联络员张森、王玉然等,蓟遵兴县长贺年、县政府公安科长云光、第七区区长赵全会、助理员国春[③]林,乡村村干农工两会主任,石匠李金、王绍义、王盛、张香林、程瑞华、稌树轩、穆品清。

廿二日(4月23日) 敦仁来。

廿三日(4月24日) 奇冷,气候太不正,易受病也。

廿四日(4月25日) 晴,仍冷。徐子才约晚饭,心畬下榻其寓,并晤陈少梅、君简、敦仁。

廿五日(4月26日) 先曾祖简学公忌日,晚设供。画松极佳。

廿六日(4月27日) 昨梦至张忠武处,宾客杂沓,犹昔日故态。予于□[④]蒙尘事托其尽力。同华大夫来,赠糖二斤。荣儿来。

---

① 整理者按:廿日、廿一日日记为钢笔书写。

② 整理者按:此处空两行。天头:景陵、惠陵、定陵。

③ 旁注:正。

④ 整理者按:此处空一格,当指“上”。

廿七日(4 月 28 日) [①]同素梅、小明至公园，藤萝始开，牡丹大不如前，只有白色一种甚盛。小雨未成。

廿八日(4 月 29 日) 荣儿返津。晚雨。小桂生日，午食面，晚食饺子。君亮来函，汇五万元。

廿九日(4 月 30 日) 雨，午后止。覆君亮函，附画五幅。昨梦与苏生二先兄周旋甚久，兄问“汝视我作文字如何”？对以“初看似平，细看乃见工夫，虽近墨裁，而内有名家气息”，颇自以为语有斟酌。醒后思之，殊不免世故也，可笑。君简来。

四月初一日(5 月 1 日) 先母周太夫人忌日，晚设供，腰子汤、蒸山药、牛乳土豆菠菜羹三簋。农先供粉蒸肉及鱼二簋。识先、君简来与祭，夜下榻。子玉晨来，赠藤花一包、笔一枝。德甫来。伯辉来，留食祭馀，小饮。定远来，代购米一包。史立之来。

初二日(5 月 2 日) 何坚庐夫人约至公园看牡丹，小明同去。花已烂漫，有白色数丛甚好。坚庐偕郑小姐同来，乃稚辛之女，苏厂之侄女，自幼随苏厂读书，气息甚静，谈及旧事，娓娓有情味。感赋一首：

幽履久违何水部[②]，人豪已失郑当时。停琴空结期牙念，听雨犹传坡颍诗。咏絮家风欣未坠，看花近约喜相随。茗馀述旧何穷感，历历前尘系梦回。

诗虽无甚佳处，然题甚繁复，尚能面面俱到也。

初三日(5 月 3 日)

初四日(5 月 4 日) 子玉、晋华、德甫来小饮。

初五日(5 月 5 日) [③]写四人屏条。

初六日(5 月 6 日) 立夏。伯辉来。画便面山水(伦池斋)。雨。

---

①③ 天头：星期。

② 此句原作“诗事久怀何水部”。

初七日(5月7日) 画竹直幅,为赵星缘题(王文敏、吴清卿、戴望、胡石查)书札册。

初八日(5月8日) 致寥志函、询先函。闻寥志近来甚衰,心绪不佳之故,极为悬念。天气忽冷。

初九日(5月9日) 昨又梦见张忠武。

初十日(5月10日)

十一日(5月11日) 张孟平又绝粮,赠二千元。

杂沓宾僚倚酒酣,卫公精爽梦犹谙。茄花地满真成谶,土木尘蒙不易探。从亡古有汪元量,流涕今无沈乙庵。毅魄英灵应不昧,何由穆骏得回骖。

王孙避世隐西山,兴寄香坛杳霭间。爱写古松继宏偃,时挥健笔入荆关。卧龙蹤居愁难起,栖鹤萧廖梦未还。长日披图抱虚籁,便拟云壑对苍颜。

识先、彤伯约至蕲水馆寓中小住,同小明去。先往前门关帝庙求签,示"问行人归未拟"六字。步行至前门大街同泰永,访徐善卿,恰值在家,留食点心后,同至识先处小饮,夜去,予与小明留宿。

十二日(5月12日) 子玉来。伯辉来。善卿来①。农先夫妇来。京芳来。厚卿、大毛姑来。小明与素梅②、翰侄、钧侄约游天坛、陶然亭、窑台、龙泉寺后,同来。小妹来。彤伯具餐甚美③,所费多矣。与子玉围棋一局。两年未着棋,几于全忘矣。傍晚同素梅、小明返寓,钧侄亦同来。

十三日(5月13日) 近来腰胁作痛,肝气为患,右手足亦作酸楚,为防其渐,夜服再造丸一颗。

十四日(5月14日) 右足较昨日为愈合,似再造丸有效。此药

---

① 旁注:馈黄瓜、豌豆。

② 此处圈去"彤伯"二字。

③ 天头:星期。诸人有知予在会馆而来者,有不期而遇者,亦可谓盛会矣。

乃徐子才所赠，比药肆所售为佳，陆续给人已尽矣，乃更作函索之。[①]寥志来函，言备得《大藏经》，已读十馀部，内《大集经》最精，《正法念处经》乃释迦佛言，有比丘以慧眼观地狱、畜生、阿修罗诸天情状，地狱之苦、畜生之苦、阿修罗之凶恶、诸君之乐，言之最详。有非意想所能及者[②]。器世间无一针孔之处非业报者，然后知徒知理解，无济于事。菩萨必重实修，乃可免后世之畏，观身如聚沫，观心如幻影，观色是空，观法无相，一切不着，则无业报，以无著心念佛、念法、念僧，方免轮回。虽知第一义，亦须念佛修法，临终之时，方有把握。不然，仍随业去矣。所言颇有新得。

又来函言精神犹昔，惟兴致稍逊。曾序东所言稍过。询先亦来函，言二兄身体比旧年为好，但兴致不及前云云。稍为放心。

十五日(5月15日)　昨梦谒太祖庙，先经一太高殿，云是太宗之殿，未入。乃至一殿，名为孔雀殿。皇上朝衣朝冠，于氍毹上行礼。曾寿亦朝衣冠，匍匐于后。先父跪于左次，邦直跪于右次，闻言邦直加班，不知是何祥也。

坚庐夫人同郑女士来，赠西红柿酱一瓶、饼干一包。定远来。君简来。

十六日(5月16日)　[③]小明画钟馗小幅。

十七日(5月17日)　小雨。子玉来，赠玫瑰饼、茯苓饼。晋华、善卿来，留晚饭。

十八日(5月18日)　介卿来。孟平来，又绝粮，赠二千元。

十九日(5月19日)　[④]识先来，带太湖茶叶一瓶，甚好。

---

① 旁注：又赠☐丸。

② 旁注：《观天品》述善业，报生天，备极五欲之乐，为爱网所缚，报尽仍堕三涂。

③ 此处圈去“小雨”二字。

④ 天头：星期。

二十日(5月20日) 寄君亮函,附画二幅,步至雍和宫,瞻大佛相。

廿一日(5月21日) 托善卿代购白面五十斤,善卿与晋华坐脚踏车分携而来,可感之至。

廿二日(5月22日) 君简来。素梅侄女贻核桃及藕制藕圆,甚佳。

廿三日(5月23日) 致寥志函。

廿四日(5月24日) 德甫、元伯来,留饮。买芍药数枝、玫瑰花一包。

廿五日(5月25日) 与小明合绘临松雪《九歌图》中《山鬼》一开,尚佳。荣儿自津来。夜服再造丸一颗。

廿六日(5月26日) [①]钧侄媳生一男(昨夜四时)。晋华、伯辉、德甫、厚卿及大毛姑侄女来,留饮。画松一幅(澜溪、晋华赠人者)。君简来。

廿七日(5月27日) 荣儿返津。子才赠活络丸二颗。今日为强志弟三周年,未能到殡所一亲。日月如流,可胜悲怆。

先师关季华哭弟有词云:"六载模糊梦化烟。生别三年,死别三年。人天一例○○○。君死三年,侬死三年。　料应重到有情天。死已三年,生又三年。何能执手话前缘。痛哭三年,絮语三年。"

廿八日(5月28日) 巽女忌日,命小元往法源寺殡所叩祭,焚化纸钱,家中晚设供耦圆一盘(胡桃馅)、蔬四簋,一拌王瓜,一苋菜,一豌豆,一西葫芦,以巽女生前已素食也。巽女最忠厚孝顺,予殊对不住,此生之憾事也。素梅侄女以杨梅一盘作供。昨写五言大字联为"瓶供花佛我,香发茗仙予",因瓶中芍药盛开,故书旧句,有数字尚好。君简来与祭。

廿九日(5月29日) 晋华约饮,并约伯辉、善卿、子玉、德甫、元

---

① 天头:星期。

伯、厚卿聚谈，甚乐（小明同往）。天气甚热，搭电车至东安，予下车，殊不可耐。

三十日（5月30日） 元初来索书，赠以大小对联二付、大小屏条各一。元初贫困，神情消沮，不知何以忽来索书也。画寸馀小手卷松（敦仁所托）。

五月初一日（5月31日） 子玉来，赠雪茄烟四枝、玫瑰饼一盒，又罗致坡赠大字笔一枝，因未识其人，报以画松一幅。孟平来，又绝粮，赠二千。小妹来。坚庐夫人赠花生酱、粽子。

初二日（6月1日） 农先呕吐，又发黄病，幸素娥来，有特效药治之。

初三日（6月2日） [①]更衣不适，感冒发热。定远来。

初四日（6月3日） 泄泻。素娥来。觉先自唐山来，蜀梅、晋华同来。德甫来。

端午节（6月4日） 早供粽子，晚供三簋：一粉蒸肉，一鱼，一卤蛋。农先供鸡汤、猪腰二簋。觉先来。识先夫妇来。彤伯来。荣儿自津来。钧侄来。伯辉来。翰侄来。君简及其女绮芬来。君亮汇八万元来。小妹来。素娥来诊脉，云衰弱有代象。昨夜打一补针，精神提起，终夜未睡着，仍泻，服素娥之药，系助消化、去积滞兼固气三种。荣儿亦处一方，服之。连日小便少，服六一散，胸中觉转动，小便一次，稍觉舒服，是尚有积热也。

初六日（6月5日） 泄泻二次，稍思食，厚卿夫妇来。

初七日（6月6日） 泻二次。荣儿回津。觉先回唐山，子玉来。（心畬来两函，约往园中小住，作函谢之。）

初八日（6月7日） 泻二次，饮食稍有味。仲业来。

初九日（6月8日） 泻二次。素娥诊脉，仍有代。晋华来，言裕

---

① 天头：星期。

斋已到长春。小妹来。尔恭来。

初十日(6月9日) [1]荣儿自津来处方。[2] 终日未泻。

十一日(6月10日) 荣儿返津。更衣一次,未泻。午睡,梦哭同官某(不记为何人矣),拟作七绝数首,止成一首云:“通籍初年落法曹,前尘历历记燕辽。不须更说沧桑感,便哭同官泪似潮。”询先来函,附一照片,较昔清瘦,微带憔悴之色。致君亮函。

十二日(6月11日) 子才来视疾。致询先函。

复辟纪念日(6月12日) 君亮来函。荃女、丽保来函,附全家照片一张,丽保稍长,神气甚好,小履、小棠面貌略变,俱养得甚好。灼先自巴河来函,日本事变以来,迄不得其踪迹,今始知其由徐州道汉回乡,与强先同住李湾老屋,身体尚好。楚生大嫂于事变时随吴姓(渭渔兄之婿)入川,即已逝世。渭渔三嫂现亦在川,或将同其骆姓女婿返汉。

今日始复经课。

十四日(6月13日) 今日始复练拳。孙顷波来函,地址:重庆中华路一五二号。

十五日(6月14日) 闻伯辉之太夫人在津逝世,赙五十元。

十六日(6月15日) 梦寐中神智甚昏,固由少精进之功,而不断葱、酒等物,恐亦为损不少,以后当断除荤酒也。坚庐夫人来。晋华来,留饮。在院中乘凉,夜深始去。寥志来函,述端午日修法感应事。

十七日(6月16日) 荣儿自津来,交二万元。识先来。气候热甚。夜。君简来。

十八日(6月17日) 荣儿返津。写扇面(伦池斋)。夜不改凉。

十九日(6月18日) 昨梦谒德宗帝后,陈述丁巳复辟张忠武当

---

① 天头:星期。

② 旁注:用高丽参及术,以脉太弱也。

日情事，意中不知为隆裕后也。气候极热，夜不能睡，白灯扰人。

二十日(6月19日) 子玉来，言前数日恩咏春同年至治芗处，小谈移时，临行忽谓头晕，旋即跌倒，急呼汽车送回其家，一小时许，遂气绝矣。咏春在旅顺时，予尝寓居一月，不可谓无香火缘者。记癸卯予乘海船由沪往津应殿试，同舟同年为李□□、□延鸿、杨鸿发及咏春数人，今无一存者矣。写扇面(伦池斋)。夜甚凉爽，与子玉坐前院闲谈，已为享福矣。睡甚安适。

廿一日(6月20日) 高祖金门公忌日，设供。孟平来，又绝粮，馈以面半袋，雇车送其归去，以予日内亦甚窘，不能多送钱也。孟平更形落拓憔悴，受苦之人，正亦不易死耳。

廿二日(6月21日) 伯辉来。予本欲往唁之，因天气太热，未敢出门。相见感怆。

廿三日(6月22日) 夏至。服再造丸一颗。中甫来函，言共党攻长春时，三江会馆在火线之中，其住屋被百馀弹，衣物皆毁，家人避于旁室，幸俱未受伤，可云如天之福，惟闻侯执瑁被俘至哈尔滨，尚无消息。执瑁人好武，不至有意外。九弟妇来，带日本酒一瓶。小雨，稍改凉。

廿四日(6月23日) 善卿来，赠酒水二瓶。敦仁来。巨罂之次子隽杨来。彤伯来。厚卿来。

廿五日(6月24日) 素梅侄女以多日劳顿受暑，吃冰棍稍多，夜又受凉感冒，伤风咳嗽，微发热。三媳以劳动忧郁，有动胎之象(见红，呕吐)，延产科女医诊视，打一针，不知能保住否。

廿六日(6月25日) 农先以昨夜受凉，夜半胃气大痛，汗出如洗，口无津液，急延刘士豪来诊，打三针，始渐平复，盖患黄病多日，气血太亏，又肝气作祟也。今日为祖妣张太夫人忌日，竟忘设供，昏瞶怠忽，疚恨无已。三媳稍见平复。蜀梅来。鸿年来，代售画松便面五千元。

廿七日(6月26日) 致君亮函。致荃女函。农先请汪逢春来诊,言胃中尚有积滞,须通大便,以防呃逆,大便行复,津液可稍复。阴雨甚凉。识先来为农先处方,与汪方大略相同,惟似不如其活动。

廿八日(6月27日) 农先大便已通,复请汪来诊,言较昨稍好。同小明至伯辉处,聊致唁问之意。

廿九日(6月28日) 农先稍平复,惟尚不思食。

临终见净土极乐相,非究竟义。《易》之"未济",《华严·行愿品》之"我愿究竟恒无尽",乃究竟义耶?于《如来授记》之后云:"智力广大遍十方,普利一切众生界。"故知《授记》之后,正有无穷事在,非到极乐世界而遂已也。

六月初一日(6月29日) 终日阴不成雨。

初二日(6月30日) 农先服汪剂甚见效,可稍进饮食,大便甚利,脾胃可运转矣。画赤松便面(赤青底),伦池斋。

初三日(7月1日) 昨梦在一园林,有幽室三间,两明一暗,吾母住内间一榻,予与贻先共据外间一榻,闻有客至,起视之,则石钦也,相见乐甚。又梦在西湖上,散原先生约至一处,坐有王湘绮与谈,对予大发狂言,无所顾忌,窗外烟波青霭,风景幽绝。此两梦皆甚佳。凡平生不能再见之人,不能再历之境,惟梦中可一遇之,故予视梦为最可宝贵之事,常记之,不顾痴人说梦之讥也。

初四日(7月2日) 同素梅侄女、小明往积水潭看凌霄花。此寺三十年前曾到过一次,惟记院落甚多,有一院高竹数丛,翠色可爱,如西湖云栖所见,北方至不易得也。凌霄则盘绕柏树之顶,灿烂可观。今复至其处,与所记忆不甚相似矣。竹则已无,凌霄有四,绕于柏树之上,花开甚盛。院中并有杏四株,海棠、核桃、白果诸树浓阴满庭,极凉爽。有一李姓寓居其中(乃万鸿年之友),具茗及桃、杏等,设几小坐,看人上树摘杏,颇有野趣。午前归。子玉、晋华、君简来,留饮。丽保来函。

初五日(7月3日)

初六日(7月4日)　[1]有雨一阵，甚凉爽。画二尺山水直幅(子才)。冲甫来。

初七日(7月5日)　致寥志、贻先、询先函。致丽保函。

苍虬画松及山水润例。[2]

画例：

[3]中堂每尺一万五千元。

屏条每尺一万元(点景加倍)。

扇面斗方册页一万元(金面点景加倍)。

画马每匹两万元。

手卷另议。

书例：

四尺中堂一万元。

四尺屏条八千元，四尺对联一万元。

扇面跨行五千元，单行一万元(斗方五千元)。

扁额、寿屏、墓志、题跋另议。

---

① 天头：节师生日，强甫死日。

② 天头：彤伯电话：三一六〇九四。同泰永，前门大街六十七号，五一五三五八。

③ 此处删除“三尺”二字。

第二十五册(民国三十五年六月至三十六年二月)

苍虬日记(丙戌五月八日起)

五【六】月初八日(7月6日) [①]伯辉来。仲业自津来,言贵人已至津,住其寓中,中宫虽由安东至长春,因无人具保结奉领,又被共军移至通化云云。仲业曾至北府请醇王接贵人住其府中,而醇王不收纳,恐受嫌疑之累也。昏暗至此,宜其断送大清也。仲业数属致函上海遗臣如陈小石、刘翰怡等,以贵人生计[②]无着及他日中宫返回内地后奉养经费等事,不知即使报效,亦非经久之计,涓滴无济于事也。雨凉,可着袷衣。

初九日(7月7日) 同小明至北海观荷,白荷甚多,红荷间有数朵。复至蜀梅处午饭,彤伯亦至。本拟午后往视季馥,小妹已买菜,坚留晚饭后再去,适风雨,遂不果行。饭后归,过市场购雪茄二支、白杏一斤。孟平来,未值。

初十日(7月8日) 小元赴津,今年为荣儿生日也。命小明送二千元与孟平,并视季馥[③]及何坚庐夫人。

---

① 天头:上海九江路二一〇号三楼交通部公路总局上海区办事处秘书室陈询先。旁有钢笔标注“万历桥二号嵇宅,五一〇五四”。

② 旁注:奉养赡。

③ 旁注:较前更糊涂矣。

十一日(7月9日) 寥志来函,附诗三首。荃女来函。

禅家语率多附会,如《坛经》只可取十之二三,以外须善择也。

十二日(7月10日) 画山水小幅,又写一幅(刘尘甡)。

梦回馀味胜凄凉,回首平生半渺茫。领取当前真实境,窗前疏雨几前香。

十三日(7月11日) 有云,作雨未成。午后热甚,夜稍凉。

十四日(7月12日) 致寥志函。终日薄阴不雨。

十五日(7月13日) 君亮来函,汇画润十万元。① 夜大雨。

十六日(7月14日) ②寥志、询先来函。夜大雨,天气甚凉,穿夹衣。③ 致君亮、顷波函。

十七日(7月15日) 识先来。天气仍凉。致寥志、询先函。

十八日(7月16日) 先曾祖简学公生忌,晚设供三簋:一蒸肉,一鸡肉肫肝汤,一西红柿鸡蛋。子玉来,赠雪茄三支。张孟平来,赠以二千元。

十九日(7月17日) 画山水便面④。焕侄媳生一男,亥时。⑤

二十日(7月18日) 画山水便面(怡庭,子玉之弟)。早食软饼,泻一次。

廿一日(7月19日) 子玉来,交润一万圆,赠点心一包。

窗月频移影,更深暑渐阑。添香幽梦适,注水一花安。诗思参无可,经声忆懒残。生涯隔尘世,何处着悲欢。

为中石写直幅一条⑥,录旧作《赠卢鸿沧诗》,以其为卢之婿也。

---

① 旁注:尚未到。

② 天头:星期。

③ 此处圈去“识先函”。

④ 旁注:中石。

⑤ 天头:丙戌,乙未,壬辰。

⑥ 旁注:子玉所托。

廿二日(7月20日) 天气极热。早又食软饼,未能消化,泻二次,甚委顿。

廿三日(7月21日) [①]泻二次。小妹来,始知今日为先十二叔父忌日,昏瞶疏忽,疚无可辞。晚设供两荤一素,适值窘乏,不能丰也。君简及其女来。寥志来函。

廿四日(7月22日) [②]画润十万圆收到,尚不足还债也。泻二次。君亮来两函,附照片一纸,较前瘦矣,过劳所致也。浔侄女来函。炎侄自锦州来。

廿五日(7月23日) 泻一次,体中渐平复。彻夜大雨,天气解凉。

听雨夜凉清到佛,回灯趺坐淡如僧。未闻法界华严品,知落人天第几乘。

晋华来晚饭,谈至夜深始去。炎侄来。

廿六日(7月24日) 何坚庐夫[人]赠果子露一瓶、花生酱一瓶。炎侄来。

廿七日(7月25日) 寥志来函。孟平来,赠以面一包。

廿八日(7月26日) 识先生日。

廿九日(7月27日) 子才来,约初三早饭,以心畲欲一面也。

七月初一日(7月28日) 同素梅侄女、小明、小春、小桂、小欣至北海观荷花。往视季馥,更糊涂矣。其家因房东索房,只有六间可住,什物堆积凌乱,直无坐处,当此盛暑,可谓虐政。钧、炎、翰侄来。气候极热。

初二日(7月29日) 热甚。

初三日(7月30日) 画山水三尺直幅,临烟客(荫稚)。子才约

---

① 天头:星期。

② 天头:星期一。

午饭，有心畬、紫纶及张□□。子玉来。热极，不干汗，从前旧京所未有也。夜间亦不干汗，有小雨一阵，不改凉。君简来。识先来。素梅、小明、钧、炎、翰侄同往西郊桃园吃桃，又至颐和园，傍黑始归。当此酷暑，恐所得不偿所失，然其兴致不可及。

初四日(7月31日) 皴点昨日画幅。热极。君亮来函。

[1]七年，诏令校定群书，供皇太子。逊与冀州秀才高乾和、瀛州秀才马敬德、许散愁、韩同宝、洛州秀才傅怀德、怀州秀才古道子、广平郡孝廉李汉子、勃海郡孝廉鲍长暄、阳平郡孝廉景孙、前梁州府主簿王九元、前开府水曹参军周子深等十一人同被尚书召共刊定。时秘府书籍纰缪者多，逊乃议曰："按汉中垒校尉刘向受诏校书，每一书竟，表上，辄言臣向书、长水校尉臣参书、太常博士书、中外书，合若干本，以相比校，然后杀青。今所雠校，供拟极重，出自兰台，御诸甲馆。向之故事，见存府阁。即欲刊定，必藉众本。太常卿邢子才、太子少傅魏收、吏部尚书辛术、司农少卿穆子容、前黄门郎司马子瑞、故国子祭酒李业兴并是多书之家，请牒供本参校。"秘书监尉瑾移尚书都坐，凡所得别本三千馀卷。《五经》诸史殆无遗阙。

初五日(8月1日) 命小明设色画幅。

初六日(8月2日) 大雨终日，夜又大雨，天气陡凉。

初七日(8月3日) 雨。往君简处晤镜湖之夫人，未值。

初八日(8月4日) [2]画山水三尺屏条(同兹)。伯辉来。夜大雨。李寿民来函，代其友人朱蕖青、吴快亭求画四人屏条，即覆函(上海静安寺同益里十六号朱律师转)。

闻月之十一日为木公七十生日，以联为寿：

湘乡临事无苟作，桐城老师皆大年。

---

① 天头：《北齐·樊逊传》。

② 天头：星期。

初九日(8月5日) 伯辉来,索小画二幅送其友,酬润万圆。雨甚大。连日素梅患牙痛甚剧。致寥志函。

初十日(8月6日) 早七时,同小明搭公共汽车[1]赴车站,小元与刘广甡送至站。小雨,尚不甚沾湿。八时开车,十时抵天津。荣儿至站迎接,适木公之四子留孙新自南京乘飞机至旧京,亦乘此车来津,其弟莱孙以汽车来接,遂共载,送至纯仁里寓。午后三时,同小亮至木公许小坐。

十一日(8月7日) 木公避贺往某寺,不在家,故未往拜生日。华大夫来,送糖二斤。贾小姐来(从大媳学画者),送糖二斤。

十二日(8月8日) 热甚。木公率其三子留孙、□□、莱孙来。

十三日(8月9日) 木公约晚饭,同荣儿去。热甚,饭后即归。姚君素来。勉甫来函。

题《北齐校书图》(蒲子雅求)

残暴鲜卑累世来,校雠秘籍馆犹开。莫讥刘李无文藻,一一搜罗好秀才(南北朝皆重秀才,至唐始以进士为极选)。伏地虽为右相羞,丹青遗事足风流。纷陈酒果团红袖,跌宕谁为许散愁。

宣文甚暴尚崇文[2],法网犹宽未苦民。史传□□[3]媲周魏[4],儒林文苑不无人。

劫火沉沉坏大千,最难残卷尚依然。诗题南涧看犹在,墨妙涪翁已不传。

十四日(8月10日) 小雨,天气解凉,有秋意矣。

---

① 旁注:至津贺木公生日也。

② 此句原作“兵戈滔虐极纷纭”。

③ 此二字原作“差堪”。

④ 此句原作“差与南朝相照耀”。

十五日(8月11日)　[①]同荣儿往视芷升。午后，芷升来谈甚久。芷升患腰痛已半年，近始渐愈，兼患疝气甚剧，惟精神兴致尚好，未为贫困疾病所累，可知其天怀坦荡也。

晚设供，今日为中元节，祀祖。本生祖母朱太夫人生忌，未另设供。

十六日(8月12日)　郑瑞阶约在中原公七重楼晚饭，并约木公，予与荣儿、小明同去，素菜甚佳。

十七日(8月13日)　早往仲业处，午后三时往车站趁四时快车，荣儿送至站。途中甚热，六时半到旧京，搭公共汽车返寓。

十八日(8月14日)　画山水便面(砥士)。

十九日(8月15日)　画山水直幅。雨凉。

二十日(8月16日)　画山水直幅(砥士)。君简及其女以芬来。

廿一日(8月17日)　先十二叔父忌日，昨为十二叔母忌日，合祭三簋：羊、豕肉及西红柿鸡蛋。子玉来，赠烟丝八盒。晋华来。

廿二日[②](8月18日)　姚虞琴来函(上海新昌路新馀里六十二号)。

廿三日(8月19日)　识先来。小妹及其女、侄女来。竟日郁热。

廿四日(8月20日)　大雨，解凉。

廿五日(8月21日)　画山水直幅。坚庐夫人来。

廿六日(8月22日)　先室人忌日。自甲戌岁至今已十三年矣，当时余挽诗云："少壮同心老护持，与君暂别亦何悲哀。拖泥带水人间世，修到天空海阔时。"不料予至今尚未死也。晚设供三簋：一鸡肫肝汤，一山药，一丝瓜。

廿七日(8月23日)　寥志来函。

多通驰誉夙超群，还接清言挹古芬。问字子云应载酒，读书贡父更能文。风人悱恻吾何敢，旧侣绸缪怅已分(谓俞郑一君)。

---

①②　天头：星期。

休讶当筵长守默,累臣久合断知闻。

眉孙先生吟定。曾寿。[①]

廿八日(8月24日) 写对二付[②]、屏条一幅、画松一幅。小妹来。治芗来,盖一年馀不相见矣。

廿九日(8月25日) [③]张半陶(畏苍)来,函聘为故都文物研究会名誉理事,作函辞之(米市胡同青年会后楼,金鱼胡同)。伯辉来。

卅日(8月26日) 致寥志及勉甫函。谢方奶奶来。

八月初一日(8月27日) 牛仁卿来。

初二日(8月28日) 致寥志函。

初三日(8月29日) 画山水便面(俊卿、邦箕)。

初四日(8月30日) 傍晚,于前院纳凉,小欣在旁温习学课,霎间若有一境界,约一小时,此亦不易有之数也。智慧深则山河大地皆成金色,实有此理,但人终身在昏浊中,则妙境不现耳。

初五日(8月31日) 强先、灼先来函。

初六日(9月1日) 同素梅、小明至国子监。辛亥前在学部时,孔子升大祀,改建九歌楹,曾往视,今三十馀年矣。石鼓已移运南方,只剩高宗所摹制十鼓尚存。庭前柏树奇大,为公园所不及。题名之碑林立,我家共有五碑列名者。

(曾祖简学公,嘉庆己卯科一甲一名。七曾祖大云公,嘉庆□□科翰林。祖父小舫公,道光甲辰翰林。二先兄苏生,光绪己丑科翰林。曾寿,癸卯科二甲进士。)

归途遇雨,君简及其女以芬来。彤伯来。

初七日(9月2日) 画山水直幅。孟平来,适值无钱,借五百元

---

① 整理者按:此诗写于夹页上。

② 旁注:伯群。

③ 天头:星期。

与之。

初八日(9月3日)　致贻先、询先函。赵砥士(九弟妇之兄)及其弟怡亭[①]同识先来,并邀请往森隆吃饭,其意甚诚恳也。

初九日(9月4日)　画四尺松幅甚佳(砥士)。

初十日(9月5日)　孙顼波自成都中华路一五二来函,以予今岁为六十晋九生日,寄赠十万元,附其夫妇照片[②],意极可感。(坚庐夫人来,赠福建面一包。)

十一日(9月6日)　今日为予与农先生日。尔恭来。费荣生来。元初来。子玉、伯辉、善卿、蜀梅、晋华醵资一万元为一餐之费,予属农先备鱼、虾肉圆等四簋,予则专制素菜。早面晚饭。识先及九弟妇、翰侄来。钧侄来。小妹来。厚卿及大侄女、小卑、小宽来。彤伯夫妇及小苹、小彭来。君简及其女以芬来。善卿以日前夜出跌伤胁部,未能来。鸿年、京芳、小崧来。郴秀来。荣儿昨日自津来。觉先因车路不靖未归。蜀梅、晋华、小妹为作竹戏,至夜半始去。

十二日(9月7日)　询先来两函[③],有一函为昨发者,亦云速矣。荣儿同小明返津,交三万圆与小亮。

十三日(9月8日)　[④]庶曾祖母何老婆婆之忌日,晚设供三簋:肉圆、鸡肫肝汤[⑤]、丝瓜。

十四日(9月9日)　为晋华书楹联,渠与其侄仲坚及某人合办三友公司开幕,欲切"三友"作联。"三倍羲经占利市,友生诗义爱和平",似诗钟首唱也。又为画《岁寒三友图》中堂作开幕纪念。前日以生客【日】陪客竟日,稍累,今日又腹泻二次,作画稍久,遂感腰痛。昨

---

① "怡亭"原作"纯士"。

② 旁注:□□。

③ 旁注:贺予生日。

④ 天头:星期。

⑤ 此处圈去"蒸鸡蛋"三字。

为白露节,恐与节气亦有关也。觉先来信,言欲于余之生日前来京,到车站四次皆未得上。闻三弟妇日内亦感不适,病久患肺结核,误开刀后,久不收口,以致气血大亏,近更增发热、咳嗽、胃纳不进,极可忧虑。(到伯辉、尔恭处谢生。)

莲花不着水,芭蕉无有坚。

中秋节(9月10日) 晚设供祭祖,今日为曾祖母杜太夫人忌日,不另祭。三簋:粉蒸肉、卤鸡肫肝、卤蛋。

伯辉来。定远来,赠苦瓜。君简及其女以芬来。夜供月,藕、梨、苹果、葡萄、月饼共五盘,清茶一盏。夜半月色极佳。

十六日(9月11日) 约君简晚饭,共食苦瓜,家人皆不乐食,惟君简有同好也。(寥志来函。)

送治芗七十生日(九月九日生)楹联:

大名四海尊耆旧;寿酒重阳纪岁时。

以《襄阳耆旧传》《荆楚岁时记》作对,而四海习凿齿又为《耆旧传》首出之人物也。山谷有"九日重阳倾寿酒"之句。

十七日(9月12日) 致顼波函。致询先函。小妹来。

十八日(9月13日) 小元同农先赴津,小亮于廿日出嫁姚氏也。本约予往,因日来腰酸,又川资不足,未去。昨报纸载有皇后不幸消息①,心为之震动,以久病之身展转播迁,备受困苦,非人所堪。其不能久,固在意中,但使人愤恨无极耳。梅泉寄七律一首,有"主辱臣难求死所,盗憎民吏恨胥偷"之句。

十九日(9月14日)

廿日(9月15日) 小亮孙女今日于归姚氏。

廿一日(9月16日) 同素梅侄女往视治芗,并谢子玉之步,午饭后归。气候燥热,天阴未雨。恩咏春同年祭文:

维黄历丙戌八月二十九日,年愚弟陈曾寿祭于咏春同年老

---

① 旁注:尚未证实。

兄之灵，曰：

庚子釁夷，成约收京。[1] 礼闱既毁，移试汴城。癸卯获隽，浮海北征。同舟六七，同榜之英。庄皆【谐】谑浪，谨肆殊情。惟君蕴藉，一见心倾。对策大廷，同隶部曹。君掌铨选，我司刑牢。旋行新政，增部兴学，俱蒙奏调。郎员升擢，与共晨夕，图书商擢。辛亥国变，我独行遁。二十馀年，莫由存问。辛未之冬，随扈旅顺。君栖海隅，自辟三径。惟君客我，舍馆始定。君拥百城，花木掩映。笑傲其间，天怀淡静。君之诸子，兰薰玉润。友爱天真，无异髫龄。贤由义方，吾见盖仅。自兹分别，踪迹阔疏。久罹倭患，戢影穷庐。城坊北西，养天各隅。岂期一旦，人天遂殊。惟君令子，藏器渊渊。知新守故，人才实难。述君素志，希迹遗山。贻名继美，足慰沈泉。历历若尘，永矢难忘。聊陈旧恩，何穷感怆。呜呼哀哉，尚飨！

廿二日(9月17日) 黎明时大雷雨，天气陡凉，大风竟日，衣重视棉尚不温暖。钧侄来。三弟妇之病有增无减。钧侄家累重，医药之费更不可支。

廿三日(9月18日)

廿四日(9月19日) 寥志来函，附《牵牛花五古一首》，甚佳。

廿五日(9月20日) 贻先来函。

和君任牵牛花诗兼和寥志之作

侧寒轩窗翠蔓斜，秋芳虽少意犹赊。淡铺粉本庭心月，微映[2]天然屋角霞。白石固应知老味，居仁未敢作生涯。托根非地今何悔，断梦难寻塞外花。

丹霞名天然。

“老觉淡妆差有味”，白石咏牵牛花句。

---

① 此句原作“癸卯之岁，拳祸初平”。

② “映”原作“晕”。

"未教知死所,谁敢作生涯"。吕居仁句。

寥志来诗有"不减塞外花"之句。

梅泉索近诗,因作一首酬之

心与莲同苦,身如鸟各囚。至难无死所,直作有生羞。意尽吟俱废,悲深句莫酬。剩馀挂名字,一集为苍虬。

梅泉续刻诗集一卷,多为寄予诗。

廿六日(9月21日) 炎侄自沈阳归,同钧侄来。

廿七日[①]**(9月22日)** 咏恩同年之丧,今日开吊,命升儿代往吊之。同素梅侄女答拜元初,便道视君简新居。舍为日式,太矮小,但甚整洁耳。院落不过数弓之地,杂植花木皆满,尚有桥有池,无一隙地。又过蜀梅处午饭。院中红扁豆正开花,紫色,甚好。看摘豆佐餐。

伯辉来。致寥志函[②]。

答梅泉寄示之作[③]

纷纷憎主馀群盗,一共贪天岂倖存。旧德[④]遗风惟子在,孤臣苦意向谁言。

留躯宁复禁长夜,悬眼终当置国门。绝望贞元一流尽,驱除孰与正乾坤。

廿八日(9月23日) 子玉来,赠重阳糕。缪子绶来,近从长春来者。希颜来。醵资晚饭,略备酒肴,在今日已非易矣。孟平来,赠以二千元。

---

① 天头:星期。

② 天头:邦烂地址:安徽太湖章复兴。

③ 此处夹页:黄蓍三钱,当归三钱,甘草一钱,龙骨三钱,牡蛎二钱,半夏二钱,白术三钱,广皮一钱。800元。钤印"西鹤年堂,法币800元,35.12.4"。

④ "旧德"原作"世族"。

福开森路二八〇弄十一号李。

大兄左右：顷得手书，悉兄明日可来沪，喜出望外，惟天气不好，决不可冒然乘机，宁可稍缓。兄又得一孙，小元定婚，皆可喜也。勉甫北上，带去[1]一函并茶叶，想已收到。今年父亲大人九十冥寿，九月在灵岩山寺中设位，念佛七日[2]，十六日与七弟共请比丘尼诵《金刚经》一日。父母亲到灵岩寺中住三日，十六日絜弟同来，次日始去，云“父母亲及絜弟均生天界矣，五年后[3]父有变动”，且待证实。

敬请大安并叩年祷。弟曾则谨上。

海角飘零，叹汉苑秦宫，坠露飞萤。梦回天上，金屋银屏。歌吹竞举青冥，问当时遗谱，有绝艺，鼓瑟湘灵。促哀弹，似林莺呖呖，山溜泠泠。　　梨园太平乐府，醉几度春风，鬓发星星。舞彻中原，尘飞沧海，风雪万里龙庭。写胡笳幽[4]怨，人憔悴，不似丹青。酒微醒，对一轩凉月，灯火青荧。《春从天上来》[5]

二十九日(9月24日)　秋分，身体如常。文凯来。致贻先、询先函。君简来。雨后气候极爽。

九月初一日(9月25日)　致顷波函。致荃女函。小元自津来。

初二日(9月26日)　五更大雨，旋晴，天气极好。旧京惟八九两月气候高爽，是一年最好之时，过九月遂凛冽为冬矣。大表侄女来

---

① 旁注：有诗三首，请☐☐。

② 旁注：请僧女众。

③ 整理者按：旁注一字，漶漫不清。

④ “幽”原作“哀”。

⑤ 整理者按：此为陈曾寿所录北宋吴激所作词。“福开森”至此，为三张夹页内容。

函,自日本事变后,此乃第一次通信(重庆江北唐家沱民族路九号)。文凯来。

初三日(9月27日) 写单行便面二件(荣宝斋)。

代彤伯作送治芗生日联:

黄花酒献重阳节,硕果天留老学庵。

三媳生日,覆芙蓉表侄女函。钧侄来。

初四日(9月28日) 为三媳生日,补吃面。晋华来晚饭。识先来。

初五日(9月29日) 同素梅侄女往视三弟妇之病,更现沉重。宝钞胡同之屋,自前年强志弟逝世后,予不忍再去,今复往,心中之滋味可知也。又往视季馥,闻予至即哭,良久始止,惨极。约伯辉至识先新居(西裱背胡同五十号),甚轩敞,较蕲水馆之湫溢,不可同日语矣。午饭后归。富子才送素菜一器。

初六日(9月30日) 先祖小舫公生忌,晚设供三簋:肉圆、鸡肫肝汤、素会。季乃时送张明炜去岁所欠画润八万,又某君六万。姚虞琴汇寄七万元来,尚未得信,当系求画之润金。购米五十斤[①],二号面一袋[②]。还素梅侄女五万元,付房租、自来水七千五百元,付去奶妈一万三千元。

树木不培其根本,其枝叶必难畅茂,此自然之理。祭祀而不诚,或竟淡忘,乃最不好之气象。予思稍存旧礼,陈氏家风不至遽替,而德薄,不足以矜式,惟有疚心而已。

定远、贻赞来夜谈。

初七日(10月1日) 三弟妇更见沉重,已将至弥留之候,处分后事极为详尽已。回,夜不能睡,气喘息微,备极苦楚。识先来,夜冒大雨去。写便面二件,前后《赤壁赋》,甚精匀。

---

① 旁注:三万八千元。

② 旁注:三万元。

半夜之时，钧侄派人送信来，三弟妇已于丑时逝世矣。治家整肃，厚人而薄己，自前岁强志弟逝世，又遭炎侄为日本宪兵拘囚数日之久，忧伤成疾，经一年馀，遂致不起。一生做人正当，辛苦至不易，可谓贤矣。在今世尤不易得，可为妇女之模范也。

初八日(10月2日) 同小元往哭三弟妇，念及强志弟，伤心之至。午后五时，又往视大殓，棺木甚好，家人均到。觉先自唐山来，长媳自天津来，蜀梅、伯辉来。心气受伤，周身酸痛不支，始知衰惫不禁事也。

重九节(10月3日) 本思约友小聚，以三弟妇逝世而作罢。今日不期而至者，子玉、伯辉、善卿、君简、定远数人，觉先又新自唐山来，因略备酒肴，聊应节候，苦聚而已。

初十日(10月4日) 三弟妇接三，予与家人皆往。仲业之子震川来，自去岁七月沦于八路军之手，近始释放，由哈尔宾返津，其口述情形如左：

七月初八，随扈皇上、皇后至通化大栗子沟。三日后，上幸奉天，皇后在大栗子沟三个月，又移至临江一个月，后又至通化三个月(过年)。到长春，住东北商行三日。到吉林公安局留置厂(住犯人地方)十馀日，后至法院七八日，到延集，过五月节，随扈之人皆移至佳木斯(二十馀日后释放至哈尔宾)，留皇后一人在延集①(大约不数日即薨逝矣，惨极)。

觉先、识先来。蜀梅、小妹、晋华来。彤伯来。

十一日(10月5日) 孟平来，赠以二千圆。

十二日(10月6日) ②贻赞求书楹联。

宁戚商歌关际遇；文殊法乳证醍醐。

---

① 旁注：只有粗粮食及咸菜数片，不能下咽，三年来已不能起床，近年馀更少知觉。

② 天头：星期。

觉先来,傍晚同至君简寓。君简约至灶温晚餐,有农先、升儿、星缘。

顷波来函。

十三日(10月7日)　觉先来。三弟妇报头七。文凯来。震川交来苕雪函。夜间觉先来下榻,食藕圆。

十四日(10月8日)　觉先返唐山。覆苕雪函。

十五日(10月9日)　数日前背上湿癣,抓破成疱,甚觉不适。升儿随往哈锐川医寓所,言地位太正,但不致甚剧。荣儿同小明自津来。

十六日(10月10日)　三弟妇移厝于嘉兴寺后院,与强志葬处相近,家人皆往,予以背痛未能去。识先来。勉甫来函唁三弟妇之丧,赙五万元。

十七日(10月11日)　升儿随往哈锐川医寓,言老年气血不足,不易化脓。荣儿返津。

苍虬翁航空南来人日抵沪作此达意

沧海归来共夜灯,闲于瘦鹤淡于僧。一千里外人随雁,十六年中谷作陵。(与翁壬申一别十六年矣)白茶花残解涕泪,琼楼天远渺觚稜。诗心禅意追坡老,试究华严最上乘。(后人评坡诗谓"字字从华严法界中流出"。)

此诗不工,但极贴切,不能移赠他人。乞翁证之。梅泉。[1]

十八日(10月12日)　子玉同陈雪涛[2]来求画便面。

十九日(10月13日)　素梅侄女随往哈锐川处治疗,较前稍好。

廿日(10月14日)　[3]定远来。识先夫妇来,带山药,又购西洋

---

① 整理者按:此诗为梅泉赠予陈曾寿诗。写于夹页上。

② 旁注:上海银行经理。

③ 天头:星期。三弟妇二七,制素菜三簋往祭。

参[1]半两。

廿一日(10月15日) 升儿随往哈锐川医寓治疗。坚庐夫人来[2]。

廿二日(10月16日) 介卿来,送酱油一瓶。毛惕园(通城人,警备司令部稽查处少将副司令)、刘松村(鲲)同来。

廿三日(10月17日) 升儿随往哈医处治疗。

廿四日(10月18日) 寥志来函。询先来函,附君任诗一首。蜀梅来[3]。

廿五日(10月19日) 升儿随往哈医处换药。钧侄来送米糕。

廿六日(10月20日) 荃女来函。覆荃女函。小妹来。

廿七日(10月21日) [4]伯辉来。识先夫妇来。徐子才来。

廿八日(10月22日) 升儿随往哈医处换药。

廿九日(10月23日) 子玉来赠点心一包。晋华来。

卅日(10月24日) 伯辉来。君简来。

十月初一日(10月25日) 晚小雨,大风甚凉。升儿随至哈医处。

初二日(10月26日) 天气极凉。姚虞琴来函催画件,即覆一函。

初三日(10月27日) [5]自背疽以来,百事皆废,今日始复经课。识先来。写便面(荣宝,跨行)。

初四日(10月28日) 小元自津回,带荣儿函。写便面[6](冠群)。

初五日(10月29日) 升儿随往哈医处。张孟平来,赠二千五百元。

初六日(10月30日) 今日始作画,册页一开(君谋,荣宝)。炎

---

① 旁注:一万元。

② 旁注:赠饼干一包。

③ 天头:钟楚(铭轩),景薇(养澄、浩波)。

④⑤ 天头:星期。

⑥ 旁注:单行。

侄来。顷波来。

初七日(10 月 31 日) 写单行便面(虞琴)。素梅侄女、小明、小春、升儿往游香山看红叶。

初八日(11 月 1 日) 先室人洪夫人生忌,瞬过十三年矣。予曩作挽诗有"与君暂别亦何悲"之句,不料至今尚未死,亦少所进益,人生应尽之职分未能稍尽,可悲可愦之事。邱山之重,实无以自解也。晚设供,素菜三簋:一素会(油菜、土豆、山药、芋头、油豆腐、胡萝卜)、一黄花菜粉条,一口蘑烧豆腐。升儿以萨齐马、重阳糕上供。农先制肉一盘。巨悒、子玉同来。巨悒今年已八十,尚能健谈,亦可喜也。识先夫妇①来与祭。

初九日(11 月 2 日) 回毛惕园之看(王大人胡同十一号,小明随往)。小妹及甥小七来。昨重被稍热,梦遗,已年馀无此事,此不小心之过,所谓气一则动志也。写屏条一幅。

初十日(11 月 3 日) ②牛仁卿派其孙(德裕)来视予背疾。厚卿来。写屏条两幅、单行便面③一件。寥志来函。覆顷波函。

十一日(11 月 4 日) 小明随至哈医处,便道至蜀梅处看菊花,有七盆皆单朵者,大如六七寸之盘盂,甚肥,脚叶亦好,但皆粗种耳。从前好种今已无复存者,人亦无此种知识矣,花其一端耳。

齐白石所画佛像求题《心经》于上方(荣宝)。徐善卿来。询先来函。

十二日(11 月 5 日) 三弟妇五七。画山水便面(冠群)。昨夜雨,今日天仍阴晦,气象愁惨。

轻别十三年,空悲岁月迁。苦心资佛力,痴愿共禅天。未尽馀生责,何由恨悔填。相期无限意,万一到沈泉。

---

① 旁注:送糖一包。

② 天头:星期。

③ 旁注:法周。

十三日(11月6日) 雨。画山水便面(虞琴)。彤伯送高丽参。

十四日(11月7日) 昼晴,晚又微雨。致虞琴函,并寄扇面、屏条。

十五日(11月8日) 画山水直幅(冬杲)。

十六日(11月9日) 画山水直幅(夏杲),两幅皆取材于屋漏痕,颇有异境。钧侄来。炎侄来。

十七日(11月10日) ①写四尺屏条二张(伦池斋)。炎侄、翰侄来。定远来。为子才写"还读斋"扁额不佳,须再写之。

十八日(11月11日) 画纨扇(坚庐夫人)。

解叹秦人不自哀,如何甘自陷囮媒。② 后车客载偏饶兴,上堵吟成只费才。孔雀岂如牛有角,濡须竟与豕俱③灰。同归诗侣齐名者,何似青山独往来。

十九日(11月12日) 画山水横幅,甚苍厚。

廿日(11月13日) 识先来。小明随至哈医处,已换生肌,药当可平复矣。

廿一日(11月14日) 子玉来④。小妹来,竹戏八圈。彦远来。贻赞属写"利贞应天"四字,用"中孚"卦语也。送中孚复业扁额。

廿二日(11月15日) 画二尺松幅(砥士)、枯木竹石小幅。

廿三日(11月16日) ⑤画《东坡后游赤壁》扇面,并写赋于背面,尚腴润有致。荣儿自津来,因明日钧、炎侄为三弟妇开吊在嘉兴寺也。钧、炎、翰侄来。

廿四日(11月17日) ⑥至嘉兴寺,往视三弟妇殡所,与强志弟

---

① 天头:星期。

② 旁注:比匪慕渠魁。

③ "俱"原作"同"。

④ 旁注:送点心一包。

⑤ 天头:嘉有。

⑥ 天头:星期。整理者按:廿三日天头亦有淡淡的"星期"二字。

双封相对。晤蜀梅、伯辉、善卿、孟刚、希颜诸人。荣儿返津。

廿五日(11月18日) 写便面,画山水小幅(嘉有)。询先来函。

廿六日(11月19日) 画山水幅(□□),纸劣甚,乃自书便面,尚有朴厚之气。钧、炎侄来。

廿七日(11月20日) 画山水便面(健秋,何梅生之友)。

[1]徐子才为张孟平取得蓝玍字会施赈之五万元交来,至可感。

廿八日(11月21日) 往治芗处。与子玉同至刘松村及季芗两处。小欣孙女生日,吃饺子。钧侄来。

廿九日(11月22日) 致君亮、荃女、效高函。

三十日(11月23日) 画苍茫无际小幅。

十一月初一日(11月24日) 厚卿来。钧侄、炎侄、翰侄来。介卿来。夜画仿黄鹤小幅。

初二日(11月25日) 子才来。致询先书。

初三日(11月26日) 画松鹤庐小幅(鹤年)。

初四日(11月27日) 元伯来。完昨画,因有馀墨,作松兰小幅,又书小横披“香升弗降之室”六字。天气阴寒,大风。

初五日(11月28日) 先祖母张太夫人忌日,晚设供,鸡、豕二簋,农先供羊肉一簋。彤伯来,送糯米粉一包。夜画山水小幅。今日始去膏药,净背,换里衣,已有两月之久矣。

初六日(11月29日) 画云林小幅。

初七日(11月30日) 画松四尺中堂,甚苍劲。

初八日(12月1日) 祖母朱太夫人忌日,晚设供,肉汤、肝片二簋,农先供二簋。识先夫妇来与祭。询先[2]来函。画《滦河送别图》。

初九日(12月2日) 今日始复练太极拳,荒废两月矣。画图。

---

① 天头:鹤年,松鹤庐(三尺以内,一尺多宽)。

② 此处衍“询先”二字。

谢镜湖之夫人来，将回台湾。

初十日(12月3日)　写便面。文凯来。

十一日(12月4日)　子玉来，赠饼干一包。夜竹戏四圈。贻先来函。

十二日(12月5日)　写便面。坚庐夫人来，赠面包、蜂糕。

十三日(12月6日)　文凯来。

十四日(12月7日)　[1]坚庐夫人同吴夫人(修明，蘅)同来，亦梅生之女弟子也，赠梨膏二瓶、花生酱二瓶。敦仁来。梅生寄见怀七律一首。夜大风甚冷。文凯来。

福州仓前山聚和路淇园。福州螺洲乡马祖前吴宅。[2]

十五日(12月8日)　大风未息，冷极，室中爇两炉，衣羊裘，食棒子面粥，温满大腹，可谓极天下之享受矣。不知要冻死多少人，徒为此言，亦可耻也。炎、翰侄来。

十六日(12月9日)　觉先汇画润卅二万元。

十七日(12月10日)　《滦河送别图》绘成。彤伯以畏斋先兄文稿属选二三篇，拟列入《湖北文征》。

十八日(12月11日)　写便面(《秋声赋》)。

十九日(12月12日)　画《秋声图》便面。

李公光樵总摄开滦警务，于今八年矣。对于官警以博爱为宗，从不轻易一人。甲申岁，某种动机扩大组织，增加官吏十馀众，亦皆系友朋之推荐，从未用一私人。性喜饮，每逢庆节佳辰，或萧闲之日，必集同僚聚饮，不尽欢不散，往往有甚醉者，公则始终神志湛然，其温克如此，亦有时借酒杯以浇块磊，盖日本事变以来，诸多拂逆，公适当其冲，排难解纷，备尝艰辛，欲去之念蓄之已久，为保全矿事，不得不委曲求全也，今以时局渐可安定，乃

① 天头：星期。

② 此两条地址信息为夹页内容。

以微疾请辞。金瓯无缺,还之国家,在公可谓如愿以偿。同人不胜依恋之情,爰集资请陈苍虬先生绘图赠行,以为纪念云。

廿日(12月13日) 画便面(少陵《哀江头》诗意)。伯辉来。

廿一日(12月14日) [①]先祖父小舫公忌日,晚设供:鸡汤一篕、肉丸一篕、素会一篕,农先供鱼。识先来与祭。寥志来函。君亮来函。画少陵“足茧荒山”诗意于便面,并录其诗于背。伯辉来。

廿三日(12月16日) 小雪,旋晴。子玉来(送饼干一包)。伯辉来。题徐俟斋山水直幅二绝(荣宝斋),不必真也。

廿四日(12月17日) 昨梦在上左右,为时甚久。同升往视君简之疾,并答拜季乃时。

廿五日(12月18日) 昨梦与石钦、纲之徜徉于西湖之上,烟波浩渺,浪击岸汩汩有声,在岳坟一带绕行。画山水小幅(刘禺生)。

壬申之冬,上幸旅顺,命臣曾寿扈后继往,后赐狐裘之袭,故虽处关外严寒之地,不知寒也。去秋日本败降,上蒙尘于俄境,消息隔绝。后沦陷于共匪,播迁一载,薨于延集,极人世[②]之惨酷。今冬气候甚冷,乃衣赐裘,感纪一首:

忆昔随征扈凤銮,赐裘先与备严寒。十年绝塞无冰雪,终古衔恩在肺肝。求托稼轩南渡惨,葬迷黍[③]席大招难。何能归跗[④]西山塔,苦遇贤徽百世香。

《南渡录》:朱后薨,以黍席卷之。

后为上资福,曾造塔于妙峰山娘娘庙前。

廿六日(12月19日) 天气极冷。写《心经》于齐白石画观音直幅。君简、以芬同黄同武之女龙龙来,送茶烟两事。文凯来。

---

① 天头:星期。

② “人世”原作“天下”。

③ “黍”原作“麦”。

④ “跗”原作“骨”。

廿七日(12月20日)　炎侄来。

廿八日(12月21日)　文凯来。

廿九日(12月22日)　冬至,晚设供,鱼、肉、鸡蛋三簋,农先供二簋。识先夫妇、钧、翰侄、小妹率小七甥、厚卿[①]来与祭。画山水二尺幅(荣光,砥士之子)。吴[②]修明夫人以诗词二卷属阅,气息静深,闺阁中不易得。

十二月初一日(12月23日)　炎侄来。君亮自重庆来函,其助川资廿万元亦寄到。君亮劝往黄陂长住。覆以此生之事未了,东西南北未知所属,不敢即图安逸,只要一息尚存,当求其心之所安行之,但苦无可着力耳。

初二日(12月24日)　顷波来函,闻予将赴申,问川资有着落否。其意可感。

初三日(12月25日)　雪。炎侄来,将于明日赴沈就交通银行事。

[③]胸无俗虑,笔无点尘,诗中不易得之境也。涉虑而发妙明之心,出尘而现水晶之域,如接道流,如闻妙香,如入幽梦。得身

---

① 旁注:送邵芝岩紫毫一枝。

② “吴”原作“刘”。

③ 此前日记录有草稿:胸无俗虑,笔无点尘,诗中不易得之境也。涉虑而发妙明之心,出尘而现水晶之域,如接道流,如读异书,如闻妙香,如入幽梦。得身外身,领味外味。陈思闻梵于鱼山,师涓写声于☐水。人意未经,则有所会。抉函阐微,情达难显。淡而弥觉其腴,凄而能蓄其怨。此尤诗中胜境,非天怀度世、学养兼至者不能也。至于撄心世变(原作“愤疾变乱”),推究终始,片言居要,正而不腐,质世而无疑,俟圣而不惑,尤非深识者不惑。近世士夫不少瑰才,以诗鸣者众矣,然而功利(原作“嗜欲”)战其中,嗜欲(原作“矫饰”)形于外,故作危高愤世之言。其愤疾慨叹皆为其自欺矫饰之具。哀乐皆非其真,故可以惊众流,不可以适独坐。刘蕙愔夫人为何梅生先生高弟,以诗一卷见示,真足以净我之虑,洗我之尘,叹为未经见也。因缀芜辞,以志钦仰云。

外身,领味外味。陈思闻梵于鱼山,师涓写声于濮水。人意未经,则有所会。抉函阐微,达所难显。淡而弥觉其腴,凄而能蓄其怨。此尤诗中胜境,非天怀度世、学养兼至者,不足语此。至于撄伤世变,推究终始,片言居要,正而不迂,质世而无疑,俟圣而不惑,尤非通解深识不办。近世士夫不少俊才,以诗鸣者众矣,然而功利淆于中,嗜欲夺于外,高论抗言,愤疾慨叹,适为其自欺矫饰之具。哀乐皆非其真,故可以惊众流,不可以适独坐。吴[1]蕙愔夫人为何梅生先生高弟弟子,以诗一卷见示,把读过日,洵足以净我之虑,洗我之尘,引人胜叹,为未经见也。爰缀芜辞,以志钦佩云。

初四日(12 月 26 日) [2]晴。文凯来。画山水小直幅。荣儿来函,言大媳渐愈。覆顷波函。

巨卺八十生日:

胸中那可有一事,老翁真个似童儿。

(集放翁八十所作诗句)

初五日(12 月 27 日) 昨梦见皇后(袍服华丽,无何言语),此为入梦之第一次也。

初六日(12 月 28 日) [3]九弟妇来。善卿来。钧侄来。伯辉来。小元自津来。

初七日(12 月 29 日) 吴蕙愔大人来,敦仁同来,送牛乳粉一筒、奶油酥一包、奶卷两盒,取《诗序》去。

腊八日(12 月 30 日) [4]煮粥供佛,祭祖。五侄媳小豫来。君

---

① “吴”原作“刘”。

② 天头:穀春方家,四尺。海环夫人,松鹤。玉书,山水(三尺)。树平,松(三尺)。

③ 天头:星期。

④ 天头:芜湖中二街三圣坊〼号,陈邦浔。

简、以芬来。

初九日(12月31日) 致荃女函。子玉来。伯辉来。蜀梅、晋华来。致荃女函。定远来。

初十日(1947年1月1日) 画山水二尺幅。顷波汇三十万元助旅费,可感之至。

十一日(1月2日) 先母周太夫人生忌,晚设供:鸡汤、素会、韭菜烧饼,农先供鱼肉二簋。识先夫妇来与祭。钧侄来。彤伯来。君简、以芬来与祭。邦志侄自重庆乘飞机来。画山水二尺幅。

十二日(1月3日) 吴蕙愔夫人请至玉华台午餐,自制素菜甚佳,执礼过恭,反为不安。同席有郭啸麓,已三年不见,病体衰惫甚矣。画山水三尺小幅。顷波来函。覆顷波函。

十三日(1月4日) 画山水二尺幅,又松幅。吴蕙愔夫人来,送红梅一盆极佳。

十四日(1月5日) [①]文钵孙与福建刘姓女广球订婚,在京华酒楼行礼。荣儿[②]自津来主婚,家人皆往。礼成后,小妹及大毛姑来寓,厚卿亦来。君简来。

十五日(1月6日) 画松三尺幅(树平)。荣儿及小元返津。文凯来。

三媳生一男儿(夜十二时,为十六日子时生),丙戌,辛丑,丙戌,戊子。

十六日(1月7日) 先君生忌,晚设供:干炸火圆、红炖羊肉二簋,农先供鸡、鱼、橙羹三簋,识先供野鸭。识先夫妇来,小妹来,彤伯来与祭。画四尺松鹤未成,甚累。(小明来函,大媳泻止。)

十七日(1月8日) 坚庐夫人及吴蕙愔夫人来。五侄媳率小豫、小康来。致寥志、贻先函。

十八日(1月9日) 啸麓逝世。相隔只数日,人命真呼吸间也。

---

① 天头:星期。

② 旁注:大媳又泻。

最后尚有一面之缘,亦异矣。元伯来。勉甫自上海来,带寥志所送龙井茶一筒、糖食一包、询先信一封、龙井茶一筒、君任信一封、笔一枝。画松鹤幅。九弟妇来。

十九日(1月10日) 坚庐夫人来,以鸡一头贺三媳生子。子玉来。往吊啸麓之丧,晤治芗、季湘。其管家言前日吴太太请吃饭,家人坚不欲其出外,而啸麓非去不可,归后遂不支,渐次消殒,并无一言也。应有一面之缘,亦不可解也。贻赞同勉甫来,约至其家晚饭,定远送予返寓。

挽啸麓

燕处荣观早,生来慧业全。才多能作祟,神惢竟摧年。已隔三秋面,还馀一诀缘。栖迟可无憾,当有等身传。

二十日(1月11日) 画山水直幅。文凯来。

寄怀何梅生[①]

域[②]中古德杳难求,地下亲知一念收。剩与寒梅分半坐,欲呼榔栎作[③]同流。山因骨瘦难来众,府见神清不及修。独忆平生老居士[④],何能[⑤]伴住淡幽忧[⑥]。

百丈欲往沩山,某僧曰:"此是肉山和尚骨,人不能得众。"欧阳永叔见某山有"明之府"四字,旋即不见,乃起学道之念,某僧

① 此诗诗集本作"寄怀梅生":域中古德渺难求,地下亲知一念收。剩与寒梅分半坐,欲呼榔栎作同流。山因骨瘦难来众,府见神清不及修。独忆平生老居士,何能伴住淡幽忧。

② "域"原作"山"。

③ "作"原作"是"。

④ 此句原作"安得冷锹践镬畔"。

⑤ "何能"原作"一庵"。

⑥ 天头:释迦见亿万劫前大佛自海中涌出,与之分半坐。丰干欲朝五台,问寒山同去即我是同流,若不去即不是我同流。某禅师临修偈语,一枝柳栎直向千山万山去。

云:“君已老,不及矣。”

吴蕙因夫人赠诗一首、冰桃一盒。

廿一日[①]**(1月12日)** 怡亭[②]同识先夫妇来吃素菜。君简来。画山水二尺幅。

二十二日(1月13日) 坚庐夫人约至其寓午餐。蕙因夫人约至同生照相以为纪念,小春随往。子玉来。文凯来。小明来函,言大媳泻仍时发,极可忧虑。

廿三日(1月14日) 咳嗽,致左胁作痛,暂歇画事。

夜送灶神。文凯来。

廿四日(1月15日) 秀山族侄之外甥李大光来,在九十四师炮兵团当连长,年廿五岁,由贵州至缅甸作战,回攻桂林等处,又来北方收复定兴,转察哈尔等处,尚无习气。送点心多种。

今日俗称为过小年,祭祖,鸡、羊、豕三簋。小妹来。钧侄来与祭。季馥于下午六时去世,往哭之,农先、素梅侄女同去。勉甫、贻赞皆至。季馥笃厚,友朋中所少有,子女皆极孝顺,可谓有福之人,而以世道变乱,忧虑过甚致疾,年来手足不仁,神智不清,备极诸苦。斯人斯疾,可痛也。

廿五日(1月16日) [③]画山水幅(树年)、松幅(馥堂)。钧侄来。

廿六日(1月17日) 画山水幅(仲钦)、松竹梅二尺幅(淳熙)。荣儿、小明来函。大媳病稍痊可。

同农先至定远处,为季馥接三之期,晤治芗(所送挽对极好,甚切至也)。晤勉甫、贻赞、杨珠山、存尧生。

挽季馥

谈笑经过意自亲,忘形直取性情真。不关才地能推胜,但觉

---

① 旁注:星期。

② 旁注:赠烟丝二盒。

③ 天头:淳熙。

世间无此人。少日欢娱沉断梦,无涯忧虑痼闲身。承家有子君何憾,后死萧寥独怆神。

廿七日(1月18日) 何坚庐、吴蕙因两夫人来,赠蜂糕一饼、牛乳两筒、鸭梨两筒、蜂蜜两筒、麦片一筒。以今日谢神,同升儿至广清园洗澡。夜十一时谢神还福,供年饭。识先来与祭。画松竹梅横幅①。

廿八日(1月19日) ②小雪。晨八时往送季馥移灵(在香山万安公墓安葬)。素梅侄女、升儿同去。过隆福寺,买红梅一盆、水仙十箭。吃年饭。识先夫妇来,小妹来,京芳来,并约同武之女龙龙及其婿林渭滨来③。十大碗,两桌。钧侄后来。小豫来。贻弟来函。写屏幅一条。

廿九日(1月20日) 隋素娥送酒二瓶。鸿年送酒一瓶。林渭滨送蜜枣糖、莲子酱菜两篓、福建面一盒。大雪竟日。

复入少年都下梦,撩人花气小窗晴。谱成梅蕊辄心喜,别久水仙初眼明(两年不见水仙)。诸弟书多安慰语,小儿啼是吉祥声。时光负尽仍天幸,惫遂江南万里行。

度岁有红梅水仙聊述

山谷《与李端叔帖》:“数日来骤暖,瑞香、水仙、红梅皆开,明窗净室,花气撩人,如少年都下梦也。”予剧爱之。

除日(1月21日) 大雪未止。连日皆梦在帝左右。上海汇到款钱四万二千元。小元自津来。

穷阴飞大雪,万里接龙庭。惨黩兼幽显,情怀兀醉醒。星光隐辰极,花影淡湘灵。欲说心中事,悲凉不可听。

迎年稚子哗,弄笔学涂鸦。岁晏飞腾雪,春寒委曲花。酸香

---

① 旁注:仲铭。

② 天头:星期。

③ 旁注:名恕,中央☒☒局分局文书主任。

尝蜀橘，清妙品杭茶。远道通珍味，吾生计已赊。

夜接灶神，祖宗前辞岁，二时睡。家人赶羊为戏，包饺子。

丁亥元旦(1947年1月22日) 开笔。敬天地(三跪九叩)。敬圣人(三跪九叩)。敬观音(胡拜)。敬文昌、关、岳(三跪九叩)。供祖先(饺子十碗)。家人拜年。九弟夫妇来。小妹来。彤伯来。钧侄来。树峨来。夜供祖先(五簋)。以芬来。

初二日(1月23日) 吴夫人、王夫人来，留吃点心。君简来。文凯来。张荣斋来。齐耀曾来。鸿年、京芳来。

初三日(1月24日) 蜀梅、晋华来。

初四日(1月25日) 中航来电话，属明日买票①。初六日即飞行矣。题蕙因夫人之砚："紫云之腴，墨妙之渊。陶泓见佛，佳处参禅。"觉先来。

初五日(1月26日) ②同素梅侄女、升儿至中航公司过磅。子才来。觉先来。识先夫妇来。勉甫来。贻赞夫妇及其父□□□来。蜀梅、晋华③来。小妹来④。伯辉来。善卿来。文凯来。赵星缘来。隋树峨来。钧侄夫妇及小豫、小康来(即下榻)。翰侄来。京芳来。君简来。吴蕙因夫人来，送前所同照照片，夜又来送绒袜一双、雪茄烟一盒、信笺一盒。坚庐夫人送点心一盒。来客夜深始散，甚劳累矣。

初六日(1月27日) 五时起，六时乘汽车，同素梅侄女赴中航

① 旁注：觉先自唐山来。

② 天头：星期。

③ 旁注：送点心一盒。

④ 天头：定远之子孝嘉来，属画山水二尺幅、松二尺幅，画成付之。

飞机栈。升儿、小元及刘广甡、广球均往送。九时半飞起[①],十时抵青岛,停半小时,午后二时,到上海龙华飞机场。一路安顺,并无所苦。搭机场大汽车至旧法界福煦路多福里,适遇七弟妇,乃同至其寓小坐。四弟及弟妇亦来矣。邦纠侄女来。邦檀侄女来。同七弟妇乘坐人力车至寥志寓(永嘉路六九〇弄一号),见文灿侄孙女、文成侄孙,均极可爱。四弟、七弟旋来。邦纠、邦檀侄女来。

人日(1月28日) 外甥兰生及其子元虚来(星仲姊夫之子)。伯群来。姬传来。君任来。李祖定及菊侄女来。四弟妇来。邦纠侄女来。贻先、询先来。夜十时散,腰酸甚累。

初八日(1月29日) [②]杨珸山来。定生弟夫妇来,多年不相见,亦无消息,今已经六十七矣。嫡堂兄弟只此一人矣! 赵朴初来。君任来。同贻先至梅泉处小坐。询先来。夜十时散。咳嗽喉痒,连日感受风尘及炭火所致。二宝侄女来。邦檀侄女来。邦楠侄女来。菊侄女来。

初九日(1月30日) 子安来。十馀年不见,形容消瘦,谈次尚有精神。为予处方治伤风咳嗽,久坐。傍晚,同赴珸山之约,寥志、询先亦往,病树亦到。询先唱《断臂》甚沉着有味,较前大进矣(珸山胡琴)。四弟妇、邦檀、邦纠侄女来。菊侄女来。邦楠侄女来。寥志之学生梁敬予来(广东人),送治腰痛膏药三方,云系极好之药,意甚诚恳。

初十日(1月31日) 病树同梁子衡来(荣宝斋管事),交四十万元,属画横幅松四幅,其意可感。幼衡来,值午睡未见。朴初之少奶奶来,亦未见。

---

① 天头:行时天尚未明,值市中铺户开张,灯火照耀,鞭炮声不断,景象甚好,乃临别旧京之纪念也。

② 天头:见富厚之家享受太过,不免为物质所役,只有苦趣。世间阶级万有不齐,恐山中苦行见我等亦有此种感想耳。

十一日(2月1日) 询弟来。汇二十万元至京寓,以七万还九弟妇,以五万送季馥奠敬,以八万作家用。菊侄女、二宝侄女来。

十二日(2月2日) 病树同宋小坡来。关世姊同四弟妇来。予六岁出京时,有祖母、父母亲、十二叔、大姊,寥志才二岁耳。有关师、师母、世姊、絅之弟,今只馀予及世姊两人尚存耳。人世一梦,可胜感怆!贻先来。伯群约吃晚饭,以车来,同询弟去,病树亦至。

十三日(2月3日) 连日咳嗽未愈,牵制两臂、两胁、腰部作痛,感受风寒,加以劳累,应有之现象也。贻先来。询先来。

十四日(2月4日) 病树同李拔可来。识先来函。询先来。贻先来。

十五日(2月5日) 细女(渭渔三兄之长女)同其婿杨默园、其二女、其外甥来。自出嫁后三十馀年不见矣。其家尚裕,亦难得。七弟妇送汤圆来。邦檀、邦楠侄女来。贻先来。

十六日(2月6日) 病树来。询先来。升儿、小春来函。致升儿函。

十七日(2月7日) 病树同宋小坡来。小坡以百万元购画山水尺幅二,求画便面二,予以其损惠太多,取之伤廉,又择旧存之三尺山水各一幅、山水尺幅一赠之。意极可感,皆病树之力也。

王芗孙来,坐数小时始去,畅谈不倦,精神极好,十馀年不相见,亦可快也。其子数人,皆有事沪宁之间,渠在苏州租两三间屋,居其妾及幼子数人,言书城已作古,有二子,已十馀岁矣。询先来。朴初来。

十八日(2月8日) 始闻流莺,真如似闻仙乐耳暂明也。在长春十馀年,所闻只鸦噪,旧京亦少鸟语。病树来,送湖南菌油一筒。此乃最鲜美之味,极不易得。又豆丝一包,亦乡味也。询先来。邦楠侄女来。荣儿、小明来函,大媳病渐愈。

十九日(2月9日) [1]病树来。询先来。伯衡来,送桂元、米粉

---

① 天头:星期。

各一包。

二十日(2 月 10 日) 风雨，阴寒。画易安“斜风细雨”词意小幅。病树来。询先来。

二十一日(2 月 11 日) 始复经课。画《大雪封山》小幅。三表侄女来，言陟甫口不能言，眼亦少见，耳少闻，惟饮食尚好。久病不仁，太痛苦矣。叶大密来。病树来。贻先来。询先来。

廿二日(2 月 12 日) 吴蕙因夫人属其侄长芝来视，带信一封，送罐头四筒、果品、乳粉。

廿三日(2 月 13 日) 孙大小姐来。阴雨竟日。拔可约食晚饭，自乘汽车来接。与寥志同去，有冒鹤亭、孝鲁父子、仲恕、叔通兄弟，皆白须，精神甚好。子安、病树、帅南、吴梅生、梅泉，连主人十二人，西餐。仲恕赠墨六方。

廿四日(2 月 14 日) 病树、小坡同来，赠雪茄烟一盒、螺纹纸两张。万煊仪来。病树来。询先来。贻先来。

廿五日(2 月 15 日) 贻先来。病树来。询先来。

廿六日(2 月 16 日) 孙钊云女士来（禄堂先生之女）。邓梦仙来。询先来。七弟妇来。邦檀来、邦楠、邦勤、邦织来。细女及其婿墨缘[①]来。细女将赴汉视母也。季群夫妇来。慈护来。病树来。

昨夜似梦非梦之际，觉被上加重，如有人压其上者，起视则强志弟也。强志云：“远来足冷，欲取暖。”予属其入被取暖，乃共被而卧，未交一语，片时醒矣。

廿七日(2 月 17 日) 姬传馈素鹅、酱炒胡桃二盘。病树来。询先来。天气极冷。今日痰较少，惟早起时作喘，觉丹田之气不纳，吃点心后渐平。连日皆苦浑身牵制作痛，不但是病，乃年衰之现象也。询先来。

---

① “墨缘”原作“默园”。

和寥志

一面残生足，区区未死心。魂惊终辱结，帆过失舟沉。积惨曾何语，离居久废吟。因君动清兴，还嗣惠连音。

赵朴初赠诗

平生顶礼苍虬阁，别有高寒未可窥。入梦每依明月寺，断肠宁独落花诗。十年绝塞疑难见，此日图南喜可知。便欲弥天从一老，曾门应许瓣香持。

廿八日(2月18日) 病树来，送烟嘴一个。致小春孙女函。钱冲甫及其幼子来。识先来函。

廿九日(2月19日) 贻先来。病树来。询先来。邦潭侄女、邦楠侄女来。

卅日(2月20日) 晴。病树来。贻先来。询先来。菊侄来。邦潭、邦楠、邦织侄女来。覆吴蕙因夫人函。

二月初一日(2月21日) 晴。病树来。询先来。

和病树

再来先友失朱袁，断梦难寻剩子存。喜得连朝还共语，何殊剪纸与招魂。艰辛历尽神弥王，凄晦来过意更温。贫到锥无复何事，一机应向仰山论。

某禅师言："去年贫无立椎之地未是贫，今年贫椎也无。"仰山云："此是如来禅，非祖师禅。"某禅师乃云"我有一机，别向沙弥"云云。仰山云："此是祖师禅也。"

初二日(2月22日) 姚虞琴来，年八十一，甚强健。拔可同沈昆山来。菊侄女同祖定来。邦织、邦檀、邦楠、邦纠侄女来。询先来，打扑克为戏。

初三日(2月23日) 李佩秋、杨石芝[1]来。病树来。贻先来。

---

① 旁注：子勤之子。

询先来。朴初来。邦织侄女来。邦勤侄女来[①]。

和梅泉

北地羁魂念念违，一朝竟与雁南飞。偷生九死犹相见，失主孤臣何所归。衰老幸同诸弟聚，凄惶惟觉故人稀。海藏精爽谁能说，寒夜同君更累欷。

初四日(2月24日) 万煊仪来送药方，意极诚恳可感。子安、病树来，各有一诗。询先来。晴暖。

初五日(2月25日) 病树来。气候又变。菊侄女来。

初六日(2月26日) 晴。冒鹤亭来(福煦路模范村二十二，七三一〇〇)。病树来。询先来。七弟妇来，带菜一碗，又制莲子山药泥。

和拔可招饮话旧之作

年来心绪等寒冰，虚负君家酒似渑。广席盍簪仍选客，伊蒲设馔胜斋僧。非时过涉宁逃咎，入坎艰贞愧未能[②]。仁过难分风义在，且图还栝慰亡朋。

初七日(2月27日) 冲甫来。携南楼老人所画《四子讲德论手卷》，皴法董、巨，其苍老之趣，不让石谷，洵为近三百年来一人也。卷首高宗御题"清芬世守"四字，后题七律一首，有嵇璜、和珅、梁国治、谢墉、窦传鼐、□□□六人恭和七律。文端公写"四子讲德论"，书法亦精，可为钱氏传家之宝。

询先来。病树来。

初八日(2月28日) 拔可、病树来。贻先来。询先来。邦纠侄女来。邦楠侄女来。

初九日(3月1日) 病树来。询先来。七弟妇来。邦檀侄女来。邦楠侄女来。

---

① 天头：关世姊送元宵数十枚。

② 此联原作"早拼孤注宁期谅，竟入扁舟病不能"，此联还曾改为"行成孤愤宁期谅，难与艰贞愧不能"。

黄菊霜天侍抱冰，举杯先为别淄渑。九原同感人禽痛，卌载真如粥饭僧。入梦苍髯空有忆，得仙青骨病难能。浮沉湛辈都衰朽，风雨今宵喜有朋。子安。

初十日(3月2日) 寥志约为蝴蝶会，每人作菜二簋、点心一味。贻先、询先、七弟妇、邦织侄女、邦勤侄女、邦檀侄女、邦楠侄女、邦纠侄女、祖定侄倩孙剑云(孙禄堂之女)、濮秩丞(七十八岁，甚健)及其女濮玉、病树、瑨山、小坡、熊思孝、刘承亨、陈玉奇、章国□、杨人镜外孙、芗孙之子绍曾，共开一席。同武之子继祖、子安之子绥后、李祖夔亦来。绍曾、人镜操琴，询弟歌《捉放》《状元谱》《南阳关》《桑园寄子》《战太平》《定军山》等剧。刘永亨唱《叹皇灵【陵】》《探阴山》《连环套》等剧，刘君复与询弟合唱《二进宫》。邦檀侄女唱《坐宫》(青衣)及《打鱼杀家》剧。孙剑云歌《奇冤报》(老生)。杨绥后歌《捉放》。瑨山拉胡琴牌子，濮玉琵琶独奏。章君凡阿林独奏。剑云舞纯阳剑。濮玉练太极拳。寥志弟与邦勤侄女对剑，复与玉奇对八卦合手。玉奇转八卦掌。

忆禄堂师即席赠剑云师妹

英名悲宿草，绝艺几人传。弟子头俱白，江山血洒鲜[①]。相逢离乱日，话旧斗争年。俊杰存孤女，宣传赖尔贤。

丙戌除夕作

莫道无常是有常，倏如一梦熟黄粱。身经五世伤心剧，眼见群雄杀敌狂。日日删除趋死近，年年奔走为生壮。人间哀乐真尝尽，归去逍遥无有乡。

飞机屡失事，大兄乘机来沪惊喜而作

乍喜从天降，方安疑虑心。祇园诸弟会，不懔大鹏沉。夜话忘忧戚，晨兴入啸吟。门前罗雀处，日百驻轮音。

湖海相望六载期，寒宵深语一灯知。不污泪眼除非梦，小异

① “鲜”，诗集本作“先”。

枯禅正坐诗。直遣丹青与傅恨,纵无风雨正堪悲。莫言穷巷跫音少,从我荆公有不思。祖任。

岂独同心少一袁,废池乔木亦无存。二分尘土怜春色,万里胡沙役梦魂。所过真疑天地阔,此欢能使雪霜温。吉人惟觉曾胡远,安得周生攘袂论。祖任。

内热销亡罢饮冰,浇愁强对酒如绳。诗篇早拜登坛将,怀抱难抒苦节僧。怪底皇天甘此醉,将收隙地养无能。筐中一卷金銮记,道是平生耐久朋。吴眉孙。

气味天然冷似冰,难寻一勺小淄渑。园炉芋火山中夜,皂帽梅花树下僧。鱼水百心吹得起,虫沙何力肆犹能。九原久已忘功罪,公是公非付友朋。墨巢。

无言独上西楼,月如钩。寂寞梧桐深院锁清秋。剪不断,理还乱,是离愁,别是一般滋味在心头。(胸无俗虑,笔无点尘,诗中不易得之境也。渺虑而发妙明之心,出尘而现水晶之域。别有会心。淡而弥觉其腴,凄而能蓄其怨。如接道流,如读异书,如闻妙香,如入幽梦。探索世变,推究终始,正而不腐,通而不随。一语即□□□,俟圣而不惑①。)

记得那年花下,深夜,初识谢娘时。水堂西面画帘垂,携手暗相期。惆怅晓莺残月,相别,从此隔音尘。如今俱是异乡人,相见更无因。　　记得小乔初嫁了,云骈驾鹤归时。九鷭钗压两环攲,薄撩蝉翼。鬓窄画月棱眉。无意询他夫胥事。脸潮红润,胭脂新来,情性故矜持。不应裙带工,双写合欢诗。②

① 此段文字见前,此处分抄在此词及下一首词尾。

② 本页天头:福州□前山淇园,吴。古巴路蒲石路口合众图书馆。上午九点后,电话:四二〇五九,□少□。

附录一　局外局中人记[①]

陈曾寿　陈曾植【矩】

一

强志(陈曾矩)局外人也,而不啻局中人;苍虬(陈曾寿)局中人也,而不啻局外人。合二人之日记以记之,题曰《局外局中人记》。

辛未八月初九日(一九三一年九月二十日)　闻日军占奉天,至求志里大兄处,勉甫(姓徐,凌霄之弟)先在。旋苏堪(郑孝胥)来,语次,意气飞扬,言久悬之文章可交卷矣。既去,与大兄、勉甫皆笑其

---

① 编者注:陈曾寿,湖北蕲水县人,清光绪癸卯科进士,曾任学部员外郎。张勋复辟时,陈以奔走复辟颇力,得任"学部侍郎"。以后即长期协助溥仪进行复辟的活动。"九一八"事变后,随溥仪到东北组织傀儡政权,曾任"内廷局长""近侍处长"等伪职。本文为陈曾寿之弟陈曾植【矩】旧稿,由其后人保存。系辑录曾寿、曾植【矩】两人的日记、函札、诗文等而成。原稿凡二本,第一本完整无缺,第二本被保存者剪去数段。

本文的起讫时间,是从一九三一年九月二十日起至一九三七年十二月二十日止。其内容是:记述溥仪在日本帝国主义者的诱骗和挟持下由天津前往东北串演伪满洲国傀儡组织丑剧的经过,同时还记述了与日本帝国主义相勾结的汉奸郑孝胥等人的叛国罪恶活动,以及这个傀儡组织内部的矛盾和明争暗斗的事实,是一篇有参考价值的史料。现在整理付印,只将其中与史料无关的诗文和个人生活琐事的叙述部分作了删节,其余一字未动。其人名只称别号者,就所知加注姓名。原稿全用阴历。今加注公历。

轻脱。

九月十二日(十月二十二日) 月馀以来，谣言日炽。上(溥仪)对左右诸臣，言虽主持重，但闻曾与苏堪应日驻津司令之请，密至日兵营一次，有所商洽。大兄预备一奏稿，看消息如何再递。

十三日(二十三日) 大兄召往，言罗叔言(罗振玉)来津，纵臾上赴大连。上意已动。因将昨日奏稿，略为润色。夜，大兄亲自誊正，明晨递上。

奏为密规近日情势，宜慎赴机宜，免误本谋，恭折仰祈圣鉴事：窃闻几事不密则害成。所当暗中着着进行，不动声色，使人无从窥其际。待机会成熟，然后一举而起。故不动则已，动则必期于成。若事未实未稳，已显露于外，使风声四播，成为众矢之的，未有不败者也。今皇上安居天津，毫无举动，已远近传言，多所揣测。若果有大连之行，必将中外喧腾，指斥无所不至，则日本纵有此心，亦将阻而变计。彼时进既不能，退又不可，其为危险，岂堪设想？且事之进行，在人而不在地。苟机有可乘，在津同一接洽；若机无可图，赴连亦属罔济。且在津则暗中进行，而易泯群疑；赴连则举世惊哗，而横生阻碍。在津则事虽不成，犹有馀地以自处；赴连则事苟无着，即将悬寄而难归。事理昭然，有必至者。抑在今日局势未定，固当沉机以观变；即将来东省果有拥戴之诚，日本果有敦请皇上复位之举，亦当先察其来言者为何如人。若仅出于一部分军人之意，而非由其政府完全谅解，则歧异可虑，变象难测。万一其政府未能同意，中道改计，将若之何？是则断不可冒万险以供其军人政策之尝试。若来者实由于其政府举动，然后探其真意所在。如其确出仗义扶助之诚，自不可失此良机；如其怀有利用欺诱之意，则朝鲜覆辙具在，岂可明知其为陷阱而甘蹈之？应付之计，宜与明定约言，确有保障而后可往。大抵路、矿、商务之利，可以酌量许让。用人行政之权，必须完全自主。对外可与结攻守之同盟，内政必不容丝毫之干预。

此当预定一坚决不移之宗旨，以为临事应付之根本者也。昔晋文公藉秦力以反国，必有栾、郤、狐、先为之内主；楚昭王借秦兵以却吴，亦有子西等旧臣收合馀烬，以为先驱。自古未有专恃外力，而可以立国者。此时局势，亦必东省士绅将帅先有拥戴归向之表示，而后日本有所凭借，以为其扶助之资。此其时机，似尚未至。今日东省人士犹怀观望之心，若见日本与民国政府交涉决裂，当有幡然改图者矣。今列强外相群集于日内瓦，欲藉国联局面施其调停。日本不肯开罪于列强，闻已提出条款大纲，若民国政府应允，即许退兵。在民国政府虽高唱不屈之论，实则色厉内荏，恐终出于屈服之途。日本苟偿所欲，必将藉以收场。若交涉不能妥协，则或别有举动。此时形势犹徘徊歧路之间，万不可冒昧轻动，陷于进退维谷之地也。睹今日民国情形，南京与广东虽趋合并，而彼此仇恨已深，同处一堂，互相猜忌，其合必不能久。彼等此时若与日本决裂，立将崩溃。如允日本要求，则与其平日夸示国人者完全背驰，必将引起内乱，无以自立。日本即一时撤兵，仍将伺隙而动。故此时我之所谋，即暂从缓动，以后机会甚多。若不察真相，轻于一试，一遭挫折，反永绝将来之望，而无以立足矣。皇上天纵英明，饱经忧患，必能坚持定见，动合机宜，不致轻为所摇。臣愚见所及，是否有当，理合恭折密陈，伏祈圣鉴。谨奏。

二十五日（十一月四日） 至求志里。数日以来，土肥原同金梁来津，已进见。其言甚甘。上所提议，如大清帝国行政主权等，均谓不成问题。上意遂决。恐为欺诱手段，甚可虑也。

二十六日（五日） 至求志里。大兄自草一奏，并拟一附片，将于明晨并递上。

奏为速赴机宜，以策万全，恭折仰祈圣鉴事：今日本因列强反对而成僵局，不得不变动东三省局面以自解于列强，乃有此劝进之举，诚千载一时之机会。遇此机会而无以赴之，则以后更有伺机之可待？惟赴机若不得其宜，则其害有甚于失机者。今我所以自处之道，可两言而决：能与日本订约，酌让路、矿、商务之利，而用人行政之权完全自主，则可以即动；否则万不可动。如是而已。现报纸喧腾，敌人疑忌，天津已有不能安处之势。欲动则恐受嫌于日本，欲静又失此良机，进退两难。唯有请皇上密派重臣径赴日本，与其政府及元老西园寺等商洽，直接订约后，再赴沈阳，则万全而无失矣。臣愚昧之见，是否有当，伏祈圣鉴。

附片：系拟与日本议订约款大纲：一、用人行政之权，完全自主，日本不得干涉。二、训练新军如需用日本教练官时，由我自由聘雇；只司教练之事，不干涉统率调遣之权。三、两国订攻守同盟之约，无论对民国或俄国或欧美任何国有战事时，两国协同作战到底，利害共之。四、尊重历来已订条件，关于东三省铁路及一切悬案双方开诚商议，以共存共荣为主旨。以上四条，大意如此。请上召陈宝琛、胡嗣瑗、郑孝胥等集议裁定。

二十七日（六日）　到求志里。大兄言：刘午园（陈宝琛之甥）自东京来一电云，闻日本军部言，时机尚未成熟。上阅之，行期改缓。

二十九日（八日）　到求志里。大兄言：佟继煦自沈阳来电言，一切预备已妥，专候驾临宣布。上意又决速行。命大兄、晴初（胡嗣瑗）条奏应办事宜，撰拟登极诏。是夜，闻河北有便衣队滋事（佟继煦乃在园中办庶务者，自言与袁金铠有旧。前三日自请赴沈察看。事后，知来电实系欺罔）。

三十日（九日）　便衣队滋扰未已。

十月初一日（十一月十日）　昨夜河北枪声更剧。大兄与晴初赴园。因日本租界戒严，禁止行人，被阻折回。以电话致郑垂索通行证，未送来。

初二日（十一日）　晴初以电话致园中，索通行证。午送来。大兄来寓，同至晴初处略坐。晴初、大兄赴园，予归稍憩，至求志里。傍晚，大兄归，知上已行，随员者只郑孝胥、郑垂父子耳。昨日郑垂不送通行证来，盖恐诸人阻挠。虽陈弢老（陈宝琛字弢庵）亦不知也。上留有二谕：一命胡嗣瑗、夏瑞符随后即往；一命大兄照料园中善后事宜，与日人接洽，随后护送皇后前往。

初七日（十六日） 晴初、幼兰（夏瑞符）东行。

十二日（二十一日） 接晴初函，知于初八日到连，初九至沈，拟初十晚再至连、旅探问，尚未见上也。

十七日（二十六日） 晚，大兄扈送皇后东行。是夜枪声又作。

二十五日（十二月四日） 夜，至弢老处，适几士（陈懋复，陈宝琛之子）自大连归，带来大兄、晴初各一函。大兄函中系日记，录下。

> 十七日（十一月二十六日）。晚六钟，吴长明来，约至吉田家。吉田见予同行，大不悦。予言，我乃奉旨护送皇后，有重大责任，若予不行，则后亦不行。吉田乃无言。时润良（后兄）、赵德甫（太监）、春英（侍女）皆来，遂同坐汽车上长山丸。船小，三等舱不过八席地，乃有廿馀人，极形拥挤。腹饥甚，吴长明同润良上岸吃白安利，醉饱归来，带面包二块。分食半块，香美绝伦，始知颜歜晚食当肉之妙。膏粱子弟日食万钱无下箸处，皆由未尝饿乡风味耳。九钟时，十四格格（肃王之女，日妇所生。按：即川岛芳子，亦即金璧辉）来，乃呼入头等舱见后，同吉田夫人同住一间；另开一间，同日军派来保护之大佐同住，始得安眠。后旋来，披衣起坐片刻，闻枪声甚密。全家皆在永平里五号，不知如何受惊，极为耽念。
>
> 十八日（二十七日）。九钟起。侍后早餐，西餐与日餐同进。后言大佐甚无状，常避之。午餐食鱼，极腥，不能下咽。食牛排及饭少许。晚餐，板鱼尚可食。十四格格忽言，得无线电，须往奉天参与军事，问后借五百日币。又故作危辞，言船到时有种种危险，以劫持后。后甚怯，召寿问所处。寿言只要心定，无论如何危险，皆不足以动之。且此次为日政府所使，必不至有他。后

心略定。其实皆诈钱之术耳。

十九日(二十八日)。九钟,到大连。有日人小尾通上船,自言系罗振玉托来接者。叔言之子亦在岸候接。后乃知小尾系水上警察,仍系刺探,日军界并秘密,不使之知也。坐汽车到文化台九五番地宅,系王君九(王季烈)同年所置,借为后驻辇者。宝老师熙及君九同年来。又有肃王之子称八爷者,与其妇同来。后旋到,有新闻记者在岸摄影,为大佐推走。后车开后,有一车追逐不及,殆亦新闻界也。愔仲(胡嗣瑗)、幼兰来略谈,因人多不便谈。

二十日(二十九日)。愔仲、幼兰来,始知此次土肥原之来,系叔言诸人所托,并非专出日军之意。上登舟后,始知船往营口。到营口后,始知到汤岗子,并非到奉天。上甚忧虑,旋因有便衣队及胡匪要来,乃改驻旅顺。愔仲极费周折,始得赴旅顺见上。上言:"今乃知汝等前言之不差,想汝等着急之甚。"愔仲言:"此时亦不必悔。此时但求先恢复如驻津时原状,可以出入自由,再谋进行。"苏堪懊丧殊甚,言:"我卖屋得多金,本是一极舒服人。每日卖字有千元之入,今全搁浅,损失不赀,欲回津"云云。愔仲言:"若回津,必有危险,万不可去。"让予言:"只要人回去就无事了。"其前之迈往可笑,后之沮丧亦可笑也。此事之起,由叔言奔走奉天、吉林,始成拥戴之局,不能说无功。惟欲汲汲诱上来连,系在自己掌握之中,可将上身旁诸人一齐隔绝,遂不惜挟外人以劫上。现太不自由,不知何时始能如居津时耳。

二十一日(三十日)。晚,上召后同吴长明赴旅。予因愔尚不得再见,遂暂从缓。现在此宅内不便出外,外人亦不能入。愔仲、幼兰本住旅馆,拟今日搬来。

辛未冬十月十八夜作

冷月凄烟笼海津,绛云飞拥下天人。逍遥正则神灵接,际遇冬郎涕泪新。座近椒堂真似梦,恩涵沧海欲无身。仙凡荣菀都无择，断断惟思一个臣。

二十七日(十二月六日) 幼兰自大连归，带来大兄一函：

昨由几士带去日记二纸，想先收到。幼兰请假返津，可面述一切。上密谕：胡、陈二人为罗、郑等隔绝，朕心极不高兴。惟此时望忍耐不露声色，到临行时必断然密召从行。若此时与争执，恐其向日人造作种种阴谋，不可不防也。上于罗及郑垂已极恨之。于大郑尚未有辞。兄与愔仲只得暂住此间，静以待之而已。

十一月初十日(十二月二十日) 大兄同愔仲归，谈彼间情事，约记于下：

十月二十二日(十二月一日)。后赴旅，廿三归连，言上欲再召愔，郑、罗更番上楼力阻，乃止。命后代传口谕(即前函所述)。后传谕时，手执一纸，乃在旅时所记上语。且阅且述，大兄录其大意。

二十六日(五日)。郑氏父子同一日本宪兵到连，接后赴旅。只汽车一辆，能容四人，促后一小时即须动身，不许自带一人。后托病不肯行。郑垂悻悻，怒形于色。苏厂(郑孝胥)一言不发而去。

二十九日(八日)。上复派一日人来召后。据来人言，不许带一人，即侍女亦不能带。后言，如此则不能去。工藤(日人派在后邸照料者)愤言，此断非上意。予既奉派照料，理应从行。且后自应带一侍女，一随侍。工藤与来连之日宪兵说明乃行。到旅后，知不许带人之语，果非上旨。幸带有侍女随侍，后若一人行，上必不悦也。

十一月初二日(十二月十日) 上派随侍齐济忠至连，手书密谕：

胡嗣瑗、陈曾寿：久未见卿等，殊为殷念。朕于四五日内移住肃邸，再拟召见卿等。尚有多言须面谈者，愿少安勿虑。一切事机，朕自能权其重轻，度其利害，而有适宜之办法也。卿二入可各作大和服一袭，以备应用。陈师傅处，望先秘代达。予均安，勿远念。望自珍摄，以安予心。嗣后予有未用“所其无逸”宝者，则书此签(另有画圈的签押)以证。

大兄先有一封奏，欲递无便。因齐济忠来，又加一奏，交其代递。

皇上圣鉴：近者日军严守秘密，隔绝交通，此亦事所宜然。惟臣窃观皇上之左右随侍，可以自由召往，独于平时朝夕侍奉之臣屏之不得一面，此可知断非出于日人之意者也。日人诚爱护皇上，赞助皇上以成大业，决无冀其视听而蔽其耳目，望其动作而缚其手足之理。假使臣等为心怀他志、阻挠大计之人，则逐之可也，罪之可也。今臣等为奉召而来，皇上所欲见之人，百计阻之，使不得见，诚不知是何居心？此虽秦桧、仇士良之所为尚不敢公然无状，欺侮挟制一至于此！臣非不知小不忍则乱大谋，此时不稍忍耐，恐更生阴谋，误将来之大事。惟以此时无事，尚敢如此；一到有事之时，其劫持必有更甚于此时万万者。皇上虽欲大伸乾断，恐有所不能矣。此不能不早为之计者也。臣向主静退。前侍静园，常有一二个月不觐天颜之时；非甚重要，未尝请见。是臣非扬己好事之人，早在圣明洞鉴之中。且百无一能，此时即得朝夕左右，亦未能有所裨益。徒以皇上孤悬于彼等之手，不能不为之寒心。每一念及，夜不成寐，中心趯趯，血脉偾张。挽救无术，愤不欲生。迫切陈辞，不胜悚惶愤慨之至。

皇上圣鉴：臣于乘舆东发之次日，敬奉密谕“办理园中善后事宜，护送皇后出津”等因，钦此。臣谨遵办理园中事务，并与继煦(佟济煦)接洽未尽各事宜，克期护送皇后安抵大连，理应驰赴行在复命，恭请圣安。乃待命旬日，格不得前。若谓出于日人之限制，则有侵主权。目前如此，他日何以发展？若谓有人从中尼止，则排斥微臣事小，有损于皇上之英武乾断甚大。使不出此二途，则臣为负罪已深，有见绝于皇上之处，倘复不知进退，顽钝自甘，何以自解于人？有何面目复立于世？如臣愚驽，一身进退有如蝼蚁，何关得失；惟当此皇上广选才俊，登用贤良之时，如此掣肘，尚有何希望乎？臣再四思维，惟有恳恩准假回津，稍存皇上威信，稍全微臣廉耻。君门万里，瞻望凄惶，依恋无穷，不胜悚切屏营之至。

晴初亦有一奏，列八条，大概：一、急恢复出入之自由如居津时，庶进退皆有馀地以自处。一、上身旁应有亲信二三人，随侍左右办事。若此时尚不能自由留亲信人在侧，则将来用人一切，岂非悉听其支配？一、劾罗、郑之架空欺罔。一、闻日人将设满蒙建设问题协议会。请侦察日方真意，不可专听间接传来之甘言。一、请密派重臣赴日，以谢其保护。若可进展则与之交换意见。一、联络欧美感情。一、派林孝旭向民国当局声明，因天津扰乱不能安居，此行只是迁地居住。日人虽有劝进之意，上并未允许。为万一事不成后退步之地。并言日本正多方掩饰此举，即日人知之亦不致触其忌。一、叙自己进退，微露请假归津，免罗、郑疑忌，致上为难之意。以上闻晴初谈，粗记大意。

十二月初八日（一九三二年一月十五日） 大兄、晴初船票已购。上派日人远山及谢介石至连，述上口诏，对于大兄、晴初非常惦念。现已定初八日迁居肃邸，一二日内即召入见。大兄、晴初因即将上船，各具一奏，交宪八爷（肃王子）代递。言暂归津，若上有命，闻召即赴。

在上侧照料之日人上角，罗、郑专与勾通，种种挟制。工藤乃从前跟随升吉帅（升允）者，此人甚好，彼等亦欲排挤。上对于上角甚厌之。此远山所谈。

十一日（十八日） 上派随侍赍密谕来。谕陈师傅、胡嗣瑗、陈曾寿仍维持驻津办事处，一切便宜行事。陈、胡安心甚妥，勿虑，定期即召来，勿萌退志。后有“梦寐之间，思见卿等”及“相见匪遥”语。陈弢老将赴旅顺请安。大兄草一奏稿，拟交弢老代递：

伏读皇上手谕，令臣等勿萌退志，有梦寐思见之语。圣恩垂念至此，不禁感极欲泣。瞻望行在，无日不思尽其微忱。而扞格间阻，末由自达。退志虽不敢萌，献替苦于无路。目今行在情形，臣不能深悉。但默察大势，参以报纸传闻，似动机已不在远。私忧过计，有不能不直陈于皇上之前者。《易》曰："君子以作事谋始。"始基一误，后虽欲补救，则势已成而无可挽。小事且然，况建立国家之大计乎？建国之道，内治莫先于纪纲，纪纲不立，则无政治之可言。外交莫重于主权，主权不明，则无交涉之可办。纪纲之义甚大，最要者魁柄必操自上，不容臣下有把持之萌。主权之包甚广，最要者政令必出自我，不容邻邦成胁制之局。魁柄不失，而后可以正其是非，施其赏罚，不至以朝廷之尊而反敷衍调停于群下。政令无挠，而后可以敦其睦谊，存其体制，不致有国家之名而实跼蹐附属于强邻。此其机皆判于入手之时。纪纲堕于前而欲振之于其后，主权夺于始而欲收之于其终，必无之势也。自昔假外力以复国者，莫如晋文。当晋献公薨，秦穆公使人分吊公子重耳及夷吾，且讽以反国之意。夷吾许之，晋重辞焉。秦穆遂纳夷吾。而夷吾卒为秦虏。其后复纳重耳。而重耳终霸天下。同一借秦之力也，而祸福迥殊。是无他，夷吾唯恐失于秦，反见轻于秦；重耳不遽许于秦，乃见重于秦也。是知汲汲求进者，未必即达其愿，且恐适以为祸。从容退处者，未必即误其谋，且或适促于成。今日本在东三省，军事将蒇，在其本心非不欲径行吞并，然牵于列强均势之局，美已明致其警告，英亦重要其宣言，不能无所顾忌。而与国民政府妥协，又断所不肯。故三省建立新国之举，已有欲罢不能之势。苟建新国，除请我皇上复位外，岂有他途？然此机会至巧亦至危。或启我中兴之机，或蹈彼朝鲜之辙，是在我之所以自处者耳。为今之计，宜先设法脱目前之羁绊，复在津之自由。然后相机善为应付，使彼见我无汲汲之意，乃不致启其轻侮之端。庶进可免挟制之危，退可有回旋之地。祸福荣辱，判于此时。愿皇上坚持定见，当机立决。临下则推诚直致，不隐忍以容欺；对外则宁事不成，不迁就以贻悔。定远大之谋猷，为断然之措置。使内而国人，外而列强，皆晓然于皇上所处之地位，超然独立，并非日人之傀儡。无所疑猜，然后人心归向，列邦共认，中兴大业，庶肇于兹。臣愚昧之见，是否有当，伏祈圣鉴。

此奏因大兄次日奉上电召，遂未用，拟到后看情形面奏。

十七日（二十四日） 陈弢老赴旅顺，大兄托带一奏，陈明未能即动身赴召之故，并请召晴初。

二十五日（二月一日） 大兄东行。

二十八日（二月四日） 闻弢老归，往坐。谈其赴旅情形如下：弢老十八日到连，暂憩大和旅馆，约苏厂来见。苏厂怪弢老未先电告言，仓卒赴旅，恐难入见。欲先通一电话至旅。弢老辞之。言此来只尽己之心，若不得见，亦无可如何。遂行。到行在，门卫日人，闻弢老来，颇表敬意，立为传达召见。是夜宿旅顺之大和旅馆。次日，又入见。第三日，苏厂父子来，言日欲在大和旅馆开会，旅客均不能容留，催弢老行。弢老言本拟即行，已命几士、午园（刘骧业）赴连换金票，俟其返即动身也。遂见上陛辞，上嘱至连后稍缓归津。返旅馆，则苏厂父子不待几士、午园归，已代将行李上车矣。弢老至连，适与几士、午园错过。及二人由旅复返连，乃知非日人开会，实板垣将到，恐弢老参预，故立促行也。逾日，上派人召弢老复入见。知板垣见上，言拟建满蒙共和国，请上为总统。上未允。弢老痛陈其不可，请上坚持。临辞言："臣风烛余年，恐未能再来；即来，亦恐未必能见。愿上珍重。"凄然而行。至连，苏厂来，神气不似前此之高兴。言此事是罗叔言办坏，将从此不管。弢老责之，言："汝随上来，不离左右，此事岂罗一人之责？此时乃言不管，何以对上？"渠默然无辞。弢老遂归。

壬申年正月初二日（一九三二年二月七日） 接大兄函，覆一函：

强志弟阅：今日到旅顺见上，说话甚多。总统一节，苏厂极力主张，且兴高采烈，以为指日上任矣。经坂垣到旅见面劝驾两次，上严词拒绝。坂心犹未死，大约尚有第三次。好在上意坚决，当不至落其圈套，而苏厂又扫兴矣。彊村（朱祖谋）得特谥“文直”，赏《陀罗经》被。上为寿租一屋，拟廿九日搬去，与邸稍远耳。

大兄左右：接廿七日函，忧虑少释。彼辈此后必有种种欺诱恫吓迫胁之谋。但上意果坚定，亦无所施其技。望兄随时说破，勿为所动。须知彼即出于诚意，亦有冰山之惧；况其叵测，非好相识乎？郑、罗等鬼蜮伎俩，两边欺蒙，真象必不使兄闻之，切望精密注意。

十二日（二月十七日）　接大兄函。

坂去后，尚无何动静。当随时留心，并随时进言，以绝其萌也。自玉（胡嗣瑗）不来，似太拘执。从前当生日时，疏远者尚来，况最亲近者乎。弟可以此义规之。

十四日（十九日）　报载三省长官在沈会议建国事，结果仍为共和国，而元首称执政，为终身职。将发宣言，有“诸族共和，期自由自治精神之达成”等语。

上大兄函：

闻奉、吉、黑会商建国事，已有结果，适成一非驴非马之局。不知曾来上处烦渎否？彼等承日人意旨，各项办法均已议定。上即不惜委曲，亦无参加意见之馀地，谅不肯为。兄必力劝自重也。弟屡劝晴初行，而其意已定，大约非奉召不肯行矣。

十九日（二十四日）　又上大兄函，将交仲业（溥修）带去。

共和执政，名既不正；而三省实权，操于日本顾问之手，间接听其军人指挥，毫不能自主，岂成一国家体制？何苦甘为牺牲？想上必不允。但恐为“终身”二字所动，请力破其妄。自己无实在立足之地，而信他人许我终身。三尺童子，岂受此愚乎？

旋接大兄电，公司（系伪满“共和国”的隐语）来，转螺（陈宝琛，时称陈为螺江太傅）、愔（胡嗣瑗，别号愔仲）至晴初处商量，去一电询之：“公司定货允否？盼覆。”

二十一日(二十六日) 接大兄函。又晴初亦接一函。

日来公司之说甚紧,居停(指溥仪)已派郑、罗赴奉拒绝一切。好在意坚。惟以后麻烦,不易对付耳。可先告螺、愔。俟郑、罗返,再将详情函告也。

愔仲老兄同年左右:前日郑、罗赴奉,今日返。坂垣旋来,此为第三次主张,仍属支离。而郑极附和。幸居停见理真切,尚未为所惑。惟情势太繁,危险万分。鄙人力薄,恐难支柱。兄如以居停为重,以个人所处为轻,当必投袂而起,或可免后日之责备也。

二十二日(二十七日) 接大兄函,附致晴初函。

新国家为一非驴非马之形式,然处于不得不允之地。现只争到宣言俟国体议出后,如为民主,则立时辞退;须地方应认,得一保障,再出台。后路茫茫,不知如何究竟也。现有召命晴初速来,缓一步再叫幼兰,弟先有以安慰之为要。史曾荐举廿人。上言随时召用。秘之。

愔仲仁兄同年左右:自提出大总统后,上极力拒绝。旋派罗、郑、上角赴奉晤坂垣,面尽一切。乃郑一味敷衍,不传本意,毫无结果。昨日坂自来,改为"执政"名目,避去"共和"字样。势在必行,加以威胁。寿与郑父子不免冲突。上不得已,乃允其暂行执政。俟议会议定国体,或为君主,再加审慎,度德量力,以定去就。若民主,则立即辞退。属其将此意宣言之。渠亦允诺。惟此局面,明是骗局。但不允则危机立见。其错在离天津,此后乃必至之果。叔言此时颇持正论,而已无及,但顿首自咎而已。上属以经过情形转告,属勿过懊恼。请即转告太傅(陈宝琛)。

二十三日(二十八日) 晴初东行。接大兄电,嘱邀曹润田(曹汝霖)、汪衮甫(汪荣宝)赴旅。托晴初带上大兄一函:

接廿日手书,徒唤奈何。只有奉身而退。如万分走不脱,则断不可受何职位,只在左右暗中扶持,徐徐抽身。想兄必以弟此言为然也。

晤林孝旭，托其转达润田。寻回信，不肯往。

二十八日（三月四日）　致大兄、情仲一函：

君穆（罗振玉之侄）归谈，似木已成舟，不知尚有转圜望否？如至无可奈何，唯愿两兄坚持素志，壁立万仞，使天下万世知秦犹有人，非尽胡涂狂谬、不惜廉耻、苟且以图一时之利者。其维系于天壤间，固匪细也。若委曲迁就，则以前之苦心瘏口，一笔勾销，泾渭难分矣。衮（汪荣宝）函辞谢，对于非驴非马之局，致慨甚深。稍有知者，莫不闻而扼腕。无如局中之迷惘何耳。

二十九日（五日）　接大兄函。

前信收到后，想可略知大概。此事之坏，全在郑热中送礼。居停甚怒，尤怒其子，竟说到"非人类"。想以后不至再为所蒙。兹拟俟代表到后，先辞一回。再劝进，则发表宗旨。润（曹汝霖）务望必来，必第一席相待。

三十日（六日）　接大兄函。

愔仲来，得弟二函，均悉。早已申明不居名义，或尚可留，已蒙允矣。居停再三安慰，言："我跟前无人，不可离开。汝切勿悲愤，徒伤身体。"当时情形，甚为凄惨。又何忍言去耶。

二月初一日（三月七日）　仲业自旅顺归。接大兄函，晴初函。晴初函中亦言不受任何名位，即空名亦不受，但以白衣追随左右云云。又言曹、汪未必即来，而夫己氏（似指郑孝胥）已短之彼方（指日本），遂闻彼方有于此二人不甚赞成之说。乞与弢丈（陈宝琛）秘言之。

初九日（十五日）　接大兄函，知将归津。

兄不日返津，但此时未可说明。说明即不成行也。

十三日（十九日）　大兄到家。此行经过情形，载其日记中，详录于后。晴初派秘书长，已就职矣。

辛未十二月二十五日（一九三二年二月一日）。晨八钟，同君适(周伟,陈曾寿之婿)及孙仆上长山丸。强志、邦荣、邦直(二人皆陈曾寿之子)来送。十一钟开船。一路冰渐融释,非复前经之坚结矣。

二十六(二日)。午后三钟半,到大连。日本宪兵一人来迓,为雇汽车,送至墨缘堂。同君适至南方旅社。十月与愔仲同寓,雪中联吟,俯仰已成陈迹,不胜感触。(诗一首,略)

二十七日(三日)。刘午园来,谈弢老谒上情形。饭后雇汽车至旅顺。(下述沿途风景与梦境,略)至肃邸入觐,不知为乐为悲。上述拒坂垣事甚详。拟为朱彊村侍郎饰终,谕谥"文直",谒后毕,遂返大连,已上灯矣。

二十八日(四日)。上派吴天培来接,为处分敬懿太妃薨逝事也。拟电二、谕二。夜归大连。

二十九日(五日)。傍晚,同君适赴旅顺,遍寻所租屋不得。至邸问明,始寻得,而门上锁,寂无人焉。借电话向房主索钥匙,良久始来。寒甚,几不可支。启门而入,幸已装电灯及火炉。见有煤一堆,并引火草块,渐渐炉热,稍有生气。苦无水,向邻家乞得一壶及水,乃有茗饮。于小楼上铺设床褥,置烟具。上为置长方桌二、椅四、茶壶二、茶碗四、牙刷、漱盂、手巾、肥皂、脸盆、脸盆架诸事,天恩高厚,惶悚之至。以电话向邸中索饭,旋送菜四器、饭及小米粥来。顿然饱暖矣。(诗四首,略)

壬申春,正月元旦(一九三二年二月六日)。上赏水饺及菜肴四器。入邸贺元旦,免行礼。晤苏厂父子及张燕孙,文襄公之少子也,现任吉林实业厅。赏席一桌,同座尚有商云汀同年,日人工藤。(以下四天日记约二百五十字,记饮食起居,略)

初六日(二月二十一日)。饭后入邸。得强志函、愔仲函。见上谕,复愔仲电。夜致愔仲、强志、敛芬函。托伯屏(恩华之子)世兄带津。(词一首,略)。

初七日(十二日)。上召,以车迓,出门,始知落雪。命拟免贺万寿节谕。上谓，凡事皆须详考当前及左右前后情形，始可处之得当。郑氏父子在一室内高谈，但说高兴话，失之远矣。致立之、强志、邦直函。

初八日（十三日）。饭后入直。功永自津返，带强志、幼兰、情仲、邦荣、邦直函，带来食物甚丰富。致伯夔、梅泉、公渚、苏厂、强志函。

十一日（十六日）。饭后入直，上封奏一件。上言万寿节来贺者，皆可见。又拟派上角至奉见本庄。以后有数人来此，系自己人，不再知会。开一单与之。（诗一首，略）。

十二日（十七日）。上召入，见公雨（万绳栻）、云汀（商衍瀛）并侍坐，命拟一稿。

十三日（十八日）。万寿日。九钟同君适入贺。到者周善培、罗振玉、郑孝胥、溥伟、宪真、宝熙、王季烈、李西、商衍瀛、毓善、郑垂、润良、宪章、沈继贤、祺朴森、恩棣、林尊侃、赵景祺、赵国圻、金卓、王韫石、谢喆甡、宪铎。上率众照像讫，至大和旅馆赏宴。

十五日（二十日）。入直。晚饭后，访罗叔言，适已入邸，遂踵至邸。谈片刻。上派叔言、苏厂、上角明日赴奉。（诗二首与记生活琐事五十馀字，略）。

上亲书数条，命寿加写数条，交苏厂、叔言带赴奉，预备与日本人看：

一、尊重东亚五千年道德，不得不正统系。

二、实行王道，首重伦常纲纪，不得不正统系。

三、统驭国家，必使人民信仰钦敬，不得不正统系。

四、中日两国为兄弟之邦，欲图共存共荣，必须尊崇固有之道德，使两国人民有同等之精神，此不得不正统系。

五、中国遭民主制度之害已二十馀年，除少数自私自利者，其多数人民厌恶共和，思念本朝，故不得不正统系。

六、满蒙人民素来保存旧习惯，欲使之信服，不得不正统系。

七、共和制度日炽，加以失业人民日众，与日本帝国实有莫大之隐忧；若中国得以恢复帝制，于两国人民思想上、精神上保存至大，此不得不正统系。

八、大清在中华有二百馀年之历史，在满洲有百馀年之历史，从人民之习惯，安人民之心理，治地方之安靖，存东方之精神，行王政之复古，巩固贵国我国之皇统，不得不正统系。

九、贵国之兴隆，在明治大帝之王政。观其训谕群工，莫不推扬道德，教以忠义。科学兼采欧美，道德必本诸孔孟，保存东方固有之精神，挽回濡染欧风之弊习，故能万众人心亲上死长，保护国家，如手足之捍头目。此予之所敬佩者。为步趋明治大帝，不能不正统系。

十、蒙古诸王公仍袭旧号，若行共和制度，欲取消其以前爵号，则因失望而人心涣散，更无由统制之，故不能不正统系。

十一、贵国扶助东三省，为三千万人民谋幸福，至可感佩。惟予之志愿，不仅在东三省之三千万人民，实欲以东三省为张本，而振兴全国之人心，以救民于水火，推至于东亚共存共荣，即贵国之九千万人民皆有息息相关之理，两国政体不得歧异。为振兴两国国势起见，不能不正统系。

十二、予自辛亥逊政，退处民间，今已二十年矣。毫无为一己尊荣之心，专以救民为宗旨。只要有人出而任天下之重，以正道挽回劫运，予虽为一平民，亦所欣愿。若必欲予承乏，本个人之意见，非正名定分，实有用人行政之权，成一独立国家，不能挽回二十年来弊政。否则有名无实，诸多牵制，毫无补救于民，如水益深，如火益热，徒负初心，更滋罪戾，此万万不敢承认者也。倘专为一己尊荣起见，则二十年来杜门削迹，一旦加之以土地人民，无论为总统，为王位，其所得已多，尚有何不足之念。实以所主张者纯为人民，纯为国家，纯为中日两国，纯为东亚大局起见，无一毫私利存乎其间，故不能不正统系。

以上十二条，前八条上所书，后四条曾寿所拟，交日本军部。

十七日(二十二日)。入直，上命拟一稿。致强志、邦荣、邦直、楫先(佟济煦)函。愔仲来信。苏厂、叔言自奉归。此次郑氏父子充代表赴奉，系日军部邀请，上加派。雪堂(罗振玉)到奉后，苏厂出席，上所命传之语，一字不提。言："皇上的事，由我包办，无所不可。"郑垂向坂垣言："皇上是一张白纸，由你们军部爱怎么样画均可。"

十八日(二十三日)。入直。坂垣来见上，逾三小时。欲以执政名义为过渡，再由议会定宪法，议国体。其办法极支离，上拒绝之。请坂垣晚餐。夜十钟散。郑垂再请坂垣饮酒。致孝怀(周善培)、愔仲函。

上言："使为过渡之执政，待其宪法成立后，或议为总统之制，则当如何处置?"苏厂曰："彼时可去耳。"上言："彼时恐不能自由行止。"苏厂言："此时不允，则伤其军部感情。"上言："此时不过伤感情而已。若冒然就之，为日本人所看不起，为中国人所不容。此时即不就，东三省之人心未必就失？国内亦可谅解，他日不愁无机会。若一落圈套而不能自拔，真万劫不复矣。"问万绳栻、商衍瀛意见如何。又云："陈曾寿与我意见一样。郑垂赴奉之前，说非大清皇帝不可，及归而全变，极力劝我将就。不知道进退两难之时，即百郑垂何济于事。坂垣之言，直是哄三岁小孩子之话，太无诚意。郑孝胥说要十分相信日本人，不可稍存猜疑之见，始可做事而不伤感情，却不管人家待我们究有诚信之意否。皇帝称谓，是祖宗所留遗，非我一人所能取消。若取消，即是不忠不孝。派万绳栻明晨以此语回复坂垣。"

十九日(二十四日)。公雨见坂垣。坂垣言"此次东省事非皇上出来不可。前在东京谒见天皇时，一力担任。若做不到，则军部全体须辞职，于皇上恐有最大之结果”云云。此皆郑氏父子与坂垣所设之圈套也。访雪堂，同入邸见上。让予（郑垂）、蕴汀、公雨皆在座。坂垣强迫已甚，不得已允暂为执政。如国体不合，仍当辞退，亦无可如何之应付耳。自离天津一着之错，乃有此果。上独召入，安慰甚至，曰：“你也不必心里太难受。你向来忠爱，我不愿你离开身旁，切不可想去，与你忠爱之心相背了。以后且看天命。”语时惨然欲涕。命拟一稿。见后，述事之经过。强志来电，仲业乘天潮丸来。致愔仲、强志、尚一（陈邦荣）函。

二十日（二十五日）。上召入，言：“日军部邀求以郑孝胥为总理。此人心粗胆大，有进无退，如何能做总理？只想自己做官，除打电报叫儿子孙子外无他事。郑垂荒谬已极，简直非人类。其父亲大约未曾教训过，负我数年之心。”自此以后，数日未传见。郑孝胥、郑垂来，亦不见。日人以所拟各院、各部长官草稿寄来，言用人之权在执政，原不能干预，此特以备考耳。其实上所欲用之人，非经军部通过无效。上命直抒意见，以可用之人注于官职之下。命拟《祭关帝文》、《祭告列祖列宗文》。致愔仲、强志函。公雨来，晚饭久谈。

祭告关帝文

伏维护国英灵，赫昭显应；深蒙加被，久矢皈依。今以丰镐旧邦，沦于水火；群情推戴，勉为其难。拨乱反正，懔大义于春秋；尝胆卧薪，效畏天于勾践。复五铢钱之业，窃有慕于前规；秉九顿首之诚，惟虔祈夫灵佑。

祭告列祖列宗文

二十年来，视民水火，莫由拯救，不胜付托，丛疚滋深。今以东三省人民之拥戴，邻邦之援助，情势交迫，不得不出任维持之责。事属创举，成败利钝，非所逆睹。惟念自昔创业之君，若晋文之于秦穆，汉光武之于更始，蜀先主之于刘表、袁绍，明太祖之于韩林儿，当其经纶未展，不能不有所凭借，以图大举。兹本忍辱负重之心，为屈蠖求伸之计。降心迁就，志切救民；兢兢业业，若履虎尾。敢诉愚诚，昭告于我列祖列宗之灵，伏祈默佑。

二十一日（二十六日）。入直。接强志、尚一、英三（陈邦直）、孝怀函。复孝怀函。后召入见。

温语一首

主忧臣辱分何辞，温语真成入骨悲。敢向天恩论去就，难从羿彀较安危。千穷漫作千年调，五十仍馀五岁衰。海碧风清独凝伫，此生冷暖可应知。

二十二日（二十七日）。入见。语及夫己氏（似指坂垣），上甚怒。命拟一稿。仲业来，复同入见。得弢老、愔仲、强志、升儿、巽女函。

予（此为代溥仪所拟之稿，“予”为溥仪。）自经播越，退处民间，闭户读书，罕闻外事。虽宗国之阽危，时轸于私念，而拯救之方略未讲。平时忧患余生，才微德鲜。今某某等前来，猥以藐藐之躬，当兹重任；五中惊震，倍切惭惶。事未更则阅历之途浅，学未裕则经国之术疏。加以世变日新，多逾常轨，际遇艰屯，百倍畴昔。人民之疾苦已臻其极，风俗之邪诐未知所届。既不可以陈方医变症，又不可以推助徇末流。所谓危急存亡之秋，一发千钧之会。苟非通达中外，融贯古今，天生圣哲，殆难宏济；断非薄德所能胜任。所望另举贤能，造福桑梓；忽以负疚之身，更滋罪戾。

二十三日（二十八日）。同仲业入见，拟一稿。得愔仲电。天津丸来，致强志函。

前表愚衷，未蒙矜谅。更辱推戴，感惕交深。慨自三省变兴，久失统治。承以大义相责，岂敢以暇逸自宽。审度再三，重违群望。今者宪法尚未成立，国体尚待决定，窃以为天下无无弊之法，所当两权其重轻，才力有不及之时，要贵自知其长短。固不敢强人以从己，亦未敢违道以趋时。今与国人预约：勉竭愚昧，暂任执政一年。一年之后，如多陨越，敬避贤路。倘一年之内，宪法成立，国体决定，若与素志相合，再当审慎，度德量力，以定去就。若其未合，即当辞退。此约必得国人公认，然后敢承，期有出言可践之实，庶免为德不卒之讥。盖天下有明知其法之尽善，尽心而为之，或有不如初志者矣。未有明知其法之不善，违心而为之，而或收善果者也。覆辙未可重迹，徇人必至失己。愿得一言，以为息壤。此心皦日，幸垂谅焉。

二十四日（二十九日）。入见。

二十五日（三月一日）。愔仲到，入见，闻三省代表将来。得强志函，接楫先电，知肖旭（林棨）后日来。致强志函。

二十六日（二日）。入见。愔仲来，谈至夜分去。

二十七日（三日）。入直。闻上行期定三十日，甚迫矣。

二十八日（四日）。同仲业、愔仲入见，拟一稿。致强志、尚一、英三函。致弢老、孝怀函。楫先自津来，上赏三百元，托仲业带津。

二十九日（五日）。肖旭来，同入见。仲业赴大连。愔仲同宝沈庵（宝熙）师、王君九及老孙押行李先赴长春。

三十日（六日）。六钟半起，同君适至邸，上已同苏厂、让予、叔言、君羽（罗福葆，罗振玉之子）、蕴汀赴汤岗子，谕寿随后行。九钟，坐汽车行，二格格、三格格同行。工藤、公雨、博勤等随行。至沙河口，乘火车。过金州、盖平、海城，抵汤岗子，已七时矣。夹路乔柯，风景甚好。在对翠阁住宿。上传见，请脉，微数，大约受热兼过劳动。命拟《执政宣言》稿：

予（《执政宣言》，“予”为溥仪）以津乱，避地海滨，辱承群情推戴，固辞不获，暂领执政。当兹地方凋敝，盗贼多有，局势艰危，百废待举。德薄能鲜，其何能任？所与天下共见者，唯此区区救民之心而已。举贤任能，无敢党偏；信赏必罚，无敢罔纵；敦睦邻邦，无敢诈虞；抚爱民众，无敢欺侮。凡我境内，一视同仁，无敢歧异。崇礼教以正风俗，行节俭以苏困穷。兢兢业业，无敢怠荒。昔后唐明宗尝焚香祷天，愿早生圣人，以救百姓。予亦敬本此心，暂持难局，以待能者。天日在上，其共鉴之。

二月初一日（三月七日）。八钟起，同公雨、君羽、工藤食日本炮牛肉，甚佳。与工藤、君适围棋。三省代表张景惠、赵欣伯、凌陛、谢介石等九人来迎。（诗四首，略）。

初二日（八日）。七钟，随驾赴长春新都。三钟时，至长春。迎驾者弥望无际，整齐静穆，无一人声。满人则皆跪接。悲喜之情，有不可形容者。自丁巳五月三日（按，即张勋复辟）后，复有今日，恍如梦境。当时麻鞋见天子之旧侣，惟有晴初、公雨、云汀及予四人而已。有如沉阴苦雨，不知经几何年岁，忽漏一线之日光。成败关亿兆人命，殆非人力所能到也。同君适宿执政府中。愔仲、公雨、云汀皆住旅馆。谢幼安（谢介石）请宾宴楼晚餐。夜不成寐，万念潮来。

二月二日纪事

彩殿崇隆曙色侵，全将晖丽压萧森。迁莺贺燕纷时栋，喝道笼街簇羽林。入幕客卿偏济济，布金供帐夥沉沉。地衣堆锦花含笑，辛螫谁知圣主心？

初三日（九日）。天明即起。下午三钟，上就执政礼成，旧臣皆行三跪九叩礼；上派在秘书处，固辞不获。上言："汝若无一名目，何以能帮我的忙？此是在我左右最近的事情。"上命用所拟《宣言》稿，而郑垂坚执不可，遂改前令，以后如何能尽心以补救万一耶？致孝怀函、强志函。

初四日（十日）。同情仲、公雨、蕴汀、肖旭谢恩。

初五日（十一日）。入直，拟准罗振玉辞参议令。夜召入，为后请脉。拟方后，随上到上卧室，密语良久。以两椅并置，命坐于侧。并请脉拟方。上曰："我现在立定志向，将从前轻佻懒惰诸毛病克除净尽,终日勤劳,不敢休息。无论艰难忍耐到何地步,总想达到志愿,恢复祖宗疆土社稷,救百姓困苦。再生一皇子。此三愿若能做到,死亦瞑目。”又曰:“我们有好几天未深谈了,迟一两天,还要跟你深谈一回。有多少要紧话要说。驹井任总务厅长,是郑垂的功劳。”曾寿对曰:“这是交换条件。”

初六日(十二日)。入直。后疾渐平。同愔仲入见。周孝怀汇借百元。致孝怀函、致强志函。

初七日(十三日)。入直。

初八十(四日)。入直。同公雨乘车赴大连,愔仲、君适皆未告也。

初九日(十五日)。八钟到连,寓孝怀家。

初十日(十六日)。君适、愔仲来函,促回长春。

奏为请收回执政府秘书成命,恭折仰祈圣鉴事:窃臣前在旅顺行在所,屡次请求皇上他日就国之时,只愿常侍左右,不居官职。已蒙矜许。前蒙特任执政府秘书,当此创始艰难之际,皇上有所委任,虽蹈汤赴火,所不敢辞,然必期于事有益。若不能为丝毫之补救,尸位素餐,徒招指摘,臣不忍为也。立国之要,惟以得人心为主。辛亥以铁路国有失人心,遂致亡国。然我列祖列宗二百馀年之深仁厚泽,深入于人心,故国虽亡而不亡,人心仍归向于我皇上。若此时再失人心,是并我列祖列宗二百馀年之深仁厚泽而亡之也。今枢要之地,已成太阿倒持之局,为所欲为。今之言曰:“地方如有不服,则出兵征服之。”臣闻之,为心惊胆战。不待实有此事,即此一言,已足失天下之人心而有馀矣。臣不忍与此辈共立于庭,求加恩开去秘书之职。臣返天津后,当不见一人,不出一语。一息尚存,终求得当以报。临奏涕泣,伏祈圣鉴。

十一日(十七日)。长春有长途电话来,云上有要紧交派事件,叫当天回长春去。

十二日(十八日)。下午三钟,乘天津丸返天津。船中遇恩咏春同年,亦奇遇也。

十三日(十九日)。十二钟抵塘沽,一钟乘火车至老站,到家。家中均平安,可喜。

以上择录大兄赴旅顺、长春日记。

大兄归津后,上屡召回长春,准辞秘书职,每月由内帑赏五百元。大兄曾进封奏两件。

二月二十五日(三月三十一日)　因林子献(林廷琛)赴长春,上封奏一件:

奏为敬请皇上养晦待时,恭折仰祈圣鉴事:窃臣前在大连曾递上一折,并另具呈请加恩开去秘书之职,尚未奉到批示。臣自返津后,即病睡眠不安,万念潮涌。臣身虽远离,臣心仍在皇上左右也。今者建国虽名独立,其实事事受人牵制。我皇上以尧舜救民之心,行勾践复仇之志。忍人之所不能忍,容人所不能容,智勇深沉,不露声色。立志之坚,用心之苦,非世人所能知者。尤望我皇上遇盘错而不过于焦劳,经拂逆而不至于消沮。遵养时晦,静待时机之转。昔汉光武经伯升之变,深自引过,枕席有涕泣处,饮食言笑如平常。所谓动心忍性,增益其所不能,终以成大业也。惟是外虽示以镇静,而先事之布置,不可不迅密进行。外若无所臧否,而庶类之贤奸,不可不微为识别。昔齐威王三年不问国事,一鸣惊人,此可为法也。再者用人之道,惟在一诚,推赤心于腹中,然后能得其死力。否则虽欣动于一时,终渐渝于久远,遇有重要事机以周旋,失其真意,铸成大错,不可挽救。臣愚见所及,是否有当,伏祈圣鉴。恭请圣安。

三月初六日(四月十一日)　因静园有人赴长春,上封奏一件:

奏为沥陈下情并请颁发明谕以释群疑,恭折仰祈圣鉴事:窃臣前交律师林廷琛赍陈一折,谅邀圣鉴。旋接臣胡嗣瑗通告,已蒙恩准,如所请开去秘书本职。并传谕同处患难,不可远离等因，钦此。既下情之曲体，复温语之宠颁，臣非木石，能勿感动？自当闻命立时就道。但臣归后患病，迄今未愈。舌苔脱液，精神委顿。医者谓心气太亏，肝经尤郁，亟须静摄。一俟气体稍复，即当遵赴行在，恭请圣安。再，京津旧臣闻皇上就任执政，疑尊号自此取消，同深悲愤。即曾任民国官吏如曹汝霖、汪荣宝等，亦以名义关系甚重为言。臣以皇上屡次坚拒及最后不得已允许之苦心详为解释，闻者始稍知此中真相，而终无以尽祛其疑。伏祈明谕驻京津两办事处及两陵承办事务处，大意言迫于东三省人之吁请，准临长春，暂领执政。所有各该处向办事务，一仍旧日体制，无所变更。并在长春添设一办事处，专管承转两陵及京津办事处文件事宜，不在执政府组织之内，以清界限而免混淆。庶诸臣有所遵循，不至彷徨失措。而外间知皇上虽领执政，尊号仍存，其维系人心于无形者，尤为重大。此亟宜宣示而不可缓者也。臣愚昧之见，是否有当，伏祈圣鉴。

此奏上后，有谕京津办事处诏寄来。

繁冤一首

人间何处避繁冤，独愧沉湘屈子魂。饕餮穷奇难并世，去留生死总孤恩。暂荧鬼火知旋灭，无道强梁岂久存。永惜兰荃蒙雾露，海枯石烂与谁论？

竖子一首

诐诐颜胡厚，仮仮疾已沉。天公饶恶剧，竖子定何心。虽有馋朝策，其如后胜金。王明能受福，凄绝楚骚吟。

四月五日作

长拼忽忽送骎骎，愁见纱窗曙色侵。孤念欲穷天地憾，劳生犹炯且明心。残釭专焰容飘瞥，悴竹寒花有照临。欲变危机须果决，谁将感激易沉吟。

忍教水火答壶浆，丰镐遗恩苦未忘。取媚歌觞宁免死，全牺孤注欲何偿。早知带汁充诸葛，复见鞸刀警寿皇。请剑不成空寂寂，老谋壮事两茫茫。

题李木公肥遁庵图

枭鸾无共栖，温猛不并世。伥虎势已成，投鼠有深忌。事仇难苟同，怀恩敢独异。坐视良不忍，轻去惭古义。茫茫天壤宽，我行独无地。却瞻先机者，冥鸿纵高寄。遁远而处裕，学《易》符深邃。洪镛秘近响，沉略敛雄志。愧此图中人，看天还忍泪。

大兄于五月十五日(六月十八日)。再赴长春。到后，住交通银行后楼，不常入府。上有事商量，则召入。

六月初七日(七月十日) 闻刘幼老(刘廷琛)于初二在青岛逝世，函告大兄。

二十二日(二十五日) 接农弟函，言苏厂兼长文教部，欲约予任编辑事，并欲先寄川资来。复函嘱其代辞。

七月初二日(八月三日) 接大兄函：

去郑事，兄与献皆痛切言之，主人并无异辞。言到时即当更动。未知是敷衍之言否？现有蔡法平者，与香椎、真崎、荒木诸人均有交情，来此间一次，代表香椎等来问主人，有何以为不便之处，可告知之。乃托蔡君详言一切。现得东京回信，言进行甚顺利。究系实情与否，尚待考查耳(六月廿三夕)。

初四日(五日) 接大兄函。孙子涵自长春来，知奉派同林子献赴日。

今日入见。所欲言者，已尽言之。稍有入处，只能尽力到此地步，以后不能再添蛇足矣。好在言时虽甚切直，而甚契上意。其详此时尚未便言之(廿五夕)。

初七日(八日) 接大兄函，知幼老(刘廷琛)赐谥“文节”。(刘廷琛赐谥谕与挽诗等略)。

农弟函云“兄未能来意，昨大兄面托许君转达。今日苏厂又托许君来言，极盼速来。现留礼教司虚席以待。促弟即写信”云云。覆一函，嘱其婉辞。

闻苏厂意颇殷切，亦可感。但彼不以为辱，我犹以为辱也。

初九日（十日） 晤子献。知子涵不行，渠将独往。

二十一日（二十二日） 接大兄函：

兄拟迟二三日即请假回津一视，谅可蒙允。所谋稍有动机，或有万分一之希望，亦未可知。容面尽。

二十八日（二十九日） 大兄归津。言：前派子献赴日，晤武藤，传述上意。适蔡法平于七月初六日自日京乘飞机来长，携香椎函，商妥具体办法，并云帝号亦同意。遂开出数条：一、执政依组织法行使政权。一、改组国务院。一、改组各部官制：甲、改总务厅长之制；乙、国务院人事处须改定，主计处须改归财政部。一、练新兵以靖地方。一、立法院克期召集议会，定国体。详细指明现状之弊害，不得不改变之理由及办法。交法平带赴东京，与武藤接洽。

有日本中将贵志弥次郎者来见上，述其意见，甚为正大，并责备本庄之错误，极切直。

十七日。苏厂与本庄协定关于满洲国之铁路、港湾、水路航空路之管理，并铁路之筑造管理。协约十二条，附则一条，附表二件，附属协议一件。将所有水陆空交通之权利，完全送出。约首自命为满洲国代表，标明八月七日两方签字。今日始呈上。上责郑何不先呈阅，即擅自签字。郑言："皆无关紧要。且坂垣言'若呈上而秘书处驳难，反不好，不如先签'云云。"又云："此尚非正式条约，或他日更加一条约，定几年收回。"上甚怒，为之减膳。拟免郑，以子源（臧式毅）继之。先征其意见。

十九日。法平、子献信来，言接洽顺利。

二十日。上命愔仲、季芗（许宝蘅）授意于子源，子源力辞。

二十二日。上命愔仲征熙洽意见。二十二日。入见请假。上言郑垂今日来，谓："若武藤来，果将权归于满洲人，反是不好，恐各长官不能驾驭"云云。上言："真不成话。"现召集各部长官商定一具体办法，内阁非改换不可。命寿事办完即来，以后要紧事甚多。寿荐斯明

（号镜吾，伪满宫内府警卫官）忠实知兵，请上录用。上言，已有信叫他来。二十三日。子献、法平回。言将所开各条译成日文与武藤、香椎、真崎等看过，许可办到。惟于总务官一节，未下断语。上召赵欣伯、张燕卿征求意见。二十四日。入府见后。二十七日行。二十八日到津。

大兄归后未久，闻驹井已去，郑垂亦改任航空事。寻接季芗函，郑辞退而上不示留，且申问替者。乃改为请假，以为犹豫之计。上遂派子源代理，郑乃销假。农弟亦来函云，武藤见上，谈话甚多，表示渐次遵办。唯口惠而实不至。郑既不愿舍去，并宣传所有改动办法，皆系左右计画，非上本意。日人更乐得延宕矣。

大兄假满后，迟至十一月二十七日（十二月二十四日）始赴长春。其未到长之前，执政府定新官制，上命特设内廷局，以大兄任之。所管者，为祭祀、陵庙、医官、女宦、私产等事。职务独立，不与府中各处相涉。大兄到后，知上意已定，揣量辞不脱，遂谢恩视事。

癸酉正月二十一日（一九三三年二月十五日）　大兄归津。谈悉，十五日呈请准假。时递一说帖如下：

一、去岁一年期满，以决去留。宣言乃皇上第一次发言，今一年将满，若不实践前言，则为人所轻视，以后更无发言之地。

一、开国一年期满，纪念宣言，与此事不能并为一谈。开国纪念宣言，乃诰诫臣工以后振兴之事。此乃皇上一人去留之事。

一、满洲执政，日人唯有拥戴皇上，决无容去之理。此时言去，日方不能不迁就，或有改良之希望。

一、谨拟宣言以备采择。此事拟稿自有专责，臣不便越俎，唯求断自宸衷，勿为敷衍迁就之辞所动，万世瞻仰，在此一举。

拟宣言稿

予于去岁，徇代表三千万民众之请，辞不获已，权领执政。当时约言：以将来国体之决定及才力之胜否以为去留。经众承认，始来承乏。今将一年矣。赖友邦辅导，百务粗举，金融渐固，匪患渐平。去岁□月□日日本帝国首先承认,派驻大使,共存共荣,悬为帜志,友邦之惠我者至矣。然内自省察,漫散丛脞,实无以副斯民之望。予甚惧焉。予之勉出,凡以救民,实惠不滋,尸位为愧。所望百尔在位,同心共济,务去隔阂,各尽厥职,速选宪法委员,俾宪法成立,国体决定,予将卸兹艰巨,以践前言,所至愿也。或有以予此举疑为以退为进,此尤谬误,不谅予怀。辛亥逊政,尊号犹存,祖宗所贻,非敢私废。加称尊号,于予初无所增;权领执政,于予初无所损。一以救民为先,毫无虚荣可恋。此可质诸天地鬼神者也。敢布胸臆,其共知之。

上以此稿发交秘书处斟酌。次日,入见,奏《一年期满宣言》乃皇上一生大节所关,要独断,不可商之于人。至于外交方面,自当婉告,不使其生误会。两者固不相妨也。

大兄归后,接长春函,知前稿因秘书处不同意,未用。只于开国一年纪念宣言中,催速定宪法而已。

二月二十二日(三月十七日) 大兄动身赴长,家眷稍缓亦去。此行一时不能归矣。勉甫同行,送登天津丸,归途百感交集。

送大兄东行

策名已定义何辞,荣辱安危两不知。一往孤怀谁与喻,半空残梦事犹疑。非关袖手忧能辍,诣有同舟志转歧。从此天涯劳怅望,故乡风味动羁思(庚午兄来津重九诗有"天涯有弟即吾乡"句)。

大兄和作:

知心四海一,立志万年强。老至惟兄弟,孤根共雪霜。相悲余惘惘,相慰亦堂堂。何事愁真宰,书天字一行。

二

或谓此《记》叙满洲建国后政事太略。曰:政非己出,事由人断,何足记也！

十一月初七日(一九三三年十二月二十三日)　仲业自长春归，来坐，知改帝制已定议，不能恢复大清，仍称满洲国。

十四日(三十日)　接大兄函：

此间之事已决定，阳历三月揭晓。一切皆在筹备中。（以下原稿剪去两页，约七百字。）

十六日(一九三四年一月一日)　接大兄函。

昨发一函，属拟文字，已收到否？谥法极要紧，可作一篇，发明必须有谥之理。乙老(沈曾植)、贻重(陈毅，复辟时的侍郎)应补谥，亦可拟一折。望即为之。此外有所见，可随时写来。

夜作《复谥法议》成。(《复谥法议》一篇，略。《复谥法议》文后，原稿剪去四页，约一千字。)

十二月初六日(一月二十日)　接大兄函：

前接信并拟文一篇，甚好。俟有可说话之机，则上也。此时尚有许多极大题目未解决。闻之徒然呕气，兄亦不过问也。

十八日(二月一日)　闻弢老自长春归，往谈。上大兄函：

前日寄梅枝町转交一函，想达鉴。弢老归，谈悉种种，令人气闷。矮人举动，总带几分鬼蜮性质，终非好相与也。病老(王乃征)易名可慰。不知培老(沈曾植)、贻重事何时可提？请便中示知。闻瑞珏将出外，已定否？兄将来想仍在近旁，能处一超然清闲地位最好。

二十三日(六日)　接大兄函：

现此间极忌讳地雷之卦，不知何故。上又决不肯犯一字。此外呕气之事。不一而足。兄已上一奏，请以后置诸闲散。但未得报耳。

甲戌年正月十六日(一九三四年三月一日)　上即满洲皇帝位。大兄任近侍处长，即内廷局改名，职务与前无殊，唯房产拨归内务处管辖。

五月初九日(六月二十日) 询弟自长春返津,带来大兄去年十二月所上一奏:

窃臣才庸学薄,辱荷皇上至深至厚之恩,常恐无以为报。一年以来,窥见圣虑深远,盘根错节,处置恰当,万非臣下所能及。故未尝轻于进言,非敢缄默而自沮也。皇上存恢复故宇、出民水火之大志,常坚忍以待时。昔之俯就执政之名,今之上尊号而不辞,皆坚忍以求其志也。今之应争者在赏罚黜陟之大权,不在外面之礼文节目。如时犹未至,宁暂俟之。果能实权在己,则虽如赵武灵王之胡服,未为不可。盖开创之时,当以非常处之。拘文牵义,非所以应天下之变也。若不争之于本原,而争之于礼节,徒取纷扰耳。现臣之愚见所欲进一言于皇上者:愿勿以圣智高乎一世,而渐萌轻肆慢忽之心;勿以前圣典籍皆已了解,而不深求其所以然。盖天生蒸民而立之君,作之师,其任至重。况我皇上所处之艰屯,为古人所未有。异日之担负何穷,将以拨乱反正,挽救一世陷溺之人心,不可不深植其本也。昔舜大智也,而好问察迩言。孔子至圣也,而学不厌,诲不倦。盖圣不在智慧高出一世,而在取人为善;不在学问高出一世,而在发愤忘食。方今人才消乏,作育之功,全在皇上。必圣学宥密,先成乎己而后能陶冶众万以成物。此臣区区之愚,愿皇上以泰山而取尘,以沧海而取勺者也。再臣身弱才短,深惧陨越,将来改易官制,谨求置诸闲散之秩,以免过失。愚昧之见,未知当否?伏祈圣鉴。

八月二十一日(九月二十九日) 大兄送嫂氏丧来津。谈悉上有废后之意。自庚午年大兄奉召北来,命管理驻津办事处事务,兼为后进讲不辍。微闻废后之意,由上妹醇邸次女适郑者构陷而起,而晴初亦与有力焉。宫禁事秘,莫能详也。大兄曾于入见时,力请保全,且言今尚未有皇子,选妃事宜亟办,固不必征后同意也。上语次,对后深致不满,而不肯明言何事,但矢言"必保全"云云。闻后忧惧甚。此机既动,恐终不免耳。

二十二日(三十日)　同大兄至旧京,寓农弟处。农弟亦近自东北归。当满洲国成立之始,晴初邀农弟往为秘书处科长,颇相得。去年帝制议起,将改执政府为宫内省,大兄奉派同宝熙(执政府内务处长,摄府中令)、胡嗣瑗(秘书处长)、许宝蘅(大礼官秘书)、佟继煦(警卫处长)、商衍瀛(审计处长)会议官制。一日,大兄至秘书处晤季芗(即宝蘅)不遇,询农弟,知在晴初室中,与晴初、继煦议官制。大兄以奉派同议而不相闻,甚怪。因往晤宝,而宝亦不知,遂邀佟至,诘之。晴初追究泄露之由。大怒,言于上。大兄亦进一疏,言未奉派之事而擅问,是谓越职,越职有罪;曾奉派之事而不问,是谓旷职,旷职亦有罪云云。上曰:"予特不令宝熙知耳。"盖执政府前设府中令时,上欲弢老任之。弢老辞,胡、宝皆有代理资格,而卒为宝得。此次改宫内省,胡、宝均觊大臣一席。胡在上前言,宝与日人勾连,日人许其为宫内大臣,而以添设一副大臣使日人任之为交换。上因此防宝甚至。实则日人欲添一日籍副大臣,初不须借宝力也。农弟既被中伤,及官制宣布,遂除名,而胡、宝亦同出为参议。宫内大臣任沈瑞麟。季芗初有任尚书省大臣之议,竟亦不得,而改任郭侗伯(名宗熙)云。

大兄与晴初为丁巳复辟共患之人,交谊甚厚。庚午年,大兄奉召北来,与之同在驻津办事处。大兄以彼办事在先,一切熟悉,诸事均推主稿。东事既起,因其所见略同,期与协力,挽回上意,虽封奏稿亦先示之,请其斟酌。而彼终不肯坦怀相与,大兄初不觉也。上已决意启行,彼先知之,而匿不以告。逾两日,大兄入见,始闻其详。诘其何以不告,彼面赤无语。嫌隙自此始矣。然大兄犹以同心期之。上赴旅顺,彼与大兄先后至大连,为郑、罗所隔,不得见而归。后大兄独奉电召,而未召彼,大兄故迟其行。因弢老赴旅,托递一奏,请上同召。不得命,乃独行。既至,屡言于上,迄不应。局势既定,又以为言,上乃召之。彼至旅,请见,上以病辞,命次日来。大怒,欲归。大兄力劝止。上语大兄:"汝先以经过情形告之。明天我再见他。"次日,入见后,上笑谓大兄曰"胡嗣瑗不走了。他反劝我勿露圭角,殊出意外"云云。先是，彼自津行时，予托带一函与大兄，请勿居名位。彼阅之，大以为然。曰："予亦如此。"及至旅，予接其函云："弟与令兄均以白衣侍从。"又旁批云："虽空名亦不受。"后大兄辞秘书归津，始知其欣然就秘书长职矣。及执政一年期满，大兄时任内廷局。言于上，请践就职时约言，宣布辞退，冀借此与日人交涉，或可稍稍改善现状。上以大兄所拟宣言稿下秘书处，晴初异议而罢。内廷局主管陵庙等事，秘书处每越俎代办，并不告大兄知。大兄乘间言于上。一日，上降手谕至秘书处，命将属于内廷局之稿件均划归内廷局。晴初大恚，而无如之何。嫌自此愈深。此次议官制事，以泄露罪农弟而除名，意在倾大兄而牵连及之耳。上在宫中及居日使馆时，最信任者唯罗。由日使馆走津，从行者罗一人耳。及至津，因罗经办租张园事，觉其弊，始疑之。郑与罗素不洽，胡乃连郑以倾罗。当时刘幼老殊不以为然，谓罗固不好，郑亦非可相与者。罗既去，胡、郑旋分。上之由津至旅也，郑、罗相为狼狈。初与日人接洽者由罗，后日人以郑更易与，乃舍罗就郑。满洲国成立，郑为总理，罗日思取而代之。胡欲去郑，遂与罗弃嫌，极意交欢。当其时，胡曾请假归津，与予谈及。予曰："郑诚当去，但以罗继郑，恐亦无以大愈于郑。"胡意怫然。其后郑位转固，胡又不理罗矣。郑、罗均与日人往还，无术摇动。于是争夺目标，不出府中，而胡、宝倾轧日亟矣。以完全傀儡局面，荣辱存亡在人一指顾间，何啻燕之巢于危幕。而诸人忌嫉倾轧，反复变幻，兴味之浓如此，诚可慨可怜也已。

二十六日(十月四日) 二兄自沪来。历年诸兄弟散居各地，今乃与大、二兄、六、七弟，暂聚旧京，连床而居，为数年来未有之乐。大兄谈及出处事，言明年决计告归矣。满洲国之成立，大兄本所反对，徒以受恩深重，当上在旅顺被迫就执政时，对大兄密语，情至危苦，不忍决去。曾以不居任何名位请于上，上亦允之。及至长，授秘书。甫二日，即辞归。其后奉召再往，执政府改官制，设内廷局。上语大兄："此局特为汝设，专管陵庙及我私事，与国务不相涉，当为我勉任之。"

不得已，受命。帝制既定，内廷局改名近侍处，职掌犹昔也。两年以来，目睹种种情状，心愈灰冷，徒违本志，于上亦无所益，久萌退意。以嫂病羁绊，不能决。今决意俟机辞归，不能久郁郁处其间矣。（诗二首，略）。

十月初四日（十一月十日） 接大兄函，并诗四首：

上示意辞去讲书之事。直云："他日椒（指溥仪之妻）必废，到不幸之时，于傅有碍，不如预先脱卸，此为保全之意，出于万不得已"云云。兄遂上折辞去。不料椒以不能再见，痛哭连日，夕忽发狂疾，惨酷已极。此皆兄之罪过也。（诗四首，略）。

初十日（十六日） 接大兄函。覆一函。

强志弟览：前由邮寄一函，不知浮沉否？兹因便更复言之。上示意辞进讲事，兄遂具折辞去。是日，椒传见被阻，痛哭连日，夜遂得狂疾，不识人矣。不可一日更留。然此时又不能径情直行，恐陷于负气之所为。现将移椒于旅顺，托名养病，实断绝也。拟隐忍至万寿后再行，不知中间更有波澜否？

大兄左右：杨君所带之函，顷始收到。椒事太惨。兄意请勿稍露，表面处以淡然，对人更不提椒一字。李邺侯为建宁事伤心已极，初无片语。隐忍久之，一旦飘然，是可法也。宗旨虽决，而回翔迟速之间，须当其可，未能拘定。兄谓何如？

十九日（二十五日） 接大兄函：

椒事自友方不平，声明拥护，已缓和下去。大约仍须赴旅一行。友方招待布置，极隆重也。

二十日（二十六日） 彤伯侄自长春归，带来大兄一函。

来书字字皆合我意，所见略同。届时必当其可而后行也。

彤伯言，送后赴旅一层，亦将推迟。因友方致言，如后不愿赴旅，可勿行也。又言，后父荣源久不许入宫，近忽召见，温语慰藉，并赏物品云。

十二月二十日（一九三五年一月二十四日） 伯辉（姓张，在警卫处）自长来。谈悉上本拟送后至旅顺，而后不肯行。但日人在旅已预备一切，只得独往，住十日归。

二十四日（二十八日） 接大兄函，有诗两首。

邯郸道

汉文车驾新丰回，慎夫人从同辇陪。眼中忽见邯郸道，当年迎立自此来。同来时迁复同过，感新念旧伤心怀。死生离别谁遣此，长歌倚瑟声悲哀。人生富贵事倘忽，恐惧安乐殊乖谐。文叔鹰鹯起帷帟，勤求故剑良难哉。古往今来邯郸道，梦中扰扰千车雷。谁能同来复同逊，可念雾露深云台。

李邺侯

事急易受言，豁达称高皇。时平骨肉际，何益百子房。伤哉李长源，宠荣无比方。对食复对榻，莫救建宁王。苦诵台爪辞，中夜起彷徨。华茵等针毡，刻骨神惨伤。隐忍复隐忍，俗情安可量。进退有大节，龙蛇寓行藏。一朝决然去，冥鸿天际翔。

乙亥年四月初八日（一九三五年五月十日） 闻大兄有辞职意，函询近来情形。

十五日（十七日） 接大兄函，系十二日所发。

兄之行止，系去岁所定，不关现在之相待何如。专以现在相待之情而言，则殊与从前无丝毫之异，说不到去字也。曾有一次赐宴，丁卯（许宝蘅）①故意不开兄名。经居停亲笔加人，且申斥承事者之疏忽。见面时亦多慰藉之言，但不免稍有敷衍耳（此亦是向来脾气）。所最可虑者，经此次友邦十分之捧（按，指赴日招待极隆重而言），恐启骄汰之心，性气更较前加长，待左右更苛耳。惟上辞折后，若再强留，或逢怒，均不可知（若相待之意甚好。即不免逢怒，否则淡然置之矣）。总以达其素志，不落痕迹为主。

二十二日（二十四日） 接大兄函，十九日发。

---

① 编者注：唐许浑有《丁卯集》，此处“丁卯”二字系暗指许姓。

昨上辞折，今晨召见，坚留。首言陵庙之重，非他人任。次言随从患难多年，不可中道离去。又言现在身旁无一相信人，万不可去。属以后再勿上折，无论如何总不使你去云云。辞意可谓恳至。寿几经审慎而后动，未便中止。再以婉言相渎耳。且感情好时，正是去的时候；待不好，则言去已迟矣。弟意以为然否？

二十四日（二十六日）　接大兄函，廿一日发。覆一函。

今日又上第二折，上语意更为坚决，言不但此时不放走，以后永远不能走开。相从患难多年之人，若走开，天下其谓我何云云。看此情形，只得暂搁，俟有机会再说。人生竟不能自由以行其志，惟虱于此间，脾味实不能耐，如何如何？

接函，知再辞仍不允，留意恳至，自不可太恝然，请暂时忍耐，遂初之愿，俟诸异日耳。（陈曾寿廿七日来信一通附辞职折二通，略）。

五月初一日（六月一日）　接大兄函，廿六日发。

前日寄辞折二稿，已收到否？此时既不能言去，思及心疾，截发之惨，时时不能安耳。此后以何法脱身，无伤感情，而又不着痕迹，有何妙策，代我思之。（以下原稿剪去约十叶，约三四千字。）

苏堪召饮。谈及辛未年上在旅顺时，坂垣劝进，坚持不允。郑垂至哭泣跪请，仍不许。彼上楼种种劝说，始勉强应允云云。似自炫其功者。又盛赞此次改革之善，真不知是何心肝矣！从前尚有人疑此局初起时上实歆许，对弢老、大兄所言均非诚者。闻苏堪今日一番话，不啻得一反证耳。

丁丑年五月二十日（一九三七年六月二十八日）　大兄辞近侍处长事。近侍处职掌，以陵庙为主。数年以来，日人屡欲处分福陵、昭陵树木，外托整理之名，内行伐卖之实，大兄力争得寝。近又欲设公园，将两陵红墙以外，均归市政府管辖。阁议已定。大兄力持，得以挽回。又欲派日人酒井为近侍处事务官，驻关内东陵，亦驳回。因此久遭其忌，欲使大兄去职。上不允。月之十一日，皇宫近卫兵十馀人在大同公园与日、鲜人因故起衅互殴。日人课责于警卫处长佟继煦，欲免其职，上不许，乃欲以佟调近侍处。上谓：陵庙事重，佟继煦办不了。彼言大兄去职后，可另设陵庙事务总裁一职，以大兄任之，仍管理陵庙事，上乃允之。大兄去岁辞职两次，未得请，然去志未尝一日消，徒以受恩深重，不敢渎请耳。今始得如愿。陵庙事务总裁亦拟辞去，作归计也。录大兄五月廿一日日记：

见上，言："你在近侍处五年，诸事熟悉，实在是得力。此非当面夸奖。彼等早欲去之，均为我挡过。此次因护兵之事，借端又提前议。我亦不便太与彼等抵牾。小小改换局面，只得听之。彼等欲寻你的短处，实在无话可说，只好说吃烟。此亦不过借题。臧士毅何曾不吃烟？可见毫不相干。继煦才具不够，陵庙事大，他管不了，仍要你来担任，万不可辞。你平常非有公事不请见，以后可以随时见面。我左右人太少，献可替否，甚有望于汝也。并可讲书，或述祖宗掌故，或讲佛理。时局变动不可知，将来未必无发展之日。彼时参密勿，甚赖于汝，要常在我之左右。"对："皇上聪明天纵，所见万非臣下能及，如何能讲？"上言："你是知行可合为一。我虽偶有所见，而不能实行。不必谦虚也。"对："臣终身伺候皇上，是万无言去之理，惟不在做官与不做官。不做官也是一样，为臣下者容易自处。独为其难，唯皇上耳。"上言："这不算甚么，我们来这一回，是为甚么的？觉得对不住赤子，不能救济。无论如何忧劳困苦，终觉得不能尽其职分耳。"对："陵庙之事，万不敢辞。唯必须专属于皇上，不牵涉满洲国政治，乃敢担任。否则牵制窒碍，虽欲尽心，而不可得耳。"

二十四日(七月二日) 大兄上封奏一件，略露拟请假入山静养之意。(下有一千五百字，记陈曾寿辞职、溥仪挽留事，略)

十一月十五日(十二月十七日) 大兄奏辞管理奉天陵庙承办处

事宜差使。先是，大兄请假赴天津二旬。近侍处有与承办处总办爵善不协者，散布谰言以中伤之。熙洽遽闻于上，撤爵善回近侍处，调总务科长（爵善本以陵庙科长兼承办处总办），而以总务科长恩棣调陵庙科代之。及大兄归，胪陈事实，以辩其诬。上悟，而命令已下矣。恩棣躁妄，欲多所纷更，并暗与日人勾结，事多就商于宫内府日籍官吏某某。日人欲干涉陵庙事务久矣，既有引之者，遂乘机生心。有改设保管陵庙委员会之议，以日人参入。大兄既屡言于上，并请辞职至再三，均奉温旨慰留。至是，委员会之议愈急。上初不允。既而关东军为之言，势难中止。上不得已，将允之。大兄乃上四次辞职之奏。（奏折略）

十八日（二十日）　奉批，准大兄辞管理职。先是，大兄未上奏之先，曾请见面辞。上允其辞职，而不允其去京。大兄言拟将家眷送回，以轻担负，亦不允，言老年独留，无人侍奉，决不可。未几，命大兄教授宫中近支子弟文学（原稿止此）。

——原载中国人民政治协商会议全国委员会文史资料研究委员会编《文史资料选辑》第十九辑，中华书局，1961 年，第 195—232 页

附录二　周君适日记(民国二十年十二月至二十一年二月)

十二月二十五日(1932年2月1日)　晨七时起,随岳父上“长山丸”,三表叔、尚一、英三均来送。船舱甚小,仅容两人。十点半钟船行。天微雪,无风,海平如镜,竟日偃卧。

二十六日(2月2日)　午一时始起,风甚大,天晴。船簸,幸岳父及余均不晕。三时到大连,有日本水警小尾通及宪兵一人来接,余等拟住南方旅社,而与宪兵语言不通,登岸即促余等登汽车。余以孙仆携行李未至,请暂待,不解,开车径行,茫然不知何之。及车停,乃墨缘堂书店,店为罗叔蕴所开。罗等前来连,皆先落此,故日兵亦送余等至此。复返车接孙仆,余等坐店中久待不至,乃至南方旅社,则孙仆先在,幸余下船前告以往南方旅社,否则必为日兵所误。晚与岳父乘汽车至水仙町三十四番地访宪八爷(肃王之子),适他出,坐待有顷始归,留晚餐,谈甚久,返旅社已十时矣。作书寄菊若。

二十七日(2月3日)　天气晴爽。宪八爷来。丁味如君自天津来,亦寓社中,丁文诚公之孙也。竟日坐余房中谈,不去。岳父赴旅顺见上,晚七时返连。刘武恒君午来谈,旋去,晚复来谈甚久。岳父云,上已为备屋于旅顺朝日町三番地,屋甚小,拟后日迁去。

二十八日(2月4日)　天气晴寒。岳父至旅顺晚归。室中炉火过大,被逼头痛,服阿司匹灵两片,睡至夜十一时醒,全愈。

周孝怀先生早来,其人精神满腹,谈论极有经纬,人才也。

致英三书。

二十九日(2月5日)　除夕。寒甚。一时始起,五时雇汽车离大连。大连去旅顺约百馀里。沿海而行,沧波浩淼,群山突兀,风景甚奇。途经两山洞。到旅顺天已晚,询问朝日町三番地,不得。乃返车至肃王府,始知非朝日町,乃桥立町也,至则两扉固锁,阒其无人,访问邻居,知宅主任赵姓,即以电话促其来,余等坐车中久待,始徐徐至。入门,什物粗备而纵横无序。寒气逼人,幸有炉有炭,急燃之,展榻煮茗,安置桌几,草草就序[绪]而饥肠辘辘,命孙仆以电话通知肃王府中随侍,促其送饭。久之始至,大啖腹果,四肢暖矣,精神陡复。与岳父各作画一小幅,各作《鹧鸪天》一阙,以为残年海角之纪念。

鹧鸪天

海角落庐夜景侵,败窗猎动寒吟。天风排浪蛟龙语,如听成连海上琴。

惊晚岁,黯离襟,十年客思悄难任,昏灯摇枕寒如水,箫鼓依稀远林。

横海青峰点小楼,邻家爆竹动离愁。一年客邸将除夜,万里荒波不系舟。

黄石约,赤松游,古人志事等闲酬。衰慵未称风云事,破砚寒香独自修。

壬申年元旦(1932 年 2 月 6 日)　天气晴和,园中随侍送馔作早餐。岳父自园归,云明日迁明治町三十九番地张乾若宅中,与同年杨咏春同住。开笔,作《惜黄花慢》一阙,岳父作七古一首。夜深四时始眠。

惜黄花慢(壬申元旦)

别馆愁单。动四衢[1]爆竹,海峤春还。冻窗呵砚,彩笺试笔,萧萧板屋,相伴枯禅。温焗鲁酒襟痕薄,断魂寄、短榻情安。

---

① "衢"原作"邻"。

恋旧年。炉围博赛，一霎清欢。　　梦回咫尺云澜。幻蜃楼障[1]日，海气封峦。背邻笑语[2]，谁家乐事，连营鼓角，何处关山。乡书欲趁征鸿去，怕乔木、遮断烽烟。峭夜寒，风灯晕逼吟肩。

初二日(2月7日)　晴暖。午饭，赏菜四器、点心四器，仍食邸中送水馎。迁明治町，凡三迁矣。作书与菊若，告以迁居。

初三日(2月8日)　朔风，阴晦，蜷伏室中，衣重裘，尚不暖。阅彊村老人词，作《小重山》一阕。阅《昌黎集》。

小重山

十年别泪溅沧江，支离浑不称，少年场。词笺检点涩行箱。新旧恨，取次入回肠。

穷海革[3]春阳，无情[4]溟渤水，管兴亡。屯云废垒接微茫。吟望杳，霞影倒扶桑。

录旧作。

太常引(题清微道人画兰卷)

素心寂寞伴烟萝，托命在岩阿。纫佩恋湘娥，为传写、芳菲怨多。

春风身世，人间流转，瑶瑟写哀歌。玉井本无波，甚一点、温馨未磨。(清微又字玉井)

夕照里，送鼓角声寒，岁华如扫，望碧云低暮，清霜净洗林□。天阔鸿雁渺。摧南云风峭。料两地，别后心情，著恨多少。　　吟稿。旧愁黯黯，燕约分明轻负了。算惟有，梅边菊下，依稀梦曾到。甚时把袂，为整理断肠。千绕对，剪烛烂醉，银

---

① “障”原作“蔽”。

② 此句原作“画堂彩胜”。

③ 此字原作“黯”。

④ “无情”原作“还凭”。

罂共倒。

声声漫[①]【慢】(题清微道人《空山听雨图》)

烟岚隐□,雾观藏幽,当时曾霭昙云。慧业难销,多生修得兰荪。凄迷画楼燕杳,几风霜、蚀尽巢痕。仙梦忆[②],瑶京伴侣,小别千春。　　追念山房听雨,正珠衣寒彻,莲座檀薰。万感人天,丝丝袅乱吟魂。闲愁漫无系处,付画图、影事留温。埋恨地,对年年、肠断暮曛。

六丑(和彊村老人《吴中听枫园看海棠》)

正蜂忙燕老,似醉靥,东风曾识。黯魂旧游,门荒苔径寂。断梦无迹,莫便随风雨,半留憔悴,待探芳孤客。铅霜洗尽谁能惜。月返吟魂,愁翻酒力。低回曲阑笼碧,听江楼隔院,时度幽笛。　　情怀无极,又春深故国。怅望朝云散,馀怨抑。逢花誓共头白,甚琼枝此度,绿摧红积。惊心又,杜宇啼急。料寸肠已断馀清泪,斜阳凝赤。

木兰花慢

系西泠幽梦,寻别恨、到吟边。正柳晴平堤,烟凝远陌,万绿湖山。秾妍,临波几树,恰三分春色缀枝繁。且共明妆一笑,催归莫听啼鴂。　　阑珊往事逐云烟,荏苒负年华。料第一桥头,闲鸥野鹭,怪我盟寒。依然旗亭唤酒,奈愁城却胜酒肠宽,凝伫乡心无极,苍莽夕照危阑。

又:

听画楼西畔,有谁掐,惜馀春。笑倦旅栖迟,却看海燕,来认巢痕,缤纷辞枝。红蕊,甚当时只解嫁东君。淡薄花间酒盏,可曾换得情温。　　黄昏深柳暗重门,一霎返吟魂。且莫近危阑,吴山黛翠,如我眉颦。逡巡前欢细数,算年华有恨付红巾。小立

① “声声漫”原作“忆旧游”。

② “忆”原作“恋”。

轻寒未觉，房栊又到斜曛。

忆旧游（水西庄感旧）

低云拱璧，残照匀黄，楚客情孤。驻马寻陈迹，叹雕栏改尽，委恨寒芜。豪华一代宾主，俯仰岁时徂。想裁韵当花，飞觞醒月，清景模糊。　　江南，旧词客，自应染燕尘，闲了西湖。凝伫东风里，听鸣廊叶颤，逐侣禽呼。名园遗事谁问，故老只今无。写百叠闲愁，遥峰黛墨和雁书。

鹧鸪天

遥夜虚堂月似眉。池光冷润逼帘衣。径荒苔涩无人处，立尽深更悄未知。　　山作髻，柳萦丝。桨翻红浪客来迟。酴醾过了春云散，却负墙东雨后枝。

虞美人（将归鄂与尚铨、彤伯、三弟月夜话别）

年时对月闻秋露，携手天阶步。今年月好照离筵，露色如珠、和泪透襟寒。　　几番圆缺催年少，乐事秋风扫。琼楼玉宇不归来，一任眼前风物化沉哀。

初四日（2月9日）　钞上谕，约八百馀言。写《资治通鉴》大楷二百字。阅《雪桥诗话》。

气候仍寒，风未息，园中有随侍至津，托其带信件。

初五日（2月10日）　宪八爷来。出门散步。作大字二百。

阅《雪桥诗话》。晚饭后，杨咏村先生来余房中，谈其驻乌里雅苏台所见，甚有味。彼方经商者多山西人，十四岁即往，九载归家娶妇，一载又往，然后六载一归，二三返，头白矣。晋人舍身趋利，于此可知。衙署之傍，即《书》所谓“鸟鼠同穴”者在，同穴不奇。某日，鸟飞止鼠脊，鼠舁鸟入穴，乃奇也。八月即雪，直至次岁五月，严寒不解，空中鸟飞僵死堕地。土人忌鸡忌鱼，谓神也，终岁食羊肉、蘑菇，无他物。《儿女英雄传》中所谓羊肉炒蘑菇、蘑菇炒羊肉，盖实录也。五月中旬，得食半寸之芹。六月食一寸之菠菜，如渴饮琼浆。八月又复蘑菇羊肉矣。六月百花齐放，蔽山连野，盖酷寒时久，地气凝闭，无可发泄,一发则不可遏也。男女之事,不分畛域,兄视妹淫,夫视妻淫,父视女淫,傍观袖手,不以为侮也。

初六日(2月11日)　杨伯屏将之津,托其带函件。

作大楷二百字。阅《陶厂梦忆》,不忍释卷,又虑其尽。

初七日(2月12日)　晨雪,午后止,终日阴晦,昏昏思睡。阅《陶厂梦忆》尽矣。作书寄大哥,托三妹转达,不知尚在申否也?目疾发。岳父带沈乙庵书集冬郎句对联,文为"偷生亦似符天意,未死深疑负国恩"。取自箱中,命孙仆悬之,展视之,乃误带乙庵祝寿联,文为"奉天诏为中兴重,景月光迎揽揆来",真大好预兆,志之待验。

风入松(寒钟)录旧作

佛香僧吹绕幽居。清梦恋西湖。黄昏隐隐霜音动,正凉蟾低挂浮屠。破冻梅魂乍返,惊飞雁阵斜铺。　　而今胜景付消除。天远别情孤。舣舟独拥单衾夜,误沾潮瑟瑟黄芦。枕上一般清听,客怀判得萧疏。

桂枝香(登万寿山)

危亭百尺,俯莽荡平芜,秋思无极。漠漠晚烟似黛,投林鸦疾。西山迤逦层云表,带寒灯,万家城驿。神京何处,繁华弹指,苍茫陈迹。　　叹寂寞,凭高楚客,侈赋尽招魂,孤恨谁惜。旧事销沉如梦,珠泪空挹。凄凉　勺昆明水,误当年西子凝碧。水边杨柳,来朝还又,送人行色。

念奴娇(昆明湖后山)

弄烟兰桨,溯小溪,百转无限幽景。回合山光,凝暮紫,逗入吟边清兴。风褪残荷,霜欺败苇,水气侵衣冷。长松夹岸,晚阴翻翠奁镜。

回首一抹斜阳,觚稜天外战,茫茫鸦阵。眼底湖山,无恙在,愁绝百年形胜。颓壁苍萝,铜驼白草,瑟瑟喧秋信。清游多少,兴亡遗恨谁省。

鹧鸪天

寂寂幽坊午日迟，绕廊玉砌碧苔滋。飘摇垂柳梳烟翠，三两棠花晕酒资。　　人去后，立移时。微吟一霎转凄迷，九天几日笙歌梦，商略惟应燕燕知。

初八日(2月13日)　天晴。写《资治通鉴》三百馀字。邸中随侍自津来，带家书一束，食物甚夥，肉松四盒、风鸡一个、脂肉、熏肝若干，大喜过望，可半月不忧饿殍。夜吃粥，吃肉松，好吃。

初九日(2月14日)　景气晴和，与岳父步行海涘，胸襟一爽。雇马车至新市街，下车步行一周，购苹果数枚而归。钞《通鉴》二百字。阅放翁《入蜀记》三卷、洪北江《遣戍伊犁日记》《天山客话》《外家纪闻》。北江学识渊通，蜚声一代，虽蹈九死，实凛千秋。好男儿当如是也！夜雪。

初十日(2月15日)　早晴朗，夜又雪。岳父命录写保荐人才折，盥手焚香而书之，他日大业有成，此其基也。阅《入蜀记》一卷。

阅《史记菁华录》，小时曾读此书，如见故人。钞《通鉴》一百字。

十一日(2月16日)　钞《通鉴》四百字。阅《知不足斋笔记》数卷。修二爷有电报来，云济通丸来，计明日可到。有风。

十二日(2月17日)　孙仆赴连接修二爷，夜深返，云船未到。钞《通鉴》一百字。阅《外家纪闻》、魏默深先生《古微堂集》。

十三日(2月18日)　起甚早，昨宵未能成眠。万寿节，随岳父入邸贺。自各地来贺者约三十馀人，即邸中后园摄影，得瞻天颜。摄影后，至大和旅馆赏宴，返寓已下午一时许矣。周孝怀先生来谈，良久去。倦甚，熟睡，醒已上灯矣。阅《汉学师承记》。大雪。

十四日(2月19日)　大雪积地五六寸，入春得此，丰年之瑞也。作大字一百。阅《知不足斋笔记》数种。

十五日(2月20日)　雪霁。晚随岳父访罗叔蕴先生，其子告以入邸未归。作文一篇，题为“中国二十年之症结”，论君主、共和之利病，应满洲报社之征。夜，四邻有爆竹声，作《灯夕七律一首》。头痛，服阿司匹灵两片。后赏点心十二器,甚精。

灯 夕

影静来依北斗光,萧条穷海感河阳。谩疑易象占鸿渐,坐视天骄任豕狂。泪尽心肝酬圣泽,命微葵藿被神浆。御筵留取光明烛,待照中原万屋荒。

十六日(2月21日) 钞昨日所作文寄满洲日报。头仍痛,体中不适,夜服药。

十七日(2月22日) 宪八爷来。风甚,大寒。写大字二百。钞电稿七百馀言。作书致英三。阅郑所南《与人论风水书》。更衣颇适,精神稍振。

十八日(2月23日) 阅《渑水燕谈录》《草窗词》。作大字一百。风未息,天仍寒。

十九日(2月24日) 岳父入直归,谈上事箭在弦上不得不发,不知是喜是惧。作书致菊若言迁居事。作大楷一百字。胸中气闷,甚不适。接修二爷电,天潮丸来。

二十日(2月25日) 早,罗叔蕴先生来。晚,葛公羽先生来久谈。阅放翁《北行日记》。作书致菊若,附致五弟函。

二十一日(2月26日) 写大字一百。得天津三叔、菊若等信。

二十二日(2月27日) 修二叔自津来,带信一束、食物数种。斗室乍添一人,兴趣较多矣。拟一稿。食带来熏鳊鱼,极佳。

二十三日(2月28日) 万君漠自日本来,将回天津,作书托其带津。作大字一百。阅《陆宣公集》。

二十四日(2月29日) 写大字一百。阅《宣公集》。

二十五日(3月1日) 阅《宣公集》。作书寄津。

二十六日(3月2日) 愔仲老伯自津来。

二十七日(3月3日) 阅《宣公集》。作大字一百。目疾发。

二十八日(3月4日) 佟楫先自津来。仲业二叔明日返津,托其带信。目疾甚苦。北行有日,清理书籍。

二十九日(3月5日) 仲业二叔返津，托其带家书。咏春先生邀泰丰楼晚饭。胡愔仲老伯、宝沈厂、王君九、佟楫先今日赴长春，命老孙携行李随往。

卅日(3月6日) 六时半起，同岳父至邸，上已先行，郑苏厂父子、罗叔言父子、商云汀随行。九时，伟及岳父、万公雨、润博勤、工藤、二格格等十馀人随后行。乘汽车至沙河口易火车，晚七时抵汤岗子，有宪兵警察数十人候接，后乘汽车，伟等步行，约半里至对翠阁。上午后二时已到，住楼上。伟及岳父住楼下。一日本式房，房小而甚洁净，席地纸窗精致有古意。倦甚，眼疾复发。

二月初一日(3月7日) 早餐食日本炒牛肉，甚美。与赤板棋一局，与岳父棋一局，皆胜。三省代表张景惠、赵欣伯、凌陞、谢介石、冯涵清等九人来迎，上命陪代表晚饭。

初二日(3月8日) 七时半，全体人员随上启行，三时到长春新都。车入站时，奏军乐，欢迎人员多蓝袍青褂，肃立站台。上步行出站，与后同乘一汽车，馀人均分乘汽车随行。道旁接驾百姓连绵相接，望之无尽，均屏息肃立。满洲八旗迎銮团约五六百人，均跪接。夹道军警、警卫森严静穆。伟等车尾上车入执政府，馀人均在府外下车，伟及岳父即宿府中。

东省百姓二十年来受人蹂躏，今日忽望见旧主颜色，如穷阴之睹天日，悲喜之情含于静穆之中。上见百姓迎銮情形，甚触伤感，今日求见者均以劳顿辞之。

初三日(3月9日) 上就执政任，三省官吏均到。旧臣均于就任前行三跪九叩礼而出，未参与就任典礼①。

初四日(3月10日) 迁住北平客栈，距府甚近。

初五日(3月11日) 晚雪。林肖旭来。愔仲老伯来，云拟迁来

① 此句原作“参与就任典礼者多三省新官吏”。

同住。作书寄英三,言将在秘书办事。

初六日(3月12日)　八时起,到秘书处办理稿件。晚同愔仲老伯、岳父至饭馆晚餐。

初七日(3月13日)　午后雪。到处。愔仲老伯来。商云汀先生来。阅《宣公奏议》。

初八日(3月14日)　早八时起,到处,覆各方贺函。四时半返寓①,则岳父已赴四时半车往连,留条桌上,云五日内可归,命明日代在处请假五日。到连筹画家眷移连之经费,如到手,即可移眷。

初九日(3月15日)　八时到处,为岳父请假。五时回寓。

初十日(3月16日)　早七时半起,到处。得咏春先生转来家书数件。五时回寓。阅《宣公奏议》。连日目疾甚苦,早眠。

十一日(3月17日)　早七时半起,到处。今日事少,三时半即返寓。林肖旭发表最高法院院长,邀余帮忙。

十二日(3月18日)　七时到处,五时返寓。

十三日(3月19日)

十四日(3月20日)　陈仲伟先生来谈,亦居此栈。

十五日(3月21日)

十六日(3月22日)　月蚀既。

海角荒庐夜景侵,败窗瑟瑟动微吟②。天风浪走蛟龙语,如听成连海上琴。　惊晚岁,黯离襟,十年客恨③悄难任。青灯枕畔④寒如水,腊鼓依稀出远林。⑤

---

① 旁注:胡老伯迁来。

② 此句原作“小窗败纸颤寒吟”。

③ “恨”原作“梦”。

④ “枕畔”原作“四壁”。

⑤ 此词即十二月二十九日所书《鹧鸪天》,文字有差异,可参看。

忠孝何曾尽一分，年来姜被减奇温。眼前犀角非耶是，身后牛衣怨亦恩。　泡露事，水云身，枉抛心力作词人。可哀惟有人间世，不结来生未了因。[①]

弼德院顾问大臣、前礼部右侍郎朱祖谋，学问渊通，持躬清粹，由进士高第渥受德宗景皇帝恩知。近地论思，备闻忠谠；辞荣早追，望实翕然。朕嗣服之初，特征不起。洎经播越，奔问北来。惓惓孤忱，时罕伦比。方冀耆年强固，长备咨询，讵以世变多端，忧危致疾。遗章遽上，轸悼殊深。着加恩予谥"文直"，赏陀罗尼经被，以示朕笃念荩臣之至意。钦此。

六九一七，周。

① 整理者按：此词即朱祖谋《鹧鸪天·辛未长至口占》。

附录三　陈曾任日记三则[①]

(一)

岁次丁丑,正月元日(1937年2月11日)。晴,(二月十一)。时加子,同大兄祀天地神祇。侄辈聚乐,予独坐焚香,转大悲咒,为祖父母、父母资冥福加已。大兄朝归,向祖宗贺年,阖家贺年,有来贺者皆辞去。饭后至各处贺年,在季湘家小坐,归来小睡片刻,复出至仲怡处小坐。诣秉如久谈,以德滋在座也。治兄来,愈斋来,代大兄手谈,夜分始罢。

夜坐无聊,念儿时过年风味其乐潭潭,当时天下太平,物力丰厚,人无离散之忧,读书应试,希望无穷。自辛亥国变,而后人皆倖进,纲纪奔弛,伦常破坏,父不父,子不子,国亦不国,军人割据,民不聊生,从前之号称世家者,至今日无不流离四散,谋食不遑,求一日之安宁不可得也。吾家兄弟十余年渐成异爨之局,而今年最为奇特。若大兄与予,则在新都,二兄、四兄则在沪渎,三兄、七弟则在津沽,六弟、九弟则在旧京,十弟、十一弟则在杭州,天各一方,而各可得兄弟之乐,此天之待吾家独厚者也。当前景象最易忽略,明年此日,不知更能得今朝之聚否也。

---

① 按:陈曾任日记三则原刊《亲情之什——我家的人和事》(纽约柯捷出版社,2011年),原顺序有误,今考订后予以调整。并根据所附日记书影,补录部分文字,并校正数处讹误。

（二）

（1939年2月28日）……来谈一切，一切仍复恼人……人事又牵。九弟……甚苦于家贫，……全凭己力，以为生活，七八月后，又转……曾则便须□死也。如何如何。

自九弟□□，颇苦寂寞，终夜独坐，往往至四鼓，万念交集，身□凌寒，晓风侵骨，亦不觉也。冬至前后，□发小疾，虽不甚剧而疲软不堪，若久病初愈之象。年不过五十耳，衰颜若此，而今乃知先祖□秉赋真异□常人也。

芦沟事发之后，经半年余而抗事起，家人奔散，内子遂率儿女至太湖，其后太湖事起，至此不得消息。前月二十二日得二兄转来长女一函，犹是六个月前之函，始悉其由五羊坂避兵至薛家集，距城七十里，无舆无车，徒步跋涉，千辛万苦乃始得达。浔女、润儿均因受湿，患四日两头虐疾，闻之以慰以悲。家贫谋食于外者，十年于兹，妻子流离不得相见，诚极人事之惨苦矣。

十一日（1939年3月1日）[①]。午初二刻，微阴，日光稀薄，转欲出门，忽见天上日作二环，景象特异，急呼荃、素诸侄女观之。此天气之变，惜予未能言其理。时正官吏入宫朝正之顷也[②]。历时许始散。

一夕梦腰背酸楚，不能转侧。忽有一大象以鼻击背，□及腰腹。梦中亦不知可危，但觉其鼻到处，酸痛即止。忽然……

（三）

十二日（1939年3月2日）。得晋华函，即复之，前书尚未复，即

---

① 陈曾寿一九三八年十一月初三日日记云："由寥志转来冬侄女自太湖来函，言避难山中，千辛万苦，赤足涉水而行，润侄及浔侄女皆患四日两头疟疾，至可念也。"

② 按：此日为伪满洲国"建国"纪念日。

并寄之。得三妹书并去年十一日润儿在太邑寄书,欢喜无量,不得彼等消息将一年矣,老妻腰痛旧疾复发,近虽服药酒渐愈,而新有腹泻之疾,此大可虑也。润儿等自乱后,废学近年馀,予日以此为念,来书用词章之字甚多,似尚未荒,而专言避地景物,中间且用俳句,殊不通顺,酸气逼人,俗不可耐,无药可医,此亦大可虑也。如年内能亲至太邑,接彼等至北平暂寓,虽不能立即入学校,九弟在平可稍稍指引,免入歧途,则荷天之福矣。何来此巨大川资乎?焦索无似。此子对于旧学似尚感兴趣,故亟须设法令相随左右,可与大兄学诗法,与三兄学作文,则大妙矣。

附录四　陈邦直《味冷斋日记》

（1949年10月1日—1950年6月4日）[1]

十月一日　休暇。阴雨。

十时到会，写庆祝牌额及灯笼。晚归。

十月二日　休暇。雨。

得陈病树老伯唁函。

今日为父亲生忌。上午杨子安老伯同绥厚兄冒雨来，蔡子玉老伯、四叔、七叔、七婶、十三妹、五妹、十四妹、文钵侄均来。二叔做供菜四簋，杨老伯做菜八簋。中午由杨老伯主祭，七叔代读祭文。风雨凄恻，使人肠断。午后散去，七叔留晚饭后去。晚素妹来，带月饼上供。

十月三日　休暇。雨。

得徐勉甫六叔唁函、大兄函。

上午至李拔可老伯处谢步，又至周煦良先生处谢步，小坐，又至李祖培、张家毅处谢步。下午到会小坐，无事，分梨数枚带归。晚同小春计算父亲集外遗诗共一百六十五首。《苍虬阁集》刻于庚辰年，自辛巳至乙丑九年间诗全在此，拟先为油印存稿。

十月四日　雨。荣宝斋取来售画款二万元。

---

① 陈邦直《味冷斋日记》原稿藏其子陈文乔先生家中，小屋出版社2001年影印出版。其后，小屋文学编辑部编《父亲残留的日记》（柯捷图书出版发行公司，2002年）出版，陈文乔先生承担了较多工作，然颇有一些讹误。今征得陈曾寿后裔并陈文乔先生家属同意，重加校勘，附于本书。

上午八时上班，终日无事。晚五时归。公绂同车，乃留小坐。夜抄诗。

十月五日　阴。补领上半年津贴三万元。覆大兄函。还谢伯衡三万(借小元一万)。

上午八时上班，中午开学习小组，晚归。

十月六日　晴。

今日为旧历中秋，放假。上午四叔、七叔、五妹、十四妹等来。

十月七日　阴，晚又雨。得朴初兄函。

上午八时上班，竟日办筹备庆祝事。晚留宿会中，喘疾又发。

十月八日　晴。

下午会中同人参加游行，余以病未参加。

十月九日　晴。得赵星恒函。

星期。休息，会中全日举行庆祝会。上午四叔来午饭。下午二时，携春、桂、欣到会聚餐，开会。晚六时开始游艺，共十六节目。余诵词及唱《连环套》，琴师周国瑞乃公绂兄介绍，晚十时半始散。

十月十日　晴爽。

上午八时上班。晚同倩携春、欣、乔往多福里四叔处晚饭。

十月十一日　晴爽。得大兄函。

上午八时上班，午间开学习小组。晚赴田寄苇先生处取彭觉先君送赙廿万元，六时归家。今日为父亲六七，陈病树老伯恰自武汉来，蔡老伯、四叔、七叔、五妹、蘅妹、文钵、文藻均来与祭，晚饭后散。夜与倩清理父亲遗墨：画七幅，字廿八幅。

十月十二日　阴。吴湖帆先生前请父亲画《绿遍池塘草图》，交赵公绂兄转交。复大兄函。

上午八时上班。还谢伯衡兄十二万五千元。午开学习小组，晚下班后到田寄苇处送字画七件，请其转送赙赠各人。又到多福里送朱老太太行，并赠香烟一条。又到七叔处，小坐归。

十月十三日　阴。

上午八时上班，下午出席周会。晚赴大陆银行访丁云甫、杨绥厚两兄小坐，又往南洋路文藻侄女处略坐，又往静安寺路陈病树老伯处小坐，又过薇妹处小坐归。夜喘疾大发。

十月十四日 晴。

因喘疾告假，自开小青龙汤方试服。

十月十五日 晴。

喘仍未痊，续假一天。并继服小青龙汤，入夜稍平。

十月十六日 晴。

星期。上午朴初来谈北京近况。下午七叔来，文藻、以椿来，薇妹来。

十月十七日 晴。朴初兄带来五弟函。

上午八时上班，晚五时归。广州解放。

十月十八日 晴。复五弟函。

上午八时上班，晚五时归。今日试写钢板，抄诗一页。

十月十九日 晴。得大兄函并姚君素和词。

上午八时上班，中年【午】归家。今日为父亲满七。日月如流，至深惊恸。午间祭祀。四叔、四婶来，蔡老伯来，大、五叔婶来，菊妹、十四妹、藩妹等来。下午告假。晚祭，文藻夫妇、文钵大妇、刘广牲均来。以椿馈羊肉二斤。

十月二十日 晴。得龙榆生(改名元亮)函、江印舸函。

上午八时上班，下午开欢迎本会政协代表茶话会，听朴初兄讲北京盛况。晚归。

十月廿一日 晴。覆江印舸函，附画二件、字一件。

上午八时上班，下午德甫自北京来谈，晚抄诗，钢板半页。六时下班，到七叔处晚饭，又过四叔处、陈病树老伯处，文藻侄女处小坐归。

十月廿二日 晴。复龙榆生函。

上午八时上班，晚理发。往温知书店访德甫，未晤即归。闻顷波兄嫂来小坐。

十月廿三日　晴。

星期，休息。清晨七叔、德甫来。十时同倩携小乔往范园及皋兰路等处谢步。中午到四叔处午饭。饭后，同四叔往访陈彦通，小坐。晚同倩归家小憩，又至诞先家晚饭，八时归。

十月廿四日　晴。

上午八时上班，德甫来小坐。午间学习。晚五时，顷波来小坐，即下班。赴温知书店，与德甫、王兆文小谈，晚饭后归。夜赋词一首。

洞仙歌·顷波以旧稿索题

湖山梦断，早巢痕尽扫。何意重翻半残稿？廿年携手处，万幻人间，都付与，满纸伤心怀抱。　秦淮春酒绿，小聚萍踪，又听哀弦乱莺晓。明日更重阳，侧帽西风，问谁似，长安年少？漫把卷沉吟立多时，忍独对秋花一枝娟好。

十月廿五日　晴。得大兄函。

上午八时上班，中午访钱冲甫先生，并取回病老字条。晚赴南洋路取回父亲日记八册，约德甫来家小饮。夜读日记。

十月廿六日　晴。复大兄函。

上午八时上班，学习。晚下班后，访沈羹梅先生，商续印《苍虬阁诗集》事。

十月廿七日　晴。得江印舸函。

上午八时上班，学习。午间访彭觉先、王恒卿两君道谢。午后阅《大众哲学》，晚归。

十月廿八日　晴。致启元伯函。

上午八时上班，午后蔡老伯来小坐。晚到多福里，今日为四叔生辰，以在服中不贺，仅带雪茄两小盒。晚饭后又过七叔处小坐，同倩归。

十月廿九日　阴。收到炎弟汇九万元。

上午八时上班，晚归。气喘仍缠绵未愈。

十月三十日 晴。星期。

今日为旧历重九。借会中吉普车，先到多福里接四叔、七叔，又到温知书店接德甫，又到静安寺路接病树老伯及文藻侄女，又至愚园路接薇妹等同往永年公墓一哭。至十一时归家。晚，蔡老伯、七叔来，同访张潜茗老伯小谈，复同归，留晚饭。文藻、以椿亦来。

十月三十一日 阴。

上午八时上班，领本月份薪。晚归后气喘大发，彻夜不寐。

十一月一日 阴。

告病假。晚大汗不止，乃延林润卿医士来诊。夜服药后始渐平喘，得睡。

十一月二日 阴雨。

请假。朴初兄来视。终日昏睡。

十一月三日 阴雨

请假。文钵夫妇、文藻夫妇来视。刘广甡亦来。延林医来换方。

十一月四日 阴雨。

请假。终日昏睡。七叔来视，薇妹、祖定来视，恒德甫来视。

十一月五日 阴。

请假。延林医士换方。喘已渐平。素妹来视。

十一月六日 晴。星期。

上午贺雪樵兄来视。孙诞先兄来视。下午蔡老伯来视，围棋一局。晚四叔来，留晚饭。德甫来视。

十一月七日 阴雨。

喘虽稍平，而目眩气促，仍请病假。马丽君、张文珊两女士来视。

十一月八日 阴雨。请假。

得五弟书。致大兄书，嘱小春代笔。

十一月九日 续假五日。德甫来视。

十一月十日　病甚。

十一月十一日　病甚。足肿，舌苔脱叶。不知何以一弱至此也。

十一月十二日　下午同小春赴林医士处诊视。据云肺部喘已愈，惟心脏衰弱。

十一月十二日　星期。阴雨。

四叔来视，七叔来视。蔡老伯来视。文钵夫妇来视。

十一月十四日　今日始放晴，然过午又阴。

仍续假三日。终日抄诗。顷波兄来视。

十一月十五日　阴雨。

上午抄诗。会中送半月薪水十二万元来。雨中德甫来视，即留晚饭，并借与一万元。夜文钵同刘广泉表侄女来，广泉留宿。足肿略消，舌苔仍脱叶。

十一月十六日　阴雨。大兄来函，并汇二万元来（为小孩冬衣费）。

上午蔡老伯来置酒，嘱约德甫来谈，即邀德甫来，作竟日聚。余与蔡老伯弈二局。傍晚四叔来，刘子致姻兄嫂及文钵、广甡均来。晚饭后散，薇妹来视。

十一月十七日　始晴渐寒，黄叶满阶。

本拟今日销假，奈足仍软、头仍眩且畏风，因致函公绂续假三日。

上午文藻侄女来，薇妹来。晚藩妹来，赠六千元。

十一月十八日　晴。复大兄函。

上午抄诗，下午德甫来。四时赴林医处改方。据云气喘已愈，惟心脏仍衰弱。归途过四叔、七叔两处小坐，闻贵阳解放，重庆将动摇矣。

十一月十九日　晴。

上午抄诗。下午大表姊、四表姊来，并携带小孩旧衣一包为赠。

十一月二十日　晴。星期。

下午祖定、薇妹、文钵侄等来，七叔来。晚，祖定约往杜美戏院看

《嬉春图》美国影片。六时归，仍感目眩足软，不料一病至此也。

十一月廿一日 晴。

上午拟上班，仍未果，喘且加剧，奈何。下午抄诗。

十一月廿二日 晴。向素妹借五千元。

上午喘略平，下午又甚。晚德甫来。

十一月廿三日 晴。

上午抄诗。四叔来，赠烟丝半盒。向会中借五万元，还素妹五千。下午嘱小春赴林医处换药。得大兄寄《纪梦诗》一首，甚悲。即复一函。

十一月廿四日 晴。

上午蔡老伯来视病，带牛肉一斤来，即留午饭，对弈一局。下午抄诗，留蔡老伯晚饭，又弈一局，两局皆负。

十一月廿五日 晴。

今日病似稍减，乃勉强到会，午饭后即归家休息，虽甚累而气尚平。晚沈羹梅先生来小坐，商谈续印《苍虬阁诗集》事。

十一月廿六日 阴。

午间薇妹来，下午同往会中小坐。晚归，沈羹梅先生已在家中相候，即留晚饭。携去父亲遗作画七件、字七件，拟出售为刻集之用者。

十一月廿七日 阴。

星期。清晨，四叔来，七叔亦来。下午蔡老伯来，弈一局。三时，同往文钵侄处小坐，又同访陈叔通先生，未值，乃分手。余往觉园看关大姨，晤二宝妹，小谈。晚同文藻夫妇到薇妹家晚饭，菜甚好。八时半归。夜哮发，以无熏药，不能成寐。

十一月廿八日 阴，晚雨。

昨夜未眠。清晨借钱买熏药来，始得略补困乏。但又不能上班矣。午后抄诗不过一页，而心悸忽发，只好搁笔。

十一月廿九日 阴雨。

上午上班，午间小憩。晚四时归。领配给奶粉三磅、鱼肝油丸一百廿粒。闻陈伯早曾到会两次，均未值。今日精神尚好，亦未发喘。夜抄诗。

十一月三十日　阴。得大兄函，致五弟函。

上午上班，领本月下半薪金。午间小憩，晚归。夜抄诗，德甫来。

十二月一日　阴，夜雨。复大兄函。

上午上班，闻重庆解放。周家不知如何，颇念念也。午间瞿云伯来访。晚应蔡老伯之约到多福里四叔处晚饭，倩携欣、乔亦来，饭后同归。夜抄诗。买糖食少许送七叔。

十二月二日　阴，小雨。得大兄函，附词一首。

上午上班，晚到多福里。今日为七叔生日，因在服中不贺。晚饭后归，抄诗。今日理发。

十二月三日　晴。得大兄函，附词一首。

上午上班。晚归途过陈病树老伯处小坐探视，病已转愈，即归。沈羹梅先生来，未值。夜抄诗。

十二月四日　晴，得大兄托许姬传带来函。

星期。上午吃红豆粥甚香。十时四叔来，乃同往沈羹梅先生处小谈，午归。定生五叔来。午饭后，七叔同蔡老伯来。二时赴祖定处，同访孙伯群，谈至四时，又往田寄苇处取奠敬十万元（卢星阶）。晚至多福里七叔处晚饭，蔡老伯、四叔均在座。八时归。闻陈小松、德甫均来，未值。夜抄诗。

十二月五日　晴，忽寒。

上午上班，顷波来小坐。晚五时归。夜抄诗。

十二月六日　晴寒。复大兄函。

上午上班，下午四时，顷波来小坐，乃同出。余往林医处换方即归。夜抄诗。德甫来。

十二月七日　晴寒。覆大兄函。

上午上班。晚归。今日为父亲百日，治素菜八簋上祭。上午陈病树（带菊花作供）、蔡子玉（带腊梅作供）两老伯、四叔均来。七婶带素鹅、四叔带江西豆豉上祭，余未值。归时，同武自汉口来，在座。大五叔亦来，带菊花作供。德甫来，七叔来，文钵夫妇、文藻侄女、素妹均来。二叔亦治菜两碗上祭。饭后散去。夜抄诗。同武为余及小乔开方，因小乔有感冒也。

十二月八日 晴寒。

上午上班。晚到哈同大楼买七珍丹，又到陈病树老伯处道谢。又买烟叶两盒归。夜抄诗完成，共一百六十八首，乃父亲自庚辰年以来遗诗未刻者。抄后交请病树老伯审定后，拟即付印。小乔患感冒，服七珍丹。

十二月九日 晴，晚阴。

上午上班，晚到同武处小谈，并留晚饭，谈至八时半始归。会中公议补助余医药费十万元。

十二月十日 阴，晚雨。

上午上班，晚归。德甫来，略购酒肴款之。

十二月十一日 阴。

星期。休息。上午四叔来，龙榆生先生来。中午王麟伯来，留午饭。午后七妹来。四时到多福里四叔处，小坐。送父亲诗稿至陈病树老伯处，小坐。又至文钵侄处晚饭，小谈归。

十二月十二日 阴雨。

上午上班，晚归。夜阅《小山集》。致周孝坚表侄女函。

十二月十三日 阴，夜晴寒。

上午上班，晚到觉园视朴初兄病，又至顷波兄处，晚饭后归。顷波赠小孩旧衣约二十馀件，极可感也。归后德甫坐候，小谈始去。

十二月十四日 阴。

上午上班，晚归。德甫来，夜抄词。

十二月十五日 晴。领本月上半月薪。

上午上班，晚归。夜抄词。

十二月十六日　晴。

上午上班。德甫来会，取补助北归路费。晚归。文藻、以椿、文钵来吃红豆粥。夜抄词。

十二月十七日　晴。

上午上班。晚到四叔处，同访同武兄未值，又到四叔处，晚饭后归。夜抄词。

十二月十八日　阴，晚小雨。

星期，休息。上午四叔来，七叔来，沈羹梅先生来。午后蔡老伯来，弈一局。同武兄来，同到羹梅先生处小坐，偕归。晚留蔡老伯、同武兄、四叔晚饭，谈至八时散去。夜抄词。

十二月十九日　阴。

上午上班，晚归，夜抄词。

十二月二十日　阴雨。

上午上班，晚归，夜抄词。

十二月廿一日　阴，晚晴。

上午上班。西湖凤林寺僧武梁来访。晚到许姬传家吊唁，又到南洋路文藻侄女处，晚饭后归。

十二月廿二日　又阴，小雨。

上午上班。晚到安乐殡仪馆送许冠英姻丈大殓，又到孙桐年医处照 X 光像，即归。今日为冬至节，治素菜四簋上祭。

十二月廿三日　阴。孙桐年医师检视余肺部有结核症。

上午上班。晚到南洋路陈病树老伯处贺生日，并带去面包两个，晚饭后归。

十二月廿四日　晚晴，风寒。

上午上班。晚到沈羹梅先生处，未晤，将父亲诗稿留下即归。得木斋自重庆来书，知君适、君简、君颖均在渝。

十二月廿五日　晴。陈病树老伯借去印泥一盒。

星期。上午赴觉园，与朴初兄小谈，又在关大姨处午饭后归。

祖定来。晚到多福里七叔处晚饭。有四叔、陈、蔡两老伯，谈至九时归。

十二月廿六日　阴雨。沈羹梅先生来访，未值。

上午上班。午后四叔来会，小坐，晚五时归。

十二月廿七日　阴。

上午上班。晚顷波来会，五时同往同武兄处，四表姊亦来，同武留晚饭，谈至九时始散。

十二月廿八日　阴。

上午上班，晚五时归。闻成都解放，大陆遂一统矣。

十二月廿九日　阴。

上午上班，晚归。接贺雪樵管档案。

十二月卅日　阴。

上午上班，兼办冬令救济会事。

十二月卅一日　阴雨。致大兄函。

上午上班，午后领薪，同人均加一成。晚理发，五时半归。文藻侄女夫妇来。

一九五〇年一月一日　阴，夜雨，有雷声。

新年休暇。上午四叔、七叔来。下午往杨子安年伯处围棋一局。晚到孙季群处，顷波、同武诸兄均在，谈至夜九时归。闻沈羹梅先生来，藩妹来，均未值。

一月二日　阴。

休暇。上午访羹梅先生，小谈。午间赴孙诞先之约午饭，饭后到觉园访朴初，未值。到多福里四叔处，留吃羊肉，谈至八时半归。

一月三日　阴。

上午上班，晚五时归。得何志纯函。

一月四日　阴雨。

上午上班，晚归。昨夜梦在父侧。父云，李木公老伯有高房山山水一幅，甚好，与杨子安老伯赌酒，为杨老伯赢去。予谓惜予不能喝酒。父问为何不能，对曰因病。父微颔首而寤。又梦与倩卧于梅林下，梅花盛开，芳草如茵，光景甚好。

一月五日　晴。致君亮表兄函。

上午八时半上班，晚归。夜抄词。

一月六日　晴。得大兄函。

上午八时半上班。晚到沈羹梅先生处，闻续刻《苍虬阁诗集》事已洽妥。此事酝酿月馀，羹梅先生及李拔可老伯均极热心，可感之至。陈病树老伯为删订事亦甚劳累，至可感也。六时半回家，蔡子玉老伯留候，并带羊肉芹菜来共饭，饭后围棋一局，谈至九时去。

印诗集二百部，印费八十五万元。

沈羹梅先生十万元、金雪塍先生十万元、孙叔群兄十万元、李拔可老伯四万元、林子有老伯一万元，男邦直售去遗墨五十万元。

一月七日　晴。

上午八时半上班。购折实公债共十分。晚到多福里，四叔、七叔均不在家，乃归。夜抄词并作词一首：

浣溪沙

一夕风霜看鬓皤，年来岁月病中过，只馀梦里笑时多。

未了闲情犹念远，已空结习怕闻歌，人天无奈漏因何。

一月八日　晴。

星期。休息。上午四叔、七叔来，大五叔来。往李拔可老伯处道谢。下午往多福里小坐，归，整理父亲印章并抄词。

一月九日　晴。

上午上班。午后顷波来，持李群兄赠印《苍虬阁续集》十万元。晚至沈羹梅先生处，谈至饭后始归。

一月十日　晴。

上午上班。晚羹梅先生到会，约同往同武兄处，留饭，谈至九时归。得君简表兄书，自重庆寄来，不通音问七月矣！

鹧鸪天·君简书至感赋

一别沧江又岁阑，浮云世事幻悲欢。去年酒醒惊巢换，今日书来似梦看。　　襟上泪，未全干。已从隔世忆长安。梧桐小院灯窗畔，独校遗编遣夜寒。

一月十一日　晴。复君简函。得德甫函，已到北京矣。

上午上班。晚到林医处诊查。据云为漫【慢】性严重肺结核，须吸俾雅士三个月，需费一百馀万。岂有此力耶？访陈病树老伯，闻在李木公老伯处，即到李家见陈老伯。为父亲作《墓志铭》已脱稿，拟印于诗集之后也。谈至七时归。夜抄词。

一月十二日　晴。

上午上班。晚到多福里四叔处小坐，留吃羊肉面，谈至八时半归。夜抄词。

一月十三日　阴。

上午上班。晚到陈病树老伯处抄《墓志》并叩谢，小坐归。

一月十四日　晴。

上午上班。晚到公绂兄处视其夫人之病，小坐归。夜抄词。

一月十九日　晴

星期，休息。上午四叔来、七叔来、顷波兄嫂来、菊妹来，留午饭。饭后藩妹亦来，谈至二时散去。余小憩，四时往上海剧院看《尼罗河女皇》影片。观后至七叔处晚饭，四叔、蔡老伯均在，八时归。文藻、以椿均在相候，谈至九时去。得大兄函，闻焕弟病将不支，无力吃药及细粮，心中耿耿为念。

一月十六日　晴。

上午上班。夜抄词。

一月十七日　晴。

上午上班，晚归。夜抄词完成。

一月十八日　阴雨。

上午上班，晚归。倩入福利基金会，参加缝纫学习。

一月十九日　晴。

上午上班。午后顷波来，晚同往四叔处小坐，又同到顷波家，晚饭后归。

昨夜梦侍父亲到北海公园看牡丹，黄紫缤丽，诧为未有。醒后梦境萦绕，此乐遂永劫不复矣，悲哉！

得九叔自巴河来书，云母亲墓前滔土一尺，且已有蚁，须移。至为不安。

一月二十日　晴寒。

上午上班，晚到多福里小坐，饭后归。致大兄函，覆九叔函。

一月廿一日　晴。

上午上班，晚归。

一月廿二日　阴寒，颇有雪意。

星期，休息。上午四叔、七叔、勤妹来，大五叔来，共午饭。饭后弈一局。晚陈颂洛老伯来电话嘱候，未至，约明日再晤。藩妹来，留饭。夜作词一阕：

风入松·乙丑岁晏，生平萧然。偶怀君简、木斋，赋此寄之

斜阳一线挂寒林，相望故人心。惊乌[1]啼到繁霜后，问怎生禁惯[2]而今？庾信乡关词赋，不妨随分行吟。　闭门牛事付萧森，苦茗自温焫。忖偻峃雪连宵话，便瞢腾[3]梦也难寻，又近江城残腊，可怜盲鼓愔愔。

一月廿三日　晴寒。

上午上班，陈颂洛老伯来谈。晚顷波来，约至其家晚饭，谈至九时归。得五弟函，致四妹函、君简函。

一月廿四日　晴。

---

① “惊乌”原作“乱鸦”。

② “怎生禁惯”原作“如何料理”。

③ “瞢腾”原作“经年”。

上午上班，晚到多福里小坐。归家，诵洛老伯已至，遂留晚饭，小饮。饭后写诗九首留赠，谈至九时去。

一月廿五日 晴，夜雨。

上午上班，晚归。今日为腊八日，从前父亲每逢腊八必煮粥待客，余不欲废此，乃于甚窘中仍勉强煮粥一锅摆供，并请四叔、七叔、蔡老伯来，同武兄、藩妹、文藻侄女亦皆至，饭后谈至八时半散。覆五弟函，附致雪骧一纸。

一月廿六日 阴。

上午上班，闻关大姨患伤风，下班后往视之，已愈，留吃烫饭，谈至八时归。过愚园路，往视薇妹，敲门三下，久候未开，乃不复再敲，怅然独归。

得大兄函，云母亲墓虽闻有蚁，亦不拟迁葬，似亦有见地也。

一月廿七日 晴。地上回潮，预知明日必雨。

上午上班。晚下班后，拟访羹梅先生，在八仙桥久候电车不至，至七时始登车，乃折回家。

一月廿八日 阴，晚雨。

得颂洛先生函，已归南京矣。

上午上班，晚归。夜阅古微先生集。

一月廿九日 阴。

星期，休息。上午卢虚斋来，薇妹、祖定来。薇妹约晚饭，辞谢。午后王鳞伯来。三时理发。至羹梅先生处小坐，又至范园季群处，四叔、同武兄嫂、顷波兄嫂均在，留饭，谈至八时半归。

一月二十日 阴，大风，甚寒。

上午上班。八时半，同会中同人摆队至青年会，参加工会成立。小坐，返会办公。午后又至青年会观馀兴歌舞，至五时先归。夜阅小说。

一月三十一日 晴寒。

上午上班，公事甚多。午后顷波来会小坐。六时下班，到多福里四叔处小坐，留饭，吃腊肉，谈至八时归。

四叔以父亲辛未、壬申年日记一册交付保存。夜读父亲日记，益感悲怆无已。致大兄函、九叔函（武昌县华林六十号）。

得颂洛先生函，附诗一首、购诗集款五万元。

二月一日

上午上班，晚归。复陈诵洛先生函。

二月二日　晴寒。

上午上班，晚到同武兄处小坐。晚祖定来。

二月三日　晴。

上午上班。晚到许源来处取画，留晚饭，谈至八时半归。得大兄函。

二月四日　晴。

上午上班。晚四叔约同至同武兄处聚餐。羹梅先生来，未值。蔡老伯来，送到杜维屏唁款七十六万元。

二月五日　晴暖，

星期。休息。上午赴浦东同乡会参加张竹溪先生追悼会，并代表联救会读祭文。散后，赴会中取词稿归家。饭后小憩。三时到李拔可老伯处，闻印词须八十万元，只得暂缓。又至文钵处还刘广牲债七十六万元（连利息共八十一万元）。又至觉园见关大姨及朴初、织妹等，小坐后，又至陈病树老伯处请为《旧月簃词集》作序。晚到多福里七叔处，为蔡老伯预祝六十八岁生辰，四叔与余各制菜一器，谈至八时归。卢虚斋来，未值。

二月六日　晴暖。

上午上班。中午联救工会开会，同人竟推予为本会支会副主任，公绂为主任云。晚归。夜回拜卢虚斋，小坐归。闻旧英租界因轰炸断电，死伤不少。复大兄函，得大兄函。

二月七日　晴。

上午上班，晚顷波来，下班后同往新城隍庙散步，有绿萼梅瓶景甚好，惜无力购之。约顷波同归，晚饭后去。

二月八日　阴。

上午上班，晚同小欣到理志小学访其校长，未遇。

二月九日　阴雨。

上午上班，述初来谈。晚到陈病树老伯处，闻将于明日赴汉，小谈即归。得五弟书。

二月十日　阴雨。

上午上班，借五万元，派人送四叔，请转送病树老伯。此数虽微，但在予今日亦不易，略表微诚而已。晚，会中开检讨会，议至八时始散归。

二月十一日　阴。

上午上班，归时过多福里，四叔、七叔均不在家，即归。

二月十二日　阴雨。陈病树老伯辞，前送五万元未收。

星期，休息。上午四叔、七叔、大五叔、蔡老伯均来，留午饭。张孙恒七表弟自北京来。饭后同大五叔围棋一局，胜十八子。蔡老伯与大五叔下两局，四时散去。余本拟访夔梅先生，因雨未果。晚顷波兄嫂及藩妹均冒雨来，顷波带风鸡一只，留晚饭小饮，谈至九时散去。

得君亮兄书。

大五叔和余旧作《虞美人》词一阕：

牵魂萦梦西湖路，凄绝清秋雨。诗人凋谢剩荒台，还傍山光月影一迟回。　　沧桑不尽随流水，万幻惟馀泪。九溪十八涧泉间，探胜寻幽无复似当年。

二月十三日　阴雨，甚寒。

上午上班，甚忙。午后为防空工作，全会人员均到各处帮助危险地带人民搬家，余以体弱未参加，六时归。

致六叔函，汇去三万元：两万赠四弟，一万送四叔。得四叔函。致九叔函，汇去两万元。又汇修二叔两万元。

以上虽系少数，但在予今日亦不易，聊尽此心而已。

遯厂姻伯、述初兄来书，附和余《风入松》《浣溪沙》词各四阕，录后：

遯厂姻伯和作：

风入松・和英三

馨魂万一返寒林，耐寂昨年心。春归啼笑都无赖，更那堪，搔首而今？肠断金陵词客，教人镇日沉吟。　　小楼春雨破萧森，韵事细温焊。回笼桥畔归村夜，甚当时，月色难寻。岁暮阴阳短景，故园清声愔愔。

漫天风絮急凋林，凄恻夜猿心。东皇作态工颦笑，任姬姜，憔悴如今。忍惯江南愁绪，倾听河北豪吟。　　锦官城外柏森森，逝水倦温焊。西窗剪烛浮生梦，等茗烟，散后还寻。万水千山遥隔，恼人笳鼓愔愔。

浣溪沙・和英三

何事朱颜鬓未皤？离怀最苦客中过。青衫赢得泪痕多。
庾信哀时还作赋，江淹惜别况当歌，所亲相望奈愁何。

前　调

一笑颓然白发皤，古稀正值盛时过。众星环拱只今多。
安得美人盈笑舞，却嫌猛士动悲歌。阿瞒终奈仲谋何。

述初表兄和作：

风入松・和英三

妙香清磬散空林。凄断白云心。石壕村夜匆匆别，甚颓唐，独活从今。病榻寒蛩四壁，声声答我哀吟。　　海天花木气萧森，酒卷暂温焊。围炉清话田园趣，好光阴，无处追寻。那更争春梅雪，沸天箫鼓愔愔。

前　调

鸥波澹墨写云林。谁与诉秋心？湖山枕灶清闲惯，合当初，注就如今。十样烟螺曙色，羁孤一一回吟。　　松篁数里碧森森，梦影剩温薰。龙潭九曲泉三叠，问何时，结伴幽寻？还信人天剥复春，回葭管愔愔。

浣溪沙

一倍新霜点鬓皤，妒花风雨客中过。春光婪尾已无多。极浦鸥盟凭浪迹，寥天雁阵起渔歌。惊寒谁问夜如何？

前　调

值得沧桑换鬓皤。纷纷龙象阵前过。一微尘里业缘多。

斗草旗亭翻楚舞，傕花羯鼓替吴歌。苦吟入定是阴何。

二月十四日　阴。

上午上班。晚顼波来，约同往其家晚饭，因须回家供年饭，辞归。

二月十五日　阴。

上午上班，晚赴顼波家晚饭。

二月十六日　阴，微雪。

沈羹梅先生来，带来《苍虬阁诗续集》二百部。

今日为旧历除夕。上午上班，晚归。夜食饺子。致大兄函、君亮兄函、木斋兄函。

二月十七日　晴。

旧历庚寅元旦。无亲新岁，实不知是何滋味也。上午四叔、四婶、七叔、七婶、蔡老伯、薇妹、祖定、张家毅、檀妹、十三妹、藩妹、十四妹、元侄夫妇均来。下午上班办公。晚到四叔、七叔处小坐，又到关大姨、朴初兄处小坐，吃点心。夜到薇妹处晚饭，八时半归。

二月十八日　晴。得大兄函。

上午蔡老伯来，大五叔来，朴初表兄来。下午上班办公。晚到同武兄处，晚饭后归。文藻、花以椿来，未值。

二月十九日　晴。

上午拟访述初表兄，为空袭所阻。下午藩妹来，同往漕河泾永年公墓祭扫，见碑尚未立，此款早交丁云甫而竟未刻，可恨也。晚归。约薇妹、二宝妹、鲞妹、老虎妹及藩妹等聚饮，十三妹未至。谈至九时散去。

二月二十日　晴。

上午上班，小坐，下午归。往李拔可老伯处送《诗集》六部并谢。

二月二十一日　晴。开文教会议。

上午八时上班，晚归。致君简函。

二月廿二日　阴。

上午八时上班。晚到多福里，四叔留晚饭，谈至八时归。丁云甫来，云墓碑已代催促云，又云与杨某借款，请余作见证人，余辞谢之。

二月廿三日　晴。得述初表兄书。

上午八时上班，中午出席支会会议，晚归。四叔来，带江西豆豉炒酱摆供，留四叔小饮。晚八时去。

二月廿四日　晴。得修二叔书，以失明，由干爸代笔。

上午八时上班，作冬救会总报告书。晚出席通讯会议，六时散归。

二月廿五日　阴，夜雨。

上午八时上班，晚归。顷波兄嫂来，小坐即去。得六叔函、九叔函。得陈病树老伯函。

二月廿六日　晴寒，有风。

星期，休息。上午送卢虚斋《续集》一册，遇诸途，遂交之。十时偕倩携桂、欣、乔至同武兄处，略坐，即至多福里七叔处午饭。饭后到四叔处小坐，吃元宵。五时至觉园，关大姨留吃元宵。晚至顷波处，留晚饭，同武兄嫂均至，饮白兰地两小杯，谈至九时乃散。

二月廿七日　晴。

上午八时上班。晚到多福里四叔处，小坐归。得君适函、四妹函、木斋函、九叔函。致陈颂洛老伯函、陈病树老伯函。

二月廿八日　晴。寄陈病树老伯《诗集》四册。

上午八时上班，晚归。今日领薪，因借得太多，所馀无几矣。晚到孙诞先家晚饭。寄陈颂洛老伯《诗集》六册，内有赠汪辟疆先生一册。

三月一日　晴。

上午八时上班。晚到多福里，四叔留晚饭。同武兄亦至。饮白兰地和黄酒各一杯。

三月二日　晴，渐暖。

上午八时上班，为小春等借学费一百六十单位[①]，先取廿五万置抽屉内，忽不知去向。晚归。致大兄函，另寄《诗集》三册。

三月三日　晴暖。

上午上班。午间同朴初兄、蔡润身往南翔参观静安学校及托儿所，又到翔纪工业合作社参加成立典礼。过李氏祠，见残梅尚开。述初表兄在静安学校执教，小谈而别，晚归甚乏。致九叔函。

三月四日　晴。晚雨。

上午上班。四叔、同武兄来会小坐。晚下班后，开工作检讨会，五时散。至多福里，四叔留晚饭，谈至八时半归。

三月五日　阴。

星期，休息。上午薇妹、七叔来。午后访沈羹梅，未晤。又同倩往檀妹处小坐，吃馄饨一碗，晚归。得大兄函，并汇来补助小春等学费十万元。

三月六日

上午八时上班，晚归。覆大兄函。

---

① 按："单位"，原整理稿如此，疑当为"多万"。

三月七日

上午八时上班，晚归。得四妹函。

三月八日　阴雨，夜雪。

上午八时上班，晚归。约檀妹、家毅、十三妹来晚饭。

三月九日　雪晴，甚寒。

上午八时上班，晚到多福里四叔处小坐。

三月十日　晴寒。

上午八时上班，晚归。到杨珸山老伯处小坐。

三月十一日　晴。

上午八时上班。九时家中来电话，云钧弟自北京来（朴兄约来帮忙），即属来会，见面悲喜交集。午间同往多福里小坐，又同到会。朴兄为其安置住处，暂寓静安寺。晚约藩妹、薇妹、十三妹、钧弟等欢聚（二宝妹因公未来，十四妹亦未至）。夜钧弟留宿，谈至深宵。兄弟联床，数年未有矣！

三月十二日　晴。

星期，休息。上午蔡老伯来，送四万元，购《诗集》四册。薇妹来。午间同倩至邦〼[①]大姊（姊丈杨）处午饭。路经北四川路、横浜桥、吟桂路，为余八岁前旧居，尚能记忆，屈指四十年矣！午后归家小憩。晚应季群兄嫂之邀同倩往范园晚饭，同武兄嫂、顷波兄嫂均在座，谈至九时归。钧弟来长谈，留宿。

三月十三日　晴。

上午八时上班。朴兄派钧弟在华东生产救灾委员会办文书工作。家毅约午饭，因事忙，辞谢未去。晚归。夜与钧弟长谈甚畅。晚到李木公老伯处送《诗集》一册。

三月十四日　晴。

上午八时上班，晚归。钧弟仍留宿，夜谈。

---

① 此处原稿空缺，整理稿补为“纯”字。

三月十五日 晴。

上午八时上班，晚归。钧弟来仍留宿，夜谈。

三月十六日 晴。致六叔函，得病树老伯函、九叔函。

上午八时上班。四叔同翰弟来。翰弟于三年前别后随九叔回乡，近年备尝艰苦，今为朴初兄邀，始自武昌来，瘦骨憔悴，不似当年之活泼矣。小坐即去。晚，顷波来小坐。下班后，到家毅处小坐，谢其前日邀饮未至。归家，翰弟来，沽酒小饮，薇妹亦来。夜，翰弟留宿。

三月十七日 阴。得龙榆生先生函。

上午上班。晚，到黄振英先生家商谈本会人事问题，归已九时。连日与钧、翰两弟盘桓，虽哀乐深至而困乏不支，喘又微发，乃提前休息。

三月十八日 阴雨。

上午上班。晚到多福里，小坐即归。得君简、君颖函及君简和词一阙。

三月十九日 晴。

星期，休息。上午九时到静安寺视钧弟，寓于寺后僧楼上，小坐。同往觉园视二宝妹，又到多福里四叔处小坐，同赴杨瑨山老伯之约午饭，有二、四、七叔、蔡老伯、朴初兄。薇妹亦约午饭，未去。午后归。闻七叔、季群兄、三表姊均来过，未值。三时，关大姨来。四时，到霞飞路访龙榆生老伯，小坐（送《诗集》一部）。又到觉园取伞，朴初兄在家，小谈，即赴明侄之约到南洋路晚饭（季群约晚饭，未去），有钧、翰两弟，藩、薇两妹，谈至九时散归。

三月二十日 晴。

上午八时上班，晚归。约钧弟来饭，未至。翰弟来留宿，夜谈乡间情景。致六叔函，附寄《诗集》六部：六叔、五叔、傅治芗老伯、许茗雪老伯、许季芗四伯、徐勉甫六叔各一部。

三月廿一日 阴。

上午八时上班，晚归。夜与翰弟长谈。

三月廿二日　阴雨。

上午八时上班，晚归。钧弟来，与翰弟同留宿。夜与两弟畅叙，小阁雨夜，情话绵绵，至夜分始寝。致九叔函，代翰弟汇款去。

三月廿三日　阴雨。

上午八时上班，晚归。薇妹来谈。

三月廿四日　阴雨，潮湿。

上午八时上班。晚到多福里，四叔留晚饭后归。

三月廿五日　阴雨。

上午八时上班。晚到民政部视钧弟，乃同往祖定处小坐。归家，翰弟、藩妹、薇妹均来，晚饭后散。钧、翰两弟留宿。得六叔函、焕弟函、毛弟函。

三月廿六日　晴。

星期。上午文钵夫妇来，七叔来，大五叔、同武兄来，留吃家常饼。饭后同大五叔弈一局。朱太姻伯母来，赠霉干菜一包。四婶亦来。晚到范园，季群兄约晚饭，谈至八时归。

三月廿七日　晴。

上午上班。晚，翰弟来谈，留宿。

三月廿八日　晴。

上午上班。午后四时，四叔来，同往访陈彦通，已迁居，归多福里。今日为十三妹生日（阴历列二月十一日），即往贺。钧弟、翰弟、檀妹皆来会，晚饭后归。

三月廿九日　阴雨。

上午上班，晚归。覆五叔函、四弟函、毛弟函。

三月三十日　阴雨。

上午上班。晚顷波来，同过同武兄处小坐，归。

三月三十一日　阴。

上午上班。晚访沈羹梅世叔，甫经迁居，怅然而返。翰弟来。

四月一日 晴。

上午上班,晚归。钧弟、翰弟来,约十三妹晚饭,久候未至。夜与两弟长谈。

四月二日 晴。得九叔函。

星期,休息。今日为二叔六十九生辰。上午五妹、祖定来,文钵夫妇来,文藻、以椿来,四叔、四婶、七叔、七婶、二宝妹、十四妹、檀妹、家毅、倩诚表妹等均来。下午藩妹来,蔡老伯来,弈两局。贤佑来,位诚表弟来,弈一局。晚,龑梅世叔来,还《旧月簃词》稿本。杨墨缘姊夫、邦纯大姊来,谈至晚饭后,陆续散去。

四月三日 晴。

上午上班,甚清闲,四时归。翰弟来。

四月四日 阴。

上午上班,晚归。夜,戏作《姊妹赞》一首解嘲:

堪叹陈家运数穷,全凭姊妹振门风。未曾学习先前进,不用批评已搞通。雄辩滔滔皆马列,短装个个是工农。夜来到处都寻遍,尚在埋头会议中。

四月五日 阴。清明,以雨,未能上坟。

上午上班,晚归。得六叔函,焕弟、志弟函。

四叔折杨家桃花数枝来作供,甚艳。

四月六日 阴。

上午上班,晚到觉园小坐。夜,钧、翰弟来,留宿。

四月七日 晴。

上午上班,晚归。志弟寄来北京厂肆小诗签十馀页,因录旧作七绝十二首寄之。十三妹来。

四月八日 晴。

上午上班。晚到多福里,四叔留晚饭,饭后归。薇妹,藩妹,钧、翰两弟均在家相候,谈至十时,两妹散去,两弟留宿。近来颇得兄弟姊妹之乐,亦人生最可宝贵之事也。

四月九日　晴。

上午十三妹来。九时同钧、翰两弟赴永年公墓。至则始知墓地划为防空地带，禁止入内，乃隔河遥拜。始知非仅人天之隔，即在人世，亦咫尺难越，悲哉！归后薇妹来。午后闷卧。顷波兄嫂来，约同往范园看海棠，甚淡。季群留晚饭，谈至九时散归。

四月十日　晴。

上午上班，晚归。翰弟来留宿。

四月十一日　阴雨。

上午上班，晚归。闻蔡老伯送廿万元来，未值，甚怅(付地价税十二万元)。

四月十二日　阴雨。得君简兄函。

上午上班。今日上海生救会发表人事，任余为文书科长，其他大部均照旧，晚归。

四月十三日　阴。

上午上班，闻君简兄已到。下班后，约钧弟同往横浜桥访君简，略谈。五表嫂、寰保侄等均到。与简兄阔别一年馀，而人世沧桑莫可究诘，相见不知为悲为喜也。君简似较憔悴。晚九时到觉园，候朴初兄未归，即返(简兄带君适兄函)。

四月十四日　阴雨，大风。

上午上班，晚归。风雨甚猛，振户有声。沈羹梅世叔来，未值，代李跋【拔】老索《诗集》六卷去。

四月十五日　阴，小雨。

上午上班，午后开会务会议。六时朴初兄赴京。晚约君简兄嫂、季群兄嫂、顷波兄嫂、同武兄、继祖、祖定、薇妹等晚饭，君简兄嫂并留宿。

四月十六日　晴。

星期，休息。上午与简兄清谈。七叔来，钧弟、翰弟来，大五叔来。简兄饭后去。下午蔡老伯来。晚，季群约晚饭，有简兄、顷波等，谈至九时散。

四月十七日　晴，潮湿。

上午上班，晚归。翰弟来，留宿。

四月十八日　阴雨。

上午上班。晚，钧弟来。

四月十九日　阴雨。

上午上班，晚归。

四月二十日　阴雨。

上午上班，下午开会务会议，至九时始散。君简兄来会，同归。夜煮茗清谈，至夜深始寝。得焕弟函，即覆。

四月廿一日　阴，小雨。

上午上班，晚钧弟来会，同归。素妹来，同钧、翰两弟均留宿。得志弟函。

四月廿二日　晴。

上午上班。晚，祖定约晚饭，有君简、季群兄嫂等。饭后同倩、小乔归。翰弟来留宿。大兄来函，寄十万元补倩车资，即覆。

四月廿三日　晴，风。

星期，休息。上午赴卫乐园访龑梅世叔，小坐归。四叔、七叔、蔡老伯、五弟、薇妹、十三妹等来，留午饭。有豌豆苗、芥菜，颇佳。饭后泡龙井茶，小饮，同蔡老伯弈一局。又同七叔、蔡老伯、小桂、小欣到杜美公园看藤萝花，小坐归。同倩往拜周孝怀老伯，未值，归。藩妹来，小坐去。韩净僧来，商订会中服务规程，留晚饭后去。

四月廿四日　晴。

上午上班，晚到多福里七叔处摆供。今日阴历三月初八，先祖父忌辰也。晚归，翰弟来。

四月廿五日　晴。

上午上班。午后开文书联席会议及人事小组会议。晚君简来会，同赴同武兄晚饭之约，有季群、顷波兄嫂、四叔、五表嫂等在座。

饭后饮碧螺春茶，甚美。谈至九时散。

四月廿六日 晴。致修二叔函，寄三万元。

上午上班。晚顷波兄召往晚饭。五弟来，留宿。

四月廿七日 阴，晚小雨。

上午上班。晚开会务会议，八时散归。君简兄来下榻，夜谈。

四月廿八日 晴。

上午上班，晚归。五弟、翰弟来下榻。

四月廿九日 阴，晚雨。致大兄函。

上午上班，晚归。

四月三十日 晴。

星期，休息。上午访周孝怀老伯，谈一时半。又访蔡老伯，未值。又访杨子安老伯，小坐。到薇妹处午饭。二宝妹提议组织家庭互助会，余等皆赞同。午后归家休息。晚，季群约到范园晚饭，谈至九时归。

五月一日 晴。

今日为劳动节，放假。上午钧弟、翰弟来，薇妹、十三妹来，七叔、蔡老伯来。晚同倩带欣、桂、乔到军政委员会观戏(《九件衣》)，至十时半归。

五月二日 阴。

上午上班。晚到多福里，四叔留饮大曲酒少许。又同十四妹到公绂兄家看赵太太病，小坐归。

五月三日 阴。

上午上班。晚开处务会议，八时归。钧、翰两弟来下榻。

五月四日 阴。

上午上班。下午简兄、五表嫂来会小坐。晚开会务会议，八时半散归。文藻来。

五月五日

上午上班，晚归。

五月六日

上午上班。晚同林冠青君到横浜桥赴简兄之约，先到吟桂路访三十四年前故居，庭宇依然，儿时境况历历在目，惟旧人则多已不在人间矣。七时到士庆路晚饭，五表嫂亲自作菜，甚丰美。饭后唱《连环套》一曲，谈至九时归。

五月七日 晴。

星期，休息。清晨蔡老伯、七叔来，蔡老伯带来豌豆、蚕豆各十斤佐餐。四叔来，君简兄嫂、寰保来，钧、翰两弟来，薇妹亦来，大五叔来。饭后与大五叔弈一局，又与蔡老伯弈一局。顷波兄嫂来。晚同倩携春、桂、欣、乔往静安寺，与诸弟妹开家庭互助会成立会。九时散归。

五月八日 晴。

上午上班。朴兄自北京归。晚同钧弟往觉园，与朴兄小谈。得君亮兄书并寄《落花》一片词一首，甚好。录后：

> 开缄省识顷【倾】城色，草草芳辰，似梦疑真。曾是蜂围蝶恋身。　　思量已负东风眷，仿佛眉颦，莫讶飘零，何限嫣红委作尘。

五月九日 晴。

上午同翰弟上班。翰弟由蔡润身先生介往川沙工合社工作，晚归。

五月十日 晴。

上午上班。晚开会务会议，七时半散。钧弟来。

五月十一日 晴。

上午上班。九时到民政局开生救委员会，十二时散。同朴初兄到横浜桥午饭，与简兄小谈。二时返会。

五月十二日 阴。

上午上班，伯衡兄来小谈，晚归。

五月十三日 阴，夜雨。

上午上班。晚简兄来，下班后同归。过公绂兄处观画，有石谷、麓台小册，甚佳。八时到家，沽酒小饮。饭后煮茶清话，至一时始寝。此为近来未曾有之迟眠，雨声彻夜不休，尤助清兴也。

五月十四日　阴，晚雨。

星期，休息。上午蔡老伯来，钧弟来，邦纯姊、墨缘姊丈来。饭后小休。晚同简兄到范园小坐，又访同武，未值，乃到多福里晚饭，冒雨归。

五月十五日　晴，闷热。

上午上班，晚归。得九叔函。

五月十六日　晴热。

上午上班，晚归。钧弟来，留宿。

五月十七日　晴。

上午上班。晚到新新七楼访简兄，同上屋顶凭眺。又至荣宝斋看父亲去年四月所画古松大幅，乃生平画松最后一幅，而神韵沉雄，凛乎犹昔，其永垂千古也。暮归。

五月十八日　阴。

上午上班，晚开会务会议。

五月十九日　阴雨。

上午上班，晚开合作社成立会。周煦良来访，顷波来访。

五月二十日　晴。

上午上班。翰弟自川沙来。晚同君简兄至同武兄处晚饭，饭后即归。诸妹诸弟均来开家庭互助会，至十时散。

五月廿一日　晴。

星期，休息。上午蔡老伯、七叔来，同往建业里买苋菜、蕉【茭】白、黄瓜少许佐餐。午后陈小松忽来，不相见又数年矣，对弈一局。五时到觉园，同君简兄到顷波兄处晚饭，谈至八时。又同简兄看文藻，未值，即散归。

五月廿二日　阴。

上午上班，晚归。得大兄函，闻修二叔益贫，至日仅一餐，无力助之，奈何！

五月廿三日 阴雨。

上午上班，于公牍忙碌中为李赞侯先生作祝寿诗一首。晚同君简兄至公绂兄处小饮，并各画册页一开赠赞老，十时画成，同归。

李赞侯七十寿诗

七十年间阅万流，山林廊庙等浮沤。知几不愧文中子，雅量天然李邺侯。屏迹声华参静理，关怀饥溺每先忧。逢辰浴佛天花雨，待向朱颜献海筹。

五月廿四日 阴雨。

上午上班，晚出席文教会议。

五月廿五日 阴。

上午上班，晚出席会务会议。七时半至华美酒家贺邦纯大姊嫁女。闻陈颂洛老伯来访，留诗一首。得九叔函、木斋函。

五月廿六日 阴。

上午上班，闻颜惠庆先生逝世，为会中书挽词数幅。

五月廿七日 阴，晚晴。

上午上班，晚归。五弟来下榻。

五月廿八日 晴。

星期，休息。上午同五弟到觉园整理报告，见关大姨，小坐。又到薇妹处午饭，二时归。四叔、七叔、蔡老伯均来，闻顷波兄嫂亦来，午饭后去。四时到会小坐，又到卫乐园访羹梅世叔，略谈。又应季群之约到范园，晚饭后归。季群将移居，孙大姐将北行，各赠小孩旧衣约四十件，其意甚厚也。又孙大姐赠先十一叔所画观音像一幅。

五月廿九日 晴。

上午上班。晚到新新七楼，会中举行一周年庆祝会。有朴初及樊玉琳讲话，又有馀兴节目甚多，余亦唱《连环套》一曲，至十时散归。

五月三十日 晴。

上午上班，向会中推荐顷波兄。朴初兄即约来一谈，大约有望接疏委会卷。晚归。得四弟函。

近日以公务奇忙，致亲友来函均未作覆。晚间又累，又无书案可用，奈何！

五月卅一日 晴。覆大兄函。

上午上班。晚到多福里，四叔留晚饭，饭后到七叔处，小坐即归。

六月一日 晴。

上午上班。中午出席会务会议。晚同简兄访诵洛老伯，略谈，今后将移居此间矣。又到横浜桥晚饭，谈至九时归。

六月二日 晴。

上午上班，晚同君简、朴初到同武兄处闲谈，并留晚饭，谈至八时归。

六月三日 晴。得六叔函。

上午上班，晚归。钧弟来留宿，夜薇妹来。

六月四日 晴。

星期，休息。上午同钧弟访公绂，小谈。归家午饭，扁豆、苋菜甚鲜美。午后，四叔、七叔、蔡老伯来，与蔡老伯弈一局。薇妹、祖定来，藩妹来，晚去。四叔、七叔、钧弟留晚饭后去。

采桑子·和君亮题残花韵

东风偷换①人间世，数尽芳辰。万幻存真。留得情天不坏身。　　惜花人隔蓬山路，心②字含颦。吟望飘零。倘许秋来③一聚尘。

---

① “偷换”原作“换了”。

② “心”原作“锦”。

③ “倘许秋来”原作“何日沧江”。

支出：

九月廿四日。付刻碑费(交丁云甫)，十五万元。

付还救济会十万元。

付还谢伯衡十万元。

十月五日。付还谢伯衡三万元。

十月十二日。付还谢伯衡十二万元。

五千元(至此谢债还清)。

十月廿九日。付还大奶妈六万元(此时因卢款未到，不够还广甡，故先还大奶妈旧债六万元。三十元私送)。

付七百日节日摆供、香烛、眼镜及扫墓、谢步车费等费七万〇九百十元。

十一月。付贻英三家用八万元。

十一月。付英三医药费十三万九千〇九十元。

以上共计八十五万五十元。

收入：

九月廿一日。收梁子衡卖画(荣宝斋)款七万元。

九月廿二日。收张潜老交同乡赙款卅一万元。

十月五日。收荣宝斋八万元。

十月十一日。收彭觉先先生赙款廿万元。收严昌堉先生赙款三千元。收陈叔通先生赙款二千元。

十月廿九日。收炎弟汇来港币一百五十元，还医药费九万元。

十二月四日。(此时金价猛涨，无法还广甡债，故还英三医药费壹元)收卢星阶先生赙款十万。

以上共计八十五万五千元。

《苍虬阁诗续集》二百部

沈羹梅、金雪塍共廿五部。二叔买三部。赠二叔、四叔、七叔、蔡子玉老伯、杨子安老伯、黄萍荪、杨珸山老伯各一部。赵朴初表兄二部，杜先生一部，丁云甫一部，李拔可老伯五部，林子有老伯一部，陈颂骆老伯五部，汪辟疆一部，顷波二部，季群、叔群各一部。寄陈病树老伯四部、大兄三部、同武一部、藩妹一部。

宋小坡：静安寺路麦德赫司脱路口×生××楼二八号。

陈颂洛五部、蔡虚斋一部、蔡老伯代售四部。

爱文义路一一八九号(小沙渡路附近)。

长沙培元桥惺园，徐绍周先生。

南京西路大华商场十八号。

浣溪沙·为病树题《佳住楼词意图》(丙子年)[①]

传恨空中语漫诃，高楼偏受夕阳多，十分幽怨隔帘波。
一代芳华消歇尽，堂堂吾友付谁何。料无险忌到梨涡。

复兴西路头 24 号一楼一号。

华山路南洋肥皂厂对过弄内 9 号第一家，林子有。

---

① 此词为陈曾寿所作。

附录五　陈曾寿家族传记资料

蕲水陈公墓志铭

陈祖壬

公陈氏，讳曾寿，字仁先，耐寂、复志、焦庵，皆其所自署也。家故蓄元吴镇画松曰《苍虬图》，因以名阁，所为诗号《苍虬阁集》。海内言诗者，类能举其辞，故“苍虬”之称尤著。先生居湖北黄州府之蕲水县。嘉庆二十四年，以廷试第一人入翰林讳沆者，公曾祖也。祖讳廷经，内阁侍读学士。父讳恩浦，中书科中书。三世皆以公贵，赠如其官。曾祖妣杜，祖妣张，妣周，皆夫人。年十八，补县学生。光绪二十三年，以选拔贡于朝。二十八年，与母弟曾则、曾矩，同中式乡举。明年，成进士，用主事观政刑部。是年，召试经济特科，入高等，寻调学部，累迁员外郎、郎中。宣统初，授广东道监察御史，最后官至学部右侍郎。以己丑岁闰七月九日卒上海，年七十有二。配江夏洪氏，封夫人，前卒。子二人：邦荣、邦直。女二人，皆适黄陂周伟。孙三人：文钵、文桂、文乔。女孙六人：长适仪征花以椿，次适丹徒姚齐，馀皆幼。公卒逾月，祖壬自夏口来吊，则已前葬上海漕河泾永年公墓矣。乃追为之铭曰：

陈惟楚望，文儒踵起。皝皝简学，实冠多士。公殿厥后，晚出趾美。遘时艰屯，慨然揽辔。既通朝籍，郎署回旋。大科异等，乃抑不迁。危亡之际，始除言官。宗社既屋，引归不复。饮水茹蔬，自诡佞佛。殷顽所萃，淞滨夷廛。讴吟往复，公最少年。骨刚貌柔，深怨不怒。于时陈、郑，诗盟狎主。敛手避公，曰我伧父。沤尹论词，于公心降。境以幽胜，并世孰双。奉新收京，公跻贰卿。兴元一诏，陆贽再生。厦倾绳维，人定天胜。削迹南湖，啸歌自圣。馀事写松，干直弥劲。帝爱厥妃，罔有师保。万里起公，麻鞋北道。狡焉强邻，讼言兴灭。挟持冲人，绝海犯雪。公扈中宫，穷边羁绁。卒削大号，视以附庸。公义不辱，悄然潜踪。宣室追还，曰朕知汝。付汝寝园，为捍牧圉。誓以死争，长陵抔土。见此凤麟，天骄相语。中怀郁伊，末疾乘之。谒医故都，粥画疗饥。搂伐争霸，两大交恶。遂淹穆骏，望穷毳幕。忍泪南辕，上冢黄州。萑苻载途，折而东游。春非我春，孔不为丘。坐损天年，用殉幽忧。迹公遭逢，于古未有。将谓无位，股肱左右。将谓得君，靡所措手。上诉真宰，畴执其咎。我狂世憎，惟公是依。诏我定文，壹听不疑。贤者虚受，匪我能奇。中春避地，祖道赋诗。孰云生还，铭幽摛辞。敢有矫诬，重负心期。式千万祀，允矣人师。

——陈曾寿《苍虬阁诗续集》，1949 年刊本。温州图书馆藏

苍虬兄家传

陈曾则

呜呼！自兄北游，暌离二十馀载，虽余曾往省兄，为时甚暂。戊子岁，兄南来与余同居，未及二年而殁。思兄为人及其生平著作，自有不能磨灭者。然其可传之事迹，若不列之家乘，后世子孙将安仰慕乎？故余不避忌犯，顺次而述之，不加修饰，俾无遗忘焉耳。

兄讳曾寿，字仁先，湖北蕲水县人。翰林院修撰、掌四川道监察御史讳沆公之曾孙，翰林院编修、内阁侍读学士讳廷经公之孙，中书科中书讳恩浦公之子。母周太夫人，漕运总督黄陂周公讳恒祺之女，生子七人，兄为之长。年十六，补博士弟子。光绪丁酉，考取拔贡生。庚子辛丑并科第六名举人。癸卯成进士，用主事分刑部。是年以张

公之洞保举经济特科，应试得高等，免三年学习。寻调学部，累迁员外郎、郎中。张公时管部，保以提学使记名。宣统三年，授广东道监察御史。

兄天资睿颖，幼即能为诗。自恃强力，与健仆角，辄胜之。与人议论，必胜而后已。及冠，与同学朱强甫、关絅之及余竞骑郊外，学军阵、步伐、射击，慨然有用世之志。朱强甫、谢石钦及兄，皆汉阳名儒关季华先生之弟子也。应经心、江汉书院课试，每列前等，所得奖金，尽以奉之大母，故大母于诸孙最喜爱兄。注重军学家言，尝取胡文忠《读史兵略》及正、续《通鉴》《圣武记》《湘军志》等书，编为《古今战事图说》，命余绘为详图，考历代地名沿革、行军战略，标以五色兵线，乃军事最精之作也。倡办普通中学，延请教授，皆饱学之名士，故成就人才甚众，一年之中，学生补博士弟子者多人。

武昌府知府梁公鼎芬，兄评课卷师也，闻之大嘉许，亲临奖励，聘兄为方言、文普通二校伦理教授。所编讲义，称引浩博，陈义精切，为人所称诵。巡抚端公方派兄领学生赴日本留学，兄属余同往，遍游岛中风景胜地，居三月而归。东三省总督徐世昌奏保人才，兄名列第一，迄未报到，座师荣尚书庆问之，对曰："自审非人才耳。"盖兄以徐为袁世凯党，不屑依附其门也。沈家本奏订新刑律，有"弑君与杀外国君主、弑父母与杀路人同罪"之条文，兄以为与中国以忠孝礼义制刑之意不合，其他悖谬处，逐条批驳，具说帖上之管部张公，公据以入奏，故此违害礼教及人心风俗之新刑律，幸未施行。

兄供职学部，趋公外无他酬酢。性喜菊，都中花市，固多佳种，每岁秋时，购菊数百盆，室中院外，陈列皆满，五色灿烂，亲自移置灌溉。江夏刘松庵为绘《种菊图》。兄题诗，辄命余书。马通伯先生题曰："萧然与草木为伍，其好尚与众异也。"

辛亥八月，革命军起武昌，诏命冯国璋带兵往剿，接战即胜，黎元洪逃匿洪山。忽又有命，以段祺瑞代冯，段受袁世凯意，领衔电请皇上逊位，人心惶惶。兄于危紧客车阻滞时，附兵车赴汉，闻家人已逃出武昌城，避之巴河乡中，急买舟赴乡。旋因匪患，奉亲挈家众转徙至沪，嫂家洪氏亦同行焉。居一年，太夫人咯血甚剧，中西医治无效。一日，极危殆矣，兄率诸弟祷于神祖，焚香叩拜，竟渐平复而获安。德医初谓不可救，复诊，乃大惊异。人皆以为兄诚孝之心所感格云。

太夫人调养半年，病遂愈，于杭州南湖正对雷峰塔苏堤购地二亩，建屋三椽，以为修养之所。兄亦于其傍筑屋二间，因迁居其中。家藏有吴仲圭《苍虬图》，绝喜摹拟之，名所居曰"苍虬阁"，因以"苍虬"自号。无所资养，乃鬻画以事畜，贫甚，怡然不以为苦。侍母游湖山诸名胜。母六十寿，请何诗孙绘《南湖寿母图》，陈散原先生为记，朱彊村、郑太夷及名流题者甚众，装为巨卷，称为一时之盛事。又尝往游匡庐、天目诸名山，以扩其志趣，故诗益进。同祖兄曾祚病故，遗子二人、女二人，居乡甚苦，迎至杭州，抚养数十年，以至成人。及兄殁，其侄女哭之特哀也。

丁巳复辟，应召至京，授学部右侍郎。张忠武公有复辟之谋，商之各督军，如冯国璋、曹琨、倪嗣冲等，皆赞同签名矣。及忠武至京宣布，以为无患，而段祺瑞、徐世昌阴谋起兵反攻，忠武军随至京者绝少，天津、马厂皆未布兵，以致失败。兄每日至南池子忠武家，共患难，及忠武避之荷兰使馆，兄乃离去。余与絜先三弟在杭州，闻警北上，车行至丰台，望见火光熊熊，停之久，薄暮，始抵正阳门，甲兵匈匈布道。遍访诸亲友，始得见之徐茗雪家，悲喜交集。居一月，偕之南归。此后奉亲教子，深居简出。迨先父母先后弃养，其托之于诗者，盖益激楚悲愤也。

居数年，闻冯玉祥劫夺宫中宝物，迫上出宫，避日兵营，旋微服去津，因携眷北上请安，依行在所，时时召见。及日人欲挟上至东北，谋益亟，兄谏阻云："若仰庇邻族，丧失主权，恐非列祖列宗之意。"列举数条款，必如此而后可允。日人板垣、土肥原等利诱威迫，郑孝胥亦主之。驾东行时，兄未预闻，有旨命兄侍皇后至旅顺，其舟中诗有"坐近椒堂真似梦，恩涵沧海欲无身"之句。上为僦小楼三椽，凡资用之物皆备。入谢，谕曰："患难君臣，犹兄弟也。"兄闻之，感激泣下，曰："此千古臣子受恩近未有也。"故有"羁旅资生具，纤微圣虑烦"之句。

至长春，日人强上任执政，兄疏曰："此贬号也，不宜允。"及执政府成立，命为秘书，疏辞，即返津。传谕曰："同处患难之时，何可远引乎？"屡召回长春，命侍后读经。及上正大位，组宫内府，命为近侍处长，管陵园事务。谕曰："此朕私人之事，与满洲国政府无关也。"日人有组"陵园事务委员会"之议，欲以奉天福陵、昭陵嗣为公园，设茶座，任人游览。兄以陵寝禁地，宜严肃。二陵松柏古木葱郁绵延十余里，日人阴有采伐之意，故疏持异议。上亦知之，抑其事不发。久之，知不可制止，遂辞职。近侍处亦有掣肘者，亦辞去。命为宫内府亲贵子弟教授。兄六十初度，特恩赐寿，颁锡"忠孝家传"匾额，人以为荣。后因病请假，至旧都休养。未久事变，上蒙尘，后病薨，因益愤懑，疡发背，幸治得痊。飞机屡失事，兄思与余及诒、询弟相会，不顾危险，乘机南下，相见之乐，匪言能喻。友朋招宴投诗，相与唱和无虚日。余性疏懒，寡交游，门可罗雀。及兄来海上，知交及慕名而访者踵相接，往往留饭围坐十余人，盖晚年益喜宾客，不以为厌。求书画及题诗者，亦颇有其人，以得兄笔墨自矜诩。人之仰慕如此，岂偶然耶？

兄尝梦至古刹，诵普贤偈，猛自忏悔，受菩提记，盖其生有自来，现宰官身。其文章诗画，由定慧光出，非徒学力所能为也。生平诵《金刚经》《普贤行愿品》，数十年不辍。

戊子十二月，痔发，医治未效。延至己丑闰七月，体益衰，而神志清明。子邦荣善医，自天津来诊，脉已微。初九日，久握荣手，亦无言。申时，余见兄唇动念佛，即属家人跪而助念，余为修弥陀生西法，安详而逝，面色不变，四肢柔软，得年七十有二。絜先三弟临坛云："兄已生叨利天矣。"兄亦凭鸾书云："寥志二弟，同居二年，极乐。弟为寿修法，得佛光之照，益当不忘修持。人世之痛苦，不足恋也。"嫂江夏洪氏，诗人德垿之侄女，生子邦荣、邦直、邦湛。湛早殇。女二人：邦巽、邦荃，先后皆适黄陂周伟。荣生子文郁（早殇）、文钵，女文藻、文静、文喈、文芷。直生子文桂、文乔，女文娟、文欣。

余述兄生平，于其大者不敢遗漏，其高情逸致亦略书焉。呜呼！兄之性情，本慷慨激壮，及其身世之摧抑，忠义浩然之气，蕴于胸中，无所发泄，其见之于诗及画者，自然流露而不可掩，又以禅静之修养，萧寥淡泊，发为幽光，令人读之反复而不禁嗟叹。喜兄诗者多矣，而于其为人，尚有未深知者，故余表而出之。读《苍虬阁诗》，如能知其忠孝之大节，虽世界沧桑，乾坤颠覆，而有终不可磨灭者，庶几可得焉。其诗与画，尚其绪馀事也。

——陈曾则《双桐一桂轩续稿》，1950 年铅印本，第 8—11 叶

洪夫人墓志铭

陈曾则

甲戌九月，苍虬兄送嫂氏柩至旧都，余往省之。久别相聚，强为笑乐。察兄神情，憔悴忧伤，不可掩抑。盖嫂江夏洪氏，蚤孤，未嫁而丧母。娴礼义，能读篆文、四子书。年二十，来归于兄。见兄登甲科，成进士，为京朝官，随宦于都，雍容华贵。

自辛亥国变以后，兄伏处杭州湖滨，鬻书画以养蓄，食指既多，恒不能给，往往有断炊之虞。其穷如此，而嫂氏衣敝食粗，含辛茹苦无怨色，抚育诸孤侄如己出。如是者二十馀年。及建新都于长春，天子复位，兄以患难之臣随侍左右，援引旧交同心之友若而人以辅弼圣躬，复居于朝，俸禄稍丰，而嫂氏病中风，不能语，厌厌二载而殁。竟未得与兄偕老，同享晚年之逸乐。是亦可悲也已！

兄以忠爱不贰之臣为上之所依恃，圣眷隆渥，虽为争宠者之所忌谗，而计无所施，然以患难之友见利而变忠信之道，有时而穷。虽居于朝，见太阿之倒持，人心之难测，进退之间，盖有踌躇难决未能处之裕如者。求昔日居于湖滨，优游闲暇，与嫂氏莳花种竹，婉娈相依，与共甘苦之乐趣，竟不可复得。抚今思昔，其能无悲乎。

嗟夫！君臣之义，无所逃于天地之间，然有时而既；朋友之交，虽刎颈而不可恃，有时而绝；惟家人天属之恩情则不能忘。此嫂氏之殁，而兄之憔悴神伤郁抑无聊有以也夫。

生子三：邦荣、邦直、邦溎，溎早殇。生女二：长适周，次未字。年五十八，葬于河坪祖墓之侧。铭曰：

河坪之墟，依翁姑而居。幼子侍侧，地下不孤。随宦帝阍，与同苦辛。王虺封狐，而欲甘人。哀喑难言，意何沉冤。梦中乃宣，感夫义恩。翩翩灵轩，别泪无痕。夫弟为铭，深刻贞珉。昭示无垠，馀味不尽。

——陈曾则《海云楼文集》，1925 年刊本，第 56—57 叶

先大父行状

陈曾则

公讳廷经，字执夫，号小舫。幼受业于魏默深先生。甲辰，成进士，授编修、引见。上见公名，喜曰："汝陈沆子耶？"公既通籍，而淡于仕进，乐江南山水，徜徉木渎之间。至五十始入都供职，擢御史，居台省二十年，遇事敢言。

当粤寇初起，公屡疏荐曾国藩、胡林翼、左宗棠诸人才可大受。然不苟为同，有失必争。太监安子母死，治丧具穷极奢巧，及葬，旐旌鼓吹列十馀里，冠盖络绎于道。安子之妻率妇女帷车数十乘，拥簇而行。公劾之曰："臣闻太监名安子者，出入宫禁，往往轻车骏马，招摇过市，或远至蓟州、天津，道路指目。昔晋侯以勃鞮用赵衰，赵王以缪贤用蔺相如，为士大夫之辱。今与太监交结者，诚不知其为何官。恐此端一开，将启关通援引之门，蹈招权纳贿之习也。石显免官，与妻子同归故郡；王甫伏诛，徙其妻子于交趾；高力士娶吕元晤之妹；李国辅聘元擢之女。以寺人而有妻子，惟汉、唐之世有之，不谓圣朝亦有此人也。我朝定鼎之初，圣训煌煌，首以近习用事为戒，立法綦严。

乃该太监，恃是中官，不知谨慎，奢靡于外舍，放荡于通衢，僭越拟公卿，行止类市侩。愚民无知，咸谓朝廷宠遇优隆，不加约束。人之多言，亦可畏也。应请皇上密垂访察，严加禁制，嗣后如擅离职守，私出宫禁，准步军统领衙门、顺天府五城查捕，严治其罪。”疏入，乃稍稍敛迹。其后，安子私赴山东，巡抚丁宝桢奏斩诸市，天下称快，震服其胆，而不知公已先言之也。

御史蔡寿祺劾陕西巡抚刘蓉，夤缘冒进，坐诬谤罢职。蓉复奏，语气骄谩。公以为蓉被劾不自引咎，反为大言，有程、朱大儒所不敢自居者，而蓉乃夸诧于上前，恐长臣工恣睢之渐，非痛折之，朝廷不肃。于是上疏纠弹，有曰："刘蓉自以为无愧怍之君子，臣直以为无忌惮之小人。"上下其奏，使蓉自省览。蓉起布衣，不数年膺疆寄，负盛名于时。曾、胡二公皆称其贤，密疏荐达，曾与刘又姻也。公独正色不阿如此。已而，曾公入觐，见公京邸，甚相钦挹，不以前事为芥蒂也。

粤寇既平，公奏请购机器、建设船厂，以为他日海防之用。左宗棠亦主之。及立同文馆，大学士倭仁意不谓然，朝旨令人译署，公奏倭仁性情学问，使启迪圣学，必能有益。若办洋务，用违其才，不能通权达变，不足以折服外人，反以招侮。请免其在各国通商衙门行走，从之。公深忧外患，以为能守而后可战可和，计无如沿海团防。咨于众数年，考其法之无弊者，条陈十馀事。略曰："团防者，中国一大坚壁清野法也。沿海省分可通行，请自直隶始。直隶全省可通行，请自天津始。外人登岸一步，随地有扼其后者，可消弭隐患。论者谓团防多弊，不宜因哽而绝粒也。"其馀所论，如筹八旗生计之艰、剔各省厘金之弊、变通兵制、预修荒政，至于有所抨弹，不避勋贵，所劾去者有四督、五抚、六藩司，直声震天下。

历转各科道，屡膺上考，均自陈不胜外任，擢内阁侍读学士。公为人冲夷精微，尝感异梦，悟前生事，因自号梦迦叶居士。日课《金刚经》一卷，数十年未尝辍。精《易》数，占验奇中。偶觉弗豫，遂乞休，预知殁之时日。临终于家事一无所嘱。年七十有四。孙曾则谨状。

——陈曾则《海云楼文集》第45—46叶

先祖母事略

陈曾则

先祖母苏州处士朱梅卿先生之女，年十五，归事先祖小舫公暨祖妣张太夫人。躬贱役，未尝置婢。先祖由翰林转御史，晋内阁侍读学士，所交多名公卿，宴集酒食之丰洁，悉祖母调度，僚友称诵焉。生子三：长为父子青府君，娶周夫人；次子和府君，蚤卒；次子彝府君，娶萧夫人。女三：长适武昌范太史德权；次适太湖李孝廉汝稚；三姑蚤殇。先祖、祖妣先后去世，遂挈家归武昌居焉。

祖母早岁艰苦备尝，故以科名属望于先父及先叔父者至深切矣，然均困于场屋者数十年。每放榜落第，辄涕洟。最钟爱子彝府君，未及强仕而殁。辛亥之难，缒城出奔乡里，未能安居，又迁沪、迁杭，以高年而身值颠沛。叔母萧夫人又殁于上海，及先父母在杭相继去世，悲伤摧损，遂以戊辰年冬月初八日弃养于湖庐，年八十有九。

祖母身体素健，孙曾满前，及见元孙。亲友每赞叹，以为福寿人所不能及。然吾家居鄂时，值国家承平无事，亲友甚多，往来酬酢，尚有娱乐之日。犹忆祖母五六十生日，先父备彩觞，灯火满堂，宾客济济，极一时之盛。年七十，大兄官京朝，迎迓至都，开寿筵，交游祝嘏者莅止，数之适得百人，佥以为寿考期颐之瑞。及国变以后，徙居杭州。祖母八十诞辰，宾客会者已非昔日比矣。今年八十晋九之辰，吾父母去世已四五年。孙辈多糊口分散在外，虽有归者，然颇寥落。临别去，辄涕泣不已，每言若再归家，不知能见否也。以祖母性喜荣华团聚之人，年愈高，境愈苦，抚今思昔，能无慨然也乎？

吾母之事祖母，事事将顺，无不尽礼。虽孙妇、曾孙妇在前，仍不改其常度，祖母故习焉不觉。及吾父去世，乃倍亲吾母。及吾母殁，哭之痛甚，精神恍惚日衰，遂一病不复起。吾于祖母之殁，因思及吾父、吾母、叔父、叔母，而不禁有身世无穷之悲也。

——陈曾则《海云楼文集》第51—52叶

先府君行状

陈曾则

先府君讳恩浦，字子青。先大父小舫学士公之庶子，生祖母朱太夫人之所出也。朱太夫人生府君及叔父子和、子彝二公，及姑母三人。府君幼时，服食常后诸侄。老仆怜之，进食物。府君夷然不以屑意。年十八，周夫人来归。

大父官京朝，春秋高，以累世受君恩，冀后世不坠先泽，尝讲授经训勖以忠孝大义。时诸伯父服官于外，不欲府君远离赴童子试，乃以国学生入赀为中书科中书。大父见背，府君独身扶柩归葬，奉大母归居武昌。子和公及诸姑皆蚤逝，大母属望于府君及子彝公者甚切。府君应试十一次，屡荐不第。每报罢，大母辄涕洟。府君以此，居恒郁郁，叹曰："我可以止矣。"为子彝公纳赀盐大使，以慰亲志。子彝公入都引见，归未一月而病殁。大母终日悲泣，无可以解忧。府君每逢令节，为子彝公设祭，辄泣下不已。抚育诸孤侄，为延师授读，每有疾病，与母夫人调护医药，皆得成立。

先是，适范氏姑母卒，继姑俞氏；适李氏姑母卒，继姑江夏陈氏。府君皆待若同胞，授诸甥读，复缔姻焉。处置族中事平，推为户长，无亲疏皆翕服。督修宗谱，支系分明，厘然大备。有远族人流为匪者，府君招至婉切训诫，恂恂受约束，后复犯法，族人缚告宗祠而生瘗之，泣呼无以对府君，且曰"此必非府君意也"。外祖福阶公之丧，府君择山地，躬葬事。生平挚友为关季华、吴心荄、梁节厂、李文石诸先生。关先生之殁，亦府君营葬，执绋流涕，道旁观者多感动叹息。

府君教子侄，无疾言遽色，使涵濡感化于不觉，母夫人或加严焉。

辛亥国变，避乱沪渎，复辟事败，家移居杭州。恒闷居一室，幽忧叹咤，惟以酒自遣。因患疟，曾则以杭地卑湿，迎至京师。君门咫尺，尤不胜黍离之感矣。居数月，复归杭。未几患泄，遂弃养，时壬戌三月八日也，年六十有四。

府君身历艰苦忧患，遭宗国非常之变，忠孝菀结，隐恨莫伸。席世泽，抚诸孤，以小宗持门户数十年，承先启后于存亡接续之交，似天之生府君以佑陈氏者，良非偶然，而顾使忧伤憔悴，郁郁以殁，岂不痛哉！母夫人生曾寿、曾则、曾矩、曾榖、曾畴、曾言、曾杰。庶母邓氏生曾馀、曾潜。归葬府君于河坪祖坟之侧。既封而返，忆府君生平，不禁欷歔流涕。因谨述其状于右。

——陈曾则《海云楼文集》，第 49—50 叶

先妣事略

陈曾则

先妣周夫人，讳保珊，字佩云。前漕运总督黄陂周福阶公讳恒祺之女也。年二十，来归先府君。事大母，委曲将顺，甘旨不匮。出奁资，置薄产，以助家用。一绵衣着数十年，未尝新制，蔬食虽腐坏，不忍弃。待人接物，纤悉必尽其情，宾客至，饮食必亲调度，惟恐简亵。生大姊，年十二殇，抚教七子成立。虽拮据，先后经营十馀人之婚嫁，礼无不备，观者赞叹。

尝曰："吾守外祖训，不敢一步越矩矱之外。吾处家庭之间，在能忍、能让；吾自励，在能苦、能约。先人而后己，略小故以全大体。求吾心之所安，而勿贻悔尤。"训子侄等，皆为人自立之道、安分守贫之戒。有失，则讽使愧改；有一长，则奖借之。顾念体恤，入于深微。曲折隐情，无不洞悉，辄先为筹划区处，劳心极矣。府君十试秋闱不第，无以副大母之望，居恒郁伊。先妣每言及，辄嗟叹不怡。虽曾则等三人获甲科，大兄成进士，为京朝官，皆不以快意。

为府君置侧室邓氏，葺后园一室，独观书临池其中，精书画，于书好之尤深。初习颜平原，晚年喜欧阳率更、米襄阳书。作榜署体，气势雄博。书家如杨惺吾、沈乙盦诸先生见之，皆叹服。年七十，为京师广济寺书大雄宝殿匾额，字方径六尺馀，以巨竹缚绵絮濡赭书之。偶作诗词，不以示人。

府君昔患疟，先妣侍疾，两月不合眼，不挥笔。盛夏酷暑，蚊蝱嗜肤，极困惫，犹强自振奋。子侄婴疾，恒旁坐抚慰之。即小病，亦忧形诸色。初外祖告归，舅父贞疾不瘳，晚景多拂郁，惟先妣归宁时乃稍愉乐。及病，先妣归侍汤药，转侧扶掖，视听于无形声。及外祖逝世，先妣积劳伤，得咯血之疾。大兄官京曹，迎养医治，居年馀而归。

辛亥，武昌兵变，府君患病恍惚，大母年七十馀，仓卒集家人，缒城而下，买舟归乡里，以匪患，复逃避至海上。颠沛播迁，咯血遽发，辄盈盆盂。医穷于术，自恐不能起，已嘱以后事矣。余兄弟忧痛无方，叩祷于神，徐进参剂，忽转危为安。翌年，僦居杭州三台山陈氏别墅。旋在南湖之滨，购地二亩，筑屋三楹，莳花种竹，此乃生平稍适意者。偶请出游，再三始允，曰："吾深惧放逸则灾害至焉。"

丁巳五月，复辟，大兄应召至京，膺学部侍郎之命，而侦者络绎于门。曾则等请曰："祖母年高，大人宜随至沪，暂避之。"先妣曰："吾非有所畏，顾使汝兄无内顾忧，俾得尽心于国事也。"遂行。未几闻警，曾则、曾矩北上，偕大兄南归。府君自是以后，益悲愤侘傺，无聊不平，日以酒自遣，易拂意。先妣兢兢，将事益谨。时发旧疾，恐家人忧，隐忍不言。

壬戌，府君弃养。每旦，抚棺痛哭。一日忽蹶于地，医治数月，始起。曾则以先妣所在触目伤心，迎至京师，冀解愁思。居一年，体渐健。翌年五月，侍归杭。是年，先妣七十寿，意忽忽不乐，不许称觞。甲子三月晦日，早起临帖三行，独步至后园室中，与家人谈笑，忽稍倾侧，如中风状。四月一日戌时，遂不起，年七十有二。

夙信佛法，持《大悲咒》，家人病，每在侧默诵。先妣屡遘大病，皆垂危而安，冥冥之中，必有护佑之者。临终，家人环跪，诵佛号，闻旃檀香气，经久不散。自辛亥以来十馀年，无家可归，寄居异地。食指日益众，生计日益绌。家有薄产及庋藏书籍图画，卖之殆尽，负债如山。先妣无日不在深忧苦虑之中，然不义之富贵，视之若浼，谕曾则等："迫不得已，惟课读及役力之事，可为之耳。"艰贞之志，愈困而弥坚。而御书"玉性松心"匾额，适于先妣成主之时颁赐到寓，悬之灵帏，稽颡欷歔。先妣在天之灵，亦可以稍慰焉矣。远道来吊者极众，诔词亦多真切，读之令人感动凄怆不能自已。虽古道犹存于今世，抑先妣之为人可知矣。

因追忆先妣生平，谨述于右，不能尽万一，以待能文者赐之铭焉。丙寅四月，男曾则泣血谨述。

——陈曾则《海云楼文集》，第50—51叶

叔父墓志铭

陈曾则

叔父讳恩潞，字文叔。大母生子女六人，惟吾父及叔父存焉，以幼子，最钟爱。大母早岁艰辛，期子奋科名心切，然吾父乡试十一次，叔父亦下闱七次，皆不售。每候榜，大母至不下食，久之，音阒然，则心知已无望，悲伤涕洟。叔父益怏怏，日以酒自遣。吾父叹曰："吾今无意于此。"售房产得数千金，为叔父纳赀入官，以慰大母之心。

叔父至孝，事大母愉愉，朝夕不离膝下。时节致鲜物，必先必敬。故大母一时不见，则问何往。江夏陈氏，为外祖戚，大母恒至其家，谈至夜分，叔父必笼灯往迓，以为常，不倦。故大母视叔父如孺子，叔父亦求以娱大母，无弗至也。壬寅，入都引见。时曾则就馆武陵，约候于上海，同舟归鄂。叔父检所购冠服，视曾则曰："大母见之，或稍解愁苦之思乎？"孰意归家不及一月，竟以急病而殁。当病甚，医来，问："吾疾可愈不？"然竟不能起。呜呼！初闻其言而不觉，及今思之，何

其可哀也。婶氏萧。子二:曾任、曾耆;女一,待字。

叔父殁于光绪某年某月某日。宣统三年,葬于某乡之原。铭曰:"生令人亲,殁令人思。积善累行,报之若斯。思厥理而末由,徒欷款以铭悲。"

——陈曾则《海云楼文集》,第53—54叶

家锦屏公墓志铭

陈曾则

公讳发荣,字锦屏。父讳鸿俊,母董太孺人。公天性纯笃,从事畎亩,以勤俭起家。应武学试,取邑庠生。天生材武,能挽强弓,举重刀石。以数奇,屡试秋场未第。身形魁梧,面貌雄伟。性伉直,尝面折人过,乡人畏而敬之。

粤匪之乱,公年幼,尝孤身探贼巢虚实。天主教徒倚势欺压平民,几酿教祸,公挺身出,排难解纷,不惜耗其资财。又尝出资,平粜赈饥民。乡人有争难事,得公一言立解。年八十馀而卒。配刘宜人,有嫺德。生子曾任、曾福、曾炎。任、福,先殁。曾炎读书明大义,能持其门户不衰。曾则少时见伯、叔、兄辈应文武试者,往往数十人。公教弟子甚众,得觇其丰采,闻其言论,未尝不敬服先辈之典型。及归葬吾父,忽忽数十年,犹登公之堂,赐食饮。年八十矣,其气象之尊严犹昔也。及送母丧归里,已不及见公。而伯叔辈先后死亡殆尽,兄弟存者,亦寥寥数人,皆老病贫苦,有可怜之色。陈氏族大人众,而衰落如此,诚不胜今昔之悲感矣。惟曾炎尚能不坠先泽,课子侄犹循旧礼教,门庭整洁,有欣欣向荣之意,岂非公之教哉。世乱道丧,乡里诚朴之风气浸变而为浇薄,况天灾、兵祸、民穷,死无告求,如公之持正而好义者,岂复可得哉。

宜人继殁,某年合葬于某原。曾炎书来属铭。铭曰:"侊侊孔武而有力,义不顾身百夫特。国遗俊彦命郁伊,老居畎亩勤稼穑。堂堂

严正性伉直，乡人顾化以为则。丧老成人失徽纆，我为公铭心恻恻。”

——陈曾则《海云楼文集》，第57—58叶

苏生兄传

陈曾则

苏生兄讳曾佑。壬午举人，己丑进士。散馆翰林院庶吉士、掌河南道监察御史、甘肃提学使，钦派至日本考察学务，署甘肃布政使。辛亥去职，寓居于兰州。兄为人长身玉立，喜修饰，见之者莫不赞美其风度。精楷书、篆隶、金石，不喜交游，独与左笏卿、周少朴二先生相往还。居京职数十年，绝无夤缘干请趋走贵势，寂然闭门，以诗文书翰自娱，意泊如也。尝居武昌，犹忆除夕之夜与江夏画家刘松厂秉烛相对刻印至晓，余之所请也。张文襄公奏订大学堂章程，朝野称诵，兄独举论数大端，朝廷下其奏，莫不惊异，而张公为之改订焉。时张公为学部管部大臣，由是有提学甘肃之命。

先伯父子政公有四子。长曾望，次即兄，次曾某、曾祚。曾某早卒，遗寡嫂，依兄而居。原配某氏，继室俞氏、洪氏。曾祚西行视兄，相继殁于兰州。曾祚子邦炜，嗣兄为后。辛亥以后，军人骄偾，争权夺地相攻击，据铁路舟车以自便，交通阻隔，天下糜乱。余与李芳辰将军相稔，托致书，命邦炜至兰州清理其遗产、图籍，致其四丧并一仆妇丧而南归葬焉。

——陈曾则《御诗楼续稿》，1944年刊本，第25—26叶

白冥兄传

陈曾则

曾则初入学塾，闻家君言："渭渔沉静好学，可期成就。"先六伯父生子五人，兄次居三，名曾翼，字渭渔，白冥其自号也。家君召兄来郡

城，延黄冈陈威东先生授兄及余兄弟读，越数年，岁甲午，兄以国子监生举于乡，名日起。家君为娶江夏刘松厂之妹。其后赁屋以居，衡宇相望，弗远离也。兄喜博览群籍，于天文、勾股、微积、仲景医方、奇门六壬好之尤深，苦思冥索，朝夕不去手。余亦习算术，至不可解者，叩之兄，数言立悟。无日不相见，见必发端争辩，抗不相下，至嗔目拍案，喧豗大叫，舌干唇灼而后罢。翌日见之，乃大笑，复争论如前状。每至日暮，相携登城，远望徘徊，移时乃归，以为常。余游京师所作文，必寄视，兄复书有溢美之语。

兄始赖薄田以为生，后售之殆尽。就教育厅事，于家事不何问。所得资，尽负于樗蒲之戏，至无以具饭。来京治其兄曾培之丧，余规劝之，不答。岂其中亦有不自得者存耶？兄自负医术，卒误服方药而死，年五十三。回忆居鄂相处，其乐何可复得？家君弃世，忽忽已三年矣。故于兄之卒，尤不能无今昔之悲。兄卒后，数数梦见，似欲有言者，因述其生平为传，以示其孤邦桓云。

——陈曾则《海云楼文集》，第49—50叶

祭楚生八兄文

陈曾则

呜呼八兄，苦病缠身。世无和缓，荐及凶屯。垂老无子，亲弟远隔。引领未至，婉转床箦。弃捐寡嫂，捶胸泣血。悠悠穹天，胡忍遗孑。同祖昆弟，兄独佼出。怀才筮仕，治称缜密。道过申江，同室促席。轻车遨游，飘风朗日。相逢异地，情亲意昵。及遭国变，伊郁莫宣。糊口京师，岂性之便。俯仰今昔，如梗在咽。邦国无道，富贵可耻。小人乘时，君子知止。如兄志行，宜乎困否。兄丧不举，我心如焚。交游赙襚，义薄青云。敛以朝服，遵兄遗言。侄嗣大宗，匍匐来奔。扶兄灵车，返葬乡原。魄归于土，魂气常存。

——陈曾则《海云楼文集》，第69叶

家畏斋先生传

陈曾则

先生讳曾望，字畏斋，余同祖长兄也。大父官居京师时，最钟爱之。往往美冠服冶游至深夜归，不使大父知也。大母尝述其少年不羁之状如此。余七八岁时，曾从先生读。犹忆为讲白香山《琵琶行》，津津乎有味其言之也。先生于学无所不窥，尤喜杂览稗官小说。善画，书学《张猛龙碑》。依吾父居十馀年，应经心、江汉书院课试，每列前等。张文襄公总督两湖，以经史文学诱掖后进之士，得先生课卷，大喜，拔置第一。批曰："快哉此风。三十年来无此作也。"每逢课期，则市熟肉持之归，且啖且思，沉吟日夜，文成，极得意，然每逾限，不能交卷而罢。其后馆于汉阳万氏，遂移居于汉阳。

嫂氏屠夫人殁，家中惟一小犬伴之。登其堂，一棺横焉。入其室，床榻、几案、图书、釜铛、刀箸、炉灶、炭屑、蔬菜、烹煮之物，无不备具，狼藉满室。先生嗒然其间，囚首垢面，衣不澣濯，尝着裤数日，始知鼠妇产儿其中，群已歼焉。宣统元年，扶病来京考职，伛偻入场，无所得，夤缘得内阁录事。辛亥国变，复继其事。有公事欲登诸报章者，先生因病属之仆而归寓，仆忘焉，因是免职。先生愤懑，病益甚，遂不起。年六十有一。

先生所处之境，人所不堪，殆如槁木死灰，无复萌震之意，岂复以得失而累其怀耶？古人有言曰：吾命有在外者，无父母妻子之乐，独此块然无聊之身，仍不能不谋所以处之，有所处之矣，而世之凉薄，当其境，仍不能不动于其中者，此其所以可悲也。余哀先生之遇，因述其生平，以志不忘之意云。

——陈曾则《海云楼文集》，第 48—49 叶

强志墓志铭

陈曾则

母弟强志君之卒也，皇上闻之，叹息良久，顾谓左右近臣曰："立身守己如陈曾矩者，恐今世尚无其人。"赏治丧费四千元、"履忠蹈道"匾额一方，《金刚经》一部，命焚之灵前。虽大臣殁，未有如此之褒嘉惋惜者也。呜呼！恩可谓厚矣。

君天性忠孝纯笃，好学博览，经传外，尤致力于《资治通鉴》《五礼通考》《天下郡国利病书》，若《考亭文集》《性理大全》《近思录》《宋元学案》，则编摩不去手。其讲学务为闳通，期诸实践，非徒标道学名为空言者比也。慨谬说之披猖陷溺人心，则取诸经传彝伦之文加以注释发扬，痛切言之，作《伦书》。佐伯兄著《古今战事图说》，起楚汉之战迄平定粤匪，予绘为图，用兵谋略标以五色线，乃军事最精之著作也。予主《日知报》，论文约君同作，所论皆切于当世之病，成《戊己论稿》。丁巳，张忠武公复辟，伯兄会与闻其谋者也，愤诸督军饰忠背信、怀诈反复之实，世莫知者，成《丁巳复辟记》。尚有《清史传稿》、文集、札记藏于家。所为文章温醇深美，无意雕琢，而往复尽意自合于古。盖其赋于天者厚，蓄于学者富，而发于外者不能掩也。

讳曾矩，字絜先，又字强志。光绪戊戌，补县学生。壬寅，中本省乡试第五名举人。清史馆聘为协修，旋授徒于天津，旧家子弟从之学者皆有成就。上闻其贤，召至新京，授明贤贵妃读。贵妃薨，疏辞不允，命充内廷宗室子弟教授。塞外寒冷，衣裘薄，炭火不继，因患咳。癸未四月，请病归旧都，竟不起。年六十。

娶天门周少朴中丞之女，生女岚，十三岁殇。子邦钧、邦炎。钧娶乔氏，生孙文豫。钧、炎皆能继其志。君侍从关外六年馀，每年节请假归家不过月馀耳。妻子欢聚之日甚少，虽病亦不肯久留，以感上恩故也。及上派侍医诊脉，论归养，归旬日而逝，岂不可哀耶！

今岁十月十五日，君六十初度，予豫作《强志斋记》寄之。复书曰："记文气息深厚，读之，别意欢悰杂然并感于中矣。"孰意其竟不及待耶。予此文为虚作，然又幸其得见而略致予之意也。予三至新京，居二月而归，君每有不忍之色。庚辰之别，又似有无穷之感触者。君归旧京，尚有书至，云兄往新京，请先来旧都一会，有事面商。予以儿子邦武病不能行，而噩耗至矣，不知所欲商者何事也。每念及为之，呜咽流涕不能自止。邦武未几亦死，则君作余《御诗楼记》所云兄与弟自幼至老境遇若一者，信矣！然则予又何能久耶。伯兄作《行述》，足以尽君之为人，余可不作，然又有不能已者，遂为铭。铭曰：

一本七叶，君独先萎。使余创痛，若失一臂。哭弟哭子，悲集余身。抢地呼天，冥漠无闻。君之行实，天语已尽。匹夫得褒，尚有何恨。

——陈曾则《御诗楼续稿》，第24—25叶

范孺人哀辞

陈曾则

范孺人名庆宜，字贞吉。武昌范姑丈叔楠长女也。吾姑适范氏，卒，继娶俞氏，生吾妻。外姑与吾母相善，缔姻焉。吾与吾妻，皆在襁褓中也。己丑七月，大母五十寿辰，外姑挈子女来祝。均童稚，共饮食谈语，堂上时时指以为笑。戊戌，吾妻来归，为妇六年，必敬必顺，言莫余违，行莫余乖。壬寅，余就馆于杭州，夜梦归家，入室阒无一人，惊疑而醒。明日书至，吾妻免乳几危而全。及归鄂，见吾妻貌加丰，谓余曰："君胡不归，几不能见也。"呜呼！孰意杭州之梦，竟应于乙巳之年耶。乙巳正月元旦，吾妻娠动，产三日不下，举家忧惶，不知所为。吾妻惨然谓余曰："为我一人，致举家忧虑，君亦不食。"余慰之曰："此何足云，第安心勿虑，瓜熟蒂落，何足惧也。"五日儿始下，已不能支而喘作矣。犹忆疾革，艰不能语，尚曰："君坐于此，勿弃我而

去。”其后，但见泪盈于眦，唇动终无一言。

吾妻死，停室中三月，不忍遽出也。老媪王氏，侍吾妻十馀年，自少而成人、而嫁。一日检吾妻遗物，忽号咷痛哭，问之则曰：“吾忆其生平耳。”闻王媪言，始知吾游日本时，虑吾不归。人事反复不可料，恐儿不能见。如就馆杭州时，时时饮泣。丈夫之志，妇人固不知，而其情终可悯也。嗟夫！

吾妻殁已六年，吾谋食京师，终日奔走劳役，无暇晷。今归，始稍澹定。中夜思之，痛甚，因记其生平。吾妻十九来归，其殁也，年二十六。产子皆不育。辞曰：“天长地久，精散滓呈。八窍九窍，胎生卵生。无迹而来，无崖而行。草木鸟兽，停植游敖。俄萧俄芸，俄旬俄逃。生灭变化，一夕一朝。嗟嗟我尔，委形与顺。何悲何乐，潜物以殉。魂魄长往，是谓大归。解堕弢帙，胡尔依依。释情离感，外韄内揵。鹑居鷇食，浮沈仰偃。视此躯骨，同彼晚畹。二十馀年，忽焉以返。”

——陈曾则《海云楼文集》，第 68 叶

继室汪氏生圹志

陈曾则

君钱塘汪氏，名蓉，字泽芝。二十三岁来归，入门作苦数十年不休，家人之衣未尝外求缝工，其他可知也。余就馆于京师，所入不丰，故操作极勤劳，戚友莫不赞叹其贤。有人寄金饰物，忆已还之矣，久之，存者复来取，疑莫能明，咎于心，累积数载而偿之。口直心慈，与人无怨，受惠必报，利不苟得。持斋礼佛，深信因果。及余南归，月入稍益，可以安逸矣，而战事起，生计日高，余与儿子邦武奔劳所得恒不足以应物值之腾踊，然后知昔年之安乐也。

君生虎儿，年六岁殇。生女邦勤，嫁李祖定。男邦武，已娶妻生女矣，而又死，使余夫妇垂白哭子，忧劳而悲伤，相对惨然，此殆命也。

既葬邦武于灵岩山址，乃营余与君之生圹，以世乱不能归骨于故乡也。呜呼！余之所以酬君者，惟此文字而已。

原配范孺人，葬于湖北蕲水县之檀树嘴，虎儿附葬于侧。余不能与范孺人合葬，乃不得已也，后世子孙幸勿忘焉。铭曰：嗟余与君不知孰先后死。相待极乐，提携爱子。此生苦矣，贻后人祉。

——陈曾则《御诗楼续稿》，第 25 叶

侄女岚墓碣

陈曾则

侄女岚，三弟曾矩之女也。生性纯挚，孔静幽默，其父爱之，自课读。年十三病瘵，医治弗愈，日益笃。吾母为拜佛，诵大悲药师咒。四月朔日，母弃养于湖寓。岚居城中，闻之悲哭。先是，岚病中，余劝其念佛。岚信余言，日诵佛号一串珠，力疾不懈。自知不能起，嘱家人虔心助诵，屡言西方菩萨频呼祖母，若真有所见者然。又曰："我欲上金台、银台。"家人平日无一人与之言及此者，临命终时，现此境相，其根器深矣。曾矩笃守程、朱之说于慈孝最隆，然于佛亦不谤毁。岚病笃，双手挽父臂，恳为诵阿弥陀佛名号。其父将而为之诵焉。呜呼，岚之来去，其果无所为而然耶？

岚生于甲寅二月四日，丙寅七月朔化去。其父母哭之痛。余曰："勿尔，其所证果，恐吾曹皆不能也。"其父作哭女文，嘱余作墓碣，因并为辞，以纾其哀。辞曰："生弱小兮淑姿，倏来去兮胡为？弃斯世兮若遗，羌难忘兮亲慈。上神乘光兮逶迤，翩旖旎兮宝幡旗。奏妙乐兮鼓吹，统鬘云兮若驰。金银台兮跏趺坐，侍祖母兮西之。五色莲兮如轮，敷香华兮功德池。随佛面兮闻法，证无生兮奚疑。父与母兮勿悲，儿安隐兮莫思。生有何乐兮相依，死何哀兮别离。"

——陈曾则《海云楼文集》，第 56 叶

虎儿厝志

陈曾则

余娶范孺人，生子皆不育，卒以产死。越六载，继娶汪氏。甲寅，诞一男京师，呼之虎儿。余得子也晚，因为摄影，寄归。重闱观之，皆为色喜。大兄作诗：有“如瓠好骥子”之句。今年，年六岁矣。余日课十字，计已识千馀字。以大母八十寿辰，挈眷来杭祝嘏。居丛桂堂之东轩。四弟子邦怀，年十四，居对牖，患温湿，七日而殇。虎儿兄妹避往外家，隔日归。其母尚以未面祖父母，笞责之。明日蚤起，忽身厥如中恶然，医治无效，竟死。余祖母哭之曰：“虎儿为我归而死，早知如此，即不应归。”

嗟夫，今天下苗疹并兴，逢悟讹言，相随顾化，背亲罔上，民彝沦丧而无已。余穷于世，顾思教子，惧先泽家声，至余废坠，而乃亦成虚望，其亦可叹也已。虎儿与邦怀同厝于净慈寺侧之南库房。因为之辞曰：“殡宫花石郁幽姿，追随尔兄相敖嬉，离父与母其勿悲。”

——陈曾则《海云楼文集》，第 59 叶

亡儿邦武圹志

陈曾则

戊午，儿邦武诞于京师，面如满月，妻以产子苦，呼之曰满，示不复再生育也。年七岁，母病，跪而祝祷，余嘉其孝。教之识字，读经史古文词，并授以太极拳，名之曰邦武，字之曰尚忍。十三能属文，稍长，喜吟长短句。偶倚声，学梦窗，有寂寥幽忧之语，余每戒之。书学董文敏，能领会其笔意。得钱即购书，暇时恒手一篇，歌堂舞阁娱乐之场无其足迹。天性仁慈，见乞丐未常不施与。一儿冻饥，身无寸缕，卧不洁中，即抱持之警署，请其安置。警署亦感动，为之收留焉。

余不欲其仕进，命学医，毕业于新中国医学院。其师章次公曰："诸弟子中，最期赏者邦武。"又尝兼习英文、会计、种植、绘画，皆能敏捷而竟其业。常州陶希泉之女祖怡，从余学文，见其婀婉，为之聘娶，琴瑟和好，生女文灿。

余自乙丑来沪，设致柔拳社将二十年矣。邦武功亦进，助余教授，学者敬服。昔孙禄堂先生见其练太极拳，大赏异之，授以八卦剑，又精习李芳宸将军之武当对剑，余冀其于文武皆有成就，能继余之志也。时局震撼，米薪日腾踊。余父子奔走劳苦，所得仅足以疗家人之饥，饮食益淡薄，乏脂润营养，不知其身体已亏损矣。癸未四月，得病，章次公日来处方，中西医百方疗之，或曰伤寒，或曰非也，余夫妇及新妇昼夜焚香礼佛，皆无效。五月十八日，竟死，年二十六。

昔史君文甫善相人，见其丰神英秀，曰"此子非常格所能拘也"，青鸟家言其将大有为于世，言余有一贤子送终，皆无验矣。病笃时，频频呼余及其母，欲亲余面，其声孺慕而沉哀，盖自知将不起，不能报父母鞠养教诲之恩，悲怆难舍之情至于极矣。姻家子曾国榕昼夜调护，心感激，亦时时呼之。诵《六字大明》、观想观音法仪轨，神智不乱。先是余将北游，邦武深以道途不靖为忧，屡请其母劝止。余病中乃谓余曰："大人不能行，或者大人之幸也。"其外舅赠医费万元，曰："治病财力纵不乏，而身力已不支矣。"呜呼！为一家五口之食，使之力竭而死，岂不悲哉。

邦武为人，多喜与之亲近，故方其病时，叔婶、姊妹、姻戚、友好存问者不绝，同里邻居亦频来问讯，为之忧。及其死，吊者莫不下泪，咨嗟叹息曰："如此佳子弟，今世罕有，真可惜也，是尚宁有天道乎。"此皆余之无德无福以载之，尚何言哉。王介甫曰："善之不必福，其已久矣。"其信然哉。

送其殓，归不能寐，思二十六年真一梦耳。余今年六十二矣，方冀其能持家，余得休隐于山寺，办余生死之大事。彼死，无人助，余不能坐视家人之饥饿，衰暮忧伤而劳役不能止，殆余之命也夫。数年以来，余家运日衰，大兄、四弟丧女，七弟丧子，今年四月，三弟病故，未一月，余子又死。哭弟哭子，深痛巨创，余其何能堪耶。余学佛二十余年，深悟人生无常苦空之理，然当此父子生死别离之际，其能无动于心耶？邦武先余死，彼之不幸，余之大不幸。然得余送其终，棺衾皆不薄，家人、姻亲、朋友之来问病送殓者，同声惋惜而哭之。余为作文，使后世知有邦武为人如此，其果为不幸耶？朝菌之与大椿，蟪蛄之与冥灵，二十六岁之与百岁，皆如白驹之过隙耳。修短之数，其果有异耶？老而不死如原壤，孔子以杖叩其胫；短命而死如颜回，孔子叹其不幸。其孰得而孰失耶？居此毒乱之世，邪鬼鸱张，神奸俶扰，耳闻、目见、身受之痛苦，日演而不穷，其尚可留恋而不舍之以去耶？所不忍者，父母妻子之情不能割耳。

余夫妇老矣，何足顾惜，独念新妇，恩爱悲戚，岁月遥遥，将何以慰之耶？其病危时，忽有小鸟由窗隙飞入，身黄色，羽毛有光彩，止于窗棂，顾盼神异，或南海大士之使莅临接引，俾免恶世之侵迫耶，则余凡夫不能知也。维摩诘曰："长者唯有一子。其子得病，父母亦病。若子病愈，父母亦愈。"呜呼！余子终不能愈，余何能愈乎？临终时，余为修弥陀法，荣臻上师为修颇哇法，众僧为诵弥陀宏名，以余观其品器境象，不致堕落三涂无疑矣。九月二十一日，新妇遗腹生男文成，其父豫命名也。

卜葬于苏州灵岩山五龙公墓，为作圹志以抒余哀。辞曰："亘古不变，父子之恩。生则教养怜惜，出门晚归而挂于心。病时缠绵悲慕之状，非余之所能禁。死后惘惘若失，胡独少彼一人？为安彼窀岁，使余垂白荒山而陟奔。天下之为父母者无不慈其子，乃有非孝忤亲，灭天理而毁人伦。呜呼！此浩劫之难回，狂飙之不平。余有纯孝一子，乃逃此恶世，去而不复返矣，埋骨于此，庶几其永宁。"

——陈曾则《御诗楼续稿》，第29—31叶

蕲水陈邦澄墓碣

陈曾则

询先弟之子邦澄，年二十一岁矣。得病，中、西医不能救，竟以殇去。询先仅一子，思其平生苦约微细之事，不胜其悔痛，欲余为作墓碣。余书此，冀或以解其悲也。邦澄幼时，为大父所爱，每食必呼使前与共食。年十三，从舅氏杭州读三年，外祖母久病，请医市药奔走服役不辞。性浑厚，未尝言人之是非。来沪肄业民立中学，节车、食之费，往往忍饿步行。询先素喜剧曲，邦澄晨起即购剧报，置父榻侧而去。休假日，必坚请母、妹为樗蒱之戏，以纾母之劳苦。事虽微，亦足以见其孝思矣。余集徒授古文辞，邦澄日来听讲。今年虽未授读，亦来甚勤，意颇恋恋。余将迁居，为料简滕箧，不意数日不来，即病至不可救耶。病危，家人诵佛号，余以密乘法助之，使脱离悲苦之人世，登于净乐之佛土，法终而气绝。其应如响，不至堕入他途无疑也。

呜呼！为人父母者之心，其于子无有不慈爱者，及其死也则思怜之无已，每悔其待子之未尝稍厚，虽细微之事皆念及之。邦澄生时无过误，于家人皆能尽其情意，故其死莫不哭之而痛，令人可思焉。当兹浩劫，无辜而死者，不可以数计。其能家人相聚，而不致流离颠沛者，已为幸矣。其生计之苦约，时也，命也，夫何能为力焉，又何慊焉。然虽如此之艰辛，而仍不能长保父子之爱，此其所以可伤也。归熙甫作《思子亭记》，有“胡为吾儿愈思愈妍”之语，至寥天极目以望其来归。吾知岁月迢迢，询先思子之情，将与日无极如归熙甫者。然无可如何之事，惟有以无可如何解之，尚何言哉。

邦澄殁于己卯五月八日。父曾言，母戴氏，妹二人。其归骨于蕲水陈氏先茔，盖不知何年矣。癸未五月，葬于上海虹桥万国公墓，即埋此石以志之。其世父曾则为之词曰：“侁侁魑魅，逐人而食。何所逃命，天荆地棘。舍身恶世，登净乐国。如何能往，密乘之力。”

——陈曾则《御诗楼续稿》，第15—16叶

微明居士生圹志

陈曾则

陶潜作自祭文，古有为生圹志者，盖达者之观也。微明居士既卜葬亡儿邦武于苏州灵岩山五龙公墓，乃自营生圹，而预为之志。盖以人之知我，不如我自知，非以为异，聊以自慰焉耳。

居士原名曾德，字慎先，号寥志。读《离骚》，慕屈正则灵均之为人，易名曾则，字天均。微明，其晚年乞食江湖之自号也。湖北蕲水县人。曾祖讳沆，翰林院修撰，掌四川道监察御史。祖讳廷经，翰林院编修，内阁侍读学士。父讳恩浦，中书科中书。母周夫人，漕运总督黄陂讳恒祺之女。同母兄弟七人，居士与其兄学部右侍郎曾寿、弟曾矩，同中式光绪庚子、辛丑并科举人。幼承庭训，略知忠孝大义，颇致力于古文词、书法，为宜都杨星吾、番禺梁节庵、嘉兴沈寐叟、桐城马通伯、义宁陈散原诸先生所奖许。曾为浙江求是书院舆地学教授，北京五城中学、优级师范国文、诸子学教授，清史馆纂修。遇完县孙禄堂先生，授以形意拳、八卦掌，永年杨澄甫先生授太极拳。设立致柔拳社于上海，性无町畦厌喜，自贵人达官、文儒武士、工商百业、僧道九流、舆台厮卒、中外国之士女，从之游者无虑数千人。所著太极拳书风行各省及海外，无不知陈微明名者。从白普仁宝道、然巴诺那荣臻诸上师，授灌顶密法。未鸡鸣而兴，持密咒，暇则诵经史、古文词，临池，习武艺，数十年如一日。未尝求仕，故无事业功名，惟授读、鬻拳技以糊口。虽风云变化，势穷境蹙，而幸无乏绝。故形劳而心逸，不以贫为忧。原配武昌范孺人，性婉顺，来归六载而殁，生子皆不育，葬于蕲水县檀树嘴。继娶杭州汪氏，克勤克俭，与共甘苦。生子虎儿，六岁殇。次邦武，已娶妻生女矣，于癸未五月病逝，年二十六。

女邦勤，嫁镇海李祖定。孙女文灿，孙男文成，一遗腹子也。

呜呼！自儿子邦武之死，居士衰老，益奔劳于外，妻及新妇涕泣作苦于内，目击惨然，有身世无穷之悲。盖其生机已全夺，惟黯淡销沉，以待命尽而已。著有《国文讲义》《周秦诸子学》《清史传稿》《海云楼文集》《御诗楼诗文稿》《大极拳术》《太极剑术》《太极答问》《八卦掌图》行于世。铭曰："哀哉吾生之长勤，时危未报君亲恩。致力文以武技名，素安贫约行硁硁。老阅世劫怆恻心，修金刚法拯群伦。舍命勿恋妻女孙，兄弟戚友莫酸辛。不取中阴见本尊，适究竟天得无生。"

——陈曾则《御诗楼续稿》，第 31—32 叶

《陈微明先生年谱》序

熊思孝

辛巳二月十六日，微明先生六十双庆，同门治觞恭祝，思孝驽拙，曾无一词以为寿，歉然于心者数载。读先生诗文笔记，拟为先生编次年谱，谨先记述其生平言行德教之大者，冠之编首，借以为祝焉。

先生乃翰林院修撰、掌四川道监察御史讳沆公之曾孙，翰林院编修、内阁侍读学士讳廷经公之孙，中书科中书讳恩浦公之子也。先世皆以忠节重朝廷，德泽文章，流播海内，至今数故家者，莫不推蕲水陈氏。母周太夫人，漕运总督黄陂周公讳恒祺之女，通经史，善书画，持家教子，曲尽礼法，以贤母称焉。

先生名曾则，字慎先，号微明，天资容颖，倜傥异恒人。少承庭训，笃志励学，年十七，补学官弟子，学使王公同愈评其文，有"如风扫落叶，一气卷舒"之语。明年岁试，以府学第一补廪膳生。年二十一，应杭州求是书院舆地学教授之聘，是岁中式光绪庚子、辛丑并科第八名举人，与兄曾寿、弟曾矩同榜，一时称艳之。主考宝公熙、沈公曾桐见先生文，大赏异，评曰"作者冰雪聪明，解题得高密注经之例"云云。会试落第，有阅其卷者，以"荀卿子"三字被斥，莫不惜之。有刘仲维

者，善相人，谓先生曰：“君神宇清华，双眉有彩，若在承平盛世，必为翰苑中人，官亦贵显。今世运变矣，故不能得志，然君必得名于时。”

先生少时，意气甚壮，与二三友朋学步伐、军陈【阵】、射击，驰马郊外，奔轶绝尘，慨然有揽辔澄清之志。与兄同办普通中学于武昌，任算学教授者数年。安徽巡抚冯公煦聘请为宪法编查馆编辑，辞未就。应北京五城中学优级师范学校之聘，任左氏传、国文、诸子学教授，以敦品行、保国粹诏后进，学者翕然悦化，成就甚众。

辛亥变起，先生遄归省亲，聚晤于海上，相见悲喜不自持。迭经丧难播迁，家计日绌，先生乃与诸弟译书，售其稿，如《清宫二年记》《慈禧外纪》《欧洲大战记》等书，皆风行一时。北京《日知报》邀请先生主笔，所作论文皆砭切当时之病。报停办，施公绍基请为公府润色译报事。筹安会立，弃之去。清史馆赵馆长尔巽闻先生名，聘请为纂修。历岁虽奔走劳虑，自奉苦约，而甘旨之需，未尝匮乏。居北京时，每岁必归省。中书公病疟，周太夫人亦患咯血疾，先生怵杭地卑湿，先后迎至京师侍养，百计慰疗之，至祷神祇，求诸方外，疾果转瘳。壬戌，丁父忧，奔丧哀毁，乃挈眷南归以奉母。丙寅，又遭太夫人之丧，先生以迫于衣食，不克长依膝下，引为大戚，作《思痛记》，抒哀慕之思，读者咸悲恻。每遇家祭，辄戚然不乐，间有异味，必荐亲而后忍食。古所谓大孝终身慕父母者，先生有焉。

先生同母兄弟，幼同床榻，长同砚席，其志操文章可垂后世者亦多相同，故情感休戚之关切也至密。离则函牍诗文问慰无虚日，聚则杯酒相劳、怡怡笑语依恋而不忍别。先生于诸弟，推甘让善，友于之情，老而弥笃。其于子侄戚晚也，慈爱以抚之，多方以教导之，无疾言遽色，然未有不恭敬承欢于其侧者也。自辛亥后，先生昆弟念先世教泽，眷怀故君，触端引绪，未尝不泫然而兴黍离之悲，梦寐造次而不忘，历艰茹苦而不渝，忠愤耿耿，有非外人所及知者。丁巳五月，复辟事败，先生闻讯，与弟挈先先生北上迎兄。车止丰台，望见城内火光，及抵都门，甲兵匈匈，少行人，步至诸亲友家访问，卒得见兄。候沈公子培于某教会内，皆相见，欷嘘不自已。其后二十年戊寅，先生奉兄传谕召见，遂赴新京入觐礼遇之隆，赏赐之厚，虽亲近大臣无以加，欲留备顾问，先生谨辞。乃命每岁暑时侍从。二月辞归之日，复赐御容一帧、御制诗一首。先生归而悬之楼堂，名曰御诗楼，为文以记之。闻者莫不赞叹称荣，先生益恪然歆然，以君亲之恩不能报为憾。世徒重先生文章武术，岂知其大节如是哉！盖其忠爱之忱，发于天性，去来皎然，非以为荣利也。

先生于学，无所不窥，自小学、经史、诸子百家之言，旁及内典、道藏、天文、舆地、历算、图画、拳技之书，靡不穷究，而归本于躬行实践。喜为古文辞，出入周、秦、两汉、唐、宋诸大家，而辅以德性之醇厚，襟怀之超远，故其为文，感人最深。番禺梁节庵、桐城马通伯、义宁陈散原三先生极推重称誉之，读先生《海云楼文集》可知也。偶为诗歌，以志一时之感遇，不事雕饰，而逸韵回甘，挹之无尽。其于君臣骨肉交游间，拳拳往复，尤多至情至性之作。苍虬先生评曰："弟诗虽非专家，自有立足之地，与世之以诗鸣者，不可同年而语。"工书法，为宜都杨惺吾、嘉兴沈子培、义州李文石诸先生所激赏，袁蘉庵称为独步江南，非虚誉也。先生之任史馆纂修也，撰《清史列传稿》最多，存者百一耳。其任教于优级师范，年不及三十，学生多四五十者，莫不敬服，未敢以先生年少而轻视之也。编国文及诸子学讲义。于六书、训诂、音韵颇有发明，其中解释、转注、折衷纷纭不齐之说，观通揭要，遂成为定论，为前人见所不及。辩议周、秦诸子学说，剖析名理极精诣微，马通伯先生叹曰"真可谓好学思，心知其意者矣"。又病学者资程日浅，难以猝语高远，因取古人论文之旨，定渊源、比较、对偶三例，编《古文比》一书，反复讲解，学者乃油然有所启发。

岁戊寅，思孝受严命从先生读。同学十馀人，先生悉视之如家人子弟，弗以其资材浅薄，谆谆诲道之，有寸长，奖掖不容口，恩意至殷且厚。思孝等亦莫不肃然致其敬，熙然致其亲，衷心感悦，莫知所以然也。每讲述古人文，命诸生笔录编贯之，既乃出原文比观，指示其宜忌,然后知古人叙事繁简,措辞练句之精当,虽竭心力而不可几及。其循循善诱,类如此也。晚近之世,礼教大坏,师道陵夷,邪说乱行遍中国,先生深忧痛恨,大声疾呼,著论而辟之。平日教人,辄举伦常孝友之道,廉耻立人之节,反复劝谕,先生之用心亦苦矣。先生恂恂儒者,人多以书生目之,及闻其精武术,莫不骇异。盖先生少孱弱,好拳技,年三十,客游都门,从完县孙禄堂学形意拳、八卦掌。孙公技精深,先生闻辄领悟,孙公亦乐而尽传其学。广平杨氏世以太极拳名天下,露禅先生之孙澄甫来京,先生不介,往见之,从之游。又请教于澄甫之兄少侯,极深研几,尽得其神变。澄甫先生曰:"吾祖受之河南陈氏,今将归之陈君矣。"故先生兼三家之长,而又发运光大之。尝谓:"内家拳术,技也,而源乎道。明乎道者,其学易而功深,非卤莽躁急者所能强为也。"所著《太极拳术剑术答问》诸书,阐明专气致柔之旨、动静交修之法,理深而意密。又以心得编演太极动步、长拳、八卦对掌传于世。书成风行,海内外无不知先生之名矣。

李景林将军精拳技剑术,极钦重先生,部下皆朔方健儿,悉命从学。尝谓之曰:"尔等勿轻视微明为文人,自负年壮力强,恐未必能胜之也。"先生所至之处闻名,而访谒者接踵,有怀疑而请试之者,莫不惊奇悦服而求教焉。先生慨国势之陵替,虽由人心陷溺,亦国民忽体育不讲,招病夫之讥。遂于丁丑南来,创设致柔拳社于沪上,名流如王一亭、聂云台、关絅之、李云书、胡朴安等,皆从先生学。社务蒸蒸日上,未几,设分社于苏州。一时显宦名绅、文儒武士、商贾僧道,妇孺厮卒以及外国之士女入社求学者甚众,先生一无歧视,讲演指道,自朝及暮。穷年累月而不厌倦,痼疾沉疴者皆霍然而脱体,故皆欢欣鼓舞,相从而不去。二十馀年之间,从学者不下万人。有不远千里负笈而来者,罔不诚服爱戴,视今世学校师生之情感不啻霄壤,非先生之德诚感召而然欤?

民国十七年,开全国运动会于南京,李景林将军约先生往讲演太极拳,佥议以中央国术馆教务主任一席相聘,先生辞未就。壬申,应中山大学校长邹鲁之聘游粤，中山学子承教者六百馀人。广州总司令部、公安局、广西驻粤第四集团军等，争请先生教授。广西李宗仁、白崇禧两将军亦请先生游南宁，提倡武术。因畅游粤西诸山水，谒柳侯祠，归游罗浮、黄山、天目之胜，皆纪以诗文。

始杨氏传太极拳于燕京，绝爱重其术，不肯轻传，弟子不过数人耳，南人知者绝少。至是而大江南北、岭表海屿间，莫不习太极而宗杨氏，风兴云涌，蔚为奇迹者，先生提倡之功也。先生名愈高，其自处愈谦抑。海上以教拳技为业者，或忌之，先生闻而笑置之。孙禄堂先生对众曰："非微明提倡，武术之发达何能至此？吾人皆应感微明之意也。"

先生中年以后，益研诵内典，断荤酒，从白普仁、宝道、然巴、诺那、荣臻、贡嘎诸上师受灌定密法，与诸大德往还，财施法施，愿力宏深，非俗浅所能窥测。尝结庐于莫干山上，号曰海云楼，将遗世隐居以终老。时乱日亟，不得遂其志。近年伏处海滨，萧然一室，未鸡鸣而兴。持密咒。暇则温经史，临池习武术，数十年如一日。

先生初娶武昌范夫人，贤婉而早卒，所出皆殇。先生悼念之，至老而不能忘。继娶钱塘汪夫人，有令德，终岁俭劳，内外井井。性慈爱，长斋礼佛，戚党臧获，咸怀其惠。生女曰邦勤，工丹青，适镇海李祖定。一子曰邦武，字尚忍，英隽博学，性尤纯厚，于文武皆能继述先生之志。事助教，分劳七八年矣，不幸于癸未岁病卒，年仅二十有六。子妇陶氏，贤而能文。孙女文灿，孙男文成。尚忍卒之岁，絜先先生亦捐馆舍。先生骨肉情深，哭弟哭子，思痛殷切，无以自解，谓心枯力竭，有身世无穷之悲。所为诗文，益悲凉悱恻，令人感伤，不忍卒读。盖先生晚年境遇，近似归熙甫，文亦不期而肖之，其沉雄迈往之气，则得于天者而然也。先生尝自谓："生平致功最深者文，其次为书，其次乃拳技，而文字知者尚少，反以武功名于世，殆亦命也乎！"盖先生诗文，未尝轻以示人也。

先生貌丰粹，美须髯，目光弈弈有神。平居寡言笑，俨然以庄，又霭然以和，一出于真诚。兴之所至，时时与后生推手演拳，剧谈终日而不倦，见之者如坐春风焉。然内怀耿介，于出处义利之际，则矜矜自守，不稍假借。自少至老，所遇当代名公巨卿、富绅大豪多慕先生为人，而欲交纳荣贵之，先生终未尝一造其门。乃自奔走劳苦，褐衣蔬食，意泊如也。自营生圹于苏州灵岩山下，为文以见志，其视世闻名利之扰攘，如浮云之过太虚焉。

嗟夫！先生之风，可以励末俗而兴百世矣。著有《国文讲义》《周秦诸子学》《古文比》《清史传稿》《海云楼文集》《御诗楼诗文稿》《双桐一桂轩续稿》《太极拳术剑术答问》《八卦掌图》，刊行传于世。明年先生七十，虽屡经忧患，而修持精进，神明不衰。《传》所谓大德者必得其名与寿，斯其验矣。思孝浅陋，不足以窥见先生于万一。谨述斯文，乃欲示诸同门，俾承先生之教者景仰怀思而不能忘也。庚寅冬月，受业熊思孝拜撰序。

——陈曾则《双桐一桂轩续稿》，第1—3叶

附录六　陈曾寿家族成员简介

陈曾寿(1878—1949)[①],字仁先,籍贯为湖北黄州府蕲水丹桂里,蕲水县丁酉科拔贡。壬寅(1902)乡试中举,光绪二十九年(1903)成进士。

妻:

洪蕴芬(1877—1934),日记作"敛芬",江夏道光己酉科拔贡、咸丰辛亥恩科举人、山东滕县知县、钦加运同衔、候补同知直隶州洪调笙之孙女,翰林院编修洪调纬之侄孙女。父洪德圻,候选通判。与陈曾寿于光绪二十二年(1896)八月初三日成婚。

高祖:

陈光诏,乾隆己亥恩科举人,乙卯大挑知县,历任湖南长沙、巴陵、永兴、永定县知县,历署湘阴、醴陵、平江、绥宁、鄙县事,升授武冈州知州。嘉庆乙卯恩科湖南乡试同考官。诰授奉政大夫,晋赠资政大夫。

曾祖:

陈沆(1785—1826),字太初,号秋舫,嘉庆庚午科优贡,辛未科朝考第一名,癸酉科举人,甲戌科考取国子监学正,补授国子监学录。己卯恩科殿试一甲第一名,赐进士及第,翰林院修撰本衙门文,国史馆协修、纂修。道光辛巳恩科广东乡试正考官,癸未科会试同考官,诰授奉政大夫,晋赠资政大夫。著有《简学斋诗存》四卷、《诗删》二

---

① 《湖北乡试朱卷》载陈曾寿官年生日为"光绪辛巳(七年)八月十一日",减年三岁。

卷、《馆课试律诗赋》四卷、《近思录补注》二十四卷、《诗比兴笺》四卷。

胞叔曾祖：

陈沄，字补斋，号大云，嘉庆丙子科举人，丁丑科进士，朝考一等，钦点翰林院庶吉士，授职编修本衙门撰文协办院事，国史馆纂修，实录馆纂修，陕西道监察御史，掌广西道监察御史，署江南道监察御史，稽查富新仓事务。道光壬午科广西乡试副考官，癸未科武会试监察御史。诰授中宪大夫，著有《馆课试律诗》一卷。

祖：

陈廷经(1804—1877)，字执甫，号小舫，道光甲午科举人，甲辰科进士，翰林院编修，山东道监察御史，掌四川道监察御史，转掌河南道监察御史，稽查刑部、太医院、五城銮仪卫、吏部詹事府、步军统领衙门事务，户科给事中、吏科给事中，钦命巡视南城东城中城，内阁侍读学士加五级，诰授资政大夫。著有《梦迦叶山房诗赋》二卷、《奏议》二卷、《六壬占验》四卷。妹二，一适前兵部郎中叶志诜次子叶名澧，一适吏部员外郎蔡绍江次子蔡兴保。

胞叔祖：

陈廷柱，敬甫，号小秋，邑优廪生，诰赠奉政大夫，晋赠中宪大夫。

父：

陈恩浦(1859—1922)，字子青，太学生，同治癸酉科顺天乡试挑取誊录，中书科中书。娶周保珊(字佩云，1853—1924)，湖北黄陂人，漕运总督周恒祺之女。侧室邓氏。

胞伯：

陈庆长，字伯容，号子奉，邑优廪生。道光己酉科选拔朝考一等，以知县分发江苏，历署昭文、华亭、青浦县事，补授元和知县，赏戴蓝翎。咸丰六年奏准开缺，以同知直隶州知州补用，加运同衔。十年，免补本班，以知府补用并换花翎。同治二年免补知府，以道员仍留江苏补用，并加盐运使衔。四年，加按察使衔。六年，走补江南淮扬河务兵备道。七年，加布政使衔。诰授通奉大夫，著有《摩兜坚室诗集》。

陈恩嘉，字仲平，号子政，咸丰戊午并补行乙卯科举人，兵部武选司员外郎即补郎中，帮办职方司事，总办议功所事务，分发江西试用道，诰授中宪大夫。嗣陈廷柱。妹三，一适黄冈优廪生、前房县教谕许汝梅第三子许光銮，一适武昌籍江宁候补道范志熙第三子、内阁中书范德楩，一适安徽太湖籍冀州知州李国楠次子李养泉。子四：陈曾望、陈曾佑、陈曾某（早卒）、陈曾祚。

陈恩授，字季尧，号子固，太学生，咸丰乙卯科顺天乡试挑取謄录，充国史馆详校，议叙以知县归部铨选加同知衔，赏戴花翎，分发浙江署临海县事，补授西安县知县，升补定海直隶厅理民同知。

陈恩淮（太学生）、陈恩澍（字紫蕁、止存）

胞叔：

陈恩潞（？—1902），字子彝、文叔，邑庠生，分发两淮盐大使，日记中称“十二叔”“十二叔父”“子彝公”等，子二：陈曾任、陈曾耆，女陈淑箴，适张蜀梅（日记中作“蜀梅”）。

陈子和，早卒。

兄弟：

陈曾望，榜名陈金，号畏斋，优廪生，光绪辛卯科副榜，癸巳科举人，日记称为“畏兄”“大先兄”“大哥”。原配曾氏，为天津知府曾鸿阶孙女、刑部主事曾小阶长女。继娶屠氏，为直隶总督屠之申曾孙女。姊陈宝华，字若兰，适同邑道光乙未科进士、汉中府知府毕至之孙毕自昭。妹陈寿华，字纫兰，适江苏溧阳籍户部左侍郎宋晋之孙宋和。

陈曾佑（1857—1920），字慕杜，号笃斋，一号苏生，行二，日记称为“苏兄”“二先兄”。光绪壬午科举人，己丑科进士，覆试一等三十五名，殿试三甲第十六名，朝考一等第一名，钦点翰林院庶吉士，散馆一等，授职检讨，乙未科会试同考官，记名御史。光绪末年任甘肃提学使，辛亥后，卒于兰州。妻李氏，为黄冈籍贵州清江清军同知李振堃曾孙女、候选直隶州州同李声显女。无子嗣，多年后，胞弟陈曾祚子陈邦炜嗣。

陈曾源、陈曾嘉、陈曾撰，俱太学生。

陈曾祚（太学生），子二：陈邦炜、陈邦权，女二：陈邦懿、陈邦藩。

陈曾念（1888—1947年后），号定生，原名陈正念。日记作“定生五弟”“定生弟”等。

陈曾培，号楚生，原名陈正权，光绪癸巳科举人，分发江苏试用知县。日记作“楚生兄”“楚兄”“楚生八兄”。

陈曾荫，官名无妄，字九先，号怡斋，又名陈正谦，候选县丞，日记中称“九兄”“怡斋”等。子三：陈邦达、陈邦俊、陈邦彦。

陈曾翼（1872—1924），原名陈正翼，字渭渔，自号白冥，光绪甲午科举人，陈曾寿三兄，日记中称“三兄”“渭渔三兄”“渭兄”。子一：陈邦桓，女一：陈邦纯[①]。孙一：陈文林。

陈曾则（1882—1958）[②]，榜名陈曾德，字慎先、寥志、天钧、微明等，行二，又行十五，二月十六日生，黄州府儒学优廪生。娶翰林院庶吉士范德孚长女范庆宜（1880—1905），继娶钱塘汪蓉（1888—1967）。子二：陈邦虎、陈邦武，娶陶祖怡，女一：陈邦勤，适李祖定。受杨守敬、梁鼎芬、沈曾植、马其昶、陈三立等人赏识，曾任浙江求是书院舆地学教授、清史馆纂修等，又从著名拳师孙禄堂、杨澄甫受形意拳、八卦掌、太极拳等，后在上海成立致柔拳社，以授徒为生，从游者不下数千人。1954年后，任上海文史馆馆员，著有《国文讲义》《海云楼文集》《御诗楼诗文稿》《太极拳术剑术答问》《八卦掌图》等。

陈曾矩（1884—1943）[③]，字絜先、强志、冷汰，行三，又行十六，十月十五日生，蕲水县儒学优廪生。娶翰林院庶吉士周树模三女。“学宗洙泗，服膺程朱。”（周君适语）所交有沈曾植、陈三立、朱孝臧、王乃征、辜鸿铭、马一浮、熊十力、罗振玉等人，著有《孝经约旨》《强志斋论

---

① 《湖北浠水陈氏沆公直下简易家谱》失载。

② 乡试朱卷注为光绪十年生，可见官年较实年减两岁。

③ 乡试朱卷注为光绪十二年生，可见官年较实年减两岁。

稿》《强志斋札记》《伦书》《翟然记》《历代战事纪要》等。子二：陈邦钧、陈邦炎，女一：陈邦岚。

陈曾任（1888—1960），字觉先，行五，陈恩潞子。娶李筠仙（1886—1953，日记中作“五弟妇”）。日记中作“觉先”“觉先五弟”。子二：陈邦熙、陈邦润，女二：陈邦瑾、陈邦浔（陈洵）。

陈曾耆，字强先，原名陈正耆，陈恩潞子，日记中作“强先”“十弟”，娶徐坤山侄女徐氏。抗战时期与陈曾潜避居浠水巴河李湾老屋。

陈曾榖（1888—?），字贻先，行四，妻沈氏，继娶朱孙艾。子一：陈邦怀，女四：陈邦织（适赵朴初）、陈邦纴（适鲍汉青）、陈邦纼（适杨朝津）、陈邦组。

陈曾畴（1890—1956），字农先，行六，妻李少君（1891—1976，日记称“六弟妇”）。晚年生活贫困，饮食常朝不保夕。子三：陈邦焕（日记中称“焕焕”）、陈邦林、陈邦志，女一：陈邦华。

陈曾言（1892—1952），字询先，行七，妻戴穆如（1897—1970），子一：陈邦澄，女二：陈邦檀、陈邦楠。

陈曾杰（1895—1950 年后），字识先。

陈曾馀（? —1937），字厚先，行十一，1925 年曾任“总理奉安委员会”招待组干事，1928 年任外交部秘书处办事员。

陈曾潜（1932 至 1946 年间尚活跃），字灼先，行十二，抗战期间居浠水巴河老家。

子：

陈邦荣（1898[①]—1969），字尚一、微尘，小名荣儿，行医后改名陈微尘，天津名中医，京剧票友。初娶谢凤孙女谢学瑜（? —1961，日记中称“大媳”“长媳”），继娶鲍锦英（? —1997）。子二：陈文郁、陈文

① 有作 1896 年者，然据陈曾寿日记，知陈邦荣生于戊戌年（1898）。

钵,女四:陈文藻、陈文静、陈文喈、陈文芷。

陈邦直(1910—1956),字英三、少虬,小名升儿,日记中又作“三儿”等,娶爱新觉罗·毓倩文(1912—1997),为惇亲王奕誴曾孙女,又名毓菊英。日记中作“三媳”。

陈邦淮(1917—1924),行六。

女:

陈邦巽(1904—1943)。

陈邦婉(1906—1907)。

陈邦荃(1915—1952)。

义女胡婉宜,胡嗣瑗女,适张人骏孙张象昱。从陈曾寿学画山水,1931 年 8 月 9 日拜陈曾寿夫妇,为其义女。撰有日记,胡嗣瑗《直庐日记》一九三一年三月初十日日记云:“检得婉女去年七月至九月日记一册。阅竟,乃知此女性情之厚,有为余所不及知者。”曾为傅增湘绘《藏园校书图》。

婿:

周君适(1903—1989),名伟,号漱霞,笔名圣刍、寒云。湖北黄陂人,晚清重臣周恒祺曾孙。子五:周效高(1924—1990 年后),《日记》中作“效高”“肖高”,曾任成都科技大学数学系副教授。周兴保(1932—1933),日记作“兴保”“兴宝”。周孝棠[①](?—1970),日记中作“小棠”“小唐”。围棋名手。周小实[②](1937—1938),殇。周小骥(1940—?),周君适、陈邦荃子,重庆京剧团演员。女二:周孝英,小名万保、万宝。周孝韦(1930—?),原名陈丽保,陈曾寿为取小名丽保、丽宝,日记中多次出现。周孝朗(1933—?),小名小履、履保。子女除周小骥为陈邦荃所生外,俱陈邦巽所出。

---

① 《湖北浠水陈氏沆公直下简易家谱》误作“周孝裳”。

② 《湖北浠水陈氏沆公直下简易家谱》未载,今据陈曾寿日记补。

侄：

陈邦炜，陈曾祚子，嗣陈曾佑，字彤伯，日记中作“彤伯”“彤伯侄”，1936年成婚。子一：陈文祖（1944—　），日记中作“小彭”。女一：陈文岚（1939—　）。

陈邦权，陈曾祚子，字中甫。日记中作“中甫”“中甫侄”。

陈邦怀（1906—1919），陈曾榖子。

陈邦钧（1917—2017），字秉之，曾任中国佛教协会教务部主任，妻乔运慧，子陈文豫（1940—1989）、陈文尧、陈文纯。陈文尧生于1946年，曾任中国佛教协会副秘书长。

陈邦炎（1920—2016），字蕴之，曾任上海古籍出版社编审，著有《唐人绝句鉴赏集》等。

陈邦虎（1914—1919），陈曾则子，六岁殇，陈曾则为作《虎儿厝志》。

陈邦武（1918—1943），字尚忍，陈曾则子，行七，陈曾寿称为“曼侄”，日记中作“满侄”。1939年娶常州陶希泉女陶祖怡（1920—1987，陈曾则女弟子），撰有《碧漪馆词》一卷。子一：陈文成，女一：陈文灿（1940—?）

陈邦澄（1909—1939），陈曾言子，日记中作“澄”。

陈邦潭，日记中作“潭”。

陈尚英，又名尚义，陈曾寿侄，生卒年未详。

陈邦勇（? —1924），陈曾寿侄，日记作“勇侄”。

陈邦焕（1914—1966），字质之，陈曾畴子，妻金令德。日记作“焕”“焕焕”。子四：陈文骐（1943—　）、陈文骧（1945—　）、陈文骅（1946—　）、陈文骏，女二：陈文朝（1942—　）、陈文娴（1949—　）。

陈邦林，陈曾畴子，日记作“林”“林林”。

陈邦志（约1932—1974），陈曾畴子，1957年后在内蒙古萨拉齐煤矿工作。日记中作“志侄”“邦志侄”。

陈邦纪，日记作“纪”。

陈邦楠（1925—?），适陈德华（1922—1966），女三：陈文美、陈文婷、陈文华。

陈邦翰（1922—1984），陈曾杰子，为陈曾榖过继子。日记中称“翰侄”“翰”“翰翰”，1932 年至 1950 年间尚在世。1948 年至 1949 年间随其父回居武昌，生活困顿。1950 年应赵朴初介绍来上海，后在上海川沙工业生产合作社工作。妻田维琪（1930—2022），子二：陈文孝、陈文治（1953—　），女一：陈文宜（1949—　）。

陈邦熙（1910—?），陈曾任子，日记作“熙”“熙熙”。

陈邦润，陈曾任子，日记作“润”“闰”“润侄”“运运”，1948 年南下，后被裹挟至台湾。

陈邦彦（? —1967），陈曾荫子，妻闻兰先。子陈文献（1938—　）。

侄女：

陈邦勤（1913—1967），陈曾则女，适李祖定，日记中作“菊侄女”“邦勤侄女”。

陈邦檀（1920—1998），陈曾言女，适张家毅（1920—1992），日记中作“邦檀”“檀”。

陈邦藩（1913—2007），陈曾祚女，字素梅，日记中作“素梅侄女”“梅侄女”“小毛姑”“二毛毛”“小毛”“小宝”等。

陈邦菊，日记中作“菊”。

陈邦岚（1914—1926），陈曾矩女。陈曾矩为作《哭岚女文》，陈曾则为作《侄女岚墓碣》。

陈邦织（1918—2011），陈曾榖女，适赵朴初（1907—2000），日记中作“二宝侄女”“邦织”。

陈邦壸（1907—1942），陈曾祚女，日记中作“素蓉”“寿蓉”“大毛姑”“大侄女”，适刘维堃（字厚卿、舜卿），于 1933 年 6 月 24 日成婚。子一：刘德宽（日记中作“小宽”），女一：刘德婉（1934—?，日记中作“小贝”“小卑”）。

陈邦纴，陈曾榖女，适鲍汉青（1914—2000）。鲍原名鲍传铭，江苏宝应人，1934 年赴日本政法大学求学，后参加新四军。1951 年，任苏南行署办公厅主任、江苏省委办公厅主任等，1972—1979年间任南京博物院革委会副主任，著有《诗词散记》等。

陈邦纠（晓致），陈曾榖女，日记称“邦纠”“小致”。适杨朝津（1925—1987），邮电专家。生女一：杨百琦。

陈邦华（1919—2004），陈曾畴女，小名京芳，日记中作“京芳侄女”“方”等。适万鸿年。曾在北大图书馆、全国妇联、中科院图书馆等单位工作。子二：万大崧（1944—　，日记中作“小崧”）、万寅，女一：万秀珊。

陈邦纯，陈曾翼女，日记中作“细女”，适杨墨缘（默园）。

陈邦瑾（？—2006），陈曾任女，字耐冬，适严孟雄，日记作“冬”“冬冬”“冬侄女”。

陈邦浔（1920—？），陈曾任女，别名陈洵，适封孟飞，日记作“浔”“洵”“浔侄女”。

孙：

陈文郁（1920—1940），小名重重，日记作“重孙”。

陈文钵（1924—2011），小名小元，娶刘广球（1928—2020）。

陈文湛（1934—1935），日记中作“小沧”。

陈文桂（1936—2011），小名小桂。

陈文乔（1947—2005），与妻子曾璧华创办纽约柯捷出版社，出版珍贵文献多种。

陈文田（1952—　）。

孙女：

陈文藻（1925—2018），小名小明，适花以椿。

陈文静（1926—2013），小名小亮，适姚齐，1946年9月15日成亲。

陈文喈（1933—　），小名小喈。

陈文芷（1937—　）。

陈文娟（1932—2006），小名小春。

陈文欣（1938—　），小名小欣。原名“多欣”，因溥仪赐陈曾寿“即事多欣”四字而得名。

后　记

也许是在叶嘉莹先生的书里，也许是在文学史的课堂上，我初次接触到"陈曾寿"这个名字。那时，我既不知苍虬阁，也不知苍虬还有日记。不过，我对苍虬的故乡湖北浠水，印象很好。浠水不只是闻一多的故乡，也是我好几位师友的老家，因为他们，我对浠水的历史及风土人情，始终抱有了解的兴趣。两年前，我决定谋食武昌，便想整理一部湖北人的近现代著作，以增进对鄂省的了解，培养一些对地方的亲近感。在我看来，整理并阅读地方文献，是培养"恋地情结"最好的方式。此外，客中况味，是需要狂胪文献来驱遣些寂寞的。恰在这时，《湖北省图书馆藏稿本日记四种》出版，而陈曾寿的日记赫然在列。于是，从前之种种因缘，便化作我整理陈曾寿日记的动力。

在日记整理过程中，我得到许多人的指导和帮助。陈文欣、陈文田、曾璧华、曾庆雨、王可万、吴钦根、胡静等人或为我提供了不少新文献，或帮我解决了一些文字识读和校对的问题。尤其是，本书责编陈晓清女史清除了初稿的许多错误，并一再宽容我的拖延。对他们倾情的付出，我深表谢意。

六年前，我整理《潘钟瑞日记》时，还是一名研究生，有大把时间摩挲底本，十分兴奋。如今，作为一名"青椒"，在整理《陈曾寿日记》期间，我心依然澎湃如昨。可是，外在的环境毕竟有些变化，指标、考核及其他，每每要来搅坏我的心情。最终，我的选择是——管他呢。"文献上瘾症"，我还是让它再发作一阵吧。代价嘛，自然是论文少写了，没时间改了，也无暇投稿了。这些倒无所谓，毕竟，世间事往往如陈曾寿《浣溪沙》词下阕所言，"千古苍凉天水碧，一生缱绻夕阳红。

为谁粉碎到虚空”。

使我感到遗憾的是，由于时间和精力不足，我没有给《陈曾寿日记》编制人名索引。另外，限于学养，书中定然还有不少错谬。这些，则无疑地，要恳请读者原谅并敬祈方家不吝教正。

尧育飞

2023年夏于武昌喻家山

《中国近现代稀见史料丛刊》已出书目

第一辑

莫友芝日记
汪荣宝日记
翁曾翰日记
邓华熙日记
贺葆真日记
徐兆玮杂著七种
白雨斋诗话
俞樾函札辑证
清民两代金石书画史
扶桑十旬记(外三种)

第二辑

翁斌孙日记
张佩纶日记
吴兔床日记
赵元成日记(外一种)
1934—1935中缅边界调查日记
十八国游历日记
潘德舆家书与日记(外四种)
翁同爵家书系年考
张祥河奏折
爱日精庐文稿
沈信卿先生文集
联语粹编
近代珍稀集句诗文集

第三辑

孟宪彝日记
潘道根日记
蟫庐日记(外五种)
王癸避难日志　辛卯年日记
嘉业堂藏书日记抄
吴大澂书信四种
赵尊岳集
贺培新集
珠泉草庐师友录　珠泉草庐文录
校辑民权素诗话廿一种

第四辑

江瀚日记
英轺日记两种
胡嗣瑗日记
王振声日记
黄秉义日记
粟奉之日记
王承传日记
唐烜日记
王锺霖日记(外一种)
翁同龢家书诠释
甲午日本汉诗选录
达亭老人遗稿

第五辑

袁昶日记
吉城日记
有泰日记
额勒和布日记
孟心史日记·吴慈培日记
孙毓汶日记信稿奏折(外一种)
高等考试锁闱日录
东游考察学校记
翁同书手札系年考
辜鸿铭信札辑证
郭则沄自订年谱
庚子事变史料四种(外一种)
《申报》所见晚清书院课题课案汇录
近现代“忆语”汇编

第六辑

江标日记
高心夔日记
何宗逊日记
黄尊三日记
周腾虎日记
沈锡庆日记
潘钟瑞日记
吴云函札辑释
新见近现代名贤尺牍五种
稀见淮安史料四种
杨懋建集
叶恭绰全集
孙凤云集
贺又新张度诗文集
王东培笔记二种

第七辑

豫敬日记　洗俗斋诗草
宗源瀚日记(外二种)
曹元弼日记
耆龄日记
恩光日记
徐乃昌日记
翟文选日记
袁崇霖日记
潘曾绶日记
常熟翁氏友朋书札
王振声诗文书信集
吴庆坻亲友手札
画话
《永安月刊》笔记萃编
浙江省文献展览会文献叙录
杨没累集

第八辑

徐敦仁日记
王际华日记
英和日记
使蜀日记　勉喜斋主人日记　浮海日记
翁曾纯日记　瀚如氏日记(外二种)
朱鄂生日记
谭正璧日记
近代女性日记五种(外一种)
阎敬铭友朋书札
海昌俞氏家集
师竹庐随笔
邵祖平文集

第九辑

姚觐元日记
俞鸿筹日记
陶存煦日记
傅肇敏日记
姚星五日记
高枏日记
钱仪吉日记书札辑存(外二种)
张人骏往来函电集
李准集
张尔耆集
夏同善年谱　王祖畲年谱(外一种)
袁士杰年谱　黄子珍年谱